Catherine Decours

Catherine Decours a fait ses études d'histoire à la Sorbonne. Elle commence sa carrière d'écrivain en publiant des romans comme *Le Ritz à cinq heures* (1982), sélectionné par l'académie Goncourt, puis elle écrit plusieurs biographies, dont deux dans le style de l'époque : *La lettre à Alexandrine* (1985), mémoires apocryphes de Charlotte Corday (couronnée par l'Académie française) et, en 2001, *Aimée du roi – Mémoires de Madame de Montespan*. Sa biographie de la comtesse du Cayla, *La dernière favorite* (1994), lui vaut le prix de la biographie de l'Académie Française et le prix des Maisons de la presse. Catherine Decours est l'auteur de nombreuses nouvelles (*L'homme de chez Van Cleef*, Grand Prix de *Femmes d'Aujourd'hui*). Elle a également travaillé pour le théâtre (*Régulus 93, ou la véritable histoire du citoyen Haudaudine*, mis en scène par J-L. Tardieu).
Originaire du pays roannais, Catherine Decours vit entre Paris et Nantes.

AIMÉE DU ROI

CATHERINE DECOURS

AIMÉE DU ROI

Mémoires de Françoise de Rochechouart
de Mortemart
marquise de Montespan

PLON

ISBN 2-266-12421-8

pour Yves
et
pour Célestin

« Pourquoi dites-vous que madame de Montespan était la femme la plus bizarre et la plus folle qui fût jamais ? Qui vous l'a dit ? Avez-vous vécu avec elle ? Tout Paris sait que c'est une femme très aimable. Elle fut indignée du goût du roi pour madame de Maintenon qu'elle regardait comme une ingrate. En quoi a-t-elle été la femme la plus bizarre et la plus folle qui fût jamais ? »

VOLTAIRE *(Lettre à J.-L. Formey).*

« Pourquoi dites-vous que madame de Montespan était la femme la plus bizarre et la plus folle qui fût jamais ? Qui vous l'a dit ? Avez-vous vécu avec elle ? Tout Paris sait que c'est une femme très aimable. Elle fut indignée du goût du roi pour madame de Maintenon qu'elle regardait comme une ingrate. En quoi a-t-elle été la femme la plus bizarre et la plus folle qui fût jamais ? »

VOLTAIRE (*Lettre à La Beaumelle*)

AVANT-PROPOS

La découverte, grâce à *L'Allée du Roi*, de Françoise Chandernagor, du personnage de madame de Maintenon, jusque-là fort mal connu, m'a amenée à me pencher sur « l'autre femme », madame de Montespan, à laquelle madame de Maintenon succède dans le lit et dans le cœur de Louis XIV. En lisant les mémorialistes de l'époque, je fus très étonnée de découvrir que la plupart étaient extrêmement favorables à la marquise de Montespan. Saint-Maurice et Saint-Simon la portent aux nues. Le marquis de Saint-Maurice, ambassadeur de Savoie à la Cour de France, qui la vit quotidiennement pendant des années, résume ainsi le jugement qu'il expédie au duc de Savoie : *« Elle est extrêmement belle, a beaucoup d'agréments dans l'esprit et n'a jamais fait mal à personne. »* Opinion qui sera beaucoup plus tard, après la mort de madame de Montespan, celle du *Mercure de France : « Elle était bienfaisante et n'a jamais cherché à nuire à personne. »* Saint-Simon, de son côté, écrit à propos de celle qui passe pour une mère dénaturée : *« Elle aima ses enfants avec passion. »* La Grande Mademoiselle, en dépit de deux graves différends qui l'opposèrent à la marquise de Montespan : l'affaire Lauzun et le legs fait au duc du

Maine, l'estime infiniment et s'y attache au point de réclamer sa présence à son lit de mort. Mademoiselle d'Aumale elle-même, élevée à Saint-Cyr, secrétaire et chantre de madame de Maintenon, ne peut s'empêcher, entre deux réflexions moins agréables, de lui décerner des louanges : *« Madame de Montespan avait des qualités peu communes, de la grandeur d'âme et de l'élévation d'esprit. »* Il est un autre témoin à décharge pour madame de Montespan, c'est Louis XIV lui-même, car on ne voit pas pourquoi un prince qui, de son aveu, *« n'aimait pas à être gêné »* aurait aimé près de quinze ans, et aurait eu sept enfants d'une femme odieuse. Tout cela va à l'encontre du portrait généralement tracé de madame de Montespan, celui d'une femme impérieuse, capricieuse, follement égoïste et sentant fortement le soufre. La légende noire de madame de Montespan se tisse assez tardivement et dans l'entourage immédiat de madame de Maintenon : à savoir sa nièce, madame de Caylus, et sa secrétaire, mademoiselle d'Aumale, dont les *Mémoires* reprennent souvent les *Souvenirs* de madame de Caylus. Il faut, bien sûr, ajouter La Beaumelle qui s'est fait l'hagiographe de madame de Maintenon, mais ses *Mémoires pour servir à l'histoire de madame de Maintenon et à celle du siècle passé* paraissent en 1776, et il n'a pas connu madame de Montespan. Une femme entourée de tant de contradictions ne pouvait être qu'intéressante. Il faut ajouter, sans y voir automatiquement un lien de cause à effet, mais il serait injuste de l'oublier, que les années de la faveur de madame de Montespan correspondent à la période la plus brillante et la plus heureuse du règne, celle où une Cour fastueuse et gaie voit représenter les grandes œuvres de Corneille, Molière et Racine, *« pour ne dire que le dessus »*, où Lully et Quinault créent l'opéra, où Boileau devient, avec Racine, à la demande de madame de Montespan, l'historiographe du Roi ; ce sont encore les années de travail de Colbert et de Louvois, les victoires de Condé et de Turenne, la construction de Versailles, du Trianon de porcelaine et du château de Clagny, les chefs-d'œuvre de Le Vau, Mansart, Le Brun et Le Nôtre. Les années Montespan sont les années glorieuses du règne, celles *« où tout réussit »* pour reprendre l'expression de madame de Sévigné. Il n'est pas interdit de penser que la favorite, à propos de laquelle Primi Visconti écrit : *« A part le titre, certainement madame de Montespan a véritablement régné et a été la vraie reine »*, n'y fut pas totalement étrangère. Force est de constater d'un autre côté, qu'avec la fin de cette faveur et le règne de madame de Maintenon, le vent tourne. C'est la révocation de l'édit de Nantes, les défaites, et l'ennui gagnant une Cour où règne une dévotion mal entendue et où *« le Campistron pullule »*.

Mon travail, en ce qui concerne l'écriture, fut différent de celui de Françoise Chandernagor, puisqu'elle eut le bonheur – et l'immense mérite – de trouver plusieurs centaines de lettres de madame de Maintenon, dont beaucoup étaient inédites. Il ne nous est parvenu que cinquante-huit lettres de madame de Montespan. Elles furent publiées en 1868 par l'historien Pierre Clément avec une cinquantaine d'autres adressées à la marquise de Montespan par des correspondants variés. Ces lettres m'ont apporté des renseignements précieux, elles m'ont également servi de « test » dans mon travail de reconstitution : je devais pouvoir les utiliser au moment opportun, sans que l'on aperçoive les « coutures ». J'ai, bien entendu, cédé la place aux mémorialistes de l'époque quand cela était possible ; ce faisant, j'ai tenté d'éviter des redites avec l'ouvrage de Françoise Chandernagor ; ce ne fut pas toujours réalisable : la cérémonie funèbre de la Grande Mademoiselle a frappé madame de Montespan (qui y assiste) comme madame de Maintenon, et personne ne peut mieux la raconter que Saint-Simon que nous avons toutes deux utilisé.

J'ai indiqué à la fin de ce travail quelles étaient mes sources et dressé un état des questions. J'ai précisé alors, à partir des documents que nous possédons, pourquoi j'avais éventuellement privilégié telle ou telle position. Après ces recherches, j'ai découvert une femme fort différente de l'image souvent véhiculée. Pour résumer, je dirais que le travail de Françoise Chandernagor a consisté à révéler une femme exceptionnelle dont on ignorait presque tout, le mien en s'occupant d'une femme également remarquable, mais beaucoup plus connue, va devoir *rompre en visière,* pour reprendre une expression de l'époque, avec nombre d'idées reçues ; c'est toujours difficile. Mais comme écrivait Louis XIV dans les *Mémoires* qu'il rédigea pour l'éducation du Dauphin : *« Pour venir à bout des choses, le premier pas est de les croire possibles. »*

A monsieur Ignace Caghers *du 8e de*
imprimeur à Amsterdam *septembre 1705*

Monsieur,

Vous trouverez dans le paquet que vous remettra notre ami les mémoires que je vous ai longtemps refusés. Vous aviez raison de tout espérer du temps. L'idée d'un devoir à accomplir a eu raison de certaines délicatesses. Ma très chère sœur, Madame de Fontevrault, eût été la seule personne capable de me faire renoncer à une occupation qui risquait fort de me rapprocher de moi-même et de m'éloigner de Dieu. Je l'ai perdue depuis plus d'une année et j'ai vu dans ce nouveau deuil la nette permission du Ciel à retourner dans un passé où je n'ai fait que trop de bruit. Je sais que la gloire d'une femme consiste à ne pas faire parler d'elle, mais on ne choisit pas toujours le genre de vie que l'on voudrait mener et il y a de la fatalité dans les choses qui semblent dépendre le plus de la conduite ; ces choses, au reste, sont bien rarement ce qu'elles paraissent être. Ceci n'est pas une demande d'excuse. Ma vie a été un objet de scandale et une pierre d'achoppement pour les autres, mais Dieu seul sonde les reins et les cœurs ; j'ai toujours pensé que cela ne devait pas être la moindre de ses tâches.

Connaissant bien une Cour où chacun fait métier de siéger en jugement sur le genre humain, je ne puis douter que l'on ne voie dans cet ouvrage la manifestation de mon orgueil. Je reconnais bien volontiers que je suis extrême en tout et fort haute, mais si le Ciel avait voulu que je naisse dans la peau et avec les sentiments d'une bourgeoise, je pense qu'Il y eût réussi. Puisque nous en sommes à parler de personnes nées bourgeoises, ou aux confins de la bourgeoisie, ce qui est tout comme, on avancera aussi que j'ai été guidée par un sentiment d'humeur, et que ces pages n'ont été écrites que pour servir à madame de Maintenon le coup de pied de l'âne. Madame de Maintenon qui me doit tout et me prit tout, mériterait assez ce croche-patte, mais je peux assurer que quand j'ai pris la plume, l'heure de l'indignation était passée, et j'avais de longtemps rué tous mes grands coups. Je suis, au reste, persuadée, pour l'avoir expérimenté moi-même, que les biens mal acquis portent en eux-mêmes leur pénitence. On m'a rapporté que madame de Maintenon pleure souvent et qu'elle se trouve fort encombrée du fardeau dont elle s'est chargée, mais c'est plus difficile à poser qu'à prendre.

Je n'entends pas pour autant laisser les belles âmes tortillonner les vérités à hauteur de leur esprit. J'ai ouï dire que cette dame était dans l'intention d'écrire ses mémoires. C'est une idée que nous remuions parfois pour nous amuser, mais je serais fort étonnée qu'elle y vienne, ce n'est pas son art et sa manière qui est plutôt de cheminer par les souterrains, et je la crois trop fine pour ne pas laisser le soin de sa statue à d'autres. Je sais aussi, de façon certaine, que madame de Caylus, mademoiselle d'Aumale et monsieur de Dangeau songent à nous édifier des épisodes de la vie de madame de Maintenon. L'une est sa nièce très obligée, l'autre a été nourrie à Saint-Cyr, le troisième a la rage de la Cour. On voit de quelle pièce est l'échan-

tillon qu'on nous présente et comment je serai accommodée. Monsieur de Cambrai[1] *disait qu'il faut se laisser condamner en paix, et même vouloir être blâmé. C'est un goût que je ne partage pas et qui a dû passer à notre évêque. Je me raille assez bien moi-même pour ne pas laisser ce soin à d'autres et ne veux point être jugée sans avoir été entendue ; cela est tout simple. Pour le reste, on dira ce qu'on voudra. Je n'ai plus nulle prétention en ce monde et me trouve aujourd'hui si vide de désirs que cela me sauve de bien des craintes.*

Si je ne prétends édifier personne avec ce récit, je ne peux me défendre d'une petite ambition de distraire. Mon existence n'a pas été de celles où l'on s'ennuie. Au soir de cette vie, il me semble avoir traversé la tempête. Comme je faisais, un jour où j'avais le cœur las, une réflexion de ce style au Roi, il leva les bras au ciel : « La tempête, madame ! Vous voulez parler de cyclones ! » Et Sa Majesté de rire à s'en faire mal aux joues. Je crains que l'occasion ne lui soit très mesurée aujourd'hui.

S'il m'arrive, chemin faisant, de montrer quelques petits dessous de table qui surprendront, je dois prévenir qu'on ne trouvera pas dans ces lignes un mot qui puisse atteindre à la réputation d'un prince dont les siècles entiers ne sauraient remplir la place. Les malheurs qui l'ont touché depuis que j'ai quitté la Cour ne me l'ont rendu que plus cher. Dieu sait comment mon cœur est pour lui. Il faut regarder la volonté du Ciel bien fixement pour envisager sans désespoir ce que je vois aujourd'hui. Une autre raison, et même une obligation, d'écrire vient de la crainte où je me trouve de voir tant de chagrins recouvrir tant d'éclat. La mémoire des hommes est courte, on ne se souvient que

1. Fénelon, archevêque de Cambrai.

de ce qui vient à la fin et il pleut sur tout à présent. Qui dira combien notre Roi fut gai, galant et heureux ? Qui dira la force de son cœur, la grandeur de ses vues, l'éclat et la magnificence d'une Cour où l'amour était aimé ? Qui dira combien il fut aimable ! Dans les vues de la gloire du Roi, j'ai fait jadis le choix de monsieur Racine et de monsieur Despréaux[1] *pour en écrire l'histoire, mais c'était mal les employer. Le génie des grands hommes s'exerce mieux dans les siècles passés qui ne les tiennent par rien. Dans le leur, ils ressemblent à des écoliers trop zélés qui écrasent leur plume pour contenter le maître. L'effet sera celui de contes à Peau d'Ane.*

Ce récit n'est que celui de ma vie, du moins ceux qui me connaissent savent-ils que j'ai toujours été impropre à me déguiser. Mon plus grand malheur fut de naître avec un caractère entier qui ne laisse pas attendre pour deviner qui je suis, ni ce que je pense. De ma vie, je n'ai pu cacher mes impressions, sans m'inquiéter si elles étaient opportunes et si elles devaient plaire. Je ne me flatte pas de n'avoir pu gouverner mon trop de caractère. Je sais où je serais aujourd'hui si Dieu m'avait donné par-dessus le tout de l'esprit de conduite et du manège. Mais peut-être me serais-je ennuyée et aurais-je vécu moins fortement, je ne sais, tant je ne peux rien imaginer hors de la passion. Cette marchandise ne rend pas habile, aussi ne trouvera-t-on ici qu'un cœur demeuré brûlant au-dedans de moi et beaucoup de connaissance du monde à mes dépens.

Cette lettre vous donne, Monsieur, toute autorisation de publier ces mémoires et les fera considérer comme authentiques. Je compte sur votre amitié pour ne pas y

1. Boileau.

porter retouche. Si l'envie en venait à quelques-uns, dites-leur qu'une copie se trouve déposée chez un notaire. Vous pardonnerez cette précaution en songeant qu'il m'a parfois tant coûté de dire le blanc et le noir que je ne pourrais souffrir qu'on le barbouille. Croyez qu'il est plus dur d'avouer sa faute que de savoir ne pas la faire.

Vous dirai-je, Monsieur, qu'en vous abandonnant ces pages, j'éprouve un extrême soulagement. Je laisse avec elles l'agitation de ma vie et vais pouvoir connaître le véritable détachement dans lequel j'entends finir mon existence. Depuis que j'ai quitté la Cour, maintes fois j'ai tenté de renoncer au monde pour me rapprocher de Dieu. Je me suis jetée dans des couvents et réfugiée au fond de ma province. Je ne négligeais aucun jeûne ni aucune pénitence, mais je demeurais agitée de passions, de désirs, d'espoirs et de tourments. On croit ordinairement que les passions se domptent, je puis vous dire, avec assez d'expérience en la matière, qu'il faut qu'elles s'usent. A les avoir toutes évoquées, je crois avoir achevé ce travail. Je vous laisse, Monsieur, ma robe d'iniquité, car je dois à présent me parer pour une fête, la seule à laquelle je prétende désormais de paraître, comme l'une des plus misérables créatures que le Ciel eût jamais formées, mais certaine qu'aucune n'est indigne de son Amour. Comme je ne veux plus que chercher Dieu pendant qu'Il peut encore être trouvé, que le jour qui m'est donné est presque passé et que la mort avance, il n'y a plus de temps à perdre. Le reste de ma vie sera un secret passé entre Dieu et moi.

Ainsi que nous l'avons arrangé ensemble, ces mémoires ne devront paraître qu'après ma mort dont mon intendant vous tiendra exactement informé. En dépit des espérances dont on veut me flatter, je ne crois pas que vous ayez à attendre longtemps. L'heure de ma fin est marquée et cela ne se dérange pas.

La dernière chose que j'attends de votre bonté est de faire parvenir le premier exemplaire sorti de vos presses à mon fils, le marquis d'Antin, dans son château de Petit-Bourg. Je doute que cela lui soit agréable car il a toujours préféré avoir les yeux couverts, mais il est temps qu'il me connaisse. Vous savez que mes autres enfants sont au Roi.

Adieu, Monsieur, puisque vous allez être le premier à me connaître entièrement, vous aurez toutes les raisons de ne pas m'oublier dans vos prières. Bien convaincue de votre amitié et vous ayant les plus grandes obligations du monde, je vous demande de croire à toute l'estime que je vous porte et à la reconnaissance que je vous dois.

Françoise de Rochechouart de Mortemart,
marquise de Montespan

Je suis née le cinquième jour d'octobre 1640 dans l'une des plus anciennes familles du royaume. Maintes fois, j'ai entendu de bonnes âmes assurer que la véritable noblesse est celle que l'on acquiert par ses vertus. L'adage contient plus de dépit que de vérité. Je ne doute certes pas que l'on puisse acquérir beaucoup de choses par la vertu, mais pas cette marchandise. La noblesse ne se fabrique pas, elle ne peut davantage s'acheter ou se vendre, elle se transmet par le sang de nos pères, ce qui ne présente aucune apparence de justice et c'est pourquoi elle se trouve enviée.

J'ai toujours eu la plus grande fierté de ma naissance, que je ne démêle pas du respect que l'on doit avoir pour les cadeaux que le Ciel nous fait hors de nos mérites. J'ai appris aux enfants que j'eus avec le Roi que, s'ils avaient eu le malheur de naître hors des liens du mariage, Dieu les avait sauvés du mélange des sangs qui arrive d'ordinaire aux gens de leur espèce et que, de quelque côté qu'on les regarde, on ne leur trouverait que de la noblesse et de l'honneur. Sur le chapitre de la naissance, ma sœur aînée était tout à fait folle et n'admettait en France que deux maisons, la nôtre et celle des La Rochefoucauld qu'elle voulait bien distinguer en faveur de fréquentes alliances qu'elle avait eues avec la maison de Rochechouart à laquelle nous avions l'honneur d'appartenir. Si madame de Thianges [1] ne disputait pas au Roi l'illustration de la famille, elle lui disputait quelquefois l'ancienneté et elle le lui disait en face, ce qui nous faisait rire tous les deux, et elle aussi à la fin, car ce grain de folie ne lui ôtait pas tout à fait l'esprit.

Je suppose que le sens de notre lignée nous vient avec la vie car, dans ma première enfance, rien ne fut fait pour me le donner. Ma mère tenait l'humilité pour l'une des premières vertus et ne nous entretenait jamais de ce qui aurait pu nous flatter. A l'abbaye royale de Saintes, où je passai près de quatre ans, Madame [2] défendait de parler des grandeurs de la naissance qu'elle affectait de ne considérer pas plus qu'un escargot, ce qui se fait plus aisément quand on appartient, comme madame de Foix-Candale, à une maison sortie des rois d'Aragon et de Navarre, et que l'on se trouve parente au troisième degré de la reine de France, et cousine deux fois de la maison d'Angleterre. Ces procédés, pour louables qu'ils soient, sentent leur artifice, et l'on est en droit de redouter chez les enfants les suites de ces fausses modérations.

Mon père n'entretenait pas davantage ses enfants de généalogie qu'il tenait pour une insipidité du temps. « *On compte ses aïeux quand on ne compte plus* », disait-il. Il ne parlait de ses pères que pour citer les jurons qui leur étaient propres, et leurs amusements où entraient, selon lui, beaucoup de paillardises. « *C'étaient de bons compagnons* », assurait-il, ce qui était le plus grand compliment qu'il pût leur faire. Ce

1. Gabrielle de Rochechouart de Mortemart, marquise de Thianges, sœur aînée de madame de Montespan.

2. Titre donné usuellement à l'abbesse.

fut pourtant mon père qui, sans qu'il y eût intention de sa part, me fit entendre ce qu'était notre famille. J'avais onze ans quand il vint me chercher dans mon couvent au milieu des guerres de la Fronde. La ville de Saintes était tombée depuis plus de deux mois aux mains du prince de Condé, qui s'était alors jeté dans les extrémités les plus regrettables, et les armées du Roi s'apprêtaient à la reprendre. La province se trouvait exposée à toute la violence de la guerre, et notre voiture dut couvrir au son du canon la distance qui nous séparait de Poitiers où nous devions joindre la Cour. Bien que je ne l'entendisse pas pour la première fois, chaque coup me faisait sauter en l'air, ce qui eut le don d'irriter mon père. *« Parbleu ! Françoise,* me dit-il, *cessez ces façons de couventine. J'aimerais que ma fille ne fît pas des bonds de carpe chaque fois qu'elle entend péter une amorce. »* Je tenais plus à l'estime de mon père qu'à ma propre vie, aussi, cachant mes mains dans les plis de mon manteau, j'enfonçai mes ongles dans mes paumes, et tous les canons de l'armée rebelle et de l'armée du Roi réunis ne m'eussent pas plus fait broncher qu'une souche.

Sans doute pour m'occuper l'esprit, mon père entreprit de me conter que mon frère venait de recevoir le baptême du feu en servant comme volontaire dans l'armée du comte d'Harcourt, lequel avait envoyé son régiment taquiner l'arrière-garde de Monsieur le Prince[1]. Et de placer ici la description affreuse d'un compagnon de Vivonne[2] qui avait reçu une balle dans l'œil, laquelle était ressortie par l'oreille. Le malheureux se battait toujours et devait souffler sans cesse

1. Louis II de Bourbon, prince de Condé, dit « le Grand Condé ».

2. Louis-Victor de Rochechouart de Mortemart, comte de Vivonne, frère de madame de Montespan.

pour empêcher le sang de lui entrer par la bouche. Toute saisie, je demandai si mon frère, qui n'avait que quinze ans, s'était trouvé effrayé. Un moment interdit, mon père fronça les sourcils de façon que je le crus fâché. « *Croyez-vous,* me dit-il, *qu'il sorte d'une famille où l'on se soit jamais tenu à cent lieues du canon ?* » Et d'ajouter, comme pour lui-même : « *Il ferait beau voir qu'il entendît le bruit des balles sans s'y plaire.* » Il conta que son fils s'était tant battu qu'en dépit du froid, il s'était trouvé tout fondu de sueur et que, l'engagement fini, désarmé et débotté, il s'était jeté tout nu sur l'herbe du pré où il s'était tourné et vautré à la manière des chevaux qui se veulent délasser. Comme mon père, débordant de fierté, riait beaucoup à cette évocation, je m'enquis du blessé. « *Et que voulez-vous qu'il devînt avec une balle au travers de la tête ?* dit mon père. *Il est tombé tout à plat et il est mort.* »

Laissant là le sujet, il entreprit de se restaurer. Il assurait que c'était la seule chose qui permît de ne pas perdre son temps quand l'on se trouvait obligé de courir les routes. Mâchant un gros poulet, il regardait les panaches de fumée qui montaient des buissons après les décharges de mousquet. « *L'Aubespin étire trop ses lignes. Il met du monde partout, c'est lancer sa poudre aux moineaux* », dit-il, tandis que je songeais que les balles tirées avec cette poudre-là sifflaient fort près de nos oreilles. Plus d'une fois, les chevaux refusèrent le service et, pour conforter les hommes qui devaient les faire avancer, mon père leur passa un flacon tiré de sa cave à liqueurs, qui les contenterait, disait-il, car ce n'était pas un ratafia.

Nous étions au début de l'année et, pour comble de malheur, les rivières étaient débordées et l'eau couvrait les chemins. Alors que nous approchions de Poitiers, un mousquetaire de l'escorte vint dire que l'on craignait des ornières cachées et qu'il nous fallait descendre de voiture pour passer un endroit dangereux. « *Ces malheurs-là,* dit mon père, *ne sont pas faits pour nous.* » Et jetant un pilon par-dessus la glace, il ordonna de poursuivre. Je sentis ce jour-là où j'étais née.

La famille de Rochechouart est issue des anciens vicomtes de Limoges, qui furent tirés de la branche capétienne. Le premier, Giraud, que l'on nommait Ottofrancus, eut pour fils Aimery, qui vécut avant l'an Mil. Leurs terres se trouvaient dans le Poitou, près de la Vienne et des sources de la Charente. Le mariage d'Aimery, septième du nom, avec Alix, fille et héritière du seigneur de Mortemart, de la province de la Marche [1], fit entrer ses terres dans notre famille au temps du roi Philippe Auguste. D'autres bons mariages permirent d'arrondir le domaine jusqu'à atteindre l'Océan.

Les Rochechouart ont participé de toute l'histoire de notre pays et ont toujours servi du côté du roi légitime. Mon arrière-grand-père, René de Rochechouart, fut présent à vingt batailles où il soutint le roi Henri III contre les Ligueurs. Son fils, Gaspard de Rochechouart, mit par cinq fois, à ses frais, sa compagnie de gens d'armes au service d'Henri IV, lequel érigea la baronnie de Mortemart en marquisat et prit l'aîné comme enfant d'honneur du Dauphin. Mon père, Gabriel de Rochechouart, fut donc élevé dès son jeune âge dans la compagnie du roi Louis XIII qui le fit premier gentilhomme de sa Chambre. Mon père se maria par voisinage, il épousa Diane de Grandseigne, fille de Jean de Marsillac dont le château de la Messelière se trouve au cœur de nos possessions du Poitou. Ma mère lui plut par sa beauté, sa vertu et sa fortune. Sur aucun de ces points il ne

1. Cette ancienne province correspondait au département de la Creuse et à une partie de celui de la Haute-Vienne.

devait être trompé. Sitôt le contrat signé, la reine Anne d'Autriche prit la jeune marquise de Mortemart comme dame d'honneur.

Mes parents eurent un fils et quatre filles. La grâce de Dieu et les soins éclairés de ma mère devaient leur conserver tous leurs enfants. Je naquis la troisième, après ma sœur Gabrielle et mon frère Louis-Victor. Deux autres filles, Marie-Christine et Marie-Madeleine, me suivirent.

Tenant des charges à la Cour, mes parents avaient un appartement aux Tuileries où ils vécurent jusqu'à ce que mon père fît construire un hôtel sur la paroisse Saint-Sulpice, ce qui arriva devant que je me marie. Mon père visitait ses terres et séjournait dans ses domaines chaque fois que son intérêt ou sa fantaisie l'appelait. Je naquis le 5 octobre 1640, à la saison de la chasse, dans sa maison de Lussac-lès-Château [1] à moins de dix lieues de Poitiers, et fus baptisée le jour même dans l'église du village. Ce furent deux paysans qui ne savaient signer qui me présentèrent à l'autel. Mes parents croyaient au principe évangélique qui veut qu'une âme ait le même prix qu'une autre devant Dieu, aussi me donnèrent-ils le prénom de la simple femme qui fut ma marraine, comme ils s'y seraient obligés pour la plus grande dame du royaume ; elle se nommait Françoise Massoulard. Mon parrain fut Nicolas Rouzet.

Ma famille possédait à Lussac un château fortifié qui était l'une des plus belles places du Poitou. Son donjon et ses cinq tours ne s'étaient jamais rendus que devant le connétable Du Guesclin, ce qui n'était pas faillir à l'honneur. Au temps des guerres de la Ligue, l'amiral de Coligny, dans sa rage d'avoir été repoussé du siège de Poitiers, vint y porter le fer et le feu. La garnison

1. *Lès* a ici le sens de « près de ». C'est par déformation que le village est devenu Lussac-les-Châteaux.

du château étant partie tout entière secourir la ville de Poitiers, il fit tout ce que sa fureur pouvait laisser appréhender, et se paya aussi sur l'église dont il ne laissa debout que le chevet. Plutôt que de refaire la construction du château, mon père, qui aimait ses aises et qui ne se plaisait guère entre les murs de la cour féodale, décida d'élever un nouveau logis, moins auguste mais plus commode, dans la rue Saint-Michel. Il fut bâti dans le style de la Renaissance avec des pierres tirées du vieux château et ouvre, vers la campagne, sur un parc planté de buis. C'est dans cette nouvelle demeure qu'on me laissa aux soins de ma nourrice et de quelques femmes qui firent ma première éducation. Selon l'usage de notre campagne, on les nommait la Troubat et la Gailledrat ; quant à ma nourrice, la bonne Auzanneau, je ne savais l'appeler que Nano. Je grandis à Lussac pour la simple raison que mes parents jugèrent bon de me laisser où j'étais tombée. Mon frère et mes sœurs qui naquirent aux Tuileries y furent élevés après leurs années de nourrice, ce qui me donna de faire leur connaissance assez tard.

J'ai passé tant d'années à la Cour que je pensais être née le jour où j'y parus et n'avoir pas gardé plus de souvenirs de mon enfance qu'on n'en retient habituellement des songes. Ils reviennent à présent, comme le feraient de petits animaux familiers qu'on a chassés et qui reprennent leur place sans tenir rancune à leur persécuteur.

Le village où je fis mes premiers pas se trouve fort ramassé par l'habitude qu'ont prise ses habitants de se serrer près du château. La rue Saint-Michel, où je naquis, partage Lussac en deux parties. D'un côté se trouve la maison bâtie par mon père, que les habitants eurent vite fait d'appeler le Logis neuf, de l'autre, et un peu en contrebas de la pente, le vieux château dont les murs, jadis ébréchés par les soins de l'amiral de Coligny, diminuaient tous les jours, les habitants de Lussac trouvant là une carrière de pierres fort commode. Les restes de ce château furent pour moi un terrain de jeu ordinairement interdit, ce qui ne le rendait que plus attrayant à mes yeux. Dans l'espoir de m'en éloigner, ma nourrice me conta une histoire de revenants et de loups-garous, ce qui ne fit que m'attirer davantage, tant le danger et le mystère excitèrent tôt ma curiosité. La forteresse domine un étang que le comte de Taveau avait jadis fait creuser pour mieux assurer la défense. Du pont-levis, ne demeuraient, au milieu de l'eau, que des piles énormes qui ne se trouvent pas alignées. Je demandai un jour l'explication de ce désordre à mon père. *« C'est sans doute,* me dit-il, *que l'ennemi franchit moins vite un pont qui n'est pas droit. »* Et comme j'ouvrais de grands yeux devant tant de science militaire, il partit d'un grand rire. *« A moins que l'homme qui a lancé ce pont n'ait bu trop de ratafia »*, ajouta-t-il. Cette manière de troubler les croyances des petits enfants était bien dans les façons de mon père. La pile la plus mystérieuse du pont, la plus grosse aussi, était creuse. Les paysans assuraient avoir vu des lumières la nuit au travers des meurtrières qui la perçaient, et des feux follets au-dessus. On parlait de fées, de revenants, et de prisonniers qu'on y avait jetés pêle-mêle et dont on entendait encore les cris certaines nuits. Bien que l'endroit fût plus interdit que les autres, j'y entraînai un jour quelques petits paysans dans une barque. Je n'attendais rien de moins que de délivrer de pauvres prisonniers, ou de trouver leurs dépouilles accumulées, à moins qu'il n'y eût là un trésor dont la découverte éblouirait la contrée. Nous grimpâmes au risque de nous rompre le cou et ne découvrîmes qu'un vaste puits noir, humide et extrêmement puant. Nous eûmes le tort d'aller conter partout que la pile du pont était vide. Les grandes personnes, sans doute plus cruellement désabusées que nous, se dédommagèrent en punitions bien senties, et plusieurs de mes camarades furent rossés, moins pour leur ôter le goût de l'escalade que pour avoir révélé qu'il n'y avait rien dans le coffre au trésor.

Après cette belle expédition, je limitai mes jeux aux rives de l'étang qui précède le château. Je pourrais en faire le tour les yeux fermés et connaître encore son parfum d'herbes et de feuilles. Sur l'autre rive se trouvaient des grottes où nous ramassions des pierres en faisant du feu. Au bout de l'étang, un petit bâtiment percé de niches nous intriguait fort parce qu'on l'appelait la léproserie. J'interrogeais indéfiniment ma nourrice sur ces lépreux. Elle me promit que si j'approchais la maison, j'attraperais la maladie qui me ferait tomber les pieds, les bras, et aussi le nez. Avec mes camarades, l'un de nos jeux était de contrefaire les lépreux, lesquels, à la vérité, avaient disparu depuis belle lurette de Lussac. Agitant une sonnette que nous ne possédions qu'en imagination et dont nous tentions d'imiter le bruit, nous avancions en fermant les yeux avec force, ce qui nous faisait trébucher et tomber les uns sur les autres comme des cartes abattues au jeu. C'était alors des rires à s'évanouir. Le véritable motif de l'interdiction était qu'un sorcier avait trouvé refuge dans la cabane. On confiait à mi-voix qu'à son passage les fontaines s'emplissaient de grenouilles et qu'il faisait des rats, ce dont je doutais un peu. Je le surpris un jour au sortir de sa tanière. Il me parut un bonhomme fort pauvre et tout crotté dont les jambes couvertes de scrofules faisaient pitié. Je me précipitai aussitôt vers ma Nano, implorant et tapant du pied tour à tour, pour qu'on le secourût et le soignât, ainsi que nous étions accoutumés de le faire pour tous les miséreux du pays. Ma prière déclencha un torrent de paroles où il entrait que le vieillard avait fait mourir des bœufs, des porcs et des juments, ainsi que le fils du bedeau. Baissant la voix, et parlant par-dessus ma tête, ma nourrice dit en confidence aux femmes de la cuisine que le bonhomme avait aussi ensorcelé la fille du meunier de Mazerolles qui s'était mise à courir toute nue par les champs. Là-dessus, se saisissant de moi et m'emportant dans ma chambre, Nano me fit réciter quantité de *Pater* et d'*Ave* et, le lendemain, m'aida à enfiler mon bas droit à l'envers en guise de protection. Elle m'apprit aussi à frapper trois fois sur la coque des œufs que l'on venait de manger, à replier les pouces de la main en dedans quand l'on passait devant des personnes que l'on pouvait craindre, et à porter toujours dans ma poche du sel bénit qu'elle ne me mesurait pas. J'aimais fort ces pratiques qui me semblaient avoir leur utilité autant que du charme, mais un instinct assez sûr me les fit dissimuler à mes parents.

Mon aïeule maternelle, la dame de Marsillac, venait me visiter plusieurs fois par saison. Ce jour-là ma nourrice me frottait à m'arracher la peau et m'écrasait la tête dans son tablier, afin de vérifier que celle-ci ne portât pas de poux, ce dont ma grand-mère ne manquait jamais de s'assurer. L'examen, toujours conduit avec soin, donnait lieu à de grandes disputes [1] entre les deux femmes, car si mon aïeule ne pouvait souffrir jusqu'à l'idée des poux, ma nourrice assurait qu'ils mangent le mauvais sang, dégagent la tête, et éloignent les fièvres. Ma toilette achevée, Nano me coiffait en tordant dans mes cheveux tous les rubans possibles à accumuler. La visite se déroulait toujours sur le même mode. Mon aïeule, fort essoufflée, s'enquérait longuement de ma santé auprès des femmes puis, assise bien droite au

1. Discussions.

milieu de la salle, me faisait réciter mon catéchisme. Comme elle n'en savait guère plus que le curé Tartaud qui me l'enseignait, la conversation tournait court, et ma grand-mère, son devoir accompli, s'en retournait chez elle, non sans m'avoir sévèrement recommandé de prier pour mes parents.

Chaque fois que je fus atteinte des maladies de l'enfance, ma Nano ne manquait pas d'envoyer chercher la dame de la Messelière. Il me souvient d'un jour où, saisie d'une fièvre très forte, je tombai dans un sommeil agité. Ouvrant les yeux, je découvris mon aïeule égrenant à mon chevet un chapelet à grains d'argent. Elle avait fait tirer les volets, et tenait embrasées près de mon lit des bougies qui ressemblaient à des cierges. Il me parut que c'était ainsi que l'on devait réciter les prières des agonisants. Saisie de terreur, je me dressai tout en pied, hurlant que je ne voulais pas mourir, ce qui eut pour effet d'augmenter la fièvre. Assurant que j'avais commis quantité de péchés mortels, je réclamai à grands cris le curé qui pouvait, seul, m'éviter les flammes de l'enfer. *« Vous ne pouvez avoir commis de péchés, tant véniels que mortels, puisque vous n'avez pas l'âge de raison »*, affirma doctement ma grand-mère. Nano répondit à cet excès par des caresses et des tisanes qui ne calmèrent que la fièvre dont j'étais atteinte, et non la disposition inquiète de mon esprit. La crainte de Dieu semée par la religion étroite et mal entendue du curé Tartaud ne fut pas balayée, elle demeura comme le ver dans le fruit et garda ses pouvoirs pernicieux. Les premières impressions sont si fortes que je n'en suis point encore débarrassée aujourd'hui.

Cette peur avait été semée dans mes leçons de catéchisme. Chaque semaine, et pour toute une après-dînée[1], le curé Tartaud nous faisait asseoir dans le premier rang de l'église. Il allait et venait devant nous, nous faisant répéter par cœur, tantôt en patois, tantôt dans un latin dont nous n'entendions pas le premier mot, l'évangile du jour, l'épître et l'oraison. Il y joignait quelques questions et répons sur ce qu'étaient Dieu et la sainte Trinité, et de longs développements sur l'enfer, nous décrivant les démons et les supplices qu'ils faisaient, comme s'il les avait connus. Ce n'étaient qu'huile bouillante, roues dentées et fers bien rouges. Il voulait nous faire peur et y réussissait ; ce moyen-là ne suffit pas à préserver du mal.

Quand la fièvre m'eut quittée, mon aïeule s'enquit des fautes que je me reprochais. Je me sentais tout à fait revenue des portes de la mort, aussi me serais-je bien dispensée de confession. Il n'était, hélas, plus temps de me taire. J'avouai avoir mordu jusqu'au sang le fils du sabotier pour la raison qu'il ne voulait pas me céder un caillou que j'avais trouvé ; j'ajoutai que j'avais aussi crevé, par jeu, le meuble[2] de la salle. Cette faute se trouvait augmentée du fait que j'avais ensuite tenté de dissimuler mon crime derrière un pot d'étain. Ma grand-mère se souciait fort peu que je dévorasse le pays tout entier, mais elle était bonne ménagère, aussi l'aveu du dommage causé au meuble me valut-il trois jours au pain sec et à l'eau.

J'ai connu à Lussac une liberté que je ne devais jamais retrouver et que j'ai bien des fois regrettée. Après avoir payé mon écot en roucoulades et en caresses à ma chère Nano, je pouvais courir tout le jour. J'aimais trotter dans la cuisine pour écumer le pot et, plus encore, tourner dans les laiteries d'où l'on me chas-

1. Après-midi (c'est l'orthographe du temps).
2. Tapisserie.

sait à grands coups de houssine[1], car mes doigts me servaient davantage à goûter la crème qu'à tourner la baratte. Il me plaisait surtout, après avoir conduit mes petits paysans dans des expéditions, d'aller me promener seule dans des coins où je pouvais songer à mon aise. Je me souviens de la source de Fontserein, si fraîche aux jours d'été, d'une sorte de nid que je m'étais fabriqué au milieu des roseaux de l'étang, et aussi d'un ruisseau qui court en bruissant vers la Vienne, auprès duquel il m'arrivait de m'endormir. Je ne sais trop à quoi je songeais en un âge où l'on n'a encore guère de sens, mais je sais que je songeais fort. Mon cœur se gonflait d'un sentiment inexprimable ; il me semblait que j'avais une destination. Mon imagination n'avait pour se nourrir que les contes que me faisait ma nourrice ou la Troubat. Dans des histoires à leur façon, ces bonnes femmes mêlaient aux géants, aux fées et aux sorcières dont on amuse les enfants les Romains, les Anglais et les parpaillots[2] qui, tous, avaient bataillé près de Lussac. L'histoire que j'entendais avec le plus de plaisir était celle du roi Clovis qui, en chassant les barbares, avait traversé la Vienne devant chez nous, guidé par une biche nimbée d'or qui lui avait indiqué un gué. Les mères qui avaient un enfant malade venaient encore mouiller un linge à l'endroit où le cheval du roi avait frappé le sol de son sabot, y laissant une empreinte profonde. J'allais souvent m'asseoir sur le haut d'une petite falaise d'où le roi avait regardé son armée traverser le fleuve. Il me semblait que j'étais une princesse enlevée à son père, et que le roi, que j'imaginais très grand avec des cheveux blonds et des yeux bleus, venait me délivrer. Devant mes yeux se formait l'image d'un cavalier qui, du haut de sa monture, souriait à l'enfant

1. Torchon.
2. Protestants.

dont le cœur débordait d'admiration et d'amour, et qui, lançant son cheval au galop, se saisissait d'elle, l'emportant si loin, si vite, qu'elle croyait voler. Plus tard, je devais apprendre que Clovis est la forme antique de Louis. Il me parut alors qu'il ne fut jamais donné à enfant de réaliser aussi parfaitement son rêve. La seule différence est que le roi de France a aujourd'hui les yeux noirs.

Cette vie de campagne, si elle a fortifié ma santé, ce qui devait m'être utile dans une Cour qui abat les plus solides, eut le défaut de ne pas me donner assez tôt de maître. Ma nourrice et les servantes me traitaient en maîtresse, plus qu'en enfant, et je voyais bien que, pour les paysans de Lussac, j'étais rien de moins qu'une princesse. Choyée, je régnais sur tout, et l'on n'exécutait que trop bien ma volonté ; il est miracle que les dégâts n'eussent pas été plus grands. Je n'avais pas mauvais cœur, car il suffisait de me montrer que je faisais de la peine pour me faire céder, mais j'aimais à commander et à ce que l'on satisfasse mes désirs. Cette première éducation, si on peut appeler ainsi le fait qu'on me laissa pousser en liberté, ne pouvait que fortifier un fond d'orgueil et de domination. Quand les religieuses de Saintes voulurent me passer le licol, il était un peu tard. Mon père, qui avait une grande influence sur moi, et dont l'autorité eût dû redresser les choses, ne poussa pas à la roue. Quoiqu'il voulût que nous fussions instruits, il ne nous imposa guère une discipline qu'il s'évitait à lui-même. Il aimait ses enfants avec tendresse et brusquerie, et, dans notre jeune âge, s'amusait de notre compagnie comme il l'eût fait de celle de ses chiots. Il nous contait mille sottises, nous gavait de sucreries et nous bousculait pour nous faire rire jusqu'à ce qu'un mouvement d'impatience ou de colère nous projetât hors de sa vue. J'aimais mon père à la folie ; il était mon dieu. Il ne venait pas à Lussac deux fois l'an, mais les jours où il s'y trouvait me semblaient un paradis. Mon cher papa était le plus beau cavalier du monde. Il avait les yeux bleus des Mortemart, des cheveux abondants et frisés, et la mine colorée d'un homme qui ne s'ennuie pas à table. On ne pouvait me rendre plus contente que lorsqu'on disait que je lui ressemblais. J'aimais sa façon de lancer son chapeau à terre ou sur un coffre, de s'asseoir en jetant ses pieds sur un pliant, et de rire à pleine ceinture. Il parlait fort et les *r* lui roulaient dans la bouche, comme chez les paysans de notre Poitou. Aujourd'hui encore, je crois tenir en plus grande et secrète fierté d'avoir été l'élue de mon père, plutôt que d'avoir été celle du Roi. Il me souvient qu'un jour où je trottinais dans les allées de notre maison de Lussac, je me cachai par jeu derrière des buis, alors que mon père se promenait en compagnie d'un voisin. Celui-ci, me découvrant au détour d'une allée, demanda : « *Mais qui est cette enfant ?* » Je n'étais alors qu'une poupée blonde et rose. Mon père sourit en m'apercevant et, me saisissant dans ses bras et m'élevant au-dessus de lui, me lança en l'air plusieurs fois pour me faire rire. Ses yeux brillaient d'amusement et de fierté ; il me sembla que mon cœur se trouvait sur le point d'éclater. « *Pour celle-là,* dit-il en me reposant sur le sol, *c'est la perle des Mortemart.* » Voilà comment on forge, le plus durablement du monde, l'orgueil des petites filles.

Ce fut vers l'âge de sept ans que je découvris ce qu'il est permis d'appeler le monde. Mes parents, venus au début de l'été à Lussac, en compagnie de mon frère, nous avaient emmenés dans la visite qu'ils faisaient chaque année de leurs terres. Nous demeurâmes quelques jours à Vivonne où le château, perché sur une butte, domine l'église et le village. De là nous partîmes pour Tonnay-Charente. J'aimai cette maison peu élevée, flanquée de deux tours, qui domine l'estuaire de la Charente. Ma mère se plaignait que l'air y était grossier ; je le trouvais vif comme le vol des mouettes qui piquaient au-dessus de notre terrasse. Les barques plates chargées de blé, les gabarres à demi enfoncées sous le poids du sel, et quantité de petits bateaux de pêche venaient s'échouer sur la grève le long du bourg ; l'on pouvait, de nos fenêtres, assister au débarquement des marchandises. Lorsque la marée était basse, les habitants, courbés en deux, un grand capuchon sur la tête, fouillaient la vase avec des crochets pour y trouver des coquillages. Au-delà des eaux grises de la Charente, on apercevait le moutonnement des plaines de la Guyenne ; de ce côté, le royaume semblait ne jamais finir. Le spectacle ne me lassait pas, encore que j'eusse préféré courir en compagnie de mon frère qui devait à son sexe toutes les libertés.

Ainsi qu'ils le faisaient chaque année, mes parents s'obligèrent à recevoir le voisinage. L'air de la Cour que l'on respirait là où ils se trouvaient, les alliances de famille et les obligations, la curiosité enfin, firent accourir la moitié de la province. Pour la première fois de ma vie, je vis dresser un buffet avec des pyramides à ne pas passer les portes, j'entendis les violons, les hautbois et les trompettes s'accorder avec des grincements qui me parurent délicieux, afin de préparer la danse. J'assistai à la fête pour la simple raison que personne ne prit la peine de me chasser ; je dois dire que j'eus assez d'habileté pour me dissimuler dans les plis des rideaux ou dans ceux de la nappe quand le regard de ma mère passait sur la salle. Eblouie, je vis des seigneurs et des dames couverts de rubans et de dentelles, tout pommadés et parfumés, qui semblaient ne s'être assemblés que pour le plaisir de dire des choses aimables, de danser et de manger des confitures. Je sentis le lendemain avec chagrin que mes parents leur trouvaient un esprit rugueux et des tournures rustiques ; pour ma part je n'avais jamais vu assemblée si brillante. Cette fête, pour modeste qu'elle fût, produisit sur moi un effet prodigieux. Les parfums, la musique, les rires, le mouvement même me montèrent à la tête ; il me semblait être au Paradis. Y avait-il donc des gens assez heureux pour manger, rire et danser ensemble ? « *Voilà ce que je veux,* me disais-je, *c'est pour cela que je suis faite.* » Dessous la chaise que je ne quittais que pour m'emplir la bouche de confitures, mes petits pieds dansaient tout seuls. Un seigneur, je sus plus tard que c'était le marquis de Brémond d'Ars, eut la charité de s'en aviser. S'inclinant fort gracieusement, ainsi qu'il l'eût fait pour une dame, il me dit qu'il réclamait l'honneur d'être mon premier danseur. Rouge de plaisir, je l'accompagnai dans un passe-pied fort rapide dont j'eus le bonheur de saisir tout de suite la mesure. Nos figures et mon rire furent remarqués de l'assemblée où les couples s'arrêtèrent de danser et battirent des mains. Mon père applaudit comme les autres, après quoi il m'emporta vers ma chambre. « *Ah ! mon cher papa,* m'écriai-je, *je voudrais danser tous les jours. – Je vois cela,* me dit-il, *il est encore un peu tôt pour ce genre d'exercice.* » Le lendemain, j'entendis ma mère remarquer avec la gravité dont elle ne savait se départir : « *Notre fille aime le monde. – Et le monde n'a qu'à bien se tenir,* répondit mon père, *car je crois qu'elle y fera son effet.* » Un air de sévérité et de chagrin se peignit alors sur les traits de ma mère. Je ne doute pas que cette prédiction n'ait poussé ma chère maman à faire commencer très tôt mon éducation de couvent. Je fus cependant reconduite à Lussac où je retrouvai ma Nano, les leçons du curé Tartaud et mes courses autour de l'étang.

L'été de 1648 – j'allais avoir mes huit ans – me parut bien long. Alors que mes parents venaient chaque année dès le mois de juillet à Lussac, je dus attendre jusqu'au mois de septembre. Dès l'instant de leur arrivée, je compris qu'il ne serait pas question de danse. L'air de l'inquiétude régnait sur la figure de ma mère, et celui de l'emportement sur toute la personne de mon père. Mes grands-parents, aussitôt accourus, et moi-même, n'entendîmes parler que des troubles causés par le Parlement qui profitait de la jeunesse du Roi pour ordonner à sa place. Mon père regardait les parlementaires comme des brouillons qui ne cherchaient que leur propre élévation et la grandeur des Princes [1]. Et de conter l'arrestation du président Broussel, qui avait donné lieu à un combat de mains et d'injures, et à de telles intrigues qu'il avait fallu le rendre, après que la Reine eut été humiliée. La Cour avait dû se réfugier à Ruel [2] sous la protection du prince de Condé que mes parents peignaient comme un ambitieux qui ne voulait que s'acquérir, entre la Reine et son ministre, un mérite tout entier. Le reste de la famille : le prince de Conti dont j'entendis parler comme d'un zéro, et la duchesse de Longueville dont mon père disait que son époux était le seul homme à n'être pas le mieux du monde avec elle, n'étaient pas mieux traités, sans oublier le duc de Beaufort [3] qui s'était échappé de Vincennes pour renouveler ses sottises. Comme ma mère, tout assombrie, se taisait, mon père poursuivit par le duc d'Orléans qui ne

1. Ce terme désigne les princes du sang, soit le duc d'Orléans, frère de Louis XIII et oncle du jeune roi, ainsi que les Bourbons de la branche Condé : le prince de Condé, son frère le prince de Conti, et leur sœur, la duchesse de Longueville.

2. Rueil où la Reine possédait un château.

3. François de Vendôme, petit-fils d'Henri IV et de Gabrielle d'Estrées.

pouvait considérer l'état où était la Cour sans ressentir quelque espérance. Il couronna par le coadjuteur de Paris[1] qui avait plus de talent pour l'intrigue que tous les autres réunis, et auquel on devait sacrifier comme on fait aux démons. Mon aïeul, quelque peu effrayé par cette peinture de la cour du roi Pétaud, se rappelait cependant avoir été au parlement de Bordeaux. Reprenant l'affaire à son début, il hasarda que le Parlement avait, en effet, le droit de faire des remontrances au Roi. *« Nous vivons en un siècle où, par les vertus et les droites intentions de la Reine, nous n'avons pas besoin de toutes ces réformations »*, dit mon père sur un ton qui ne permettait pas d'y revenir.

Dans ce qui peut décider du cours d'une vie, on sait que les grandes choses se mêlent habituellement aux petites et que le hasard a sa part. Mes parents, dont la patience avait été usée par les picoteries de monsieur Broussel, s'avisèrent que je me servais plus aisément du patois poitevin que du français où je devais chercher mes mots. Sur un froncement de sourcils, mon père, qui était homme à aller aux extrêmes, déclara que l'on commencerait sur l'heure mon éducation de couvent et que ce serait dans l'abbaye de Saintes. Sans doute pensait-il me mettre conjointement à l'abri des fautes de français et des troubles de la capitale. Il en fut de ce calcul comme de ceux qui semblent trop bien faits ; la Providence s'amusa à le déjouer. Ma sœur aînée, qui faisait alors son éducation dans le couvent de l'Abbaye-aux-Bois à Paris, n'entendit pas péter une amorce, alors qu'à Saintes, je connus l'eau, le feu, la peste et la guerre.

Ma mère, effrayée par l'effet d'une éducation rustique, ne s'opposa pas à la décision paternelle, laquelle

1. Paul de Gondi, coadjuteur de l'archevêque de Paris, futur cardinal de Retz.

me blessa doublement. Ma sœur Gabrielle n'avait été conduite à l'Abbaye-aux-Bois qu'à l'âge de onze ou douze ans, âge auquel il convient ordinairement de confier à des maisons religieuses l'éducation des jeunes personnes, et je n'avais que huit ans. J'avais aussi espéré être rapprochée de ma famille et conduite à Paris, mais le souci de m'entendre parler en français présentant sans doute aux yeux de mon père un caractère d'urgence, celui-ci sollicita mon admission dans l'abbaye royale de Saintes. Madame de Saintes [1], entreprise, ne manifesta pas une joie extrême de la proposition. Elle fit savoir, et sous les couleurs les plus tranchantes, que l'abbaye, réformée par ses soins, était faite pour la sanctification des religieuses, et non pour l'éducation des jeunes filles, laquelle était une charge si pesante qu'elle ne la recherchait pas. Mon père prit d'assez haut qu'on refusât l'honneur de recevoir sa fille. Des évêques sortis de la maison de Mortemart avaient souvent occupé l'évêché de Saintes, trois d'entre eux avaient procédé à l'élévation de sa cathédrale avant que celle-ci ne fût ruinée par les coreligionnaires [2], pour cette raison, il eût volontiers regardé l'abbaye de Saintes comme sa chapelle particulière. Madame ne voulut pas en rabattre et fit sentir qu'elle entendait demeurer la maîtresse chez elle. Je commençais à prendre espoir de gagner Paris, quand madame de Roquelaure, qui se trouvait abbesse en Rouergue, vint apprendre la perfection dans l'abbaye de Saintes. Elle apportait avec elle quatre de ses nièces dont elle fit la surprise. Madame ne sut ou ne put les refuser ; comme elle avait la persuasion d'être juste, elle se résigna à me réunir au lot.

Je reçus la nouvelle d'un départ qui m'arrachait à ma nourrice, à mon cher Lussac, enfin à tout ce à quoi

1. Titre de l'abbesse de Sainte-Marie ou Abbaye-des-Dames.
2. Un des noms donnés à l'époque aux protestants.

s'attachent les premiers sentiments, comme celle du plus affreux des exils. Saisie d'un véritable désespoir, je pleurai, criai et trépignai, ce qui ne fit que persuader à mes parents qu'ils n'avaient que trop tardé à pourvoir à mon éducation. On me fit coudre précipitamment un trousseau et, à l'âge de huit ans, j'entrai comme pensionnaire extraordinaire à l'abbaye royale Sainte-Marie de Saintes.

La ville de Saintes est certainement l'une des plus jolies qui se puissent trouver. Bâtie tout en pierre blanche, ce qui lui donne un air propre et neuf, elle est ronde et bien ceinturée de remparts. Posée sur la rive nord de la Charente, elle abrite une grande quantité de bateaux au pied de ses murailles. Elle est attachée à la rive sud par un pont où l'on trouve au commencement un châtelet et à la fin un arc romain dont la belle arche double et les inscriptions latines m'ébahirent. Ce pont, toujours encombré de voitures, de chevaux et de piétons, conduit au faubourg Saint-Palais où fut élevée l'Abbaye-des-Dames [1], l'une des plus considérables du royaume. Elle ne reçoit que des filles de la noblesse et l'abbesse est toujours choisie dans les maisons les plus illustres, et même alliées à la maison souveraine. Madame de Saintes a le privilège de porter la crosse qu'elle doit toutefois tenir vers l'intérieur, en guise de soumission à son évêque. Cette soumission reste fort mitigée, car un nouvel évêque doit faire visite à l'abbesse avant que d'entrer dans sa cathédrale, de sorte

1. C'est encore, au XVIIe siècle, le nom populaire de l'abbaye Sainte-Marie.

que l'on ne sait qui, de Madame, ou de Monsieur de Saintes [1], est véritablement soumis à l'autre. A la vérité, quand l'on voyait Madame, l'on ne demeurait pas longtemps à douter.

Madame de Foix-Candale avait été réservée au cloître dès l'enfance. Elle avait vingt-trois ans quand la mort de sa grand-tante, madame de La Rochefoucauld, la fit abbesse. L'abbaye Sainte-Marie n'abritait alors que dix-huit religieuses qui durent éprouver la différence. La première résolution de Madame, et celle-ci n'était pas femme à s'endormir sur des projets, fut de réformer une maison où la régularité [2] se trouvait fort hasardée. La clôture n'étant plus respectée, le désordre s'était installé dans l'abbaye. On aura une idée de la mesure qu'il avait atteinte quand l'on saura que madame de La Rochefoucauld elle-même avait été accusée d'une scandaleuse intimité avec l'évêque de Saintes, monseigneur Le Cornu de La Courbe, dont le nom, ajouté aux soupçons, avait permis les plus désastreuses facéties. Madame fit entendre tout de suite que la vie mitigée lui déplaisait. Elle assembla la communauté et lui exposa ce qu'elle entendait faire pour retrouver la pureté de l'état religieux. Personne, à la vérité, n'eut le temps de faire des réflexions. Du jour au lendemain, la clôture fut strictement établie, la porte fut fermée, les séculiers chassés, et l'on bâtit des parloirs où les visites furent mesurées. L'on édifia, dans le même temps, des dortoirs, et la table fut déclarée commune, car Madame ne pensait pouvoir accorder le vœu de pauvreté avec une autre façon d'agir. Enfin, disant que le monastère était le jardin clos de l'Epoux, l'abbesse le fit enfermer dans de solides murailles, cel-

1. L'évêque de la ville.
2. Le respect de la règle monastique.

les-là que je franchis, plus morte que vive, au début de l'automne 1648.

Notre attelage étant demeuré près de l'église Saint-Palais, je passai le portail en compagnie de mon père aussi gaiement que je l'eusse fait de celui d'une prison. Je découvris d'abord l'église abbatiale et je puis assurer qu'il y avait de quoi écraser une enfant qui n'avait connu que l'église de son village. Les trois porches, en cintre roman, étaient si bien couverts de sculptures qu'il me parut qu'une vie ne pourrait suffire à les examiner. Dans l'état d'esprit où je me trouvais, je ne vis ni le Christ auréolé ni les anges, mais des animaux affrontés et des monstres. Il ne manquait pas même les martyrs conduits au supplice de la hache, du glaive ou du fouet. Le clocher, au toit couvert de pierres pareilles à des écailles, me fit penser au poisson qui dévora Jonas. Avançant à la suite de mon père, je découvris les bâtiments conventuels rangés autour d'une cour. Madame qui les avait fait rebâtir avait les vues grandes, et toutes ces largeurs et hauteurs évoquaient plus le palais ou la caserne que le couvent.

L'abbesse nous reçut sous les voûtements gothiques de la salle capitulaire. Comme les autres religieuses, Madame était vêtue d'une tunique de laine noire ceinturée de cuir et couverte d'un long scapulaire éclairé d'une guimpe blanche. Un voile, également noir, d'une finesse extrême et fort empesé, avançait sur le milieu du front par le moyen d'une pointe Médicis ; seule la croix pectorale permettait de distinguer l'abbesse parmi les autres professes.

Je n'ai jamais vu approcher Madame de Saintes qu'avec crainte et respect ; ces deux sentiments étaient également mérités. Madame portait sur toute sa personne le poids de dix siècles de chevalerie et autant de chrétienté bénédictine. Dans l'instant, je pensai qu'il n'était pas possible que tant de noblesse et d'austérité se puissent contenir sur le même visage. Quand je la connus, Madame n'était plus dans le fort d'une grande jeunesse, mais une contenance très redressée, une maigreur qui tenait des macérations qu'elle s'imposait, et une vivacité fort retenue mais que l'on sentait brûler intérieurement comme un feu, éloignaient d'elle les apparences de la vieillesse. Sans qu'un trait de sa physionomie ne bougeât, l'abbesse nous fit un compliment d'accueil où elle ne manqua pas de faire sentir tout le poids de la grâce qui nous était accordée. Mon père ne sut pas cacher le déplaisir qu'il en avait et les mots de *« Madame »* et de *« monsieur le marquis »* s'échangèrent à bouche pincée. Ce fut sur ce mode que Madame dirigea un petit interrogatoire me concernant. Nous apprîmes promptement qu'emprunter les chemins de traverse n'était pas son art et sa manière. *« Vous avez, monsieur le marquis, quatre filles. Destinez-vous celle-ci au cloître ? »* demanda-t-elle.

L'idée que l'on pouvait me renfermer dans ces murs pour toujours ne m'était pas venue. Il me sembla que le Ciel m'était précipité sur la tête. Je sentis aussitôt tout ce que le misérable prisonnier peut éprouver quand la trappe est tirée au-dessus de lui. L'image de la pile creuse du pont de Lussac passa devant mes yeux. A peine relevée de ma révérence, je me dressai tout en pied, criant le plus haut et le plus dignement que je pus : *« Ah non ! Ah ! pour ça non ! »* Madame sursauta, comme mordue par un aspic. J'eus la chance que mon père, fort piqué d'un propos qui sous-entendait un calcul d'intérêt, vînt à mon secours. *« Laissons à Dieu, Madame,* dit-il, *le plaisir de choisir Lui-même ses épouses. »* Et d'ajouter, pour répondre à l'agacerie, que quand le Ciel lui eût accordé une douzaine de filles, il eût cru pouvoir assurer leur établissement dans le monde si celles-ci ne se fussent pas senties irrésistiblement attirées vers le cloître. Mon père faisait là le glorieux à peu de frais car le dicton :

Pour marier un enfant richement,
Deux ou trois sont mis au couvent

est aussi bon pour notre famille que pour celle des autres. Ce qui m'importa ce jour-là fut qu'il ne m'eût pas abandonnée. Si Madame sentit la leçon, elle ne le montra pas et poursuivit d'enquêter sur mon compte.

— *Et à part la mauvaise façon de répondre quand on ne lui adresse pas la parole, de quoi cette enfant est-elle instruite ?* demanda-t-elle.

— *De rien,* assura mon père avec un air de nonchalance qui savait jeter ma mère hors de ses gonds. Mais l'on n'atteignait pas aisément à ce résultat avec Madame.

— *Je vois,* dit-elle en me fixant.

Madame de Saintes fut la seule personne à savoir me faire baisser les yeux ; à seulement l'évoquer, il me semble que le regard dur et brillant de l'abbesse me transperce encore aujourd'hui.

Là-dessus et tout uniment, mon père parla du bruit fait par le parlement de Paris. La peinture des désordres de la capitale que l'agitation du duc de Beaufort avait fait couvrir de barricades ne fit pas plus broncher Madame que si l'on eût parlé du vent ou de la pluie. Les « *Tout branle !* » lancés par mon père n'ayant pas, il s'en faut, ébranlé l'abbesse, le marquis de Mortemart, qui s'était un peu échauffé dans son récit, se rappela la sainteté des lieux où il se trouvait et, pour glisser un peu de religion dans l'affaire, témoigna de ce que l'on avait dit devant lui que le duc de Beaufort, jeté en prison, y avait vécu fort dévotement.

— *C'est l'ordinaire des hommes de chercher Dieu*

dans le malheur et de l'oublier dans la prospérité, dit Madame.

Mon père lui assura qu'en effet, le duc, sorti de la Bastille, ne songeait plus qu'à se divertir et à se venger, ce à quoi il réussissait. De là il passa au récit de la petite vérole du Roi qui avait mis celui-ci à deux doigts de la mort et la Reine au désespoir. Madame demeurant muette, mon père voulut porter les choses à la métaphysique.

— *L'Etoile est terrible contre les rois,* dit-il.

Et de parler d'un air profond des malheurs de la reine d'Angleterre[1] qui s'était retirée aux Carmélites, pleurant de chagrin de savoir son époux prisonnier.

— *Dieu dispose des rois comme de toutes les créatures,* dit Madame.

Après quoi, et comme par illustration, l'on parla de la mort du roi de Pologne dont la disparition n'avait donné nul déplaisir à la Reine que celui de prendre le deuil. Madame encourageant fort peu la conversation, mon père prit le parti de se retirer et je demeurai.

L'immensité des lieux où je devais passer près de quatre années devait me frapper jusqu'à la fin de mon séjour à l'Abbaye-des-Dames. Des mois après ma venue, il m'arrivait encore de me perdre et d'aboutir au fond de quelque cour où je commençais de tourner en rond, ce qui ne me laissait pas retrouver mon chemin.

Quand Madame reçut la direction de l'abbaye, elle avait trouvé le couvent irrégulièrement construit et malsain. Ne pouvant rien voir en petit, elle avait lancé des travaux qui devaient être considérables. Deux ans plus

1. Henriette de France, sœur de Louis XIII, épouse de Charles Ier d'Angleterre alors prisonnier et bientôt décapité ; elle se trouvait réfugiée en France.

tard, un incendie ravagea le monastère. Sans montrer plus d'impatience ou de déplaisir, Madame fit tout recommencer. Quand ce fut fini, elle fit augmenter encore. La vérité est que l'abbesse, semblable en cela au Roi qu'il me restait à connaître, avait la passion de bâtir. Je ne connus l'abbaye que comme je connus Versailles : tout envahie d'ouvriers, les cours et les escaliers encombrés d'échelles, de sable ou de gravats, et les murs échafaudés. L'odeur humide des plâtres, celles des bois et des peintures, étaient partout. A effleurer la muraille, on tachait son manteau. Bien que Madame eût ordonné le silence auquel on ne pouvait réduire que la voix des hommes, les coups de maillet et de ciseau répondaient tout le jour au chant des psaumes. C'était de l'embarras et aussi de la gaieté.

Dès le début de son gouvernement, Madame avait entrepris de séparer les novices du reste de la communauté, et les avait logées dans un appartement nommé la Magdelaine qui se trouve hors de la clôture, près de l'église Saint-Palais. Cette façon de traiter les novices en troupeau séparé fut très critiquée. Madame répondait qu'il fallait les nourrir de lait avant qu'elles pussent digérer une nourriture plus solide. La réputation de sainteté du couvent augmentant, beaucoup de jeunes filles des meilleures maisons demandèrent à y être admises. Quand on félicitait l'abbesse sur l'augmentation du nombre des recrues, elle répondait que l'augmentation du nombre n'était pas celle de la joie ; j'ai dit comment mon arrivée n'accrut pas sensiblement cette joie. Nul doute que, si elle eût trouvé la chose raisonnable, Madame n'eût bâti pour les nièces de madame de Roquelaure et moi-même un pensionnat qu'elle eût soigneusement séparé du noviciat et tenu encore plus loin de l'abbaye dans le faubourg Saint-Palais. Nous n'étions toutefois que cinq, et Madame pouvait espérer que son fardeau ne fût que passager.

Pour cette raison, nous fûmes jointes aux novices et logées dans la Magdelaine, ce qui est un curieux patronage pour des jeunes filles destinées au cloître. Il m'est arrivé de songer par la suite que ce parrainage m'était peut-être plus particulièrement réservé. Monsieur Poussin et quelques autres, qui m'ont peinte sous les traits de cette pécheresse, s'en sont depuis avisés.

Madame ayant reçu le poids de cinq éducations comme une croix entendit la porter pleinement. Elle nous confia à sa nièce, madame Françoise de Foix qui avait été élevée auprès d'elle et était devenue sa coadjutrice, mais nous ranger sous la houlette de madame de Foix n'était pas quitter celle de Madame, car notre maîtresse n'eût pas écrit un billet sans la permission de sa tante. Si elle avait autant de sainteté que l'abbesse, madame de Foix était plus aimable et ses tournures infiniment plus adoucissantes, aussi fut-elle aussi bonne pour nous qu'il était en son pouvoir de l'être. Je dois pourtant à la vérité de dire que de ces années, seule émerge la personne de Madame ; celle-ci était au cœur de l'abbaye comme une torche qui, brûlant sans cesse, rejette tout dans les ténèbres.

Les pensionnaires que je rejoignais à l'Abbaye-aux-Dames étaient deux filles du comte de Nouaïlles, une du comte de La Vauguyon, et la dernière du marquis de Merville. Elles avaient été confiées à leur tante, madame de Roquelaure, fort tôt, et je crois qu'il n'atteignait à l'esprit de personne qu'elles pussent pousser un jour ailleurs que dans un cloître. Si l'on ajoute qu'elles avaient été élevées ensemble et se trouvaient plus âgées que moi, l'on comprendra combien je pouvais me sentir une pièce rapportée. Ayant poussé en liberté, j'apportais un air du dehors qu'elles n'avaient pas connu. Habituée à courir dans les prés de Lussac, je ne savais que sauter, rire et danser, alors que mes amies avaient déjà le pas réglé des couventines. Quand elles ne connaissaient que des prières et des points de couture, je savais des rondes, des jeux et jusqu'à des façons de nouer un ruban dont elles ne se doutaient même pas qu'elles existassent. Je pouvais conter quelques échos de la Cour, et je ne parle pas de l'effet produit par le récit de la fête de Tonnay-Charente que je dus reprendre vingt fois. Pinçant la robe de droguet noir dont nous étions vêtues, je mimais les pas que j'avais vu faire aux danseurs, chantant un air de ma façon qui me semblait accompagner la cadence. Madame de Foix, surprenant un jour la séance, redouta fort d'avoir glissé le loup dans la bergerie, mais elle avait la faiblesse de m'aimer, aussi adoucissait-elle autant qu'elle le pouvait l'écho de mes enfantillages auprès de Madame.

Le bruit que fit l'une de mes sottises arriva cependant jusqu'aux oreilles de l'abbesse. J'avais imaginé, alors que nous nous promenions sous la garde d'une maîtresse dans la ville de Saintes, d'entrer dans la boutique d'un orfèvre où j'avais accompagné mon père devant que d'entrer au couvent. Celui-ci avait commandé quelques plats, ainsi que des bagues ornées et des chaînes que je pensais destinées à ma mère. Fort aise d'être reconnue par le marchand, je jouai à la dame et me fis présenter des pendants que j'eusse été bien en peine de savoir installer. M'admirant dans un miroir que me présentait le bonhomme, je tenais près de mes joues les boucles où se balançaient des grenats comme je le faisais à Lussac avec des cerises. Mes compagnes s'amusaient de bagues et de bracelets. Le marchand, qui connaissait son affaire, nous cajola, nous amusa et nous flatta de mille manières. Il nous assura enfin que ces bijoux seraient à nous et qu'il lui suffisait de les porter à l'abbaye. Tout cela nous parut obéir à l'ordre d'un rêve, lequel cessa brusquement quand nous fûmes appelées chez Madame devant laquelle se tenaient le marchand, fort penaud, et la cassette où reposaient nos trésors. Sous le regard de Madame, ceux-ci ne me parurent plus aussi mirifiques que dans la boutique. Je dois dire que mon courage ne m'abandonna pas et que je réclamai de prendre la faute sur moi, puisque j'avais entraîné mes amies chez le marchand. Madame rejeta mon sacrifice dans les ténèbres extérieures, disant que mes compagnes étant plus âgées eussent dû se montrer plus sages qu'une enfant qui avait à peine dépassé l'âge de raison. Fixant notre commande comme s'il se fût agi de quelque animal dégoûtant, Madame nous dit que, quand elle avait pris possession de l'abbaye, elle avait trouvé la vaisselle d'or et d'argent ainsi qu'une grande quantité de bijoux de Mesdames ses devancières, et qu'elle les avait fait fondre pour faire un riche soleil[1] et des vases d'autel, mais que les brimborions qu'elle avait sous les yeux ne méritaient point l'honneur du traitement. Notre faute n'ayant pas l'excuse du bon goût en parut augmentée. La leçon fut suivie d'un discours qui donna à Madame l'occasion de nous dire ce qu'elle pensait sur le sujet de la coquetterie, sur la légèreté de conduite et sur l'art de contracter des dettes. Le marchand repartit avec son paquet, et nous avec une privation de promenades qui nous laissa tout le loisir de méditer sur la vanité de ce que l'abbesse appelait les afféteries.

L'abbaye Sainte-Marie étant un couvent et non un pensionnat pour demoiselles, les pensionnaires extraordinaires – notre nom indiquait bien ce que notre situation avait d'ajouté – suivaient avec quelques accommodements le même train que les novices. Avec l'ensemble de la communauté, la cloche nous éveillait chaque jour, le quart avant 4 heures, nous appelait à 11 heures au réfectoire du matin, et à 5 heures à celui

1. Un ostensoir.

du soir. Après le souper, nous gagnions le dortoir où nous dormions sur des lits garnis de crin, entourés de courtines de bure grise.

Il n'y avait pas à l'abbaye de maîtresses comme il s'en trouve dans les maisons d'éducation, aussi quelques religieuses donnèrent-elles suivant leur talent. On fit venir aussi des dames qui pouvaient nous instruire. Comme je ne savais ni *a* ni *b*, une novice fut chargée de m'apprendre mon alphabet, ainsi qu'à assembler mes lettres. Quand je sus lire pas trop lentement, compter à l'aide d'un boulier et faire des additions, je pus, étant aussi savante qu'elles, rejoindre mes compagnes. Dans une salle basse de la Magdelaine qui, même en plein hiver, ne recevait jamais de feu, nous écoutions nos leçons de catéchisme et d'histoire sainte. Le chant nous était enseigné à la chapelle. Toutes ces leçons étaient un peu marchandise mêlée et les cours insuffisamment soutenus. Il n'en fut pas de même pour le latin et le grec qu'un chanoine de la cathédrale vint nous enseigner. Ce vieillard connaissait son métier. Dès le premier jour qu'il nous vît, il ne nous parla que latin, ce qui nous laissa plus étonnées que des poules auxquelles on eût jeté un éventail. Son idée sur la façon dont il convient d'emplir les jeunes têtes était qu'il fallait en verser trop pour qu'il en restât assez ; il nous suffoqua. Nous pleurâmes beaucoup sur nos thèmes et nos versions ainsi que sur une *Vie des saints du Poitou* entièrement écrite dans la langue de Virgile, mais le bonhomme était têtu. Il versa tant et si bien que nous finîmes par avaler tout l'amer de ces langues. Que ne fait-on pas en allant toujours ! Sans faire la glorieuse, je peux dire qu'en quittant l'Abbaye-des-Dames, je savais le latin et entendais convenablement le grec. Pour le reste, j'étais aussi savante qu'une cuisinière.

Madame ayant donné l'ordre de nous tenir occupées en dehors de l'heure de récréation, nous avions toujours un ouvrage entre les mains. Pendant que nous nous exercions à serrer des points sur des étoffes, tantôt si grossières que l'aiguille à coudre nous perçait la peau, tantôt si fines qu'elles se déchiraient entre nos doigts, une novice nous faisait à voix haute la lecture de la vie des saints, lesquels se trouvaient toujours être des martyrs. Blandine et Potin, Félicité et Perpétue, Eutrope et la douce Eustelle [1] nous devinrent plus proches que les membres de notre famille. Je dois dire que leurs prières et leurs exhortations avant le supplice faisaient ma honte car, au cas où des temps de persécution fussent revenus, je me sentais assez peu capable d'affronter la vue des fauves.

Les lectures que nous aurions pu conduire nous-mêmes n'entraient pas dans les vues de Madame. Les seuls ouvrages qu'on nous laissait entre les mains étaient notre psautier et une *Imitation de Jésus-Christ*. Monsieur de Saintes, un jour de visite, nous fit cadeau fort solennellement d'une *Introduction à la vie dévote* [2] dont il fit le plus grand éloge devant Madame. Celle-ci ne crut pas devoir nous retirer un livre préconisé par son évêque. Je me plongeai dès lors dans les douces instructions données par Monsieur de Genève [3] à son élève Philotée. Il me parut découvrir un pays nouveau. La bienveillance et la bonté du saint évêque, son infinie mansuétude et ses comparaisons avec la nature me furent un enchantement. Pour la première fois, j'entendis parler de l'amour de Dieu pour les hommes et de la tendresse par laquelle il convenait d'y répondre. Il n'était plus question de douleur ou de supplice ni même de sévérité. « *Relevez votre cœur quand il tombera, tout doucement*, disait le bon évêque. *Faites comme les*

1. Martyrisés à Saintes.
2. Alors *best-seller* de saint François de Sales.
3. Saint François de Sales, évêque de Genève.

petits enfants qui, de l'une des mains, se tiennent à leur père, et de l'autre cueillent des fraises ou des mûres le long des haies. » Il me semblait que si l'on m'eût conduite de cette façon, j'eusse marché bien vite ! Ainsi qu'il est naturel dans les moments où l'âme se trouvant plus libre s'échappe et se dilate, je me sentis attirée par les vertus que je possédais le moins. La patience, l'humilité et la douceur prêchées par monseigneur de Sales me parurent si aimables que je les crus faciles à saisir et comme à portée de main. A parcourir ces pages, mon cœur, ainsi qu'une éponge plongée dans une eau fraîche, se gonflait d'un grand désir de soumission, de modestie et de bienveillance. Je ne crus plus toucher terre quand Monsieur de Genève parla du mariage à son élève. « *Aimez-vous l'un l'autre d'un amour naturel car les paires de tourterelles font bien cela* », écrivait-il. Et de ne parler que de bonheur et de toutes sortes de délices qui le font s'écrier : « *Oh ! qu'il fait bon aimer en terre comme l'on aime au Ciel et apprendre à s'entrechérir en ce monde comme nous le ferons éternellement dans l'autre.* » Ces pages me parurent les plus belles et les plus aimables, elles me furent une bénédiction particulière, tant il me venait parfois la honte de ne pas éprouver, au milieu de toutes ces saintes filles, la vocation du cloître. J'en fus si transportée que je clamais à qui voulait l'entendre que je me sentais beaucoup de goût pour le mariage, mais que je voulais que l'on me trouvât un mari qui pensât là-dessus comme Monsieur de Genève. Ces propos rapportés à Madame nous firent retirer l'*Introduction à la vie dévote*. Pour faire bonne mesure, on nous ôta aussi l'*Imitation de Jésus-Christ*. Madame n'aimait que ce qui était inimitable.

Comme je semble juger ici fort sévèrement Madame, je dois dire que notre abbesse n'était pas de celles qui font porter des fardeaux aux autres sans les remuer du doigt. Madame n'était pas tendre pour elle-même. On la trouvait toujours la première à l'office, ses jeûnes au pain et à l'eau étaient fréquents et elle prenait la discipline en public, la corde au cou. Elle se réservait les travaux les plus rebutants à l'infirmerie, veillait les mourantes et les ensevelissait de ses mains. Devant un zèle aussi farouche, il m'arriva de me demander si Madame, née et élevée dans un cloître, n'avait pas contracté avec l'Epoux céleste un mariage tout de raison, tant il me parut que les mariages d'inclination demandent moins de ressort pour se plier à la situation. A la vérité, l'on sentait dans Madame comme l'écho d'une passion étouffée qui jetait sur toutes ses actions l'intérêt d'un combat bien étrange.

L'éducation que je reçus à l'Abbaye-des-Dames, si elle était rude, était moins étroite qu'il y paraît. Madame avait le sens de la grandeur et j'y fus toujours sensible. L'abbesse était accoutumée de dire que des règlements qui paraissent petits ne doivent être regardés que comme un moyen de nous rapprocher de Dieu. Plusieurs fois, en voyant Madame, me vint à l'esprit le verset de l'*Imitation* sur la vanité du monde et la nécessité de n'aimer que Dieu seul. S'il en était besoin, un tel rapprochement suffirait à justifier Madame de tout.

Le sens de la grandeur et le feu qui brûlait dans toute la personne de notre abbesse m'attiraient ; il est peu d'exemples de cette force. J'eus, dans les premiers temps, le plus vif désir de lui plaire, parce que je voulais qu'une personne d'un mérite aussi extraordinaire m'estimât et, sans doute, parce que je jugeais la chose impossible et que j'ai toujours aimé à atteindre des buts dérobés. Pour forcer l'admiration de Madame, je ne visais rien de moins qu'à la sainteté la plus éclatante. Ma dévotion était fort ambitieuse et dédaignait les pratiques ordinaires pour s'attacher à ce qu'il y avait de plus sublime et de plus austère dans la vie des saints.

Cette fièvre, il faut en convenir, devait une partie de son feu à celui de mon âge et à la vivacité de mon tempérament. Le vide de mon cœur après mon départ de Lussac eut également sa part dans ces pieux excès. Je ne sais où ils m'eussent conduite si, à la fin de cette retraite, Madame n'avait souhaité de nous parler en particulier afin que nous l'entretenions de nos résolutions. Je me jetai dans une harangue fort longue où il n'était question que d'une indignité dont aucune mortification ne pourrait venir à bout, et de la joie que j'aurais à périr glorieusement sous la hache des hérétiques pour gagner la couronne éternelle. Après avoir gardé un moment le silence, Madame me fit la remarque qu'elle ne pouvait me garantir de trouver dans tout le royaume un hérétique assez bon pour me faire si commodément martyre. Ce discours me refroidit à l'extrême et me rendit à une voie moins étroite et plus raisonnable. Avant de me renvoyer, Madame ajouta d'une voix qui bannissait de la correction l'air impérieux qui rendait dures toutes ses directives : *« Vous êtes extrême en tout et fort haute, mon enfant. »* Et d'ajouter à voix plus douce : *« C'est la racine d'un mal bien difficile à arracher de son cœur. »* Cette modération me frappa davantage que les rigueurs auxquelles j'étais habituée. En me donnant congé, Madame glissa le conseil de pratiquer l'humilité ; elle-même mettait dans l'exercice de cette vertu toute l'énergie dont elle était capable, et Dieu sait que cette marchandise ne lui faisait pas défaut ! On la voyait au noviciat, empressée à balayer, à porter le bois pour la cuisine ou à tirer l'eau pour la communauté. Elle avait soin aussi de faire remarquer les défauts de sa personne et disait souvent qu'elle n'était bonne qu'à donner le mauvais exemple à ses filles. Madame Françoise de Foix, qui devint abbesse à la mort de sa tante, devait, en m'honorant de ses lettres, me livrer le secret de Madame. Celle-ci lui avait dit plus d'une fois, et jusqu'à son lit d'agonie, qu'elle avait essayé inutilement de vaincre son orgueil, et que la connaissance de cette misère n'avait pu arracher l'ivraie de son cœur. La sévérité que me montrait ordinairement Madame, comme l'attendrissement qu'elle eut en me conseillant l'humilité, venaient de ce qu'elle avait reconnu en moi son ennemi intime. Cette racine n'est pas de celles qui se laissent ôter par la force. Les façons de Madame ne firent que me raidir davantage. Ne séparant pas l'amour-propre d'avec la fierté, je mis un point d'honneur à résister. Loin de l'amollir, les années passées à l'Abbaye-des-Dames trempèrent aussi sûrement mon orgueil que l'eau froide trempe l'acier.

Je m'aperçois aujourd'hui, à les reprendre un par un, qu'il ne me reste de mon éducation dans l'abbaye de Saintes que des souvenirs fort gris. Les meilleurs moments furent ceux que je passais en compagnie des malades et des pauvres. J'aimais avec passion les servir. Madame avait fait bâtir de grandes infirmeries où elle recueillait, outre les religieuses souffrantes et les ouvriers qui se blessaient sur nos chantiers, bien des miséreux que les malheurs du temps avaient fait trouver refuge dans l'abbaye. J'aidais à broyer les herbes, à filtrer les tisanes ou à préparer des emplâtres. J'entrepris de communiquer aux converses chargées du soin des malades des réceptes[1] que je tenais de ma Nano, de mon aïeule ou des femmes de Lussac. Au chevet d'une religieuse qui se trouvait attaquée d'une fièvre bilieuse considérable, je conseillai une décoction de chélidoine qui produisit rapidement son effet. La bile, tirée du sang, fut évacuée, à la suite de quoi ma jeune science ne fut plus révoquée en doute. On me laissa fabriquer des pilules de tartre contre les maux d'esto-

1. Recettes.

mac et un emplâtre que mon aïeule appelait *Magnus Dei* à cause de ses effets miraculeux sur toutes sortes de plaies, de brûlures et d'apostumes. On ne me chassait que quand on avait recours à des remèdes extraordinaires et qu'étaient appelés le chirurgien ou le flambariseur[1]. Madame ne permettait pas que l'on appliquât ces remèdes sans qu'elle y fût présente, tant pour diminuer la répugnance des malades que pour animer le chirurgien à bien faire son devoir. Elle demeura aussi dans l'infirmerie quand une professe du noviciat fut frappée d'une petite vérole accompagnée de pourpre. Elle ne la quitta pas jusqu'à la mort et défendit à quiconque de venir l'assister à cause de la corruption de l'air. Elle fit de même quand elle découvrit, en donnant le voile blanc à une sœur, qu'elle avait la peste formée au cou.

J'aimais tout autant m'occuper des pauvres que des malades, car beaucoup de malheureux se trouvaient être l'un et l'autre. Je devais découvrir à Saintes qu'il y a pauvre et pauvre, car je n'avais pas idée, tant que je demeurais à Lussac, que de telles misères pussent exister. Non que nos paysans fussent riches, mais ils s'aidaient, et je vis plus d'une fois la cuiller de bois percée où l'on serrait un morceau de lard passer d'une chaumière à l'autre après qu'on l'eut trempée un moment dans le pot. S'il arrivait qu'une famille se trouvât privée de secours, le curé ne manquait pas de la recommander en chaire, de sorte que les voisins, soit par charité, soit pour s'éviter la honte d'être cités au prône le dimanche suivant, faisaient le nécessaire. Bien des fois je partis avec ma Nano, le panier au bras, visiter fermes ou chaumières et jusqu'à de pauvres huttes dans le bois de Verrières, mais j'étais loin d'avoir vu

1. L'homme qui fait les saignées et flambe les instruments.

la misère la plus affreuse. A Saintes, je la vis en face, et personne ne peut oublier cette figure-là. Nous recevions des malheureux qui avaient quitté leur campagne dans l'espoir de trouver quelque gagne-pain ou, à défaut, l'aumône dans notre ville. Les guerres de la Fronde devaient en faire venir beaucoup après que leurs maisons eurent été brûlées et leurs champs pillés. Je leur portais de la soupe et les aidais à manger quand ils n'en avaient plus la force. J'aimais leur donner des vêtements propres, bercer leurs enfants, panser leurs ulcères. Je savais leur parler et leur donner de la gaieté. Les malheureux me louangeaient beaucoup, ce qui m'emplissait de confusion, tant j'étais heureuse de pouvoir soulager ceux qui me faisaient compassion. Les pauvres et les malades ne devaient jamais manquer à l'Abbaye-des-Dames. Dans les années que j'y passai, les malheurs s'abattirent sur nous aussi sûrement que les plaies envoyées par Dieu sur l'Egypte.

J'ai dit comment mon père m'avait conduite à Saintes, à la fin de l'été 1648. Dans les premiers jours de novembre, l'abbaye fut ravagée par le plus violent incendie qui se puisse imaginer. Alors que toute la communauté reposait en attendant matines, le feu prit dans l'un des chauffoirs proche de la cellule de madame de Foix. Comme les religieuses voulurent fuir le dortoir, elles trouvèrent la porte fermée sans qu'il fût possible de retourner en arrière. Le portier réussit à enfoncer la porte avec une hache, les sauvant d'une mort affreuse. Pendant que les flammes ravageaient tout, la communauté se réfugia dans la chapelle du noviciat où l'on nous avait abritées. Les flammes étaient si hautes que l'on pouvait aisément lire dans le chœur. Madame se jeta à genoux pour prier et nous en fîmes autant, tandis que nous entendions les bruits de l'incendie. Au matin, les coupoles de la grande église s'effondrèrent dans un fracas qui fit croire à la fin du monde. Le sol trembla et une poussière noire nous ensevelit. Quand tout fut consumé, Madame quitta la chapelle pour regarder son abbaye qui se trouvait brûlée pour la seconde fois. « *Le Seigneur nous l'avait donnée. Il nous l'ôte aujourd'hui. Son Saint Nom soit béni.* » On ne tira rien d'autre d'elle. La perte était considérable, même les vaisseaux d'or et d'argent que Madame avait fait fondre pour le service divin avaient été perdus. L'abbesse écrivit à la Reine pour solliciter son secours ; elle avait déjà reçu l'architecte pour que tout fût recommencé. En attendant que les bâtiments conventuels fussent relevés, la communauté dut loger dans la Magdelaine, avec les novices et les pensionnaires. J'eus donc le privilège, un mois après mon arrivée à l'Abbaye-des-Dames, de vivre dans la compagnie quotidienne de Madame.

A l'été qui suivit l'incendie, mon père ne me vint visiter qu'au mois de septembre ; je ne l'avais pas vu de toute une année. Ma mère ne l'avait pas accompagné parce que, en raison des troubles qui agitaient la capitale, elle ne savait quitter la Reine qui ne pouvait compter que sur des personnes pures. Je ne devais la revoir de tout le temps que je demeurai à Saintes.

Après que nous nous fûmes retrouvés dans la salle basse du noviciat où Madame recevait les visiteurs depuis que les parloirs avaient été brûlés, mon père l'assura de l'extrême affliction que la Cour avait ressentie en apprenant la mort du roi d'Angleterre [1], et de la part qu'il prenait dans un malheur qui touchait une maison qui lui était proche. Il ajouta, comme devant

1. Charles Ier, exécuté le 8 février 1649.

être d'un grand soulagement à Madame, qu'on avait témoigné devant lui que ce prince avait subi son supplice en chrétien et en roi.

— *Il est allé de la couronne corruptible à la couronne incorruptible,* dit Madame qui n'aimait pas à être plainte.

Mon père, assez piqué du peu de cas qu'on faisait de sa politesse, fit la remarque que, puisqu'on en était à parlcr dc la corruption des couronnes, celle de France ne lui paraissait guère plus solidement établie que celle d'Angleterre. Madame ayant montré quelque intérêt pour les temps d'épreuve que l'on vivait à Paris, il se jeta à dire que le Parlement ayant recommencé ses persécutions, la Reine et toute la maison royale s'étaient enfuis dans la nuit des Rois à Saint-Germain où l'on s'était trouvé sans lits, sans meubles, sans linge, et que l'on avait dû coucher sur la paille, de sorte qu'en peu d'heures, elle était devenue si chère qu'on ne pouvait en trouver pour tout l'or du monde. Je dois dire que l'idée de la reine de France, du jeune Roi et de mes parents réduits à dormir sur de la paille comme l'enfant de la crèche ou les bœufs de Lussac m'en apprit plus sur les troubles de Paris que tout le reste de la conversation. Mon père dit que le président du Parlement venait souvent haranguer la Reine pour lui demander l'expulsion du Cardinal et que celle-ci répondait qu'elle était là pour donner des ordres et non pour en recevoir. Là-dessus, mon père, outré de douleur, se jeta dans des considérations générales, disant que la France était dans un tel état qu'il était impossible qu'elle pût subsister longtemps, et qu'il fallait que le Roi reprît sa puissance ou que ses sujets lui ôtassent entièrement celle qui lui restait.

— *Où en sommes-nous, monsieur le marquis ?* demanda Madame qui ne se perdait pas longtemps dans l'éther.

— *Nous en sommes que les armées du Roi font le siège de Paris où les pauvres pâtissent. Nous en sommes, Madame, que le prince de Conti demande l'entrée au Conseil et une place forte dans son gouvernement de Champagne, le duc de Bouillon le gouvernement de l'Alsace, le duc de Beaufort la charge de grand maître des Mers, le gouvernement de la Bretagne et celui de La Rochelle, le duc d'Elbeuf celui de la Picardie, le prince de La Trémoille le comté du Roussillon, et jusqu'à mon propre frère, le comte de Maure*[1], *qui se donne le ridicule de demander le brevet de duc et quarante-deux mille livres pour payer la rançon quand il était en Allemagne. Nous en sommes qu'ils veulent toute la France et que la Reine ne sait plus ce qui est bon ou mauvais pour elle.*

— *La Reine m'a écrit qu'elle reçoit tout de la main de Dieu*, dit Madame qui aimait aussi à faire des sentences.

— *Et de celle du Cardinal*, conclut mon père.

A partir de ce temps, Madame ajouta aux oraisons quotidiennes des prières pour les temps d'épreuve. Nous en eûmes notre lot. Après le feu vint l'eau. La Charente déborda l'hiver suivant. Le faubourg Saint-Palais fut envahi et l'abbaye, bâtie sur une terre émergente, parut une île où les habitants vinrent chercher refuge. Madame leur ouvrit les portes et leur permit de dresser des huttes auprès des ruines laissées par l'incendie. Elle autorisa l'entrée des troupeaux dans l'enclos du monastère et prêta des greniers pour serrer les meubles et les grains. Au milieu des eaux débordées, l'abbaye semblait l'arche de Noé. Ainsi que cela se voit souvent, les eaux apportèrent des miasmes avec elles.

1. Louis de Rochechouart de Mortemart, frère cadet de Gabriel de Rochechouart.

Une grande épidémie de pourpre s'abattit sur la ville. Les infirmeries ayant été détruites par l'incendie, des appartements du dehors de l'abbaye servirent d'hôpital aux malades ; il ne se passait pas de jour où l'on ne comptât trois ou quatre morts parmi ces pauvres gens. Madame nous fit interdiction de les soigner par crainte que nous n'attrapions la maladie. On nous occupait de distributions de soupe. Nous passions le reste du temps à la chapelle, priant pour que les eaux se retirent et le pourpre avec elles. Les enterrements se faisaient dans le sol des églises, et ceux-ci se trouvèrent bientôt si pleins de cadavres pressés et entassés que monseigneur de Bassompierre autorisa les ensevelissements dans le cimetière de Sainte-Colombe qui ne se trouvait pas encore ouvert et béni. Les médecins étaient à bout quand un jésuite qui se mêlait de pharmacie vint fort à propos dans l'extrémité où nous nous trouvions. Il employait de l'émétique avec succès, la plupart de ceux qu'il traitait échappaient, et l'épidémie commença de reculer. J'ai retenu la leçon et toujours fait administrer de l'émétique dans ces sortes de fièvre. Quand l'eau retourna à son cours, les habitants quittèrent l'abbaye, remportant leurs bestiaux et leurs grains. Nous étions toutes lasses comme des chiens, aussi mon père, en venant me voir au début de l'été, marqua-t-il de la surprise de me trouver maigre et point trop embellie. S'il fut étonné de trouver les traces de l'inondation, après avoir vu, l'année précédente, l'abbaye brûlée, il s'y arrêta peu, soit que l'expérience lui eût appris à ménager la susceptibilité de Madame, soit que les vicissitudes du temps l'eussent passablement endurci.

Cette année-là, mon cher papa passa à Saintes plus vite que chat sur braises. Il vint à bride abattue de Poitiers où la Cour s'était arrêtée en se rendant en Guyenne, sur la nouvelle que Bordeaux s'était déclarée pour les Princes, après avoir donné asile à madame de

Longueville. Celle-ci s'était d'abord jetée à soulever la Normandie où le Roi avait dû paraître. La personne du jeune Roi était alors comme l'hostie dans l'ostensoir qu'on promenait. De là, Sa Majesté était allée en Bourgogne pendant que la duchesse de Longueville s'enfermait dans Bordeaux. Mon père disait que cette femme était un tison qui finirait par bouter le feu au pays tout entier. Le vicomte de Turenne, le marquis de Noirmoutier et le duc de La Rochefoucauld, plus fortement occupé que les autres des intérêts de la duchesse, s'étaient tous enrôlés dans le mauvais parti pour ses beaux yeux. Et d'ajouter que le maréchal d'Hocquincourt en avait fait autant pour ceux de madame de Montbazon, ce qui était de grande conséquence puisque le Roi lui avait confié une armée. A l'air qui se peignit sur la figure de Madame, on voyait qu'elle ne considérait pas plus la duchesse de Longueville et la duchesse de Montbazon que la terre sur laquelle elle avait marché. Enfin, tout cela se trouvait à présent enfermé dans Bordeaux avec le duc de Bouillon dont mon père assurait qu'il était sot de bonne foi, et heureusement pas aussi capable qu'on le croyait des grandes choses qu'il n'avait jamais faites. Et mon cher papa de considérer que les grands mouvements qui détruisent ou établissent des empires n'ont jamais d'autres sources que les intérêts de peu de personnes, au nombre desquelles il mettait le duc de Beaufort qu'il tenait en abomination. Celui-ci, après avoir fait de la démagogie aux Halles et des harangues au Parlement, venait d'attaquer Corbeil, costumé comme son aïeul [1] et fort emplumé de blanc. Avant que de partir il avait dit bien haut qu'il avait le projet de donner un soufflet au duc d'Elbeuf et que cela changerait la face des choses.

1. Henri IV.

— *Je crains que cela ne change que la face du duc d'Elbeuf,* dit Madame.

A la vérité, il se passait d'étranges scènes au Parlement où le duc de La Rochefoucauld avait tenté d'écraser le coadjuteur entre les deux battants d'une porte. Depuis, celui-ci auquel on avait été bien obligé de promettre le chapeau [1] ne se promenait plus qu'avec un poignard dont on disait qu'il était son bréviaire. Les lèvres de Madame se pincèrent étroitement et je me contins pour m'empêcher de rire. Bien que je n'eusse pas fait mine d'entendre, ce qui eût risqué de me faire chasser, je n'avais pas perdu un mot d'un discours qui faisait une assez jolie peinture des gens qui composent le monde. Je comprenais sans doute la défiance de mon père et de Madame à leur égard et partageais le scandale, mais chaque parole paternelle avait augmenté mon désir de les connaître ; on ne devait pas s'ennuyer en leur compagnie.

Mon père repartit aussi vite qu'il était venu. Une lettre écrite à Angoulême où la Cour s'était arrêtée sur le chemin du retour nous apprit que la ville de Bordeaux avait capitulé et ouvert ses portes au Roi auquel elle avait donné une collation fort mauvaise et un feu d'artifice fort maigre pour montrer tout le déplaisir qu'elle avait de le recevoir. Après ces réjouissances, ceux du camp et ceux de la ville s'étaient visités, et comme ils étaient tous français, parents et amis, ils s'étaient fait de grandes caresses et avaient un sensible regret d'avoir eu à se tuer les uns les autres. *« Voilà les malheurs de la guerre civile »*, écrivait mon père. Il ajoutait qu'en raison des incommodités dont souffrait la Reine, la Cour remontait vers Paris par Amboise et Fontainebleau où Sa Majesté pourrait prendre quelque

1. De cardinal. Il l'obtiendra en janvier 1652.

repos. Après que j'eus été autorisée de lire cette lettre, je me sentis abandonnée et pleurai sur ma solitude, l'éloignement de mes parents et celui de la Cour, laquelle était venue si près de nous que nous en avions senti les rayons.

Au début de l'année suivante, les désordres furent si grands que Madame crut de son devoir de nous en entretenir. Une alarme causée par le duc d'Orléans avait ému le peuple qui avait envahi le Palais-Royal où il avait exigé qu'on lui fît voir le sommeil du Roi. La chose s'était transformée en une espèce de prison pour la Reine et ses enfants. Le cardinal de Mazarin avait dû gagner l'étranger, tandis que le prince de Condé entrait dans l'alliance avec l'Espagne qui nous faisait une guerre cruelle. Après cette nouvelle, Madame fit la remarque que dans la passion, il est difficile de conserver une conduite qui ne déborde pas. Pour la première fois, je la vis approchée par l'inquiétude. Celle-ci n'était que trop justifiée. Le roi d'Espagne ayant voulu embarrasser le Roi dans la Guyenne, et Monsieur le Prince s'étant résolu à lui donner la main, la guerre vint jusqu'à nous.

Nous fêtâmes le 7 septembre 1651 la majorité du Roi [1] par un *Te Deum* que monseigneur de Bassompierre vint chanter solennellement à l'Abbaye-des-Dames, après quoi nous apprîmes que le prince de Condé réunissait une armée à Bordeaux et que les Espagnols, appelés par ses soins, avaient débarqué à Talmont. Dans le même temps, arriva la nouvelle que le Roi, laissant les Frondeurs à Paris, avait résolu de gagner Poitiers pour empêcher le prince de Condé d'y entrer. Je pense avoir alors médité sur l'étoile d'un Roi

1. Alors fixée à treize ans.

qui venait à peine de toucher sa couronne et se trouvait avec sa capitale révoltée, l'étranger au-dedans de ses frontières, et devait reconquérir son royaume contre son cousin, lequel avait prouvé qu'il était l'un des plus grands capitaines qui fussent jamais.

Le Roi, avec ce qui demeurait de la Cour, partit de Fontainebleau d'où il gagna Montargis et Bourges. Il ne pouvait aller vite car la fidélité des habitants n'était jamais sûre. Connaissant que nous ne pourrions être secourus, le prince de Tarente[1] voulut s'emparer de la ville de Saintes pour le compte du prince de Condé. A cette nouvelle qui parvint dans le milieu du mois d'octobre, la ville ferma ses portes et Madame nous fit quitter les bâtiments du noviciat où toute la communauté se trouvait réfugiée depuis l'incendie, pour faire retour à l'intérieur des murs de l'abbaye, ou de ce qu'il en restait. Les paysans des alentours et les habitants des faubourgs vinrent y chercher l'asile, comme ils l'avaient fait quand la Charente se trouvait débordée. Ils firent des huttes dans la cour et serrèrent leurs bestiaux du mieux qu'ils purent. L'abbaye fut de nouveau pareille à une arche où le beuglement des vaches répondait au chant des psaumes, et l'envol des poules à celui des robes des religieuses qui devaient courir pour soulager tant de misères.

L'arrivée de l'armée du prince de Tarente fut signalée dans l'avant-dernière nuit d'octobre par des coups de canon, après quoi nous entendîmes rouler des chariots et le piétiner des chevaux qui se dirigeaient vers le pont, mais sans autre désordre. Je ne me rappelle pas avoir eu peur tant la fermeté de Madame maintenait chacune dans son devoir ordinaire. La sérénité de

1. Henri-Charles de La Trémoille.

l'abbesse semblait augmenter avec le danger. En cette occasion sa force fut si grande qu'elle se communiqua naturellement et que nous demeurâmes fermes par réverbération.

La ville de Saintes ayant demandé douze heures pour la réflexion, elles lui furent accordées. Cette délibération était de pure forme puisque la ville n'avait pas de garnison. Bien que l'évêque et tous les habitants eussent désiré rester dans la fidélité du Roi, ils furent obligés de se rendre pour éviter une exécution capitale[1]. Cette prompte reddition nous épargna le carnage et l'armée rebelle s'éloigna, non sans avoir laissé une garnison et mis pour gouverneur le maréchal de Chambon qui se conduisit le moins mal qu'il put.

Le Roi, la Reine et la Cour entrèrent à Poitiers le 31 octobre pour y apprendre la perte de la ville de Saintes. Je fus bien heureuse de savoir mes parents arrivés à Poitiers, ce bonheur était toutefois très mélangé, puisque l'armée du Roi et celle du prince de Condé se trouvaient pêle-mêlées dans la province, et qu'il n'était pas de jour sans bataille. Toutes les villes furent assiégées. J'ignorais que mon frère s'était enrôlé dans l'armée du comte d'Harcourt et s'amusait à taquiner les arrière-gardes de l'ennemi. Le prince de Condé ayant connu plusieurs affaires très chaudes vint se réfugier à Saintes au début du mois de janvier, nous faisant un honneur dont nous nous serions bien passés. Il y reçut un envoyé du roi d'Espagne qui lui promit la lune, tandis que le prince parlait très légèrement de lui donner la Guyenne. Il repartit heureusement vers Bordeaux, poursuivi par le comte d'Harcourt qui le défit à Tonnay-Charente et le jeta vers la Dordogne. Ce succès donna au Roi l'idée de délivrer la ville de Saintes. Notre délivrance risquait

1. Le sac de la ville.

de nous coûter beaucoup plus cher que l'épisode du siège, car Monsieur le Prince avait donné l'ordre de brûler les faubourgs si l'on ne pouvait les garder. Notre situation au milieu du faubourg Saint-Palais était peu enviable. Madame, qui parait à tout, avait obtenu une sauvegarde signée de la main du prince de Condé qu'il avait délivrée dans son camp de Saint-Porchaire quelques jours avant Noël. On avait cependant quelques raisons de douter du pouvoir d'un sauf-conduit que l'on ne nous demanderait peut-être pas devant que de brûler l'abbaye. Les habitants des faubourgs qui étaient retournés chez eux après le siège et tous les malheureux dont les maisons avaient été brûlées vinrent à nouveau demander l'asile. Cela fit une si grande accumulation que Madame dut en refuser qui allèrent aux Saintes-Claires[1] auxquelles Madame promit le bénéfice de la sauveté qu'elle détenait. Pour la troisième fois, nous dûmes quitter le noviciat pour nous réfugier à l'intérieur des murs de l'abbaye. Des soldats, des chevaux, des chariots, et aussi des canons, traversaient tout le jour le faubourg en direction du pont, tandis que des blessés, des fugitifs et beaucoup de pauvres mourant de faim venaient frapper à notre porte. Nos infirmeries étaient si pleines que nous dûmes serrer plusieurs malheureux dans le même lit et jeter des matelas sur le sol. Nous manquions de linge, de bois, et ne pouvions fournir assez de pain. Jamais Noël ne fut plus triste que celui de l'année 1651. La Charente commençait de déborder, et nous n'attendions rien de moins que d'être brûlées ou écrasées entre les canons que l'on voyait sur les murs de la ville, et ceux du marquis de Plessis-Bellière qui entendait nous délivrer. J'avais quantité de gens à m'occuper, ce qui m'empêchait de songer. On

1. Le monastère de Sainte-Claire, également situé dans le faubourg Saint-Palais.

nomme parfois courage l'état de total épuisement où vous laisse une situation.

J'ai raconté comment, au milieu du mois de janvier, mon père se jetant avec une petite escorte de mousquetaires au travers des lignes amies et ennemies vint me chercher dans mon couvent. Je fus bouleversée de le revoir, et aussi de quitter Madame et le reste de la communauté dans un moment si périlleux. L'abbesse me fit un compliment d'adieu où elle me donna ses dernières recommandations. Je l'écoutai, les yeux gonflés de larmes, me parler de cet orgueil qu'elle tenait pour le plus grand des péchés et la source de tous les autres. « *Prenez garde, mon enfant,* me dit-elle, *le serpent qui a tenté Eve vous tentera aussi.* » Il ne devait pas y manquer en effet.

Je pleurai fort en voyant les portes de l'Abbaye-des-Dames se refermer sur ceux qui en demeuraient prisonniers, et puis la voiture commença de rouler et je songeai que j'allais trouver à Poitiers ma mère, mon frère, et ce monde mystérieux que mon imagination parait de toutes les vertus et que mon père appelait la Cour. J'avais aussi la curiosité de connaître ce roi de treize ans dont je ne savais que les malheurs.

Bien que la distance qui sépare Saintes de Poitiers soit de plus de neuf lieues, nous la couvrîmes en deux jours, nous arrêtant pour la nuit près d'une ferme à demi brûlée où les mousquetaires abritèrent les chevaux. Mon père et moi dormîmes roulés dans nos manteaux sur les sièges de la voiture. Il gelait en l'air et je tremblais tant qu'au matin j'avais la peau aussi marquée que si l'on m'avait battue. Le second jour du voyage, nous fûmes à Vivonne, sur nos terres, où nous nous arrêtâmes. Le prince de Tarente y était passé avant nous. Faute de temps, il n'avait pu prendre le château ; les soldats s'en étaient vengés sur les maisons et les récoltes. Je vis le curé pleurer en parlant d'hommes tués et de femmes déshonorées. La rage de mon père fut terrible. Il promit d'étriper monsieur de La Trémoille de ses mains, après quoi il lui souhaitait tout l'enfer qu'il méritait. Avant que de partir, il laissa une bourse au curé et lui dit de faire passer les plus grands blessés qui se trouvaient sur la paroisse à Poitiers pour y être soignés et qu'il veillerait à tout.

La ville de Poitiers se trouve bâtie sur une butte allongée, ainsi que l'a été la cité d'Athènes sur son acropole. Elle est entourée par deux rivières, ce qui la rend aisée à défendre. Elle est plus vaste que la ville de Saintes ; il me parut, en arrivant, découvrir un océan de tuiles roses et d'ardoises mêlées. Le Roi et la Cour s'y trouvant installés, cette ville devint la capitale de la France. A vrai dire, on campait plus qu'on ne logeait. La Reine et ses enfants s'étaient établis dans l'hôtel Doyneau de Sainte-Soline qu'on appelait le Louvre en raison de l'honneur qui lui était fait. Mes parents ne demeurèrent pas en peine dans une ville où famille et amis se disputèrent le plaisir de les recevoir et l'honneur d'être, par eux, impatronisés à la Cour. Ce plaisir, je devais le découvrir, diminua sensiblement au fur et à mesure que le séjour s'allongeait, et cette prolongation se payait en impatiences et amertumes de toutes sortes. Ma mère ressentait tout cela très vivement ; elle se plaignait du manque de linge, de domestiques et de mener une vie toute déréglée. Là-dessus, elle me trouva une mine qui n'était pas de son goût, de sorte que nous nous revîmes sans avoir lieu d'être très satisfaites l'une de l'autre.

Je fus montrée à la Reine dès le second jour de mon arrivée. J'eus le privilège d'être reçue par Sa Majesté dans son intérieur alors qu'Elle achevait sa toilette. J'avais entendu dire que la Reine Anne d'Autriche avait été l'une des plus grandes beautés de son siècle ; il n'y paraissait plus. Elle avait le nez et le menton gros. Le teint n'était pas bien ; ma mère regrettait que la Reine eût de la négligence pour sa conservation et ne portât presque jamais de masque. Sa Majesté avait cependant de la grâce et une grandeur naturelle. Elle était vêtue simplement et portait un collier de grosses perles et de beaux pendants. Elle se montra douce, affable et familière, me traitant comme elle l'eût fait pour une enfant de sa propre maison. Se rappelant que ma mère et elle avaient fait leurs couches dans le même temps, elle fit venir le petit Monsieur[1], afin de comparer nos tailles. Le frère du Roi avait les yeux et le teint d'un Espagnol ; de grandes boucles noires lui faisaient la plus agréable tête qu'on puisse imaginer. On nous rangea dos à dos d'où il sortit que je le dépassais de plusieurs pouces. Ma mère, pleine de confusion, fit remarquer que la belle mine de Monsieur faisait mieux paraître ma maigreur et la pâleur de mon teint. La Reine lui conseilla l'eau de clou[2] et des panades dont elle s'était trouvée bien après la petite vérole de ses fils. Sans doute pour commencer de me gaver, Sa Majesté fit apporter des confitures sèches. Elle semblait aimer fort le petit Monsieur. Enroulant ses boucles autour de ses doigts, Elle disait : *« Celui-ci n'est pas grand, mais il est joli. »* Bien qu'il ne fût pas plaisant d'être examiné comme un animal à la foire, Monsieur se montra extrêmement gracieux et m'accueillit le plus aimablement du monde ; je crois bien que notre amitié date de ce jour. Après beaucoup de civilités, il me demanda si je savais jouer à la bauchette. Comme, ouvrant de grands yeux, je demandais quelle était cette sorte de jeu, ce fut Sa Majesté qui répondit :

— *C'est un jeu de boules à la mode d'Italie auquel monsieur le Cardinal se plaît fort. Il l'a appris à mes fils.*

Et se tournant vers ma mère :

— *Vous souvient-il comme notre ami s'enfermait des après-midi entières pour jouer. Ah ! combien il nous manque !*

Là se trouvait la grande affaire. Je découvris bien

1. Ainsi appela-t-on le jeune frère du roi, Philippe, duc d'Anjou, jusqu'à la mort de son oncle, Gaston d'Orléans, frère de Louis XIII, qui portait le titre de Monsieur.

2. De l'eau dans laquelle on avait laissé séjourner des clous rouillés afin d'apporter du fer.

vite que la Cour ne bruissait que de la question du retour du cardinal de Mazarin, lequel avait dû s'exiler en raison de l'aversion du Parlement et de la haine des Parisiens. Voilà qui occupait tous les esprits, faisait le sujet de toutes les conversations, était l'objet de toutes les intrigues. Mon père et ma mère ne s'entretenaient que de cela, au point de ne plus s'apercevoir de ma présence. Il m'apparut que la Cour, loin d'être unie et serrée autour du Roi, se trouvait divisée en deux tribus très prononcées. Le duc de Mercœur, qui avait épousé l'aînée des nièces du cardinal de Mazarin[1], avait de grandes conférences avec la Reine dans le but de faire revenir le Cardinal. Le comte de Brienne était d'un avis contraire ; mon père se trouvait de son parti. Ils avaient, la nuit, de grands conciliabules avec leurs amis. Ils ne cessaient de représenter à la Reine, les uns à la suite des autres, que le retour du Cardinal ferait se révolter toute la France. La Reine recevait très froidement leurs avis et le duc de Mercœur, auquel elle se plaignit, dit publiquement au comte de Brienne que le Cardinal avait de bons amis qui, ayant une bonne épée, tireraient raison de ceux qui s'opposaient à son retour. Le comte répliqua que ceux qui avaient une épée l'emploieraient plus utilement à la guerre, et l'on eut quelque mal à les séparer. Comme il fallait que le diable s'en mêlât, le coadjuteur de Paris fit envoyer le président du Parlement pour supplier la Reine de laisser le Cardinal où il était. Il fut à exécuter sa commission bien proprement et en revint sans avoir beaucoup profité, car Sa Majesté ne le reçut pas de façon à lui faire accroire qu'Elle donnait le plus grand prix à ses conseils. Il apparaissait même, et de la façon la plus claire, que rien ne pourrait la désabuser de l'extraordinaire estime qu'Elle avait

1. Laure Mancini.

pour le Cardinal. Fort intriguée par un personnage qui, même absent, remuait tant de monde, je m'enquis auprès de mes parents de savoir qui était le cardinal de Mazarin.

— *C'est le Premier ministre de la France,* dit ma mère du ton dont on veut faire entendre une leçon. *Dans les difficultés où nous sommes, il est le soutien de la Reine et du jeune Roi.*

Cette explication eut le don de jeter mon père hors de ses gonds.

— *C'est un faquin,* cria-t-il, un *gredin de Sicile, un étranger du pays de Concini que la foule a étripé dans les rues de Paris pour apprendre à ces gens à ne pas venir se fourrer si aisément à la Cour. Il a porté le filoutage dans le gouvernement et la tyrannie chez des gens qui ne l'avaient pas connue avant lui, ce qui nous a mis dans l'état où nous sommes. La Reine l'a choisi faute d'autres et Dieu sait pourquoi elle le garde !*

Mon père n'allait sans doute pas résister au plaisir d'avancer les raisons qui eussent dû demeurer connues de Dieu seul, mais un regard de ma mère l'arrêta. Je fus priée de gagner ma chambre et privée de la partie la plus intéressante de l'explication. Je devais me faire là-dessus peu à peu ma religion, mais il n'est point temps encore d'en parler.

La Reine savait toutefois reconnaître les fidélités et apaiser les indignations. Mon père reçut un brevet de duc ; l'affaire devait être achevée en 1663 par l'érection du marquisat de Mortemart en duché-pairie. Je crois que dans l'esprit de mon père, les Mortemart étaient pour le moins ducs depuis longtemps et la reconnaissance que nous en avions, si elle le rendit content, ne l'étonna point. Quand le maréchal de Villeroy vint complimenter assez pesamment le nouveau duc de Mortemart, j'entendis mon cher papa répondre de tenir pour bien assuré qu'il demeurait ce qu'il était, gentilhomme d'ancienne maison, ce qui était une manière d'établir que si le maréchal se trouvait duc depuis plus longtemps que lui, nous étions nobles depuis toujours. C'est ce que proclamait la devise écrite sous le blason des Rochechouart sur les murs de notre logis de Lussac : « *Ante mare, undae*[1]. »

A la fin du mois de janvier, j'eus le bonheur de voir un frère que j'aimais fort. Vivonne[2] était le seul de mes frère et sœurs que je connusse véritablement pour la raison qu'il accompagnait souvent mes parents dans leurs voyages à Lussac. A peine avais-je aperçu ma sœur aînée et ma cadette ; quant à la plus jeune, il me restait à faire sa connaissance. L'expérience de la guerre parait à mes yeux Louis-Victor de tous les lauriers, encore qu'il fût resté d'un naturel aussi gai qu'à l'ordinaire. Je ne le vis pas autant que je l'eusse souhaité, car il devait se rendre chaque jour auprès du Roi. Nommé enfant d'honneur du Dauphin, comme mon père l'avait été du roi Louis XIII dans sa jeunesse, mon frère avait été élevé dans la compagnie du Roi. Il suivait ses leçons, exécutait les mêmes exercices, assistait aux offices à ses côtés, et vivait toujours dans son intimité. Le jour où je vis le Roi pour la première fois, ils se trouvaient ensemble. Monsieur et moi étions en train de courir dans un couloir de l'hôtel de Sainte-Soline quand je rentrai tête baissée dans un garçon qui me parut à peine plus âgé que moi.

— *Eh bien, Françoise,* me dit mon frère, *est-ce ainsi que vous saluez le Roi ?*

Celui-ci me sembla ne s'être guère aperçu de ma

1. Cette devise est généralement traduite ainsi :
Avant que la mer fût au monde,
Rochechouart portait les ondes.

2. Louis-Victor de Mortemart porta, sa vie durant, le titre de comte de Vivonne.

présence. Il portait un petit collet de buffle et tenait à la main un chapeau orné d'une plume incarnat. Ne sachant si je devais m'excuser ou faire une révérence, je demeurai interdite.

— *Laisse, Vivonne,* dit le Roi, *c'est une petite fille.*

Ils s'éloignèrent sans plus s'occuper de nous. Assez piquée, je dis à Monsieur que son frère n'était pas si aimable que lui.

— *Il n'y a que vous pour penser cela,* me dit-il, *ma mère lui cède toujours.*

Il me prit la main et nous reprîmes notre course.

Je connus, lors du séjour de la Cour à Poitiers et jusqu'à notre entrée dans Paris, une liberté qui, après la claustration de l'Abbaye-des-Dames, me parut la plus belle chose du monde. La Cour étant partie de Paris sans se charger d'enfants, Monsieur et moi nous trouvions être les seuls représentants de l'espèce et avions soin de nous faire oublier. La tâche n'était pas difficile car l'inquiétude et le désordre qui régnaient nous profitaient en tout. Les grandes personnes, tout occupées de la question du retour du Cardinal et de la guerre ne demandaient qu'à ne pas être gênées. Je n'avais ni femmes ni nourrice pour me surveiller, Monsieur était dispensé de leçons et de manège [1], et nous ne pensions qu'à nous amuser. Fort heureux de s'être trouvé une compagnie, le frère du Roi m'apprit non seulement à jouer à la bauchette, mais aux cartes. Je ne pris que trop de goût à ce passe-temps et y devins si habile que le Roi, plus tard, devait regretter l'enseignement de son frère. Quand, échappant à la surveillance des valets, nous quittions l'hôtel de Sainte-Soline, nous descendions jusqu'à l'étang de Saint-Hilaire, qui se trouvait gelé. Nous y faisions des glissades après avoir entortillé

1. Exercices d'équitation.

des chiffons de laine autour de nos souliers. Ayant appris cet art sur l'étang de Lussac, je fus heureuse de l'enseigner à Monsieur. Le Roi nous accompagna une après-dînée [1]. Il aimait les exercices du corps et se montra plus habile et plus audacieux que nous, se hasardant loin de la rive près de laquelle Monsieur et moi demeurions assez peureusement. Une brume qui flottait encore sur la glace me cachait toute la course du Roi, mais j'avais les yeux fascinés par cette ombre lancée à grande allure que semblait suivre la longue plume attachée au chapeau. L'inquiétude me fit cependant appeler plusieurs fois. Je dus persévérer longtemps avant que d'être seulement honorée d'une réponse. *« Me laisserez-vous enfin ! »* me cria le Roi, et d'ajouter en guise d'explication : *« Je n'aime point être gêné. »* La suite ne devait que trop confirmer cette disposition. Fort inquiète de ce qui pouvait arriver et dont je porterais la faute, je lançai :

— *Sire, songez que si vous vous noyez, nous n'aurons plus de Roi.*

Ces mots agirent comme par miracle. Le Roi s'arrêta dans l'instant et regagna la rive. En passant devant moi, il se découvrit : *« Merci, mademoiselle »*, me dit-il avec un air de gravité qui ne le quittait jamais et l'empêchait de paraître un enfant, puis, remettant son chapeau, il entreprit de monter vers la ville. Je me souviens aujourd'hui de cette après-dînée comme si j'en revenais à l'instant. L'image de ce jeune homme glissant sur la glace est l'une des plus anciennes et des plus fortes que je garde du Roi. Je revois les rameaux noirs chargés de givre au-dessus des haies, une façon que le Roi avait de se pencher, les mains attachées dans le dos, et aussi cette plume incarnat qui flottait derrière son chapeau et

1. Le dîner se prenait alors au début de l'après-midi, le souper le soir.

me permettait de le suivre dans la brume. Je vois surtout ses yeux graves plongés dans les miens quand il me remerciait. Il y a plus d'un demi-siècle de cela et à y penser les larmes m'emplissent les yeux et ma plume demeure arrêtée. Si je ne sais surmonter ces faiblesses, mon histoire n'avancera guère... Il me souvient aussi que quand son frère eut disparu en haut du chemin, le petit Monsieur vint me tirer par la manche.

— *Vous avez oublié,* me dit-il, *que si mon frère s'était trouvé noyé, je serais devenu le Roi.*

Je l'avais, en effet, oublié.

Je ne pense pas être demeurée à Poitiers plus de deux ou trois semaines. Nonobstant les rigoureuses défenses du Parlement, le cardinal de Mazarin était en effet entré en France. Il avait fait des levées et venait avec une armée que commandait le maréchal d'Hocquincourt, lequel s'était, entre-temps, dégoûté de madame de Montbazon pour revenir dans la fidélité du roi. A cette nouvelle, la Reine, qui ne se tenait plus de joie, donna l'ordre au comte de Brienne, malgré tout le déplaisir qu'il en eût, d'écrire au Cardinal de venir les joindre à Poitiers. Sa Majesté se trouvait dans une telle félicité d'extase qu'il était impossible de chercher à la dissuader. Mon père tenta en vain de lui remontrer respectueusement qu'en faisant revenir le Cardinal, Elle mettait le feu à la France et augmentait les calomnies proférées contre sa personne.

— *Je sais, mon cher duc,* lui dit-Elle, tirant l'aiguille sur sa tapisserie, *qu'il court également un livre en latin dont la conclusion est que je m'entends avec le Turc et que probablement je lui délivrerai la France et aussi l'Europe si on me laisse faire.*

Mon père vit qu'il n'y avait pas là chose à raisonner et que Sa Majesté renverserait tout plutôt que de n'en pas venir à bout.

Le cardinal de Mazarin arriva à Poitiers dans les derniers jours de janvier. Le Roi et toute la Cour allèrent au-devant ainsi qu'il est d'usage de le faire pour les personnes royales, et ceux qui étaient au désespoir de son retour suivirent le torrent. Ma mère se trouvant attaquée d'un rhume, j'étais demeurée auprès d'elle. Mon père revint fort dégoûté de la promenade.

— *On lui a fait,* lança-t-il, *un accueil tout pareil à celui qu'on a réservé à Jésus-Christ, le jour des Rameaux.*

Nous apprîmes que le Cardinal s'était jeté aux mains de la Reine en la remerciant, avec force simagrées et singeries, disait mon père, de ce qu'elle avait fait pour lui, et des extrémités auxquelles elle s'était exposée pour ne pas l'abandonner. Mon père ajouta que son éloignement n'avait servi qu'à rendre le Cardinal plus fier et qu'il avait certainement conçu le plus grand mépris pour une nation qui n'avait su se défaire d'un étranger qui lui était odieux. Quand le Cardinal, fort entouré, avait atteint l'hôtel de Sainte-Soline, chacun s'était retiré pour le laisser seul avec la Reine et ses enfants, ayant beaucoup d'apparence qu'ils seraient bien aise de s'entretenir tous ensemble.

Je rencontrai le lendemain le cardinal de Mazarin dans la chambre de la Reine. Mon imagination m'avait préparée à voir un personnage magnifique. Je ne sais si je fus déçue, mais je fus certainement surprise. Le Cardinal n'était pas grand, il avait les cheveux acajou et portait un petit singe sur l'épaule. Il était fort parfumé ; n'étant pas accoutumée aux senteurs, j'éternuai beaucoup, ce qui le fit rire car son caractère était perpétuellement porté à la gaieté. Il valait mieux l'entendre rire que parler ; son accent étranger surprenait et sa voix n'était pas belle. Il s'entretenait souvent avec la Reine en espagnol ; il avait appris cette langue durant le séjour qu'il fit dans sa jeunesse à Madrid. J'ai toujours pensé que cette facilité avait charmé la Reine et se trouvait aux origines de la fortune qu'il trouva auprès d'elle. Avec cela, il était d'une vivacité surprenante, ses yeux d'un bleu-gris de mer se fixaient sur vous de la façon la plus caressante qui fût, et il faisait, avec infiniment de grâces, les plus grandes politesses à tout le monde. Même l'enfant que j'étais parut lui inspirer de l'intérêt. Je fus couverte de compliments et de choses aimables. Ce qui me frappa le plus, fut l'attachement plus que très grand que lui montraient la Reine et ses enfants. Le Roi l'appelait *« mon parrain »* et le traitait avec une déférence marquée. Le petit Monsieur jouait avec lui et son petit singe comme s'il eût été élevé sur ses genoux et la Reine était toute fondue. Je dois dire qu'à les voir causer ensemble, il était impossible de ne pas songer à l'heureuse réunion d'une famille. Pour le reste, notre situation était désespérée. J'entendais parler chaque jour de l'avance des Espagnols et de leur alliance intime avec le prince de Condé. Il échappa à mon père de dire qu'il ne manquait plus à celui-là que de s'aller faire sacrer à Reims. Pour couronner le tout, l'oncle du Roi [1], prenant à outrage contre sa personne le retour du Cardinal, s'était déclaré contre lui et assemblait des troupes dans Paris.

L'arrivée à Poitiers du cardinal de Mazarin fut marquée de grands retours. Le duc de Bouillon et le maréchal de Turenne quittèrent le parti du prince de Condé et vinrent se remettre au service du Roi duquel ils furent bien reçus. Le ministre n'était pas arrivé de quelques jours qu'il fut résolu qu'on regagnerait Paris pour ne pas laisser le duc d'Orléans y régner en maître. L'absence est le plus grand des maux ; il était temps que le Roi retrouvât sa capitale, encore qu'il y eût toute

1. Gaston d'Orléans.

apparence que, dans la compagnie du Cardinal, il ne la reconquerrait qu'à la pointe de l'épée.

Avant que de quitter Poitiers, la Cour alla admirer une pierre levée qui existe sur un coteau à l'est de la ville, au-dessus du faubourg de Saint-Saturnin. Plus longue que cinq ou six hommes mis bout à bout, elle a la forme et l'apparence d'une grande table. Un chanoine de la cathédrale expliqua à la Reine que la pierre était un présent que sainte Radegonde avait laissé tomber de son tablier. Je trouvai que c'était une curieuse occupation pour une sainte que de transporter distraitement des pierres. Le petit Monsieur en avait commencé l'escalade. Le Cardinal, en l'attrapant par son habit, nous dit entre haut et bas qu'il lui semblait plutôt que cette pierre avait été élevée par le bon géant Pantagruel, afin que les écoliers passassent leur temps à monter sur elle pour banqueter et s'amuser à écrire leur nom avec un couteau. Cette explication ne me parut pas mauvaise et je commençai d'accorder quelque confiance à la personne du Cardinal.

Nous quittâmes Poitiers le 3e de février pour gagner Saumur. La Cour était une longue file de voitures qui suivaient le carrosse de la Reine et de ses enfants. Des soldats portant l'écharpe blanche du Roi ou l'écharpe verte du Cardinal nous escortaient toujours. L'armée allait par-devant ou par-derrière. Nous demeurâmes près d'un mois à Saumur, car notre armée dut aller investir Angers où le duc de Rohan s'était révolté. Mon père disait que le duc n'étant que Chabot [1] et domestique [2] du duc d'Orléans, il était naturel qu'il prît le parti de celui-ci. Quand le duc eut fait sa reddition, nous

1. Henri Chabot avait épousé en 1645 Marguerite de Rohan, fille unique du duc de Rohan.

2. Au service.

reprîmes la route. Nous couchâmes à Richelieu, Azay-le-Rideau, Tours et Amboise devant que d'arriver à Blois. Nous étions comme une tribu voiturée de ville en ville. Avec nos carrosses crottés et nos habits défraîchis, nous ressemblions à de pauvres comédiens en tournée. Il faut se figurer cela, pour savoir combien le Roi a été élevé dans l'adversité, errant dans son royaume et n'ayant pas autant de troupes autour de sa personne, à beaucoup près, qu'il en eut depuis pour sa seule garde. La Reine souffrait de courir les routes de façon si peu certaine. Elle voyait avec patience dans son carrosse les jeux du Roi et du petit Monsieur sans paraître incommodée. Un jour que sa chambre [1] manqua d'arriver, elle fut contrainte d'attendre plusieurs heures, et pour tout meuble on ne trouva qu'une chaise de bois. La Reine y demeura sans se plaindre, disant seulement : *« Nous sommes toujours trop à notre aise, nous autres. Il est juste que nous souffrions quelquefois. »*

Nous demeurâmes deux semaines à Blois. Le séjour y fut rien moins qu'agréable. Cette ville était l'apanage du duc d'Orléans et ses habitants étaient pour lui. On disait que ses amis cherchaient à assassiner le Roi. Le maréchal de Turenne fit faire une garde fort exacte. Il savait l'armée rebelle peu éloignée et avait résolu, au cas que celle-ci s'approcherait, de faire passer le Roi de l'autre côté de la Loire et de rompre le pont, afin que Sa Majesté trouvât refuge dans la ville de Bourges. Comme le cardinal de Mazarin signifiait à la Reine et à ses enfants cette précaution, j'entendis le Roi répondre qu'il y avait déjà eu un roi de Bourges et qu'il ne voulait pas l'être.

Tout le temps que nous fûmes à Blois, la question fut agitée de savoir si l'on se rendrait à Orléans. On se

1. Les meubles qui constituaient sa chambre.

préparait à y partir quand Mademoiselle[1] en décida autrement. Elle vint depuis Paris jusque devant Orléans. Comme les habitants n'étaient pas empressés de lui ouvrir, elle demanda à un batelier de la conduire jusqu'à un trou qui se trouvait dans une porte de la ville. On la fourra dans ce trou d'où elle tomba dans la place où elle s'employa à fanatiser le peuple. *« Voilà une nouvelle Pucelle d'Orléans ! »* dit mon père quand on nous porta la nouvelle. Le résultat fut que nous dûmes nous contenter de passer à portée des canons de la ville. Je dois avouer que j'ai gardé rancune à Mademoiselle des mauvais procédés qu'elle eut pour son cousin. Cette princesse ne trouvait rien au-dessous d'elle pour humilier et faire sentir son pouvoir. Il nous fut rapporté que comme l'on montrait à Mademoiselle certaines provisions pour la cuisine du Roi, elle y trouva des mousserons qu'elle prit et jeta en disant : *« Cela est trop délicat, je ne veux pas que les amis du Cardinal en mangent. »* Ces champignons et quelques plats accommodés de cette façon me sont restés sur l'estomac. Il me faut donner ici un mot d'explication sur une princesse que nous retrouverons dans cette histoire. On sait que le duc d'Orléans avait tout ce qui est nécessaire à un honnête homme à l'exception du courage, et qu'il entra dans toutes les affaires parce qu'il n'avait pas la force d'y résister. Sa fille tentait, je crois, de suppléer ce manque et le rôle lui était monté à la tête. Après être entrée dans la ville d'Orléans, elle avait écrit une lettre à madame de Navailles pour être montrée à la Reine ; son projet réussit au-delà de ses espérances car ses propos furent sus de toute la Cour. Mademoiselle se vantait qu'elle seule avait empêché le Roi d'entrer dans Orléans, elle mandait à la Reine avoir toujours haï le

1. Mademoiselle de Montpensier, dite la Grande Mademoiselle, fille aînée de Gaston d'Orléans, cousine germaine de Louis XIV.

ministre et vouloir épouser le Roi, lui marquant fort nettement qu'elle pouvait être utile pourvu qu'elle fût satisfaite, mais qu'elle ne le pouvait sans avoir la couronne fermée [1]. La Reine répondit à madame de Navailles que la guerre que lui faisait cette princesse n'était pas un bon moyen de devenir sa belle-fille et qu'il n'était pas dans ses intentions de la demander à genoux. Ceci était sa réponse officielle ; dans son particulier, elle ajoutait qu'on aurait besoin de lui pincer le nez pour la lui faire avaler, ce qui autorisa mon père de soupirer : *« Il n'y a pas de femme à qui je souhaite plus volontiers deux têtes qu'à Mademoiselle. Jamais la sienne n'ira jusqu'au bout. »* Nous rîmes un peu, ce qui était bien le meilleur moyen de nous soutenir dans la position où nous nous trouvions.

Nous eûmes rapidement des nouvelles que le prince de Condé, remontant sous un déguisement depuis la Guyenne, avait joint l'armée ennemie et s'était placé à sa tête, ce qui fit prendre la résolution de faire avancer celle du Roi pour la mettre entre Paris et l'armée des rebelles. Nous fûmes à Sully à la fin du mois de mai, et de là à Gien où nous apprîmes, non sans crainte, que Monsieur le Prince venait à notre rencontre. A cette nouvelle, le maréchal d'Hocquincourt, qui était demeuré pour protéger le Roi, passa la Loire et s'installa à Bléneau. Le prince de Condé se jeta sur lui, dispersa ses troupes et prit ses chevaux. Cette journée du 7 avril fut l'une des plus affreuses de la vie du Roi et la plus hasardée. La bataille était fort près et des fenêtres du château où nous étions installés, nous voyions toute la côte [2] couverte de gens qui fuyaient en criant que tout était perdu. La Reine montra en cette occasion qu'elle était l'une des créatures les plus cou-

1. Celle des princes régnants.
2. La rive de la Loire.

rageuses que le Ciel eût jamais formées. Elle se coiffait quand elle apprit dans la fin de la matinée que le maréchal d'Hocquincourt avait été surpris. Elle m'avait laissé l'honneur, pour m'amuser, de lui donner des épingles. Elle demeura attachée à son miroir, sans oublier à tortiller une seule boucle, et de là fut dîner aussi tranquillement que si elle n'avait couru aucun risque. Elle y avait du mérite car beaucoup se répandaient en cris et en alarmes. Je crois que le projet que monsieur de Turenne et le Cardinal avaient combiné pour Sa Majesté et ses enfants était de gagner Amboise d'où ils pourraient passer en Bretagne. Il n'en était plus temps. Mon père fit tenir les carrosses prêts et charger les bagages, après quoi le jeune Roi monta à cheval et sortit de la ville avec ce qui restait de gens de qualité pour secourir le maréchal d'Hocquincourt. Je fus étonnée que la Reine laissât partir son fils, mais elle l'embrassa comme s'il se rendait à la promenade. Le Cardinal sortit aussi de la ville et monta sur une petite colline qui la couvre du côté du Gâtinais. J'entendis mon père gronder que de ce côté il n'y avait rien à craindre. Ce n'est pas, je pense, attenter à la mémoire du Cardinal que de dire qu'il entendait le bruit des balles sans s'y plaire. Pour moi, fermant les yeux, je répétais une prière en forme d'oraison jaculatoire ; je dus la prononcer si souvent durant ces mois affreux qu'aujourd'hui encore elle est celle qui me vient le plus facilement aux lèvres : *« Seigneur, conservez la gloire de mon Roi, sauvez ma patrie et prenez en pitié ceux qui la servent. »* On passa ce jour-là de fâcheux moments, mais on apprit à la fin que monsieur de Turenne, revenu à marche forcée, avait opposé ses pièces d'artillerie et arrêté la victoire de Monsieur le Prince. Il sauva ce jour-là le Roi et la France ; j'ai entendu dire bien des fois par la suite qu'on ne pouvait voir liés à un si petit combat de plus grands intérêts. Je dois dire qu'à mes yeux d'enfant, le maréchal de Turenne n'avait pas la mine d'un héros. Il avait l'air gauche et presque rustre, avec des épaules larges qu'il haussait de temps en temps en parlant ; des sourcils gros et assemblés lui faisaient une physionomie malheureuse. Il ressemblait à un loup-garou égaré à la Cour. Tel qu'il était, il nous tira d'une position affreuse. Je me souviens qu'au soir du combat de Bléneau, voyant rentrer mon père tout couvert de poussière et du sang des blessés, je demandai ce qu'il serait arrivé du Roi et de la Reine si Monsieur le Prince avait pu se saisir de leurs personnes. En homme qui a déjà poussé ses réflexions, mon père me répondit que l'on eût mis la Reine dans un cloître et que l'on eût conservé la personne du Roi pour gouverner sous son nom. Il ajouta, d'un air moins dégoûté, que l'on eût fait un mauvais parti au Cardinal et jeté sa dépouille aux chiens. *« Et vous, mon cher papa, que ferait-on de vous ? »* m'écriai-je, d'autant plus effrayée que nous n'étions pas à l'abri que l'affaire ne se renouvelât. *« Pas grand-chose,* dit-il en secouant la poussière de ses habits avec son chapeau, *car je me serais fait sabrer pour empêcher tout cela. »*

Après ce combat, le prince de Condé alla à Paris jouir des applaudissements qui l'attendaient et déjouer les intrigues que monsieur le coadjuteur faisait pour le priver de ce triomphe. Le Roi persévérant dans sa résolution de s'approcher de la capitale, nous quittâmes la ville de Gien au milieu du mois d'avril, protégés par le maréchal de Turenne qui marchait toujours entre nous et l'armée des Princes. Nous allâmes par Auxerre, Sens, Montereau et Melun jusqu'à Corbeil où le roi d'Angleterre [1] vint visiter son cousin depuis Paris. Regarder

1. Charles II, fils de Charles Ier exécuté en 1649 et d'Henriette de France.

converser ensemble ces deux princes dont l'un n'avait plus de royaume et l'autre plus de capitale portait à faire des réflexions, même pour une enfant aussi jeune que je l'étais. On voyait bien que notre Roi ne l'était que de nom et que nos affaires allaient mal. Il est vrai que dans Paris, les choses n'allaient guère mieux. Monsieur le Prince découvrit assez tôt qu'il était plus aisé de diriger une armée et de conduire vingt batailles que de se dérober aux coups de caveçon de monsieur le coadjuteur ; celui-ci s'occupa de le brouiller d'avec monsieur le duc d'Orléans et y réussit parfaitement. Nous tournions autour de la cage, mais le renard avait entrepris d'y dévorer le lion.

Au fur et à mesure que nous approchions de la capitale, nous vîmes de grands malheurs causés par les soldats, surtout quand nous fûmes près de Corbeil où étaient passées les troupes du duc de Lorraine que le duc d'Orléans avait fait venir à prix d'argent. La barbarie de ses soldats était telle que des Turcs ne sauraient faire pis. Nous trouvâmes tous les champs ravagés comme après un violent orage. Dans les villages brûlés, il ne restait que des murs, noirs comme du charbon de terre. On mettait les corps des habitants sur des fumiers avec les charognes des chevaux, ce qui attirait les loups. On accusait surtout les Allemands et les Polonais de ces atrocités ; leurs profanations allaient jusqu'à dévaster les églises et ouvrir les tombeaux. Près de Mormant, un misérable, se glissant entre les jambes des chevaux de l'escorte, se jeta sur le carrosse de la Reine ; il était tout enflé, la peau noire, et les lèvres remontées sur les dents. Bien que ce fût un spectacle à épouvanter, Sa Majesté ne s'effraya pas et voulut l'entendre. Avec l'air d'un homme qui a vu l'enfer, il parla de tuer ses enfants qui demeuraient avec lui dans un trou plus propre à loger des bêtes que des hommes, qu'ils n'avaient pour manger que des racines et qu'ils attendaient que les loups les dévorassent. Sa Majesté lui fit donner de l'argent et lui dit d'aller s'abriter dans Paris, mais nous doutions que ses jambes l'y portassent. Nous rencontrâmes dans les jours qui suivirent tant de malheureux que les dames n'osaient plus regarder par les fenêtres et demeuraient à pleurer dans leur mouchoir. J'avais déjà rencontré ces abominations quand mon père m'avait amenée à Poitiers, elles m'ont laissé des impressions si fortes qu'il m'arrive de penser que le goût de l'amusement et de la fête qui m'est venu par la suite est sorti du désir d'oublier ces spectacles hideux. Il me paraît assez naturel que la contemplation de la désolation et de la mort fasse se jeter tout avant et de façon précipitée dans la vie.

A la fin d'avril, notre périple trouva un premier aboutissement car de Corbeil, nous gagnâmes Chilly et de là Saint-Germain [1] où le château, quoique sans meubles et sans préparatifs d'aucune sorte pour recevoir la Cour, nous fut comme la Terre promise aux Hébreux. Leurs Majestés étaient ici chez Elles et l'on pouvait, depuis les terrasses du Château-Neuf, contempler Paris, ce que nous fîmes un long moment au soir de notre arrivée. Comme nous regagnions le Château-Vieux, je vis que la Reine avait les yeux grossis par les larmes. Le Roi me parut encore plus grave qu'à l'accoutumée. Il demeura seul, après notre départ, les yeux toujours fixés sur sa capitale, et personne ne se risqua à le tirer de sa contemplation.

En arrivant à Saint-Germain, la Reine ne touchait pas au but de notre voyage ; du moins retrouvait-elle une maison où s'étaient passées les grandes heures de sa vie. C'est là que ses fils étaient venus au monde, que

1. Saint-Germain-en-Laye.

son époux était mort et que son aîné était devenu Roi ; celui-ci était né dans le Château-Neuf et son cadet dans le Château-Vieux. Je fus étonnée de découvrir qu'il y avait deux châteaux à Saint-Germain. Avec ses tours rondes et les larges fossés qui l'entourent, le Château-Vieux garde un aspect féodal ; du moins paraissait-il solide, ce qui n'était pas le cas du Château-Neuf[1], lequel portait bien mal son nom, tant il semblait proche de la ruine. *« N'y allez pas, il tombe tout »*, me dit le petit Monsieur à notre arrivée, ce qui était donner une mesure assez exacte de la situation. C'est pourtant la plus jolie maison de plaisance qu'on puisse trouver, à quelques toises du Château-Vieux, au bout du promenoir qui domine la Seine. Son charme et son étrangeté tenaient dans une succession de terrasses et de jardins mêlés de grottes qui descendaient jusqu'à la rivière. La pente les avait exposés à de grands dommages, elles tombaient les unes sur les autres. On nous fit défense d'y aller, mais la garde n'était pas plus exacte qu'à Poitiers, et ces grottes peuplées de statues et d'automates installés au temps du roi Henri[2] nous attiraient comme l'ambre lève la paille. Le petit Monsieur savait le moyen de mettre en marche les mécaniques qui s'exerçaient encore. La grotte la plus vaste était habitée par un dragon qui battait des ailes et vomissait de gros bouillons d'eau pendant que des rossignols musiquaient. Nous courions autour du bassin et nous trouvions bientôt aussi mouillés que si nous nous étions baignés dans la Seine, après quoi nous nous poursuivions en criant que nous étions des revenants et finissions par nous enfuir tant nous nous étions fait peur.

Nous ne nous trouvâmes pas logés à Saint-Germain

1. De ce château édifié au bord de la terrasse de Saint-Germain, ne reste aujourd'hui que le pavillon Henri IV.

2. Henri IV.

beaucoup plus commodément que nous l'avions été jusque-là. La Reine et ses enfants s'installèrent au Château-Vieux où je fus casée avec mes parents. J'avais une fort belle chambre de galetas, bien peinte, bien dorée, avec point de fenêtres et point de vitres. Les matelas étaient par terre sur de la paille pour laquelle il fallait envoyer les valets au fourrage. Les meubles, les vêtements, tout manquait et jusqu'à ce qui était nécessaire à la table du Roi. Il n'eût cependant pas été possible d'aller quérir une seule épingle dedans Paris. Nous portions alors notre trousseau sur notre dos et l'on blanchissait nos chemises de nuit pendant le jour et nos chemises de jour pendant la nuit. La Reine elle-même n'avait pu emporter que peu de chose, elle se trouva bientôt si pauvre que l'on fut obligé de mettre en gage chez des usuriers les bijoux de la Couronne et que les pages de sa chambre furent congédiés parce qu'on n'avait pas de quoi les nourrir. Son seul luxe était un coffret de gants d'Espagne qu'elle aimait à me faire admirer. Je la regardais choisir ses gants, ce qu'elle faisait avec plaisir, car elle avait la plus belle main du monde. Sa Majesté avait aussi sauvé sa collection de chapelets. Elle en possédait près de cinquante, faits de perles, de diamants ou de corail. A Saint-Germain, la Reine passait le gros de ses journées à conférer avec le cardinal de Mazarin, et le reste dans son oratoire car elle était infatigable sur le chapitre de la dévotion. Le soir, elle tenait aimablement une cour où chacun s'employait à causer et à montrer bonne mine. L'esprit et la gaieté naturelle de mon père y trouvaient leur emploi, sans que Sa Majesté s'en offusquât, car Elle entendait la raillerie et goûtait la belle galanterie qui, sans blesser la vertu, est capable d'égayer la conversation. La Reine dit un soir qu'elle aimait fort Saint-Germain, mais serait aussi bien aise de se trouver dans Paris et que, pour être heureuse, elle aurait voulu avoir toujours un pied à l'un et un pied à l'autre. *« Dans ce cas, je ne bougerais pas de Nanterre »*, dit mon père, ce qui était sans doute un peu gaillard, mais Sa Majesté reconnut qu'Elle y avait prêté et eut l'esprit de ne pas s'en scandaliser.

Dès que la Cour se trouva installée à Saint-Germain, les négociations de paix recommencèrent. Le Parlement et le corps de Ville députèrent au Roi pour le supplier d'éloigner le Cardinal, mais ces harangues ne profitèrent point car la Reine n'entendait aucune raison là-dessus. Sa Majesté faisait répondre qu'Elle était là pour donner la loi à ses sujets et non pour la recevoir. Les princes révoltés ne laissaient pas de leur côté d'offrir de se soumettre à condition que le Cardinal fût chassé du royaume. Ils envoyèrent madame de Châtillon qui avait alors des prétentions au cœur du prince de Condé. Elle parut à la Cour avec tout l'éclat que lui donnait le crédit de Monsieur le Prince. Nous fûmes stupéfaits de sa beauté et de ses habits, mais le cardinal de Mazarin pensa que les traités ne pouvaient se faire de cette sorte, et madame de Châtillon revint à Paris sans autre chose que de l'espérance et des promesses.

Toutes ces allées et venues grossissaient le parti de ceux qui, à la Cour, murmuraient contre le Cardinal, le morguaient hautement et ne le saluaient pas quand ils le rencontraient. Mon père parlait du plaisir qu'il aurait à lui arracher la barbe poil par poil. Ces façons mettaient le Cardinal fort en peine car, loin de chercher à perdre ses ennemis, il ne songeait qu'à trouver les moyens de les gagner. Des promesses de lettres de duc et de bonnes abbayes lui ramenèrent bien du monde, à l'exception du comte de Miossens [1] qui réclama le bâton

1. César-Phoebus, comte de Miossens, futur maréchal d'Albret.

de maréchal pour prix de son amitié. Le cardinal lui promit tout ce qu'il voulut et lui demanda de garder ce grand avantage caché.

Pendant que le Cardinal portait à la perfection l'art de temporiser, les armées s'exerçaient autour de Paris. Saint-Denis fut pris par le prince de Condé et repris par nos troupes le lendemain. Nous étions avertis de ces manœuvres parce que, pour nous prévenir, on allumait au sommet de la basilique de Saint-Denis des bottes de foin mouillé qui produisaient une fumée épaisse. Le petit Monsieur et moi guettions tout le jour ces signaux. Des soldats accusaient réception de ces nouvelles par des feux de même nature allumés sur la terrasse du Château-Vieux.

En portant la main sur Saint-Denis, Monsieur le Prince s'était dangereusement rapproché de Saint-Germain, aussi nous fallut-il reprendre notre vie errante. Nous quittâmes notre asile à la fin du mois de mai. Nous fûmes coucher à Corbeil et, de là, à Melun. Le maréchal de Turenne voulut assiéger Etampes et le Roi désira en être témoin, aussi envoya-t-on dire au gouverneur de la ville de ne point tirer le canon pendant le passage de Sa Majesté. Ce gouverneur fit le malade et le Roi, passant, fut salué de plusieurs volées de canon dont une approcha assez près de sa personne et une autre du carrosse où je me trouvais avec ma mère. Toute la Cour fut scandalisée, mais les affaires étaient si aigries que toutes les considérations cessaient.

A la fin du mois de juin, la Cour quitta Melun pour gagner Saint-Denis où nous logeâmes dans le couvent des Filles de Sainte-Marie. Nous sentions à l'importance des préparatifs qu'on n'y tiendrait plus longtemps et que la fin approchait. L'armée des Princes était campée à Saint-Cloud. Il fut entendu qu'on ferait un pont de bateaux vis-à-vis de Saint-Denis pour surprendre le prince de Condé. Afin d'échapper, celui-ci fit marcher son armée par le bois de Boulogne et le cours de la Reine Mère [1], de sorte que Paris eut la honte de voir dedans ses rues passer des Espagnols [2]. Monsieur de Turenne courut pour l'arrêter ; ce fut le 2e de juillet qu'arriva cette sanglante journée.

Je fus réveillée au matin par le bruit des tambours de l'armée du Roi. En nous mettant aux fenêtres, nous vîmes les dernières troupes filer vers Paris pour aller attaquer l'armée des Princes. La Reine s'était déjà levée, elle était partie aux Carmélites pour passer aux pieds des autels de si terribles moments. Ma mère demeura avec elle et mon père fut avec le Roi et le Cardinal sur les hauteurs de Charonne afin de mieux voir la bataille qui se présentait bien, car le prince de Condé devait longer les murs de Paris pour la raison que le peuple, qui ne voulait pas être mêlé à l'affaire, avait fermé les portes. Le maréchal de Turenne se mit en devoir d'écraser Monsieur le Prince contre les murailles de la capitale comme on lance un fruit sur un mur, mais celui-ci était une noix dure à casser. La mêlée fut extrêmement chaude et beaucoup de gens y demeurèrent. J'allai, pour tromper mon inquiétude, prier près de la Reine et de ses dames d'honneur. Sa Majesté demeura plongée devant le Saint-Sacrement, excepté les moments qu'Elle recevait des courriers qui lui faisaient apprendre la mort de quelqu'un. Paul Mancini, neveu du Cardinal, fut blessé à mort, il n'avait que seize ans. Il était le compagnon du Roi et de mon frère, encore que ma mère ait eu lieu de se plaindre de cette compagnie. Nous sûmes également que le duc de La Rochefoucauld avait reçu une balle au-dessus des yeux, ce dont il demeura presque aveugle.

Pendant que nous priions, le duc d'Orléans n'avait

1. Le Cours-la-Reine créé par Marie de Médicis.
2. Condé est alors allié à l'Espagne en guerre contre la France.

pas bougé de chez lui où il demeurait à douter. Le cardinal de Retz le persuadait de ne pas s'exposer, ce qui lui fut facile à obtenir car il y était assez porté de lui-même. Mademoiselle, qui était d'humeur plus martiale que son père, fut à la Bastille où elle fit, de son autorité, pointer le canon contre les troupes du Roi, après quoi elle alla elle-même à la porte Saint-Antoine exhorter ceux qui la gardaient à l'ouvrir. Le coup réussit et le prince de Condé entra dans Paris avec ses troupes qui se trouvèrent en sûreté. Mon père nous rapporta que le Roi et le Cardinal furent bien étonnés quand ils virent tirer le canon de la Bastille. Par cette action violente, Mademoiselle se perdit pour toujours dans l'esprit du Roi. Le cardinal de Mazarin dit seulement : *« Ce canon-là vient de tuer son mari. »*

Nous vîmes revenir monsieur de Turenne après le souper. Il avait deux doigts de poussière sur le visage, sa cuirasse était couverte de coups et sa chemise pleine de sang. Il tenait l'épée à la main, ayant perdu le fourreau. Il dit à la Reine : *« Vous voyez un homme au désespoir. »* Sa Majesté ne put que lui donner les mains. Monsieur le Cardinal ramena le Roi à minuit, celui-ci jeta son chapeau sur le sol et dit avant d'aller se coucher : *« Monsieur le Prince est dans Paris et je suis dehors »*, ce qui était peindre exactement notre situation. Les larmes étaient dans les yeux de beaucoup. Nous avions le sentiment que Dieu nous abandonnait.

Au soir de la bataille, je fus occupée avec la Reine et les dames à secourir les soldats blessés qu'on conduisait à Saint-Denis. On les portait sur des chevaux, des échelles, des portes ou des planches. On fit des infirmeries dans la halle et dans la grande salle de l'abbaye, mais on eut de la peine à trouver de la paille pour les coucher et du bouillon pour les nourrir. Ma mère s'avisa que la place d'une enfant n'était pas au milieu d'hommes à demi nus qui criaient et juraient, mais j'avais appris le métier à l'infirmerie de l'Abbaye-des-Dames et me trouvais la plus experte dans les soins à donner. Du moins, à Saintes, disposais-je de lits, de linge et de remèdes. Nous n'avions à Saint-Denis que de l'eau et quelques draps à déchirer. C'était pitié que d'entendre crier les blessés et de les voir perdre leur sang. Le lendemain, en arrivant dans la salle, je vis que beaucoup se mouraient ; les autres demandaient à manger ou à boire. Il faisait un chaud horrible et l'odeur était affreuse. Madame de Motteville vint voir les blessés en se pinçant le nez, leur reprochant hautement de ne point penser à leur salut. « *Pas un qui ne songe à éviter l'enfer* », me dit-elle. La patience n'était déjà pas mon fort. « *Ils s'y trouvent déjà, madame, cela ne suffit-il pas ?* » répondis-je en lui mettant quelque linge bien dégoûtant dans les mains, ce qui eut pour résultat de la faire se sauver.

Quand, au soir de la bataille, le Roi s'était lamenté sur l'entrée des Princes et de leurs troupes dans Paris, mon père avait remarqué : « *Tout cela va fermenter en haine bien active.* » L'avenir lui donna raison. Dans les jours qui suivirent, il se fit dans la ville une horrible sédition. Après ces désordres, l'autorité du Roi reprit des forces et chacun commença de faire des réflexions. Déjà on avait été surpris de voir les canons du roi d'Espagne dans Paris. On se lassait de la guerre. La ville était dépeuplée parce que ceux qui voulaient demeurer dans l'obéissance du Roi en étaient sortis. Le trafic cessait parmi les marchands, les magasins étaient vides, les terres de campagne étaient pillées et le bourgeois n'osait aller voir sa petite maison des champs. Les rues s'emplissaient de paysans réfugiés et d'ouvriers sans ouvrage. On commençait de considérer que le cardinal de Mazarin n'était pas dangereux comme les armées que le prince avait fait venir, et que le gouvernement de Son Eminence ne pouvait produire plus de mal que la guerre civile.

Les tractations reprirent avec le Parlement et l'on fit savoir que si le cardinal de Mazarin voulait bien se retirer quelque temps, l'applaudissement des Parisiens au retour de Leurs Majestés serait garanti. Le Cardinal se montrait fort peu pressé de partir, ce qui jetait mon père dans des fureurs atroces. Il criait que la Reine sacrifiait l'intérêt de son fils à son amitié pour le Mazarin et n'était point le seul de son opinion ; Sa Majesté trouvait chaque jour des écrits qui semblaient éterniser le doute où l'on affectait d'être de sa vertu. Le Cardinal se résolut à la fin et la Reine consentit à son départ quand on lui eut bien expliqué que ce n'était qu'un éloignement de circonstance. Son Eminence partit au milieu du mois d'août et la Cour quitta Saint-Denis pour Compiègne afin que Sa Majesté pût recevoir la marque du repentir de ses peuples. Je sus que notre périple touchait à sa fin quand je vis la Reine et ma mère commander à faire des robes. La Reine n'était pas esclave de la mode, mais elle s'habillait bien. Elle était propre[1] et fort nette, et avait un grand faible pour les perles. Des marchands apportèrent des velours, de la soie et toutes les garnitures possibles à imaginer. Tout le jour, on palpait, on se récriait, on cherchait des conseils. Que se mettait-on sur le dos à Paris et n'aurions-nous pas l'air de sortir de cette province dont nous arrivions ? Je ne fus pas oubliée et ce fut heureux, car le fourreau de droguet que je tenais de l'Abbaye-des-Dames était devenu d'un court à faire peur à la volaille. Ma première robe fut de velours bleu, avec un bonnet tout pareil et des lacets de soie rose ; elle me causa plus de plaisir que ne l'eût fait la robe de Cen-

1. Elégante.

drillon. Le cardinal de Retz, qui ne pouvait porter les marques du cardinalat jusqu'à ce qu'il eût reçu le bonnet[1] des mains du Roi, eut l'audace de venir le chercher à Compiègne. La Reine lui fit un accueil polaire.

Le lundi 21 octobre, le Roi fit son entrée dans Paris aux flambeaux, quoique la Cour fût partie de Saint-Germain dès 10 heures le matin, mais l'affluence du peuple que l'on trouva depuis le bois de Boulogne l'empêcha d'arriver plus tôt. Il entra à cheval, accompagné du roi d'Angleterre, suivi du prince de Savoie, de plusieurs ducs, pairs, maréchaux et officiers de la couronne. Mon père, premier gentilhomme de la Chambre, se trouvait parmi eux. La Reine suivait dans un carrosse avec le petit Monsieur, et nous derrière dans d'autres voitures. Etant arrivé dans le bois de Boulogne, le cortège fit halte et le Roi envoya l'ordre à son oncle, le duc d'Orléans, de sortir de Paris. Monsieur fit beaucoup de façons, mais on lui fit entendre que le moment était passé. Mademoiselle fut également priée de se retirer à la campagne puis, par Chaillot, nous descendîmes jusqu'au Louvre que l'on atteignit vers 8 heures du soir. Sur les conseils du cardinal de Mazarin, la Reine avait désigné ce palais, ayant éprouvé par les fâcheuses aventures qu'elle avait eues au Palais-Royal que les maisons sans fossés n'étaient pas les meilleures. Paris reçut Sa Majesté avec toutes les démonstrations de la plus éclatante joie. Je vis les habitants empilés jusque sur les toits. Les hommes poussaient des cris et les femmes se jetaient sur le Roi pour embrasser ses bottes. Il semblait à voir cette allégresse que le passé fût un songe. Sur le parvis du Louvre, le cardinal de Retz vint accueillir Leurs Majestés et faire une harangue qui, par sa brièveté, montrait assez qu'il était au désespoir de la faire.

1. La barrette de cardinal. Le chapeau était remis à Rome.

Après quoi, la Cour se répandit dans le Louvre et je gagnai l'appartement que mes parents avaient aux Tuileries. Je fus conduite à ma chambre et je sentis que l'amusement était fini.

Il en fut de même pour le cardinal de Retz qui demeura à cacher sa honte dans le cloître Notre-Dame. Mon père nous dit que le Roi et la Reine avaient résolu de le faire arrêter quand il viendrait leur faire sa révérence, mais il fut quelque temps à se résoudre d'y aller, ce qui finit par arriver avant Noël. Nous ne fûmes pas trop heureux de savoir un homme qui respirait le complot près de Leurs Majestés, mais le Roi, après avoir salué le coadjuteur et lui avoir tenu des propos badins, donna l'ordre au capitaine de ses gardes de l'arrêter quand il sortirait de l'appartement de la Reine, ce qui s'exerça ponctuellement. Le cardinal de Retz fut conduit à Vincennes ; ainsi finit en lui le reste de la Fronde.

Les Tuileries avaient encore un caractère rustique quand je les connus après la Fronde. On voyait bien que c'était là une résidence particulière et même une maison de campagne, encore étaient-elles en grand état de délabrement, n'ayant pas été habitées de longtemps, si ce n'est par Mademoiselle qui, on le sait, était malpropre. Les dorures tombaient, les vitres étaient cassées et des masures s'étaient bâties contre les murs, si bien que cela nous changea peu de ce que nous avions eu à Saint-Germain. J'eus le bonheur que le petit Monsieur fût logé près de nous. Ses appartements, quatre chambres et deux salles très étirées, se trouvaient auprès d'un escalier tournant reposant sur des trompes et qui semblait toujours prêt à tomber et à ensevelir ceux qui s'y aventuraient. Pour le reste, on respirait aux Tuileries un air vif, bien agréable, et l'on donnait sur un jardin qui bordait la Seine. Si l'on m'avait laissée, j'aurais passé mes journées à contempler le spectacle. Sur la rive, des femmes travaillaient du linge, des cavaliers venaient faire boire leurs chevaux ; quand il faisait beau, ils se mettaient en chemise pour se baigner. Des gabarres [1]

1. Embarcation à fond plat.

traversaient les voitures et les carrosses tandis que les valets tenaient les chevaux et leur cachaient les yeux. D'autres barques portaient quantité de bestiaux, certaines étaient chargées de piles de foin si hautes qu'elles semblaient toujours devoir chavirer, encore que cela n'arrivât jamais. Tous ces Parisiens criaient, chantaient, s'appelaient, et cela faisait beaucoup de mouvement et de gaieté sous nos fenêtres. Je me souviens d'un marinier dont la barque se trouvait attachée devant chez nous ; il avait une petite chanson fort jolie qui ne m'est jamais sortie de la tête :

Gai, ô gai, faut passer l'eau,
Faut pas nourrir le chagrin qui t'inquiète,
Gai, ô gai, faut passer l'eau,
Chagrin d'amour monte pas en bateau.

De l'autre côté de la Seine, la tour de Nesles se dressait sur un rocher qui avançait dans la rivière. Les servantes parlaient à son propos d'affreuses débauches et d'hommes jetés en sacs. Bien que ma mère qualifiât ces histoires de contes de loups-garous, je ne pouvais regarder les deux donjons collés ensemble sans ressentir une impression si pénible que quand le Roi les fit détruire pour édifier le Collège des Quatre-Nations, j'en éprouvai une sorte de soulagement.

Le Louvre, où Leurs Majestés s'étaient installées au jour de notre arrivée à Paris, n'était pas en meilleur état que les Tuileries. Le palais avait été laissé depuis dix ans, des artistes s'y étaient logés et l'on dut se hâter de faire nettoyer les appartements et de les remettre en état. La Reine fit aussi curer les fossés qui étaient fort puants, car ils devaient assurer notre protection si certains temps revenaient. Le palais se trouvait relié aux Tuileries par la grande galerie et le pavillon de Flore. Mon père et ma mère y passaient pour se rendre à leur service et ma sœur aînée y courait tout le jour. J'ai dit qu'en arrivant à Paris, il me restait à faire la connaissance de mes sœurs ; à peine avais-je entrevu quelquefois mon aînée. Gabrielle avait dix-neuf ans quand je commençai de vivre auprès d'elle. Elle était Mortemart par le corps et par l'esprit, avec le teint le plus blanc qu'on puisse imaginer, les yeux bleus et de très beaux cheveux blonds ; cette beauté se trouvait seulement altérée par un nez qui tombait sur une bouche fort vermeille, ce qui fit dire un jour à monsieur de Vendôme qu'elle avait l'air d'un perroquet qui mange une cerise. Avec cela un esprit qui n'appartenait qu'à elle, beaucoup de vivacité et une impatience naturelle qui la faisait se précipiter dans tous les amusements. Elle vivait comme notre père, au jour la journée, s'égayant toujours, ne se refusant rien, et ne devenant paresseuse que quand son plaisir n'y trouvait pas son compte. Bien qu'elle eût été pensionnaire à l'Abbaye-aux-Bois, il y paraissait peu, et j'entendis plus d'une fois de bonnes âmes dire qu'à la voir, il semblait incroyable qu'elle eût été élevée par des religieuses de grande réputation et par une femme aussi réservée qu'était ma mère. Quand je la connus, elle vivait tout le jour dans le Louvre, et le Roi me rapporta qu'elle venait le trouver avec des gens de son âge et qu'elle se mettait à table en personne persuadée qu'on n'y vieillit pas. Ces manières ne pouvaient contribuer à la faire bien marier, elles la mirent toutefois dans l'intimité du Roi qui s'amusait dans sa compagnie et lui laissait dire tout ce qui lui venait à la fantaisie. Je n'ai connu personne qui aimât comme elle la conversation. L'esprit toujours un peu hors de sa place, elle extravaguait de la façon la plus agréable du monde. Comme l'on ne pouvait ni respirer ni s'ennuyer en sa présence, on ne s'apercevait qu'elle parlait trop que quand elle n'était plus dans la pièce. J'ai dit qu'elle était tout à fait folle sur le chapitre de sa naissance, au point de se vouloir persuader que son sang n'avait pas la même couleur que celui du commun des mortels. Un jour où le Roi lui poussa une botte sur la grandeur des Montmorency, elle lui jeta : « *Cela est plaisant, c'est que ces messieurs d'auprès de Paris étaient trop heureux d'être à vous, tandis que nous, rois dans nos provinces, nous avions aussi nos grands officiers autour de nous.* » Cela lui sortait comme un œuf de la bouche, et c'est bien la seule personne que j'aie entendu soutenir devant Sa Majesté que le Roi n'était pas son cousin et que l'on se rendait valet à son service. Cette histoire me fait ressouvenir que mon frère était, sinon plus simple, du moins plus aimable sur ce chapitre. Devenu maréchal de France il se trouva un jour avec un capitaine de cavalerie qui se faisait appeler le chevalier de Rochechouart et lui dit : « *Comme nous sommes de même, monsieur, que je sache si nous sommes parents.* » L'officier répondit : « *Je n'ai point l'honneur de vous appartenir, monseigneur, mais voulant me choisir un nom, je n'ai pas cru pouvoir en prendre un plus beau que le vôtre. – Gardez celui dont vous avez fait choix,* dit mon frère, *je suis trop sensible à la préférence que vous lui avez donnée.* » Il m'a toujours paru que ceci était la bonne façon d'aimer la gloire.

Ma cadette, Marie-Christine, se trouvait à l'opposé de notre aînée. Douce et réservée, elle vivait à petit bruit et il était possible de passer des mois entiers auprès d'elle sans deviner ses sentiments. Heureuse avec des livres et des prières, ma sœur vivait retirée en elle-même. Pour ce qui est de la figure, elle ressemblait assez à un ange ; cette comparaison lui va bien car l'amour de Dieu, chez elle, était premier, aussi naturel que celui du monde chez mon aînée, de sorte qu'entre mes deux sœurs, je me trouvais tirée entre deux aspirations qui me paraissaient donner également le bonheur, quoique l'une, hélas, plus promptement que l'autre.

Je rencontrai vite Marie-Christine dans un goût pour la lecture qui nous venait de notre père, encore que nous ne lussions pas les mêmes ouvrages que lui. Ma mère n'eût pas souffert que nous eussions autre chose que des livres de religion entre les mains, encore les lisait-elle toujours avant nous. Je pus reprendre la lecture de l'*Imitation*, interrompue à Saintes par la grâce de Madame et en sentir tout le goût, puis ce fut *Le Guide des péchés* de Grenade, *La Perle évangélique* et, bien entendu l'*Introduction à la vie dévote* dont la lecture à haute voix nous transportait. Ces sages lectures et les conversations qui suivirent créèrent une grande intimité avec ma sœur. Je l'admirais, j'entendais l'imiter et, bien qu'elle fût plus jeune, recherchais son conseil et son approbation. Elle ne me les mesurait pas plus que ses sages avertissements quand elle jugeait que je faisais des railleries trop dures ou quand elle me trouvait ce qu'elle nommait un *air agité*. Il devait être assez piquant de voir une fillette de onze ans en tancer une qui en tenait treize et lui prêcher l'amour de Dieu et la sévérité des mœurs. Il me souvient qu'un jour où je me trouvais fâchée avec Monsieur qui m'avait dérobé une bagatelle, elle me sermonna, tenant mes mains dans les siennes. « *Il faut lui pardonner en vue de Dieu* », disait-elle. Cet *en vue de Dieu* la peint tout entière et, s'il y avait en elle quelques petits moucherons d'imperfection, je n'en ai pas gardé le souvenir. Je l'aimais fort, et mon père qui la regardait comme un oiseau différent du reste de la couvée ne l'appelait que *Socratine*. Il faut reconnaître que l'excès de sagesse n'est pas la marque de la famille.

La quatrième demoiselle de Mortemart faisait notre joie quand sa nourrice nous l'amenait. Marie-Madeleine avait six ans quand je la vis pour la première fois.

C'était une grosse pouponne avec des joues semblables à des fruits que l'on avait toujours envie d'embrasser et de grands yeux noirs taillés en amande qui étaient ceux de notre mère. Elle avait un naturel gai et charmant et raisonnait déjà fort bien, quoique un peu trop pour son âge.

La question de l'éducation de leurs filles tomba comme une croix sur les épaules de mes parents à la fin de la Fronde. Les jeux étaient faits pour mon aînée, et il ne manquait que de lui trouver un épouseur, encore qu'elle ne facilitât pas la tâche. Ma position était plus délicate. Je n'avais que douze ans lors de mon arrivée à Paris et risquais fort de connaître à nouveau la pension. Je venais d'avoir une année de liberté, aussi me paraissait-il impossible de retourner vers ce qui me semblait être une prison. La fréquentation quotidienne de mes parents m'avait apporté une intimité et une affection dont il me semblait ne plus devoir me passer, et celle de la Cour m'avait habituée à une suite infinie de distractions. Plus effrayée que si j'eusse été menacée d'être fermée à la Bastille, j'alternais les raisonnements et les cajoleries auprès de mon père, ainsi que les suppliques auprès de ma mère, à laquelle je représentais cent fois par jour que je mourrais si je me trouvais à nouveau séparée d'elle. Je ne sais si ma chère maman s'était, durant notre errance, accoutumée à ma compagnie ou si elle craignit pour ma santé, car je me trouvais alors aussi maigre qu'un fuseau, mais j'emportai la partie et il fut décidé que je ne recevrais plus que l'éducation du manteau de la cheminée [1].

Marie-Christine n'ayant pas connu le couvent, mes parents balancèrent pour elle entre plusieurs maisons. Il fut question de l'Abbaye-aux-Bois, mais fort en l'air

1. Du foyer domestique.

car ils n'avaient pas trop eu à se louer des résultats de cette éducation pour leur aînée. On ne parlait alors, pour élever une jeune personne, que de l'ordre de la Visitation fondé par Monsieur de Genève. La reine d'Angleterre [1] avait mis ces religieuses à la mode. Dans les débuts de son arrivée en France, elle avait cherché refuge dans leur maison du faubourg Saint-Antoine et, y trouvant la consolation, désira faire une fondation qu'elle établit à Chaillot dans un hôtel qui avait servi de campagne [2] au maréchal de Bassompierre. L'air y était propre à fortifier les santés les plus éprouvées, aussi la Reine y séjournait-elle souvent et sa fille, la future Madame [3], y fut élevée. Cet exemple illustre amena à Chaillot les enfants des meilleures familles d'Europe, ce qui fit bonne impression à mes parents. Ma mère, qui connaissait les ouvrages de Monsieur de Genève, était attirée par une théologie qui tenait les femmes pour quelque chose et se proposait d'enseigner la sainteté quel que soit l'état que l'on devait embrasser. L'idée que l'on pût suivre la volonté de Dieu aussi bien à la Cour que dans un cloître lui parut bonne et propre à fonder les principes d'une éducation. Mon père – c'était assez dans sa manière – lança d'abord de fortes plaisanteries sur un couvent qui se trouvait installé dans un hôtel bâti pour abriter les pires débauches. Il avait bien connu le maréchal de Bassompierre dans sa splendeur et assurait qu'avant d'entrer à la Bastille, il avait brûlé six mille lettres écrites par des femmes qu'il ne voulait pas compromettre ; une telle abondance de courrier donnait à penser que la maison du maréchal avait été beaucoup fréquentée. La véritable raison du manque

1. Henriette-Marie de France, veuve de Charles Ier.
2. Maison de campagne.
3. Henriette-Anne d'Angleterre, fille d'Henriette de France et de Charles Ier.

d'empressement de mon père était qu'il ne lui plaisait pas que l'ordre de la Visitation acceptât comme religieuses, et même comme supérieures, des personnes sorties de la bourgeoisie. Que les offices soient dits en français et non dans la langue latine ne le contentait pas davantage. « *Quand on ne sait pas le latin, on va garder les cochons* », disait-il. La Reine ne partageait pas ses dégoûts pour la nouveauté et avait en grande estime la nouvelle fondation qu'elle honorait de ses visites, aussi mon cher papa, qui savait l'art de ne pas être de travers à la Cour, donna-t-il son consentement et Marie-Christine fut conduite à Chaillot. Je dois dire que jamais pensionnaire ne se précipita au couvent avec plus de bonheur et que la joie de ma sœur me blessa quelque peu. J'allais la rejoindre souvent pour écouter des sermons ou suivre une retraite et reçus aussi ma part du bon air de Chaillot. Dans le même temps je tirais bénéfice des leçons données à mon frère par un précepteur. Mon cher Vivonne avait été conduit comme les autres enfants d'honneur du jeune Roi au collège de Grassins, mais mon père, ayant jugé les leçons insuffisantes, les augmenta de celles d'un précepteur. Nous l'appelâmes *Minos*, et il méritait assez le nom du juge des Enfers car il était aussi méchant qu'il en avait l'air. Je reçus une infinité de coups sur les doigts pour augmenter la quantité de latin et de grec apprise à Saintes, et plus encore pour avoir la connaissance de l'italien. Mon père voulut nous faire apprendre cette langue qui était celle de la comédie et de l'opéra qu'il avait en passion. La connaissance de l'italien pouvait être aussi d'une grande utilité pour mon frère dans la carrière des armes comme dans celle de la diplomatie. La précaution de mon père touchait à la divination car mon frère, devenu vice-roi de Sicile, eut l'occasion de se rappeler utilement les leçons de *Minos*.

Je passai beaucoup de temps au Louvre dans les débuts de mon arrivée à Paris. Ma mère, qui avait entrepris de poursuivre elle-même mon éducation, ne faillit pas à la tâche et me garda auprès d'elle. Il m'arrivait souvent de l'accompagner dans son service auprès de la Reine, ainsi que cela s'était établi par force durant les événements de la Fronde. Sans doute entrait-il dans cette démarche quelque précaution car mes parents, tenant des places à la Cour, n'ignoraient pas que celles-ci tombent plus aisément sur les têtes auxquelles l'on est accoutumé ; la suite devait confirmer la sagesse de ces vues. Je me rendais aussi familièrement dans le Louvre avec Monsieur qui n'aimait pas ses leçons et préférait ma compagnie. Je pourrais dire qu'il était mon camarade si ce n'était le contraire car, déjà, rien ne lui plaisait plus que de parler chiffons, pommades et rubans, et que de s'admirer dans un miroir. Ce mal est venu, je crois d'une habitude d'enfance dont il n'a pas été possible de le défaire. La Reine lui avait fait porter des habillements de fille, ainsi que l'on fait ordinairement aux jeunes garçons, mais comme les robes lui allaient bien, on les lui laissa trop longtemps, et surtout on l'habitua à des compliments sur toutes les afféteries qu'il portait. La Reine était amusée par un penchant qu'elle croyait être une innocente coquetterie, sans deviner ce qu'il pouvait avoir de dangereux pour la suite. Je dois dire que quand elle commença de le craindre, elle tenta de s'y opposer avec violence. Je me souviens qu'elle lui refusa de lui faire percer les oreilles, mais il n'était plus l'heure. Pour ma part, j'avais déjà l'amour de la figure et j'étais trop heureuse de trouver quelqu'un qui entrât dans mon goût pour les bagatelles. Plus d'une fois, nous allâmes dérober du rouge et des mouches dans la chambre de ma mère. Nos sottises faites, nous nous rendions chez la Reine. Il nous fallait parcourir la grande galerie où nos pas résonnaient si étrangement que nous nous mettions à courir et à crier comme si nous eussions pu, à force de bruit, l'occuper tout entière. Les appartements de Sa Majesté se trouvaient au même étage que ceux du Roi dans l'aile du palais qui longe la Seine. Nous traversions plusieurs salles avant d'arriver à la chambre du Lit, que je trouvais laide pour la raison que des tapisseries de cuir étaient tendues sur les murs à la mode d'Espagne et qu'une grande table d'argent, affreusement noircie, en occupait le centre. Le saint des saints se trouvait en arrière, dans les deux pièces où Sa Majesté aimait à se retirer. Mon plaisir était d'aller, le matin, dans la chambre du Miroir où je regardais la Reine taponner ses boucles. Les murs étaient couverts de marbre blanc et noir et, par-dessus, tous les portraits de la famille d'Espagne. Il m'arrivait de me renverser sur des pliants pour regarder le plafond qui était peint en allégories et de fixer les nuages, les harpes et les voiles qui s'envolaient le plus agréablement du monde. Il y avait plus magnifique encore. La Reine nous donnait parfois permission d'entrer dans son oratoire où l'on se trouvait tellement ébloui par une accumulation de vases, de croix, de reliquaires et de chandeliers en cristal ou en or ornés d'une infinité de pierres précieuses qu'il semblait impossible que l'on pût y prier, à moins de fermer fortement les yeux. Sa Majesté y demeurait plusieurs heures chaque jour, agenouillée devant un morceau de la vraie Croix. J'ai dit combien la Reine était infatigable dans l'exercice de la dévotion et j'avais eu l'occasion de remarquer que ni les voyages ni les alarmes ne pouvaient lui faire interrompre un exercice ou une prière. On sait que la Reine ne s'est pas mise en peine de l'éducation de ses fils qu'elle a abandonnée au cardinal de Mazarin, mais je peux témoigner qu'elle fut intraitable sur le chapitre de la religion. Parce qu'un jour elle entendit le jeune Roi jurer (le petit Manicamp qui a soutenu toute sa vie le même caractère lui avait persuadé que c'était là le bon air), elle le fit fermer dans sa chambre où il fut deux jours sans voir personne, et lui fit tant d'horreur d'un crime qui va jusqu'à insulter Dieu qu'il n'y est jamais retourné depuis et qu'à son exemple, le blasphème a été banni de la Cour. Elle inspira au Roi, dès ses premières années, les plus grands principes de piété, ils se gravèrent dans le fond de son âme et ces premières impressions sont demeurées inébranlablement dans son cœur. Je connais une dame qui, après avoir pris la mesure de ces choses, s'en est idéalement servie pour me chasser de l'endroit.

La Reine était engagée avec ses fils dans toutes les confréries de quelque réputation et rendait de nombreuses visites aux églises et aux couvents. J'eus plus d'une fois l'honneur de l'accompagner, encore que je m'en serais bien passée, car Sa Majesté aimait à se rendre dans trois sanctuaires différents et entendait une messe dans chacun. Le cardinal de Mazarin lui fit plusieurs fois reproche de cette dévotion ambulatoire. *« Dieu est partout et la Reine peut le prier dans son oratoire »*, disait-il, mais le plaisir de Sa Majesté était d'aller chercher Dieu ailleurs, principalement au Val-de-Grâce où Elle faisait souvent retraite. Monsieur Vincent[1] venait l'y entretenir et demander pour ses pauvres. Je fus bien étonnée quand je le vis pour la première fois, car c'était un homme qu'on eût ordinairement écarté du chemin de Sa Majesté. Petit, voûté, il avait l'air et le ton d'un paysan, avec une soutane rapetassée de tous côtés et des souliers de laboureur. Monsieur Vincent avait aussi les plus beaux yeux qu'il m'eût été donné de voir ; c'étaient deux puits de bonté et l'on se trouvait tout fondu d'avoir été seulement regardé. Il s'était attelé à

1. Saint Vincent de Paul.

faire circuler par les œuvres l'argent de ceux qui ont tout jusqu'à ceux qui n'ont rien, ce qui n'est pas une petite entreprise. La guerre et les désordres de la Fronde venaient de lui donner matière à redoubler sa charité. Sachant que le cœur et la bourse s'ouvrent mieux à ce qui est sensible, il ne répugnait jamais à décrire le mal qu'il fallait soulager ; c'étaient des peintures à épouvanter. Un jour où il arrivait du quartier du Chasse-Midi[1], il nous représenta les malheureux courant aux bêtes mortes qu'on jette sur la voirie et se disputant avec les chiens à qui en aurait un morceau, et que les plus heureux n'avaient pour se nourrir que du son détrempé dans de l'eau de morue. Je crois que le Ciel n'a jamais formé âme plus propre à la compassion que celle de monsieur Vincent. Il souffrait comme pour lui-même de ce qu'enduraient les pauvres, et les larmes qui lui venaient le menaient à la colère. *« Pouvez-vous voir votre frère affligé sans pleurer avec lui,* disait-il, *c'est être chrétien en peinture, c'est n'avoir point d'humanité, c'est être pire que des bêtes ! »* Voilà comme il parlait à la reine de France du péché d'indifférence, ne regardant pas à lui faire honte avec l'exemple d'une pauvre femme qui, venant donner ses souliers pour les malheureux, s'en était repartie pieds nus. Ses paroles me déchiraient le cœur, et je crois que je l'aurais suivi bien volontiers, tant il est vrai que la mauvaise herbe n'avait pas encore étouffé en moi le bon grain. A Saintes, j'avais pu soulager la souffrance des pauvres et des malades et ils m'étaient entrés dans le cœur. Je sais qu'il y avait là une aspiration et un appel dont la vie du monde et les passions m'ont trop longtemps détournée, et que ne pas avoir suivi cette invitation est la première et sans doute la plus grave de mes fautes.

1. Cherche-Midi.

La Reine était plus tournée vers la tranquille méditation que vers la triture matérielle, aussi ne répondait-elle pas suffisamment aux représentations de monsieur Vincent qui en pétillait d'impatience. Comme Sa Majesté, effrayée de le voir s'échauffer, lui enjoignait de se ménager, je le vis lever les bras au Ciel : *« Votre Majesté ne sait donc pas que Dieu Lui-même travaille incessamment, qu'Il a incessamment travaillé et travaillera encore »*, assura-t-il à la Reine qui ignorait cet attribut de Dieu. S'avisant alors de la présence du duc d'Anjou et de ma petite personne, il doubla la leçon : *« Fuyez l'oisiveté comme la peste, fuyez-la comme l'enfer »*, nous dit-il, et de renvoyer les paresseux à l'exemple des fourmis, desquelles ils devaient apprendre ce qu'il convenait de faire. Sa Majesté promit de vendre un collier de diamants, ce dont monsieur Vincent ne fit pas plus de cas que d'une aile de mouche. Je crois que si la Reine se fût départie pour lui des bijoux de la Couronne, il eût considéré que ce n'était qu'un fétu ; au regard de la misère, c'eût été, en effet, une goutte jetée à la mer. Quand il demanda à se retirer, Sa Majesté eut la bonté de plaindre ses pauvres jambes. Le prêtre leva alors sa soutane sur de vilains souliers de la façon la plus drôle qui soit. *« Ce n'est rien, comparé à ce que ma malice et mes péchés ont mérité »*, assura-t-il. Quand il fut parti, nous demeurâmes un long moment en silence. Nous avions le sentiment d'avoir vu Dieu dans un homme ; c'est un aperçu qui laisse remué longtemps.

Les leçons de monsieur Vincent furent suivies car ma mère se trouvait être dans la plus grande intimité avec mademoiselle Le Gras [1] qui était notre parente, ma

1. Louise de Marillac, veuve d'Antoine Le Gras, fondatrice avec saint Vincent de Paul des Sœurs de la Charité. Au XVIIe siècle, les femmes de la bourgeoisie, mariées ou veuves, étaient encore appe-

tante, la comtesse de Maure [1], étant sa cousine. Ma mère avait mademoiselle Le Gras en si particulière estime qu'elle lui avait demandé de tenir sa dernière fille sur les fonts. Ce fut une heureuse idée, tant il m'a paru que l'élévation, la force et la charité de mademoiselle Le Gras étaient passées tout entières dans ma sœur, laquelle donna toujours l'exemple des hautes vertus de sa marraine. Je dois avouer cependant que les visites dans la maison de Saint-Lazare me pesaient. Ma mère et son amie se ressemblaient, elles étaient graves, animées de beaucoup d'inquiétudes et de scrupules, et, leurs sublimes s'amalgamant, leur esprit s'élevait vers des hauteurs où l'on m'oubliait tout à fait. On verra par là que ma chère maman, dont la piété eût fait pâlir celle de la Reine, ne ménagea rien pour me faire respirer un air chrétien. Je l'accompagnais aussi chez des dames entièrement vouées aux œuvres de monsieur Vincent ; leur métier devenait difficile tant la charité, qui avait eu un grand élan dans les moments qui avaient suivi la guerre, s'épuisait. Pour expliquer cet endurcissement, j'avancerais que l'évocation de la misère rappelait des temps dont on ne désirait pas conserver la mémoire. Jamais rien ne s'effaça plus vite que les troubles de la Fronde. On voulait être heureux. Le cardinal de Mazarin revint bientôt à Paris et s'employa à réaliser ce vœu. Son Eminence avait une industrie et une finesse merveilleuses pour conduire et amuser les hommes.

Quand se fit le grand retour du Cardinal, ce qui arriva peu après l'arrestation du coadjuteur, toute la Cour se précipita au-devant de lui et le Roi lui-même alla

lées « mademoiselle ». « Madame » était réservé aux femmes de la noblesse.

1. Anne Doni, épouse du comte de Maure, frère cadet du duc de Mortemart.

jusqu'au Bourget où, l'ayant fait mettre dans son carrosse, il le mena au Louvre. J'étais avec Monsieur dans le cabinet de la Reine quand son Eminence y entra et je vis beaucoup de gens qui l'avaient haï au point de vouloir le tuer, qui s'étouffaient et se jetaient à ses pieds. Il était impossible de ne pas se faire des réflexions sur ces grandes métamorphoses. Je sais aujourd'hui que la plupart des hommes ne croient pas que ce soit une infidélité que de profiter des conjonctures que l'amitié et la vanité peuvent offrir, mais je n'avais que douze ans et il y avait de quoi être rebutée du monde. Bien qu'il n'y parût pas, le jeune Roi eut les mêmes pensées et cela contribua grandement à augmenter une méfiance naturelle. Sa Majesté eut très tôt une connaissance malheureuse des hommes ; avec assez d'expérience en la matière, le Roi a toujours cru que les fidélités étaient peu de chose si on ne les achetait à prix d'argent ou par des récompenses d'honneur.

Le cardinal de Mazarin nous fit la surprise, en arrivant, de plusieurs de ses nièces d'Italie. Nous fûmes étonnés de leur maigreur et de leur teint ; elles ressemblaient à des prunes séchées. Nous fûmes plus stupéfaits encore quand la Reine leur donna un appartement au Louvre, ce dont mon père manqua d'étouffer. Je crois que mon cher papa avait trop aimé et trop bien servi le cardinal de Richelieu dont il ne manquait jamais de rappeler qu'il était un *Français naturel* pour être content de son successeur. Une maigre consolation, sinon une occasion de rire, lui fut apportée par le comte de Miossens. Sitôt le Cardinal arrivé au Louvre, le comte de Miossens s'était précipité pour lui représenter que la dignité de maréchal de France qu'il lui avait promise à Saint-Germain serait inutile si elle demeurait cachée. Son Eminence aimait mieux promettre que donner, aussi ces prières restèrent sans effet, mais le comte de Miossens, se trouvant à cheval à la tête des gendarmes du Roi, rencontra le Cardinal qui était porté en chaise. Il fit signe aux porteurs de mettre bas, et sur un ton qui n'était pas celui de la badinerie, pria son Eminence de lui tenir parole. Le Cardinal ayant regardé par la fenêtre ne se vit pas en mesure de refuser, et donna fort gracieusement ce qu'il eût préféré ne jamais accorder.

Le seul point sur lequel le cardinal de Mazarin et mon père s'entendissent était le goût de la fête. Ils aimaient la comédie, la musique et les opéras à machine dont le Cardinal avait lancé la mode, encore que chez les deux hommes, ces passions procédassent d'endroits bien différents. Mon père avait l'amusement dans l'âme, et pensait que tout moment qui n'est pas donné à la joie est perdu ; je n'ai que trop montré que je suis sa fille. La fête était pour le Cardinal un moyen d'occuper le monde pendant qu'il s'employait à débrouiller les affaires ; c'est une leçon que le Roi a retenue. Quelques jours après son retour, il y eut un magnifique ballet au Louvre. Le *Grand Ballet de la nuit* fut le premier auquel je fus autorisée d'assister. Le Roi le dansa. Depuis notre arrivée à Paris, je ne l'avais aperçu que quand il venait saluer la Reine, et encore me faisait-on souvent retirer. Il n'avait pas quinze ans et portait sur toute sa personne le caractère de la Majesté ; avec cela beau, bien fait, et dansant à merveille. Il parut avec un gigantesque soleil sur la poitrine, sur la tête un casque de plumes et, par-dessus, toutes les pierreries possibles à accumuler. Autour de lui des torches, des feux de Bengale, des girandoles de cristal allumées de bougies, des gazes d'or, des gens agenouillés et des prosternations. Je fus éblouie au-delà de ce qui se peut dire. A peine pouvais-je imaginer que cet astre était le fils de la Reine que je voyais tous les jours, et le frère de mon compagnon de jeu, tant il semblait d'une essence différente de la nôtre. Je devais longtemps voir Sa Majesté telle qu'Elle m'apparut ce soir-là, pareille à l'un de ces dieux de l'Olympe que monsieur Torelli peignait et agitait avec ses machines sur la scène du Petit-Bourbon[1].

Le curé de Saint-Germain-l'Auxerrois écrivit alors à la Reine contre les spectacles, prétendant que l'on était damné d'y assister, et fit signer cet anathème de sept docteurs de Sorbonne. Sa Majesté aimait le bon divertissement, mais n'eût rien fait qui pût causer la plus légère occasion de scandale. Elle s'ouvrit à l'abbé de Beaumont, précepteur du Roi, lequel se munit de plus d'approbations de docteurs que le curé de Saint-Germain n'avait obtenu de condamnations. Ce léger dépassement nous autorisa de poursuivre de nous amuser.

Depuis mon départ de l'abbaye de Saintes, je vivais de façon familière à la Cour. J'y fus officiellement présentée lors des fêtes qui se firent pour le mariage du prince de Conti avec mademoiselle Martinozzi. Cette union foudroya une partie de notre entourage, tant il semblait incroyable qu'un prince du sang pût épouser la nièce de celui que mon père appelait *le Sarrazin*. Mon cher papa affectait de dire que puisque la Reine avait sacrifié toute la noblesse du royaume à un garçon de boutique, ce mariage ne l'étonnait pas et que l'on verrait bien pis ; la prédiction faillit se réaliser en effet. Le prince de Conti, se trouvant fort mal en cour après la Fronde, s'estima pourtant heureux de devenir le neveu de celui qu'il avait haï. On doit pourtant rendre cette justice au prince qu'il ne s'était engagé dans le mauvais parti que pour plaire à madame sa sœur pour laquelle il avait des sentiments plus excusables à un amant qu'à un frère. La bénédiction du mariage se fit

1. L'hôtel du Petit-Bourbon jouxtait le Louvre en amont sur la Seine. Son théâtre fut utilisé jusqu'à la construction de celui des Tuileries.

au Louvre. Les époux n'étaient pas trop réussis. Le prince de Conti était faible et contrefait et beaucoup de choses chez lui n'étaient pas bien. Mon père, au sortir de la chapelle, plaignit la nouvelle épouse d'avoir un mari qui avait les dents pourries et noires. « *Si elle l'aime, elle ne le verra pas* », dit ma mère. « *Elle le sentira* », assura mon père. Mademoiselle Martinozzi avait les paupières endormies et le nez long, mais les fêtes furent magnifiques. Son Eminence donna aux époux un grand souper, suivi d'un bal et de la représentation du *Cid*. Je portais une robe de satin blanc avec un busc et un collier de perles fines ; une gaze dorée, drapée sur le corsage, dissimulait le manque de gorge. Fort appliquée au port des bras et à ne pas rompre la cadence, je dansai avec la princesse d'Angleterre. A onze ans, la future Madame était menue avec de beaux yeux noirs et des petits airs coquets qu'elle ne devait pas retrancher par la suite ; la Reine lui avait prêté assez de diamants pour qu'elle ressemblât à une girandole. Loret fit dans sa *Gazette* de jolis couplets sur ce bal. Les louanges qu'il donna à ma figure et à ma toilette piquèrent agréablement mon amour-propre. Il me nomma « Mortemart la seconde », ce qui prouve que ce bavard se renseignait mal, car mon aînée étant mademoiselle de Mortemart, je fus présentée à la Cour comme mademoiselle de Tonnay-Charente [1]. Ce bal fut suivi d'une infinité d'autres. En mesurant depuis ce jour jusqu'à celui où je quittai la Cour, je vois que j'ai dansé quarante ans. Je ne dois pas en être lassée, car à y repenser aujourd'hui, un air de monsieur Lully me revient à l'esprit et mes pieds remuent encore sous la table. On comprendra aussi comment le bon grain lancé

1. Alors prononcé : Tonne-Charente.

par monsieur Vincent et ma mère s'enfouissait rapidement sous l'ivraie.

A la suite du bal, le cardinal de Mazarin fit jouer sur la scène du Petit-Bourbon l'opéra le plus prodigieux que l'on eût jamais produit. Le roi d'Angleterre et tous les ambassadeurs étrangers avaient été conviés à voir *Les Noces de Thétis et de Pélée* et tous furent frappés de l'impression d'une extrême magnificence. C'était une profusion de grottes, de palais, de nuées, de conques, d'attelages et de chevaux marins. Je parus dans le troisième acte avec les académiciens [1] habillés en Indiens ; rassemblés autour du maître perché sur un dromadaire en jupon, ils frappaient des tambourins habillés de miroirs. Ce fut la première fois que je dansai avec Sa Majesté, encore que je ne la croisai que de loin car les demoiselles Mancini s'étaient attribué son entourage. Sa Majesté avait une façon lente et grave de composer les figures ; à la voir, on eût cru que c'était son véritable métier. Cela semblait le devenir, car les ballets étaient toujours recommencés dans les appartements du cardinal de Mazarin, chez Monsieur ou chez quelque particulier, de sorte que le Roi dansait trois ou quatre fois la semaine. *Les Noces de Thétis et de Pélée* fut joué dix soirs de suite sur le théâtre du Petit-Bourbon, si bien qu'après la Cour, trente mille Parisiens purent applaudir leur prince. Je ne saurais dire combien la danse a été pour Sa Majesté une occupation considérable. J'ai vu le Roi danser un ardent, une dryade, le Feu, un galant, la Guerre, le génie de la danse, un Maure, le Printemps, le Bonheur, Jupiter, le Soleil ou Apollon en étant tout cela à la perfection. C'est que dans la danse, on paraît tel que l'on est, et tous vos pas exposent le bien et le mal dont l'Art et la Nature ont

1. Danseurs professionnels.

favorisé votre personne ; quand on voyait danser le Roi, il apparaissait dès le premier instant que Sa Majesté avait été infiniment favorisée.

Bien que le cardinal de Mazarin affectât toujours la plus extrême modestie, le mariage du prince de Conti avait été son apothéose. Quelque déplaisir qu'en eût mon père, il lui fallut s'accoutumer ; la plaisanterie le secourait toujours. Ceux qui étaient de son parti le venaient trouver dans son appartement où l'on se dédommageait de sa patience en bons mots et en épigrammes. Tous les travers et les ridicules de la Cour étaient passés en revue sans qu'il y eût à forcer le trait, tant il est vrai que quand on veut bien le voir, le ridicule est partout. Je prenais là gratis des leçons de politique qui me furent utiles par la suite. Pour donner un exemple de cette nouvelle Fronde, je ne conterai que l'histoire qui secoua alors notre antichambre. Le mariage du prince de Conti avait été arrangé par l'abbé de Cosnac ; le cardinal de Mazarin lui donna pour fruit de l'arrangement du mariage l'évêché de Valence. L'abbé de Cosnac n'eut pas sitôt fait ses remerciements qu'il alla trouver Monsieur de Paris [1]. « *Le Cardinal, lui dit-il, m'a fait évêque, mais il s'agit de me faire prêtre. – Quand il vous plaira* », répondit Monsieur de Paris. « *Ce n'est pas là tout,* répliqua l'abbé, *c'est que je vous supplie de me faire diacre. – Volontiers* », lui dit Monsieur de Paris. « *Monseigneur, vous n'en serez pas quitte pour ces deux grâces*, interrompit l'abbé de Cosnac, *car je vous demande encore le sous-diaconat. – Au nom de Dieu,* reprit brusquement Monsieur de Paris, *hâtez-vous de m'assurer que vous êtes tonsuré, de peur que vous ne remontiez la disette des sacrements jusqu'à*

1. L'archevêque de Paris.

la nécessité du baptême. – Voilà bien un évêque à la mode d'Italie, disait mon père, *c'est une étrange contrée ; on y donne le bonnet*[1] *à des gardiens de chèvres.* » On verra que dans le moment où ma mère m'instruisait dans les principes de piété les plus fermes, mon père m'apprenait la façon de bien se divertir à la Cour. Ce sont deux éducations qu'il est difficile de poursuivre longtemps de concert. J'allais en recevoir une troisième qui me fut fort utile car si la Cour est à elle seule un monde, elle n'est pas le monde et il me manquait de le connaître.

1. La barrette de cardinal.

Ma tante, la comtesse de Maure, ne fréquentait plus la Cour par suite des opinions qu'elle avait adoptées, mais elle était impatronisée dans tous les salons de la capitale. Je lui suis fort redevable de m'avoir introduite dans cette société, la plus agréable qui soit. L'apprentissage que j'y fis, le plus vain et le plus frivole en apparence, est le plus utile sur le fond, car en mêlant à la conversation des gens de goût, il forme le jugement, orne l'esprit, et façonne par tous les côtés à la fois. J'aurais fort bien pu ne jamais recevoir le bénéfice de cette éducation, tant il est vrai que mon père n'était pas l'homme du monde le mieux en cour avec son frère, le seul pourtant que le Ciel lui eût donné. Le comte de Maure avait toujours passé pour un fort honnête homme, mais il s'était avisé de se faire Frondeur. Ayant l'âme intrépide sur la haine comme sur l'amitié, il avait pris des airs de matamore et en avait acquis un si grand ridicule qu'il n'en était jamais revenu. Envoyé comme ambassadeur du parti des Princes auprès de la Reine, il dit hautement que son dessein était de chasser le ministre et exigea pour prix de ses services le brevet de duc, le cordon bleu, le tabouret pour sa femme, le gouvernement du Poitou et autres bagatelles. On en fit des triolets ; certains sont restés en usage chez les enfants :

Buffle[1] *à manches de velours noir*
Porte le grand comte de Maure
Sur ce guerrier qu'il fait beau voir
Buffle à manches de velours noir
Condé rentre dans ton devoir
Si tu ne veux qu'il te dévore
Buffle à manches de velours noir
Porte le grand comte de Maure.

J'entendis aussi :

De Maure consent à la paix
Gn'ya pas de mal à ça, ma chère,
Si Mazarin part à jamais
Gn'ya pas de mal à ça !

On voit que le comte de Maure s'illustra d'une façon dont mon père se serait passé. La haine que mon oncle éprouvait pour le cardinal de Mazarin eût pu lui valoir l'indulgence de son aîné, mais le comte de Maure, ayant épousé une nièce de l'infortuné maréchal de Marillac[2], était entré dans tous les sentiments d'aversion que cette famille avait pour le cardinal de Richelieu, lequel était demeuré l'idole de mon père. Après l'échec de son ambassade auprès de la Reine, mon oncle avait suivi le prince de Condé en Guyenne où il avait semé presque autant de difficultés qu'il avait rendu de services, car avec le meilleur cœur du monde, c'était le plus grand faiseur d'embarras que j'eus l'heur de connaître. Enfin,

1. Pourpoint en peau.
2. Louis de Marillac, compromis dans la journée des Dupes, décapité sur ordre de Richelieu.

il se donna tant de mouvement qu'il fut du petit nombre de ceux qui durent se retirer après la Fronde ; il s'exila sur les terres de sa femme. Après une ou deux années de pénitence, les prières de mon père auprès de la Reine et du cardinal de Mazarin obtinrent son retour. Le comte et la comtesse de Maure s'installèrent place Royale [1] où ils faisaient figure d'originaux, tant ils ne pouvaient régler leur vie et s'assujettir, ne serait-ce qu'aux horloges. Mon oncle qui, avant son mariage, passait pour la plus déréglée personne qui fût au monde, avait trouvé la femme qui lui damait le pion. Ils faisaient tout le contraire des autres. Ils partaient à la Saint-Martin [2] pour aller à la campagne, voyageaient aux flambeaux, et l'on dînait chez eux quand on goûtait ailleurs. Il leur arrivait de commencer leurs visites à 8 heures du soir, de sorte qu'ils importunaient tout le monde et que beaucoup se couchaient quand on venait leur dire que monsieur le comte ou madame la comtesse de Maure les demandaient. Ils se levaient si tard que toute leur peine était de trouver encore des messes. Ajoutons qu'avec soixante mille livres de rente et pas un enfant, ils n'avaient jamais un quart d'écu. Par-dessus le tout, ma tante croyait toujours avoir quelque grande incommodité et avait sans cesse un lavement dans le corps, ce qui fit dire à mon père, un jour où je lui annonçais qu'une de ses parentes avait laissé en mourant du bien à ma tante, et que le testament était fait d'écus que l'on avait trouvés cachés dans une seringue : *« Voilà de l'or qui vient à la comtesse de Maure dans la forme la plus agréable qu'il lui pouvait advenir. »*

Je fis la connaissance de la comtesse de Maure chez mademoiselle Le Gras qui était sa cousine, toutes deux

1. Aujourd'hui place des Vosges.
2. Au début de l'hiver.

étant filles du frère et de la sœur [1]. Ma tante, dont la beauté avait fait jadis du bruit dans le monde, avait la taille grande et bien prise. Elle était brune sans un seul cheveu abattu, avec un teint demeuré fort beau. Bien qu'elle n'eût pas vu ma mère depuis le début de la Fronde, il n'y parut pas, tant elle possédait l'art de tout ensevelir sous des paroles ; elle avait l'imagination si vive qu'elle dérobait jusque dans les cœurs les pensées de ceux qui lui parlaient et n'avaient plus qu'à se taire. Elles s'embrassèrent et causèrent comme si elles s'étaient éloignées la veille. Au cours de cet entretien, ma tante se prit de goût pour moi et, s'avisant que je ne quittais pas la Cour, s'offrit à me conduire dans le monde. L'attaque fut doucement conduite ; il ne s'agissait, d'abord, que de me présenter à la marquise de Sablé chez qui tout ce qu'il y avait d'honnêtes gens se rendait. Personne n'a porté la politesse à un si haut point, et cela est si vrai que je vis le Roi, plus tard, demander à ce qu'on lui conduisît le Dauphin, afin qu'il connût la femme qui avait formé les hommes les plus civils et les plus courtois de son siècle. Tous les jeunes gens et les jeunes personnes étaient accoutumés de lui rendre de grands devoirs, parce que ce leur était un brevet pour entrer dans le monde. Ma tante avait une âme élevée et une vertu des plus beaux âges du monde, aussi ma mère ne trouva-t-elle pas occasion de refuser. Je crois aussi que ma chère maman éprouva quelque soulagement à se décharger du soin d'une enfant qui ne quittait pas ses jupes. Mon père opina si aisément que je ne puis douter qu'il entrât de sa part un calcul de conduite. Le malheureux avait quatre filles à établir, et sans doute s'avisait-il qu'il convient de faire un peu

1. Louis et Valence de Marillac.

circuler la marchandise que l'on veut placer, plutôt que de trop la garder en magasin.

Ma tante, après beaucoup de compliments sur ma figure, avait demandé à ma mère si j'avais hérité cette sorte d'esprit en usage chez les Mortemart. Assez piquée, celle-ci avait répondu qu'elle souhaitait que j'héritasse des vertus de mon aïeule Jeanne[1], qui était morte en odeur de sainteté, plutôt que de la manière de railler son prochain. Fort inquiète de ce que l'on attendait de moi, je priai mon père de me dire en quoi consistait cette sorte d'esprit et la façon de le posséder. « *Faites court et ne tâchez pas*[2], me dit-il, *c'est le don des bons esprits de faire entendre en peu de paroles beaucoup de choses, et la marque des petits de beaucoup parler pour ne rien dire.* » Claquant son chapeau sur ses bottes, il ajouta : « *Ne vous rognez jamais les ongles devant qui vous n'êtes pas familier.* » Munie de ce viatique, je fus lancée dans l'arène.

La marquise de Sablé et la comtesse de Maure étaient amies intimes. Elles se voyaient tous les jours et ne savaient s'appeler que « mamour ». Quand madame de Sablé se fit construire un pavillon à Port-Royal, ma tante, quoique fort peu janséniste, la suivit et prit une maison rue de la Bourbe. Elles vécurent porte à porte ; comme elles étaient toutes deux de grandes malades en imagination, un vent trop froid ou trop chaud leur faisait garder la chambre, un rhume rompait tout commerce. Elles s'écrivaient alors six fois le jour et se visitaient par lettres. Mademoiselle de Souvré avait été mariée à quinze ans avec le marquis de Sablé, de la maison de Laval, devant qu'elle en eût entendu parler.

1. Jeanne de Saulx-Tavannes (1626), épouse de René de Rochechouart.

2. Ne vous appliquez pas, ne faites pas d'effort.

Les Laval sont une branche cadette des Montmorency ; madame de Sablé montra qu'elle eût préféré l'aînée en se liant avec Henri de Montmorency qui entrait chez elle en voltigeant par la fenêtre ; elle s'en détacha parce qu'elle souffrait de sa médiocrité d'esprit. Le marquis de Sablé mourut enfin, et ma tante me fit la remarque que la condition de veuve seyait si bien à son amie qu'il était dommage que ce ne lui soit plus tôt arrivé. Quand j'eus le bonheur de la connaître, madame de Sablé atteignait l'âge où la dévotion prend le pas sur toutes les amours. Elle s'occupait de la grande affaire de son salut sans en négliger aucune autre. « *Madame de Sablé sert Dieu et le monde par semestre* », disait mon père, ce qui était injuste, car elle trouvait le moyen d'être fort dévote – et elle fut très avant dans la secte[1] janséniste – en demeurant mondaine. C'était une femme naturelle ; elle aimait ses amis, la compagnie et la vie pardessus toute chose. Elle satisfaisait à tout cela en se traitant bien et la politesse de son esprit allait jusqu'aux viandes qu'on lui servait. Elle avait le meilleur cuisinier du royaume ; j'ai vu le duc de La Rochefoucauld implorer qu'on fît porter à son hôtel deux assiettes de confiture et madame de Brégis supplier pour une écuelle, non pas de lentilles, mais d'un certain potage aux carottes. Rien n'était si délicieux, en effet, que d'en manger en écoutant parler notre hôtesse.

J'étais assez tremblante la première fois où je fus conduite rue Saint-Thomas-d'Aquin, mais madame de Sablé avait une obligeance inépuisable. Ayant dû me négliger un instant, elle m'en demanda pardon avec toute la grâce du monde. « *Je crois qu'il n'y a que moi qui fasse si bien le contraire de ce que je veux faire, ma chère enfant,* me dit-elle, *car il n'y a personne que*

1. Le terme n'a pas alors la connotation péjorative d'aujourd'hui.

je n'honore plus que vos parents. » Et me prenant les deux mains, elle me regarda : *« Dieu bénisse votre charmant visage »*, ajouta-t-elle. Que l'on juge si après cela je ne trouvais pas madame de Sablé la personne la plus polie et la plus aimable du royaume.

La marquise de Sablé recevait dans sa ruelle [1] et ne se levait que pour jouer au volant et garder un peu d'exercice. Grâce à cette fée je fus impatronisée dans la société la mieux frayée ; j'allais y demeurer jusqu'à mon mariage, et même au-delà, jusqu'au jour où la tendresse du Roi me ramena exclusivement à la Cour. J'ai perdu alors ces amis et les ai toujours regrettés, car pour l'esprit, l'amitié et les talents, ils ne le cédaient à personne. L'on respirait aussi près d'eux une liberté de ton que je n'ai jamais retrouvée.

La duchesse de Montausier avait été mademoiselle de Rambouillet [2]. J'avais la plus grande impatience de la connaître car, à part Hélène, il n'y a guère de personne dont la beauté ait été plus généralement chantée. Ce n'était pourtant pas une beauté, même en se rapportant en arrière. Je la trouvais assez haute, impérieuse et parfaitement gâtée par les compliments dont elle avait été nourrie, mais l'on tenait généralement que mademoiselle de Rambouillet valait mieux que la duchesse de Montausier. On doit reconnaître, pour la décharger, que le duc de Montausier était rude et que jamais homme n'a tant servi à guérir les autres de l'humeur de dispute ; à la place de mademoiselle de Rambouillet, je l'eusse laissé soupirer plus de quatorze ans ; il est vrai que l'on ne pouvait guère aller plus loin. Tous deux apportaient l'air d'une maison [3] qui, depuis la mort de

1. Autour de son lit.

2. Julie d'Angennes, destinatrice de la fameuse « Guirlande de Julie ».

3. L'hôtel de Rambouillet.

Voiture, n'allait plus comme avant, mais dont on ne parlait qu'avec considération.

Monsieur Arnauld [1] dont on sait qu'il avait la passion de sauver les âmes, surtout quand elles habitaient de beaux corps, accompagnait ses pénitentes et, sans doute, en cherchait d'autres, car le nombre de celles qu'il fit passer de la galanterie à la religion de Port-Royal est incroyable ; la duchesse de Longueville et la marquise de Sablé en savaient quelque chose. On peut comprendre ce don de conversion, quand on sait qu'aux principes les plus sévères et à l'art de soutenir de longues disputes, monsieur Arnauld joignait une taille et une figure admirables, sans parler du feu qu'il avait dans les yeux. Le mélange entre l'attrait que peut exercer le charme d'une personne et la religion est toujours piquant, et sans doute n'est-il pas extraordinaire que les agréments de la terre conduisent plus aisément à présager de ceux du Ciel.

Au milieu de ces personnes qui me parurent vénérables, encore que beaucoup fussent plus jeunes que je ne le suis aujourd'hui, la petite marquise de Sévigné faisait figure d'enfançon et augmentait autant qu'elle le pouvait cette impression par un enjouement perpétuel qui était, je crois, plus habitude de conduite que gaieté véritable. Un fâcheux qui s'était sottement fait tuer en duel l'avait laissée veuve, et cet état lui réussissait autant qu'à madame de Sablé. Elle était vive, piquante, inégale jusqu'à la prunelle des yeux car, non seulement les deux n'avaient pas la même couleur, mais celle-ci passait du vert au bleu ou au gris, de la façon la plus curieuse du monde. J'ai souvent entendu dire que pour une femme de qualité, son caractère était un peu trop badin. Il faut reconnaître que la contrainte n'était pas

1. Arnauld d'Andilly, aîné de la famille des Arnauld.

bannie de sa conversation ; elle ne pouvait se retenir de dire ce qu'elle croyait joli, quoique assez souvent ce fussent des choses plutôt galantes, mais elle trouvait toujours le moyen de les faire venir à propos. Je la revois se précipitant à baiser monsieur Ménage comme son frère. Madame de Sablé la plaisanta là-dessus. *« On baisait ainsi dans la primitive Eglise »*, assura madame de Sévigné. *« C'est pourquoi elle ne s'est pas reproduite »*, dit Ménage de l'air de ne pas vouloir être entendu, et bien haut : *« J'ai été votre confesseur, je suis votre martyr, madame. – Et moi, votre vierge »*, répliquait la pénitente. Si madame de Sévigné se refusait à la galanterie solide, elle l'aimait beaucoup en paroles et recevait avec joie tout ce qu'on voulait lui dire, pourvu qu'il fût enveloppé ; elle y répondait avec usure, enfin elle accordait admirablement la sagesse avec le monde et le plaisir avec la vertu. J'ai entendu son cousin, le comte de Bussy [1], dire à propos de la marquise de Sévigné que son mari s'était tiré d'affaire devant les hommes, mais qu'il le tenait pour cocu devant Dieu ; c'était, il me semble, prendre la bonne mesure des choses.

Gilles Ménage était le galant de madame de Sévigné avant de devenir celui de madame de La Fayette qui, en ce domaine comme en d'autres, n'aimait point à partager. Il avait été tonsuré, mais l'on n'en parlait plus. La race de ces célibataires, souvent de sorte ecclésiastique, était alors fort répandue. Tous étaient pauvres, poètes et savants ; pas un qui ne sût, outre le latin et le grec, l'hébreu et l'italien. Chaque salon avait son abbé ; c'était Segrais chez Mademoiselle, Chapelain dans l'hôtel de Rambouillet, Pellisson près de mademoiselle de Scudéry, monsieur de Cosnac aux pieds de la prin-

1. Roger de Bussy-Rabutin.

cesse de Conti, Huet chez madame de La Fayette, Jacques Esprit dans le salon du duc de La Rochefoucauld et l'abbé Testu partout. Gilles Ménage était le représentant le plus réussi de l'espèce. Tout ce que la poésie a de beau ou que les lettres ont de plus curieux était entièrement de sa connaissance. Avec cela, une belle taille, un visage bien dessiné et un sourire toujours obligeant ; il en profitait auprès des dames qu'il n'aimait pas moins que les muses. Un autre de ses talents était de savoir admirablement se moquer. J'eus vite un échantillon de cet art. Quand la princesse de Guéméné se retira, madame de Sablé l'engagea à prendre le plus grand soin d'elle. *« Ma chère, quand une femme approche de la cinquantaine, elle ne doit plus penser qu'à sa santé »*, répondit la princesse de Guéméné, avec un air coquet. « *Elle veut dire quand elle s'en éloigne* », lança Ménage dès qu'elle eut passé la porte. Il ne quittait son esprit de raillerie que pour madame de La Fayette qu'il célébrait comme une espèce de Laure. Elle était en fait assez grasse, avec un nez plus gros qu'elle ne l'aurait voulu. J'avais rencontré cette dame à Chaillot, près de la mère Angélique dont elle avait épousé le frère, devant que de le laisser dans son Auvergne. Cette femme avait anéanti ou enterré son mari, au point qu'il n'en était fait dans le monde aucune mention. Vivait-il encore ? Ne vivait-il point ? On en doutait, ou pis, on ne se posait plus la question. C'était une femme qui ne respirait que par les salons ; dans sa maison de la rue Vaugirard on voyait au moins une fois le jour la plupart des polis de la ville. Elle lisait beaucoup, c'était assurément une précieuse du plus haut rang et de la plus grande volée.

J'ai sans doute gardé le meilleur pour la fin, car le chevalier de Méré était le plus parfait honnête homme que j'aie connu. N'étant encombré ni de bien ni de famille, il prêchait la science du monde dans de délicieux traités de civilité. Il disait que l'honnêteté [1] est à souhaiter parce qu'elle rend heureux ceux qui l'ont et ceux qui l'approchent ; toute la vie du chevalier de Méré était la parfaite démonstration de ce propos. Madame de Maintenon me dit un jour qu'il avait été son professeur de bienséance quand elle se trouvait l'épouse de Scarron ; je crois qu'il eut à reprendre les choses de loin.

C'est devant cet aréopage au complet, augmenté du duc de La Rochefoucauld, que je reçus la plus belle leçon qui me fût jamais administrée dans un salon. Le duc de La Rochefoucauld était d'humeur ouvertement mélancolique et cela lui occupait si fort l'esprit que, la plupart du temps, il rêvait sans dire mot et n'avait presque point d'attache à la conversation, mais quand il parlait, on entendait vite qu'il ne disait pas les choses confusément ; déjà doctissime dans les passions et les dégoûts du monde, il ne lançait que des traits fins et acérés sans s'occuper de ce qu'il pouvait blesser. Je crus le silence qui suivit une de ces piques propice à me faire entendre et, trouvant de la dernière habileté de changer l'air de la conversation, je m'avisai de peindre la grande cérémonie dont la Cour retentissait encore. Le Roi avait été sacré à Reims, le jour de la Fête-Dieu. Je n'avais pas été autorisée d'y assister, mais mes parents s'y trouvaient, et Vivonne avait représenté le premier chambellan. Pendant des semaines, il n'avait été question dans le Louvre et les Tuileries que de la grande affaire. Je voyais les menuisiers courir avec des dessins, les tailleurs avec des habits, et puis les brodeurs, les pelletiers et les fourreurs, les bottiers, les perruquiers, les orfèvres, les tapissiers et les musiciens. Monsieur venait vingt fois le jour quérir des conseils

1. La politesse.

ou des compliments. Le manteau de velours violet semé de fleurs de lys d'or sur une épaule, il prenait des airs coquets puis, le trouvant tantôt trop long, tantôt trop court, se fâchait, le jetait, faisait appeler tout ce qui savait coudre, devant que de recommencer pour la perruque ou les souliers. Ce fut un tourbillon où chacun criait que l'on ne serait pas prêt, il s'en fallait de beaucoup ! On le fut, et j'enrageais d'être laissée en arrière. Dans la ruelle de madame de Sablé, je me dédommageai en contant les choses par le menu. J'en étais à la peinture de l'entrée du Roi dans l'église, vêtu d'une camisole de satin rouge avec une robe de toile d'argent, sur la tête un chapeau de velours noir garni d'un gros cordon de diamants, quand les femmes m'interrompirent. *« Cette enfant conte à merveille »*, dit madame de Sévigné. *« Ma chère, il n'y a pas tant de choses sur le bouclier d'Achille »*, ajouta madame de Montausier. Je reçus le coup de caveçon sans broncher. La leçon porta, et je me gardai à l'avenir de retourner à des transports de bourgeoise. J'appris que la conversation, quand elle est aimable, ne consiste pas à occuper seul son petit champ, cela ressemble plutôt à l'art de saisir la balle au bond et de la renvoyer, ainsi que l'on fait au jeu de paume. Pour me tirer d'embarras, car elle était bonne, madame de Sablé fit apporter des confitures sèches et lança quelques mots sur la *Clélie* de mademoiselle de Scudéry qui commençait de faire le tour des ruelles. Le caractère des œuvres de cette dame est de rouler sur l'amour. Un air d'aise et de plaisir approcha peu à peu tous les visages ; la conversation devint toute bondissante. La marquise de Sablé ne laissait partir ses amis que l'estomac plein et le cœur content.

Dans la voiture qui me ramenait aux Tuileries, je fis beaucoup de questions sur la *Clélie* et ce qu'était la carte du Tendre. La comtesse de Maure me parla de mademoiselle de Scudéry comme de l'oracle du bon goût, enfin de tout ce qui méritait la plus grande considération parmi les gens de lettres, et s'offrit de m'y conduire comme une chose nécessaire à mon éducation. Ma mère commença de refuser tout net que j'allasse chez une femme qui écrivait des romans. Elle soutenait qu'ils sont tous dangereux et qu'ils le sont d'autant plus qu'ils donnent de lire d'une manière ingénue et qui semble s'écarter le plus, en apparence, de tout ce qui serait contraire à la pudeur. Ainsi qu'il arrivait souvent, l'opinion de mon père était là-dessus à l'opposé de la sienne ; je l'entendis dire souvent qu'il aimait mieux nous voir avaler de mauvais livres, plutôt que de ne point aimer à lire. Les enfants savent admirablement user de ces désaccords pour faire ce qui leur plaît, mais l'éducation n'y trouve pas son compte. La comtesse de Maure releva ma mère de ses scrupules par des considérations sur la vertu de mademoiselle de Scudéry, laquelle était publique et éclatante, et sur une idée de l'amour si pure et si élevée que celle-là même de l'Eglise paraissait licence à côté. Elle ajouta qu'à me garder de tout, elle ferait de moi une sotte. Mon père fit beaucoup de plaisanteries, et des moins sérieuses, sur mademoiselle de Scudéry qu'il appelait *la Pucelle du Marais*, disant qu'elle avait un jargon merveilleux, mais que c'était passer le temps innocemment que de se trouver en sa compagnie. Ma mère connaissait alors trop de tracas pour demeurer ferme longtemps ; mon éducation, comme beaucoup d'autres choses, lui glissait entre les mains. Mademoiselle de Scudéry entra donc dans ma vie et le peuple du Tendre avec elle.

Mademoiselle de Scudéry avait été nourrie dans la Chambre bleue [1]. Je m'attendais pour le moins à trouver

1. De l'hôtel de Rambouillet.

une fée logée dans un palais d'or et de cristal. L'escalier de la rue de Beauce sentait la soupe, la chambre était tendue de serge, et Sapho [1] me parut une vieille fille sèche et jaune, avec le nez et le visage longs. Pour couronner le tout, son tendre ami, monsieur Pellisson, petit, bossu, et borgne, était une sorte de monstre. Ma tante m'avait prévenue sur ce point, disant qu'il aurait été bon à faire l'amour [2] à la manière des Espagnols qui ne le font que la nuit, car il aurait été bien favorisé par les ténèbres. Avec cela, les galanteries qu'échangeaient les deux amants me mirent à deux doigts d'étouffer de rire, aussi commençais-je de trouver le pays du Tendre assez pavé de ridicules, quand mademoiselle de Scudéry donna, à l'applaudissement général, lecture d'un nouvel épisode de la *Clélie*. Je ne laissai point, d'abord, d'être surprise, car je n'imaginais pas les Romains à disputer indéfiniment de questions galantes, mais j'oubliai vite cette importunité pour ne plus voir dans le pays du Tendre qu'une espèce de royaume où toutes les femmes règnent par la seule puissance de leurs charmes sur des hommes qui sont trop heureux de passer leur vie à les conquérir ; ce rôle de quasi-divinité me plut. Il se conciliait parfaitement avec la vertu, la noblesse et toutes les aspirations que je sentais confusément dans mon cœur. « *J'entends qu'on m'aime ardemment, qu'on n'aime que moi et qu'on m'aime avec respect* », disait Sapho et ce ton impérieux me ravissait. Quelle fille de quinze ans n'a pas rêvé d'être aimée de la sorte ? Non seulement les désirs de Sapho semblaient être exactement les miens, mais je ne doutais pas un seul instant que de tels amants existassent, encore moins que l'un d'eux ne me fût réservé. Cela

1. Le nom sous lequel Madeleine de Scudéry se désigne dans son œuvre.

2. Faire la cour.

commença de me donner une vision de l'amour moins champêtre que celle que m'avait communiquée la lecture de l'œuvre de Monsieur de Genève. Cette nouvelle idée de l'amour était haute, mais elle était fausse, et d'autant plus dangereuse qu'elle semblait admirable. Mademoiselle de Scudéry a fort bien dessiné le chemin de Tendre-sur-estime et celui de Tendre-sur-inclination, mais elle a oublié la route de Tendre-sur-imagination ; celle-là mène à se perdre dans le lac des illusions, et je la crois la plus empruntée. Ma mère était dans le vrai, qui condamnait ces livres et leur morale doucereuse. Il n'est pas pour une fille meilleur moyen de rêver creux ; il n'est donc pas de plus grand danger, et je crois que la peinture du vice et de la dépravation eût été moins périlleuse que les songes éthérés de mademoiselle de Scudéry. En parlant ici avec sagesse, j'anticipe beaucoup, car celle-ci ne m'est venue que bien tard et quand toutes les autres voies me furent fermées, mais sans doute n'est-il pas trop de toute une vie pour se désabuser des songes de l'amour.

Sapho fit suivre sa lecture d'une dissertation pour savoir laquelle il est plus doux d'aimer d'une enjouée, d'une capricieuse, ou d'une mélancolique. Je fus deux jours à tenter vainement de démêler si j'étais enjouée ou mélancolique, tant je ne voulais perdre le bénéfice d'aucun des charmes attachés à chacune de ces qualités. Bien entendu, je repoussais avec horreur l'idée de me ranger parmi les capricieuses, et je crois que je ne l'étais point encore, mais sans doute tombe-t-on toujours dans le défaut dont on se défend le plus. Je ne songeais plus qu'à m'emplir du bonheur de voir exprimer si délicatement les sentiments les plus difficiles à communiquer. Je me gavai des dix tomes du *Cyrus* et attendis chaque livraison de la *Clélie*. Le chemin de la carte du Tendre me devint plus familier que celui qui allait des

Tuileries au Louvre ; je n'en connais pas qui conduise plus aisément au bord du précipice.

Le remue-ménage qui agite ordinairement la Cour ne me plaisait plus tant depuis que j'allais dans le monde. Assez glorieuse d'y trouver ma place, j'affectais de mépriser la cabale et de ne trouver de plaisir que dans les exercices de salon. A dix-sept ans, je n'estimais que les livres et la conversation des beaux esprits. Ma tante, fort contente de s'être trouvé une fille, m'entraînait partout à sa suite et se réjouissait de me voir entrer dans la coterie des salons aussi aisément que si j'y étais née. Elle regardait comme son œuvre que j'aie attrapé l'air galant. De quoi pouvait se composer, dira-t-on, un air que l'on mettait alors au-dessus de tout, et qui s'est bien évaporé aujourd'hui ? Il est peu aisé de répondre, car l'air galant ne consistait pas comme on pourrait le faire accroire à avoir beaucoup d'esprit, beaucoup de jugement et beaucoup de savoir. C'était un je-ne-sais-quoi qui naissait de la communion de cent choses différentes, parmi lesquelles je citerais les dispositions de la nature, le grand commerce du monde et le dessein de plaire en général sans aimer rien en particulier. L'air galant allait toujours avec la gaieté, il ne pesait pas, ne coûtait rien, et c'était la conversation des dames qui le communiquait aux hommes. Ajoutons que ce ton délicieux, qui s'alliait avec une grande liberté, était celui des salons et que la Cour en était privée. L'air galant enfin avait une infinité de nuances ; on en trouvait une dans chaque salon. Chez la marquise de Sablé, on respirait l'air de la politesse la plus pure. Le salon que madame Foucquet tenait l'hiver à l'hôtel de Narbonne, et l'été dans son château de Saint-Mandé, montrait une aisance extrême et une richesse assez neuve, quoique toute cette somptuosité fût d'une grande délicatesse. Je mets à part des autres l'hôtel de Nevers, le plus piquant peut-être, puisqu'il demeurait le seul où l'on sentait passer, bien caché sous l'air de la théologie, un petit vent de Fronde. Ma tante fut un certain temps à m'y conduire pour la raison qu'elle craignait la résistance de mon père qui se souciait de fort peu de chose, mais avait trop gardé le souvenir des mésaventures de la Fronde pour s'amuser de tout ce qui pourrait lui ressembler. Nous nous étions embarrassées pour rien car, quand mon père apprit que j'avais passé l'eau[1], il ne fit qu'en rire : « *Vous hantez donc,* me dit-il, *le grand théâtre où se débite le nouvel évangile de Port-Royal.* » Je citai, pour me défendre, nombre de personnes illustres qui fréquentaient l'hôtel de Nevers et jusqu'à la duchesse de Longueville qui avait quitté les agitations de la politique et de la galanterie pour ne plus songer qu'à son salut et à la religion. « *Oh ! Je sais,* me dit-il, *il paraît que les Pères de l'Eglise lui font pitié dans le concile de Trente.* »

Le nouvel évangile de Port-Royal, comme le nommait mon père, était alors une fureur. Où que l'on se rende, on n'entendait parler que de la *grâce nécessaire* et de la *grâce suffisante,* de la distance qui pouvait exister entre les deux et de la nécessité de l'une et de l'autre dans notre salut. C'était à ne pas y échapper ; on se tuait à s'entretenir de la grâce. Si Port-Royal était le cœur austère et pur du jansénisme, l'hôtel de Nevers en était le foyer élégant et mondain. La politesse de la maison, la bonne chère de la table et toutes sortes de divertissements attiraient à l'hôtel de Nevers et dans le château de Fresnes, où l'on se transportait l'été, la compagnie la plus choisie de Paris et en faisaient, sur le mode le plus léger du monde, le rendez-vous de la cabale. Je ne sais s'il convient de mettre sur la liste des

1. L'hôtel de Nevers se trouvait face au Louvre, près du Pont-Neuf.

divertissements dont je viens de parler la présence du fils du président Pascal[1] qui fit la lecture de quelques-unes de ses *Lettres à un Provincial* que toute l'Europe a lues. Je le vis en compagnie de son ami le chevalier de Méré qui l'accompagnait dans le monde et puis assurer qu'on ne l'écoutait pas sans en recevoir les plus vives impressions. Il était maigre et pâle à faire peur, avec le plus grand front que j'aie jamais vu et le nez comme une faux. Je l'entendis soutenir la façon dont la grâce, sans laquelle on ne peut rien, avait manqué à saint Pierre dans sa chute, avec tant d'arguments qu'il était impossible de lever le bâton, car il avait nommé toutes les contradictions avant même qu'on eût le temps d'y songer. Son esprit impétueux et frémissant allait toujours plus vite que sa parole, de sorte que sa pensée fondait sur vous comme un oiseau de proie. L'extrême vivacité de son intelligence le rendait si impatient qu'il nous semblait à tous être devenus des sots ; comme ce n'est pas un sentiment très agréable, je doutais que monsieur Pascal fît autant de convertis que son génie eût mérité d'en faire. Il ne fallait pas seulement parler de ces choses à la Cour où la Reine assurait que c'était retomber dans les hérésies de Calvin. « *Ah ! fi !* criait-elle, *fi de la grâce !* » Je l'entendis soutenir devant le cardinal de Mazarin mourant de rire qu'elle trouvait saint Augustin quelque peu janséniste, et saint Paul aussi. Ma mère ne plaisantait pas davantage sur le sujet et me mit plusieurs fois en garde contre ceux qui voudraient me pétrir la cervelle de leurs opinions. Je la rassurais de bon cœur, lui disant que je ne me mêlerais jamais de toutes ces délicatesses. J'étais pure sans qu'il m'en coûte ; j'avais dix-sept ans et je préférais les

1. Le père de Blaise Pascal avait été président de la Cour des aides de Clermont.

méandres fleuris de la carte du Tendre aux amères délices de Port-Royal.

Je sais que j'étonnerai beaucoup aujourd'hui où un jeu de cartes et quelques médisances suffisent à occuper un salon, en disant que ceux où je passai ma jeunesse étaient une école où l'on travaillait sans qu'il y parût, mais sans relâche. Chez mademoiselle de Scudéry, on faisait des vers ; c'était un endroit où l'on n'était rien si l'on ne savait pondre [1] des madrigaux. L'on s'ouvrait aux maximes chez madame de Sablé. Elle en faisait de son côté et le duc de La Rochefoucauld lui envoyait les siennes dans le temps qu'il y travaillait ; elle les lisait et exigeait que nous lui donnions par écrit notre opinion ; quelques-unes de ces sentences ont été changées plus de trente fois. Ces petites médailles, faites de l'or le plus fin, mais trop nettement frappées, heurtaient les âmes sensibles. J'entendis la comtesse du Plessis – nous étions sous les doux ombrages de Fresnes – s'écrier qu'il fallait avoir beaucoup de corruption dans l'esprit et dans le cœur pour s'imaginer les hommes ainsi faits. Je lui fis la remarque que monsieur de La Rochefoucauld avait connu les hommes à Cour et à la guerre, les deux théâtres où ils sont plus mauvais qu'ailleurs. Madame du Plessis fut étonnée de ma sagesse. *« C'est*, lui dis-je, *que j'ai connu ces deux théâtres. »*

Le théâtre, puisque son nom arrive, n'était pas la moindre des tâches dont on nous tenait sans cesse occupés. La comtesse du Plessis nous faisait composer de petites pièces que l'on représentait l'été dans sa maison de Fresnes. Ces travaux accomplis, il nous fallait encore jouer au jeu des questions. La comtesse de Brégis dont l'esprit, ordinairement assez plat, devenait vif dès que

1. C'est l'expression de l'époque.

l'on parlait d'amour, avait lancé cette mode qui gagna jusqu'à la Cour. On demandait, par exemple, lequel était plus difficile, de passer de l'amitié à l'amour ou de retourner de l'amour à l'amitié ; c'était à qui trouverait la réponse la plus fine et la mieux tournée, et encore fallait-il, si l'on voulait être considéré, la présenter en vers.

Je terminerai la peinture des cours de cette grande Université par l'exercice délicat des portraits dont Mademoiselle raffolait. La cousine du Roi avait fait son raccommodement avec la Cour devant la Reine qui lui dit franchement tout ce qu'elle avait sur le cœur, et que pour l'affaire du faubourg Saint-Antoine, elle l'aurait étranglée. Quand le Roi arriva, la Reine dit : *« Voilà une demoiselle qui est bien fâchée d'avoir été méchante, elle sera bien sage à l'avenir. »* Le Roi rit ; il y avait de quoi en effet. Cette révérence faite, Mademoiselle revint au Luxembourg où monsieur Segrais l'aidait à faire une grande quantité de ces portraits dont mademoiselle de Scudéry avait lancé la mode dans ses ouvrages. Chacun avait le sien, aimablement dissimulé sous le nom d'un héros, de sorte que l'on n'ouvrait plus un livre sans jouer au jeu des devinettes, encore que les plus grands personnages eussent été découverts de longtemps. Le cher Pellisson était le consul Herminius, monsieur Foucquet Cléonime, la marquise de Sévigné Clarinthe, monsieur Arnauld Timante et jusqu'à madame Scarron dont la modestie avait souffert qu'on l'appelât Lyliane. Je ne pouvais prétendre à un tel honneur, mais au milieu de tant de *Philis, Bérilise, Elismonde, Climène, Mélisante* et autres *Césonie,* je souffrais de n'être même pas baptisée. Mademoiselle de Scudéry s'en avisa et me donna le beau nom d'*Athénaïs. « C'est un nom qui a de la sagesse et de la gloire*, me dit-elle, *votre marraine est la déesse Athéna qui conseillait les dieux et les mortels. »* Madame de Sablé dont le jansénisme aimable préférait un parrainage plus religieux m'apprit qu'Athénaïs était une sainte honorée par l'Eglise, pour la raison qu'ayant été recherchée pour sa beauté par l'empereur Justinien, elle s'était réfugiée dans un couvent où elle avait dépéri à force de jeûnes. Ce patronage édifiant eût davantage convenu à la mère Angélique de La Fayette qu'à ma personne, car si l'on peut considérer que j'aie également rencontré Justinien, je n'ai pas tenu si longtemps devant ses avances. Je n'étais pas alors devin pour connaître l'avenir et le nom d'Athénaïs me parut avoir été fait pour moi. Je l'adoptai au point de ne plus souffrir qu'on m'appelât autrement. Le Roi, qui avait en horreur tout ce qui pouvait lui rappeler ce qu'il nommait les beaux esprits, me fit le chagrin de l'ignorer. Je crois que ce fut sa manière de vouloir effacer les années que j'avais passées dans le monde.

Monsieur Molière qui partageait l'avis du Roi sur les salons dont il n'avait jamais vu que l'écume et qui savait faire sa cour fit alors une pièce qui était une charge contre le monde. La première des *Précieuses ridicules* fut donnée au château de Vincennes où le cardinal de Mazarin s'était fait porter pour prendre l'air. Le Roi se tenait debout derrière le fauteuil du ministre, lequel avait le visage blanc comme un morceau de craie. Après la représentation, j'allai vers la marquise de Rambouillet pour savoir quelle était sa façon de prendre cette volée de bâtons. Elle eut l'esprit d'en rire : « *Cela est le grossissement de la farce,* me dit-elle, *et le métier de monsieur Molière est d'en faire.* » Je dois reconnaître que nos paroles tournaient parfois au franc galimatias et que nos raisonnements finissaient par s'entortiller. Il me souvient que nous discourions toute une après-midi avec madame de La Fayette et madame de Sévigné sur les personnes qui ont le goût au-dessus ou au-dessous de leur esprit ; nous nous jetâmes dans des subtilités où nous n'entendions plus rien. Cela au moins était drôle et quelque peu fou, mais on sait que le Roi fut toujours fort éloigné de la folie. J'ai cependant assez blâmé mes précieuses, pour les illusions qu'elles entretenaient sur l'amour, pour ne pas les défendre pour le reste. En quoi était-il condamnable de nommer une fenêtre, *« la porte du jour »*, et les yeux, *« les miroirs de l'âme »* ? C'est un langage qui avait de la grâce, mais je crois que, comme tous ceux qui ont été faits en code pour n'être compris que d'un petit nombre, il faisait beaucoup d'exclusions et autant d'ennemis. Avec cela, rien de si utile pour garder la candeur des filles. On nous tenait tellement occupées à disserter sur l'amour que nous ne songions pas à le faire. Je crois que jamais la passion n'a joint ensemble tant de pureté et tant d'ardeur ; tout se tournait du cœur vers l'esprit, c'était un épurement général, une conversion des passions en idées. Chaleur, émotion, feu, flammes, entraînement, tout était jeté dans l'alambic. L'idée que l'on nous communiquait de l'amour était si haute qu'elle refusait jusqu'au commerce du mariage, ce qui a donné occasion à monsieur de Saint-Evremond d'écrire que le plus grand mérite des dames précieuses consistait *« à aimer tendrement leurs amants sans jouissances, et à jouir solidement de leurs maris avec aversion »*. C'était se moquer à peu de frais. Monsieur de Saint-Evremond est un homme et, par là, dispensé de bien des obéissances. Mademoiselle qui craignait qu'on l'épousât pour sa fortune entendait même bannir la galanterie du commerce des hommes pour ne garder que le plaisir de la conversation. Bien que fort naïve, je craignais que la loi fût mal observée. La comtesse de Maure qui avait le sens solide disait que si l'on bannissait l'amour légitime, on introduirait le criminel, et qu'il lui paraissait difficile de maintenir une galanterie qui fût toujours sans objet. Cela semblait la sagesse même. Il n'empêche que notre petite casuistique tendait à nous faire secouer le joug. Il me souvient fort bien de Mademoiselle s'écriant : « *Y a-t-il un coin au monde où la femme soit maîtresse d'elle-même ?* » Nos discours ressemblaient assez à des plans d'évasion. La chose n'a pas échappé à Molière qui écrivait tandis que nous parlions :

Votre sexe n'est là que pour la dépendance,
Du côté de la barbe est la toute-puissance.

Les découvertes que je faisais dans les ruelles ne m'empêchaient pas de suivre mes leçons et d'aller à la Visitation où je tentais vainement de rendre ma cadette enthousiaste des beautés du Tendre. « *Vous amuserez-vous longtemps de manger des confitures en écoutant des badinages ?* » me demandait-elle. Je lui faisais reproche d'avoir l'esprit étroit et de ne pas savoir reconnaître la grandeur où elle se trouvait. Il arrivait qu'une retraite ou un sermon bien senti me remît un moment les idées en place mais, à l'exemple de madame de Sablé et de quelques autres, j'accommodais déjà fort bien Dieu et le monde. Je crois avoir procédé à cet exercice en toute innocence et comme naturellement. Il me souvient, lors d'une récréation dans le grand jardin de Chaillot, d'avoir longuement regardé les religieuses qui enseignaient à leurs petites pensionnaires à coudre des parements de chapelle. Cette scène douce et paisible me revient dans son entier. Je retrouve les visages inclinés sous le voile d'étamine noire, l'application des fillettes qui tiraient l'aiguille, le glissement des chapelets sur les robes, l'odeur fraîche des buis et, par-dessus le tout, l'action de grâces qui s'éleva violemment de mon cœur pour remercier Dieu de ne pas m'avoir réservée pour le cloître, c'est-à-dire de m'avoir gardée pour le monde où je Lui promis de Le servir de mon mieux.

Je crois avoir ressenti dans cet instant l'affreuse impression que j'avais eue en entrant à l'abbaye de Saintes quand Madame avait demandé à mon père s'il souhaitait de me voir entrer en religion et qu'il m'avait semblé risquer d'être jetée dans quelque cachot pour le restant de mes jours. Le sentiment de délivrance que j'éprouvais à nouveau indiquait une trop grande fascination pour le monde, mais aussi une attirance pour la vie qui semblait me promettre une infinité de choses. Je rapporterais incomplètement cette scène si je ne disais que se trouvait parmi les religieuses la mère Angélique de La Fayette qui venait d'être nommée supérieure de la Visitation de Chaillot, ce qui avait été l'occasion de répéter une histoire qui, dans son commencement, ressemble assez à la mienne. Mademoiselle de La Fayette se trouvait demoiselle d'honneur de la reine Anne d'Autriche quand la tendresse du feu Roi [1] s'attacha à elle. Ce prince, malheureux de toutes manières, car il n'aimait pas la Reine et, à ce que j'ai entendu dire, ne s'aimait pas lui-même, avait eu pour mademoiselle de La Fayette des pensées fort au-dessus des communes affections des hommes. Cette fille douce et fière, éprouvant la réciprocité des sentiments dont elle était l'objet, résolut de se faire religieuse. L'exemple de mademoiselle de La Fayette devrait aujourd'hui augmenter le sentiment de ma faute et de mon indignité. Il y réussit aisément, mais j'ai aussi la faiblesse de croire que la tentation s'élève à proportion du tentateur et, sans me flatter, je pense que le Roi que j'ai rencontré présentait de ce point de vue un péril autrement plus grand que son père. Je dois rapporter aussi que quand je connus la mère de La Fayette, son visage, noble et régulier, témoignait beaucoup de lassitude et de tristesse, de

1. Louis XIII.

sorte que je me fis la réflexion que son sacrifice, s'il l'avait préservée de la faute, ne lui avait guère donné de contentement. Le chemin où je me suis jetée ne m'en a pas donné non plus, si bien que dans des occasions semblables, ni l'une ni l'autre n'avons trouvé de voie avantageuse ; du moins mademoiselle de La Fayette en est-elle revenue avec honneur devant les hommes et sans péché devant Dieu.

Un pied à la Cour, et l'autre dans les salons, je franchis fort agréablement les années qui séparent la fillette de la demoiselle bonne à marier. La comtesse de Maure fit faire mon portrait quand j'avais dix-sept ans ; beaucoup d'autres suivirent car les peintres, pour être agréables au Roi, m'ont représentée autant qu'ils ont pu. Ils m'ont peinte en médaillon ou tout en pied, seule ou avec mes enfants, en Iris ou en Marie-Madeleine. J'ai passé plus de temps à poser que n'importe quelle femme du royaume. Plusieurs de ces portraits sont habiles, beaucoup sont flatteurs, aucun ne m'a plu ; je ne m'y trouve pas. Le seul qui semble me présenter est celui que ma tante fit faire dans ma jeunesse, sans doute parce que le peintre qui l'exécuta fit exactement son métier comme il s'y fût obligé pour n'importe quel particulier. Cette peinture me montre encore fluette et sans gorge. Le visage est arrondi, comme celui des enfants. Mes cheveux, dont le peintre a fort bien rendu la couleur blond foncé, sont coiffés en serpenteaux [1]. Le rond [2], derrière la tête, laisse s'enfuir une écharpe de

1. Longues boucles qui encadraient le visage.
2. Chignon.

gaze bleue qui vient s'enrouler sur mon bras ; ce bleu, assez foncé, était fait, paraît-il, à l'échantillon de mes yeux. Un nœud de même couleur, piqué d'une perle, orne le corsage. Dessous, un corps de jupe de satin blanc dont la pointe ourlée de perles avance sur le bas de jupe et des manches bouffantes. J'ai la bouche rouge comme une cerise et présente une coupe pleine de fleurs que l'artiste a peintes avec le blanc laiteux de ma robe et le vermillon de mes lèvres. A dix-sept ans, Françoise de Rochechouart semble naïve, confiante, et heureuse. J'étais tout cela en effet et, sous une pointe de hardiesse qui perçait quelquefois, fort timide. Au milieu de femmes qui brillaient tant par leur esprit que par leur beauté, je me trouvais encore parfaitement gauche, ainsi qu'il arrive souvent aux jeunes personnes, tant qu'on ne s'est pas mis en peine de leur montrer qu'elles peuvent plaire. Il n'est pas besoin pour cela de grandes démonstrations ; il suffit de se faire entendre. Un grand prince me rendit ce service.

Il me faut revenir à la guerre qui continuait avec l'Espagne sur un mode que l'on sentait s'affaiblir. Don Juan d'Autriche[1] quitta alors la Flandre où il commandait pour se rendre à Madrid. Bien qu'il fût notre ennemi, le Roi lui fit aimablement envoyer des passeports. Il passa par Paris incognito, afin d'éviter les embarras de rang. La Reine le reçut au Val-de-Grâce. J'accompagnai Sa Majesté avec Mademoiselle et quelques dames. Don Juan arriva comme nous étions à Vêpres, *vestido de camino*[2], d'un gros habit gris et d'un justaucorps de velours. Ce prince était bien fait, les cheveux noirs, les yeux beaux, parlants, perçants. Il mit un genou en terre pour aborder la Reine et lui donna

1. Fils naturel du roi d'Espagne Philippe IV, il était alors vice-roi des Pays-Bas.
2. En tenue de voyage.

la main à la mode d'Espagne. Sa Majesté lui parla en espagnol et l'appela mon neveu. Quand Don Juan se releva, son regard se posa sur ma modeste personne et y demeura assez longtemps pour que je me sentisse tout le sang du corps tiré à la tête. « *Que guapa*[1] ! » dit-il à la Reine. J'avais appris assez d'espagnol à la Cour pour entendre le compliment qui me fut d'autant plus sensible qu'il semblait avoir échappé au prince. « *Quedate tranquilo, mi nebio, es la hija del duque de Mortemart*[2] », répondit la Reine en souriant. Sa Majesté entraîna Don Juan dans un coin de la chambre, me laissant toute saisie. Je venais de recevoir une espèce de baptême, encore que je ne sache s'il convient d'employer le nom d'un sacrement pour une affaire où le diable avait sa part. Après s'être entretenu avec sa tante, Don Juan alla loger chez le cardinal de Mazarin qui le reçut magnifiquement. « *Que guapa !* » Ces deux mots firent un temps un joli carillon dans ma tête. Ils m'ôtèrent quelques écailles des yeux, me laissèrent moins naïve et m'en apprirent davantage sur le pouvoir des dames que tous les quatrains, madrigaux et sonnets auxquels j'étais accoutumée. Je commençai d'entendre un langage qui persuade bien plus que les paroles. Pour être plus savante, je n'en demeurais pas moins sage. Madame de Maintenon m'a rendu justice là-dessus qui a dit que j'avais le caractère naturellement formé à la vertu ; c'est un juge sévère et qui peut être cru. En dépit de la révélation qui m'avait été faite, je ne donnais point de souci à mon père. Le reste de ses enfants s'en chargeait. On eût dit qu'ils se fussent donné le mot pour lui faire perdre la tête.

Gabrielle et Vivonne se marièrent l'année de mes

1. « Qu'elle est jolie ! »

2. « Soyez sage, mon neveu, c'est la fille du duc de Mortemart. »

quinze ans. Ma sœur aînée fut demandée par le marquis de Thianges qui était capitaine des chevau-légers dans le régiment du cardinal de Mazarin. Mon futur beau-frère appartenait à la maison de Damas ; bien que celle-ci fût réputée en Forez et en Bourgogne, elle semblait très en dessous des ambitions de ma sœur en la matière, et si le prétendant n'était point laid, il n'était pas non plus fait d'une façon qui permît aisément de passer là-dessus. Mon père, qui connaissait la folie de sa fille, lui transmit la demande en l'acculant à la cheminée et en lui disant qu'il n'était pas dans l'intention de battre les buissons pour lui trouver un épouseur et qu'elle ferait bien de se contenter, à moins de demeurer fille, comme les demoiselles de La Rochefoucauld qui faisaient les Parques dans un coin de l'hôtel familial. Gabrielle n'était point sotte, elle s'avisa que le mariage, au temps du roi Louis XII, d'un seigneur de Damas avec une demoiselle de Rochechouart avait, en quelque sorte, augmenté la race d'où était issu Claude-Léonor de Thianges, après quoi elle consentit à tout ce que l'on voulut. Je fus contente que ma sœur eût trouvé un mari, bien que les époux ne me parussent pas trop assortis. Mon beau-frère était d'un caractère sauvage et n'aimait pas la Cour ; on ne saurait mieux le peindre qu'en disant qu'il était exclusivement bourguignon. Après son mariage, il décida d'enlever Gabrielle pour la mener chez lui. Ma sœur fit des adieux pareils à ceux d'une Iphigénie sacrifiée. Je gageai de la revoir avant longtemps, ce qui ne manqua pas d'arriver après qu'elle eut fait, au plus vite, trois enfants à son mari.

Vivonne ressemblait par tous les côtés à mon père. Il était gai, galant et de beaucoup d'esprit, aimait les dames et la table. Toutes ces bonnes qualités lui donnaient une infinité d'amis, et encore était-ce à qui l'aurait. Il servait en Flandre comme volontaire sous le commandement de monsieur de Turenne. Il venait de se distinguer à l'attaque des lignes d'Arras et à la prise de Condé où la cavalerie française, dans un fourrage[1], s'était enfuie à la vue des ennemis. Il ne resta, pour faire face, que mon frère et ce mauvais sujet de Manicamp pour une fois bien employé. Ils s'en tirèrent avec honneur et Louis-Victor revint à Paris où mon père avait arrêté son mariage avec la fille du président de Mesmes. Le Roi signa le contrat ; la dot fut de huit cent mille livres, ce dont mon père se montra satisfait ; on n'avait jamais vu mieux. Les demoiselles de Mazarin elles-mêmes n'apportèrent que six cent mille livres et mademoiselle Foucquet pas davantage. La noce se fit en septembre dans le château de Roissy. Ainsi qu'il arrive souvent aux demoiselles du Parlement, ma belle-sœur avait été parfaitement gâtée ; c'était la plus grande folle de Paris en braverie[2]. Quand je la vis avec ma mère, pour la première fois, elle commença de nous faire admirer comment ses manchettes étaient mises, et de nous assurer que sa femme de chambre était une heure et demie à les ajuster. Je crus aimable de poursuivre sur le même air en lui faisant compliment d'une jupe très ornée. « *Ah !* dit-elle, *c'est la moindre ; ma verte est débordée, on met des points de soie à ma bleue, le brodeur refait quelque chose à ma jaune et la ceinture de mon incarnate est défaite. – Vous n'en avez donc pas de blanche ?* » ne pus-je m'empêcher de demander. Nous ne sommes jamais revenues de ce ton-là. L'amour des bagatelles n'eût été rien sans un esprit emporté et libertin qui fit tomber ma belle-sœur dans la galanterie dès que le mariage l'eût émancipée de sa famille. Vivonne en prit aimablement son parti, comme

1. Ravitaillement en fourrage pour les chevaux.
2. Coquetterie, affectation.

il le faisait de tout, et lui rendit son procédé avec usure. Il était arrêté que mon père abandonnait lors de ce mariage la charge de premier gentilhomme de la Chambre à son fils avec le logement des Tuileries, c'est dans cette vue qu'il fit bâtir un hôtel dans la plaine de Grenelle[1], sur la paroisse Saint-Sulpice.

Ayant arrangé le mariage de ses enfants, mon père s'employa à défaire le sien. Je lui avais toujours connu l'air galant et avais réussi à me persuader que cela n'était que de peu de conséquence. Il aimait à tourner des compliments aux dames et à leur écrire des vers qu'il faisait fort bien et en quantité, de sorte qu'il abandonnait des poulets[2] partout ; cette légèreté nous fermait les yeux sur la réalité des choses. Ses enfants aimaient à croire que leur père ne faisait l'amour qu'en paroles, que c'était une sorte de coquetterie et un hommage de pure forme qui, flattant et contentant les dames, rendait la société plus agréable. Peu s'en fallut que je n'y visse une action louable. Plus grave et mieux renseignée que nous, ma mère souffrait infiniment de ces dispositions ; son humeur s'en ressentait. Je jugeais alors ma mère, c'est-à-dire que je la jugeais mal et comme une personne qui vient toujours à porter l'éteignoir. J'ignorais, ou je voulais ignorer, qu'elle aimait mon père infiniment et que ces jeux lui déchiraient le cœur. La vie s'est, depuis, chargée de me faire connaître mon injustice.

Quand nous eûmes gagné Paris après la Fronde, il ne devint plus possible de croire que la galanterie de mon père ne fût que des façons de salon. Il me souvient de retards, d'absences et, par-dessus le tout, d'une

1. L'hôtel de Mortemart se trouvait rue des Rosiers, aujourd'hui rue Saint-Guillaume, à l'emplacement de l'actuel Institut d'Etudes politiques.

2. Petits billets.

gaieté extraordinaire qui l'avait saisi. Je ne saurais oublier, non plus, les questions de ma mère et les éclats qui s'ensuivaient. *« D'où venez-vous ? Passerez-vous ainsi votre vie avec des diables ? »* entendis-je un soir. *« Je ne sais d'où je viens, mais je sais que mes diables sont de meilleure humeur que votre bon ange »*, répondit mon père. Nous apprîmes bientôt que le diable était de petite taille, qu'il avait le nez pointu, le teint jaune, et se nommait la présidente Tambonneau.

Mortemart, le faune,
Aime la Tambonneau ;
Elle est un peu jaune,
Mais il n'est pas trop beau.

Ce méchant couplet disait vrai sur le sujet de madame Tambonneau ; elle n'était point belle. Quand je la connus, à Saint-Germain, elle avait passé trente ans, son visage était usé et elle ne se soutenait que par la gorge et la propreté. Cette femme avait cependant quelque chose de particulier. Dès qu'il faisait beau, on la voyait se promener au grand soleil dans son jardin, près du pont Rouge[1], avec une chemise attachée aux poignets par des rubans incarnats, masquée, et une coiffe sur la tête. Elle ne savait aller dans le monde qu'en faisant des éclats avec de sots moyens. On ne la recevait que pour ne pas désobliger sa sœur, la marquise de Livry, et aussi parce que le président Tambonneau traitait la compagnie sans regarder à la dépense. Son épouse ne fit jamais parler d'elle que de la plus mauvaise façon. Durant la Fronde, elle s'était sauvée de Paris, déguisée en bavolette[2]. Nous la vîmes arriver

1. Situé en face de la rue de Beaune, il fut emporté en 1689 et remplacé par le pont Royal.
2. Jeune paysanne coiffée d'un bavolet.

à Saint-Germain où elle alla gaillardement loger chez le duc de Roquelaure qui l'appelait sa ménagère et en faisait mille contes ; là, bien des gens en tâtèrent. On ne s'en cachait point, on disait : *« Un tel y couche hier, un tel ce soir »*, cela dura jusqu'à ce que le mari se retirât aussi chez son bon ami le duc de Roquelaure. Les temps étaient alors trop troublés pour que l'on se cachât des enfants et je sais positivement ce que j'avance. J'entendis dirc encore qu'un batelier se flattait de l'avoir menée baigner toute seule avec des hommes. C'était une personne avec laquelle on couchait par rencontre, mais on ne s'attachait que médiocrement. Quelle que fût sa réputation, mon père se coiffa de cette femme. Je n'ai jamais pu me défaire tout à fait de l'idée qu'elle lui avait jeté un sort et que c'est là une façon bien sûre de s'assurer de quelqu'un. Je vois seulement aujourd'hui que mon père était homme de plaisir et de fantaisie et qu'il avait trouvé une femme de même. Comme l'avait fait jadis son ami, le maréchal de Bassompierre, mon père prit une maison à Chaillot pour y rencontrer plus commodément madame Tambonneau ; ce train dura jusqu'au jour de sa mort, soit pendant vingt-deux ans. Ma mère, après beaucoup d'éclats et de larmes, s'enferma dans une contemplation triste dont on ne savait la tirer, sauf à recevoir des paroles amères. Elle parlait de se retirer dans un cloître. Bien que je m'efforçasse de ne pas juger un père que je continuais d'adorer, et même de ne pas penser à sa conduite jusqu'à la considérer comme une sorte de songe, celle-ci me fut une douleur affreuse. Il me souvient, un matin où je partais visiter ma sœur à Chaillot, d'avoir croisé le carrosse du duc de Mortemart. Je me jetai à la fenêtre pour crier le bonjour quand j'aperçus le nez pointu de madame Tambonneau et l'air heureux de mon père. Cela me déchira le cœur d'une façon si violente et si brutale qu'il me semble que même le Roi, depuis, n'y a pas atteint. Dieu sait pourtant qu'il s'y est essayé !

J'ai laissé mon frère à un mariage dont il s'ennuya vite. Il demeurait gourmand, plaisant, de beaucoup d'esprit et d'excellente compagnie, fort intime avec le Roi dont il était le premier gentilhomme de la Chambre. Il savait beaucoup et aimait à lire. Ce goût étant fort éloigné de Sa Majesté, un jour qu'ils se trouvaient à une collation de chasse, le Roi lui demanda ce que lui faisaient les livres. « *Ils font à ma cervelle ce que vos perdrix font à mes joues* », répondit mon frère. Vivonne était souvent à la guerre, ce métier ne l'avait pas rendu délicat sur le chapitre de la dévotion. S'attachant vite aux gens et sans beaucoup de discernement, il s'était lié avec de mauvais sujets. Le duc de Nevers [1], seul neveu qui demeurait au cardinal de Mazarin a, depuis ce temps, épousé ma nièce, ce qui me dispense de dire le peu de bien que j'en pense. Le comte de Guiche était moqueur, léger, présomptueux ; il ruinait sa santé par le vice florentin. Le comte de Manicamp avait les mêmes inclinations à la dureté, à la raillerie et au reste, aussi s'aimaient-ils aussi fortement que s'ils eussent été de sexe différent. Ces mauvaises fréquentations, jointes à ses propres faiblesses, firent que Vivonne fut précipité dans un scandale qui fit grand bruit à la Cour.

A la fin du Carême de 1659, cette petite troupe eut l'idée d'aller passer la semaine sainte chez mon frère, dans son château de Roissy. On y joignit l'abbé Le Camus, aumônier du Roi, dont on ne sait comment il entra dans cette galère. Le comte de Bussy-Rabutin, plus âgé que les autres, les rejoignit le vendredi saint avec quatre violons. Monsieur de Bussy avait tout

1. Philippe-Julien Mancini, frère d'Olympe, de Marie et d'Hortense Mancini.

l'esprit des Rabutin[1] et s'en servait pour le libertinage[2] et la galanterie. Ils firent un réveillon avec des viandes et s'amusèrent aux dépens des absents ; beaucoup de dames y passèrent. Après quoi, ils composèrent des couplets en forme d'*Alléluia* sur la Reine et le Cardinal et l'on s'alla coucher, le comte de Guiche en compagnie du comte de Manicamp, ce qui fit dire au comte de Bussy qui s'en est vanté par la suite : *« Je ne condamne pas vos manières, chacun se sauve à sa guise, mais je n'irai pas à la béatitude par le chemin que vous tenez. »*

Le scandale causé par cette façon de chanter Ténèbres[3] fut plus que très grand. Comme il est d'usage en pareille occasion, on parla d'autant plus qu'on en savait peu. On répandit qu'on avait insulté le Roi et la Reine, baptisé des grenouilles et un cochon de lait qu'on avait mangés. La présence de l'abbé Le Camus permit de lancer mille fables sacrilèges. En fait, l'aumônier du Roi, imaginant que dès le lendemain on dirait dans le monde qu'il s'était passé d'étranges choses, s'était enfui dans le commencement. Il n'empêche que le souvenir de cette débauche le suivit. Quand, dix ans plus tard, le Roi lui donna l'évêché de Grenoble, on fit cette chanson :

Tout aussitôt qu'il sera né
Des cochons dans le Dauphiné,
Alléluia !
Le Camus les baptisera.

1. Roger de Bussy-Rabutin était le cousin de madame de Sévigné.
2. Tout ce qui tend à nier Dieu ou à se moquer de l'Eglise.
3. L'office des Ténèbres était chanté dans la nuit du vendredi saint.

Ce fut le cardinal de Mazarin qui informa le Roi de la conduite de Vivonne ; dans le même temps, il exila son neveu de la Cour. Mon frère qui vint au lever du Roi le jour de Pâques eut la douleur de constater que Sa Majesté était sans regard pour lui ; Elle ne l'avait pas plus remarqué que s'il eût été en verre. Mon frère, affreusement frappé, rentra chez lui et se coucha. Mon père lava la tête d'importance à son fils et alla prier le Roi de mettre ces folies sur le compte de la jeunesse. Le coup tomba sur le comte de Bussy dont on avait déjà eu à se plaindre [1]. Un billet du Roi lui ordonna de gagner sa maison de Bourgogne et de n'en plus sortir.

Au bruit fait par le scandale de ce que l'on ne nomma plus que la débauche de Roissy, mon frère ajouta le ridicule d'une passion malheureuse pour la comtesse de Fiesque, celle-là qu'on avait nommée *« la Reine Gilette* [2] *»* durant la Fronde, quand elle s'amusait à commander une petite troupe sous les ordres de Mademoiselle. C'était une espèce de tourterelle roucoulante, un moulin à paroles dont la devise était : *« Restons gaillarde et moquons-nous du reste. »* Mon pauvre Vivonne donnait volontiers à croire qu'il avait mis à mal toutes les femmes qu'il avait entreprises. La vérité est qu'il était hardi à la guerre et timide en amour ; il avait dans ce domaine beaucoup de suffisance et d'insuffisance à la fois. Il s'éternisa à faire le plaisant et échoua auprès d'une femme qui jusque-là n'avait refusé personne. La reine Gilette lui fut soufflée par Guitaut qui avait été l'amant de la comtesse de Vivonne, de sorte que l'on ne se priva pas de dire que le comte de Guitaut lui avait planté deux fois les cornes. Mon frère avait là-dessus la philosophie de madame

1. Bussy avait déjà fait scandale en enlevant une pieuse veuve, madame de Miramion.

2. La comtesse de Fiesque était née Gilonne d'Harcourt.

Cornuel qui était habituée de dire : *« Les cornes sont comme les dents, elles font mal à pousser, puis on en rit ! »*

Si Vivonne péchait par impiété, Marie-Christine ne vivait que pour Dieu. Elle se trouvait si heureuse au couvent qu'elle avait peine à le quitter pour rentrer chez son père. Il apparut qu'elle avait la vocation sous la forme d'une atteinte irrévocable. Ma mère eut enfin un objet de satisfaction. Mon père souhaitait seulement que sa fille entrât dans un ordre qui bénéficiait de son estime, laquelle ne s'étendait que sur les ordres considérables. *« Comment,* disait-il, *voulez-vous que je tienne pour quelque chose un ordre né après moi ? »* Sa fille ne voulait pas quitter la Visitation où les préceptes de Monsieur de Genève lui convenaient en tout. Il y eut des larmes et des supplications où l'on invoqua la volonté de Dieu d'un côté, et celle d'un père de l'autre. Je pris dans cette affaire le parti de ma sœur, vantant le sens et la douceur des enseignements de monseigneur de Sales. J'ajoutai, avec toute la modération dont j'étais capable, qu'il me semblait qu'une fille avait le droit de choisir à son gré la maison où elle entendait servir Dieu. Mon père campait fermement sur les droits de la puissance paternelle. Un soir, lors de petites vacances, nous trouvâmes la chambre de Marie-Christine vide. Une lettre était posée sur la table. Je l'ai conservée avec quelques trésors. Elle commençait ainsi :

« C'est à genoux, mon cher père, que je vous demande pardon de vous avoir quitté et que je vous conjure de vouloir imiter notre père Abraham qui, à la voix de Dieu qui lui demandait son fils bien-aimé, prit lui-même le couteau pour le lui sacrifier. Mettons-nous donc en état l'un et l'autre d'accomplir sa sainte volonté. »

La lecture de ce billet jeta mon père dans une

colère qui n'épargna ni Abraham ni Monsieur de Genève. Il ne parla que d'aller trouver la rebelle pour lui mettre la tête en compote. S'il eût pu aisément reprendre une fille que la mère de La Fayette n'eût pas disputée à la volonté d'un père, c'eût été au prix de bruit et de désordres, et ce n'était pas le moment de faire parler de soi. Il garda longtemps rancune à notre Socratine de ce coup de force et refusa d'assister à sa prise de voile. Pour moi, je l'allais voir tout comme avant. Je la trouvais chaque fois plus détachée du monde et n'étais pas sans en souffrir. Ma sœur me semblait comme une barque qui avait rompu ses amarres et fuyait loin de nous.

Quand la dernière de ses filles eut onze ans, mon père, on le concevra aisément, n'entendit pas la donner à la Visitation, il la voulut à l'Abbaye-aux-Bois. Marie-Madeleine était le chef-d'œuvre de la famille. Elle était déjà parfaitement belle et aimait à apprendre. Un esprit de douceur et d'équité, joints à un fond de gaieté, lui conciliaient tous les cœurs. Elle eût préféré aller à Chaillot que Marie-Christine lui avait représenté comme une espèce de paradis, et montra une répugnance extrême à partir dans un couvent qu'elle ne connaissait point. Je pense que ce que je lui avais conté des années passées dans l'abbaye de Saintes lui avait inspiré pour la pension toute l'aversion que j'en avais gardée moi-même. Il fallut beaucoup de ménagements et d'artifices pour la conduire à l'Abbaye-aux-Bois où mon père la remit à madame de Lannoy qui en était abbesse.

Mes deux sœurs se trouvant coffrées [1], ma mère fuyant son foyer dans de pieuses retraites, il me restait le monde et la Cour. L'on commençait d'agiter la ques-

1. C'est l'expression de l'époque.

tion du mariage du Roi. Mon père avait placé ses pions de façon que j'obtinsse une charge de demoiselle d'honneur de la Reine future, aussi ne fallait-il pas déserter le théâtre. Cette reine fut un temps à être trouvée et l'on en manqua deux auparavant.

Puisque je viens de parler du Roi, il est temps d'arriver à un prince qui devait tenir la première place dans ma vie. Je voyais le Roi souvent. Sa belle taille et sa bonne mine le faisaient admirer et je me demandais, comme toutes les personnes de la Cour, vers qui se porterait la première inclination d'un prince aussi remarquable. Comme il rencontrait les nièces du Cardinal plus souvent que les autres et qu'on les lui mettait sans cesse sous la vue, il s'y attacha comme naturellement. J'ai toujours pensé qu'une partie de ce feu avait sa source dans la demi-oisiveté où le cardinal de Mazarin laissait Sa Majesté. Les amis du Cardinal faisaient sonner bien haut les leçons de politique qu'il lui donnait fort rarement ; car j'ai ouï dire au maréchal de Villeroy, qui y était quelquefois présent, que toutes ces leçons roulaient sur des maximes générales, et aboutissaient à tenir les princes du sang le plus bas qu'il pourrait, à ne point trop se familiariser avec ses courtisans, à se défier de tous ceux qui approcheraient de sa personne, sans même en excepter ses ministres, devant être bien persuadé qu'ils ne songeraient tous qu'à le tromper, enfin à toujours promettre, sans se mettre beaucoup en peine de tenir. Mon père, que ces façons rendaient enragé, répétait que le Cardinal songeait moins à faire un grand prince qu'un homme complaisant qui le laissât maître de l'Etat. Le ministre semblait secondé dans ses desseins par la Reine sur l'esprit de laquelle il avait pris depuis longtemps un grand ascendant et, comme ils étaient toujours du même avis, le jeune Roi n'osait jamais leur résister. Je crois, pour avoir surpris quelques regards, qu'il fut plus d'une fois près de se révolter, mais le respect qu'il avait pour sa mère et la reconnaissance qu'il croyait devoir au Cardinal arrêtaient ses premiers mouvements. Il dissimulait donc et s'amusait à des revues, à des danses, à des ballets, et, pendant que le Cardinal disposait de tout, vivait comme un particulier, sans se mêler de rien, et donnait peu d'idées de ce qu'il a été depuis.

La soumission du Roi envers le cardinal de Mazarin fit que l'étoile qui lui donnait une autorité si entière s'étendit jusqu'à l'amour. Le Roi ne put porter son cœur hors de la famille du ministre, aussi la première femme pour laquelle il éprouva de l'inclination fut l'une des nièces du Cardinal. Nous fûmes très étonnés de voir le Roi s'attacher non à la plus belle, mais à Olympe qui n'était qu'une médiocre beauté ; elle avait le visage long, les bras maigres et le teint foncé jusqu'au noir. Je dois reconnaître qu'elle avait les yeux pleins de feu, comme beaucoup de ces filles d'Italie et, qu'avec l'âge, lui vinrent un peu d'embonpoint et des fossettes dans les joues qui lui donnèrent un certain agrément. Le Roi la voyait souvent, et cette passion fit craindre qu'elle ne le portât à lui faire plus d'honneur qu'elle n'en méritait. La Reine ne se fâchait point de cet attachement, mais elle ne pouvait souffrir, pas même en riant, qu'on parlât de cette amitié comme d'une chose qui pourrait tirer au légitime. L'année 1655, il se fit plusieurs petits bals. La Reine ayant un jour prié la reine d'Angleterre de venir voir danser le Roi en particulier, celle-ci accepta de quitter sa retraite de Chaillot. Le Roi, quand il voulut commencer le branle, trop accoutumé à rendre tous les honneurs aux nièces du Cardinal, alla prendre Olympe Mancini. Je vis alors la Reine se lever brusquement de sa chaise, lui arracher mademoiselle Mancini, et lui dire tout bas d'aller prendre la princesse d'Angleterre. La reine d'Angleterre, qui s'aperçut de la colère de sa belle-sœur, courut après elle et la supplia de ne point contraindre son fils, que sa fille avait mal au pied et qu'elle ne pouvait danser. Sa Majesté répondit que si la princesse ne dansait, le Roi ne danserait point du tout. Pour ne pas faire de désordre, la reine d'Angleterre laissa danser sa fille et montra par sa mine qu'elle était mal satisfaite du Roi. Sa Majesté fut encore grondée le soir par la Reine, Elle répondit qu'Elle n'aimait point les petites filles, ce qui me fit sourire car j'avais eu l'heur, lors de ma première rencontre avec le Roi, d'entendre quelques mots sur ce dégoût.

L'hostilité de la Reine fit sentir à mademoiselle Mancini qu'elle devrait songer à ses affaires. Déjà, on l'avait offerte au grand maître[1] et il l'avait refusée ; cette rebuffade commença de lui faire faire des réflexions assez éloignées des fabuleuses flatteries que ses amis lui débitaient sur la couronne fermée. Pour ma part, je n'avais jamais cru le cœur du Roi trop engagé dans cette amourette. On vit que j'avais raison quand, au printemps de l'année 1656, le Roi rejoignit, comme à l'accoutumée, le théâtre de la guerre ; il n'y eut pas les soupirs, les larmes et les adieux que l'on attendait. Je confiai à ma tante qu'il me semblait que mademoiselle Mancini se trouvait assez engagée sur le chemin qui, par les villages de Tiédeur et de Négligence, conduit au lac d'Indifférence.

Cet été-là, je gagnai mon cher Lussac, en compagnie de mes parents. Ma Nano avait vieilli et était devenue grondeuse. La plus grande partie des petites filles que j'avais connues étaient mariées. J'allai visiter une Suzon qui me reçut dans sa chaumière où elle demeura collée le dos contre le mur à tordre son tablier ; je ne pus lui tirer un mot. Des poules couraient dans nos

1. Charles de La Porte, grand maître de l'Artillerie.

pieds et l'odeur aigre du repas des cochons qui se préparait dans l'âtre levait le cœur. Je partis, point trop contente de m'être trouvée si peu à l'aise. Au début du mois d'août, nous gagnâmes Tonnay-Charente où j'aidai ma mère à recevoir le voisinage et à visiter les pauvres de la paroisse. Je fus marraine de la fille de Silvestre Doupeau que j'eus l'honneur de porter sur les fonts. Je signai aussi, à côté de mes parents, la charte de la fondation d'un couvent de capucins. Je prenais ainsi idée de mes devoirs et ils me paraissaient aimables. Nous étions loin de Paris, de madame Tambonneau et des malheurs qu'elle apportait à notre famille. Il arrivait à mes parents de causer doucement ensemble ; ma mère ne parlait plus de retraite. Je me souviens avoir un soir regardé longtemps le vol des hirondelles qui piquaient sur la Charente. Un tome de la *Clélie* dans les mains, je me prenais à rêver. J'étais heureuse à peindre.

Nous retrouvâmes la Cour au début de septembre à Compiègne où devait arriver la reine de Suède dont j'avais ouï dire des choses extraordinaires. Elle n'était pas au-dessous de sa réputation. Quand elle descendit de carrosse, le vent lui ôta une perruque toute défrisée, et comme elle n'avait aucun soin de son teint, elle me parut comme une Egyptienne[1], encore qu'elle ne ressemblât en rien à une femme. Elle avait un pourpoint et une chemise faits à la mode des hommes ; sa jupe courte laissait voir des chaussures semblables à celles des laboureurs ; ses mains étaient horriblement crasseuses. Le Roi la mena à la comédie italienne ; elle la trouva mauvaise et le dit. On l'assura que les comédiens étaient accoutumés de mieux faire ; elle répondit qu'elle n'en doutait pas puisqu'on les gardait. Ces

1. Comme une gitane.

façons surprirent beaucoup et d'autres encore, car elle se faisait servir par des hommes jusque dans les heures les plus particulières ; elle n'avait ni dames, ni officiers, ni argent et composait à elle seule toute sa cour. Je la comparai aux héroïnes des *Amadis* [1] dont le train était pareil au sien. Cette princesse avait des particularités plus étranges encore, elle riait démesurément, chantait en compagnie, rêvait jusqu'à l'assoupissement. En présence du Roi et de la Reine, elle appuyait ses jambes sur des sièges aussi hauts que celui sur lequel elle était assise, jurait le nom de Dieu et tenait des propos très libertins. Cependant nous ne demeurâmes pas effarouchés, et même, trouvâmes des charmes dans la manière libre de toutes ses actions. En effet, il était difficile, quand on l'avait bien vue, et surtout écoutée, de ne lui pas pardonner ses irrégularités, tant elle était gaie, spirituelle, et d'une franchise à laquelle on n'était pas accoutumé. A l'occasion de la venue de la reine, monsieur Ménage fit imprimer une belle églogue. Le petit livre était intitulé :

Christine
Eglogue

En l'ouvrant, le commandeur de Souvré s'écria : « *Je ne croyais pas que la reine de Suède eût deux noms.* » Je m'empressai de lui faire accroire qu'il y avait une famille d'Eglogue, comme une de Paléologue, ce qui ne fut pas difficile. La plaisanterie fut goûtée à outrance ; cette petite cruauté me valut une réputation d'esprit qui me mit plus à l'aise dans le monde, mais resta fâcheusement sur la tête du commandeur de Souvré.

Toute la Cour revint au Louvre dans le début d'octobre et le roman d'Olympe Mancini se poursuivit à petit

1. L'*Amadis de Gaula*, roman de chevalerie espagnol.

bruit jusqu'à être interrompu par une succession de deuils. Madame Mancini, sœur du cardinal de Mazarin, mourut quelques jours avant Noël ; son frère l'assista à la mort. Elle lui recommanda ses enfants, et lui demanda surtout de mettre en religion sa troisième fille, Marie, parce qu'elle lui avait toujours paru d'un mauvais naturel, et que feu son mari, qui avait été un grand astrologue, lui avait dit qu'elle serait cause de beaucoup de maux. Il avait aussi dit à son épouse qu'elle mourrait avant la fin de sa quarante-deuxième année ; la malheureuse n'y manqua pas. Aussitôt qu'elle fut enterrée, le cardinal de Mazarin dit qu'il fallait faire comme David qui pleura pendant la maladie de son fils, et joua de la harpe après sa mort. Il n'eut pas le loisir de jouer longtemps car sa nièce, la duchesse de Mercœur, fille aînée de madame Mancini, mourut deux mois après, des suites de ses couches. Enfin, à peu de temps de là, le plus jeune fils, Alphonse Mancini, fut tué en jouant avec d'autres écoliers qui avaient pris une couverture, et, l'ayant fait sauter en l'air, lui brisèrent la tête. Ces deuils amenèrent Olympe Mancini à songer que la famille n'est pas une chose sur laquelle on peut s'appuyer toujours, sans compter que la santé du cardinal de Mazarin ne se méliorait pas. Il était pâle et la gravelle lui donnait de grandes douleurs d'entrailles. Ce fut donc avec beaucoup de raison que la demoiselle accepta le prince Eugène de Savoie ; il prit le nom de comte de Soissons. Le Roi la vit marier sans chagrin ; l'on connut par là que sa passion avait été médiocre, ce qui avait toujours été mon sentiment.

Les deuils qui éprouvèrent alors la famille du cardinal de Mazarin ne ralentirent pas l'aversion que mon père lui portait. Le duc de Mortemart, qui ne croyait en Dieu que quand il y trouvait son compte, se répandait à dire qu'il fallait garder foi en la justice divine puisqu'il semblait que le Ciel se fût décidé à punir un saltimbanque italien dont la seule préoccupation était de gagner de l'argent. Quand on apprit la mort à Rome du père du cardinal de Mazarin, le duc de Liancourt vint proposer à mon père d'aller rendre visite au ministre. *« Il est fort affligé »*, lui dit-il. *« Il a raison*, reprit mon père, *c'est peut-être le seul homme dont il ne peut rien hériter. »*

Après le mariage de la comtesse de Soissons, le cardinal de Mazarin, oubliant la prière de sa sœur mourante, retira des Filles Sainte-Marie les dernières demoiselles Mancini : Marie, Hortense, et jusqu'à la petite Marianne qui était encore une enfant, et les lança sur le théâtre de la Cour. Cette façon qu'eut le Cardinal de sortir ses nièces du couvent, comme des cartes de sa manche, fit faire des couplets pas trop aimables.

Vos nièces, trois singes ragots,
Qu'on vit naître de la besace
Plus méchantes que de vieux Goths
Et plus baveuses qu'escargots
Prétendaient ici quelque place
Et vous éleviez ces magots
Pour nous en laisser la race.

Le cardinal de Mazarin montra vite qu'il avait voulu donner en Marie, qui était laide, et en Hortense, qui était parfaitement belle, une compagnie agréable au Roi. J'en eus du dépit comme les autres, tant il me paraissait malheureux de voir un si grand prince réservé à des moricaudes, et fus très satisfaite quand le Roi, se jouant des calculs du Cardinal, parut amoureux d'une jeune fille que la Reine avait prise depuis peu, mademoiselle de La Motte d'Argencourt. Il m'est peu aisé de parler de cette affaire car, dès que la nouvelle inclination du Roi fut connue, et elle fut soupçonnée sur l'heure, mon père me fit la remarque que cette fille me ressemblait comme une sœur et qu'il ne se rappelait pourtant pas avoir eu des faiblesses pour madame de La Motte d'Argencourt qu'il avait toujours trouvée plus laide qu'une guenon. Je dois dire que la remarque de mon père sur ma ressemblance avec cette demoiselle ne me fit pas faire d'autre réflexion que de songer que mon cher papa ne me trouvait peut-être point trop laide, tant j'étais à mille lieues de pouvoir seulement envisager retenir l'attention du Roi ; quand bien même je l'aurais imaginé, cela m'eût épouvantée, car j'étais encore timide et très sage. Sitôt que la nouvelle fille d'honneur de la Reine fut admise au jeu où le Roi se divertissait le soir, il montra pour elle une si vive inclination que le cardinal de Mazarin en fut inquiet. Tout en disant au Roi qu'il faisait bien de s'amuser, que sa mère montrait à cet endroit trop de scrupules, il porta ses alarmes auprès de la Reine qui gronda publiquement son fils un soir qu'il demeura trop à causer avec mademoiselle de La Motte d'Argencourt. Le Roi reçut avec respect la réprimande mais, baissant la voix, il demanda à sa mère de ne pas montrer son mécontentement à tout le monde. Je remarquai les sourcils froncés du Roi et songeai qu'il n'aimait pas tant qu'on le croyait à avaler des réprimandes. On sait que les passions augmentent d'être gênées, ainsi en fut-il de celle-ci qui devint publique quand Sa Majesté gagna un carré de point de Venise à une loterie et l'offrit à l'objet de sa flamme. Mademoiselle de La Motte était infiniment flattée de l'inclination du Roi, mais elle avait l'âme paisible, ces propositions l'effrayèrent et elle refusa tout ce qui pourrait aller contre la vertu. La Reine parla à son fils en mère et en Espagnole. Elle lui fit voir le danger où il était d'offenser Dieu et qu'il devait s'éloigner d'une occasion de crime. Pour finir, elle supplia le Roi de se confesser, ce à quoi Sa Majesté consentit, à condition que ce fût dans son oratoire, afin que personne ne le sût. Je rapporte ceci car les craintes et les scrupules inculqués par la Reine à son fils sur le chapitre de la vertu ne se sont jamais effacés de l'esprit du Roi. Il n'y avait que dans les premiers temps d'une passion qu'il savait oublier qu'il péchait, si bien que l'ombre de la Reine Mère se trouvait toujours entre Louis et ses maîtresses, et qu'il était aisé de lui rappeler combien il offensait Dieu. On sait que j'eus à disputer le cœur du Roi aux plus belles femmes du royaume, et aussi aux plus habiles, mais on ignore que la crainte de Dieu fut un ennemi bien plus grand et d'autant plus terrible que je ne me suis jamais assez enfoncée dans le péché pour ne pas l'éprouver moi-même. Seule, madame de Maintenon, dont les façons étaient de mettre le Ciel dans son jeu, et à laquelle les circonstances furent favorables, sut tourner cela à son profit.

Sa confession accomplie, le Roi partit seul pour Vincennes, afin de fortifier sa résolution ; on sait ce que valent ces grandes déterminations. Il revint et, deux jours après son retour, mademoiselle de La Motte d'Argencourt qui était de celles à faire un pas en avant après deux en arrière, l'alla prendre pour danser. Je vis le Roi devenir tout pâle et puis fort rouge. Il en résulta qu'au sortir du bal, la Reine engagea vivement mademoiselle de La Motte d'Argencourt à se retirer à la Visitation de Chaillot. Je ne sais si la mère de La Fayette l'y entretint des vanités de la Cour, mais bien qu'elle ne s'y fût pas retirée par choix, mademoiselle de La Motte d'Argencourt s'y fit une vie fort tranquille. Le Roi épuisa sa tristesse en nous régalant de petits concerts de guitare dont il jouait admirablement. Je trouvais à Sa Majesté une mélancolie assez douce. Il épancha ainsi son cœur souffrant et reprit le chemin de l'hôtel de Soissons, ce qui fit le bonheur du ministre, de la belle Olympe qui n'avait pas renoncé à ses prétentions sur le cœur du Roi, et même de son époux, qui était trop courtisan pour se montrer jaloux. Je me suis fait souvent la réflexion que si le cardinal de Mazarin avait vécu, le Roi n'aurait pas su trouver de maîtresse hors de la famille du Cardinal. Quand je repense aujourd'hui à la brève passion du Roi pour mademoiselle de La Motte d'Argencourt, il m'est doux de songer que la première fois où Sa Majesté voulut se donner permission d'aimer à sa fantaisie, ce fut pour quelqu'un qui me ressemblait. Il m'est plus doux encore de me ressouvenir qu'un jour où je plaisantais le Roi sur le goût qu'il avait eu pour mademoiselle de La Motte d'Argencourt, Sa Majesté ne nia pas son ancienne inclination, mais la tourna à son avantage et, me prenant la main, me dit fort doucement : *« Comptez que je vous aimais déjà en perspective. »*

Il me faut parler à présent des femmes auxquelles le Roi s'attacha avant moi, car je ne tiens pas pour de véritables passions l'inclination qu'il éprouva pour la comtesse de Soissons et pour mademoiselle de La Motte d'Argencourt. Evoquer ces figures me cause toujours une certaine douleur, encore que je n'eus guère à la sentir dans ce temps-là, car mon cœur était neuf et fort éloigné des folies qu'il connut par la suite. Je crois avoir alors jugé ces femmes sévèrement ; j'étais jeune, extrême en tout, et de celles qui jettent assez fortement la première pierre. Ma seule excuse est que je me faisais de l'amour une idée d'une blancheur sans pareille ; cette blancheur m'aveuglait. Il me semble plus grave que le triste déroulement et la triste fin de ces amours ne m'aient servi aucunement de leçon et que j'aie aimé le Roi comme si je n'avais rien su du malheur qui s'attache immanquablement à ces sortes de liaisons.

Le Roi à l'époque où je parle allait avoir vingt ans. Je le voyais peu. Il jouait à la paume le matin et allait à l'hôtel de Soissons l'après-midi, encore qu'il commençât de se fatiguer d'y aller si souvent. Le reste du temps, il s'amusait à des revues, à des danses et à des ballets, ne donnant aucune idée de ce qu'il serait par la suite. Ce qui le rapprochait le plus de son devoir était la guerre qu'il conduisait chaque printemps. Les choses semblaient devoir se poursuivre indéfiniment quand nous faillîmes le perdre, ce qui réveilla tout le monde.

Au lendemain de la fête de Pâques de l'année 1658, le Roi, la Reine et une partie de la Cour partirent comme cela se faisait chaque année pour les Flandres. Vivonne y fut dans le carrosse du Roi et je demeurai à Paris. Nous eûmes bientôt des nouvelles que le Roi avait été à Mardyck où il avait remporté une éclatante victoire ; ce lieu était infesté par les morts des années précédentes à demi enterrés dans le sable. Le Roi était à cheval toute la journée au grand soleil. La chaleur excessive et les mauvaises eaux causèrent une fièvre si forte qu'il fallut retourner à Calais où les médecins désespérèrent de le sauver. Il reçut le viatique. La Cour et la capitale furent plongées dans la consternation. On exposa le Saint-Sacrement dans toutes les églises pour demander sa guérison. J'allai prier dans ma nouvelle paroisse qui était Saint-Sulpice, ainsi qu'à Chaillot où je suppliai Marie-Christine d'obtenir l'intercession de la communauté pour la guérison du Roi. Je ne sais ce que je redoutais le plus de la perte d'un prince jeune et magnifique ou de ce qu'il adviendrait du trône ainsi abandonné. Il y eut de grandes cabales car le ministre n'était pas sûr de diriger le duc d'Anjou et beaucoup de gens se précipitèrent à faire la cour à Monsieur. Les alarmes furent portées à leur apogée quand on apprit que le Cardinal faisait enlever les trésors de sa maison de Paris pour les porter à Vincennes. Enfin, on eut avis qu'un émétique avait fait merveille et que Sa Majesté était hors de danger. Le Roi revint couché dans un carrosse. Vivonne le ramena à Compiègne et, de là, à Paris où Sa Majesté reçut les marques de la joie publique. Tout au bonheur de cette résurrection, l'ensemble de la Cour partit pour Fontainebleau où je fus comme les autres, tant l'on ne voulait plus s'éloigner d'un prince que l'on avait failli perdre.

Nous reçûmes en arrivant une agréable nouvelle qui fut celle de la mort de Cromwell ; c'est avec une noble modération que la reine d'Angleterre apprit que son fils allait retrouver son trône. On était demeuré une année entière sans retourner à Fontainebleau de par l'horreur qu'on avait eue en apprenant que la reine de Suède, revenue en France, y avait fait massacrer sous ses yeux un homme qui lui avait déplu [1]. La Reine en avait été scandalisée et le ministre étonné lui avait écrit. La reine de Suède lui répondit que les gens du Nord, étant peu farouches, avaient moins de difficulté à étrangler les gens qu'à les craindre ; cela nous fit revenir des idées de philosophie que nous avions prêtées à cette princesse. Ce crime fut vite oublié et le séjour fut un enchantement. Sa Majesté avait ordonné à chacun de traiter la compagnie [2] à son tour. Encore que ces fêtes se passassent à la campagne, elles furent magnifiques. On se promenait sur l'eau avec des violons et de la musique. Après il y avait chasse, comédie et collation dans des cabinets de verdure. Le soir, après le souper, on dansait jusqu'à minuit. Le cardinal de Mazarin donna collation dans un ermitage où vingt-quatre violons attendaient la compagnie. Après souper, l'on s'en retourna en calèche avec quantité de flambeaux. L'on mit le feu à la forêt ; il y eut trois ou quatre arpents brûlés. Les dames étaient traitées de façon charmante. On jetait des fleurs sous leurs pas, on leur offrait des gants parfumés, des mouchoirs de Venise ou des cannes à pommeau d'or. Habituée à des divertissements plus austères, je fus étonnée par un amusement qui ne visait

1. Monaldeschi, écuyer et amant de la reine Christine.
2. D'organiser et d'offrir les divertissements.

qu'à lui-même. Je ne fus pas la seule à faire la réflexion qu'on allait bientôt trouver, de l'ancienne Cour où l'on respirait la bienséance et la religion, à la nouvelle, une sensible différence.

La Cour, qui commença d'exister à Fontainebleau, naissait sous le signe des plaisirs et de la passion. C'est alors que le Roi fit voir l'inclination qu'il éprouvait pour mademoiselle Mancini. Il serait plus exact de dire qu'il répondait à la sienne. Pendant la maladie du Roi, en effet, la comtesse de Soissons n'avait pas montré le regret qu'elle aurait dû, mais sa sœur se tuait de pleurer ; cela donna occasion de dire qu'elle aimait le Roi. Je nomme ici cette Marie Mancini dont la mère avait demandé en mourant qu'on fermât sa fille dans un couvent. Le cardinal de Mazarin a dû avoir occasion de songer par la suite qu'en exauçant le vœu d'une mourante, il se fût évité bien des peines. Le Roi fut informé du désespoir qu'il avait causé ; pris dans le commerce particulier qu'on l'obligeait d'avoir avec les nièces du cardinal, il s'attacha à celle-ci en dépit de son manque d'attraits. Mademoiselle Mancini avait les cheveux plus noirs que du jais et en quantité, le teint jaune et les bras et le col si longs et si décharnés qu'on la pouvait dire laide sans de grands yeux noirs vifs et spirituels. Elle savait fort bien jouer de ces yeux-là car elle avait l'esprit hardi, emporté, résolu, éloigné de toute forme de civilité et de politesse. Elle ne quittait pas le Roi et le suivait partout, lui parlant à l'oreille en présence même de la Reine ; celle-ci commença de montrer que cette fille qui l'avait amusée dans son cercle ne lui plaisait plus tant. Quand on allait en carrosse, le Roi montait avec la comtesse de Soissons et mademoiselle Mancini, le Cardinal suivait avec la comtesse de Vivonne, et le reste comme on pouvait. Je me souviens d'une scène qui me donna une sorte d'envie. C'était à Bois-le-Vicomte, dans une allée d'arbres où le Roi voulut donner la main à mademoiselle Mancini et, ayant heurté cette main, quoique légèrement, contre le pommeau de son épée, il tira cette épée du fourreau et la jeta, je ne peux dire comment, mais cela me causa une peine étrange. Je songeai que mademoiselle Mancini avait de la chance d'être aimée de la sorte, et qu'elle ne le méritait pas. Je la jugeais comme une fille pleine d'artifice dont les manières enjouées venaient moins d'un esprit vif que d'un naturel emporté et incapable de réflexion, ce que la suite n'a que trop montré. Chacun remarquait que le Roi était de bien meilleure humeur. Il était gai et causait avec tout le monde. Mademoiselle Mancini avait beaucoup lu et lui prêta des romans. Il semblait y prendre plaisir et quand il donnait son jugement, c'était aussi bien qu'un autre. Enfin, elle paraissait l'avoir changé et ne doutait pas de poursuivre, car je crois que cette passion fut accompagnée de beaucoup d'ambition. Les effets de cette ambition furent grands, mais ils auraient été peut-être plus extrêmes encore sans la conduite de la Reine qui trouva la force de résister à ce qu'on dit le plus fort en ce monde.

Pendant que le Roi s'engageait dans cette liaison, la peur qu'on avait eue de le perdre et d'être réduit à Monsieur fit faire des réflexions. On craignait que le frère du Roi ne fût trop enfant pour gouverner. La Reine souhaitait passionnément qu'il demandât d'aller à l'armée, mais pendant que le Roi se trouvait à Mardyck, Monsieur se promenait avec les filles d'honneur, allait au bord de la mer, prenait plaisir à se mouiller et à acheter des étoffes d'Angleterre. Ce n'est pas qu'il n'eût beaucoup d'esprit et même de courage, mais il n'avait aucune solidité ; ses habitudes et ses amis en usaient de manière à le perdre. Il y avait beau temps qu'il avait quitté ma compagnie, encore qu'il me marquât toujours beaucoup d'amitié, pour celle du comte de Guiche. Leur commerce était devenu aussi étroit qu'il peut y en avoir entre jeunes gens. Enfin, on jugeait ce joli prince gâté, et l'on se résolut de marier le Roi. La Reine avait toujours souhaité l'infante d'Espagne, sa nièce [1], comme la seule digne d'épouser son fils. Il fallait seulement que cessât la guerre que nous faisait l'Espagne. Le Cardinal, pour faire parler le roi d'Espagne, voulut montrer que le Roi pouvait se marier ailleurs. Il écouta la duchesse de Savoie [2] qui proposait la princesse Marguerite, sa fille. Bien que la Reine fût peu favorable à ce mariage, il fut résolu que la Cour partirait à Lyon où arriverait la princesse Marguerite. Dans l'idée où il demeurait d'une charge de demoiselle d'honneur de la reine future, mon père trouva bon que j'y fusse. J'eus le bonheur de joindre mon aînée à Mâcon. La joie de madame de Thianges fut grande de retrouver la Cour. Il nous arriva plus d'une fois dans ce voyage de nous réunir avec Vivonne pour nous amuser de quelques réflexions comme nous le faisions aux Tuileries. Il n'y avait pas trop de charité là-dedans, mais je commençais de songer que la charité n'aide guère à se divertir et la contagion du plaisir étant celle qui se communique le mieux, j'y glissais aisément. Il faut dire que nous ne manquions pas de sujets pour exercer notre gaieté. La princesse Marguerite, amenée en grand équipage à Lyon, fut assez souvent le sujet de ces badinages. « *Elle n'est point trop mal, elle a seulement le teint un peu basané, mais cela sied bien aux flambeaux* », disait madame de Thianges. « *Ne mettez point trop de flambeaux, car elle a les joues pendantes*, poursuivait Vivonne. *Quand elle marche, elle paraît avoir les hanches grosses. – Et la tête également. – Quelque chose*

1. Marie-Thérèse, fille de Philippe IV d'Espagne, frère d'Anne d'Autriche.
2. Chrétienne de France, sœur de Louis XIII.

ne va pas tout droit dans le dos. – Cela se voit moins par-devant que par-derrière. » Et ainsi de suite ; il ne nous en fallait pas plus pour nous étouffer de rire. Le Roi ne semblait pas prendre la venue de cette princesse plus sérieusement que nous. Il jouait à la paume, allait voir le Cardinal et, le reste du jour, causait et riait avec mademoiselle Mancini. Quand la Reine lui donnait le bonsoir, il ramenait cette demoiselle chez elle. Au commencement, il suivait le carrosse, puis servait de cocher, à la fin il se mettait dedans. Mademoiselle Mancini fut malade deux ou trois jours ; le Roi ne la quitta pas, ne jouant même plus chez la comtesse de Soissons, ce dont le comte de Soissons eut un chagrin non pareil.

Une autre occasion de nous moquer nous fut donnée lors d'un bal masqué où le comte de Guiche tirailla fort Monsieur dans la danse et lui donna des coups de pied dans le bas du dos. Cette familiarité me parut assez grande. Le comte de Manicamp en profita pour lancer mille plaisanteries que j'eusse trouvées mauvaises si j'avais été Monsieur, mais tout ce que faisaient ces drôles lui plaisait. Cela causa si grand bruit que la Reine fit connaître à son fils qu'on lui avait manqué de respect, ce qui n'eut d'autre effet que d'affliger Monsieur sur le fait que la Reine n'aimait pas le comte de Guiche, ce dont il alla se plaindre auprès de Vivonne.

La machination du Cardinal fut longue à aboutir, aussi la Reine, voyant le mariage savoyard près de se faire, ordonna à son confesseur de faire dire des messes dans tous les couvents de Lyon. Cependant, le roi d'Espagne, au bruit du voyage, s'était alarmé, et j'ai su par celle qui, depuis, a été notre Reine que le roi son père entendant dire que le Roi allait se marier avait répondu : « *Esto no puedo ser et no sera*[1]. » Il ordonna

1. Cela ne peut être et cela ne sera pas.

à son ambassadeur de venir en France offrir la paix et l'Infante. Le soir du jour où toutes les choses changèrent de face, le Cardinal, entrant dans la chambre de la Reine, lui dit en riant, sans s'occuper du monde : *« Bonnes nouvelles, madame. »* Nous demeurâmes saisis par cette façon de parler à la cantonade. *« Eh quoi,* lui dit la Reine, *serait-ce la paix ? »* Le Cardinal s'inclina, les yeux brillants d'un grand plaisir. *« Il y a plus, madame, j'apporte à Votre Majesté la paix et l'Infante. »*

Il ne resta plus au cardinal de Mazarin que de protester à madame de Savoie qu'on la croyait trop généreuse pour désirer que le mariage de sa fille s'accomplît au préjudice du bien général de la chrétienté. Tout ce qui peut être dit comme regret, tendresse, louanges, contrition et remerciements le fut, et même la promesse qu'on épouserait dans le cas que l'autre échappât. Pour conclure tout de même quelque chose, on tenta de placer Mademoiselle au jeune duc de Savoie. On avait souvent proposé ce prince pour mari à Mademoiselle, et dans les temps qu'elle en désirait un autre plus grand que lui, elle l'avait négligé, mais alors ce parti ne lui aurait pas déplu. Le duc de Savoie vint à Lyon visiter la Reine et Mademoiselle. Il regardait cette princesse comme quelqu'un qu'il lui serait avantageux d'épouser par sa naissance et ses richesses, mais une beauté qui avait toujours laissé à désirer et commençait à déchoir le fit renoncer. Nous reprîmes le chemin de Paris où nous arrivâmes à la fin de décembre de 1659. On avouera que ce petit voyage ressemblait assez à un opéra farce.

A peine revenue au Louvre, la Reine s'aperçut que mademoiselle Mancini allait être une noix plus dure à casser que la princesse de Savoie. Je dois reconnaître qu'elle n'était plus si laide car sa passion l'embellissait. Elle devenait chaque jour plus hardie et la satisfaction qu'elle avait de se savoir aimée fit qu'elle aima davantage celui qu'elle n'aimait déjà que trop. Enivrée de sa passion, elle eut assez de présomption pour s'imaginer que le Roi l'aimerait assez pour l'épouser. La Reine ordonna à madame de Venel, qui avait la lourde charge d'être la gouvernante de cette demoiselle, de se trouver toujours en tiers entre le Roi et mademoiselle Mancini. Pour la remercier de cet office, le Roi fit cadeau à madame de Venel d'une jolie boîte enrubannée qui, ouverte, libéra une famille de souris ; ce mauvais procédé n'empêcha pas cette dame de venir courageusement reprendre son poste. « *Quoi, madame,* lui dit le Roi, *vous voilà sitôt rassurée ? – Non, Sire,* répondit assez finement la dame, *c'est parce que je ne suis pas rassurée que j'ai cru devoir ne pas m'éloigner du fils de Mars.* »

Il y avait alors à la Cour une folle, nommée Capitor, que Don Juan d'Autriche avait laissée. Habillée en homme avec une épée, elle était laide à épouvanter, mais avait infiniment d'esprit qu'elle employait à parler de l'Infante et à railler mademoiselle Mancini qui l'avait prise en aversion. La demoiselle fort en colère contraignit le Roi à la renvoyer. La Reine s'alarma et, comprenant qu'elle avait affaire à une passion, parla au Roi ; mais le Roi n'écouta pas ses conseils avec la docilité qu'il était accoutumé d'avoir, parce que sa passion était alors protégée par le ministre. En cette circonstance, la Reine sentit l'autorité que le Cardinal avait prise dans le royaume et se trouva fort mal payée de la constance qu'elle avait eue.

J'ai entendu plusieurs fois mon père et le maréchal de Villeroy agiter la question de savoir si le Cardinal avait voulu ou redouté l'élévation de sa nièce. Ils apportaient une infinité de raisons pour et contre et, d'ordinaire, ils concluaient en faveur du Cardinal, non qu'ils ne le crussent assez ambitieux pour avoir souhaité de voir sa nièce reine de France, mais ils le connaissaient incapable d'aller tête baissée contre la Reine qui serait devenue son ennemie sans retour, et cela sur la parole fort périlleuse d'un homme de vingt ans qui aimait pour la première fois. Au lieu qu'en refusant l'élévation d'une nièce qu'il n'avait pas sujet d'aimer fort tendrement (il savait qu'elle était assez folle pour se moquer de lui du matin jusqu'au soir), au lieu, dis-je, qu'en faisant le héros par le mépris d'une couronne, il faisait la paix, assurait son pouvoir, et persuadait le Roi de son attachement inviolable et pur à la gloire de sa personne et au bien de son Etat. Je crois, pour ma part, qu'il y eut chez le Cardinal les deux positions l'une après l'autre, car je sais, par madame de Motteville, que le Cardinal parla à la Reine en se moquant de la folie de sa nièce, mais d'une manière ambiguë qui lui fit entrevoir ce qu'il pouvait avoir dans l'âme. Se levant tout en pied, Sa Majesté lui retourna aussitôt : *« Je ne crois pas que le Roi soit capable de cette lâcheté, mais s'il était possible qu'il en eût la pensée, je vous avertis que toute la France se révolterait contre vous et contre lui, que moi-même je me mettrais à la tête des révoltés et que j'y engagerais le fils qui me reste. »* Ces mots firent revenir le Cardinal de sa folie. Il protesta qu'on l'avait mal entendu et parla le premier de renvoyer sa nièce de la Cour. Ce refus qui lui donnait beaucoup de gloire le sauvait de beaucoup de honte. Mademoiselle Mancini prit fort mal la nouvelle de son exil, et le Roi auquel elle répétait toujours qu'il était le maître proposa au Cardinal d'épouser sa nièce. Le ministre lui répondit qu'il ne souffrirait jamais qu'il fît une chose si contraire à sa gloire et qu'il poignarderait sa nièce plutôt que de l'élever par une si grande traîtrise. Enfin, nous y vécûmes des jours dignes des pièces de monsieur Racine.

Le Roi ne vit pas partir mademoiselle Mancini sans répandre des larmes. Beaucoup de dames pleurèrent par contagion. Mademoiselle Mancini, lorsqu'elle monta en carrosse, dit au Roi *« qu'il pleurait et qu'il était le maître »*, ce qui faisait le fond de sa conversation avec Sa Majesté depuis longtemps. Quand le cocher fouetta les chevaux, nous la vîmes se jeter à la fenêtre où elle arracha la manchette du Roi en criant : *« Je suis abandonnée. »* Ce manque de retenue dans la conduite me parut dénoter un esprit emporté qui n'eût pas disposé mademoiselle Mancini à devenir une excellente reine. Après quoi le Roi s'en alla seul à Chantilly, et le Cardinal à Vincennes. La Reine fut à Pontoise faire une petite retraite auprès d'une carmélite de grande réputation.

Je ne sais si j'admirais alors la grandeur d'une passion que rien ne semblait pouvoir briser, ou si je plaignais la faiblesse d'un prince qui me semblait victime des manœuvres d'une éhontée. J'étais si peu savante en matière de cœur humain qu'il y eut sans doute tout cela ensemble. Quand mademoiselle Mancini quitta la Cour pour aller à La Rochelle, et de là à Brouage, nous crûmes que l'intrigue touchait à sa fin, mais le gros de l'orage restait à venir. J'ai le regret de dire que mon frère eut sa part dans ce redoublement. Etant entré dans toute l'aversion que mon père éprouvait pour le Cardinal, et se trouvant fort mécontent du mauvais service rendu par le ministre dans l'affaire de Roissy, Vivonne prit beaucoup de plaisir à épouser le parti du Roi. Tandis que le Cardinal s'en allait vers les Pyrénées pour conduire les négociations de la paix, le Roi ne faisait qu'écrire à l'objet de ses vœux et mon frère se chargeait de faire passer le courrier défendu. De son côté le ministre écrivait tous les jours de longues épîtres au Roi pour l'exhorter à sacrifier ses passions particulières au bien du royaume. Ce fut alors que Vivonne ne craignit pas de dire que pour être écouté, il faut soi-même être pur, et de révéler au Roi toutes les abominations qui avaient couru sur la Reine et le Cardinal. Je fus parfaitement révoltée par cette infamie ; ayant vécu dans l'intimité de la Reine et la connaissant bien, je répondais de sa vertu comme de celle de ma mère ou de ma tante. J'ajoute que ceux qui ont voulu sauver la réputation de la Reine en parlant d'un mariage secret avec le cardinal de Mazarin sont aussi sots et ignorants que les autres. Nul, pas même son fils, n'a eu si haute idée de sa naissance que la Reine, aussi Sa Majesté n'eût-Elle jamais consenti à un mariage qui, permis aux yeux de l'Eglise[1], lui eût semblé criminel devant Dieu. Je ne doute pas que Sa Majesté n'ait eu la plus tendre inclination et le plus profond attachement pour le cardinal de Mazarin auquel Elle remit les soins du royaume et de l'éducation de ses enfants. Je crois qu'il y eut entre eux un mariage de conscience ; ces sortes d'union se font par l'accord des cœurs et des esprits et excluent tout commerce charnel ; le naturel calme et paisible de Sa Majesté ne dut pas lui rendre ce sacrifice trop difficile. La Reine et le Cardinal furent longtemps heureux dans cette liaison, encore que celle-ci finît comme les autres par s'altérer. Le Cardinal faisait de moins en moins cas de la Reine. Elle dit un jour à ma mère que le Cardinal devenait de si méchante humeur et si avare qu'elle ne savait comment à l'avenir elle pourrait vivre avec lui. La coutume qui avait beaucoup de force sur elle l'empêchait de penser à un changement et la santé du Cardinal donnait de plus en plus à douter que cela fût nécessaire.

Madame de Mesmes, rendant un étrange service à son gendre[2], s'empressa d'aller révéler les médisances de mon frère à madame de Motteville qui en fut épouvantée. Elle ne put se retenir d'en parler à la Reine qui

1. Anne d'Autriche était veuve et Mazarin n'était pas prêtre.
2. Le comte de Vivonne avait épousé Louise-Antoinette de Roissy de Mesmes.

l'arrêta d'un mot. « *Personne,* lui dit-elle, *ne se serait permis de prononcer mon nom devant le Roi.* » C'était une affaire à nous faire chasser de la Cour. Ma mère parla à la Reine comme une femme accablée de son fils. Sa Majesté n'avait alors pas à trop se louer du sien. Elle fit appeler Vivonne, lui lava rudement la tête et lui commanda d'aller mûrir sa cervelle dans sa terre de Roissy. Cependant le venin avait été craché, les confidences de mon frère donnèrent au Roi un ton nouveau et beaucoup d'insolence pour répondre au Cardinal. Il lui écrivit pour lui demander à nouveau la main de sa nièce. Le Cardinal répondit que si le Roi persistait dans un projet si contraire à sa gloire, il demanderait à la Reine de le mettre dans un vaisseau avec sa famille pour aller se retirer en Italie. Il fut au moment de prendre la poste pour revenir à la Cour où nous étions plongés dans l'effroi. Il y allait de tout et surtout de la paix, car le roi d'Espagne n'eût pas souffert que l'on traitât l'Infante comme on l'avait fait de la princesse Marguerite. Nous étions à la mi-août et plus rien ne semblait marcher droit. Le pape s'en mêla qui écrivit au cardinal de Mazarin pour lui demander pourquoi le Roi portait tant d'affection à la nièce de Son Eminence. Mon père regagnait tous les soirs l'hôtel de Mortemart en criant que « *si le singe mettait sa guenon sur le trône* », il quitterait la Cour et s'essayerait à mettre autant de désordre dans l'Italie qu'un Italien en avait mis chez nous. Le cardinal de Mazarin, qui se trouvait à négocier, apprit que le Roi avait visité mademoiselle Mancini en se rendant à Bordeaux. Il se mit fort en colère et écrivit au Roi une lettre plus grosse qu'un livre pour lui assurer qu'il en avait assez de lui voir échauffer sa passion. Pour conclure, le ministre envoyait à Sa Majesté les clauses du traité et du contrat de mariage signées du ministre d'Espagne et de lui-même ; cela emportа, comme on dit, le morceau. Le traité des Pyrénées fut signé et nous respirâmes.

Le mariage du Roi ayant été retardé en raison de l'hiver, la Cour partit pour la Provence où avaient éclaté des troubles. Vivonne fut autorisé de reprendre son poste et je demeurai sans chagrin à Paris. Nous sûmes bientôt que, durant le voyage, la comtesse de Soissons avait recommencé de rire avec le Roi et de dîner en tête à tête dans son carrosse. La Reine ne se sentait plus du réembarquement du Roi avec Olympe. Ces nouvelles volèrent comme les autres jusqu'à Brouage où mademoiselle Mancini consentit à épouser le connétable Colonna. Ainsi finit le roman. Assez impatientée, je rapportai à Marie-Christine qu'il était heureux que le Roi fût débarrassé d'une extravagante qui n'aurait pu lui fasciner les yeux longtemps. Je fus fort étonnée de voir ma sœur réserver sa compassion à mademoiselle Mancini : *« Ne vous semble-t-il pas, que ce sont toujours les femmes qui pâtissent dans ces sortes d'affaires ? »* me demanda-t-elle. Je répondis avec indignation que l'impudence de cette demoiselle eût mérité bien pis. J'ai appris depuis à nourrir plus d'indulgence pour les femmes laissées.

L'hiver suivant se passa tout entier dans les préparatifs du mariage du Roi. Ne doutant pas, en raison de l'estime que la Reine portait à ma mère et de l'affection qu'elle avait toujours eu la bonté de me montrer, d'être nommée fille d'honneur de la Reine future, je tombai dans une grande agitation. Je commandai à faire des robes, et aussi une hongreline [1] et son manchon. Je fis le siège de mon père jusqu'à ce qu'il m'offrît un fil de perles qui fût digne de ma nouvelle condition, enfin

1. Veste courte doublée de fourrure.

j'obtins que le coiffeur Champagne vînt m'apprendre à taponner mes boucles, à lisser convenablement le rond, à le tresser de perles ou de rubans et à disposer des frisons sur le front. Le caprice des dames l'ayant rendu indispensable, le drôle se croyait tout permis, aussi ne laissait-on jamais une fille seule avec lui. En me martyrisant avec des papillotes, il raconta qu'il avait été chez madame de Choisy et, que l'ayant surprise au lit, il avait été assez heureux pour trouver l'heure du berger, mais que ce n'était pas ce qu'on pensait et qu'elle avait les cuisses fort maigres. Sans doute est-il regrettable que les femmes soient assez folles pour se rendre esclaves de ces gens-là, mais je commençais à me soucier de ma figure et, riant des sottises de Champagne, j'avais garde de le ménager. J'avais alors la vie la plus douce qui fût, vivant à ma fantaisie et n'ayant à m'occuper que de choses agréables. La chambre que j'avais dans l'hôtel de Mortemart donnait sur les champs et les jardins ; je l'avais tendue d'un meuble bleu de France. Quand j'allais à la fenêtre, je voyais les arbres de l'Abbaye-aux-Bois dont j'entendais tinter la cloche plusieurs fois le jour. Je m'occupais le matin de prières et de livres. L'après-midi, j'allais dans le monde, et le soir à la Cour où je m'amusais de danse, de comédies et de ballets. Je me rendais chaque semaine à Chaillot et plus souvent encore à l'Abbaye-aux-Bois où je trottais à pied, accompagnée de mon père que les discours de sa dernière fille amusaient. Marie-Madeleine était un vrai prodige ; ayant montré un esprit curieux de tout, on lui trouva de nombreux lettrés pour ses études. Elle prévenait leurs leçons avec une ardeur surprenante. Quand elle sut le latin, elle commença à cultiver la langue grecque pour lire le Nouveau Testament en original. Elle demanda alors à connaître l'hébreu. Elle parlait et écrivait aussi l'italien et l'espagnol ; je crois que l'on cessa, faute de maîtres à lui donner. Mon père, qui reconnaissait dans sa fille le goût qu'il avait pour les livres et l'étude, lui disait qu'il ne pourrait jamais marier une demoiselle qui savait tant de choses. Elle répondait que si Notre-Seigneur était le seul époux qui tolérât qu'une femme fût savante, elle n'en voulait point d'autre. Elle avait quatorze ans et ne changea pas de discours.

Avant que de marier la cadette, mon père commençait de songer à l'aînée. Il ne me ménageait pas les picoteries sur le sujet et s'enquérait de savoir si j'avais des galants. Je lui assurais que je me trouvais fort heureuse dans mon état et ne le quitterais que pour me marier à mon gré. La promptitude de ma réponse, jointe à la prière de ne point trop se soucier de cette affaire, loin de le fâcher, le faisait rire. Il ne me pressait pas ; mon père aimait ses enfants et j'étais la seule qui demeurât dans sa maison. J'étais aussi l'unique personne avec laquelle il pût avoir quelque conversation quand il revenait au logis, car pour ce qui était de ma mère, c'est à peine si les époux s'adressaient la parole. Sur le sujet des galants, j'eusse été bien en peine de lui répondre. Après que Don Juan m'eut appris qu'il ne m'était pas impossible de plaire, je sentis quelques admirations, j'étais même une demoiselle fort entourée, mais j'avais été élevée par ma mère et par mademoiselle de Scudéry à regarder ceux-là avec plus de sévérité que les autres. Une nature assez railleuse me venait en aide pour tenir à distance mes admirateurs ; les galants ne craignent rien tant qu'un esprit délié. Ce petit envoi que fit alors monsieur Ménage semblait avoir été écrit pour moi :

Jeunes blondins qui soupirez pour elle,
Et qui souffrez ses rigoureux mépris,
Pour être aimé comme moi de la belle,

Il faut l'aimer que d'amour fraternelle.
De vous alors on dira dans Paris :
« Elle a pour eux beaucoup de bienveillance,
Mais honni soit qui mal y pense. »

J'étais cependant fort éloignée de ressentir les dégoûts de Sapho pour le mariage. Je rêvais là-dessus tout ce qui peut être rêvé, et sans doute au-delà tant j'avais l'âme passionnée. Je pensais qu'un prince pareil à celui des contes de monsieur Perrault viendrait un jour me tirer de toutes les peines et me faire gagner dans l'instant un paradis dont je n'avais jamais vu d'exemple que dans les romans de mademoiselle de Scudéry. Le défaut de bonheur qui paraissait dans le foyer de mes parents, dans celui de ma sœur et chez mon pauvre Vivonne, ne me portait pas à faire des réflexions, car j'y voyais seulement la conséquence d'unions qui n'avaient pas été scellées sur une inclination réciproque. Le résultat d'une éducation sévère et d'un esprit secrètement exalté fut que jamais fille ne divagua autant à propos du mariage que je ne le fis. Les yeux toujours fascinés par la carte du Tendre, mais le cœur et les sens éveillés par Don Juan et quelques autres, j'attendais mon Amadis. Quand les filles sont dans de telles dispositions, il faut qu'elles soient bien laides pour qu'il n'arrive pas quelque chose.

Les préparatifs du mariage du Roi et l'annonce des fêtes qui devaient suivre l'entrée de notre Reine nous tinrent longtemps dans une grande agitation. Une moitié de la Cour étant partie, tout reposait sur monsieur Colbert qui se donnait une peine affreuse pour envoyer à Saint-Jean-de-Luz meubles, habits, portraits et couronnes. Les dames vivaient dans l'inquiétude, tant il leur semblait que les Espagnoles ne pouvaient aller que couvertes d'or et de pierreries. Heureusement, nous eûmes bientôt des nouvelles que leurs habits étaient horribles et faisaient peur à voir : peu de linge, dentelles laides, manches pendantes et sans grâce, et que toutes portaient une guard-infante qui était une machine demi-ronde monstrueuse faite de plusieurs cercles de tonneau aplatis par-devant et par-derrière, cousus en dedans de leurs jupes, de sorte que quand elles marchaient, cette machine se haussait et se baissait ce qui faisait une fort laide figure. Fortement rassurées par ces peintures, nous poussâmes nos préparatifs d'un cœur tranquille.

L'été qui vit le mariage du Roi fut attristé par des deuils. La mort de mademoiselle Le Gras plongea ma mère dans le chagrin. J'allai avec elle rendre une ultime visite à la mourante. Elle souffrait beaucoup. Prenant les mains de son amie dans les siennes, elle nous entretint de cette vie à laquelle nous pouvons prétendre dès cette terre, lorsque nous sommes libres de toute attache du monde. Comme la souffrance lui arrachait un gémissement, elle ajouta : *« Souffrir et aimer, c'est la même chose. »* Ma pauvre maman entendait parfaitement un langage qui me parut terrible. Mademoiselle Le Gras avait supplié de revoir monsieur Vincent qui était son confesseur et le frère de son âme ; le peu de santé qu'il avait l'en empêcha. Ma mère me dit que la Providence avait voulu ce sacrifice pour la perfection de son amie. Monsieur Vincent suivit sa chère fille de peu. Il semblait que Dieu rappelait à lui les saints qui avaient été nécessaires dans les temps de détresse. La foule se porta en masse à ses obsèques, au point que la vie de Paris en fut arrêtée pour deux jours. J'assistai au service qui fut célébré à Saint-Germain [1]. Monseigneur de Maupas fit un éloge si copieux qu'au bout de deux heures, il descendit de chaire sans en être venu à bout. Il dit que monsieur Vincent avait presque changé la face de

1. Saint-Germain-l'Auxerrois était la paroisse du Louvre.

l'Eglise ; cela est vrai car je crois qu'il n'est pas de misère que ce saint prêtre n'ait cherché à soulager. Ces paroles me firent ressouvenir des larmes qui lui venaient aux yeux quand il parlait des pauvres, et je sentis avec assez de honte combien le monde l'avait emporté dans mon cœur.

Le mariage du Roi avec l'Infante fut célébré à Saint-Jean-de-Luz au mois de juin. Nous entendîmes parler de l'entrevue des deux plus grands rois du monde sur la frontière où ils s'occupèrent à régler les confins de leurs royaumes. Madame de Motteville, que nous avions suppliée de ne pas nous laisser sans nouvelles, nous manda que le jour de son mariage, l'Infante était coiffée en large et portait un habit blanc d'une assez laide étoffe en broderie de talc, car l'argent était défendu aux Espagnols. Elle ajoutait que la Reine Mère avait envoyé au Roi, son frère, une horloge sonnante à mettre sur sa table, toute couverte de diamants assez gros, mais qu'elle n'avait été payée qu'avec des gants d'Espagne qui n'étaient même pas bons et s'en trouvait honteuse. Cette nouvelle fit dire à mon père que les cadeaux étaient à proportion du mariage, et que nous avions donné plus que nous avions reçu.

Madame de Navailles et la comtesse de Flex furent les dames d'honneur qui allèrent à Saint-Jean-de-Luz. Pour les filles [1], on ne devait les présenter à la Reine qu'au soir de son arrivée au Louvre. J'allai donc passer l'été à Lussac et à Tonnay-Charente et revins pour l'entrée du Roi et de la Reine qui se fit au commencement de septembre. On n'avait véritablement rien vu de plus splendide. Sur le parcours du cortège, la ville était couverte d'arcs de triomphe, de portiques et de

1. Filles d'honneur.

statues. La Reine Mère se tenait dans la rue Saint-Antoine au balcon du milieu de l'hôtel de Beauvais, entre la reine d'Angleterre et la princesse sa fille. Le second balcon logeait les dames de la Cour. Mademoiselle Mancini, l'œil en feu, voyait ce qu'on lui avait juré qu'elle ne verrait pas. Madame Scarron, qui possédait déjà l'art de ne pas se trouver à sa place sans qu'il y parût, se divertissait entre la maréchale d'Albret et la duchesse de Richelieu ; son époux était à la mort. Je me trouvais logée près de la comtesse de Chalais. La cavalcade dura quatre heures. Il me parut voir couler un fleuve de mules, de chevaux, d'uniformes, d'armes et de drapeaux de toutes sortes. Le train de Son Eminence était splendide : des mules couvertes de velours et de soie à n'en plus finir, des pages de même, cinquante cavaliers avec des vêtements et des caparaçons de chevaux brodés, onze carrosses de différentes étoffes et figures, et le douzième qui devait être celui du Cardinal, vide. Son Eminence se trouvait au troisième balcon de l'hôtel de Beauvais. On ne l'avait pas vu de longtemps : maigre et blanc à faire peur, le cheveu teint, beaucoup de rouge sur les joues ; il semblait avoir la mort entre les dents. Enfin je vis le Roi sur un cheval dont la housse était brodée d'argent et le harnais couvert de pierreries. Il était tel que les poètes nous représentent les hommes qu'ils ont divinisés. En arrivant devant le balcon où se trouvait la Reine Mère, Sa Majesté fit tourner son cheval, ôta son chapeau couronné de plumes blanches et salua immensément sa mère. La Reine allait derrière, dans un char triomphal, habillée d'une robe noire en broderie d'or et d'argent. Elle me parut fort petite. Ses cheveux d'un blond argenté, des joues un peu grosses et des yeux d'un bleu de porcelaine la faisaient ressembler à une poupée. Les cloches de toutes les églises sonnaient, le canon de la Bastille tonnait, des chœurs chantaient, le peuple lançait des acclamations. Tout cela montait à la tête, il me semblait avoir pris trop de vin. Je riais et applaudissais sans savoir ce que je faisais. Je dois reconnaître que ma joie était considérablement augmentée par la présence sur ce balcon, et même fort près de moi, d'un gentilhomme que... d'un jeune homme qui... enfin d'une personne envers laquelle, depuis quelque temps, j'exerçais trop bien ou pas assez ma raillerie. Il était le frère de la comtesse de Chalais et se nommait Louis-Alexandre de Noirmoutier, de la maison des princes de La Trémoille.

J'ai conté comment, ayant été élevée depuis l'âge de onze ans dans la compagnie de Monsieur, j'étais naturellement demeurée de sa cour. On sait que Monsieur aimait le comte de Guiche ; il advint que celui-ci devint amoureux de madame de Chalais, de sorte que, une chose tirant l'autre, je fus amenée à voir souvent cette dame. La comtesse de Chalais était la fille aînée du marquis de Noirmoutier [1], depuis duc. Elle avait épousé le comte de Chalais par amour et parut résister à la cour que lui fit le comte de Guiche. Pour garantir sa réputation des effets de cette passion, elle eut la sagesse de ne point sortir seule. Je l'accompagnais un jour à la promenade qu'elle faisait au cours de la Reine Mère. Comme notre calèche, longeant la Seine, allait tourner, nous vîmes, sortant du bois, un cavalier qui piqua sur nous au grand galop. Agitant son chapeau, il fit dresser sa monture devant nos chevaux qui s'effrayèrent. Notre cocher jura, cria, finit par arrêter le carrosse et descendit pour mignoter les pauvres bêtes. Le jeune homme avait mis pied à terre et saluait aimablement.

1. Louis II de La Trémoille.

— *Ne donnez aucun signe,* dis-je à madame de Chalais, *je le crois échappé de Saint-Lazare*[1].

— *Ou des Petites Maisons,* me dit-elle, *on en met qui le sont moins.*

Le cavalier eut alors l'audace de monter dans la calèche. Je le vis baiser la main de madame de Chalais qui ne put s'empêcher de rire.

— *Ne saviez-vous pas que dans la famille, nous logeons tous un grain de folie ?* me dit-elle. *Ma chère amie, je vous présente mon frère.*

L'esprit Mortemart, l'esprit du monde, enfin l'esprit tout court me fit défaut, et la parole aussi. Je laissai madame de Chalais faire les politesses et je regardai les yeux grands ouverts le jeune homme qui venait d'entrer si promptement dans ma vie.

Madame de Chalais ne se vantait pas sur le chapitre de sa famille. Le duc de Noirmoutier ressemblait assez à mon père, avec cette différence que dans les débuts de la Fronde, il s'était jeté dans le mauvais parti, et encore était-ce celui du coadjuteur qu'il ne quitta que pour s'enrôler sous la bannière de la duchesse de Longueville où il y avait déjà du monde. Il était de ceux qui avaient mis les Espagnols sous Paris, de sorte qu'il y eut quelques difficultés pour lui à la paix. Il avait épousé la fille du conseiller Aubry, nourrie dans la Chambre bleue[2]. Ces deux-là s'aimaient de passion, ce dont il résulta la comtesse de Chalais, Louis-Alexandre et encore six ou sept autres enfants. La duchesse de Noirmoutier était d'une grande beauté, laquelle était passée un peu dans sa fille et beaucoup dans son fils qui avait hérité ses cheveux plus noirs que du jais, son teint pâle et ses yeux bleus.

1. Asile de fous.

2. Julie Aubry avait été élevée auprès de la marquise de Rambouillet.

Je crois que notre cœur nous prévient très promptement quand il rencontre l'objet de ses vœux ; le voilà à cogner comme une bête dans sa cage, de sorte que nous n'avons plus un instant pour disposer de nous-même. C'est exactement ce qui m'arriva quand Alexandre de Noirmoutier mit le pied dans la calèche, son chapeau sur son cœur et ses yeux sur moi. Cela se renouvela le jour même chez madame de La Fayette où il nous suivit, et le lendemain lors d'un bal à la Cour où il savait me trouver. Il y aura bientôt un demi-siècle de cela et je me souviens encore du moment où il vint me chercher pour la danse ; il me semblait être aux prises avec les enchantements d'Armide. Les yeux de mon galant, toute sa personne et les soins dont il m'entourait me disaient que son inclination était disposée comme la mienne. Louis-Alexandre me cherchait partout, me suivait en tous lieux, laissant voir clairement ce qu'il avait dans le cœur. Je ne peux dire qu'il faisait des progrès dans le mien, tant il me sembla qu'il l'avait conquis en un instant. La carte du Tendre, qui avait été un exercice piquant, devint une voie enchantée. Les villages de Complaisance, Petits Soins, Assiduités et Empressement furent traversés sans qu'il y parût.

Une passion si publique ne demeura pas longtemps ignorée de mon père. A mon étonnement, il n'en fut pas satisfait, et cela allait plus loin que la sage prévention qu'un père se doit de montrer devant les prétentions d'un galant. Le duc de Mortemart s'amusait de tout, hors ce qui se rapportait à la fidélité au Roi et aux affaires de la Fronde. Sur un ton qui n'était pas celui de la plaisanterie, il me demanda si je me ressouvenais de quelle façon le prince de La Trémoille avait ravagé nos terres de Vivonne et le reste de la province ; de là il remonta aux folies du cardinal de Retz et à la honte qu'il y avait à entrer dans l'armée d'Espagne. Il me fut aisé de répondre que Monsieur le Prince avait fait, là-dessus, bien pis que le duc de Noirmoutier, et que le Roi venait de lui donner son pardon tout entier, que les recommandations de Sa Majesté étaient en cette occasion d'abandonner jusqu'à l'idée d'un ressentiment. Les arguments que je donnais n'étaient que trop bons, aussi mon père abandonna-t-il le duc de Noirmoutier pour s'en venger sur le fils, et de lancer que celui-ci lui paraissait ressembler à un jeune coq qui avait plus de crête que de cervelle. Outrée, je me permis de lui demander s'il se ressouvenait de ce à quoi il ressemblait quand il avait vingt ans. Là-dessus, j'éclatai en sanglots, ce qui me valut d'éviter la punition de mon impertinence. Profitant de l'embarras où les larmes des filles jettent les pères, j'assurai que je me trouvais pour le moins dans l'intention de mourir si on tentait de me faire renoncer à celui qui occupait mon cœur. D'abord tout déferré, mon père prit le parti de la sagesse. Il me dit que le temps avait la propriété de faire croître les grandes passions et d'éteindre les petites, et que l'on verrait bien de quelle espèce était la mienne. Nous nous quittâmes assez peu contents l'un de l'autre, encore que je m'estimasse heureuse d'avoir échappé à une interdiction formelle. Mon cher papa ne m'avait jamais rien refusé, aussi m'inquiétais-je assez peu de l'avenir.

Pendant ce temps, la face du théâtre changeait. Le cardinal de Mazarin tomba malade. Nous sûmes que le caractère de ce mal était grave quand il commença à vouloir instruire le Roi. Sa Majesté se rendait auprès de lui tous les jours ; l'entretien durait plusieurs heures. Au début de février, Son Eminence qui se trouvait à Vincennes envoya mander au Roi qu'Elle souhaitait le voir. A cette nouvelle, toute la Cour revint de Saint-Germain à Vincennes où elle attendit la fin. J'y fus comme les autres pour faire mon service auprès de la Reine. L'air de la mort me troublait et m'oppressait ;

monsieur de Noirmoutier me manquait. Le château ne pouvant loger tout le monde, la cour et les prairies environnantes étaient toujours emplies de voitures ; cette marée nous faisait une sorte de siège. Le Roi et la Reine Mère tenaient compagnie assidûment au Cardinal et se donnaient beaucoup de peine pour le divertir de ses maux, encore qu'il traitât souvent la Reine comme une chambrière et montrât l'importunité de ses soins. La nuit, la douleur et les étouffements ne pouvaient l'empêcher de crier, mais le jour, il voulait qu'on le crût sur le chemin de guérir. Quinze jours avant que de mourir, il se leva et donna audience à tout le monde. Il se fit voir bien propre, la barbe faite et une simarre de feu. L'ambassadeur d'Espagne, en le voyant, se tourna du côté de Monsieur le Prince et lui dit avec gravité : *« Señor representa muy bien il defunto cardenal de Mazarin*[1]. » Beaucoup se demandaient à qui iraient les immenses richesses du Cardinal. Il laissa presque tous ses biens au grand maître[2], auquel il maria Hortense, la plus belle de ses nièces, à condition qu'il prît le nom de Mazarin. Quant au neveu qui lui restait[3], le Cardinal lui laissait le duché de Nevers en France, un autre en Italie et beaucoup d'argent comptant, toutes choses que le duc de Nevers affecta de regarder comme autant de crottes de souris.

Le cardinal de Mazarin fit bonne mine à la mort qui vint le chercher le 9 mars 1661. Le Roi montra par son chagrin que son intention au moins était d'être affligé. Il ordonna à la Cour de prendre le deuil et fit dire dix mille messes dans Paris, ce qui ne se fait que pour les

1. *« Cet homme représente très bien le défunt cardinal de Mazarin. »*

2. Charles de La Porte, marquis de La Meilleraye, grand maître de l'Artillerie.

3. Julien Mancini.

personnes royales. La Reine Mère, plus dégoûtée des créatures par la connaissance de leurs imperfections, sentit moins la douleur. La Cour revint au Louvre le jour de la mort du Cardinal. La Reine alla en chaise car elle pensait être grosse. Cette nouvelle consola tout le monde. Je quittai Vincennes comme un écureuil s'échappe de sa cage.

Je crois qu'à la mort du Cardinal, il n'entrait dans l'esprit de personne que le Roi fût capable de gouverner, ni même qu'il voulût s'en donner la peine. Il était beau, bien fait, vingt-deux ans ; les plaisirs venaient de toutes parts pour endormir sa vertu. Quelle apparence qu'il eût le courage de se charger du poids des affaires et de passer ses plus beaux jours dans des discussions ennuyeuses ? Tous les raisonnements et tous les exemples aboutissaient à chercher un homme qui prît le timon et la suite des cardinaux de Richelieu et de Mazarin. On ne voyait personne en passe de faire ce personnage, ou plutôt on en voyait quatre, ce qui était trois de trop. On disputait de savoir qui, de messieurs Foucquet, Le Tellier[1], Lionne[2] ou Colbert deviendrait la principale figure du règne. On penchait ordinairement pour monsieur Foucquet qui avait des manières aisées et beaucoup de facilité aux affaires. Je me rappelle aujourd'hui avec amusement comment la mort du Cardinal donnait de grandes espérances à ceux qui pouvaient prétendre au ministère. Il ne pouvait tomber dans leur imagination, ni dans celle de quiconque, qu'un homme pût être si dissemblable de lui-même, et qu'ayant toujours laissé l'autorité du Roi entre les mains du cardinal de Mazarin, il voulût reprendre à la fois l'autorité du Roi et celle du Premier ministre. Le

1. Michel Le Tellier (père de Louvois), secrétaire d'Etat à la Guerre.

2. Hugues de Lionne, secrétaire d'Etat aux Affaires étrangères.

Roi ne nous laissa pas longtemps à douter. Le lendemain de la mort de Son Eminence, Sa Majesté tint un Conseil où Elle fit connaître qu'Elle avait bien voulu laisser gouverner ses affaires par monsieur le Cardinal, mais qu'il était temps qu'Elle les gouvernât Elle-même. Chacun remarqua que la Reine Mère n'avait pas été invitée à ce Conseil. Elle en fut outrée de douleur. Je la vois marcher dans son cabinet, répétant, les bras au ciel : *« Je m'en doutais qu'il serait ingrat et voudrait faire le capable. »* La chose fut publique quand, au sortir du Conseil, Monsieur de Rouen vint demander à Sa Majesté à qui il devrait s'adresser pour les affaires ecclésiastiques. *« A moi, monsieur l'Archevêque »*, répondit le Roi.

La nouvelle de cette espèce de coup d'Etat se répandit dans l'instant. Beaucoup pensèrent que ces premières velléités de gouverner ne seraient pas longtemps dans l'esprit du jeune Roi. Seule madame de Choisy, qui le connaissait bien, répétait que c'était un génie extraordinaire et que son cœur faisait tort à son esprit dans la reconnaissance qu'il témoignait au cardinal de Mazarin. Mon père assurait, de son côté, que la seule fois où le cardinal de Mazarin n'avait pas déparlé, c'est quand il avait dit au maréchal de Gramont sur le sujet du jeune Roi : *« Vous ne le connaissez pas ; il y a en lui de l'étoffe de quoi faire quatre rois et un honnête homme. »* La suite montra qu'il avait raison.

Je crois avoir regardé alors d'un autre œil ce prince demeuré caché en lui-même depuis vingt-deux ans. Je lui trouvais la taille plus relevée qu'auparavant. Il semblait avoir pris en une seule nuit l'air haut, hardi et fier, majestueux dans le visage, le port magnifique. Ce qui me frappait le plus, bien qu'il fût très aimable de sa personne, était un air sérieux qui imprimait le respect et la crainte. Le Roi ne démordait pas de sa gravité, même dans ses divertissements et dans ses plaisirs. Il me semblait revoir le garçon qui se lançait sur la glace des étangs de Poitiers et me remerciait d'avoir su l'obliger à faire son devoir. La question qui me vint plusieurs fois à l'esprit était de savoir ce qu'il serait advenu dans le cas où le cardinal de Mazarin eût vécu de longs jours. Sa Majesté n'eût pas supporté longtemps d'être tenue en lisière, mais Elle révérait le Cardinal. Cela eût fait dans son cœur un combat digne des pièces de monsieur Corneille. Je connais asscz bien le Roi pour en imaginer l'issue.

Plusieurs mariages arrangés par le cardinal de Mazarin se firent après sa mort et comme le résultat de ses dernières volontés. Le plus considérable fut celui de Monsieur avec la princesse d'Angleterre[1]. Le Roi, qui trouvait la princesse trop jeune et avouait qu'elle ne lui plaisait pas sans qu'il pût en expliquer la raison, disait à Monsieur qu'il ne devait pas se presser d'aller épouser les os des Saints Innocents. Il est vrai que la princesse était fort maigre avec un long col, mais elle avait le teint blanc, des dents faites comme des perles et les yeux pleins de feux contagieux.

A peine mariée, la nouvelle Madame surprit tout le monde. Comme sa mère la tenait fort près de sa personne et la sortait peu du cloître, on ne la voyait guère. On la découvrit fort aimable, aimant à causer et à rire. Il est vrai que Madame possédait le don souverain de plaire et ce qu'on appelle la grâce. Elle avait trouvé le moyen de se faire louer pour sa belle taille quoiqu'elle fût bossue et Monsieur ne s'en aperçut qu'après son mariage. Elle savait faire oublier son visage trop long et sa maigreur, se coiffait et s'habillait à merveille. J'avais souvent rencontré à Chaillot la jeune princesse

1. Henriette-Anne, fille de Charles Ier d'Angleterre et d'Henriette de France.

d'Angleterre ; cette connaissance me donna l'honneur de sa familiarité ; il en résulta qu'après qu'elle fut mariée, j'eus toutes les entrées particulières chez elle.

Quelques jours après son mariage, Madame vint loger chez Monsieur aux Tuileries où se forma une nouvelle cour. Madame de La Fayette que Madame avait connue à Chaillot et la comtesse de Chalais s'y trouvaient souvent. J'allais oublier mademoiselle de La Vallière que madame de Choisy venait de donner à Madame comme fille d'honneur. Bien entendu, chaque fois que ma sœur aînée venait à Paris, et cela arrivait plusieurs fois l'an, tant elle ne pouvait souffrir les Bourguignons, elle était de la cour de Monsieur avec lequel elle était demeurée le mieux du monde ; en raison des goûts du frère du Roi, leur commerce était plutôt une confidence libertine qu'une véritable galanterie. Ma charge eût dû me retenir auprès de la Reine. Vertueuse et d'une piété outrée, celle-ci aimait la retraite plus qu'une reine de France la devrait aimer. Elle était tout occupée d'une violente passion pour le Roi, attachée dans tout le reste de ses actions à la Reine Mère avec laquelle elle s'entretenait exclusivement dans la langue espagnole, et sujette bien vite à beaucoup de chagrin à cause de l'extrême jalousie qu'elle avait du Roi. Sans distinction de personne ni de divertissement, elle vivait à petit bruit, entourée de quelques femmes espagnoles, de trois nains venus d'Espagne ou des pays maures, et d'une grande quantité de petits chiens qui avaient carrosses et valets pour les mener à la promenade. Avec cela, peu de goût pour notre langue, au point que nous avions le plus grand mal à l'entendre. Je ne m'amusais pas longtemps d'agacer des chiots et fuyais vers l'appartement des Tuileries où je savais trouver Alexandre de La Trémoille. Le Roi donnait l'exemple en venant quasi tous les jours aux Tuileries, parce que cette nouvelle Cour était remplie de plaisirs. On jouait toutes les après-dînées à colin-maillard, cache-cache mitoulas[1] ; point de cartes avant le souper. On riait cent fois davantage ; il y avait des violons, mais ordinairement on les faisait taire pour danser aux chansons. Monsieur de Noirmoutier venait me chercher pour la danse. Je posais ma main sur la sienne et j'étais la fille la plus heureuse du monde.

Le mariage que le cardinal de Mazarin avait conclu avec le connétable Colonna pour mademoiselle Mancini se fit à quelques jours de celui de Monsieur. Le Roi n'avait plus de passion pour elle ; la possession d'une princesse jeune, toute à sa dévotion, l'occupait agréablement. Mademoiselle Mancini avait une répugnance horrible à cette union. Elle soutint sa douleur avec beaucoup de constance et même assez de fierté. Le Roi assista à la cérémonie qui se fit au Louvre. Il fit des présents magnifiques à la connétable Colonna et la vit partir sans émotion. Une telle fin eût dû me porter à faire des réflexions. Je n'y vis que la punition d'une audace dont il y avait peu d'exemple. J'avais le cœur plein de mon légitime amour et me souciais assez peu du sort de la nièce du Cardinal.

Comme la possession d'une épouse est rarement un obstacle à l'attachement que l'on peut avoir pour une maîtresse, on chercha, sitôt la connétable partie, quelles seraient les dames qui pouvaient aspirer aux bonnes grâces du Roi. On vit souvent Sa Majesté aller au palais Mazarin, de sorte qu'on se demanda si la duchesse de Mazarin[2] allait rallumer la flamme éteinte pour sa sœur, et si l'ascendant du Cardinal garderait encore le cœur du Roi dans sa famille. Madame de Mazarin était l'une des plus parfaites beautés de la Cour ; il ne lui manquait que de l'esprit pour être accomplie et pour lui donner

1. Cache-tampon.
2. Hortense Mancini.

la vivacité qu'elle n'avait pas ; ce défaut même n'en était pas un pour tout le monde et beaucoup de gens trouvaient son air languissant et sa négligence intéressants. Mais le duc de Mazarin, qui ne ressemblait pas là-dessus au comte de Soissons, eut un grand soin d'éloigner sa femme des lieux où était le Roi. Il devint l'homme le plus jaloux de la terre : chose étrange que sa fortune l'ait accablé ! Une dévotion mal entendue le saisit. Il interdit sur toutes ses terres aux femmes et aux filles de traire les vaches, de peur que cela leur donnât de mauvaises pensées, et il fit des recommandations pour qu'on arrachât les dents de devant à celles qui étaient jolies. Il alla lui-même un matin, dans sa galerie, casser des statues antiques d'un prix inestimable que le Cardinal avait accumulées. On comprendra que le Roi n'eût pas voulu d'affaire avec lui. Il le plaignit et s'en amusa. Plusieurs années après, visitant les bâtiments du Louvre en ma compagnie, et voyant un marteau sur un degré, Sa Majesté me dit : *« Voilà une arme dont le duc de Mazarin se sert fort bien. »*

Après quelque séjour à Paris, Monsieur et Madame s'en allèrent à Fontainebleau ; le Roi et la Reine les suivirent. Je quittai Louis-Alexandre avec beaucoup de larmes. Il jura de me visiter, de m'écrire, et menaçait de faire des trous à la lune au cas où nous serions séparés trop longtemps. Il ne s'agissait rien de moins que de fuir en Espagne ou aux Amériques. J'écoutais ces sottises, toute fondue ; elles me semblaient des projets très ordinaires. On n'aime jamais si entièrement ni si purement que la première fois. J'ai aimé le Roi de passion, mais Louis-Alexandre a eu mon cœur tendre.

Ce fut à Fontainebleau que Madame fit voir à tous qu'elle avait su effacer le dégoût que le Roi avait pu avoir pour elle dans son enfance. Je crois que Sa Majesté s'attacha à elle par l'inclination qu'ils avaient pour les mêmes divertissements. Cette princesse lança la mode de s'aller baigner tous les jours. Nous partions en carrosse pour nous protéger de la chaleur et revenions à cheval, suivies de toutes les dames habillées galamment, accompagnées du Roi et de toute la jeunesse de la Cour. On faisait collation sur le canal, dans des bateaux dorés en forme de galère. Après souper, on montait dans des calèches et, au bruit des violons, on s'allait promener jusqu'à 2 ou 3 heures après minuit. Ces promenades commençaient à se pratiquer d'une manière qui avait un air plus que galant ; je n'étais point à l'aise dans cet air-là. J'avais gardé une innocence baptismale et n'aimais pas les paroles trop libres ni les regards à double entente. La galanterie du Roi avec mademoiselle Mancini était celle de personnes qui n'étaient point mariées. Le Roi, à présent, avait une épouse, et Madame un mari qui se trouvait être le frère du Roi. Ne sachant comment m'accommoder d'une situation qui paraissait choquante, j'écrivais à mon galant des pages véritablement édifiantes sur le déplaisir que j'avais de ce que je voyais. Je lui assurais être lasse à mourir de la Cour et formais le projet délicieux de me retirer avec lui dans une campagne où nous coulerions des jours heureux. Rien n'est plus opposé à ma véritable nature, mais je ne suis pas la première que l'amour égare jusque dans ses propres sentiments.

L'attachement que le Roi avait pour Madame finit par faire du bruit et par être interprété diversement. La Reine commença par s'alarmer et Monsieur à se fâcher. La Reine Mère condamna d'abord ces frayeurs et leur dit qu'il n'était pas juste de contraindre le Roi. Je vis bientôt à la façon dont elle perdait son égalité d'humeur qu'elle aussi était inquiète, mais la grande jeunesse de Madame lui persuadait qu'il serait facile d'y remédier en lui en faisant parler par son aumônier. Madame était lasse de la contrainte qu'elle avait essuyée près de sa mère. Elle crut que sa belle-mère voulait avoir sur elle la même autorité ; cela la détourna tellement des mesures qu'on voulait lui faire prendre qu'elle n'en garda plus aucune et ne pensa qu'à plaire au Roi. Je crois qu'elle se persuadait qu'il ne lui plaisait que comme beau-frère, quoiqu'il lui plût davantage, mais enfin comme le Roi était infiniment aimable et Madame infiniment coquette, qu'ils étaient nés tous deux avec des dispositions galantes, qu'ils se voyaient tous les jours, il parut aux yeux de tous qu'ils avaient l'un pour l'autre cet attrait qui précède les grandes passions. Tout ce qu'on peut avancer pour la défense de Madame, c'est qu'en voyant le Roi et son frère à côté, il était impossible de ne pas concevoir de regrets. Alors que le Roi était parfaitement beau, Monsieur était petit avec des cheveux, des yeux et des sourcils très noirs. Le visage eût été agréable sans le nez un peu grand et la bouche très petite, garnie de vilaines dents. Avec cela des talons, des mouches, du rouge et des parfums outrés, car les inclinations de Monsieur n'avaient pas été changées par le mariage et se trouvaient aussi conformes aux occupations des femmes que celles du Roi en étaient éloignées.

L'aigreur augmentait tous les jours entre la Reine Mère et Madame. Le Roi approuvait sa belle-sœur en tout, mais il se ménageait néanmoins avec sa mère. Tout cela, augmenté par Monsieur, faisait un cercle de redits et de démêlés qui ne donnaient pas un moment de répit aux uns et aux autres et auraient dû, si j'avais eu une once de sagesse, me dégoûter à jamais de la Cour, de ses intrigues et de ses galanteries. Cependant, le Roi et Madame continuèrent de vivre d'une manière qui ne laissait douter à personne qu'il n'y eût entre eux plus que de l'amitié. Si je devais dire jusqu'où alla cette amitié, je ne bataillerais certainement pas pour défendre une vertu que Madame n'avait que trop exposée, mais j'ajouterais que le Roi aimait son frère et était assez honnête homme pour savoir qu'il est des choses qui sont pires que les autres.

Au début du mois de juin, j'allai à Vaux avec Monsieur, Madame, et la plus grande partie de la Cour. Je ne saurais dire à quel point, à la Cour et dans le monde, on ne parlait alors que du château de monsieur Foucquet que mademoiselle de Scudéry venait d'immortaliser dans un tome de sa *Clélie*. Nous trouvâmes le château et les jardins d'une magnificence inouïe. On commençait à parler mal de ces dépenses et à douter que tant de splendeur ne fût pas nuisible à l'étoile de monsieur Foucquet. Quoique le surintendant eût demandé pardon au Roi du mauvais usage des finances, quoique le Roi le lui eût accordé, et qu'il parût l'emporter sur les autres ministres, son avenir ne semblait plus si assuré qu'auparavant. A Vaux, les courtisans, qui prennent garde à tout, avaient remarqué que dans tous les plafonds, on voyait la devise de monsieur Foucquet : c'était un écureuil qui montait sur un arbre, avec ces paroles : *Quo non ascendam*[1] *?* Beaucoup songeaient que cette petite bête, pour être montée trop haut, se trouvait dans une position délicate.

Le Roi, qui n'avait pu venir à Vaux, manifesta sa joie du retour de Madame avec si peu de mesure que le bruit s'en augmenta fort. La Reine Mère et Monsieur en parlèrent vivement au Roi et à Madame qui commencèrent à ouvrir les yeux et à faire des réflexions. Ils résolurent de faire cesser ce scandale et convinrent entre eux que le Roi ferait l'amoureux de quelque personne de la Cour. Il fallait des demoiselles dont le défaut de fortune ou de famille facilitât leurs visées. Ils choisirent mademoiselle de Pons, lointaine parente du maréchal

1. « Où ne monterais-je point ? »

d'Albret ; ils jetèrent aussi les yeux sur mademoiselle de Chemerault, fille d'honneur de la Reine, et sur mademoiselle de La Vallière qui était une fille de Madame, assez jolie, fort douce et naïve. Le Roi commença non seulement à faire l'amoureux de mademoiselle de Pons, mais des trois ensemble. Le maréchal d'Albret rappela alors mademoiselle de Pons à Paris, sous prétexte qu'il était malade. Le Roi s'en soucia peu ; il venait de prendre son parti qui était celui de mademoiselle de La Vallière ; Sa Majesté fit vite des progrès auprès d'elle. Ils gardèrent d'abord beaucoup de mesure. Il ne la rencontrait pas chez Madame et dans les promenades du jour, mais à la promenade du soir. Je le voyais sortir de la calèche de Madame et s'aller mettre près de celle de mademoiselle de La Vallière dont la portière était abattue et, comme c'était l'obscurité de la nuit, il lui parlait avec infiniment de commodité. J'étais assez effrayée par tout ce remue-ménage ; je me demandais, sur le sujet du Roi, comment il lui était possible de s'attacher à tant de personnes en si peu de temps. J'aimais Louis-Alexandre d'une façon qui ne me laissait pas douter de ne pouvoir jamais donner mon cœur à un autre ; je lui écrivais toutes mes pensées. Je ne doutais pas que l'amour ne fût cet agréable échange de nos émotions les plus secrètes et les plus tendres. Il me disait avoir fait réaliser une cassette où il serrait mes billets. Il assurait que je lui manquais et qu'il tuait le temps avec des chasses, des exercices de manège et d'escrime. J'étais bien aise de posséder un galant qui ne fût pas un petit marquis. Monsieur de Noirmoutier m'ayant confié que son père, qui s'estimait toujours tenu en suspicion par la Cour, était dans l'intention de se mettre au service de la république de Venise, j'imaginais que la duchesse de Noirmoutier l'y suivrait. Je me voyais donc installée place Royale et réglant les choses à ma guise dans l'hôtel de Noirmoutier. J'installais des meubles, brodais des coussins, invitais mes amies. Mon immense bonté consentait même à ce que le comte et la comtesse de Chalais poursuivissent d'y habiter[1].

Je revis Alexandre de Noirmoutier lors de la fête que monsieur Foucquet donna à Vaux à la fin d'août. Toute la Cour y fut depuis Fontainebleau. Nous avions marché par une chaleur affreuse. Bien que le Roi fût venu voir les travaux, il fut étonné en arrivant, et monsieur Foucquet le fut de remarquer que Sa Majesté l'était ; néanmoins ils se remirent l'un et l'autre. Le surintendant avait juré de nous enchanter ; cela commença par une promenade dans les jardins. Ce n'est rien de dire que cent jets d'eau de plus de trente-cinq pieds de haut de chaque côté faisaient qu'on marchait comme entre deux murs d'eau ; il y en avait encore pour le moins plus de mille qui tombaient miraculeusement dans des coquilles et des bassins. Nous admirâmes les parterres, le potager, le labyrinthe, c'était à ne plus où savoir poser les yeux. Un ambigu fut servi sur plus de trente buffets ; toute la vaisselle était d'argent orfévré, celle du Roi en or. Je vis Sa Majesté se saisir d'un sucrier et faire un compliment sur la beauté du vermeil. *« C'est de l'or, Sire »*, dit monsieur Foucquet. L'air du Roi en posant le sucrier donna à penser que cet or-là allait coûter cher au surintendant. Après, monsieur Molière joua *Les Fâcheux* en habit de ville, sous un frais admirable, le château tout illuminé faisait le décor. Et puis gondoles sur le canal, concert dans l'Orangerie, violons partout, une loterie qui distribua à profusion chevaux, dentelles et bijoux. Le clou fut un feu d'artifice qui formait des chiffres et des fleurs de lys dans le ciel. Sur le canal, on vit s'avancer une baleine qui crachait du feu. Il y eut encore une collation avec des glaces,

1. Le ménage de la fille aînée du duc de Noirmoutier vivait chez les parents de la jeune femme.

des fruits, des confitures sèches, avant que le Roi ne se retirât. Quand le carrosse aux chevaux blancs vint chercher Sa Majesté, tout sembla redoubler de bruit : mille trompettes éclatèrent, comme pour une furieuse bataille, et mille fusées partirent du dôme qui parut s'élever avec elles. Au moment de notre séparation d'avec Alexandre de Noirmoutier, je ne pus m'empêcher de pleurer. Mon galant mit cet excès sur le compte du chagrin de le voir retourner à Paris mais, à la vérité, j'étais saisie d'un affreux pressentiment dont je ne savais s'il concernait nos hôtes ou nous-mêmes. Il avait malheureusement à voir avec les deux.

Le lendemain, Vivonne qui se trouvait dans le carrosse du Roi me rapporta que les premières paroles de Sa Majesté avaient été pour dire à la Reine Mère : *« Ah ! Madame ! Est-ce que nous ne ferons pas rendre gorge à tous ces gens-là ! »* Le mot fut répété. Quoique beaucoup de personnes commençassent à lui tourner le derrière, monsieur Foucquet demeurait si persuadé de sa faveur auprès du Roi qu'il négligea bien des choses. C'était un homme qui se flattait aisément et, dès qu'il avait fait un petit plaisir à un homme, il le mettait sur le rôle de ses amis, aussi croyait-il en avoir beaucoup, sans compter ceux qu'il payait ; avec lui on était pensionné sitôt qu'on voulait l'être. Madame Scarron me dit que son mari l'appelait *« le Patron »* ; je doute que ce nom ait plu au Roi. C'était quelqu'un qui avait de la facilité à tout et traitait de ses affaires en se jouant ; il prétendait être le Premier ministre sans perdre un moment de plaisir. A mon avis, son grand tort fut de n'avoir pas pris la mesure du Roi. Il se flattait d'amuser un jeune homme et ne lui proposait que des parties de plaisir, ce qui déplut à Sa Majesté qui allait au solide et voulait commencer tout de bon à être le maître. Monsieur Colbert était tout le contraire du surintendant. Un esprit bien fait, quoique pesant, nulle passion depuis qu'il avait quitté le vin, une application infinie, une sûreté inébranlable ; enfin, un garçon d'ordre, riche des seuls bienfaits du Roi, toujours plein de Lui et ne songeant qu'à l'éterniser dans la mémoire des hommes. Comment Sa Majesté eût-Elle un moment balancé ?

Peu de jours après la fête de Vaux, le Roi partit pour Nantes ; beaucoup de courtisans disaient que ce voyage serait fatal à Foucquet ou à Colbert : on voyait assez qu'ils ne pouvaient vivre ensemble. Pendant l'absence de son époux, madame Foucquet offrit une collation à ce qui demeurait de la famille royale. J'accompagnai Madame et Monsieur à Vaux ; au retour, j'appris l'arrestation du surintendant. Cette nouvelle fut un grand coup, même pour ceux qui l'attendaient. Chacun put voir de quelle façon Jupiter maniait la foudre et put faire ses réflexions. Ce grand changement laissa des impressions pénibles et m'inspira comme aux autres un fond de crainte dont je ne me suis jamais tout à fait départie. On envoya le surintendant dans la prison d'Angers ; tous ses amis furent chassés et éloignés des affaires. Le pauvre Pellisson qui était son secrétaire fut mis à la Bastille, ce dont mademoiselle de Scudéry fut désespérée. L'infortunée suppliait tout le monde pour que la prison de son amant fût moins dure. Je la revis les yeux rougis par les larmes, agitée, réduite à bien peu, car la pension qu'elle tenait de monsieur Foucquet n'était plus payée. Le Roi lui fit un don, mais ne libéra pas le poète. Ce fut la fin du salon de la rue de Beauce où l'on ne se hasardait plus que pour porter quelques timides consolations.

Mon père éprouva quelque chagrin de ce qui arrivait au surintendant, disant que si celui-ci était voleur, il ne l'était pas tant que le Cardinal, et que le Roi se vengeait sur lui d'une aigreur qui eût dû aller à un autre. Ma mère s'en ressentit beaucoup davantage ; dès l'instant où elle apprit la nouvelle de l'arrestation, elle se jeta dans une voiture pour aller visiter la mère du surintendant, laquelle était une sainte ; monsieur Vincent disait que si l'Evangile était perdu, il suffirait de regarder vivre madame Foucquet pour le retrouver. Ma mère la vit dans les dispositions les plus élevées, ne sachant que répéter : « *Je remercie Dieu infiniment. Je lui ai toujours demandé le salut de mon fils : en voilà le chemin.* » Ma pauvre maman revint avec des maximes de résolution chrétienne qui visaient toutes à conclure qu'ainsi finissent les trop grandes élévations. La Reine Mère elle-même eut beaucoup de déplaisir, persuadée que Colbert, plus rustique que le surintendant, lui laisserait moins de crédit pour ses dépenses. Enfin, ce grand changement étourdit tout le monde. J'oserais dire que ce fut le coup de baguette du maître sur le dos des écoliers tentés d'éprouver sa patience afin d'en mesurer les limites.

Le premier de novembre, fête de tous les saints, à midi, la Reine accoucha à Fontainebleau du Dauphin. Je me promenais dans la cour de l'Ovale avec Vivonne et ma belle-sœur. Depuis vingt-quatre heures, la Reine était en travail, lorsque le Roi qui ne l'avait pas quittée ouvrit la fenêtre de sa chambre et nous cria assez haut : « *La Reine est accouchée d'un garçon !* » Je demeurais toute saisie de voir Sa Majesté sortir d'Elle-même pour manifester la joie qu'Elle éprouvait. Ce bonheur fit oublier le pauvre Foucquet. Six semaines après les couches de la Reine, la Cour se rendit à Notre-Dame de Chartres d'où l'on porta le Dauphin droit à Paris. Je fus bien heureuse de regagner la capitale.

Alexandre de Noirmoutier me revit avec toutes les marques d'un bonheur véritable. La félicité publique m'inclinant à penser davantage à la mienne, je commençais d'être étonnée que la passion de Louis-Alexandre ne conduisît pas le duc de Noirmoutier chez le duc de Mortemart. Je ne pensais pas, à vrai dire, que la route du Tendre pût aboutir ailleurs que dans le ciel immense du mariage. Comme il n'est pas d'usage que les filles s'avancent les premières, l'inquiétude se glissa dans mon cœur. Je m'en ouvris à notre Socratine ; ma sœur m'écouta gravement.

— *Je crois,* me dit-elle, *que le mariage est une idée qui vient plus naturellement aux femmes qu'aux hommes, encore que, quand elles l'ont obtenu, elles en pâtissent davantage. Monsieur de Noirmoutier a vingt ans, sans doute ne veut-il pas perdre sa liberté. Dites-moi, Françoise, pourquoi un jeune homme qui s'étourdit de bals, de conversations galantes et d'escrime irait-il si tôt s'embarrasser d'une épouse qui, bientôt, lui reprochera toutes ces distractions ?*

Je dois avouer que je n'avais jamais envisagé les choses sous ce jour. L'idée qu'Amadis pût hésiter au seuil de l'hyménée me laissa toute saisie.

— *Voudriez-vous avancer que monsieur de Noirmoutier ne m'aime pas assez pour renoncer à quelques amusements ?* demandai-je les larmes aux yeux.

— *Ma chère sœur, si vous vouliez un époux qui vous aimât plus que lui-même, il vous fallait épouser Dieu.*

J'éclatai en sanglots, ne sachant que répéter :

— *Je veux qu'il m'épouse ! Je veux qu'il m'épouse !*

Ma sœur piqua l'aiguille dans sa broderie.

— *Alors cessez de pleurer, et mettez-le en demeure de sauter le bâton.*

Ainsi fut fait. J'avais entendu dire que la résistance augmente l'amour. Je passai donc de la complaisance la plus grande à l'indifférence la plus totale. Du jour au lendemain, mon galant trouva un visage fermé et des regards qui passaient au travers lui. Les billets furent refusés, les lettres renvoyées. Je quittais le salon où il entrait et trouvais un danseur quand il venait me chercher. Il prit d'abord la chose légèrement. *« Je n'ai jamais vu une amitié mourir si subitement que la vôtre. Je crois qu'elle n'est qu'évanouie, sans quoi je ne consentirais jamais à son enterrement »*, avança-t-il sur l'air de l'amusement. Le cœur me battit, mais je trouvai la force de m'éloigner. Bien entendu, je demeurais aimable pour tout autre que pour lui. Un *« Je ne saurais, mademoiselle, m'accoutumer à l'injustice que vous me faites »* ne me tira pas plus de réponse que de l'huile d'un mur. Nous en vînmes à *« Votre cruauté, à la fin, me fait mourir »* sans qu'un de mes cils ne bougeât. J'éprouvais, je crois, un grand plaisir à me faire désirer, mais dans le même temps, j'en voulais à monsieur de Noirmoutier de me réduire à la coquetterie, et je ne me pardonnais pas à moi-même de m'y trouver habile. Je dois dire, pour ma défense, que la Cour était une épouvantable école de galanterie ; elles redoublèrent cet hiver-là, causèrent une infinité de tracasseries et finirent de m'incliner vers une pente qui est plus aisée à descendre qu'à monter.

Je passais alors beaucoup de temps auprès de Madame. Cette princesse était revenue souffrante de Fontainebleau ; elle était grosse. Je crois que le début de sa maladie vint de la contrainte qu'elle eut de voir le Roi quitter son commerce pour celui de mademoiselle de La Vallière. Après un séjour qu'elle fit à Saint-Cloud, je la trouvai maigre, avec un très mauvais visage ; elle ne dormait plus que par le secours de grains d'opium. Son plus grand mal était un rhume sur la poitrine ; lorsqu'elle commençait à tousser, on aurait dit qu'elle allait étouffer. Le Roi rendait à Madame des visites très régulières, mais elle savait que c'était une autre qu'il venait voir. Il y arrivait le soir et allait entretenir cette demoiselle dans un cabinet. Toutes les portes, à la vérité étaient ouvertes, mais on était plus éloigné d'y entrer que si elles avaient été fermées avec de l'airain. Il se lassa néanmoins de cette contrainte et, bientôt, mademoiselle de La Vallière feignit d'être malade ; le Roi l'alla voir dans sa chambre, quoique la Reine, sa mère, le tourmentât incessamment là-dessus. Sur son ordre, on cachait à la jeune Reine les galanteries du Roi, mais le cœur qui ne se trompe point lui laissait deviner les choses. En vérité, cette princesse me faisait pitié ; elle ne savait point de qui le Roi était amoureux et, ne sachant où placer sa jalousie, la mettait sur Madame. Celle-ci, toute pleine du dépit d'avoir vu son stratagème trop bien réussir, commença d'écouter les discours du comte de Guiche. Monsieur lui ayant interdit sa porte, le comte de Guiche écrivait quatre fois le jour à Madame. Il l'allait voir déguisé en femme qui dit la bonne aventure, et ces entrevues si périlleuses se passaient à se moquer de Monsieur. Le marquis de Vardes, qui aimait le comte de Guiche, en avait une jalousie affreuse, et la comtesse de Soissons, qui aimait le marquis de Vardes, ne laissait pas d'avoir beaucoup de déplaisir. Ajoutons que Monsieur, qui avait de la jalousie du comte de Guiche, ressentait toute l'aigreur qu'on a pour ceux qu'on a fort aimés et dont l'on croit avoir sujet de se plaindre, et l'on verra que la Cour ressemblait à un chaudron où le diable faisait mijoter sa soupe. Bien que je parusse toujours gaie et enjouée, j'étais mal à l'aise dans tout ceci. Je commençais aussi de craindre que mon manège ne m'amenât pas le cœur du marquis de Noirmoutier et multipliais les neuvaines auxquelles je mêlais certaines formules connues de ma Nano ; elles avaient autant à faire au diable qu'au Bon Dieu, mais je me persuadais qu'il ne s'agissait que de petites pratiques qui ne pouvaient offenser le Ciel. N'importe quel confesseur eût attiré mon attention sur l'orgueil et la volonté de domination qu'elles cachaient, mais je me gardais bien d'en parler aux prêtres qui écoutaient mes sages confessions à Saint-Germain-l'Auxerrois, à Saint-Sulpice ou à Chaillot.

Nous fêtâmes les Rois au milieu de ces intrigues. Il y eut un grand souper aux Tuileries où monsieur Vigarini achevait un théâtre qui possédait la plus belle salle des machines qui fût au monde. C'était merveille de voir autour de la table les soupirs d'inquiétude de la Reine, la pâleur de Madame, les sourcils froncés de Monsieur. Tout le monde regardait mademoiselle de La Vallière qui baissait les yeux sur la nappe ; personne n'osait seulement lui adresser la parole. Seul le Roi semblait parfaitement à son aise. Comme je me retirais après ce dîner, monsieur de Noirmoutier m'aborda près du cabinet de Monsieur. Il retira son chapeau et me supplia de trouver bon que le duc de Noirmoutier allât visiter mon père. Je demeurai un moment interdite, puis les larmes me montèrent aux yeux. Ce moment tant espéré ne me donnait pas la félicité attendue ; à vrai dire je n'éprouvais plus qu'un grand chagrin du prix dont j'avais dû payer cet instant. Les joues en feu, humiliée, j'entendis Alexandre de Noirmoutier m'assurer que cette visite se ferait avant la fin de janvier.

L'heureuse naissance du Dauphin, la nécessité de faire oublier la disgrâce de monsieur Foucquet dont on ne parlait pas plus que s'il n'eût jamais existé, et le goût de Sa Majesté pour l'éclat et la gloire firent que le mois de janvier fut tissé de fêtes. Monsieur ne voulut pas être en reste et donna le 20 de janvier un bal qui provoqua l'anéantissement de la famille de Noirmoutier.

Il y eut foule aux Tuileries, tant la façon de recevoir de Monsieur et la magnificence de sa table plaisaient. J'étais un peu tremblante de revoir monsieur de Noirmoutier, ne sachant trop comment retrouver la félicité du début de notre affaire, mais l'espérant beaucoup. Alexandre de Noirmoutier vint en compagnie du comte et de la comtesse de Chalais. Le malheur voulut qu'en passant une porte, le marquis de La Frette bousculât le comte de Chalais en criant « *Gare !* ». Si on les avait mis tous deux dans un alambic, on n'en aurait pas tiré une once de raison ; il s'ensuivit des mots, puis de grosses paroles et enfin des injures. Des amis accoururent, on se gifla et on quitta la salle. Retenue près de Madame qui toussait à s'étouffer, je ne m'étais aperçue de rien. Madame de Chalais, très alarmée, me conta l'affaire. Je gagnai aussitôt l'appartement de Vivonne où j'écrivis un billet que je fis porter place Royale [1]. Je suppliais Alexandre de Noirmoutier de ne commettre aucune sottise et lui enjoignais ne pas me laisser sans nouvelles. Un chevalier ne doit-il pas obéir à sa dame et ne tirer l'épée que pour la défendre de grands périls ? Je me couchai sans inquiétude excessive, tant la fureur de se battre en duel avait disparu depuis les défenses faites par le feu Roi et renouvelées par celui-ci. Le crime avait été rigoureusement puni, et l'échafaud [2] avait fait passer la mode. Au printemps précédent, le duc de Navailles, appelé par le comte de Soissons, avait refusé le combat. Sa Majesté, afin de montrer dans cette occasion qu'Elle ne désirait pas que son édit demeure sans force sans vertu, ordonna au comte de Soissons de quitter la Cour. Le chevalier de Maupeou qui avait porté le cartel [3] fut mis à la Bastille. C'était à ne pas y revenir.

Au matin du 21 janvier, la bombe éclata. On s'était battu derrière le Luxembourg, dans l'enclos des Chartreux, à quatre contre quatre. D'un côté le comte de Chalais, son beau-frère le marquis de Noirmoutier, ses amis le marquis d'Antin et le marquis de Flamarens ; de l'autre La Frette et sa bande. Ceux-ci étaient bons

1. A l'hôtel de Noirmoutier.

2. La punition était la décapitation à la hache (par un bourreau pas toujours habile) sur un échafaud, en place publique.

3. La demande de duel.

bretteurs : Chalais, Noirmoutier et Flamarens étaient blessés, d'Antin était mort.

Mon père prit la peine de m'apprendre lui-même ces nouvelles. J'ai dit qu'il plaisantait de tout, hors l'obéissance au Roi. « *C'est une famille où on ne respire que la désobéissance ! Ne vous avais-je pas dit de vous tenir éloignée de personnes avec lesquelles il n'y a à partager que des plaies ?* » criait-il. Sans me laisser le temps de respirer, il me jeta dans un carrosse pour me conduire à l'hôtel de Noirmoutier où il entendait qu'on me rendît dans l'instant les lettres que j'avais envoyées. La comtesse de Chalais nous reçut avec l'air du courage et de la dignité. Elle m'assura que les blessures de son époux et de son frère ne laissaient pas d'inquiétude. Tous deux avaient fui la colère du Roi. Madame de Chalais était dans l'intention de rejoindre son époux où qu'il se trouvât. Je demandai si Alexandre avait laissé un billet pour moi. Je me serais contentée d'une parole. Il n'y avait rien. Dévorée de douleur et de dépit, je pleurai comme une urne. La comtesse de Chalais me remit la cassette hautement demandée par mon père. Je trouvai, jeté sur le dessus, le billet que j'avais écrit chez Vivonne ; le cachet n'avait pas même été brisé. Je revins, serrant le coffret sur mon cœur. Je devais y trouver, mêlées à mes pauvres lettres, des billets d'une femme mariée dont je tairai le nom. Ils montraient que cette dame accordait à mon amant [1] ce qui le rendait moins impatient sur le chapitre du mariage. Outrée de colère autant que de chagrin, je lançai tout cela dans le feu ; avec ces lettres partait une bonne part de mes illusions. J'étais trop violente et j'avais trop d'orgueil pour accepter humblement le coup, aussi en ai-je eu toute la douleur sans aucun bon résultat. Mon père ne me laissa

1. Au sens du XVIIe siècle.

pas pleurer longtemps. Il demanda à ce que je l'accompagnasse pour visiter la famille du malheureux marquis d'Antin. Celui-ci était le troisième garçon que sa mère perdait ; deux étaient morts à la guerre. Nous fûmes reçus avec la plus grande civilité par le fils qui lui restait. Ce jeune homme parut accorder le plus grand prix à nos consolations. Il était extrêmement aimable, avec des yeux noirs et brillants ; c'était le marquis de Montespan.

Un premier amour blessé est une chose si terrible que j'eusse dû, après ce coup, faire retraite, écouter les paroles de personnes sages, me tourner vers l'amour de Dieu qui seul peut panser ces sortes de plaies, enfin mûrir ma cervelle et réparer mon cœur. Le marquis de Montespan ne m'en laissa pas le loisir. Je crois que la passion le saisit dès l'instant où il me vit près de mon père venu lui porter ses consolations pour son frère mort, aussi ai-je souvent pensé que les tristes conditions de notre rencontre portèrent le malheur avec elles. Il me souvient que les yeux lui sortaient presque de la tête à force de les garder posés sur moi, de sorte que mon père raccourcit une visite qui devenait gênante, mais qui l'amusa assez. « *Ma chère Françoise,* me dit-il, *cette famille est perdue, car je crains fort que vous n'acheviez ce que Beauvillier*[1] *a si bien commencé.* » La pique eut le don de me faire rire malgré le peu d'envie que j'en eusse. Le lendemain, le marquis de Montespan rendit sa visite au duc de Mortemart, le surlendemain il fit prendre de mes nouvelles parce qu'il m'avait trouvée pâle, et ainsi de suite, de sorte que

1. Beauvillier venait de tuer en duel le marquis d'Antin.

venant de perdre un galant, je me trouvai chargée d'un autre. A vrai dire, je ne savais s'il fallait en rire ou en pleurer, mais monsieur de Montespan ne me laissa pas faire des réflexions. Il était gascon et d'une famille où l'on a le sang vif.

La maison de Pardaillan de Gondrin est fort ancienne. Leur alliance avec les Montespan (qui est la corruption de Mont Espagne), au siècle passé, apparente cette famille aux princes de Béarn, souverains de Navarre. Le père du marquis de Montespan, Roger-Hector de Pardaillan de Gondrin, était chevalier de l'Ordre, conseiller d'Etat, sénéchal et gouverneur du Roi en pays de Bigorre ; sa carrière avait seulement été compromise par deux frères qui l'avaient mis très mal en cour. L'aîné, qui se faisait appeler duc de Bellegarde sans que cela eût jamais été certifié, avait été un enragé Frondeur, fieffé trublion et pillard sans vergogne. Le cadet, archevêque de Sens, était pis ! Après avoir été un abbé galant et même débauché, il était devenu le chef du parti janséniste, de sorte qu'on disait que Monsieur de Sens faisait payer aux autres ses péchés ; sa haine des Jésuites était si grande qu'il faisait prier pour leur conversion. Le Roi ne pouvait le souffrir, et Monsieur encore moins, car cet archevêque affectait de faire l'amoureux de Madame. Mon père ne manqua pas de faire ressortir tout ceci, mais monsieur de Montespan m'aimait, je peux dire, à la folie, et j'avais besoin qu'on m'aimât de la sorte.

Alors qu'il m'eût fallu quelque repos pour tirer la leçon de mon affaire, je me trouvais plus que jamais mêlée aux intrigues de la Cour. Il y avait là-dessus bien du ravage, et rien de bon à ramasser pour une jeune personne.

Je crois que c'est par inimitié de Madame, car je condamnais intérieurement sa conduite, que je me rapprochai de mademoiselle de La Vallière. J'avais toujours été très attachée à Monsieur, il m'honorait de son amitié et je souffrais de le voir moqué par son épouse. Mademoiselle de La Vallière avait alors beaucoup de jalousie de la comtesse de Soissons chez qui le Roi allait encore presque tous les jours, quoiqu'elle fît tous ses efforts pour l'en empêcher, et m'en entretenait souvent. Je ne sais si ce fut sur ce sujet ou sur quelque autre qu'elle tint certain discours au Roi, mais Sa Majesté se mit dans une colère épouvantable et se retira. Ils étaient convenus plusieurs fois que, quelque brouillerie qu'ils eussent ensemble, ils ne s'endormiraient jamais sans se raccommoder et sans s'écrire. La nuit se passa sans qu'elle eût des nouvelles du Roi et, se croyant perdue, la tête lui tourna. Elle sortit le matin des Tuileries et s'en alla comme une insensée dans le petit couvent de Sainte-Périne à Chaillot. Le matin, je trouvai le palais en révolution. Quand on eut cherché partout, on alla avertir le Roi qu'on ne savait où était mademoiselle de La Vallière. C'était un jour de sermon ; Sa Majesté le manqua. La Reine Mère, appréhendant que la Reine ne découvrît la raison de l'absence du Roi, était dans une inquiétude mortelle. Un Roi n'ignore pas longtemps ce qu'il désire savoir ; avec un manteau gris sur le nez, il galopa jusqu'à Sainte-Périne où la tourière refusa de lui parler. Il trouva mademoiselle de La Vallière dans le parloir du dehors, car on n'avait pas voulu la recevoir, couchée à terre, éplorée et hors d'elle-même. Il lui dit tout ce qu'il fallait pour l'obliger à revenir. Monsieur avait déclaré bien haut qu'il ne reprendrait pas cette fille, aussi le Roi alla-t-il voir son frère qui lui répondit que cela regardait Madame. Sa Majesté eut assez de peine à l'obtenir. Je la vis prier tant cette princesse et les larmes aux yeux, qu'enfin Elle en vint à bout. Après ce coup, mademoiselle de La Vallière fut assez longtemps à revenir dans l'esprit du Roi. Elle ne pouvait supporter d'être moins bien avec lui, en sorte qu'elle eut pendant quelque temps l'esprit comme égaré. On voit que j'eus toujours sous les yeux le spectacle des peines, des douleurs et des désordres qu'entraînent immanquablement ces sortes de passions, on entendra donc que je suis plus coupable qu'une autre d'y avoir succombé.

Le mal ne peut pas plus produire du bien qu'un poirier des pommes, aussi les désordres dont je parle allaient-ils en empirant. La comtesse de Soissons n'aspirait qu'à ôter le Roi à mademoiselle de La Vallière. Elle songea à l'engager avec mademoiselle de La Mothe-Houdancourt, fille d'honneur de la Reine. Elle persuada au Roi que cette fille avait pour lui une passion extraordinaire et le Roi, quoiqu'il aimât sa maîtresse, ne laissa pas d'entrer en commerce avec mademoiselle de La Mothe. Madame de Navailles qui avait la surveillance des filles d'honneur crut être obligée par les devoirs de sa charge de s'opposer aux sentiments du Roi ; elle lui parla en faisant appel à ses vertus. Le Roi d'abord ne montra pas d'avoir ces petites harangues désagréables, mais enfin le dépit de l'opposition se fit sentir ; il fit savoir à la duchesse de Navailles qu'elle s'exposait au péril de lui déplaire. On était alors à Saint-Germain où le Roi entretenait souvent mademoiselle de La Mothe par un trou qui était à une cloison. Madame de Navailles le sut, et aussi que des hommes de bonne mine avaient été vus sur les gouttières qui pouvaient conduire dans la chambre des filles de la Reine. Elle fit aussitôt griller tous les passages ; nous nous trouvâmes proprement encagées. On découvrit ces grilles le lendemain dans la cour ; il avait fallu quarante ou cinquante suisses pour les porter. Le Roi en rit avec madame de Navailles pendant le dîner et dit : *« Ce sont des esprits, car mes gardes n'ont vu entrer personne. »* Le Roi se lassa bientôt de cette demoiselle. On sait que, depuis, mademoiselle de La

Mothe s'est piquée d'avoir une passion pour le Roi qui l'a rendue une vestale pour les autres hommes. Au milieu de ces désordres, Madame fit ses couches de mademoiselle d'Orléans. Je l'allai voir et la trouvai fort dépitée d'avoir une fille ; elle ne savait que répéter qu'il fallait la jeter à la rivière.

La Reine, que l'on imaginait être la seule personne à ignorer le secret qui était la grande affaire de la Cour, était dans un état pitoyable ; elle se trouvait grosse à nouveau. Un soir que je me trouvais dans la ruelle de son lit, je la vis faire signe de l'œil à madame de Motteville. Nous ayant montré mademoiselle de La Vallière qui passait devant sa chambre pour aller au jeu du Roi, elle dit en espagnol : « *Esta donzella con las arracadas de diamante es esta que el Rey quiere*[1]. » Madame de Motteville répondit à la Reine quelque chose qui, confusément, ne voulait dire ni oui ni non, et tenta de lui persuader à force de généralités que tous les maris, sans cesser d'aimer leurs femmes, sont, pour l'ordinaire, infidèles de cette manière. Un an après le Dauphin, la Reine mit au monde la petite Madame. Cette enfant, venue trop tôt, ne vécut que peu de temps. Depuis son accouchement, la Reine demeura assaillie de vapeurs, de fièvre et de convulsions, et fut si malade que l'on craignit pour sa vie ; elle reçut le viatique. La mère du surintendant Foucquet, à force de soigner les pauvres, avait une grande science des remèdes ; elle proposa un emplâtre dont elle avait le secret. L'effet fut prodigieux, la Reine guérit, mais les amis de monsieur Foucquet espérèrent en vain un effet de la reconnaissance du Roi ; ils reprirent leur fardeau et la Reine le sien. Le Roi voyait sa peine, mais ne pouvant se

1. « Cette fille, avec les pendants de diamants, est celle que le roi aime. »

changer, et ne le voulant pas, il s'en consolait par une indépendance dont il faisait un remède à ses maux. Je devais un jour connaître tous les effets de cette disposition.

Je dois à la vérité de dire que le spectacle que j'avais sous les yeux trouvait toujours en moi un juge sévère et que je démêlais fort nettement le bien du mal. Je tirais toutefois vanité d'être mise dans des secrets, je m'amusais de voir se tramer des complots et me plaisais dans une agitation dont les effets ressemblent à ceux des liqueurs, car ce qui n'excite au début qu'une légère élévation du pouls finit par troubler la vue et obscurcir le jugement. Je ne pouvais avoir le bénéfice d'une parole nette pour m'éclairer. Ma mère avait renoncé à pouvoir quelque chose pour sa famille ; dolente, elle ensevelissait son affliction dans un couvent de Poitiers. Ma tante, la comtesse de Maure, ne vivait que dans la réverbération de Port-Royal ; ses maladies n'étaient plus que d'imagination, aussi ne s'occupait-elle plus tant de ne pas mourir que de ce qu'il adviendrait ensuite. Ma chère Marie-Christine me chapitrait toujours, mais c'était avec des généralités, car j'avais garde de lui faire des rapports trop exacts. Il me restait les discours de mon père et de Vivonne que ces scandales portaient à rire et à nous régaler de traits salés et piquants.

Si la vertu était souvent maltraitée à la Cour, les façons extérieures demeuraient excellentes et la décence préservée ; elles le furent tant que vécut la Reine Mère. Je ne sais si la morale y gagne, mais la vie de société en est plus agréable. Il me revient à présent comment notre Roi, dans le moment même où il ramenait sa maîtresse de Sainte-Périne et entreprenait de faire l'amour à mademoiselle de La Mothe-Houdancourt, recevait avec la meilleure grâce du monde les plus saintes leçons. La Reine Mère ne lui laissait aucun repos sur le chapitre de son salut et, sur sa demande, l'abbé Bossuet prêcha pour la première fois le Carême dans la chapelle du Louvre. Je fus saisie de sa voix, de son verbe et de son audace. Il parla sur l'efficacité de la pénitence, l'ardeur de la pénitence, l'intégrité de la pénitence et les devoirs des rois avec si peu de ménagements que chacun, entrant la tête dans les épaules, tentait de regarder la mine que faisait le Roi. Selon son habitude, Sa Majesté demeura enfermée en Elle-même et ne laissa rien paraître. Je crois qu'Elle reçut des impressions très fortes car l'abbé Bossuet ne fut plus demandé pour le Carême de quatre ou cinq ans. Je crois aussi que le Roi nomma Bossuet précepteur du Dauphin pour qu'il élevât le futur roi de France dans l'idée de la grandeur qui, pour Sa Majesté, compte plus que tout ; ce fut encore pour que Bossuet réservât au Dauphin les leçons que le Roi jugeait excellentes, mais qu'il entendait s'épargner à lui-même. Je devais retrouver sur ma route un évêque qui n'était pas de ceux qui font porter des coussins sous les coudes des pécheurs.

Le temps allait sa course. Quand le Dauphin eut une année révolue, le Roi donna la première grande fête de son règne. Elle eut lieu aux jardins de Mademoiselle[1], devant les Tuileries où le sieur Vigarini venait d'achever de fermer l'aile du Nord en édifiant le plus grand théâtre qui fût jamais. Le carrousel dura deux grands jours et fut précédé d'une extraordinaire cavalcade dans les rues de Paris. On avait édifié devant le palais des tribunes où la Cour put assister aux courses de bagues et de Têtes[2]. J'y fus aux côtés de la Reine et de

1. Sur l'actuelle place du Carrousel.

2. Jeu de cavaliers qui consistait à emporter au galop avec la lance, puis l'épée et le javelot, une tête de Turc, de Maure et enfin de Méduse.

Madame. Cinq nations étaient appelées à se mesurer. La première, dirigée par le Roi, était celle des Romains, la deuxième des Persans, puis venaient celles des Turcs et des Indiens ; celle des Sauvages d'Amérique fut très applaudie car elle était accompagnée d'un cortège d'animaux extraordinaires : chameaux, perroquets, dragons et licornes. Je ne pus me retenir de pousser un cri devant l'apparition du Roi. Sa Majesté portait une cuirasse brodée d'or et semée de rubis, son écharpe était tissée de diamants, son casque d'argent couronné de plumes noires ; à sa taille pendait un cimeterre d'or couvert de topazes. Monsieur le prince de Condé, également magnifique, montait un grand coursier de Naples avec, sur le poitrail un mufle de lion dont la gueule laissait échapper un croissant. Cela dut rappeler à quelques-uns le fauve que nous avions connu dans la Fronde, encore que celui-ci eût à présent les griffes fort rognées. L'écu du duc d'Enghien portait la devise : *Magno de lumine lumen*[1], celui de Monsieur : *Uno sole minor*[2], et Vivonne tenait un miroir ardent avec ces mots : *Tua munera jacto*[3]. Je crois qu'il est inutile que je poursuive un exercice de latin dont le but était de faire entendre que les plus grands seigneurs n'étaient là que pour recevoir les rayons du soleil que le Roi portait sur son écu. Ce n'était pas la première fois que Sa Majesté choisissait d'apparaître sous l'apparence du premier des astres, mais ce fut là qu'Elle commença de prendre la devise qu'Elle a gardée depuis et que l'on voit en tant de lieux. Le Roi élut pour corps le soleil qui est assurément la plus vive et la plus belle image d'un grand monarque. Il y ajouta le globe de la terre,

1. « Lumière qui vient d'une plus grande. »
2. « Seul le soleil est plus grand que moi. »
3. « Je répands tes présents. »

et pour âme *Nec pluribus impar*[1], par où il entendait, je crois, que suffisant seul à tant de choses, il suffirait à gouverner d'autres empires, comme le soleil à éclairer d'autres mondes. Que pensais-je alors d'un tel Roi ? Mais qu'il était le Roi, sans doute le plus grand et le plus extraordinaire que la France eût jamais eu. Bien que je visse tous les jours Sa Majesté dans des circonstances plus ordinaires, j'étais, je crois, aussi éblouie que les autres, sans songer à rien au-delà. J'avais alors les yeux fascinés par un astre d'une autre sorte, dont on dit que, comme le soleil, il ne se peut regarder en face.

La cour ardente que me faisait le marquis de Montespan m'emportait. Louis-Henry de Pardaillan avait la gaieté et l'amour contagieux. Il ne plaidait pas sa cause comme j'étais habituée de le voir faire, avec des paroles et des écrits, mais avec les yeux et, si je l'eusse laissé faire, avec les mains, si bien qu'il me laissa bientôt entrevoir que l'amour ne siège pas uniquement dans l'esprit, et que si les villages de Tendre, de Respect, de Confiante Amitié et d'Assiduité sont fort jolis, il en existe d'autres qui se nomment Trouble, Tremblements, Agitation et Fièvre. La traversée de ces villages m'attacha naturellement à l'homme qui me les fit connaître, de sorte que le marquis de Montespan fit en peu de jours plus de progrès que d'autres en toute une année. Comme les Gascons ne peuvent concevoir une passion qui n'aille pas directement au but, je fus vite amenée à lui demander dans quelles intentions il se trouvait.

— *Que voulez-vous, enfin ?* dis-je d'un ton que je voulais fâché et qui l'était un peu, car j'avais assez d'honneur pour ne pas m'exposer à ce qu'on en doutât.

— *Je veux que vous me rendiez les sentiments que je vous porte.*

1. « Il n'est pas inégal (ou inférieur) à plusieurs. »

— *Ah mon Dieu ! Et pourquoi le ferais-je ?*

— *Parce que je les ai comptés dans mon bonheur.*

— *Et pour combien de temps en vérité ?*

— *Vous m'offensez, mademoiselle, mais vous ne m'empêcherez pas de vous aimer.*

Je n'entendais pas que l'on me vendît une autre fois martre pour renard, aussi pris-je un air de méditation :

— *L'amour, monsieur, prête son nom à une infinité de commerces qu'on lui attribue et où il n'a non plus de part que le doge de ce qui se fait à Venise.*

Ces mots firent dresser monsieur de Montespan tout en pied.

— *Je ne sais rien des affaires du doge, mademoiselle. Je sais que les miennes passent par le duc de Mortemart, le notaire et le curé.*

Cela fut dit avec une vivacité et même un emportement qui me firent rire. La détermination de Louis-Henry m'enchanta. Je ne doutais pas que le beau cavalier qui devait un jour m'enlever ne fût enfin arrivé. Toute riante, je lui jetai mes deux mains ; il manqua de les dévorer. Le soir, je me fis la réflexion que je venais d'accepter de me marier en riant, alors que j'avais pleuré quand le marquis de Noirmoutier m'avait fait la même demande. Le Parlement venait de condamner Louis-Alexandre à mort avec tous ceux du duel. Au mois de juin, j'appris par madame de Chalais que son frère et son époux venaient d'arriver à Madrid où ils avaient cherché querelle à notre ambassadeur et mis leurs épées au service de l'Espagne. « *C'est une famille où l'on sert le roi d'Espagne de père en fils. Je me demande pourquoi ils se donnent encore la peine de naître de ce côté des Pyrénées* », dit mon père quand je lui communiquai la nouvelle. Je ne sais si j'eus de la honte ou du plaisir à faire l'annonce de mon mariage à la comtesse de Chalais ; je sais que je m'appliquai à paraître aussi heureuse que je l'étais en effet. Je tenais sans doute à ce que le marquis de Noirmoutier apprît que je ne me consumais pas. Quand on veille à faire porter des nouvelles, c'est que l'on n'oublie pas tout à fait.

J'eus sur le sujet du marquis de Montespan une conversation avec mon père. Le début fut aride, mais j'avais bien l'intention de ne pas revenir comme j'étais allée. Mon cher papa entama par les oncles de monsieur de Montespan qui le mettaient fort mal en cour, mais, lui dis-je, pouvait-il me nommer une famille qui n'eût pas quelques moutons noirs ? Sans me répondre, il poursuivit par des dettes que mon galant faisait pour aimer trop le jeu. J'avais toujours vu le monde jouer ; cela me parut une peccadille. Piquée d'une résistance que je trouvais peu fondée, je demandai à mon père s'il avait le propos de toujours s'opposer à mon bonheur.

— *Cessez de raisonner comme une fille d'auberge,* me dit-il sévèrement. *Le bonheur se trouve dans les dispositions de votre esprit à le trouver et en aucun autre endroit au monde. Je souhaite toutefois que monsieur de Montespan vous donne le plus longtemps possible le plaisir que vous en attendez.*

C'est ainsi que mon père consentit à mon mariage. Je courus porter la nouvelle à ma mère qui soupira et me dit en guise de compliment : « *Vous êtes en âge de prendre un état, Françoise. J'espère que vous saurez vous tenir dans vos devoirs.* » Je ne reçus d'elle que des exhortations qui eussent mieux convenu à une future martyre qu'à une jeune fiancée. Là-dessus, monsieur de Pardaillan de Gondrin et son fils vinrent visiter mon père. Le notaire fut convoqué. Il revint un si grand nombre de fois que je craignis que l'affaire ne se rompît. Mon père jugeait déjà très beau de donner en mariage la fille du duc de Mortemart. Il me laissa, comme à ma sœur, cent cinquante mille livres, dont il ne versa que les deux cinquièmes, le restant étant à prendre sur les biens de mes parents après leur décès. Les deux tiers de ma dot me restaient propres, et encore ce qui était versé l'était-il, non à mon mari, mais aux parents de celui-ci, charge à eux de servir une rente à leur fils au denier vingt, soit trois mille livres par an, ce dont je fus honteuse ; c'était ce que ma mère dépensait pour ses aumônes. Mes futurs beaux-parents, de leur côté, accordaient à leur fils une rente de quinze mille livres dont mon père avait exigé que la moitié fût constituée en douaire [1]. Ils s'obligeaient encore à payer les dettes que le marquis de Montespan avait au jour de son mariage, afin que de ce point de vue, il y arrivât neuf. Le compte assurait à notre ménage moins de vingt mille livres de rentes, sans que nous ne disposions d'aucun capital. Mon père me dit que cela suffisait à une sage dépense ; je me fis la réflexion qu'il n'avait jamais réglé la sienne de cette façon. Toutes ces grandes précautions n'indiquaient que trop la crainte où se trouvaient nos parents de voir monsieur de Montespan manger son blé en herbe ; elles causèrent de part et d'autre une aigreur qui ne s'effaça pas. Je pris plus mal que mon futur époux de me trouver tenue en lisière. Essuyant ces dégoûts le plus gaiement du monde, monsieur de Montespan me dit qu'il ne m'épousait pas pour s'enrichir ; je l'assurai que je le suivrais jusque dans une chaumière. Nous étions fort amoureux et fort pressés de nous marier, aussi nous avalâmes le tout.

Le cœur de l'homme est si difficile à contenter que l'on peut se demander s'il est beaucoup de moments véritablement heureux dans une vie. Quelques images

1. Le douaire revenait intégralement à l'épouse si elle survivait à son mari.

se présentent pourtant. Je vois mademoiselle de Tonnay-Charente, vêtue d'une hongreline bleue, quêter dans l'église de Saint-Germain-l'Auxerrois où la Cour était venue entendre le sermon à la veille de la Saint-Sylvestre. Une main dans le manchon de fourrure, car il gelait en l'air, l'autre tenant une bourse brodée, j'avançais dans l'allée, me dévissant la tête pour apercevoir monsieur de Montespan dont les yeux brillaient en me regardant. J'allais bientôt lui appartenir dans une union bénie. L'encens, la musique, le regard de mon futur époux me montaient à la tête. Il me semblait marcher avec les anges. J'eusse voulu communiquer mon bonheur à toute la terre et priais Dieu de rendre les autres aussi contents que je l'étais. La vie me semblait enfin devenue aussi gaie et piquante qu'elle devait l'être.

Le contrat de mon mariage fut signé dans l'hôtel de Mortemart le 28 janvier 1663 sur les 7 heures du soir. On ne put empêcher Monsieur de Sens de mettre son nom sur le contrat de son neveu ; comme mon père l'avait prédit, cette signature nous priva de celles du Roi, de la Reine, de la Reine Mère et aussi de Monsieur qui m'en demanda pardon, en ajoutant qu'il ne pouvait aller contre le reste de la famille. Ma tante, la comtesse de Maure, le duc de La Rochefoucauld, le duc de La Roche-Guyon, le maréchal de Schomberg et quelques autres furent témoins, après quoi on servit un grand repas à la famille la plus étroite de part et d'autre. La veille, madame de Pardaillan de Gondrin avait fait envoyer des bijoux et une corbeille remplie de toutes les galanteries qu'on donne à cette occasion.

Je fus mariée le 6 février 1663, dans la vieille église gothique de Saint-Sulpice, par le curé, monsieur Raguier de Pouffé. Son église était alors ouverte et démolie par le chevet afin de se joindre au chœur du nouveau temple[1] que monsieur Olier[2] avait fait commencer et qui sortait de terre avec des dimensions dont on demeurait saisi. Mon mariage se trouva donc béni dans un chantier mais, de l'Abbaye-des-Dames à Versailles, en passant par le Louvre et Saint-Germain, je n'ai guère vécu que sous le signe de l'échafaudage, du plâtre et de la chaux. En descendant de carrosse dans une robe brodée d'argent selon la mode des mariées, je vis le marché qui se tient tous les jours devant l'église, au pied d'une croix de fer. Un enfant dut chasser de sa baguette des bœufs qui voulaient se mêler au cortège. Un âne chargé de paniers vint saluer la mariée en grattant la terre de son sabot. Les marchandes qui offraient des poules et des herbes[3] me lancèrent des compliments et quelques gaillardises. Les larmes aux yeux, je songeais à mon cher Lussac et ne doutais pas que cette entrée champêtre ne me portât bonheur. Mon père me conduisit à l'autel où monsieur de Montespan m'aida à m'agenouiller sur les carreaux[4] que ma mère avait fait porter. Je crois que jamais jeunes gens ne s'épousèrent plus gaiement. Nous soupâmes et couchâmes le soir à l'hôtel de Mortemart. A cinq jours de là, mon père, ma mère, et Vivonne me conduisirent à l'hôtel d'Antin où mes beaux-parents donnèrent un grand festin, bien que l'on fût arrivé en Carême. Après quoi, je reçus sur mon lit toute la France ; il me parut avoir les coudes usés à force de les tenir sur les carreaux. Loret[5] célébra l'événement. L'originalité fut de trouver,

1. L'actuelle église Saint-Sulpice.
2. Jean-Jacques Olier, fondateur de la compagnie des prêtres de Saint-Sulpice.
3. Légumes.
4. Coussins.
5. Le célèbre gazetier faisait paraître *La Muse historique*.

mêlées à mon éloge, des semonces adressées à mon mari.

C'est donc à ce noble seigneur
De bien user de son bonheur,
Car en possédant cette belle,
De toutes grâces le modèle
Et de sa maison l'ornement,
S'il n'aimait pas, uniquement,
Les agréments de sa jeunesse,
Sa vertu, douceur et sagesse,
Et ses adorables appas,
Il ne la mériterait pas.

Fort heureuse d'être louée, je ne me fis pas la réflexion que Loret était l'un des hommes les mieux renseignés de la Cour et du monde et qu'il ne dispensait pas ses conseils au hasard.

J'ai souvent observé qu'il n'est pas d'exemple d'aveuglement si grand que celui des filles sur le sujet du mariage, puisque n'ayant guère rencontré de femmes rendues véritablement heureuses par ce moyen, elles ne tirent pas aux conséquences et préfèrent se nourrir de rêveries et d'imaginations vagues. Sitôt mariée, je me fis la remarque qu'il existe une grande différence entre un galant et un mari et que l'on perd beaucoup entre les deux. Avant le mariage, la femme est la maîtresse, on lui épargne les sources de chagrin, on ne songe qu'à lui plaire, ses moindres désirs sont exaucés. Après la noce, le mari devient le maître et il n'en use pas toujours pour notre plaisir. Je n'étais pas mariée de huit jours que je me ressouvenais qu'on citait la duchesse de Montausier pour avoir fait patienter quatorze ans son époux ; celle-là était la moins sotte de toutes.

Mon père se souciant peu d'abriter dans son hôtel un gendre qu'il n'eût pas été heureux de rencontrer tous les jours, et mon époux entendant se passer des remontrances et des conseils que monsieur de Gondrin lui eût prodigués avec le gîte et le couvert, nous prîmes à bail un petit logis rue Taranne[1]. L'idée d'être enfin maîtresse chez moi me plaisait mais, depuis le couvent, je n'avais logé que dans les palais du Roi et dans l'hôtel de mon père, aussi sentis-je vivement la différence. La rue était étroite, le logis petit, sombre et mal accommodé. J'étais réveillée chaque matin par les cris d'un vendeur d'eau-de-vie qui s'installait sous mes fenêtres. *« A la vie ! A la vie ! A la bonne eau-de-vie pour réjouir le cœur ! »* Je n'avais que peu de domestiques et encore le nombre se réduisit-il. Il fallait s'occuper de bois et de chandelle, faire venir le charron et le frotteur, le tapissier ou la laveuse, s'occuper du porteur d'eau et du ramoneur, toutes choses dont je n'avais pas même idée qu'elles existassent. J'avais encore moins idée de ce qu'elles coûtaient. Je remettais les billets des fournisseurs à mon époux qui en faisait, je crois, des papillotes. Mon mari allait dans un manège le matin ; les après-dînées, il jouait jusqu'au souper et après le souper jusqu'à n'avoir plus un liard dans sa poche ni dans celle de ses amis. Je ne peux dire qu'il n'avait pas de tendresse pour moi ; il en avait beaucoup, mais la manière dont il la témoignait était rude : qui tient son droit prend son dû ! Bien qu'une enfance passée à la campagne et certains traits que l'on entend à la Cour m'eussent mise sur la voie d'éclaircissements que l'on refuse généralement aux jeunes personnes, je fus surprise par les exigences de mon époux et par la vivacité avec laquelle il les manifestait. Je devinais, sans doute, qu'un peu de douceur et de galanterie eussent accommodé les choses tout autrement, de sorte que je demeurais mécontente de lui et de moi.

1. Cette rue, aujourd'hui disparue, reliait la rue des Saints-Pères à la rue Saint-Benoît, à hauteur de l'actuel boulevard Saint-Germain.

A peine avais-je trouvé un époux que ma famille fut défaite. Ma mère attendait que je fusse mariée pour se retirer complètement du monde. Elle demanda la séparation de biens et d'habitation d'avec son époux, et l'obtint aisément en raison de la conduite de mon père et de ses dépenses. Devant que de partir pour le couvent de Poitiers où elle désirait finir ses jours, elle me remit les portraits de Vincent de Paul et de mademoiselle Le Gras qui étaient dans sa chambre dans un cadre de bois de Sainte-Lucie ; ils ne m'ont pas quittée de toute ma vie. Je pleurai beaucoup lors de son départ, moins parce que je craignais qu'elle ne me manquât, que parce que sa vie me paraissait avoir été pleine de chagrins et que ses vertus eussent mérité autre chose.

Ma tante, la comtesse de Maure, mourut peu après mon mariage dans sa petite maison de la rue de la Bourbe, de sorte que je perdis dans le même temps ma mère et celle qui l'avait remplacée.

Avant que de se retirer, ma mère eut le souci d'établir sa dernière fille. Se rappelant la répugnance avec laquelle Marie-Madeleine était entrée au couvent, elle se fit un scrupule de l'y laisser et voulut l'engager à demeurer dans le monde. Elle la mena même chez la Reine Mère où je fus avec elles. Quelqu'un vint à dire que mademoiselle de Mortemart savait fort bien le latin. Monsieur Vallot, alors premier médecin, qui avait la réputation de le parler parfaitement, l'entretint. Elle répondit avec beaucoup de sûreté et de savoir. Le Roi survint et fit continuer la conversation. On accourut, ce fut un spectacle. Après le latin, la conversation en espagnol émerveilla les Reines. Marie-Madeleine avait dix-huit ans, elle était parfaitement belle et sa science ne lui faisait rien perdre de ce qu'elle avait de naturel. En revenant, ma mère soupira : *« Mon Dieu ! Que le monde se laisse éblouir par peu de chose ! »* Ses craintes furent tout aussi inutiles que ses efforts pour retenir sa fille dans le monde. Ma sœur rentra au couvent sous prétexte de s'y éprouver encore et fit connaître qu'elle désirait prendre l'habit. Elle le reçut dans l'Abbaye-aux-Bois des mains de la Reine et de la Reine Mère. Monsieur et Madame y assistèrent avec toute la Cour. J'entendis quelques-uns dire qu'on n'avait jamais quitté le monde avec tant de pompe et tant d'éclat. Je sais aussi qu'il n'y eut jamais d'offrande plus volontaire ni plus parfaite.

Ma mère, ma tante et ma jeune sœur m'ayant été ôtées, mon aînée me fut rendue. Après avoir donné deux filles et un garçon à son époux, madame de Thianges revint à Paris, disant que même un ordre du pape ne la ferait s'en retourner en Bourgogne. Le Roi, pour montrer la joie qu'il avait de la revoir à la Cour, lui donna un appartement dans le Louvre. Elle n'avait changé en rien, toujours extravagante et folle du monde. Je fus bien heureuse de retrouver sa gaieté, ses propos piquants et sa compagnie ; nous entrâmes dès lors dans une grande intimité. Je l'entraînai à mes côtés dans le monde. L'étoile ne se trouvait plus sur les mêmes maisons. Le Luxembourg était fermé ; Mademoiselle venait d'être exilée pour avoir refusé d'épouser le roi de Portugal. Sa Majesté, qui avait dessein d'entretenir une armée dans ce pays dans les vues d'un retour de la guerre avec l'Espagne, lui avait fait présenter la chose par monsieur de Turenne. Sur des questions que lui fit Mademoiselle sur la personne du roi de Portugal, monsieur de Turenne répondit qu'on ne connaissait pas trop s'il avait de l'esprit ou s'il n'en avait pas, que pour le reste, ce roi aurait été bien fait s'il n'était pas venu au monde avec une espèce de paralysie d'un côté, mais que cela ne paraissait pas trop quand il était habillé, qu'il traînait seulement une jambe et s'aidait d'un bras. Mademoiselle lui retourna qu'elle ne se souciait pas d'épouser un paralytique et qu'elle préférait rester

Mademoiselle de France avec cinq cent mille livres de rente. Sa Majesté prit fort mal que sa cousine ne voulût pas se marier pour son service et lui ordonna de partir pour Saint-Fargeau où Elle la laissa un an ou deux. On n'allait pas davantage rue de Beauce. Depuis que son poète était fermé à la Bastille, la pauvre Sapho avait vécu, et madame de Sablé qui venait de se voir ôter avec ma tante la moitié de son âme ne valait pas davantage. Madame de La Fayette était toujours souffrante ; ne vivant plus que de lait et de la société du duc de La Rochefoucauld, elle était devenue délicate et blanche au point de ressembler bientôt à cette Dame Aténérine à qui une fleur de jasmin démit le pied. Privé de la baguette magique de ces fées, le monde retourna à la paresse. On ne se réunissait plus tant pour faire des vers, bâtir des portraits, dire des charades ou représenter du théâtre, mais pour souper et jouer. Il fallait des fortunes pour avoir un salon. C'est à l'hôtel de Richelieu et à l'hôtel d'Albret que l'on trouvait le plus gros jeu, la meilleure table et la société la plus agréable.

Par son premier mariage, madame de Richelieu était cousine de mon mari. Sans bien, sans beauté, sans jeunesse, et même sans beaucoup d'esprit, elle avait épousé par son savoir-faire, au grand étonnement de toute la Cour, l'héritier du cardinal de Richelieu, un homme revêtu de toutes les dignités de l'Etat, parfaitement bien fait, et qui par son âge aurait pu être son fils ; mais il était aisé de s'emparer de l'esprit de monsieur de Richelieu : avec de la douceur et des louanges sur sa figure et son esprit, il n'y avait rien qu'on ne pût obtenir de lui. Madame de Richelieu continua après son mariage à ménager les faiblesses de monsieur son mari. Elle le voyait se ruiner par son jeu et sa dépense, sans jamais en faire paraître un instant de mauvaise humeur. L'un et l'autre avaient du goût pour les gens d'esprit et ils rassemblaient chez eux, comme le maréchal d'Albret, la fleur des pois, et c'était à peu près les mêmes gens, excepté que l'abbé Têtu, intime ami de madame de Richelieu, dominait à l'hôtel de Richelieu dont il s'était fait le Voiture. Il se lia d'amitié avec ma cadette quand celle-ci, abbesse de Fontevrault, le connut à Versailles. Il faisait des vers et aimait briller au milieu d'un cercle de dames ; celles-ci n'étaient pas toutes aussi pures que ma sœur. Le commerce de l'abbé Têtu avec les femmes a nui à sa fortune, et le Roi n'a jamais pu se résoudre à le faire évêque. Je me souviens qu'un jour madame d'Heudicourt parla en sa faveur ; et sur ce que le Roi lui dit qu'il n'était pas assez homme de bien pour conduire les autres, elle répondit : *« Sire, il attend pour le devenir, que Votre Majesté l'ait fait évêque. »*

J'étais encore plus souvent à l'hôtel d'Albret qu'à l'hôtel de Richelieu. Le maréchal d'Albret était cousin de mon mari, tous deux étant fils du frère et de la sœur. C'était l'un des hommes de la Cour les plus agréables et de la meilleure mine, et qui se mettaient le mieux. Il en profitait auprès des dames ; madame de Maintenon qui l'a connu chez Scarron en sait assurément quelque chose. Les victoires d'amour de mon cousin égalaient celles de la guerre, encore l'accusait-on de courir incessamment à de nouvelles conquêtes. *« Ce Miossens aux maris si terrible, ce Miossens à l'amour si sensible »* avait la parole embarrassée, ce qui l'empêchait de se communiquer beaucoup en compagnie. Madame d'Albret avait autant de vertu que son mari en avait peu, et une dévotion à proportion de ce qu'il avait de libertinage[1] ; son seul défaut était d'aimer un peu trop le vin, ce qui lui faisait le nez rouge. L'un des ornements de ce salon était une nièce, mademoiselle de

1. Athéisme ou affectation d'athéisme.

Pons, qu'ils avaient recueillie sans dot et dont le maréchal s'était coiffé. J'ai raconté comment mon cousin la fit revenir de Fontainebleau quand Madame avait imaginé que le Roi fît mine de s'occuper de quelques demoiselles pour détourner le soupçon. Bonne de Pons, depuis marquise d'Heudicourt, avait, sous une chevelure un peu hasardée[1], une figure piquante. Elle était bizarre, naturelle, sans jugement, pleine d'imagination, toujours nouvelle et divertissante ; elle n'ouvrait pas la bouche sans nous faire rire.

Ce fut à l'hôtel d'Albret que je rencontrai madame Scarron, veuve du poète. Madame d'Albret l'avait distinguée en bonté sans la sortir de son petit état ; ma cousine l'appelait *mademoiselle* Scarron, à l'ancienne mode, car elle la croyait bourgeoise, ce qui n'était pas se tromper de beaucoup ; elle était de petite naissance, huguenote de surcroît, encore qu'on lui eût fait quitter la religion réformée. Cette dame s'était trouvée fort gênée à la mort de son mari, et aurait été jetée à la rue si la maréchale d'Aumont ne lui avait prêté une chambre meublée qu'elle avait au couvent de la Charité des femmes. Madame de Navailles qui était sa marraine, madame d'Albret et madame Foucquet avaient agité en sa faveur toute la Cour, jusqu'à ce que la Reine Mère consentît une pension. Le Roi, auquel ces demandes étaient rapportées, dit avec impatience : « *Entendrai-je toujours parler de la veuve Scarron !* » J'avais alors moi-même appuyé la demande de ma cousine, madame d'Albret, ce qui improuve tout à fait le proverbe qui veut qu'un bienfait ne soit pas perdu. Depuis, madame Scarron vivait dans une petite maison de la rue des Trois-Pavillons, près de l'hôtel d'Albret. Elle était l'intime amie et la demi-suivante de madame d'Albret.

1. Rousse.

Elle s'attira son amitié par une grande complaisance et une attention continuelle à lui plaire. Quand elles allaient à quelque spectacle, cette pauvre maréchale, qui n'entendait rien aux choses qu'on représentait, voulait toujours avoir près d'elle madame Scarron pour qu'elle lui expliquât ce qu'elle voyait. Madame Scarron cousait encore en tapisserie avec elle, enfilait ses aiguilles, écrivait ses lettres, portait son paroissien, l'accompagnait à vêpres et au sermon. Madame d'Albret était une femme de mérite sans esprit, mais madame Scarron, dont le bon sens ne s'égarait jamais, crut qu'il valait mieux s'ennuyer avec de telles femmes que de se divertir avec d'autres. Elle allait toujours mise modestement, quoique fort proprement, vêtue d'étamine de Lude, cachant sa gorge avec soin. Madame Scarron était discrète, savait écouter, se montrait agréable aux dames les mieux nées, et soutenait une réputation de vertu par une inclination marquée pour les choses de l'esprit ; Scarron lui en avait donné le goût. La fleur de la Cour qui fréquentait chez lui avait appris à sa femme l'usage du monde. Mon frère, qui la connut chez Scarron, me dit qu'elle avait su garder une excellente conduite dans une place fort glissante. La maison de Scarron était une espèce d'abbaye de Thélème où les honnêtes femmes ne se hasardaient guère. Ce n'est pas sans raison que le poète écrivit à Vivonne, qui s'en amusa beaucoup, que sa maison était celle de France où l'on disait le plus de *coyonneries*. Madame Scarron traversa l'épreuve comme la salamandre traverse le feu. Vivonne me rapporta qu'elle passait ses carêmes à manger un hareng au bout de la table et se retirait aussitôt dans sa chambre. L'une des causes de la fortune de cette dame est qu'elle s'occupa très tôt de ne rien négliger pour édifier le monde. Je me souviens que la première fois où je la vis chez mon cousin, on rapportait qu'un des derniers jours du carnaval, le Roi avait publiquement refusé à la Reine de la mener en masque avec lui, préférant mener mademoiselle de La Vallière. La Reine Mère, outrée, s'était engagée à y mener sa nièce elle-même, ce qu'elle avait fait, couverte d'une mante de taffetas noir à l'espagnole par-dessus l'habit, pour entrer au bal chez Monsieur et Madame où elle avait affecté beaucoup de gaieté pour satisfaire la Reine. En écoutant l'histoire, madame Scarron s'écria : « *Vraiment ! Je ne comprends pas que d'honnêtes femmes puissent masquer !* » Nous en demeurâmes toutes saisies. Je me souviens encore d'avoir ouï raconter qu'étant un jour obligée d'aller parler à monsieur Foucquet, elle affecta d'y aller dans une si grande négligence que ses amis étaient honteux de l'y mener ; cela était véritablement admirable quand on sait ce qu'était alors monsieur Foucquet et son faible pour les femmes. Je me demandais seulement comment le soin que madame Scarron avait de sa réputation pouvait s'accommoder de la liaison qu'elle entretenait avec mademoiselle de Lenclos, courtisane fameuse. Mon cousin et mon frère avaient fait état devant moi de cette amitié. Le maréchal d'Albret, qui était du dernier bien avec Ninon, avait beau soutenir que chez mademoiselle de Lenclos, le vice était conduit avec infiniment d'esprit et réparé par beaucoup de décence extérieure, la fréquentation d'une dame galante était plus excusable à lui qu'à madame Scarron. Quand je la connus à l'hôtel d'Albret, au milieu de dames fort parées, madame Scarron me sembla une perdrix grise ; mais cet oiseau-là était une énigme. Etonnée de la faveur que lui prodiguait ma cousine, je songeais qu'il est dans le monde des personnages singuliers qui, sans naissance, sans entours, percent dans la familiarité de ce qu'il y a de plus brillant. Madame Scarron piquait ma curiosité et excitait je ne sais quel fond de crainte. Je n'aimais guère la voir me lorgner. « *Otez donc vos yeux noirs de dessus de moi, madame Scarron »*, lui demandais-je en riant. Il y avait là un pressentiment comme on en reçoit dans les songes. Plût à Dieu que ma conviction eût été plus forte et que j'eusse tout à fait écarté cette femme de mon chemin !

Avant que d'être mariée, j'imaginais sans doute que, quand je serais en puissance d'époux, les jours passeraient à échanger des regards et à se tenir les mains. Je fus vite désabusée là-dessus. Il me restait le monde où je savais briller et la Cour qui m'avait toujours été une famille. Celle-ci demeurait un endroit fort agité parce que la conduite du Roi et celle de Madame donnaient toutes les raisons à Monsieur et à la Reine d'être malheureux, encore que celle-ci n'eût encore que de gros soupçons sur le sujet de mademoiselle de La Vallière. Un soir où toute la famille était dans la ruelle de la Reine Mère, on parla de la jalousie des femmes. Je tentai de détourner le discours, mais le Roi ne voyant pas combien le terrain était glissant s'enquit auprès de madame de Béthune de savoir si elle était jalouse de son mari. Elle répondit qu'il avait toujours été fidèle. La Reine, alors, dit en espagnol en se levant pour aller souper : « *Que en esto parece a bien la mas tonta de la compagnia, y que por ella no diria lo mismo*[1]. » Cette réponse fit voir au Roi qu'elle était plus savante qu'il ne le croyait. La Reine continuait de haïr Madame, l'accusant que le Roi voyait mademoiselle de La Vallière chez elle. Madame qui n'aimait pas à être haïe pour une autre désirait que sa belle-sœur connût la vérité. Elle en chargea la comtesse de Soissons qui n'aimait rien tant qu'à faire du mal. Olympe demanda une audience où elle apprit à la Reine ce que celle-ci

1. « Qu'en cela elle paraissait bien être la plus sotte de la compagnie, car elle ne pourrait en dire autant. »

n'ignorait pas tout à fait, mais dont la certitude la désespéra. Elle pleura beaucoup et le Roi qui la trouva en larmes dans son oratoire adoucit ses peines en lui témoignant d'y prendre part, et lui fit espérer que dans l'avenir il quitterait la qualité de galant pour prendre, à trente ans, celle de mari. Nous savons qu'il prit cette qualité si tard que la Reine n'était plus là pour en profiter. La malheureuse gémit tant que la Reine Mère commença de se plaindre de l'humeur chagrine et jalouse de sa belle-fille qui n'avait pas assez l'expérience des choses du monde et de force d'esprit pour s'y soutenir. Cette princesse me faisait pitié ; j'étais loin d'imaginer que je contribuerais un jour à ses douleurs. Cela m'est un soulagement de connaître que quand le Roi s'attacha à moi, la Reine était habituée de longtemps à sa conduite et avait plus de résignation sur ce chapitre.

A l'été de 1663, le Roi partit pour s'emparer de la place de Marsal, laquelle était due et redue par le duc de Lorraine. Vivonne suivit Sa Majesté et mon mari suivit Vivonne. Mon frère était celui de la famille qui avait le mieux accueilli mon époux. Ils se ressemblaient : tous deux aimaient la bonne chère, les chevaux et le jeu. Seulement mon frère avait épousé une femme qui avait la plus belle dot du royaume et j'avais été donnée à peu près nue au marquis de Montespan. Mon mari s'engagea comme volontaire ; cette volonté-là nous coûta une fortune. Il commença d'emprunter quatre mille livres de-ci, six mille de-là, après quoi je dus l'accompagner chez un prêteur qui fit écrire que c'était bien pour suivre le Roi en Lorraine que nous lui prenions sept mille livres, et encore était-ce sous la caution d'un ménage de plumassiers et de deux marchands du Pont-au-Change. Je fus humiliée jusqu'à la gorge d'une visite qui allait être suivie d'un grand nombre d'autres. La première fois, je pleurai tant de honte et de dégoût que je dus garder la chambre deux jours. J'eusse mieux aimé aller en enfer que de me trouver en quémandeuse chez un monsieur Seignerolles qui ne nous épargna ni l'attente dans une antichambre ni des airs de suspicion. A la façon dont ce bourgeois me regardait, il apparaissait clairement qu'il devait craindre que nous ne lui prenions son argent pour acheter mes parfums ou mes mouches. La seconde fois que mon mari vint me chercher, je refusai tout net de marcher. Monsieur de Montespan me demanda d'un air badin si je préférais vendre mes bijoux. Il parla d'une dot qu'il n'avait jamais vue que sur le papier, et moi des tables de jeu où disparaissait tout ce que nous avions. Le ton monta, de grosses paroles échappèrent. J'éclatai en sanglots, mon mari leva les épaules, je lui lançai mon éventail au visage, ce dont il ne fit que rire. Après cette scène, je pleurai sur les carreaux de mon lit à en avoir la tête doublée. Madame de Thianges se moqua de mon chagrin. Elle m'assura qu'elle se trouvait logée à la même enseigne, qu'ainsi marchait le monde, et que si l'on s'ensevelissait pour si peu, les salons et la Cour seraient vides. Je me relevai donc. J'appris à ne pas me montrer trop parée chez les prêteurs, à avoir l'air obligée en restant sur mon rang et à parler misère sans demander l'aumône. Ce fut chaque fois une rude épreuve dont je tenais d'autant plus rigueur à mon mari qu'il affectait de ne s'en soucier aucunement.

L'expédition de Marsal tourna court car le duc de Lorraine rendit la ville, ne voulant pas d'affaire avec le Roi qui revint à Vincennes. Il voulut que la Cour fût à Versailles au mois de septembre. Ce fut dans le temps qui suivit mon mariage que le Roi avait emmené pour la première fois la Cour à Versailles où il avait donné ordre de refaire le toit et les appartements. Nous avions tous été étonnés que Sa Majesté parût se plaire dans un endroit où il n'y avait qu'un misérable village, un moulin à vent et un petit château que le feu Roi avait fait pour n'y pas coucher sur la paille. Dès que Sa Majesté était arrivée, Elle avait demandé à quoi on avait travaillé depuis le dernier jour qu'Elle était venue. On venait de terminer sur le devant deux corps de logis avec des pavillons qui servaient de cuisines et d'écuries. Derrière ce petit château, monsieur Le Nostre avait fait aménager un grand parterre de broderie appuyé à un terrassement où le Roi faisait creuser une orangerie. Il nous la montra, et aussi ses jardins fruitier et potager, des glacières emplies de glace pour trois ans et un labyrinthe de buis. En conduisant la visite, le Roi, la mine réjouie, disait en se frottant les mains : *« Allons, le chaos de ce mélange d'ouvrages se débrouille ! »* C'est à en rire aujourd'hui quand on songe que ce chaos-là ne donnait même pas idée de ce qu'on allait connaître à la suite. La Cour fut pour la seconde fois à Versailles au retour de Marsal. Tous les jours ce ne fut que bals, ballets, comédies, musiques de voix et d'instruments de toute sorte, chasses et autres divertissements. Molière joua quantité de pièces dont ce fameux *Impromptu de Versailles* où il affectait de venir causer sur la scène en habit de ville. La pièce, faite sur un clignement d'yeux, était pleine de sous-entendus sur la Cour, sur l'hôtel de Bourgogne, sur les comédiens, et de signes dans la direction du Roi qui s'y trouvait toujours en ne s'y trouvant pas. Ce qui parut fort particulier à Versailles fut que Sa Majesté voulut que toutes les personnes auxquelles Elle avait donné des appartements fussent meublées. Elle fit servir les repas à tout le monde et fournit jusqu'au bois et aux bougies des chambres, ce qui n'avait jamais été pratiqué. A cela on sentit que cette maison n'était pas comme les autres. *« Je ne sais pourquoi le Roi se coiffe d'un châ-*

teau de la construction duquel un simple gentilhomme ne voudrait pas prendre vanité », me dit Vivonne. Beaucoup pensaient que Sa Majesté s'était piquée de voir que monsieur Foucquet avait fait sortir un château à Vaux où il n'y avait rien, et qu'il voulait faire de même à Versailles. Je ne crois pas dans cette raison, car je sais que ce qui avait déplu au Roi à Vaux était uniquement la façon dont son ministre avait tiré importance d'une maison qui demeurait petite à côté de la plupart des châteaux et des palais de Sa Majesté. Je crus ce point d'histoire éclairci de quelques lueurs, un jour où le maréchal de Villeroy dit devant moi qu'il avait rapporté à Sa Majesté que, quelque temps avant sa mort, le feu roi Louis XIII avait confié qu'il aimait tant Versailles que si Dieu lui rendait la santé, sitôt qu'il verrait son Dauphin en état de monter à cheval et en âge de majorité, il s'y retirerait avec quatre pères jésuites pour ne plus penser qu'aux affaires de son âme et de son salut. Sa Majesté parlait rarement du Roi son père, mais Elle ne le faisait qu'en termes de parfaite estime et de grand respect. Je ne doute pas que le goût du feu Roi pour Versailles n'eût incité son fils à s'y plaire. Au Louvre, le Roi avait le sentiment de chausser les mules du cardinal de Mazarin ; des années après la mort du ministre, il semblait qu'on entendît encore glisser sa soutane sur les parquets, comme on l'entendait aux Tuileries, à Saint-Germain, à Vincennes et à Fontainebleau. A Versailles seulement, le Roi mettait ses pas dans ceux du Roi son père. Je donne ceci comme une première raison à l'inclination du Roi ; je crois qu'il s'en trouve une autre que je dirai bientôt.

Je parle de la fin de l'été de 1664, la maison de Versailles était encore celle du Roi Louis XIII, et déjà le goût que le Roi montrait pour elle souciait monsieur Colbert qui reprochait au Roi de dépenser des écus qui, selon lui, auraient trouvé un meilleur emploi au Louvre et aux Tuileries. Quand le Roi eut terminé les premiers embellissements de Versailles, monsieur Colbert s'était réjoui de voir achevée une maison où il ne serait plus question que d'aller deux ou trois fois l'an pour y faire les réparations qu'il conviendrait. Son désespoir était comique. *« Cette maison regarde bien davantage le plaisir et le divertissement de Sa Majesté que sa gloire. Ah ! quelle pitié que le plus grand des rois fût mesuré à l'aune de Versailles ! »* disait-il en levant les bras au ciel. Je devais, des années tard, lui demander en souriant, alors que nous regardions un feu d'artifice embraser le palais, les jardins et le grand canal, s'il craignait encore que le Roi fût mesuré *« à l'aune de Versailles »*. Il soupira : lui seul savait ce que coûtait cette aune-là. Le ministre qui avait organisé la ruine de Foucquet commençait de jouer le dindon de la farce. Monsieur Colbert avait excité la haine du Roi contre le surintendant en lui représentant l'horreur des dépenses faites à Vaux et n'avait pas vu que la haine du Roi n'allait pas à une magnificence dont il s'était trouvé ébloui, mais à la tentative de son ministre de se faire plus splendide que lui-même. A présent, le Roi qui aimait tout ce qui était magnifique dépassait infiniment la prodigalité du surintendant et chargeait monsieur Colbert de régler la dépense ; si l'on y songe, jamais homme ne fut si cruellement trompé.

La Cour revint à Paris au mois d'octobre. Je fus accouchée le 17 de novembre, rue Taranne, d'une fille. Mon mari montra en cette occasion beaucoup de tendresse et d'inquiétude, et ne quitta la ruelle que quand l'accoucheur le chassa. Nous appelâmes notre aînée Marie-Christine. J'honorais ainsi ma belle-mère, Chrétienne-Marie de Zamet, et désignais ma cadette pour être sa marraine. Je souhaitais qu'un peu de la sagesse et de la sainteté de Marie-Christine passât dans sa filleule à laquelle je trouvai bientôt une excellente nourrice, faite sur le modèle de ma Nano. Dans le moment où je mis au monde ma fille, je jurai au milieu des douleurs qu'on ne me prendrait plus au trébuchet. Je me serais tuée, je pense, si l'on m'avait prophétisé que cette enfant serait suivie de huit autres. Quoique la petite fût fort jolie, j'avoue avoir ressenti une vive déception de mettre au monde une fille. Je craignais d'avoir mal répondu au vœu de mon mari qui était le seul à continuer sa maison et m'en trouvais vaguement honteuse. Content de me voir heureusement accouchée, mon époux rit de mes frayeurs. « *Ne songez qu'à reprendre des forces,* me dit-il, *je vous ferai bientôt un garçon.* » Il tint parole exactement.

Mademoiselle de La Vallière se trouva grosse dans le même temps que moi, encore que la chose ne fût pas publique. Elle se retira au palais Brion que le Roi lui avait fait préparer près du Palais-Royal. Elle recevait le soir, étendue ou couchée, toujours vêtue d'un manteau de chambre, ceux qui allaient jouer chez elle. J'allais quelquefois la voir, sans doute parce que je savais être agréable au Roi, désagréable à Madame, et aussi parce que la maîtresse du Roi me donnait assez de pitié. Les petits maux qui accompagnent ordinairement la grossesse étaient fort augmentés chez elle. Elle avait des éblouissements qui la laissaient un moment sans voir d'un côté ; quand cela était passé, il lui restait un grand mal de tête ; elle réclamait alors d'être saignée. Monsieur Colbert qui faisait près d'elle les commissions du Roi et qui veillait à tout, la rassurait à sa façon, rustique, mais très sage : « *Vous avez des vapeurs tristes,* lui disait-il, *et la tristesse engendre le mal. Soyez gaie et vous vous porterez bien.* » J'appuyais ces dires autant qu'il était en mon pouvoir de le faire, m'essayant à distraire et à amuser la future mère, de sorte que mademoiselle de La Vallière s'attachait à moi, disant que je lui communiquais de la gaieté et de l'énergie. Peu avant les fêtes de Noël, on cessa de la voir pendant quatre jours. Elle entendit la messe de minuit aux Quinze-Vingts [1] où on la trouva fort pâle et changée. Bientôt l'on sut qu'elle était accouchée d'un fils, mais on n'entendit pas plus parler de cet enfant que s'il n'eût jamais existé.

Pour ma part, je me relevais rapidement de mes couches, fort contente de retrouver la Cour, le monde, et tout ce qui me faisait sauver de la rue Taranne. Je fus la marraine à Saint-Sulpice d'un petit Maure que Bossuet baptisa après avoir prêché sur la conversion des païens, auxquels il nous compara tous, afin, je suppose, de rabaisser notre superbe. La cérémonie donna occasion à Loret de me louanger :

Lundi dernier, un jeune Maure
Bien instruit, bien catéchisé,
Fut publiquement baptisé,
La marraine fut cette belle
Qui contient tant d'appas en elle,
La marquise de Montespan,
Le merveilleux modèle ou plan,
D'un extrêmement beau visage,
D'une dame charmante et sage
Où les grâces font leur séjour,
Que depuis quelque temps, la Cour
Met au nombre de ses miracles.

Ce « *quelque temps* » nous faisait remonter, je pense, à la naissance de ma fille. L'événement m'avait ôté de

1. L'église de l'Hospice royal, rue Saint-Honoré.

la maigreur, donné de la gorge et éclairé le teint. Certains compliments me le firent entendre et augmentèrent un fond de coquetterie. Je consacrai beaucoup plus de temps à une toilette qui me donnait infiniment de plaisir. Il me semble que les femmes qui ne sont pas trop bien traitées par leur mari se veulent rassurer de cette façon. Ma mère avait longtemps veillé sur mon habillement avec une sévérité de censeur. Je m'en dédommageais en collets de guipure ou de dentelle, linge frais, gants à la frangipane et galants[1] de toute sorte. Je me pris de passion pour les étoffes qui brillent comme des miroirs, les broderies les plus riches et les blondes[2] que l'on admire au travers du jour. Pour mieux conserver les lys et les roses dont on me flattait, je commençais de blanchir mon teint avec de l'huile de talc, j'appliquais du vermillon détrempé pour aviver les joues, m'amusais de jouer avec les mouches. J'appris à disposer selon mon humeur la passionnée près de l'œil, la coquette au coin de la bouche et l'enjouée dans une fossette que je possède au menton ; c'était, bien sûr, l'une ou l'autre, car je ne me donnais pas le ridicule de sortir trop mouchée. Le goût des parfums m'avait été communiqué par la Reine Mère qui en usait beaucoup et les faisait fabriquer devant elle ; il me souvient d'y avoir travaillé en sa compagnie dans les premiers temps que je fus aux Tuileries. A présent, je me fournissais *A la devise royale* sur le quai de Nesle, ou à *La Toison d'or,* rue des Grandvilliers, d'essence de jasmin, de rose, d'œillet, d'eau de fleur d'oranger, de lait d'amarante et d'eaux aromatiques de toutes sortes. J'avais des sachets de senteur et des pomandres[3] en

1. Rubans.
2. Dentelles.
3. Boîtes de senteur destinées à contenir des parfums secs.

forme d'escargot, de grenouille, de croix ou de pomme. J'en mettais dans mes poches, mon manchon, ma voiture et jusque sous mes carreaux. Je devins aussi savante en matière de parfum que je l'étais en médecine : j'avais mes recettes et mes compositions secrètes. J'aimais à ce que chacune de mes robes et chaque objet qui m'entourait répandissent un parfum différent. Mon époux ne s'en plaignait pas. Il lui plaisait que je paraisse ; du moins était-ce un point sur lequel nous nous entendions. Je recevais avec plaisir ses compliments et avec moins de déplaisir les marques de sa tendresse. Les maris qui ont assez vécu avant de se marier, et je ne pouvais douter que ce fût le cas du mien, finissent par apprendre certaines choses à leur femme, encore me laissait-il souvent en chemin.

Le goût des afféteries, comme les appelait Madame, augmenta sensiblement nos dépenses. J'eus le bonheur qu'au début de 1664, Sa Majesté créa six charges de dames d'honneur de la Reine. Presque toutes les dames de la Cour y prétendaient, et des mieux nées, comme la princesse de Bade ou la comtesse de Guiche. J'espérais dans ma qualité d'ancienne fille d'honneur et dans la bonté de Monsieur qui parla pour moi à son frère. Je fus du nombre des élues, ce qui me permit de vaquer à ma dépense, car pour celles de mon époux, le trésor du roi Crésus n'y aurait point suffi. En remerciant Monsieur, je lui demandai si le choix de ma personne agréait à la Reine. *« Oh !* me dit-il, *la Reine veut seulement qu'il n'y en ait point dont le Roi puisse être amoureux. »* L'air de Monsieur indiquait que je ne donnais pas sujet à ces sortes de crainte. Ma vertu et ma réputation y trouvaient leur compte, mais je possédais autant qu'une autre l'amour-propre de la figure, aussi demeurai-je assez piquée de la réflexion.

Je commençai de m'acquitter des devoirs de ma charge en accompagnant la Reine à Versailles où le Roi invita toute la Cour pour admirer la fête la plus magnifique que l'on eût jamais vue ; en vérité, elle fut supérieure à celles qu'on invente dans les romans. Il avait commandé à monsieur de Vigarini qui est l'inventeur des machines dont j'ai parlé, et au comte de Saint-Aignan qui organisait ses plaisirs, de faire un dessein où carrousel, ballet de cour, comédie, feu d'artifice, jeu et festin se trouveraient mêlés durant trois jours. Ils prirent pour sujet le palais d'Alcine qui donna lieu au titre des *Plaisirs de l'Ile enchantée*, puisque, selon l'Arioste, le brave [1] Roger et plusieurs autres chevaliers furent retenus en cet endroit par les charmes et le savoir de cette magicienne.

On ne peut pas être plus éblouis que nous le fûmes dès le premier soir. On avait élevé dans les jardins de grands portiques qui soutenaient un nombre infini de flambeaux pour faire une lumière égale à celle du soleil. Les chevaliers défilèrent devant les dames, accompagnés d'un somptueux cortège de pages, trompettes et timbales, suivi par le Roi qui faisait Roger sur un cheval magnifique dont le harnais éclatait d'or, d'argent et de pierreries. Il était armé à la façon des Grecs et portait une cuirasse à lames d'argent couverte d'une broderie d'or et de diamants ; son casque était couvert de plumes couleur de feu. Il me parut que jamais un air plus libre n'avait mis mortel au-dessus des hommes.

Il a beau se cacher sous l'habit d'un berger,
D'un Romain, de Mars, de Roger,
Soudain sa grâce sans seconde,
Son air majestueux, certain je ne sais quoi,

1. Courageux.

Fait connaître que c'est le Roi,
Et le roi le plus grand du monde.

Ce ne fut à la suite que chars magnifiques, ballets et enchantements de Lully qui entra à la tête d'une troupe de concertistes qui s'étaient approchés à petits pas et à la cadence de leurs instruments, puis course de bagues et festin dans un bosquet à la lueur de mille flambeaux. La fête dépassait de beaucoup le lieu où l'on se trouvait, elle s'étendait aux eaux, à la terre entière et au ciel. Le second jour Molière donna *La Princesse d'Elide* où il avait merveilleusement mêlé la comédie, la danse et la musique. Enfin, le troisième jour, le palais d'Alcine qu'on avait édifié sur le Rond d'eau [1], en bas de l'Allée Royale [2], s'abîma dans un feu d'artifice qui sembla embraser le ciel et dont l'effet fut doublé par l'eau. L'enchantement de ces jours fut si grand qu'il me parut que le monde de l'Arioste était venu nous visiter, que le temps s'était arrêté et que les chevaliers vivaient parmi nous. J'eus assez de peine à m'éveiller de ce songe. Il me semble que Sa Majesté ne le pouvait pas non plus ; mais il n'est pas impossible à un grand roi de faire durer les songes. Je crois que Sa Majesté a ordonné toutes les immenses choses qu'Elle a faites à Versailles pour que l'on demeure dans un monde enchanté et que le palais de Versailles n'est autre que la continuation de celui d'Alcine. Je crois que le Roi a voulu se bâtir un théâtre où il serait chaque jour roi, héros et chevalier. Qu'on y regarde seulement un peu, et l'on verra s'il ne ressemble pas à notre Roi d'avoir imaginé le plus grand et le plus magnifique décor qu'on eût jamais conçu pour la représentation qui était celle de sa vie. Ce que j'avance est si vrai que le Roi qui

1. Aujourd'hui le bassin d'Apollon.
2. Le Tapis Vert.

aimait le théâtre et l'opéra de passion ne fit pas construire de théâtre à Versailles. J'ai vu *La Princesse d'Elide* dans une salle de verdure, *Tartuffe* dans le vestibule, *Georges Dandin* dans le parc, *Le Malade imaginaire* devant la grotte de Thétis et *Alceste* dans la cour de Marbre. Versailles tout entier était le théâtre où le Roi se produisait chaque jour, entouré de nous autres qui donnions la réplique. Ce fut, bien sûr, à Versailles que le Roi commença de montrer qu'il possédait l'art de ne pas faire cesser les fêtes. Le lendemain, il voulut que l'on courre les Têtes, ce qui se fit dans le fossé devant le château. Le soir, Molière qui venait d'avoir l'honneur de donner le Roi pour parrain à son fils représenta *Les Fâcheux*, mêlé d'entrées de ballet. Le jour suivant, Sa Majesté fit tirer aux dames une loterie de pierreries, d'ameublements et d'argenteries de toutes sortes. J'eus le bonheur de gagner une paire de pendants d'oreilles à trois branches, chacun garni de gros diamants ; j'en fus bien aise car mes bijoux se trouvaient tous mis en gage par mon mari. Le soir on joua *Tartuffe* que Molière avait fait contre les hypocrites. On vit à l'air de la Reine Mère que cette comédie lui déplaisait ; on vit aussi qu'elle plaisait au Roi. Quand nous fûmes las de nous amuser, la Cour partit pour Fontainebleau où les fêtes recommencèrent.

On savait que *Les Plaisirs de l'Ile enchantée* étaient plus destinés à mademoiselle de La Vallière qu'au reste des spectateurs. La Reine Mère témoigna au Roi son mécontentement par son silence et sa résolution de quitter la Cour pour se retirer au Val-de-Grâce. Le Roi, fort ennuyé, pleura avec elle et ils se réconcilièrent sans que cela changeât quelque chose à la conduite du Roi. Un matin où, avec quelques dames, je me trouvais dans l'antichambre de la Reine Mère, l'une de ses femmes de chambre, la señora Molina, vint nous voir bouleversée. Etant entrée dans l'oratoire de sa maîtresse, elle avait été surprise de la trouver en larmes ; elle osa lui demander la cause de son affliction. *« Ah ! Molina !* lui répondit la Reine Mère en espagnol, *Estos hijos*[1] *! »* Ce cri propre à toutes les mères me devait sortir du cœur plus d'une fois.

1. « Ah ! Molina ! Ces enfants ! »

Le chagrin de la Reine sa mère n'empêcha pas le Roi de montrer davantage une maîtresse qui était dans le fort de sa faveur. Il l'emmena à Villers-Cotterêts chez Monsieur et à Chambord pour la chasse. Il la fit même venir à Vincennes et joua aux cartes publiquement avec elle. Cette fois, la Reine se répandit en cris contre *« la putana »* ; elle accoucha avant son terme d'une autre fille. On répéta que l'enfant était noire comme de l'encre, toute velue et qu'on n'avait pas mesuré les risques que le duc de Beaufort avait fait courir à la Reine en ramenant de la côte d'Afrique un enfant maure qu'il avait donné à Sa Majesté. Ces sottises n'ont aucun fondement ; je vis plusieurs fois cette enfant qui était un peu noire, mais pas plus que les demoiselles Mancini. Elle n'était seulement pas assez bien formée pour vivre et mourut à la veille des fêtes de Noël. La Reine fut malade, et pas d'une maladie à guérir du jour au lendemain. On lui administra à nouveau le viatique. Elle fit promettre au Roi de marier mademoiselle de La Vallière. Il n'en était pas temps ! Deux mois après la Reine, mademoiselle de La Vallière fut accouchée, dans les mêmes circonstances que la première fois, d'un garçon dont on n'entendit pas plus parler que de son aîné.

Madame, de son côté, poursuivait de se montrer fort mauvaise envers moi. L'affaire qui fit le plus de bruit fut un médianoche [1] donné sur le canal dans un bateau fort éclairé avec des violons et la musique où le Roi pria Madame d'assister. Elle lui demanda de m'en exclure. Monsieur, choqué par l'exclusion qu'on donnait à son amie, déclara qu'il ne se trouverait pas aux fêtes où je ne serais pas. La Reine Mère qui continuait de haïr [2] Madame le fortifia dans cette résolution, mais comme cette princesse se trouvait sur le point d'accoucher, le Roi ne voulut pas la contrarier, ce dont je pensai enrager. Dans ce temps-là, le comte de Guiche revint de Pologne. Je donne à imaginer ce que cela fit comme dits, redits, billets et intrigues de toutes sortes. Le marquis de Vardes embrouilla si bien les choses entre Madame, la comtesse de Soissons et le comte de Guiche, qu'il pensa leur faire tourner la tête et qu'à la fin personne ne voulait ni ne pouvait se tirer de ce labyrinthe.

Je passai l'été de 1664 à Fontainebleau avec la Cour. Mon époux avait suivi Vivonne dans l'expédition conduite par le duc de Beaufort contre les Barbaresques en Alger. J'avais été effrayée quand on avait commencé de parler d'aller prendre Gigelli [3] afin de donner une punition aux pirates qui coursaient les navires de Sa Majesté. Je me ressouvenais que monsieur Vincent quêtait pour la rançon des malheureux pris par les Barbaresques, qu'il l'avait été lui-même et n'en gardait pas le meilleur souvenir. J e demandai à mon frère s'il avait songé à ce que je deviendrais si je demeurais seule avec

1. Cette collation se prenait après minuit les jours maigres, afin de pouvoir manger viande et gibier.

2. Le verbe a un sens moins fort qu'aujourd'hui et signifie plutôt : ne pas aimer.

3. Djidjelli.

un enfant au maillot. « *Vous vous remarierez, Françoise,* me dit-il assez légèrement, *n'avez-vous pas remarqué que les veuves trouvent toujours plus aisément à convoler que les filles ? Regardez autour de vous, madame de Richelieu en est la preuve.* » Je me souciais fort peu de battre ma cousine à ce jeu-là, mais mon mari, quand il ne jouait pas, ne rêvait qu'aventures et gloire militaire. Il fallut à nouveau fournir l'équipage. Mon beau-père étant mort, ma belle-mère remit à son fils près de la moitié de ce qui lui revenait de ma dot et fit encore un emprunt sur le duché de Bellegarde. Ensuite, monsieur de Montespan signa des reconnaissances à s'en faire mal au bras. La flotte, formée de quinze vaisseaux du Roi et de galères, partit au mois de juillet. Tout alla bien au début. Mon mari chargea assez glorieusement avec ses volontaires et mon frère s'empara de Gigelli. Après, je crois qu'il se fit un grand désordre car le duc de Beaufort et Vivonne mandaient au Roi, chacun pour leur part, des nouvelles qui, me rapportait mon père, empêchaient de se faire la moindre idée de la situation. Je reçus deux missives de mon mari. La première disait que le maréchal de Gadagne, jaloux de la témérité des volontaires qui donnait de l'ombre à ses troupes, les consignait. L'humeur de mon mari s'en ressentait : il n'était pas venu, disait-il, pour jouer aux cartes, ce qui m'apprit qu'il n'avait plus un liard en poche. Le second billet parlait du siège, de fièvres, et de viandes mal salées qu'on ne pouvait manger. Monsieur de Montespan revint à la fin de l'été ; ce fut heureux car l'affaire se termina mal. Il passa sa bile comme il put, joua pour se consoler, et recommença de signer des billets. On le sait, la machine ne va pas toujours. Les créanciers se plaignirent au Châtelet[1]. Notre

1. Siège du Tribunal.

visite chez le notaire ne fut point plaisante ; pour arrêter l'affaire un moment, il fallut se départir de droits sur une ferme. Je signai, mais ce ne fut pas de bon gré. Mon mari nous mettait dans la situation d'être poursuivis par une meute de chiens auxquels il fallait à présent jeter des morceaux. J'ai dit que madame de Thianges connaissait ces sortes d'ennuis. Ma sœur était hardie et ne manquait jamais d'idée pour se tirer d'affaire. Elle s'aboucha avec monsieur Picault, secrétaire de la chambre du Roi, pour obtenir la succession en déshérence de monsieur Dauvergne sur les grandes boucheries de Paris, à charge d'en laisser le tiers aux domaines. Le jour où le Roi signa cette libéralité, je me crus au moment d'être riche. Hélas, les bouchers s'opposèrent à la donation, de sorte que nous ne récoltâmes que des procès : contre la corporation des bouchers, contre le gendre de monsieur Dauvergne, et j'en passe. La belle idée de ma sœur, loin de nous sortir d'embarras, nous en apporta une quantité, ce qui devait se reproduire en d'autres occasions.

L'année 1665 vit beaucoup de choses peu heureuses pour la famille royale. La Reine Mère sentit une douleur au sein. Les médecins y mirent de la ciguë, ce qui n'apporta pas de soulagement, puis le cancer se déclara tout d'un coup, très grand et incurable. La Reine ne quittait pas la Reine Mère et je ne quittais pas la Reine, ce qui me fut une grande épreuve. J'ai toujours été effrayée de la mort et je la voyais approcher d'une personne que sa grandeur semblait protéger. Dès le début de sa maladie, Sa Majesté avait formé une grande résolution de s'accoutumer à la souffrance. Le jour, elle s'habillait à son ordinaire et se divertissait le mieux qu'il était possible, mais elle perdait l'usage de dormir ; on lui faisait prendre toutes les nuits du jus de pavot. Au printemps, la Reine Mère désira d'aller à Saint-

Germain, disant que si elle avait à mourir, elle aimerait que ce fût là. Le Roi lui proposa de faire ce voyage en galère, mais elle voulut aller en chaise, afin de passer par Sainte-Marie de Chaillot pour, disait-elle, revoir une fois encore ce pauvre couvent. Sitôt qu'elle fut à Saint-Germain, la malade demanda à recevoir le viatique, ce qui se fit devant toute la Cour. Le Roi et Monsieur allèrent chercher le Saint Sacrement à la paroisse. On n'entendait que les sanglots et les soupirs de tous ceux qui étaient dans la chambre. Monsieur l'abbé de Gordes, premier aumônier de la mourante, s'évanouit d'affliction. Je déchirai mon mouchoir pendant les prières, fort malade d'assister à tout cela. Seule la Reine Mère paraissait contente ; elle ne me sembla jamais si belle et si grande qu'elle parut alors. Redressée autant qu'elle le pouvait sur son lit de damas couleur de feu, elle fit approcher le Roi et Monsieur qu'elle pria fermement de s'aimer toujours en souvenir d'elle. Quand j'allai baiser sa main, elle me demanda des nouvelles de ma mère. Je lui répondis que sa santé n'était point bonne, sans que l'on sût trop ce qu'elle avait. Je ne pus m'empêcher de lui dire, les larmes aux yeux, combien j'admirais sa fermeté. Sa Majesté me fit l'honneur de me répondre : *« Personne n'est bien aise de mourir ; mais il est vrai que Dieu me fait cette grâce d'en être moins troublée que les autres. »* Je suppliai alors Notre-Seigneur de m'accorder, le plus tard qu'il fût possible, la même faveur. Je Le poursuis aujourd'hui de la même ardente prière.

Les médecins voulurent ramener la Reine à Paris. Ses douleurs devinrent si extrêmes qu'en dépit de son courage, elle se vit près d'entrer dans le désespoir. Il me souvient que madame de Flex lui ayant témoigné qu'il lui fallait souffrir la Croix avec Jésus-Christ, la Reine Mère accablée lui répondit : *« Ah ! madame, ne me dites rien : je sens que je perds la raison ; et dans l'état où je suis, j'aurais peur de ne pas recevoir ce que vous me diriez avec assez de respect.* » Je fus encore plus émue quand je vis Monsieur dire, après lui avoir fait quelques questions sur ses maux, qu'il aurait souhaité d'en prendre la moitié. La Reine Mère lui répondit d'un ton ferme que ce ne serait pas juste, que Dieu voulait qu'elle fît pénitence, que c'était à elle de souffrir et non à lui. Cette grandeur, au lieu de me rassurer, m'effrayait. J'aimais trop la vie pour savoir la quitter si uniment. Je pleurais, non sur la Reine, mais sur moi, sur ma faiblesse et la honte qu'elle me donnait.

Cependant, la maladie de la Reine Mère traînant en longueur, le Roi retourna à Versailles pour y mener mademoiselle de La Vallière. Sa mère lui fit part du chagrin qu'elle avait de ces absences et lui dit que les peuples murmureraient contre lui s'ils le voyaient occupé à se divertir dans l'état où elle était. Je n'ai là-dessus pas de leçon à donner, car ma mère était souffrante et j'avançais le prétexte que j'étais grosse pour ne pas faire le voyage de Poitiers. Je portais cet enfant d'une façon différente de son aînée et j'espérais mettre au monde un garçon.

Puisque j'en suis à parler de mademoiselle de La Vallière, il me parut que l'amour que le Roi lui portait n'était plus aussi parfait qu'il avait été. Le pouvoir de ses charmes diminuait insensiblement. On le vit quand, à l'été de 1665, le Roi eut la fantaisie de faire l'amour à madame de Monaco. Elle était la fille du maréchal de Gramont, honnête homme quoique fort débauché, et la sœur du comte de Guiche, le héros de roman. On l'avait mariée à un Génois de la maison de Grimaldi, père de ce jeune homme qui, le premier, se fit appeler le prince de Monaco, ce qui est au demeurant la souveraineté d'une roche du milieu de laquelle on peut, tout au plus, cracher dans l'eau. Le maréchal de Gramont, fort riche, avait un cousin fort gueux qu'il reçut chez lui et poussa dans le monde et à l'armée. Monsieur de Péguilin [1], depuis comte de Lauzun, lui rendit la politesse en faisant l'amoureux de sa fille. Je crois qu'il en eut les bonnes grâces car elle ne refusait personne. Quand mademoiselle de Gramont épousa son Italien, le marquis de Péguilin se donna le ridicule de la suivre une partie du chemin déguisé, tantôt en marchand, tantôt en postillon, enfin de toutes les manières qui le pouvaient rendre méconnaissable. On a là un modeste échantillon des folies qui illustrèrent la vie du comte de Lauzun. Madame de Monaco s'était montrée plus désolée de partir que si on l'eût menée aux Indes. Son mari était un Italien glorieux et avare, gros comme un muid et qui ne voyait pas jusqu'à la pointe de son ventre ; son épouse lui fit trois enfants et réapparut à la Cour. Elle était un peu grasse, mais fraîche comme un sorbet et montrait pour la débauche les mêmes facilités que son père. La petite marquise de Sévigné l'appelait *« le Torrent »,* ce qui n'était pas mal trouvé. Péguilin revit madame de Monaco et le feu mal éteint se ralluma dans le moment où Madame, qui ne pouvait pardonner à mademoiselle de La Vallière d'avoir su se faire aimer du Roi, eut l'idée de diriger *le Torrent* dans le lit de Sa Majesté. Monsieur de Péguilin, voyant que madame de Monaco agaçait le Roi, paya une de ses femmes qui l'avertit que le Roi devait venir trouver sa maîtresse à 2 heures après minuit, enfin que l'on était convenu que le Roi trouverait en passant le long du corridor de madame de Monaco la clef qu'elle aurait soin de laisser sur la porte de son antichambre. Monsieur de Péguilin paya magnifiquement cet avis et exigea de cette fille que, dès une heure après minuit, la clef soit à la porte ; de sorte que passant lui-même par ce corridor dès que

1. Puyguilhem.

tout le monde lui parut couché, notre Gascon ferma la porte à double tour, prit la clef et se retira. Le Roi vint à 2 heures comme il l'avait promis, mais quel moyen y avait-il d'entrer ? On tenta de s'éclaircir au travers de la porte. La clef était-elle tombée à terre ? Sa Majesté se baissa et chercha à tâtons. A la fin, il fallut se donner le bonsoir derrière la cloison et monsieur de Péguilin qui s'était caché dans un privé en face de l'appartement, bien enfermé au crochet, lorgnait par le trou de la serrure, riait bas de tout son cœur et se moquait d'eux avec délice. Le Roi n'a su que longtemps après comment cette porte s'était fermée. Je ne sais si Sa Majesté prit des rendez-vous plus commodes ou plus certains avec madame de Monaco, mais ce commerce n'eut que peu ou point de suite car une mystérieuse lettre vint avertir mademoiselle de La Vallière du goût du Roi pour l'impétuosité des torrents. Cette fille sage remit la lettre à son maître. Sa Majesté eut peu de doutes sur la personne qui l'avait envoyée car Péguilin faisait partout l'amoureux de madame de Monaco. Le Gascon passa la mesure en allant casser les miroirs chez sa maîtresse et en s'introduisant la nuit chez celle du Roi où il abandonna une échelle de corde et la marque d'un pied crotté. Le Roi eut la bonté de le faire venir pour le raisonner et, ne trouvant que des paroles de colère, l'envoya à la Bastille d'où il fut élargi assez vite. En quittant sa prison, le marquis de Péguilin courut à Versailles où il se donna le grand plaisir de porter son talon sur la main de madame de Monaco qui se trouvait assise à terre à mon côté sur le parquet près de la Reine. Quand elle cria de douleur, je vis monsieur de Péguilin, dressé sur ses ergots, jurer qu'il n'avait marché que par mégarde et offrir de se jeter par la fenêtre si cela pouvait contenter madame de Monaco. Le maréchal de Gramont, fort mécontent de l'offense faite à sa fille, chargea le prince de Condé de demander réparation, de sorte que le Roi, pour éviter une affaire d'Etat, dut témoigner que monsieur de Péguilin n'avait écrasé cette main que par mégarde.

J'eus le bonheur d'être heureusement délivrée le 5 septembre 1665 d'un garçon. C'était mon petit marquis d'Antin dont la venue causa une joie sans pareille à mon mari et à toute sa maison. Nous l'appelâmes Louis-Antoine, afin qu'il portât le prénom de son père et celui de l'oncle de mon mari, le duc de Bellegarde dont il était l'unique héritier. Fort heureuse d'avoir rempli mon devoir en donnant un fils au marquis de Montespan, je reçus avec beaucoup de fierté les compliments des dames venues me porter des drageoirs puis, ayant trouvé une bonne nourrice pour mon fils, je repris mon service près de la Reine. Celle-ci eut alors la douleur de perdre son père, le roi d'Espagne. Le Roi lui apprit la nouvelle comme nous revenions des Carmélites. La Reine se jeta dans les bras de son époux et pleura si excessivement que Sa Majesté crut devoir donner des larmes. Cette princesse était d'autant plus malheureuse que l'état de la Reine Mère ne se méliorait pas. *« Si la pierdo, que hare*[1] *? »* nous disait-elle en pleurant. La fin, pourtant, approchait. La gangrène s'était mise dans la plaie où les médecins taillaient tous les jours et, quoique la malade tînt toujours dans ses mains un éventail en peau d'Espagne, cela n'empêchait pas que l'on sentît son mal jusqu'à faire manquer le cœur. Quand on la pansait, on lui tenait des sachets de senteur auprès du nez. *« Dieu veut en cela me châtier d'avoir eu trop d'amour-propre et d'avoir trop aimé mon corps »*, disait la mourante. Elle se reprochait les égards trop grands qu'elle avait eus pour sa personne.

1. « Si je la perds, que deviendrai-je ? »

La Reine Mère était si délicate qu'elle ne pouvait supporter que le linge le plus fin et qui devait être adouci par beaucoup de lavages avant que de servir. Il me souvient que madame d'Ille s'étant approchée de son lit, elle lui parla de la peine qu'elle avait de ses fautes, et lui dit en la regardant fixement et en caressant son drap de ses belles mains : *« Ah ! condessa, savanas de batista ! Condessa, savanas de batista*[1] *! »* Epouvantée, je m'en fus, quittant l'appartement du Louvre, et me ruai aux Tuileries où je fis irruption chez la comtesse de Vivonne. Sans lui laisser le temps de respirer, j'entretins ma belle-sœur de toilettes, de cartes, de ragots, enfin de bagatelles.

Nous passâmes les fêtes de fin d'année dans une grande tristesse, ce qui n'empêcha pas qu'on poursuivît de se marier. Le Roi fit célébrer au début de janvier le mariage de mademoiselle d'Artigny, fille d'honneur de Madame, confidente du Roi et de mademoiselle de La Vallière, avec le comte du Roure. Sa Majesté donna Elle-même la chemise au comte du Roure et désira que je présentasse celle de la mariée. Je vis dans cet honneur une réparation pour l'injustice que Madame avait montrée à mon égard ; ce baume posé sur mon amour-propre me fut très doux. Mon cousin, le maréchal d'Albret, qui ne savait que faire de mademoiselle de Pons, trouva un Sublet, de la même famille du secrétaire d'Etat, des Noyers, qui avait du bien et qui, ébloui de la beauté de Bonne, l'épousa pour l'alliance et la protection du maréchal d'Albret, lequel lui obtint en considération de ce mariage l'agrément de la charge de grand louvetier ; ce nouveau grand louvetier prit le nom de monsieur d'Heudicourt.

Sitôt ce mariage célébré, la Reine Mère se trouva au

1. « Ah ! comtesse, des draps de batiste ! »

plus mal. La dernière fois qu'elle me parla, elle avait les yeux grossis par les larmes. *« C'est seulement la douleur, vous savez que je ne suis pas pleureuse »*, me dit-elle. Ces paroles me fendirent le cœur. Le Roi, épouvanté des souffrances de sa mère, fit descendre la châsse de sainte Geneviève, ce dont j'entendis Mademoiselle lui faire reproche, disant qu'il ne fallait pas mettre les miracles à tous les jours, à moins que Dieu n'en voulût faire de visible et qu'il n'y avait pas assez de gens de bien dans la famille pour attirer sa bénédiction. L'on commençait de parler du partage des appartements de Saint-Germain, à arranger que le Roi partirait pour aller à Versailles, que Monsieur irait à Saint-Cloud et toutes choses qui m'épouvantaient. La Reine Mère soutint sans faiblesse toutes les angoisses de la mort. Le Roi était lié à sa mère par des chaînes bien fortes. Dans les derniers moments, il tomba évanoui sur mademoiselle d'Elbeuf. Il fallut l'ôter de la ruelle, le déboutonner et lui jeter de l'eau au visage ; on l'empêcha d'y retourner.

La Reine Mère mourut le mercredi, vingtième jour de janvier, au petit matin. Le Roi dit à madame de Montausier, de façon à être entendu de tous, que la Reine sa mère n'était pas seulement une grande Reine, mais qu'elle méritait d'être mise au rang des plus grands rois. Je me rappelais la Reine que j'avais trouvée à Poitiers, sereine au milieu de l'infinité des troubles du royaume, et sentis combien ces paroles étaient méritées. Sa Majesté m'avait accueillie au sortir du couvent et, pour ainsi dire élevée dans la compagnie de Monsieur ; sa perte me causa un chagrin sans pareil. Ma mère mourut à quelques jours de là. Selon sa volonté, elle fut enterrée dans le chœur de l'église des Cordeliers de Poitiers. Je ne sentis pas cette disparition autant que je l'aurais dû : en accompagnant la Reine Mère à Saint-Denis, il m'avait déjà semblé enterrer ma mère. Ma pauvre maman s'était peu à peu effacée de nos vies à la manière dont on s'enfonce dans un brouillard. J'avais, pour la Reine, versé des larmes de chagrin et de crainte, tant je trouvais terrible de voir une si grande princesse réduite à la douleur et au sort commun. Pour ma mère, je pleurais de ne pas me désoler davantage.

La mort de ma mère me donna à faire certain examen de conscience. La disparue me laissait le remords de ne pas l'avoir assistée dans ses derniers moments et de ne pas l'avoir assez aimée durant sa vie. Non contente de ne pas lui avoir donné le surcroît d'affection qui lui eût été nécessaire en raison de ses malheurs, je lui avais toujours fait intérieurement le reproche de ne pas se contenter et j'avais mal enduré son amertume et son chagrin. C'est une particularité de mon caractère que de ne pas aimer les victimes, parce que je ne conçois pas, à moins d'être faible ou en enfance, qu'on puisse souffrir de le devenir. Le devoir de celui qu'on tourmente n'est-il pas de se rebeller, de lutter, de se battre par tous les moyens, et cela jusqu'à emporter la victoire ou à tout y laisser ? Ma mère disparue, il me venait plus d'indulgence. Je commençais de prendre la mesure de ce qu'elle avait souffert et de la plaindre. Je commençais surtout de connaître qu'un mariage mal emmanché n'est pas une affaire dont on se tire aisément. Il me venait là-dessus des comparaisons cuisantes, car avec beaucoup de prétentions en la matière, je n'avais pas fait mieux que ma pauvre mère. La grande affaire des femmes est l'amour et je l'avais manquée. La plaie était profonde ; elle blessait à la fois mon orgueil et mon cœur. Mariée depuis trois ans, je n'étais point heureuse ; pis, je n'espérais pas l'être. Louis-Henry était léger et joueur, joueur au point de vendre sa chemise. Il ruinait sa famille sans s'en soucier le moins du monde. Je ne sais s'il me restait de l'amour, mais je n'avais plus d'estime. L'échec m'était d'autant plus douloureux que j'avais voulu ce mari-là, sans m'arrêter un moment aux avertissements de mon père. Ayant été cause de mon malheur, je ne pouvais me plaindre. Ce mariage, consenti au-dessous de ma condition, me fermait, du côté du cœur, tout l'avenir, car j'étais sage et ne songeais pas plus à un amour criminel ou à une galanterie qu'à me jeter dans la Seine. J'avais vingt-cinq ans et ces pensées me rendaient parfois assez folle. Je pleurais et m'abîmais dans des prières et des neuvaines, suppliant Dieu pour qu'Il fît en ma faveur un miracle dont je ne voyais pas la nature. Il m'arrivait aussi de me jeter dans un carrosse et d'aller commander à faire des robes, ce qui avait pour effet d'augmenter le montant de nos dettes.

Comme si cela n'avait pas suffi de deux deuils, il me fallut en souffrir un troisième. Le marquis de Noirmoutier fut tué au service de l'Espagne dans la guerre que ce pays menait contre le Portugal. La comtesse de Chalais vint m'annoncer la mort de son frère avant que de partir rejoindre son époux à Madrid. En apprenant que le beau jeune homme que j'aurais dû épouser n'était plus, je crus m'évanouir. Madame de Chalais me délaça et me bassina le visage avec de l'eau. *« Ma pauvre amie ! Comment pouvais-je imaginer ! »* ne cessait-elle de dire. Elle crut aux regrets d'une flamme mal éteinte, alors que j'étais épouvantée de la mort.

La peur de la mort qui venait de frapper si fort autour de moi me jeta plus avant et de façon précipitée vers la vie. Je m'étourdis de bals, de visites, de conversations, comme si la fréquentation de mes semblables eût pu me délivrer du sort commun. Je ne fus pas la seule à connaître ce redoublement car le Roi qui, jusque-là, avait gardé quelques mesures de secret sur son amour pour mademoiselle de La Vallière laissa cette affaire devenir publique. La Reine Mère ne le contraignait plus et cela parut fort. Une semaine après la mort de sa mère, le Roi mena à l'église mademoiselle de La Vallière et la plaça près de la Reine qui, malgré tout le désespoir qu'elle en eut, ne dit mot par complaisance pour son époux. Nous agissions tous les deux comme des enfants qui n'ont plus à craindre d'être grondés. Je ne doute pas que la perte que nous venions de faire n'ait été pour quelque chose dans ce qui nous est arrivé, tant parce que nous n'avions plus à redouter l'opinion des personnes que nous respections le plus que parce que la mort de nos parents nous avertit de la nôtre. Cet avertissement-là est si terrible qu'il arrive que pour le fuir on se lance n'importe comment.

Dans le début de l'année 1666, je commençai d'aller plus régulièrement chez mademoiselle de La Vallière, parce que je ne redoutais plus de mécontenter la Reine Mère et parce que la maîtresse du Roi, à nouveau grosse, se trouvait retenue au palais Brion. La première fois où je me trouvai en tiers avec le Roi et sa maîtresse, j'eus franchement peur, car il y avait toujours eu mademoiselle d'Artigny, madame d'Armagnac ou quelque autre personne avec nous. Je causais près du feu avec mademoiselle de La Vallière quand le Roi entra ; il venait de la chasse et se trouvait botté. Je me levai aussitôt pour me retirer. Sa Majesté était l'homme le plus civil de son siècle. « *Je préfère m'en retourner que d'être cause de votre départ, madame* », me dit-il. Il me parut infiniment plus simple et plus aimable qu'à la Cour. A la vérité, il me semblait voir une autre personne. Le Roi parlait d'aventures arrivées à ses chiens et badinait en croquant des dragées. Ce qui m'étonna le plus fut de le trouver timide. Le plus grand Roi de la terre craignait d'avancer un jugement sur une entrée de ballet et rougissait quand il lorgnait une dame ; en fait, il commençait de regarder cette dame par côté, c'est en tout cas ainsi qu'il s'y prit avec moi. Il n'osait pas seulement m'adresser la parole et me parlait par le truchement de mademoiselle de La Vallière. « *Madame de Montespan aime-t-elle à faire médianoche ?* » demanda-t-il à sa maîtresse. Embarrassée, je ne savais si je devais répondre au Roi ou attendre le secours de notre interprète. L'aide se faisant attendre, je finis par assurer à la cantonade que faire médianoche me plaisait, mais pas tant qu'à mon frère ; j'ajoutai, entre haut et bas, tant je ne savais si la plaisanterie serait goûtée : « *On en connaît les conséquences, le duc d'Aumont dit qu'il faudra bientôt deux jours pour faire le tour de Vivonne.* » Le Roi rit. Qui dira le bonheur qu'il y a à faire rire Sa Majesté ? Les louanges de la terre entière ne m'eussent pas causé de plus grand plaisir. Je rougis et me mis à agiter follement mon éventail. « *On meurt de chaud ici* », dit le Roi en allant ouvrir la fenêtre, ce qui me rendit confuse, car je savais que mademoiselle de La Vallière craignait le plus léger courant d'air. Une feuille entra en voltigeant ; le Roi tenta de l'attraper, sa chienne Pomme pour jouer s'y mit aussi, de sorte qu'ils bataillèrent, ce qui le fit rire. A cet instant, un valet vint pour porter des bougies. Le Roi repoussa les battants de fenêtre, son visage se ferma, il semblait n'avoir jamais ri de sa vie. Je compris que l'air majestueux et grave du Roi était une armure qu'il revêtait tout le jour et posait seulement devant la porte de sa maîtresse. « *Il fait le Roi* », pensai-je, fort émue d'avoir surpris ce secret.

J'allais désormais plus souvent au palais Brion. J'entretenais mademoiselle de La Vallière le plus gaiement qu'il fût possible et le Roi montrait par le plaisir qu'il prenait à notre conversation qu'il m'en était reconnaissant, de sorte que j'avais parfois le sentiment d'aller au palais Brion autant pour amuser mademoiselle de La Vallière que pour distraire Sa Majesté qui souffrait de ce que l'esprit de sa maîtresse fût peu sensible aux charmes de la conversation. Le caractère le plus doux et le plus égal qu'on puisse imaginer rendait mademoiselle de la Vallière propre à des amours contemplatifs ; sa manière avait un peu de monotonie. La présence de son amant lui suffisait. Elle aurait volontiers passé sa vie à contempler le Roi, sans songer ni à l'entretenir ni à l'amuser. Cela n'était point sage, car le Roi était d'un tout autre caractère. Le commerce le plus agréable à son cœur finissait par l'ennuyer si les agréments de la parole et de l'esprit ne venaient pas les aider. Flattée de l'intérêt que le Roi semblait accorder à mon bavardage, je faisais de mon mieux pour apporter au palais Brion la vivacité qui manquait. Je puis assurer que dans les débuts il n'y eut que la satisfaction et la vanité de plaire à un grand prince. Pareille en cela au reste de la Cour, je tremblais devant le Roi : j'en étais à la crainte de déplaire plus qu'au désir de plaire, quoique je m'enhardisse peu à peu. Il me souvient que l'on parla des nouveaux visages que l'on voyait à la Cour. Sa Majesté me dit en s'amusant qu'on l'avait assurée qu'Elle ne pourrait voir une certaine mademoiselle de Poussé sans s'évanouir. Je lui répondis sur le même ton qu'Elle n'aurait qu'à s'appuyer à la muraille, ajoutant que cette demoiselle n'avait rien qu'une grande jeunesse et un air de campagne. Sa Majesté rit et l'on ne parla plus de cette enfant. On pourra dire qu'en desservant mademoiselle de Poussé, je servais autant des intérêts à venir que ceux de la maîtresse du Roi, mais je pense devoir être absoute du péché d'anticipation. Le Roi, même quand il ne faisait pas le personnage de Roi, était pour moi une créature surnaturelle ; il ne me venait pas plus à l'idée de l'avoir pour galant que d'avoir pour cet usage le pape de Rome. Je me satisfaisais déjà beaucoup du plaisir de distraire et d'amuser Sa Majesté. Mademoiselle de La Vallière, qui avait besoin qu'on lui rendît ces sortes de services, insistait pour que j'allasse chez elle.

J'ai dit le chagrin que me causait mon mariage, mais j'avais soin qu'il n'y parût pas. Outre que ma fierté m'eût empêchée de reconnaître mon erreur, j'ai toujours pensé qu'il valait mieux faire envie que pitié, aussi me conduisais-je comme si je connaissais toutes les félicités. Je ne me plaignais de mon mari à personne et mettais tous mes soins à paraître la femme la plus gaie et la plus heureuse qu'il fût donné de voir. Tout juste aurait-on pu dire que cette gaieté était un peu grande, ces rires un peu hauts, ces façons un peu trop dégagées, ces piques et ces railleries trop vives pour que je fusse aussi heureuse que je voulusse en donner l'air, mais le monde n'y regarde pas de si près. Cette gaieté et quelques autres petites choses attiraient les galants comme les confitures attirent les mouches.

Je fus bien étonnée de découvrir qu'une femme mariée a infiniment plus d'amants qu'elle n'en avait quand elle se trouvait fille. Je crois que cela tient au fait que les maris apprenant certaines choses à leurs femmes, celles-ci se trouvent moins sottes et disposent d'un air de liberté qu'elles n'avaient pas auparavant ; le mariage nous sortant de l'imbécillité[1] de l'enfance, nous savons clairement quels sont les enjeux de la course. Je pense aussi qu'avec une femme mariée, les choses tirent moins aux conséquences, puisqu'un galant ne se verra pas infliger le mariage par la demoiselle amoureuse ou par le père fâché. Je ne parle ici que de l'honnête galanterie et d'un temps où les femmes avaient toutes leurs amants déclarés sans que leur réputation ou leur honneur en souffrît. L'usage n'était pas

1. Naïveté.

alors qu'une femme honnête refusât un galant ; les galanteries publiques étaient sans mystère, c'étaient des amusements de salon et on n'y voyait rien à reprendre. La présence de quelques *souffrants* ou *martyrs,* bien tourmentés des rigueurs de leur belle, témoignait même de l'irréductible vertu de la dame. Cette mode offrait bien des avantages. Les galants rendaient mille services : ils tendaient un bras obligeant pour descendre de carrosse, jetaient un manteau sous les pieds pour franchir une rue, ramassaient mouchoir ou éventail, offraient des pastilles, procuraient l'ouvrage que l'on désirait lire, faisaient porter des bouquets, glissaient des billets, enfin entouraient leur dame de mille soins. Leur rôle était de louer, d'admirer, de dire des choses aimables et de faire des compliments, ce qui met toujours une femme de bonne humeur et par là rend la société plus agréable. Je parle ici d'un temps où les hommes et les femmes savaient s'accommoder ensemble et où la Cour et le monde ne se trouvaient pas sous la triste influence où ils se trouvent aujourd'hui.

J'eus donc comme les autres, peut-être plus que les autres, mes galants. Il m'apparut vite qu'ils appartenaient à deux tribus très prononcées. La première de ces tribus, celle des tranquilles, n'était pas bruyante, ce qui ne veut pas dire qu'elle ne tendait pas à l'envahissement, au moins s'y contentait-on de regards, soupirs et soins divers quand, du côté de la société des agités, ce n'était que protestations véhémentes, jalousies, transports, inquiétudes, reproches et menaces de se lancer contre les murs. A tout prendre, les seconds me plaisaient davantage, car tant qu'à prétendre m'aimer, je préférais que ce fût ardemment. Il serait aujourd'hui présomptueux et sans doute point trop aimable de nommer ces galants, au reste, le temps a fait son œuvre et il me serait difficile de me ressouvenir de tous, mais j'en dirai quelques-uns en guise d'illustration.

C'est dans la tribu des agités qu'il convient de ranger le marquis de Péguilin, à moins qu'on n'en fît une pour les fous. Je parle ici pour la seconde fois d'un homme qui est passé à plusieurs reprises dans ma vie, encore s'y est-il trouvé moins souvent que dans celle de quelques autres, et d'un personnage dont les aventures empliraient plusieurs tomes de roman. Il m'a toujours été difficile de comprendre comment le marquis de Péguilin – je préfère au point où nous sommes l'appeler monsieur de Lauzun – a pu être en vogue parmi les femmes. Je n'ai jamais pu entendre la raison de ce succès car le comte de Lauzun était tout petit, à moitié chauve, plutôt laid de visage, le bout du nez et les yeux rouges ; toujours sale et graisseux, il ressemblait plus à un Indien ou à un Tartare qu'à un Français. Au moral, je le peindrais naturellement chagrin et sauvage, jamais content et jaloux de tout. Je pense que cette réussite fameuse tenait à une suffisance très apparente qui ne déplaît jamais quand elle n'est point feinte, et sans doute, à certaines qualités secrètes qui plaisent encore plus. Tout finit par se savoir ; on sut ce que Lauzun valait ; il attacha de la sorte beaucoup de femmes à son char, sans avoir l'air de sc soucier de pas une et en faisant l'importuné. Il me fit la cour avec des façons qui eussent déplu dans un caporal d'infanterie. Il paraissait botté et lançait ses pieds sur un ployant, prenait mon éventail pour ôter la boue de ses souliers et, sous prétexte de chasser un insecte, tenta un jour de poser la main sur mon col[1]. Donnant un coup sec avec un éventail épargné, je dis tout net que je préférais mille piqûres de bêtes à ses services. Cela ne le rebuta pas. Je dois avouer qu'il m'amusait tout en m'inspirant, comme à chacun, assez de crainte. Il avait de l'esprit

1. Cou.

et des plus méchants, aussi sa conversation était-elle pleine de traits cruels et piquants qui n'épargnaient personne, mais faisaient immanquablement rire. Monsieur de Lauzun était un petit serpent toujours dressé qui amusait le monde. Le séjour à la Bastille où le Roi l'avait envoyé après son affaire avec madame de Monaco ne l'avait point assagi. Il revint avec une barbe de capucin pour chercher querelle au marquis de Cavoye qui l'avait bousculé sur un degré du Louvre. Je vis le petit Gascon qui était à coiffer sa perruque, griffer monsieur de Cavoye à coups de peigne ; on eût dit deux chats en colère. Le Roi qui se trouvait plus haut se retourna. Alors, le comte de Brienne eut un beau geste. Levant les bras, il étendit son manteau en s'écriant : *« Ah ! Sire ! Il y a des choses que Votre Majesté ne doit pas voir.* » Le Roi rit et demanda aux combattants de se retirer. Tel était ce diable d'homme : il hérissait tout le monde et on ne pouvait s'empêcher de l'aimer un peu, aussi, sans le rebuter tout à fait, je tenais monsieur de Lauzun à distance. Cette distance était infranchissable ; il l'entendit ainsi et, n'étant pas accoutumé à la défaite, m'en garda rancune.

C'est aussi de la tribu des agités que je tire le marquis de La Fare. J'ai vu son portrait exact dans *Le Misanthrope*, à croire qu'on l'avait peint. Avec un extérieur agréable, il était chagrin, difficile et glorieux. Pour lui l'âge d'or avait couru depuis l'origine des temps jusqu'au jour de la mort de la Reine Mère ; alors avait commencé l'abomination de la désolation. Il me tenait des discours étranges, que l'urbanité et la politesse des villes se retiraient peu à peu de la Cour, qu'on était jadis plus délicat sur les plaisanteries, que la bonne société n'était plus séparée de la mauvaise, que les gens qui entraient dans le monde avaient plus d'égards pour ceux qui avaient quelques acquis, que les femmes se respectaient plus qu'à présent, qu'elles ne savaient plus parler aux hommes et devenaient effrontées. Je lui manifestais mon étonnement de voir de si grands changements arrivés si vite, tout en reconnaissant qu'il ne m'eût certainement pas glissé tant de billets ni jeté tant de regards quand je me trouvais auprès de la Reine Mère au Val-de-Grâce. Il se mettait alors à me reprocher mes toilettes, mes mouches, mes galants et des coquetteries qui exposaient selon lui la vertu. « *Monsieur,* lui dis-je en agitant mon éventail jusque sous son nez, *me tenez-vous ces discours pour sauver cette vertu ou pour la mieux attaquer ? Je m'occupe assez bien moi-même de la première affaire ; pour la seconde ce serait indigne d'un gentilhomme qui a connu les plus beaux âges du monde.* » De tels propos, sans le rebuter tout à fait, mettaient ce fagot d'épines de méchante humeur pour trois jours. Le marquis de La Fare fut le premier à deviner l'intérêt du Roi pour moi. Il n'était pas en amour aussi brave qu'à la guerre et, ne se sentant pas de taille à lutter, se retira en bon ordre, mais non sans en tirer des considérations très dures pour le genre humain.

Pour le comte de Saint-Pol, j'en parlerai tout autrement. Il est impossible de le mettre dans la tribu des agités, encore qu'il ne fût pas calme tout à fait et qu'il se trouvât bien du feu dans sa jeunesse. On sait que ce jeune homme était le second fils de la duchesse de Longueville, qu'il était né à Paris durant la Fronde au temps où sa mère voulait bouter le feu à tout le pays et qu'on attribuait par trop de raisons la paternité de ce prince au duc de La Rochefoucauld. L'esprit et la gravité du comte de Saint-Pol ne démentaient en rien les bruits qui couraient sur sa naissance. Pour le peindre tout à fait, je dirai qu'il avait la beauté de sa mère et l'esprit de son père. Il était beau, parlait peu, avait quelquefois l'air de mépriser, ce qui est souvent le ton derrière lequel se cache une jeunesse trop ardente. Ce prince fit sa première entrée à la Cour à l'été de 1666, au retour de ses voyages ; depuis qu'il avait quinze ans, on parlait pour lui du trône de Pologne. Bien qu'il ne fût âgé que de dix-sept ans, il était mûr et avisé comme s'il en avait eu trente. C'était heureux car ce cadet portait sur ses épaules le destin de la maison de Longueville, son frère aîné ayant malheureusement hérité cette espèce de folie qui poursuit de loin en loin la famille de Condé. *« Il a l'esprit enchâssé »*, dis-je un jour à Vivonne à propos du jeune duc de Longueville. *« Oui, mais dans quoi ? »* me répondit mon frère. Pour cette raison et bien d'autres, le comte de Saint-Pol était le favori de sa mère. Il n'était cependant pas le mieux du monde avec une princesse qui demeurait terrible. Incapable de trouver le juste milieu des choses, la duchesse de Longueville avait embrassé avec ardeur la religion de Port-Royal ; elle y trouvait le très grand plaisir de servir Dieu en se montrant rebelle au Roi et au pape. Mon oncle, Monsieur de Sens, qui avait été pour le moins son galant, ne pouvait se passer de la voir. Il allait souvent chez elle et je le soupçonne de n'avoir embrassé l'hérésie janséniste que pour n'en point être chassé. Bossuet y allait aussi, comme on va dans la cage du tigre. Il s'essayait à porter la contradiction et avait fort à faire car cette dame tenait tous les jours un concile, entourée de la fine fleur du jansénisme. Monsieur Arnauld siégeait à sa droite après avoir enlevé ses bas pour chauffer ses jambes, monsieur Nicole à sa gauche, non sans avoir familièrement jeté sa canne sur le lit. Je rencontrai plusieurs fois cette mère de l'Eglise chez madame de Sablé ; elle avait de grands restes de beauté et ses yeux, couleur de la turquoise, rendaient assez bien compte des feux qu'ils avaient allumés.

La duchesse de Longueville voulut communiquer à son fils une austérité qu'elle n'avait pas toujours connue. Elle lui fit savoir qu'il dansait trop, aimait trop la comédie et les romans. Le comte de Saint-Pol laissa entendre à sa mère qu'elle n'avait pas toujours prêché l'exemple. Rendue inquiète par cette réponse, madame de Longueville chargea madame de Sablé d'enfoncer un peu et de voir si son fils était aussi instruit qu'elle avait sujet de le craindre sur les choses qui la regardaient ; elle voulait parler des circonstances qui avaient entouré sa naissance, lesquelles avaient été si publiques qu'il eût été difficile de les ignorer. Non seulement le comte de Saint-Pol les connaissait, mais il rencontrait le duc de La Rochefoucauld chez madame de Sablé ; la comparaison de leurs deux visages eût suffi à l'instruire s'il ne l'avait pas été. Je dois dire que le duc de La Rochefoucauld manifestait au comte de Saint-Pol plus d'intérêt et de tendresse qu'à ses enfants légitimes ; il était visible qu'il l'aimait fort. Je crois qu'il aimait encore la mère. Ma tante, la comtesse de Maure, me disait qu'il la pressait souvent de questions sur son ancienne maîtresse. « *Je voudrais bien savoir quels sont ses véritables sentiments pour moi, je veux dire si elle a cessé de me haïr par dévotion, ou par lassitude, ou pour avoir connu que je n'ai pas eu tout le tort qu'elle avait cru* », s'inquiétait-il. Une autre fois, monsieur de La Rochefoucauld demanda plus nettement à ma tante : « *On m'en dit des choses si différentes sur les sentiments qu'elle a pour moi que vous m'obligeriez sensiblement de me dire ce que vous en avez remarqué.* » La comtesse de Maure mourut peu après, ce qui lui évita de s'acquitter d'une aussi méchante commission. Pour ma part, j'eusse préféré m'essayer à mignoter un lion que d'aller questionner la duchesse de Longueville sur une affaire qui avait si profondément blessé son orgueil et sa religion.

Je peux avouer aujourd'hui que de tous mes galants, le comte de Saint-Pol était mon préféré. Je crois que celui-ci m'aima parfaitement et aussitôt qu'il me vit.

C'est une chose qu'une femme sent sans qu'on le lui explique et dont je fus touchée. Il me fit sa première déclaration alors que je jouais à la prime à la table de la duchesse de Montausier et filais un as qui ne pouvait être, par la disposition du jeu, qu'un as de cœur ou un as de carreau. « *Gageons que ce sera un cœur* », me dit madame de Montausier. Le comte de Saint-Pol se pencha comme pour voir mes cartes et me dit gravement d'un ton plus que demi-bas : « *J'en connais un, madame, qui ne vous manquera jamais.* » A peine étais-je revenue de ma surprise qu'il parlait d'autre chose avec son voisin. « *Pour un ingénu, voilà qui n'est pas mal* », songeais-je. Après cela, le jeune homme prit l'habitude de m'entretenir un peu de ses voyages et beaucoup de ses sentiments avec un air de gravité dont il était difficile de se défendre, car comment moquer le cœur d'un enfant ? Je laissais avec lui les piques dont j'usais à l'ordinaire, m'essayant à le gronder avec douceur. « *Vous parlez de jeu,* me reprochait-il durement, *mais c'est vous qui jouez madame, quand il s'agit de ma vie !* » J'avançais mon âge, en voyant moi-même le ridicule de la plaidoirie, car j'avais vingt-cinq ans et, sans me vanter, ne les paraissais pas. J'eus cependant la coquetterie de lui dire qu'il ne devait pas se donner la peine de faire l'amour à une femme qui se trouvait presque en âge d'être sa mère. « *Avec une mère telle que vous*, m'assura-t-il, *je prendrais volontiers le rôle d'Œdipe, quitte à me crever les yeux et à mendier mon pain ensuite.* » J'évitais de parler à ce jeune homme de sa jeunesse ; il lui eût été trop aisé de répondre « *qu'aux âmes bien nées, la valeur n'attend pas le nombre des années* ». J'en venais à faire remarquer plus sérieusement que j'étais mariée. « *Je ne le sais que trop, mais enfin cela est votre faute, madame, et non la mienne !* » Pour le faire taire, il fallait que je le menace de lui donner son congé et de lui interdire de se présenter devant moi. Ces avertissements faisaient naître dans ses yeux des éclairs qui me laissaient rêveuse. Pour cette raison, et parce qu'un enfant est capable d'élans dont je risquais de me trouver embarrassée, je veillais à ne jamais rester seule en sa présence. Je ne sais à vrai dire si le comte de Saint-Pol, tout amoureux qu'il fût, eût franchi les limites du respect. L'expérience m'a appris que les hommes savent par instinct ce qu'ils peuvent attendre d'une dame et connaissent assez bien les frontières au-delà desquelles il serait à la fois inutile et ridicule de s'aventurer.

Pour garder quelque équilibre entre ces tribus, je nommerai encore parmi les calmes le chevalier de Rohan qui, pour être parfaitement extravagant, n'en était pas moins l'un des hommes les mieux faits de son temps. Il se rabattit sur la marquise de Thianges, puis sur la duchesse de Mazarin qui quitta son mari pour le suivre. Avoir repoussé cet Apollon donnait un brevet de vertu, mais j'en étais à ce point où la réputation est faite, où les plus grands dangers sont courus. Ma sagesse était si connue que la Reine me plaisantait souvent sur mes galants. Elle aimait à m'entendre les railler. Le soir, dans sa ruelle, je passais en revue les ridicules, j'imitais le ton dont on avait lu un sonnet, une certaine façon de sucer des pastilles, un tour familier de langage ; cela assaisonné de quelques traits salés amusait la compagnie et asseyait une réputation de vertu qui était alors parfaitement méritée. Il ne me venait pas à l'idée que cette vertu pût trouver un vainqueur.

Durant l'été de 1666, la Cour demeura à Fontainebleau où le Roi s'occupa davantage des affaires qui regardaient la guerre. La paix qui durait depuis le mariage de Sa Majesté n'était guère compatible avec le courage d'un jeune roi qui se sentait heureux. Nous apprîmes que la renonciation de la Reine sur la succession d'Espagne ne s'étendait pas si nettement sur les Pays-Bas qu'il n'y eût pas de raisons légitimes pour recommencer la guerre. Le Roi, au début de l'été fit aller camper des troupes à Fontainebleau et nous montra par la discipline et le service qu'il leur faisait faire qu'il n'entendait pas les laisser oisives. La Maison du Roi, les régiments des gardes françaises et suisses étaient auprès de Moret où nous allions les voir tous les jours. Le comte de Lauzun qui était alors capitaine dans le régiment de Gramont recevait souvent le Roi et les dames sous sa tente qu'il avait magnifiquement meublée. Mademoiselle, plus que les autres, fut charmée de ces visites. Je crois que c'est alors que commença l'étrange roman que j'évoquerai par la suite.

A Fontainebleau, les fêtes interdites après la mort de la Reine reprirent. Le Roi s'amusa à courre les têtes, offrit des collations dans des salles de feuillage, fit donner la comédie. Molière présenta *Le Misanthrope.* Cette pièce est un ragoût pour les gens d'esprit ; elle n'est pas faite comme les autres, tant on ne sait à la fin si l'on doit rire ou pleurer. Elle ne se termine pas heureusement, ce qui montre que l'auteur a bien regardé la vie. Au tomber du rideau, les ennemis de Molière voulurent persuader au duc de Montausier, fameux pour sa vertu sauvage, que c'était lui qu'on avait peint. Monsieur de Montausier eut l'esprit d'assurer qu'il aurait bien voulu ressembler au Misanthrope. On songea aussi au marquis de Bellefonds ; je tenais, moi, pour le marquis de La Fare auquel j'aurais pu répondre, comme Célimène :

Ce n'est qu'en mots fâcheux qu'éclate votre ardeur
Et je n'ai jamais vu un amour si grondeur.

Je dois dire que je fus l'une des dames auxquelles on pensa pour être Célimène et n'en fus pas plus fâchée que le duc de Montausier ne l'avait été quand on le soupçonna d'avoir été peint en Alceste. Célimène a l'âme noble, le cœur fier, et si elle est coquette, c'est de la bonne façon, en semant l'esprit et la gaieté autour d'elle, sans pour cela menacer la vertu. Sans doute tient-elle la dragée un peu haute à ce nigaud d'Alceste, mais ce bougon mérite-t-il autre chose ? L'Ecriture dit qu'il faut répondre au sot selon sa sottise, de peur qu'il ne se croie sage ; m'est avis qu'il convient aussi de parler aux ours dans le langage qu'ils peuvent entendre.

Je dois reconnaître que je menais souvent mes galants durement sans me soucier du résultat, bien certaine que ceux qui lèveraient le siège seraient aussitôt remplacés. Je n'étais cependant pas méchante ; je n'aimais pas à blesser et prenais quelques soins avec les cœurs sincères ; les autres s'approchaient à leurs dépens. J'étais moqueuse et ils en faisaient les frais ; mes rigueurs étaient connues, mes railleries encore plus. Sans doute me vengeais-je sur eux de ce que je n'étais pas heureuse et leur faisais-je ainsi payer le vide de mon cœur. L'amour m'avait échappé et je ne savais quoi édifier sur cet effondrement. J'étais belle et mon époux ne s'en souciait que rarement. J'avais de l'esprit et cela servait à divertir les salons. Il m'arrivait de penser que tous les jours de ma vie se passeraient dans la même inutile agitation, que ma seule tâche serait d'établir mes enfants, et encore les façons de leur père rendraient-elles la cause bien périlleuse. Je ne renonçais pas pour autant à la coquetterie parce qu'elle flattait mon amour-propre. J'aimais à avoir toujours quelqu'un pour m'entretenir, me louer, me flatter. Et puis je m'étais moi-même enfermée dans un rôle : n'étais-je point une cruelle, une ingrate, une inhumaine, une femme *« traînant tous les cœurs après soi »* ? A ce jeu-là, la vertu trouvait son compte, mais guère le bonheur. L'école de mademoiselle de Scudéry portait ses fruits amers. Je n'étais point pressée d'abandonner l'emploi de coquette. Je n'ignorais pas que les années se chargeraient bien assez tôt de disperser mes galants et raisonnais là-dessus comme Célimène :

L'âge amènera tout, et ce n'est pas le temps,
Madame, comme on sait, d'être prude à vingt ans.

La vérité est que j'en avais vingt-cinq et que je m'ennuyais. Du moins en fut-il ainsi jusqu'à l'été de 1666, car c'est à Fontainebleau que je commençai de deviner l'essor du goût du Roi pour moi.

On sait que j'ai vécu de longues années dans l'affection du Roi ; sept enfants en sont la preuve. Ces années furent payées de tant de douleur, de larmes et de dégoûts que je ne peux aujourd'hui les évoquer sans frémir. Seul l'été que nous passâmes après la mort de la Reine Mère à Fontainebleau me laisse un souvenir assez doux, mais sans doute, le moment de la naissance de l'amour est-il toujours le plus tendre et le plus délicieux. Ces instants où l'inclination se devine sans se dire, ces moments qui mettent peu à peu le cœur et les sens à l'affût sont mes plus chers souvenirs. Cet été est passé depuis quarante ans, il ne survit plus, je crois, que dans mon cœur, et à l'évoquer je ne sais quelle langueur affaiblit encore ma plume... Ah ! comment dire, comment dire l'instant où le Roi près duquel j'avais été élevée me regarda pour la première fois ?

Il me faut reprendre, je crois, les choses tout uniment. Le Roi quittant le deuil de sa mère, la Cour redevint toute d'amour et de fêtes. Il faisait, dans ces premiers jours de juillet, un chaud bien agréable, et le Roi, la nuit venue, avait commandé une promenade en gondole. Je me trouvais dans son bateau avec le duc de Montausier et quelques dames. Je ne sais quelle mélancolie était descendue avec le soir, car nous demeurions silencieux. Il me semble entendre encore le bruit des rames qui se levaient comme avec des soupirs ; je revois même une lanterne en verre de Venise qui se balançait doucement à la poupe du navire. Et puis le Roi qui aimait à faire de la guitare prit son instrument. Ai-je dit que Sa Majesté était bon guitariste ? Dans son enfance, un *signor* Fiorelli qui venait au Louvre chaque semaine, avec son chien, son chat, son singe, et son perroquet, lui en avait donné le goût. La Reine Mère n'en avait pas été satisfaite, disant que cela était bon pour les Egyptiens, et voulut qu'il jouât du luth, mais le Roi poursuivant de préférer jouer de la guitare, le cardinal de Mazarin fit venir de Mantoue Corbetta qui apprit à Sa Majesté presque tous les tours qu'il savait lui-même. Le soir dont il me ressouvient, Sa Majesté commença de nous régaler d'une sérénade, puis Elle baissa le ton et se mit à chanter pour Elle-même un de ces refrains avec lesquels on fait entrer les notes dans la tête des enfants :

> La mi fa so*spirar la notte e il di*
> La fa far *ogni canto,* sol *per* mi...

La comptine me rappela que le premier jour que le Roi, encore enfant, entra au Conseil, comme il s'y ennuyait, il vint entrouvrir la porte de la chambre pour voir qui était dans le vestibule ; ayant trouvé son frère et ma petite personne, il nous fit signe de le suivre dans le cabinet de bains. Là il accorda sa guitare et nous apprit le refrain que nous répétâmes avec lui, tapant si bien des pieds et des mains que la Reine et le Cardinal vinrent mettre fin à la leçon. Ce fut presque en dépit de moi-même que les mots revinrent sur mes lèvres et que j'accompagnai d'un ton demi-bas la chanson :

*La mi fa sos*pirar la notte e il di...

Il faut croire qu'un charme était enfermé dans ces notes, car le Roi posa ses yeux sur moi et les y laissa. Un je ne sais quel fluide coulait de ces yeux-là ; je n'avais jamais senti tant de feu et de tendresse mêlés. En un instant, j'eus tout le sang du corps tiré au visage. Je ne saurais dire quand le regard de Sa Majesté se détourna, car je plongeai dans l'eau mon mouchoir pour me rafraîchir et cachai ma gorge sous mon éventail, tant il me semblait que le cœur allait m'échapper de la poitrine. Quand je repris mes esprits, une gondole chargée de musiciens approchait et le duc de Montausier se penchait pour entretenir Sa Majesté. En retrouvant ma chambre, je me délaçai promptement car il me semblait étouffer. Je me dis cent fois que le regard qui m'avait saisie était un effet de mon imagination. Et de me traiter de sotte, de me répéter que je n'avais pas le sens commun, que la tête m'avait tourné, que j'étais enfin fort de ma campagne et sans usage du monde. J'avais autant cet usage qu'on le peut avoir, mais j'étais demeurée assez ignorante sur le sujet de l'amour et encore plus sur celui du Roi.

La chose qui m'avait tant troublée se renouvela à deux jours de là, pendant que la Cour se trouvait à nouveau au camp de Moret. Le regard du Roi se posa sur moi quand monsieur de Turenne l'entretenait, et cela dura assez longtemps pour que monsieur de Turenne regardât qui le Roi regardait. Et moi de rougir à nouveau et d'agiter mon éventail comme si je devais changer l'air de la tente. Et de tourner et de retourner encore les choses dans ma tête jusqu'à m'en donner des vapeurs. Je crois que monsieur de La Bruyère a dit que les personnes qui se regardent toujours et celles qui ne se regardent jamais font soupçonner les mêmes choses ; le Roi et moi en étions là. Le lendemain, je croisai le Roi dans l'escalier qui conduit à la grande galerie ; il n'était accompagné que de deux gentilshommes et d'un mousquetaire. Sa Majesté me salua sans me dire un seul mot, ce qui n'était pas dans son habitude car Elle avait toujours pour les dames une parole obligeante. Comme je me relevais de ma révérence, je vis sur son visage un air d'étonnement. « *Ma chère,* me dis-je intérieurement, me voulant plus assurée que je ne l'étais, *vous avez dû changer de visage en peu de jours.* » Nous repartîmes pourtant l'un et l'autre, il serait plus exact de dire que je me sauvai et, comme je jetais un regard par-dessus mon épaule, je vis que le Roi se tournait également, de sorte que nous nous trouvâmes surpris et que nous nous revissâmes promptement la tête dans le bon sens. Et puis ce furent d'autres regards, à la promenade, à la collation, à la danse, parfois si vivement lancés que je ne savais si je rêvais ou si je m'agitais de chimères. J'inclinais volontiers pour cette solution. N'avais-je pas été élevée auprès du Roi ? Ne me connaissait-il pas depuis l'enfance ? me répétais-je, comme si cela nous eût faits frère et sœur. Là-dessus arriva l'affaire de la ramasse, affaire qui ne le fut que pour moi, mais l'amour est une histoire où l'on aime à se souvenir des échelons.

Le Roi avait fait installer dans le parc de Fontainebleau une ramasse [1] semblable à celle qui se trouvait à Versailles. C'était un rendez-vous où les messieurs s'amusaient à voir glisser les dames, lesquelles se lançaient en tenant leurs jupes, non sans jeter force cris. Il y avait toujours des mains charitables pour les *ramasser* après la course et les faire revenir de leur étourdissement. Les bons Samaritains ne manquaient pas ; non seulement il était bien rare que l'on n'aperçût pas une

1. Longue glissière en bois, ancêtre du toboggan.

cheville, et souvent un peu plus, mais la dame que l'on aidait à se relever se laissait aller aisément au bras qui la soutenait. Je m'étais toujours refusée à des glissades que je jugeais assez bonnes pour celles qui ont besoin de montrer leurs chevilles. Le Roi ne dédaignait pas d'aller relever les dames au bout de la ramasse, ce qui avait pour effet d'augmenter le nombre de celles qui s'enhardissaient. La promenade se faisait avant le souper ; j'y fus un soir dans la compagnie du comte de Saint-Pol qui se donnait l'air de ne pas s'y amuser, mais qui s'y trouvait aussi souvent qu'un autre : à dix-sept ans, on prend encore beaucoup de plaisir à faire crier les dames et à lorgner leurs jupes. Il lui prit l'idée de me voir sur la ramasse. Les prières, les suppliques, les railleries et les cajoleries, tout y passa. A la fin, le prince qui n'aimait pas tant qu'on lui résiste m'accula au bas de l'échelle. Je m'aperçus que j'allais devoir exécuter son caprice, sauf à me donner le ridicule d'un éclat. J'en étais d'autant plus mortifiée que le Roi était là et que je n'entendais pas retenir son attention en faisant voler mes jupes. Mon poursuivant m'avait fait poser un pied sur le premier barreau de l'échelle quand une voix vint me secourir. Cette voix avait le pouvoir de faire cesser les conversations autour d'elle et même les rires, de sorte qu'elle me parut s'élever dans le silence d'une caverne.

— *Mon cousin,* disait le Roi sur le ton dont on se ressouvient d'une affaire, *la Reine désirait tout à l'heure voir les carpes, auriez-vous la bonté de la conduire jusqu'à l'étang ?* Et d'ajouter, comme s'il s'agissait de la chose la plus sérieuse du monde : *Faites-vous donner du pain, cela fait venir les plus grasses.*

Le comte de Saint-Pol n'eut d'autre choix que de m'abandonner, ce qu'il fit l'air peu content. J'avais encore le bout d'un soulier sur le barreau de l'échelle quand le Roi se dirigea vers moi pour me tendre la main :

— *Vous voilà délivrée, madame,* me dit Sa Majesté avec un sourire où je lus beaucoup d'amusement.

Je ne laissai ma main sur la sienne que le temps de faire mon remerciement :

— *Je rends grâce à Votre Majesté de s'être rappelée que j'ai aisément le vertige*, dis-je afin de prévenir les caquets.

Le Roi m'entendit entre les mots et s'éloigna, mais on ne trompe pas si aisément le monde. Bonne d'Heudicourt s'approcha en faisant bouffer des jupes que plusieurs tours sur la ramasse avaient mises à mal.

— *Françoise,* me dit-elle de sa voix pointue, *je ne vous savais pas la crainte des hauteurs.*

Cette peste redressa encore d'une pichenette les dentelles de son col avant que d'ajouter :

— *Je vous trouve bien rouge. Vous rougissez beaucoup ces temps-ci. L'air de Fontainebleau n'est-il pas trop vif pour vous ?*

Non seulement la remarque de cette indiscrète ne me poussa pas à faire les réflexions qu'il eût été temps que je fisse, mais celles qui me venaient me conduisaient toutes à diminuer l'importance de ce soupçon de galanterie. Je me faisais même un grand rempart de mon mariage puisque, depuis mademoiselle de La Mothe d'Argencourt, en passant par mademoiselle Mancini et mademoiselle de La Mothe-Houdancourt, jusqu'à mademoiselle de La Vallière, Sa Majesté n'avait jamais jeté le mouchoir qu'à des filles. J'en tirais un peu vite la conclusion que le Roi avait un grand respect pour les femmes mariées. Je n'oubliais certes pas l'affaire de la comtesse de Soissons, encore ne la tenait-on pas pour certaine, mais l'attachement du Roi pour cette dame remontait au temps où elle était une demoiselle Mancini et si cette liaison avait duré au-delà du mariage, ce n'était qu'en raison des incroyables complaisances du comte de Soissons. Quant à l'histoire d'avec madame de Monaco, l'on pouvait de bonne foi douter qu'elle eût seulement existé. Je n'omettais pas de me rappeler que le cœur de Sa Majesté n'était présentement pas libre. Le Roi avait une maîtresse qu'il chérissait depuis cinq ans. Sans doute n'était-il plus dans le fort de sa passion pour elle, mais mademoiselle de La Vallière était grosse d'un troisième enfant, et une femme grosse n'est jamais bien. La flamme de son ami se ranimerait sans doute après qu'elle aurait fait ses couches. On voit comme cent fausses raisons me faisaient un rempart bien imaginaire. L'orgueil avait sa part dans mon imprudence. J'étais très glorieuse d'avoir été remarquée par le Roi et j'attendais, pour prendre des mesures, une confirmation plus éclatante. Le jeu est fort dangereux, le mal qui m'attaquait ne se conjure que dans les débuts, et le laisser grandir était une folie aussi grande que d'attendre qu'une fièvre soit considérable pour y porter remède. Je dois avouer ici que l'orgueil me poussait encore à me croire assez forte pour rester maîtresse de la situation car j'étais parfaitement résolue à toujours laisser désirer au Roi ce que j'avais décidé de ne jamais lui accorder.

Le trouble de mon cœur me tint si bien occupée que cet été me parut filer comme l'éclair. Je fus tout abasourdie quand j'appris que la Cour regagnait Paris. De grands travaux étant commencés dans le Louvre, le Roi s'installa aux Tuileries où il ne devait demeurer qu'un hiver. Ce fut alors que, sous le prétexte que notre bourse était vide, mon mari décida que nous vivrions de notre jardin et m'annonça que nous allions partir pour nous ensevelir dans son château de Bonnefont, perdu dans la sénéchaussée d'Auch, au fin fond de la Guyenne, autant dire le bout du monde. Je ne sais si mon époux avait eu de la jalousie de mes galants car, en ce qui concernait le Roi, c'était alors impossible. Peut-être monsieur de Montespan m'aimait-il véritablement et un instinct secret vint-il l'avertir de me retirer de la vue du Roi, toujours est-il qu'il me communiqua cela d'abord comme une idée qui lui avait traversé l'esprit, puis comme un vif désir, enfin comme un ordre. Je ne doute pas qu'une résistance qu'il n'avait pas prévue aussi grande n'ait conforté la décision de mon mari. L'idée de me voir ensevelie à Bonnefont me parut d'abord inimaginable, puis elle m'épouvanta. Je ne pouvais me figurer perdue dans une campagne où l'on n'entendait pas même le français, avec comme distraction les contes de ma belle-mère, la femme la plus ennuyeuse du monde, et les visites de voisines qui lui ressemblaient. Partagée entre larmes et cris, je prenais à mon compte le discours de Célimène :

Moi renoncer au monde avant que de vieillir,
Et dans votre désert aller m'ensevelir.

Mon époux me répondait tel Alceste :

Que doit vous importer tout le reste du monde,
Vos désirs avec moi ne sont-ils pas contents ?

Ils ne l'étaient guère justement. Trop de récriminations, de cris et de reproches avaient été échangés pour que les désirs qui doivent se contenter entre époux le fussent véritablement, de sorte que, dans mon mariage, la peine passait de beaucoup le profit. Au reste, mon fils n'avait pas un an et le métier de faire des enfants ne me plaisait pas tant que je fusse pressée de lui donner un frère. Tentant de gagner mon mari par la raison, j'avançai mon service auprès de la Reine : *« Sa Majesté vous donnera vacance pour suivre votre époux »*, m'assura-t-on, et si je parlais du désir de ne pas m'éloigner de mes enfants, on me répondait qu'ils seraient du voyage. Comprenant que j'y emploierais inutilement le vert et le sec, je cherchai du secours dans mon entourage. Je songeai, bien entendu, au Roi, mais il était, dans les circonstances, la dernière personne à laquelle je pouvais demander de ne pas suivre mon mari. Le recours à mon père eût été inutile, il eût pris la chose légèrement et son avis n'eût été d'aucun poids. Je demandai donc à Vivonne de me secourir. J'eus la surprise de le trouver fort réservé. « *Ma chère sœur, nous allons à la guerre, cela est sûr,* me dit-il, *et on ne sait jamais ce qu'il peut en résulter. Montespan n'a pas tort de vous vouloir à Bonnefont.* » Je soupçonnais mon frère de ne pas se désoler de voir s'éloigner un parent qui avait trop souvent recours à sa bourse, et tant pis si je devais être sacrifiée. Bien décidée à ne pas voir s'accomplir ce sacrifice, je me tournai vers le meilleur ami que j'avais à la Cour et m'adressai à Monsieur auquel j'allai conter l'arrêt que mon mari venait de porter contre moi. Je le vis seul, l'attendrissant par la peinture du chagrin que j'avais à m'éloigner d'une Cour qui m'était devenue une famille, et de l'effroi que j'éprouvais à m'ensevelir auprès de personnes aussi sottes qu'hostiles. J'appuyai ma démonstration du portrait de madame de Pardaillan de Gondrin que je peignis en figure de geôlière. J'oubliai de dire, dans ces chagrins, ce que m'eût coûté l'interruption de mon petit roman avec le Roi. Monsieur n'y résista pas ; il envoya chercher mon mari le lendemain, le reçut avec ce mélange de grâce et de familiarité qui met une grande distance entre les princes et le reste du monde, après quoi le frère du Roi ne prit pas les chemins de traverse. « *Monsieur, j'ai une grâce à vous demander, mais il faut me l'accorder, sans cela je vous avoue que je serais fort piqué* », dit-il à mon époux de l'air le plus engageant du monde, et comme monsieur de Montespan pressait Monsieur de lui dire quelle était cette grâce qu'il allait avoir le bonheur de lui faire, celui-ci lui répondit tout net : « *C'est de laisser votre femme à Paris tout l'hiver, jusqu'au mois de mai.* » Là-dessus, il étourdit mon époux de questions sur les chasses qui se faisaient en Guyenne, lui offrit des dragées, lui fit mille cajoleries et, le laissant tout déferré, s'éloigna pour rejoindre la compagnie du chevalier de Lorraine. Mon mari eut assez de peine à cacher le dépit que lui causait cette proposition. Il ne crut pouvoir refuser cette grâce à Monsieur, mais il trouva fort mauvais que charbonnier ne fût pas maître chez lui. Trop heureuse de demeurer à la Cour, je souffris ses humeurs avec patience. Le sujet des enfants ne fut pas facile à accommoder. Il fut enfin convenu que mon époux emmènerait Marie-Christine qui allait avoir trois ans et pouvait aisément quitter sa nourrice. J'obtins que Louis-Antoine demeurât à Paris. Avant son départ, je conduisis ma fille voir sa marraine à Chaillot. C'était une petite personne dont on disait qu'elle me ressemblait ; elle avait le teint blanc, les cheveux blonds et les yeux bleus des Mortemart. Elle fut parfaitement sage tout le temps que nous demeurâmes au parloir, se tenant comme une véritable demoiselle, ce qui fit rire ma sœur. Nous évoquâmes le jour où je conduirais cette jeune personne à Chaillot pour que sa tante veillât à son éducation. J'étais fière de ma fille, comme je l'étais de mon petit marquis d'Antin que sa nourrice m'amenait chaque mois. Il était en parfaite santé, gai et robuste comme un vrai Gascon. Mon mari partit pour Bonnefont avec notre aînée au mois de novembre. Je me souviens fort bien du moment où je fis mes adieux. Aucun pressentiment ne vint m'avertir que je ne reverrais jamais ma fille.

Avant que de s'embarquer pour la Guyenne, mon époux s'était acquitté à sa façon de nos dettes. Le marquis de Sillery, sur la prière du comte de Roye, consentit à lui avancer onze mille livres ; six mille furent empruntées à un bourgeois de Paris. La veille du départ, mon mari me traîna chez un changeur de la place Maubert où il engagea, moyennant la misérable somme de seize cents livres, les pendants d'oreilles que je tenais de la loterie du Roi. En posant la boîte de chagrin noir sur la table, il me sembla que j'achetais ma délivrance. Je me fis la réflexion que bien peu d'années auparavant, j'aurais donné tout ce que j'avais pour suivre monsieur de Montespan à Bonnefont ou même au diable. Cette pensée me donna une sorte de vertige. Aimais-je encore mon mari ? Ne l'aimais-je plus ? J'évitais de répondre aux questions qui me venaient sur le sujet. En demeurant fidèle aux vœux de mon mariage et en signant les reconnaissances de dettes de mon époux, je pensais en faire bien assez. Le jour de son départ, monsieur de Montespan me laissa un pouvoir pour retirer les pierreries et les meubles déjà engagés, afin d'emprunter sur eux les sommes dont j'aurais besoin pour mes dépenses. On voit la belle occupation.

Mon mari parti, j'allais souvent chez Monsieur pour lui montrer par ma présence toute la reconnaissance que j'avais de son procédé. Approcher la cour de ce prince était se voir précipité dans les intrigues. Monsieur était alors tout occupé du chevalier de Lorraine, fait comme on peint les anges, qui devint bientôt plus absolu chez Monsieur qu'il n'est permis de l'être quand on ne veut pas passer pour le maître ou la maîtresse de maison. Oubliant qu'elle ne m'aimait pas, Madame me parla avec horreur de ces désordres. Cette princesse eut alors le chagrin de perdre le duc de Valois ; c'était un enfant parfaitement beau et bien fait. Madame en eut une douleur inconcevable ; cette perte lui ôta tout ce qui lui restait de beauté.

La mort du petit prince fut tout entourée de naissances. Dans les premiers jours d'octobre, mademoiselle de La Vallière mit au monde son troisième enfant, une fille qui devint mademoiselle de Blois, aujourd'hui princesse de Conti. Les deux garçons que mademoiselle de La Vallière avait eus du Roi étaient morts et le dernier peu de temps auparavant. Mademoiselle de La Vallière se trouvait au château de Vincennes près de Madame, quand elle fut saisie des premières douleurs ; elle fit appeler Boucher qui avait mis au monde les aînés. Madame, qui se rendait à la chapelle, passa dans sa chambre et l'accoucheur n'eut que le temps de se jeter derrière un rideau. *« Ah ! Madame ! J'ai la colique, je me meurs »*, gémit la malheureuse qui donna l'ordre au médecin de la délivrer avant que Madame ne revienne. Ce fut fait ; après quoi mademoiselle de La Vallière fit porter des fleurs dans la chambre et reçut la compagnie jusqu'à minuit. En guise de félicitations, l'accouchée connut des airs pincés, des regards en dessous et des sourires fort minces. Je vis tout cela de près ; c'était à vous dégoûter d'avoir l'envie de seulement donner le bout des doigts au Roi.

Le Roi était à Versailles le jour de la naissance de sa fille. Au retour, il s'arrêta dans la rue Quincampoix pour acheter des mouchoirs pour les dames. Sitôt après avoir donné le sien à la Reine, il m'offrit le mien – le plus riche et le plus brodé – en me regardant assez longtemps dans les yeux. Rougissant jusqu'aux cheveux, je le cachai dans ma manche. Me relevant de ma révérence, je vis l'œil d'aigle de Monsieur le Prince posé sur moi ; cela commença de me faire craindre que ce secret-là ne fût bientôt connu de tous. La chose me fut confirmée quand Bonne d'Heudicourt vint secouer ses boucles rousses jusque devant mon nez. *« Ma chère amie,* me souffla-t-elle, *il me semble que chez les Turcs, cela s'appelle jeter le mouchoir.* » Bonne, que l'on ne nommait déjà que la *Grande Louve,* et pas seulement pour la raison que monsieur d'Heudicourt était grand louvetier, eût volontiers ramassé ce mouchoir-là.

Soit que j'eusse quelque remords d'avoir refusé de suivre mon mari, soit que je mesurasse combien une femme seule se trouve découverte à la Cour, je gardai, dans les premiers temps qui suivirent le départ de mon époux, une attitude fort réservée devant le Roi. Monsieur Benserade, qui savait dire des vérités dans ses quatrains, salua par des paroles très justes mon entrée dans le *Ballet des Muses* qui se dansa à Saint-Germain au début de janvier.

Elle est prompte à la fuite,
Et garde une conduite
Dont chacun est surpris.

Cette sagesse ne dura pas, non que je ne fusse pas toujours parfaitement résolue à ne jamais rien accorder à mon souverain, mais parce que des habitudes de coquetterie et un fond d'orgueil m'empêchaient de demeurer en reste. Bien certaine de pouvoir arrêter le jeu quand je le voudrais, j'entendais montrer au Roi qu'il trouvait avec moi une partenaire à sa taille. Je répondais donc à ses regards, à ses sourires et à ses picoteries, et le faisais parfois hardiment. L'affaire m'amusait, elle me troublait aussi infiniment, me donnait de vastes appréhensions enfin, elle m'occupait l'esprit tout entier et, sans que je m'en doutasse, elle commençait de me prendre irrémédiablement le cœur.

Je viens de parler du 2 janvier 1667 et du *Ballet des Muses.* Ce jour-là, la Reine fut accouchée à Saint-Germain d'une fille qui fut nommée Marie-Thérèse. L'enfant était parfaitement formée et l'on pouvait espérer de la voir vivre. Lorsqu'on prévint le Roi, il était déjà en costume pour faire son entrée. Il n'en fut que plus heureux et plus magnifique pour danser, adroit, haut, infiniment majestueux. Il était en berger, accompagné de quatre bergères ; je peux dire sans me vanter que ce berger-là n'eut d'yeux que pour l'une des pastourelles. Il regardait celle-là d'un air grave, lui souriait avec douceur et lui tenait tendrement la main. Dès que Lully fit entendre les premières notes de musique, il me parut que la dansc nous délivrait du regard de la Cour tout entière fixé sur nous, car je me souviens d'une extrême légèreté, comme si plus rien ne nous eût pesé, ou comme si nous nous étions mus dans l'air comme savent le faire les oiseaux. Il me sembla danser seule avec le Roi. En vérité, il ne s'adressait qu'à moi quand il chanta :

Vous savez l'amour extrême
Que j'ai pour vos beaux yeux.
Hâtez-vous d'aimer de même,
Les moments sont précieux.

Ces moments où je dansais le *Ballet des Muses* auprès du Roi sont les seuls dont je me souvienne avec plaisir quand je songe à cet hiver car, pour les autres, ils commençaient d'être marqués de beaucoup de crainte. J'avais beau me répéter que cette appréhension n'avait pas de fondement, que rien ne pouvait m'empêcher de demeurer maîtresse de ma personne, je ne pouvais me défaire d'une impression pénible. J'ai gardé pour la fin les derniers vers que monsieur Benserade avait mis dans la bouche du Roi :

Tôt ou tard il faut qu'on aime,
Et le plus tôt est le mieux.

J'allais découvrir que ces mots recelaient une bonne part de la philosophie du Roi dans le domaine de l'amour.

En installant la Cour à Saint-Germain, le Roi servit sans le savoir le propos qu'il avait à mon égard car ma résistance eût trouvé à mieux se nourrir dans le Louvre où je voyais partout le souvenir de la reine Anne et de ma mère. Saint-Germain était pour moi cette étape où nous avions pu commencer de revivre après les guerres de la Fronde, un lieu de vacances et de plaisir. Le Château-Vieux où logeait le Roi n'est pourtant pas le plus magnifique du royaume, j'en fis la remarque à Sa Majesté, un jour où elle me consultait sur des aménagements que devait y porter monsieur Hardouin-Mansart : *« Je trouve que cette maison ressemble à un éléphant qui serait demeuré couché sur le dos avec ses pattes lancées en l'air »*, dis-je, ce dont le Roi convint en riant. C'est aussi le plus petit des palais de Sa Majesté, au point que pour loger la Cour, on dut couper les appartements dans tous les sens, et encore est-il resté du monde à la porte, ce qui obligea nombre de gentilshommes à construire des hôtels qui se serrent près du château comme poussins près de la poule. Ces défauts s'oublient cependant, car Saint-Germain est un lieu unique pour rassembler les merveilles de la vue, l'immense plain-pied d'une forêt magnifique, les agréments admirables des jardins et des terrasses, les charmes et les commodités de la Seine où les dames avaient un bain et le Roi une galère dorée. Par les embellissements qu'Elle ordonna à son arrivée, Sa Majesté fit entendre que l'on n'était pas là de passage. Saint-Germain allait être notre résidence principale pendant tout le temps que durèrent les grands aménagements de Versailles, soit durant seize années.

Au début de l'année 1667, le Roi mit toute son application à divertir la Cour et à préparer la guerre. Il y avait presque tous les jours des carrousels et des revues de troupes où l'on pouvait admirer quantité d'amazones, plus propres à attirer les ennemis qu'à les faire fuir. On y faisait sous la tente des repas d'une grande magnificence ; après, les dames montaient à cheval et les troupes se mettaient sous les armes. Tous les soirs, c'étaient des bals, des comédies et des mascarades. Dans ces divertissements, Sa Majesté trouvait toujours occasion de me montrer un attachement qui allait grandissant, au point que je ne m'accusais plus d'être visionnaire. Aux regards avaient succédé des paroles à double entente, des égards très marqués, enfin tout un jeu de badinage et un rôle d'amoureux en répétition, quoique fort tendre. J'espérais maintenir longtemps mon galant dans ce rôle. J'étais encore assez folle pour penser le retenir par la puissance de mes charmes et non par des faveurs. Je comptais sur ma réputation de précieuse et de bel esprit pour que le Roi gardât de la crainte, et sur le renom d'une vertu jusque-là sans tache pour qu'il demeurât dans un respect dont je ne pensais pas avoir à craindre qu'il se départisse. Jamais aucun de mes galants, même ce fou de Lauzun, n'avait avec moi franchi les limites permises par la plus stricte honnêteté. Mon apprentissage du monde s'est fait dans des salons où le désir de plaire n'était pas un crime et où tout ce qui peut rendre aimable était permis pourvu que cela ne choquât pas la vertu ; à la vérité, j'avais encore la tête farcie des romans de mademoiselle de Scudéry où les passions sont toutes de rêve et où les amants se contentent de la possession du cœur de leur maîtresse. Le Roi avait peu lu mademoiselle de Scudéry.

Ce fut lors d'un bal masqué pour lequel la Cour s'était transportée à Versailles que le Roi commença de s'enhardir. Le jeu voulait qu'on affectât de ne reconnaître aucun danseur, encore que chacun fût aisément reconnaissable. Le Roi, qui portait un masque de taffetas d'or sur un habit brun brodé d'or et de quelques diamants, m'entraîna près d'une fenêtre où les bougies laissaient plus d'ombre qu'elles ne donnaient de lumière. Il me fit tant de compliments que je me jetai à parler de la beauté de la fête, du nombre des lumières, de la perfection de la musique, enfin de tout ce qui pourrait changer le tour de la conversation.

— *On m'a dit, madame,* murmura mon beau cavalier, *que le Roi n'offre ces divertissements que pour être agréable à la plus belle femme du royaume.*

— *Vous parlez par devinette,* dis-je, *celle-ci n'est pas trop difficile, chacun sait que Sa Majesté porte beaucoup d'amitié à une personne parfaitement belle, bonne et douce,* assurai-je, regardant vers mademoiselle de La Vallière.

Ma réponse ne ferma pas la bouche à ce gentilhomme. Il lui échappa de dire :

— *On ne regarde pas une autre où vous êtes.*

La vivacité de l'aveu et sa galanterie me firent les joues rouges comme du feu. Mon admirateur ajouta avec de l'amusement dans les yeux :

— *Je pense être plus avant dans les pensées du Roi que vous-même, madame.*

— *Je ne romprai pas en visière avec vous sur ce point, monsieur.*

— *Je puis donc vous dire que si le Roi était à ma place, il vous offrirait son amitié et vous demanderait la vôtre, qu'il vous consacrerait l'hommage d'un cœur qu'il ne voudrait plus rempli que de vous.*

La déclaration était cette fois brûlante. Je dus respirer un grand coup pour garder mes esprits.

— *Je vous trouve bien hardi de parler en lieu et place de Sa Majesté.*

— *C'est mon affaire. Est-ce que sa personne vous déplairait ?*

— *Point du tout !*

— *Elle vous plaît donc ?*

— *Chacun sait que nous avons le Roi le plus magnifique du monde. Je suis sa fidèle sujette.*

— *Ce n'est point ce que je vous demande.*

L'éclair d'impatience que je lus dans les yeux du Roi ne m'arrêta pas.

— *Mais c'est ma réponse, monsieur.*

Et pointant mon éventail sur l'habit du Roi, je l'obligeai de faire un pas en arrière, ce qui me permit de quitter l'encoignure et une place fort glissante. J'accompagnai ma retraite de sourires et de grâces propres à faire avaler le procédé. A la vérité, j'étais moins à l'aise qu'il y paraissait. Je commençais de trouver que le Roi avait fait bien des progrès en badinage. Je l'y jugeais même un peu trop habile à mon goût. J'eusse préféré un amoureux plus gauche.

Je viens de parler de mademoiselle de La Vallière et d'entamer un chapitre qui me met sur des épines. J'avais gardé l'habitude d'aller chez elle, parce que plus personne n'y allait et parce qu'il me semblait que c'était la meilleure façon, en demeurant dans la même amitié avec la maîtresse du Roi, de montrer que je ne briguais pas la place. La malheureuse commençait d'essuyer une désertion qui ne la chagrinait pas, car sa nature douce et méditative aimait la retraite. Elle était grosse d'un quatrième enfant et sa beauté en souffrait. Elle avait beaucoup maigri, le teint jaune et les dents gâtées au point que j'avais parfois honte de mon air de santé, de mon teint frais et de la force qui me courait dans le sang. Elle se plaignait à moi de migraines, de vapeurs et d'étouffements Je ne doutais pas que de bons apôtres ne lui eussent révélé où se portait la nouvelle inclination du Roi et que la malheureuse n'eût cherché par ses plaintes à éveiller ma pitié. Elle y aurait atteint si je n'avais eu de longtemps en horreur les chiens couchants, et cette femme gémissante dont les yeux étaient toujours rougis commençait de me porter sur les nerfs. Plusieurs fois, je dus me tenir pour ne pas lui dire que ce n'était pas ainsi que l'on gardait un amant. Au camp de Houilles, elle avait paru fâchée contre le Roi de ce qu'il ne l'avait jamais abordée, car Sa Majesté n'avait pas quitté la Reine. « *Si cette demoiselle continue à être de cette humeur, elle se perdra* », me dit madame de Thianges. Je ne savais si je devais le souhaiter ou le craindre.

Les marques de ce que le Roi nommait son amitié allaient grandissant. Un jour, monsieur Le Nostre vint me demander le nom des fleurs que je voulais pour mettre dans un parterre qu'il composait, une autre fois ce fut une profusion de dragées sur ma table, des corbeilles de jasmin et de tubéreuses dans mon appartement, un nécessaire de vermeil sur ma toilette. Je pris le parti de ne rien voir, car des remerciements eussent permis au Roi de s'avancer sur un terrain devenu dangereux pour moi. Sa Majesté était chaque jour plus occupée par la préparation de la guerre dont Elle s'entretenait avec Monsieur le Prince et le maréchal de Turenne. Les revues se multipliaient. Le Roi, chaque fois, faisait tendre des tentes où il traitait une infinité de monde. Les dames ayant toujours aimé voir les militaires, il en venait beaucoup depuis Paris pour admirer les tentes du Roi. Sa Majesté revenait charmée de ces revues. Après le camp de Houilles, Elle vint aider les dames à descendre de carrosse et, me prenant la main, attaqua à nouveau.

— *Viendrez-vous tout à l'heure au boulingrin, madame, je veux regarder les travaux de monsieur Le Nostre.*

Je plongeai dans ma révérence.

— *Certainement, Sire, me permettez-vous seulement d'amener madame de Thianges ?*

L'air de la contrariété passa dans les yeux du Roi.

— *Nous obligerons madame de Thianges une autre fois. Je serais bien aise de vous parler.*

Le Roi ajouta avec un sourire qui le rajeunissait :

— *J'ai ouï dire qu'un certain gentilhomme s'était fait un mauvais ambassadeur.*

La plaisanterie me laissa de marbre.

— *Que Votre Majesté ait la bonté de se mettre un moment à ma place et qu'Elle juge si je dois accepter la grâce qu'Elle me fait.*

— *Parbleu, madame, je ne savais être une si mauvaise compagnie.*

— *Cette visite, Sire, pour être agréable, n'en ferait rien juger que de criminel et je n'ai point envie de donner prise à la médisance.*

Le Roi demeura un moment en silence ; s'il conçut quelque dépit de ma réponse, il eut le goût de ne pas le faire paraître.

— *Quand vous ne voulez pas ce que l'on veut, madame, il faut bien vouloir ce que vous voulez.*

Quand il se tourna enfin, les jambes me tremblaient. Je commençais de songer que le Roi n'était pas un galant si aisé à conduire que les autres, qu'il avait par sa position une autorité qu'on ne pouvait aisément tourner, que cette position l'avait toujours empêché de connaître de cruelles et qu'il n'y avait pour moi de salut que dans la plus grande prudence. J'adoptai donc une réserve qui contrastait avec la coquetterie avec laquelle j'avais accueilli les premiers hommages du Roi. Je me retirai autant que je le pus de sa vue. Passant d'un extrême à l'autre, j'en vins à ne circuler dans le château qu'en compagnie. Cette manière de retraite ne m'empêchait pas de faire des réflexions. « *Pourquoi me priver du plaisir légitime de plaire ?* » me disais-je. « *Vais-je laisser la place à des sottes et à des intrigantes ?* » Ne pouvais-je conduire le Roi vers cette parfaite amitié dont on m'avait tant parlé dans les salons des précieuses et ne pourrions-nous nous aimer d'une manière qui ne serait pas criminelle ? Je rêvais encore d'atteindre dans la compagnie du Roi à cette sorte d'amour fondée sur l'estime et l'inclination qui nous ferait confidents de tous nos sentiments et de nos secrets, de nos félicités et de nos douleurs, dans un échange et une communion perpétuels, de sorte que les sacrifices qu'il nous faudrait consentir pour gagner ce paradis ne paraîtraient pas en regard du bonheur et de l'exaltation que nous connaîtrions. Je ne visais pas moins qu'au sublime ; peu s'en fallut que je ne me crusse chargée de la sanctification du Roi. Je voulais la passion et la vertu, la félicité parfaite et l'innocence première, l'amour du Roi et la considération de la Cour. Ma Nano aurait dit le beurre et l'argent du beurre. J'étais d'autant plus combattue que j'avais commencé d'aimer véritablement le Roi. Et comment cela ne serait-il pas arrivé ? Le Roi était un héros magnifique. Il était beau, de ces beautés qui ne craignent ni le froid, ni le soleil, ni les fatigues de la chasse. Il excellait dans tous les exercices du corps, il dansait avec une grâce infinie. Il était bon musicien. Il avait l'esprit juste et plein de feu, encore son flegme s'en rendait-il toujours maître. Il était propre et magnifique en ses habits, en ses meubles, en ses tables, en ses chevaux, ses équipages, ses bâtiments, enfin en toute chose. A chaque instant je me demandais comment j'avais les yeux et le cœur faits pour ne pas avoir connu cela plus tôt. J'avais beau m'en défendre, je pensais à lui sans cesse et mille fois davantage, et jour et nuit, et en me promenant, et en causant, et quand il me semblait que je n'y pensais plus, et à toute heure et à tout propos, et en parlant d'autre chose, et enfin comme on devrait penser à Dieu. Cette occupation constante augmentait la peur qui me tenait, encore que je ne savais pas ce que je devais craindre le plus. Je craignais que le Roi ne m'aimât, et je redoutais bien davantage qu'il ne m'aimât pas. J'étais dans une agitation qui ne me laissait aucun repos. Je ne connaissais sans doute plus l'ennui, mais je n'avais plus de paix, et je ne devais pas retrouver ce trésor de longtemps.

La reine régente d'Espagne ayant refusé au Roi de lui faire raison sur les droits de la Reine sa femme, il fut décidé que le Roi marcherait en Flandre avec l'armée. Quand j'entendis que Sa Majesté allait s'éloigner vers un autre théâtre d'opérations, un poids me fut ôté de la poitrine. Dans le même temps, mon mari annonça son retour ; on me croira si l'on voudra mais la nouvelle redoubla mon soulagement. Monsieur de Montespan se trouvait être mon appui le plus naturel dans le cas où je me trouvais. Pour le reste, mon père vivait ouvertement avec madame Tambonneau et ne se souciait guère de ses filles, mon frère tenait la vertu pour peu de chose, quant à madame de Thianges, elle m'eût volontiers poussée dans le lit du Roi, faute de pouvoir s'y précipiter elle-même. Je ressemblais à ces enfants qui veulent échapper à la surveillance de leur nourrice et l'appellent à grands cris quand ils se mettent dans quelque mauvais cas. Le premier jour de mai, je réservai à mon époux que j'allai trouver dans notre logis de la rue Taranne un accueil qu'il n'attendait pas aussi bon. Je lui parlai longtemps de nos enfants, de sa famille, de ses chasses, enfin je ne voulais plus le quitter. Il avait laissé notre fille, dont ma belle-mère s'était coiffée, à Bonnefont. J'avais moi-même passé une enfance à la campagne et jugeai que la décision était sage. Marie-Christine respirerait un air pur et fortifierait sa santé. Sa grand-mère était propre à lui apprendre son catéchisme, l'histoire de sa famille et des points de couture, ensuite il serait temps de conduire notre demoiselle à Chaillot. Je laissai mon époux mettre de l'ordre dans ses affaires, c'est-à-dire achever d'embrouiller ses dettes, et regagnai Saint-Germain où, le 4 mai, le Roi me fit demander par monsieur de Lauzun de me trouver dans son carrosse pour la promenade de l'après-dînée. La singularité de cette invitation indiquait que nous serions seuls car, pour me voir en compagnie, le Roi n'eût pas eu besoin de m'appeler. J'eusse volontiers giflé monsieur de Lauzun pour le sourire dont il accompagna sa commission. Je fis cependant bonne figure devant cette tête de furet ; il n'était plus temps de reculer. Une partie de moi-même éprouvait une grande humiliation de se voir convoquée et exposée aux sarcasmes et aux devinettes de la Cour, une autre s'épouvantait de se trouver acculée ; la troisième était bouleversée à l'idée d'entretenir le Roi en tête à tête. Je ne sais si cette part l'emporta ou si un fond de coquetterie me poussa à paraître à mon avantage, mais je passai une infinité de temps à ma toilette. J'entendais désespérer le Roi, non le priver de regrets. Je marchai vers le carrosse du Roi dans une robe bleue qui m'allait à ravir. J'étais coiffée en boucles qui n'avaient pas l'air trop apprêtées et j'avais fait un si bon usage du musc et du jasmin que les premières paroles d'un homme que je voulais glacer par ma sévérité furent : « *Vous fleurez bon, madame.* » Cela joint à un air de tendresse et de ravissement impossible à décrire arrêta le beau discours que j'avais préparé sur l'honneur et la réputation qu'une femme a à perdre dans ces sortes de rencontre. Le Roi ordonna d'aller dans le Grand Parc, ce qui nous mettait hors de vue des courtisans, mais fort à la portée des médisances. A peine étions-nous partis que le Roi me dit sur un ton grave et tendre qui excluait le badinage :

— *Je ne suis pas résolu d'aller à l'armée pour y demeurer éloigné des périls, aussi ai-je cru juste de vous faire connaître certaines choses avant que de partir.*

Ce discours me fit me rencoigner ; le ton de solennité et l'évocation du spectre de la mort étaient des choses bien difficiles à contrer. Suivirent des paroles fort sérieuses d'où il ressortait que la position des rois est infiniment délicate et comparable à nulle autre, qu'ils sont environnés de périls, que leur responsabilité est immense à l'égard de leur royaume, et que les intérêts particuliers font qu'il existe bien peu de personnes à qui ils peuvent ouvrir véritablement leur cœur, mais que s'ils avaient le bonheur de trouver sur leur chemin cette personne, leur tâche serait plus douce et plus légère. Alors que j'eusse dû accueillir froidement cette démonstration, mon esprit de badinage et de raillerie, enfin cet esprit Mortemart fameux à la Cour, prit le dessus. Piquée de l'étrange proposition de me sacrifier au bien du royaume, je demandai au Roi s'il cherchait quelque nouveau ministre et s'il songeait à moi pour remplacer monsieur Colbert car, pour ce qui était d'offrir un cœur tout consacré, je connaissais une certaine demoiselle qui remplissait tendrement cet office. Ce fut un grand tort que de donner à la conversation un tour léger, et un plus grand encore que d'entraîner le Roi sur le chapitre de mademoiselle de La Vallière. Il crut que ma résistance était causée par sa présence, aussi consentit-il allégrement au sacrifice de sa maîtresse.

— *Je pense,* me dit-il, *que notre cœur est fait de telle sorte qu'il ne peut s'unir entièrement qu'à un seul autre cœur qu'il faut trouver. Jusqu'à cette découverte, nous faisons de petits essais qui nous arrêtent plus ou moins longtemps suivant que les cœurs que nous trouvons ont plus ou moins de conformité avec celui qui est fait pour nous. Ces petits essais-là s'appellent les amourettes qui sont passagères.*

Je trouvais que parler de *petit essai* pour une affaire qui avait duré six ans et d'*amourette* pour ce dont il allait prochainement résulter un quatrième enfant était aller vite en besogne. Je me permis de reprocher au Roi son injustice. Je ne sais s'il lui parut qu'un tel traitement ne donnait guère envie de prendre la suite, en tout cas il tenta de montrer qu'il ne se désintéressait pas tout à fait du sort de mademoiselle de La Vallière.

— *Je viens bientôt assurer à la fille de mademoiselle de La Vallière l'honneur de sa naissance et donner à la mère un établissement convenable,* me dit le Roi sur le ton dont on parle d'une affaire finie.

Après quoi, Sa Majesté avança mille raisons, toutes plus tendres les unes que les autres, pour me fléchir. Toutes me troublaient, une me toucha jusqu'au cœur.

— *Enfin, madame,* me dit le Roi avec un doux reproche, *n'avez-vous point remarqué que nous sommes pareils ?*

Et comme je faisais mine de hausser le sourcil, il ajouta :

— *Il me semble que nous goûtons les mêmes choses et que les mêmes nous dégoûtent.*

— *Votre Majesté a peut-être raison,* dis-je en affectant de prendre l'affaire par le petit bout. *Je crois qu'elle a la même inclination que moi pour les airs de monsieur Lully, les dessins de monsieur Le Nostre, et voyons...*

Comme je faisais mine de réfléchir, le Roi s'amusa d'entrer dans le jeu.

— *Vous oubliez les confitures sèches, les fraises et la senteur du jasmin madame,* dit-il en riant. Retrouvant un air grave, il ajouta d'une voix forte en plongeant ses yeux dans les miens :

— *Nous aimons ce qui est grand, nous aimons la gloire, nous aimons ce qui est magnifique, nous haïssons ce qui est petit.*

Je fus bouleversée parce que le Roi avait dit à haute voix ce que je sentais confusément, parce qu'il avait deviné qu'il existait entre nous cette union des goûts et des esprits si nécessaire à l'union des cœurs. Je crois que pour s'aimer véritablement, il faut se ressembler un peu. Le Roi et moi nous ressemblions beaucoup. Cette vérité me fit demeurer silencieuse un moment. Il faisait déjà chaud et le Roi me regardait comme si j'eusse été un sorbet. Avisant qu'il était temps de revenir aux principes dont je n'eusse pas dû m'éloigner, je dis nettement au Roi que ses sentiments faisaient leur effet dans mon cœur, mais que je devais mettre les choses sacrées pour bornes à son amitié, et que je ferais tout pour lui à la réserve d'offenser Dieu.

— *Madame !* me dit le Roi en s'emparant de mes mains et en mettant du reproche dans sa voix, *la nature peut combattre un temps contre la grâce, mais elle ne le peut pas toujours.*

Comme j'insinuais respectueusement que je ne croyais pas que Sa Majesté eût jeté de grandes forces dans cette bataille, le Roi assura avec feu qu'on ne pouvait douter que le Ciel eût en faveur des rois des accommodements propres à les soulager des charges immenses qui pèsent sur eux. Sans doute pour demeurer dans la sphère mystique, Sa Majesté ajouta en embrassant mes mains qu'Elle me regardait comme son ange tutélaire ou, si l'on préférait, une divinité destinée à La rendre plus sensible et meilleure. Cette théologie me fit sourire. Je répondis, en dégageant doucement mes mains, que je ne savais si Dieu offrait des accommodements aux rois, mais que j'étais bien certaine qu'il ne pouvait étendre ces avantages jusqu'à leurs sujettes. Bien que je m'efforçasse de jouer convenablement ma partie, je me sentais faible au point de défaillir ; aussi, redoutant quelque nouvelle offensive, j'alléguai des vapeurs pour demander au Roi de ne point poursuivre la promenade. Sa Majesté y consentit à regret. Quand on ouvrit la porte du carrosse, le Roi me dit en soupirant : *« J'ai des raisons de ne pas vous déplaire, madame, mais j'en ai de bien fortes pour ne pas vous obéir. »* Un air allumé d'espérance promettait beaucoup pour la suite.

Je sortis du carrosse du Roi pour aller à Paris où monsieur de Montespan me réservait une autre promenade avant le souper. Il me conduisit chez deux notaires au Châtelet aux fins d'y contracter un emprunt de vingt mille livres. La créancière était la veuve d'un trésorier de Mademoiselle, une bourgeoise pincée qui me regarda de haut en bas avant que de signer. En regagnant Saint-Germain, je songeai au destin capricieux qui voulait que le Roi mît une fortune à mes pieds le jour où mon mari poursuivait de nous ensevelir sous les dettes.

Le Roi tint sans délai la promesse qu'il avait faite. A quelques jours de là, nous apprîmes que Sa Majesté créait le duché de Vaujours pour mademoiselle de La Vallière dont la fille était légitimée. L'oncle de cette demoiselle était fait évêque de Nantes, et le frère, quoique assez mauvais sujet, bénéficiait de l'élévation générale en devenant brigadier. Quelques-uns virent une marque de faveur dans cette munificence ; je trouvai que cette ascension ressemblait à cette coutume qui veut que les gens raisonnables, aux changements qu'ils font de leurs domestiques, en préviennent le congé par le paiement de leurs gages ou par des reconnaissances de leurs services. Le Roi, par cet hommage, apprivoisait sa maîtresse à la retraite, afin qu'elle souffrît celle-ci avec plus de modération. Vivonne confirma cette impression en me rapportant que Sa Majesté avait dit à monsieur de Lamoignon, convoqué à Saint-Germain pour la cérémonie de l'enregistrement des lettres de duché-pairie : *« Monsieur le Président, n'avez-vous jamais fait de folie dans votre jeunesse ? »* Après quoi Sa Majesté assura à la Reine qu'Elle rompait avec mademoiselle de La Vallière et ne la toucherait plus de sa vie. Le bruit courut même que le Roi souhaitait marier sa maîtresse avec le marquis de Vardes, mauvais sujet, vrai méchant, et grand comploteur. Je ne pus croire que le Roi eût jamais eu un dessein si cruel. Le bruit venait de ce que le marquis de Vardes est issu de la famille de Bueil qui cédait Vaujours. Cette rumeur donna de l'horreur à mademoiselle de La Vallière, d'autant que le bon visage que lui montrait la Reine lui paraissait une prière tacite de consentir à ce mariage. *« Le Roi doit comprendre que mon cœur y a des répugnances plus grandes que celles de l'antipathie et je suis incapable de manquer au serment que j'ai fait de ne changer jamais d'amour et de ne point prendre de mari »*, me dit-elle, en déchirant son mouchoir. La crainte qu'il arrivât au Roi quelque chose de funeste quand il serait à l'armée l'empêchait encore de dormir : *« Tantôt je vois la Reine commander que j'aie à me retirer sur-le-champ à Vaujours, tantôt ordonner qu'on me jette dans un monastère »*, pleurait-elle ; on voit que l'idée de se retirer dans un cloître de son propre mouvement n'était pas encore venue à mademoiselle de La Vallière. Elle se plaignait aussi que le Roi savait sa grossesse dont il se promettait un garçon, sans rien avoir fait pour l'enfant à naître. *« Ma fille sera duchesse légitime, l'autre bâtard sans reconnaissance »*, gémissait-elle. Je trouvais que c'était beaucoup de récriminations de la part d'une personne qui professait ne jamais rien demander pour elle-même. Je prêchais la patience et que la bonté du Roi ne ferait pas de différence du frère à la sœur. *« Oh oui ! n'est-ce pas ?* s'écria-t-elle en s'emparant de mon bras, *il m'arrive de penser qu'il me reviendra avec autant d'amour qu'il n'en a jamais eu. »* En dégageant ma manche, je donnai quelques paroles d'espérance qui n'étaient pas hypocrites. Les plaintes que mademoiselle de La Vallière faisait pour exciter ma pitié augmentaient ma peur. Celle-ci grandit quand nous apprîmes que la volonté du Roi était que la Reine l'accompagnât à l'armée. Sa Majesté arrêta dans le même temps que mademoiselle de La Vallière se retirerait à Versailles et que Madame, qui était grosse, irait à Saint-Cloud. Toute la Cour fut dans la stupéfaction de ces arrangements. J'entendis parfaitement que le Roi éloignait sa maîtresse et me gardait près de lui, puisque la Reine ne pouvait partir sans ses dames d'honneur. En dépit du soin que je mettais à ne pas me trouver seule en présence du Roi, et même à l'éviter, je le croisai au sortir de la chambre de la Reine. *« Etes-vous contente, madame ? »* me demanda-t-il. Ne sachant si le Roi faisait allusion à la relégation de sa maîtresse ou à la contrainte qui m'était faite de le suivre dans les Flandres, je ne sus que répondre. Le Roi ajouta qu'il allait organiser une chasse avant son départ, qu'il la donnait en mon honneur, et afin que je fusse heureuse. Il me supplia de ne pas douter que toutes les fêtes qu'il pourrait ordonner ne le fussent pour moi. *« Mon mari est ici »*, dis-je assez sottement, et j'implorai Sa Majesté de ne pas publier l'honneur qu'Elle me faisait. *« Tout ce qu'il vous plaira, madame »*, me répondit le Roi, avec un air de complicité. Je m'avisai que le Roi, dans nos conversations intimes, ne s'était jamais enquis de mes sentiments propres ni des dispositions dans lesquelles je me trouvais à son égard, sauf à me demander, lors du bal en masque, si sa personne me déplaisait, ce dont, à l'évidence, il doutait. Les rois, je l'ai déjà dit, surtout un fait comme celui que nous avons, ne connaissent pas de cruelles, et cela les garde dans l'assurance de plaire à l'objet de leur désir. Le Roi me plaisait et au-delà, mais je fus humiliée d'une aisance qui touchait à la hardiesse. *« Ce ne serait pas trop fort de me croire à l'attache* », pensai-je. En dépit du peu d'envie que j'en eusse, je dus suivre la chasse commandée par le Roi dans le carrosse de la Reine et de Mademoiselle. Alors que j'avais déjà accompagné cent chasses, celle-ci me donna un grand dégoût. Je dis hautement qu'il fallait avoir le cœur bien tort et bien dur pour traquer une malheureuse bête à laquelle on ne laisse pas une chance et l'acculer jusqu'à la faire mourir. Mademoiselle, qui ne me connaissait pas si sensible, s'enquit de savoir si je n'avais pas quelque maux d'estomac ou un moment de vapeur, et me conseilla de me faire saigner avant que de partir dans les Flandres. L'esprit un peu hors de sa place, je répondis que l'on verrait bientôt assez de sang répandu dans la guerre. Pendant que les dames se récriaient, j'avisai le maréchal d'Aumont qui se tenait près du carrosse. Baissant la vitre, je lui demandai d'aller dire au Roi que je le suppliais au nom de l'estime qu'il avait pour les dames de faire grâce au cerf. A ce moment on entendit sonner dans la forêt. *« Il est trop tard, madame,* me dit le maréchal, *on sert la bête. »*

L'impression pénible que je retirai de cette course vint augmenter l'instinct d'une terreur secrète qui me défendait bien mieux que la vertu. J'avais été élevée dans une Cour où l'honneur des femmes était tenu pour quelque chose, par une mère pour laquelle c'était un point sacré. Elle avait fait à ses filles un modèle de notre aïeule, Jeanne de Saulx-Tavannes, fille du maréchal de Tavannes, épouse de René de Mortemart, qui fut admirée comme une héroïne et révérée comme une sainte. Mon aïeule montra le plus grand courage dans les guerres avec les coreligionnaires, et résista dans son château de Tonnay-Charente assiégé par le prince de Soubise. Après la mort de son époux, un prince et un chancelier de France demandèrent sa main. Elle répondit : « *Un second mariage ne peut égaler le premier en affection ; la mienne est toujours présente en la mémoire de mon époux, à l'éducation de mes enfants et au soutien de leur maison. Dieu sera mon bras droit pour me secourir, et j'espère faire voir au monde que parfaite est l'amitié qui sert après la mort.* » Mon aïeule vivait dans sa maison comme une religieuse, jeûnait exactement et, pendant le Carême, ne prenait qu'un peu de pain bis une fois dans la journée. Elle éleva dix enfants, fit réparer et augmenter l'église de Tonnay-Charente ruinée par les huguenots, créa de ses deniers le monastère des Pénitents de Picpus au faubourg Saint-Antoine, et ordonna la construction aux Cordeliers de Poitiers d'un caveau pour recevoir les corps de son époux et de ses proches. Notre mère aimait à aller y prier, elle nous y conduisit et je vis, tout enfant, la statue de Jeanne de Saulx-Tavannes agenouillée aux côtés de celle de son époux. L'âme de mon aïeule me semblait avoir été aussi dure et brillante que le bronze dans lequel on avait représenté son corps. Ma mère parlait d'elle avec tant de vénération qu'en dépit que j'en aie, la fille du maréchal de Tavannes veille toujours dans quelque coin de mon âme. Mon père, ne trouvant sans doute pas convenable de rejoindre dans la mort une épouse qu'il n'a guère fréquentée dans la vie, a demandé à être enterré chez les Pénitents de Picpus. Ma mère repose dans le couvent des Cordeliers de Poitiers. Je désire être enterrée auprès d'elle. J'ai fait ce choix pour la raison qu'il est convenable et ne donnera pas d'embarras à mes enfants, mais l'idée de rejoindre ma sévère aïeule me glace peut-être plus encore que celle de paraître devant le jugement de Dieu.

Je dois ajouter que si j'étais tenue par l'honneur des femmes, je l'étais aussi par celui de mon nom. Il me semblait indigne qu'une Mortemart fût ravalée au rang d'une La Vallière. Je pensais là-dessus comme la marquise de Guerville qui répondit à Henri IV : « *Je ne suis pas d'assez bonne famille pour être l'épouse de Votre Majesté, mais je suis de trop bonne maison pour être votre maîtresse.* »

Le destin du cerf, acculé dans le Grand Parc, me parut une parfaite illustration du sort qui m'était réservé. Ma propre faiblesse m'effrayait plus que tout le reste ; il me semblait que je relevais d'une grande fièvre ou que je venais d'être saignée. Me voyant perdue, je me tournai vers mon mari et me résolus à un aveu inimaginable. Je l'avertis du soupçon de l'amour du Roi pour moi. Je lui dis que je n'en pouvais douter, que l'heure de mademoiselle de La Vallière était passée, que la chasse qui s'était donnée était pour moi. Je le suppliai enfin de m'emmener avec lui en Guyenne et de m'y laisser jusqu'à ce que le Roi m'oubliât ou fût engagé ailleurs. Mon époux reçut une confidence aussi peu ordinaire avec une tranquillité parfaite. Il m'assura qu'il n'était pas d'exemple que le Roi eût forcé une femme, moqua le caprice qui me faisait vouloir aller en Guyenne à contretemps et s'enquit de savoir si les succès que je trouvais auprès de mes galants ne m'obscurcissaient pas le jugement. Enfin il me traita comme une étourdie qui l'importunait avec des bagatelles. Je m'applique à dire ici le blanc et le noir, celui-ci ne l'emporte que trop, aussi je veux qu'on regarde un moment cet instant de ma vie, car si je m'étais montrée imprudente et coquette, j'en mesurais à présent les conséquences et, bien que j'éprouvasse déjà une grande passion pour le Roi, j'étais prête à la sacrifier pour demeurer fidèle aux vœux de mon mariage. Le refus de mon mari de m'aider me blessa au cœur. Sa désertion fit pis, elle m'insinua du dépit et de la rancune à son égard. Je me sentis plus outragée par son dédain que par la recherche du Roi. Je crois que dans un coin de mon esprit, la légèreté de mon époux commença de me délier du devoir de fidélité. Devant des torts et des fautes immenses, je ne peux présenter qu'une excuse qui est la conduite de mon mari, mais cette excuse n'est pas petite.

Avant que de partir en Flandre, le Roi fit marier à Saint-Germain le duc de Guise avec mademoiselle d'Alençon, sœur de Mademoiselle. L'affaire fut précipitée au point que le Roi ne prévint Mademoiselle qu'après la noce. On amena le duc de Guise le dimanche matin, on le fiança dans la chambre du Roi, puis on le maria dans la chapelle. On avait si peu pourvu, le désordre des préparatifs du départ de la Cour était si avancé que les mariés n'avaient point de carreaux pour s'agenouiller. On alla en chercher et l'on trouva ceux de mes chiens. J'étais dans la tribune ; quand les mariés se levèrent et que je vis les carreaux de mes chiens ainsi honorés, cela me fit rire. Le Roi se tourna, me regarda et sourit. Après la noce, mon mari partit rejoindre son régiment en Roussillon.

Le 16 mai 1667, la Cour quitta Saint-Germain pour Amiens. Le cortège était magnifique. On ne voyait dans les rues que panaches, habits dorés, housses tendues de fils d'or et gens qui se heurtaient en cherchant leurs équipages. Devant Amiens, notre troupe se divisa. Le Roi prit la route de Péronne, alors que la Reine allait s'enfermer avec les dames à Compiègne. Je fus bien aise de ces dispositions, encore qu'avant que de partir, le Roi eût trouvé le moyen de m'entretenir devant que nous ne montions en carrosse. Il me dit qu'il pensait à moi sans cesse, que c'était pour lui une pensée habituelle, qu'il combattrait sans pouvoir quitter cette pensée, qu'il me faisait l'hommage de toutes les actions qu'il pourrait faire, et mille choses infiniment tendres dont je ne l'eusse pas cru capable. Il était botté et portait un panache rouge qui me remit en mémoire le garçon qui se lançait sur la glace des étangs de Poitiers. Je le priai de conserver sa vie pour le royaume et lui rappelai que je lui avais déjà donné ce conseil quand nous étions encore des enfants. *« Je ne l'ai pas oublié, madame »*, me dit le Roi d'un air qui me mit les larmes aux yeux. Nous nous regardâmes et il partit.

Je fus à Compiègne dans le carrosse de la Reine avec la duchesse de Montausier et la princesse de Bade. Je revis avec émotion les murs qui nous avaient abrités dans le temps de la Fronde à la veille de notre entrée dans Paris. Les nouvelles arrivaient que les villes des Flandres tombaient devant le Roi comme des quilles. L'on s'occupait entre dames à la promenade et au jeu ; la Reine me fit mettre au sien. L'évêque de Noyon nous venait voir souvent. Le soir, je me promenais seule sur la terrasse. Je priais Dieu de me tirer du danger où je me trouvais, mais je le faisais sans rien arrêter de fixe et dans un désordre de cris intérieurs qui augmentait mon agitation. Ces jours que je passais en voulant et ne voulant pas furent affreux. Le *« nous nous ressemblons »* du Roi me causait un bonheur et une douleur insoutenables ; cela me semblait une prédestination. J'entendis parler d'un capucin de grande réputation qui confessait et allai me jeter à ses pieds. Lui avouant que je n'avais jamais été combattue de la sorte et me trouvais tentée au-delà de mes forces, j'implorai le secours de ses prières. Il me demanda si mon tentateur se trouvait à la Cour. Sur la réponse que je lui fis, il me répondit que l'heure de la prière était passée. « *Prenez deux mules, un attelage et partez* », fut son conseil. Cela eût été la seule bonne chose à faire. Sachant que je ne trouverais jamais la force nécessaire à cet éloignement, je me levai peu contente de la pénitence.

Une nuit que je m'étais promenée jusque vers 2 heures après minuit, j'entendis sur les 4 heures un grand bruit. L'on vint me dire qu'il était arrivé un courrier du Roi pour demander à la Reine d'aller à Amiens et que celle-ci, trop heureuse que le Roi la voulût, avait décidé qu'on partirait aussitôt qu'elle serait levée. La nouvelle me donna un si grand trouble que je ne pus me rendormir. Nous quittâmes Compiègne le lendemain, fîmes étape à Noyon, dînâmes dans le carrosse pour aller coucher à La Fère. N'ayant guère trouvé de repos, je fus prête de bon matin et allai chez la Reine. Ma surprise fut extrême de trouver dans l'antichambre, assises sur des coffres, mademoiselle de La Vallière, sa belle-sœur et madame du Roure que je croyais à Versailles. La vue de la maîtresse du Roi me causa un grand bouleversement. Je lui demandai si le Roi avait rapporté l'interdiction qu'il lui avait faite de suivre la Cour. Elle me répondit que non, que c'était Madame qui était venue la voir à Versailles et lui avait prêté un carrosse rapide. Je compris que cette princesse, jalouse de ma faveur, me lançait la demoiselle dans les jambes. De fort méchante humeur, j'entrai dans le cabinet de la Reine où je trouvai toutes les dames dans la plus grande agitation. Madame de Montausier, les bras au Ciel, répétait : « *Voyez l'état où est la Reine !* » Celle-ci était en larmes ; elle me dit qu'elle avait vomi. Je la plaignis et me récriai plus fort que les autres sur l'audace de mademoiselle de La Vallière. La Reine, toujours pleurant, alla à la messe dans une tribune et fit fermer la porte derrière elle, de crainte que mademoiselle de La Vallière ne la suivît. Au dîner, elle défendit de lui porter à manger. Tout l'entretien du carrosse ne fut que pour la malheureuse. On répétait que le Roi ne lui avait pas demandé de venir et qu'elle avait tenu pour rien le déplaisir qu'elle lui ferait. La duchesse de Montausier et la princesse de Bade enchérissaient sur ces doléances. Je m'écriai à mon tour : « *Dieu me garde d'être la maîtresse du Roi, mais si j'étais assez malheureuse pour cela, je n'aurais jamais l'effronterie de me présenter devant la Reine.* » Mes compagnes ont dû se ressouvenir assez tôt de mes paroles. Ma protestation n'était pas hypocrite, je tentais seulement de conjurer le mal en criant autant que faire se peut : « *Fontaine, je ne boirai pas de ton eau.* » Nano disait que tout dépend de la soif. Le soir, on coucha à Guise où mademoiselle de La Vallière ne parut pas. On devait retrouver le Roi à Avesnes le lendemain. La Reine commanda aux officiers de ne laisser partir personne devant elle, afin qu'elle pût approcher le Roi la première. Au matin, le carrosse de la Reine partit d'abord, celui de mademoiselle de La Vallière à la suite. Quand cette demoiselle fut sur une hauteur d'où elle voyait l'armée, elle lança sa voiture à travers les champs à toute bride. La Reine le vit, elle se mit dans une effroyable colère et voulut faire arrêter le carrosse. Nous la suppliâmes de n'en rien faire, qu'elle dirait plutôt au Roi de quelle manière on en avait usé. Le Roi réserva à la duchesse de Vaujours un accueil polaire. Lorsqu'il arriva devant notre carrosse, la Reine le pressa d'entrer. Il répondit qu'il était crotté. Je le trouvai changé en peu de jours, amaigri, le visage noirci par le soleil, l'air plus grave et plus dégagé. Durant la nuit, le Roi arrangea l'affaire car, le lendemain, mademoiselle de La Vallière alla à la messe dans le carrosse de la Reine où nous nous serrâmes pour lui faire place malgré le peu d'envie qu'on en eût. La figure longue et les airs martyrisés de la nouvelle duchesse ne cessaient de me hérisser. Bonne d'Heudicourt me rapporta que le Roi avait introduit une nouvelle disposition dans le don qu'il avait fait du duché de Vaujours pour conserver la propriété de ce duché à mademoiselle de La Vallière dans le cas que sa fille viendrait à mourir. Je jugeai que cette demoiselle, pour avoir perdu la tête, raisonnait assez pertinemment de ses intérêts. Nous étions logés dans trois appartements, un pour le Roi, un pour la Reine et un pour la duchesse de Montausier et les dames d'honneur. Le Roi venait le soir, botté, vêtu de buffle et les cheveux retroussés, voir les dames au jeu. Il s'entretenait avec Vivonne et les autres officiers de tranchée ouverte, de canons et de contrescarpe, avant de se retirer pour lire les dépêches. Il me lançait des regards hâtifs et brûlants, mais ne tentait plus de me parler. Chacun de ces regards me faisait serrer fortement les cartes tant la main me tremblait. Il me semblait perdre mes forces comme si j'avais chaque jour un peu moins de sang dans les veines. Je commençai de songer à obéir au capucin. Le jour de la Saint-Antoine, après avoir gagné la chambre que je partageais avec Bonne d'Heudicourt, je lui dis que ma santé devenait mauvaise, que je me sentais si mal qu'il me faudrait demander à la Reine de quitter l'armée pour aller prendre les eaux.

— *Y songez-vous ! Vous ne pouvez laisser la Reine en ce moment. Mais qu'avez-vous donc ?* me demanda-t-elle en se mettant en chemise.

— *Des vapeurs, des migraines, une faiblesse générale.*

— *Quelle étrange maladie*, dit Bonne, qui s'amusait assez.

— *Je crois que cela vient d'une fièvre continue*, répondis-je en brossant mes cheveux. A ce moment, un garde suisse de monsieur de Montausier entra. A sa vue, Bonne poussa un cri. Je la vis se saisir d'un jupon qu'elle jeta sur ses épaules et s'enfuir. Surprise par une pudeur que je ne lui connaissais pas, je me tournai pour demander au garde ce qu'il voulait. En reconnaissant le Roi, je poussai à mon tour un grand cri. La brosse me tomba des mains. Le Roi la ramassa avec douceur. « *Sire, Sire* », murmurai-je en reculant, agitée d'une terreur qui me faisait trembler comme une feuille. « *Madame,* dit le Roi, *pardonnerez-vous à une passion démesurée ?* »

La première nuit passée dans la compagnie du Roi me fut une honte cuisante. L'impatience de Sa Majesté et ma peur s'unirent pour tout gâter. Je me montrai aussi insensible qu'une bûche, aussi sotte qu'un panier, enfin aussi peu présente que si je n'avais pas été là, de sorte qu'au matin il ne me resta que le poids de ma faute et de l'humiliation. J'osais à peine quitter ma chambre tant il me semblait que mon péché était peint sur mon front. Il le fallut pourtant, comme il fallut faire bon visage à la Reine et à mademoiselle de La Vallière. Le Roi était parti, sans que je le revisse, mettre le siège devant Tournai ; ce départ me semblait confirmer toutes mes craintes. Je me persuadais que le Roi n'était venu avec moi que par rencontre, que je ne valais pas mieux à ses yeux que madame de Monaco, et que ce grand sacrifice me vaudrait le prompt oubli de Sa Majesté et une humiliation intérieure qui durerait toute ma vie. Je suivis la Reine à Vervins et, de là, à Notre-Dame de Liesse. Je profitai de ce qu'il s'y trouvait un sanctuaire renommé pour me confesser. Après avoir avoué ma faute, j'assurai que je la regrettais amèrement et n'étais pas près d'y retourner. A la vérité, j'éprouvais plus de confusion que de véritable repentir, mais cet état était si violent que je fus saisie de grandes douleurs dans la tête et d'une forte fièvre. La Reine m'envoya son médecin qui arriva quand le pourpre sortait. Il dit que c'était la rougeole ; je l'avais prise au Dauphin qui l'avait encore. J'avais la tête doublée, les yeux me brûlaient et je souhaitais de mourir afin de m'éviter la honte de reparaître devant le Roi. La Reine étant elle aussi indisposée, nous regagnâmes Compiègne. Quand nous l'atteignîmes, j'étais presque guérie. A mon grand étonnement, nous apprîmes que le Roi qui venait de prendre les villes de Tournai et de Douai arrivait. Mademoiselle qui avait pris l'appartement de Sa Majesté en fut très contrariée, mais le Roi qui tomba comme lancé par un canon refusa de l'en déloger. Il assura qu'il prendrait une antichambre. Il demeura en fait dans la mienne où il entra en disant l'impatience où il était de me revoir, le souci qu'il avait eu pour ma santé et le bonheur qu'il avait de me trouver. Devant mon étonnement, il me demanda si je lui gardais rigueur de la façon dont il avait forcé ma porte à Avesnes. Je lui répondis que ce n'était pas ma chute que je regrettais, ni même le déshonneur, mais de lui avoir préparé un léger triomphe que son cœur sans doute ne partageait pas. Tout ce qui peut être dit de la part du Roi de protestations, de serments et de tendresses le fut. Le saisissement de le voir revenir, les risques qu'il avait encourus, les mots et les transports dont il accompagnait sa démarche, l'ardeur qu'il montrait à nouveau, me rassurèrent et me jetèrent dans des dispositions tout autres que celles dans lesquelles je me trouvais auparavant. Mon cœur brusquement libéré du poids qui l'oppressait se rendit au désir du Roi. Les mots, les caresses et les transports lui furent rendus avec usure. Cette reddition augmenta sensiblement le bonheur de mon amant et nous fit gagner de concert une terre de félicité dont je n'avais même pas idée qu'elle existât. A mon grand étonnement, je découvris que le Roi n'avait de son côté fréquenté que les abords de ce pays, car j'eus très clairement, au matin, le sentiment d'avoir triomphé de mon vainqueur. Cette ignorance venait, je pense, de ce que mademoiselle de La Vallière n'avait connu personne avant le Roi, et que j'avais été mariée à un époux qui n'avait que trop d'expérience en la matière. Je crois aussi qu'il existe plusieurs sortes d'union entre un amant et sa maîtresse : celle des cœurs, celle de l'esprit et celle des sens. Les unions parfaites réunissent ces trois choses ; ainsi en fut-il de celle que je connus avec le Roi. Les jours qui suivirent baignèrent dans le délire du premier bonheur. Le Roi était presque toute la nuit et tout le jour dans ma chambre. Il avait fait mettre un garde à ma porte et, sur la question que je lui fis, me dit qu'il avait parlé à madame de Montausier et qu'elle était notre amie. Nous étions si enivrés l'un de l'autre que nous ne donnions à la compagnie que le temps que nous ne pouvions lui soustraire. Prenant prétexte de la rougeole, je n'allais plus au jeu ni me promener avec la Reine ; en fait, nous ne paraissions qu'aux repas. Un jour, la Reine dit devant moi à table que le Roi n'était venu se coucher qu'à 4 heures. Il répondit qu'il était occupé à lire des dépêches et à y faire réponse. *« Il n'empêche,* dit la Reine, *vous pourriez prendre d'autres heures. »* Le Roi tourna la tête afin qu'elle ne vît pas son visage. Dans la crainte d'en laisser voir autant, je ne levai pas les yeux de dessus mon assiette. Je dissimulais et mentais effrontément pour protéger cette passion. Après quelques jours il fallut repartir, mais nous ne pûmes nous résoudre à nous séparer. Le Roi annonça que la Reine le suivrait. Le jour où nous nous en allâmes, les officiers du fort de la Scarpe firent tirer le canon en l'honneur du Roi. Un boulet passa dessous notre carrosse, ce qui n'eut d'autre effet que de nous faire rire et railler l'adresse de ces bons soldats. Passant par Arras et Douai, nous arrivâmes à l'armée de Turenne où Mademoiselle se plaignit de la mauvaise chère ; le feu avait en effet pris aux cuisines et communiqué un goût à toutes les viandes. Nous campâmes dans des tentes qui nous semblèrent un palais, tandis que Mademoiselle, toujours grognon, préféra dormir dans son carrosse. Au matin, le Roi alla taper sur la voiture de sa cousine en criant : « *On verse !* » Cette princesse nous régala tout au long du chemin des exploits guerriers de monsieur de Lauzun. Nous arrivâmes ainsi à Tournai où Mademoiselle nous fit encore rire en refusant de dormir dans la chambre où était mort l'évêque du lieu et en se faisant donner la pièce la plus éloignée. Je dus empêcher le Roi de se déguiser en revenant pour lui faire peur. Nous demeurâmes trois jours, et puis le Roi alla faire le siège de Lille, tandis que les dames retournaient à Arras. Sa Majesté m'écrivait plusieurs fois le jour des billets où Elle répandait l'excès de son cœur ; je lui en retournais autant, passant devant une petite écritoire des moments bien doux. Le marquis de Montpezat, gouverneur d'Arras, faisait tout pour divertir les dames, mais on comprendra que je n'aimais pas à me trouver dans la compagnie de la Reine et de mademoiselle de La Vallière. Je pris prétexte, pour m'éloigner, d'aller visiter les hôpitaux où je regardais travailler les orphelines. Je laissais des dons qui étaient une expiation pour mon péché et une prière pour que ces enfants fussent heureuses le centième de ce que je l'étais. Au retour de l'une de ces visites, Mademoiselle me dit devant la Reine que celle-ci venait de recevoir une lettre qui l'avertissait que le Roi n'avait pas bougé de ma chambre à Compiègne et que madame de Montausier protégeait une intrigue sur laquelle on fournissait beaucoup de détails. La Reine me dit aussitôt qu'elle n'avait pas cru cette lettre et l'avait envoyée au Roi. Je me trouvai dans l'obligation de me récrier hautement. La Reine me rassura par de bonnes paroles qui me gênèrent beaucoup. Madame de Montausier, fort peu contente d'être accusée, ne décolérait pas : *« Moi, donner des maîtresses au Roi ! »* s'indignait-elle. Elle et moi savions que si elle n'avait rien procuré à un prince qui se fournissait fort bien lui-même, elle avait laissé faire, aussi nous évitâmes de nous regarder. A la fin, la Reine dit à madame de Montausier des paroles à demi-mot comme quoi elle en savait plus qu'on ne croyait et n'était la dupe de personne quoi qu'on pût imaginer. Je ne sus trop que penser de ce discours qui paraissait avoir échappé ; je plaignais la Reine et souhaitais l'épargner. Je pense qu'elle n'ignora pas longtemps mes liens avec le Roi, mais je crois aussi, soit qu'elle fût déjà habituée à l'infidélité de son époux, soit que ma personne l'insupportât moins que celle de la demoiselle qui m'avait précédée, qu'elle m'accepta mieux que mademoiselle de La Vallière.

Lille dura trois jours, mais la présence du Roi et celle de mon frère firent merveille. Le Roi se conduisait comme s'il eût été trempé tout entier dans la potion d'Achille. A Tournai, un de ses pages et deux chevaux de main furent foudroyés à ses côtés, le talon de sa botte emporté. A Lille, il se prodigua tant qu'un soldat le saisit par le bras et lui dit : *« Otez-vous, est-ce là votre place ? »* Le maréchal de Turenne menaça de quitter l'armée si Sa Majesté continuait de venir dans la tranchée sur un grand cheval blanc, avec un plumet également blanc comme pour se faire mieux remarquer. Je flottais alors si haut dans le ciel que ces nouvelles ne m'inquiétaient pas. Le Roi pour me rassurer me mandait que le gouverneur de la ville était un fort honnête homme qui l'avait prié de choisir pour logement la plus belle demeure des environs, et de lui faire connaître l'emplacement afin de ne point tirer dessus.

Sa Majesté revint le 3 septembre, précédée du bruit de ses victoires. Qui dira notre bonheur ? Quand nous quittâmes Arras pour retourner à Saint-Germain, le Roi en montant en carrosse, me fit mettre à la portière de son côté et parla tout le long du chemin avec moi. Notre conversation était faite pour être écoutée de tous, mais nos yeux causaient d'une autre façon. Cet exercice était un ragoût qui augmentait encore ce que nous éprouvions, au point de me faire penser que j'allais peut-être mourir d'un excès de passion.

Il n'y avait guère de place dans ce bonheur pour mademoiselle de La Vallière. Le Roi, sous le prétexte de sa santé, lui avait demandé de retourner à Versailles. Nous étions convenus d'avoir de grands ménagements pour une femme qui se trouvait sur le point d'accoucher. J'étais alors trop heureuse pour ne pas souhaiter que le Roi montrât de la bienveillance envers elle. Je dois ajouter, sans en être fière, que la présence de cette demoiselle dans l'entourage du Roi continuait d'attirer le soupçon comme le paratonnerre attire la foudre ; elle protégeait par là notre passion. « *Ainsi,* dis-je au Roi, un jour où il me formulait cette pensée, *mademoiselle de La Vallière a commencé comme un chandelier et finit comme un paravent.* » Sa Majesté rit un peu. J'allais pour ma part rapidement déchanter et trouver que ce paravent-là restait planté.

Quand nous retrouvâmes Saint-Germain, mademoiselle de La Vallière accourut. Nous partîmes aussitôt pour Versailles où le Roi donna des fêtes ; de là nous fûmes aux Tuileries pour l'hiver. Le Roi faisait bâtir au Louvre, en face de Saint-Germain-l'Auxerrois, la plus belle colonnade qui fût. Comme nous visitions les travaux, le Roi me fit rire en me contant que le cavalier Bernin qu'il avait fait venir pour lui donner ses conseils se promenait dans le Louvre en criant bien haut que Colbert était un c... et Perrault un apprenti indigne de décrotter la boue de ses chaussures. Il ajouta que le projet du cavalier Bernin était de faire sauter l'église de Saint-Germain-l'Auxerrois pour élever à la place un rocher couvert de divinités marines d'où couleraient les fleuves de la France. Après avoir répondu que Saint-Germain-l'Auxerrois était la paroisse des rois de France et qu'il ne pouvait faire à sa mère le chagrin de l'anéantir, le Roi avait couvert le Bernin de bonnes paroles et d'or devant que de le renvoyer prodiguer ses conseils en Italie.

Pour me trouver plus près des Tuileries, j'abandonnai mon logis de la rue Taranne pour en prendre un rue Saint-Nicaise. Le Roi donna encore beaucoup de fêtes. Il me souvient qu'il dansa un ballet où il jouait le rôle du Plaisir ; c'était on ne peut mieux trouvé. Notre bonheur allait grandissant ; nous nous étonnions l'un et l'autre du pays que nous découvrions toujours plus avant. Je crois que nous tirions beaucoup de fierté de ces franchissements, comme si nous eussions été les premiers à atteindre ces paradis. Cette félicité nous changeait l'un et l'autre. Elle me laissait plus entêtée et plus orgueilleuse dans mon péché et aussi plus féroce à défendre cette passion qu'une chatte ses petits. Quant au Roi... Plutôt que d'en parler moi-même, je préfère rapporter ici le témoignage de la duchesse de Longueville qui remarqua que le Roi, à son retour de l'armée, ne paraissait plus timide, qu'il commençait et soutenait la conversation comme un autre, qu'enfin, il lui semblait plein d'une confiance neuve. Ces mots, quand ils me furent rapportés, formèrent un joli compliment.

Notre liaison, si elle était alors devinée de quelques-uns, demeurait secrète. Plusieurs doutaient encore que j'eusse cédé au Roi. Pour moi, je commençais de mesurer que le rôle que j'avais endossé procurait bien des gênes, des embarras et des difficultés. Le Roi m'aimait à la folie, mais il ne pouvait m'éviter tous les dégoûts. Le plus gros écueil venait de ce que j'avais un mari et que le Roi était encombré d'une maîtresse.

Mademoiselle de La Vallière fut accouchée à Saint-Germain au début d'octobre d'un garçon, bientôt titré comte de Vermandois ; cela se fit en cachette et l'enfant, comme sa sœur aînée, fut confié aux soins de madame Colbert. Après quoi je vis bien que la duchesse de Vaujours n'avait pas dans l'esprit de quitter la place. Au lieu d'entendre que son heure était passée, elle s'entêta à demeurer. Le Roi s'en désolait autant que moi, mais comment chasser cette fille douce et dolente ? Le Roi allait la visiter chaque jour. J'endurais difficilement la présence d'une femme dont la figure de carême m'était un perpétuel reproche. Je savais que ce que le Roi avait éprouvé pour elle était un amour de jeunesse et une passion bien différente de celle qu'il connaissait à présent, mais je ne laissais pas d'en souffrir. Je savais aussi que les prières, les vœux et les intrigues de mademoiselle de La Vallière ne visaient qu'à me reprendre le cœur du Roi, aussi était-ce un supplice que d'avoir toujours cette demoiselle sous les yeux et de savoir que le Roi allait chez elle. Il y aurait eu du ridicule à prier Dieu de l'écarter, aussi écoutai-je les propositions que me fit madame de Thianges. Ma sœur était entrée la première dans mon secret ; elle se fit fort d'obtenir le départ de mademoiselle de La Vallière. J'ai parlé ici des extravagances de mon aînée, mais j'ai oublié de dire qu'elle s'occupait de l'avenir qu'on lit dans les cartes, d'astrologie et de pratiques magiques.

Cette science m'avait été versée très tôt par ma Nano et les femmes de Lussac qui m'avaient appris, presque avant que de marcher, à aller frotter un linge sur la statue de Saint-Maixent pour ne pas souffrir des oreilles, ou à mettre un bas à l'envers pour se garantir du mauvais sort. J'ai connu une dame, on entendra madame de Maintenon, qui a beaucoup pincé les lèvres quand tout cela a tourné mal, et qui écrivait au pape pour avoir des collections de médailles bénites et de chapelets. Je ne vois pas où est la différence pour ce qui est de l'intention. Dans les salons, comme à la Cour, on parlait beaucoup de sciences occultes : Agrippa[1], Paracelse, Cardan[2], la clavicule de Salomon[3] et autres choses semblables. Comme ces connaissances étaient vagues, elles portaient une infinité de rêves et de désirs ; chacun y mettait ce qu'il voulait. La promesse d'un bonheur à venir est déjà un bonheur et donne la patience d'attendre, aussi n'était-il pas de femme qui ne se fît tirer les cartes ou lire la main. Monsieur et Mademoiselle, pour ne citer que le haut de l'échelle, consultaient des astrologues et des devins. La Reine elle-même était fort curieuse de prédictions et voulait qu'on lui amenât ceux qui en faisaient, comme ce fut le cas pour ce monsieur Primi dont la Cour entière se coiffa. Le Roi enfin s'amusait de ces pratiques. Il me souvient qu'il arriva qu'il fût instruit que des courtisans qui habitaient le dernier étage du Château-Vieux à Saint-Germain voulaient y faire venir une devineuse[4] fameuse. Il eut la

1. Agrippa de Nettesheim, médecin de Louise de Savoie, connu pour ses recherches alchimiques.

2. Jérôme Cardan (1576), mathématicien, médecin et philosophe.

3. On attribuait au roi Salomon la rédaction d'ouvrages d'occultisme.

4. C'est l'expression de l'époque.

curiosité de l'entendre et la société consentit à l'admettre, bien déguisé, dans son petit sabbat. Quand le tour du Roi fut venu, la magicienne lui dit, je cite de mémoire, « *qu'il était marié, mais galant et à bonnes fortunes ; qu'il deviendrait veuf et qu'il se prendrait de passion pour une veuve surannée, de basse condition ; qu'il l'épouserait et aurait un tel aveuglement pour elle qu'elle le gouvernerait et le mènerait, toute sa vie, par le bout du nez* ». Nous rîmes tous beaucoup, moi autant que les autres, mais, depuis, cela m'a passé. Ces prédictions s'accompagnaient de conseils et de pratiques auxquelles personne ne trouvait à redire. Je crois être exacte en disant qu'il n'est guère de femme dans le royaume qui ne sache où il convient de s'adresser pour avoir des recettes pour se faire aimer. Ma sœur, me voyant fort embarrassée de mademoiselle de La Vallière, me parla d'une devineuse de grande réputation qui se trouvait près de Notre-Dame-de-Bonne-Nouvelle. J'allai la voir avec elle pour obtenir que la duchesse de Vaujours quittât la Cour. Je suis infiniment pécheresse, mais je refuse de charger ma conscience de ce qui ne lui revient pas, c'est pourquoi je veux assurer que mes intentions n'étaient pas criminelles et qu'elles ne le furent jamais. Je ne demandais que la conservation de l'amour du Roi et l'éloignement de sa maîtresse. Cette dame Voisin était petite, fort propre, le visage épais et le nez long. Sur des questions que je lui fis, elle me dit que depuis l'âge de neuf ans, elle s'était attachée à cultiver la science que Dieu lui avait donnée, qu'elle en avait rendu compte au vicaire général et à des docteurs en Sorbonne. Je me souciais assez peu de certificats et me serais confiée à la dernière bergère du royaume si elle m'eût promis ce que je désirais. A un confesseur qui me reprochait ces petites pratiques, je ne pus m'empêcher de répondre : « *Eh ! mon père ! Si*

Notre-Seigneur faisait plus de miracles, on ne serait pas tenté de les faire faire par d'autres. » Quand j'eus expliqué mon affaire, la femme me dit qu'il est une science que seuls les prêtres savent, et qu'elle m'enverrait un homme de Saint-Séverin. L'abbé Lesage vint à Saint-Germain avec un acolyte. Il dit des prières en latin, fit beaucoup d'aspersions d'eau bénite et me demanda le cœur de deux pigeons. Après cela, j'assistai à une messe à Saint-Séverin où l'abbé Lesage me remit un scapulaire. Cela fit autant d'effet que cautère sur jambe de bois ; mademoiselle de La Vallière ne bougea pas plus qu'une souche. Je dis à madame de Thianges qu'elle avait fait venir des charlatans qui attrapaient le monde et que je ne me souciais pas d'y retourner ; je tins parole un moment.

Dans le début de ma liaison avec le Roi, mon mari se trouvait occupé à la guerre où il eut une très bonne conduite devant Puigcerda et une moins bonne en Roussillon où il causa un grand désordre en séduisant une paysanne qu'il cacha dans sa compagnie, habillée en garçon. Les parents de cette drôlesse portèrent leurs plaintes au sous-bayle qui jeta la fille en prison. Monsieur de Montespan, fort mécontent de se voir ôter sa proie, alla crier et casser chez le magistrat que les amis de mon époux prirent encore la peine de rosser. Il fallut toute l'industrie de monsieur de Louvois pour arrêter l'affaire. La paysanne s'opiniâtra à retourner avec son séducteur qui l'abandonna à Perpignan avec vingt pistoles pour se marier. Ayant rendu le coup par avance, je n'avais rien à dire pour le procédé, mais l'audace et la persévérance de monsieur de Montespan montraient assez qu'il n'en était pas à ses débuts. On sait qu'il n'a pas plu à mon mari de porter des cornes, celles-ci fussent-elles plantées par le Roi, mais j'en ai eu bien avant lui. Les demoiselles d'Alger, de Lorraine et du Roussillon doivent s'en ressouvenir, sans parler de quelques dames et gueuses de la capitale. Mon mari revint à Paris au début de l'année 1668. L'affaire de la fille de Perpignan me fut un bon prétexte pour lui montrer de la rancune et le tenir éloigné. Il s'occupa de signer nombre de créances devant que de repartir en Roussillon.

Le Roi fit en février un voyage en Franche-Comté où il tomba comme la foudre. Il prit Dole en trois jours ; les autres places se rendirent avec tant de précipitation que Monsieur était en chemin pour aller joindre le Roi quand il le vit revenir. J'appris de la bouche du Roi que la Reine était grosse ; ce ne fut pas agréable à entendre, mais je préférais de beaucoup que cela arrivât à elle qu'à moi.

Le retour du Roi et la paix qui suivit amenèrent des fêtes magnifiques. La première fut celle du baptême du Dauphin qui avait six ans et demi ; c'était alors un enfant vif, de belle mine et très attachant. En admirant la majesté avec laquelle il avançait, vêtu de brocart d'argent, dans la cour du Château-Vieux transformée en cathédrale, je me ressouvins que, deux ans auparavant, il avait échappé de dessus mes genoux alors que j'accompagnais la Reine chez les carmélites de la rue du Bouloy. Trouvant le prône de monseigneur d'Amiens trop long, le Dauphin était allé droit à la grille qui nous séparait des religieuses, avait passé sa petite tête dans le guichet et, de toute la force de sa voix avait dit avec grâce : *« Adieu, Monsieur d'Amiens, vous avez assez* pescé — *Monseigneur, c'est un ordre »*, répondit l'évêque qui fit le signe de croix. Fort heureuse d'être délivrée, j'emmenai mon libérateur jouer dans le jardin où il s'occupa d'arracher un carré de pourpiers de sœur Louise et de briser le marmouset de la fontaine. Si le caractère du Dauphin changea, ce fut parce qu'il reçut des précepteurs qui le contraignirent et lui firent peur de tout, surtout du Roi son père.

Pour réparer ce que la Cour avait perdu pendant le carnaval en son absence, le Roi résolut de faire une fête dans les jardins de Versailles. Le *Grand Divertissement Royal* fut le cadeau que le Roi me faisait, le don était secret comme l'était encore notre passion ; dans cette journée, mademoiselle de La Vallière eut toutes les apparences, j'eus le bonheur. Un des points qui parut incroyable est la promptitude avec laquelle cette fête fut préparée, tant il semblait que sur le désir du Roi tout fût sorti du sol comme sous l'effet d'un enchantement. Messieurs Colbert, Vigarini et Le Vau qui furent chargés d'organiser le sortilège doivent avoir connu le prix de ce mystère.

Le mercredi, 18 juillet, la Cour partant de Saint-Germain alla dîner à Versailles. Comme je me reposais dans ma chambre, le Roi vint me voir pour me dire qu'il me faisait l'hommage de cette fête qu'il avait voulue magnifique et digne de me plaire. Il était, lui aussi, ô combien magnifique, grand, sa fine moustache retroussée, et toute la vivacité et la douceur du monde dans les yeux. Pleins de la folie et de la félicité des amants, nous nous promîmes de nous trouver dans des regards que nous arrêtâmes à certains moments de la fête. Le Roi fut parfaitement exact à ces rendez-vous. L'éclair qui naissait alors dans ses yeux, sans qu'un seul trait de son visage ne bougeât, me faisait follement battre le cœur ; il me brûle encore aujourd'hui.

Sur les 6 heures du soir, le Roi ayant commandé au capitaine de ses gardes de faire ouvrir toutes les portes sortit du château. La Cour le suivait comme les poussins suivent la poule, pour prendre le plaisir de la promenade, car la volonté du Roi était que l'on passât, comme sans y penser, d'un plaisir à un autre. Je me souviens de magnificence, de profusion et de splendeur. La promenade conduisait à une collation offerte sur des tables décorées, ombragées d'arbres qui portaient des fruits confits ; l'une de ces tables était un palais de massepain et de pâtes sucrées, l'autre une grotte de caramel et ainsi de suite. Il faut imaginer cinq allées partant du rond-point, la première bordée d'orangers, la seconde de bigarreautiers, la troisième de pêchers, etc., tous ces arbres étant chargés de fruits confits. Le Roi s'amusait de regarder les dames pousser des cris d'admiration ; beaucoup mangeaient à s'étouffer et, la bouche pleine, se saisissaient encore de fruits et de gâteaux. Après qu'elles eurent fait collation, Sa Majesté abandonna les tables au pillage des gens qui suivaient, de sorte que ce fut encore un divertissement que de voir l'empressement de ceux qui démolissaient les châteaux de massepain et les montagnes de confitures. De là, on fut à la comédie où dans un théâtre de verdure on vit *Georges Dandin* puis, de là encore à la salle du festin dans un bâtiment de feuillage et de rocaille. Et partout des lustres, des pendeloques de cristal, des bassins d'argent, des flambeaux, des vases antiques. Mademoiselle de La Vallière se trouvait à la table du Roi pour garder les apparences, et aussi madame Tambonneau que Sa Majesté avait placée pour être agréable au duc de Mortemart ; j'étais à la table de la Reine. Après les services, le Roi se leva pour conduire les dames à la salle de bal, toute vêtue de marbre et de porphyre. Quand l'on commença de revenir vers le château, sans que l'on fût prévenu, les feux se mirent à sortir des eaux, des vases, de la gueule des animaux de bronze, avec une telle cadence que quelques-uns se cachèrent ou se jetèrent la face contre terre. Le palais parut véritablement celui du soleil et toutes les croisées semblèrent remplies des plus belles statues de l'antiquité. Les balustrades et les terrasses furent bordées de vases flamboyants, de termes enflammés, de colosses lumineux. Les fusées traçaient en l'air des doubles L. Mais comme ce n'était pas encore assez, on entendit tout d'un coup une harmonie héroïque qui fut suivie des cent mille aigrettes de feu d'artifice qu'on vit sortir des rondeaux, des fontaines, des parterres et des bois. Quand les lumières s'éteignirent, on s'aperçut que le jour commençait à paraître. En admirant au travers des feux la façade du château qui était sur le parc, nous ne savions pas que nous la voyions pour la dernière fois. Le Roi venait de commander à Le Vau d'enfermer le château de son père dans un autre, plus vaste.

La Cour reprit au petit jour le chemin de Saint-Germain. J'étais si pleine d'exaltation que je ne pus dormir dans le carrosse qui m'emportait. Aux côtés des dames assoupies, je songeais à ce Roi qui, l'hiver, faisait ouvrir les portes des villes où il passait, et l'été ordonnait des fêtes avec une même promptitude et un même éclat. La fierté me faisait encore penser que cette fête était bien différente que celle que le Roi avait jadis offerte à mademoiselle de La Vallière ; celle-là, conduite par le paladin Roger, était la fête de la chevalerie et de l'amour tendre. A présent le Roi, tel le soleil qui était son emblème, se manifestait lui-même dans une gloire et une splendeur qu'il n'était plus besoin d'emprunter à un autre. Roger était devenu Louis et je m'y trouvais pour quelque chose.

On dit qu'il n'y a qu'à être heureux et que tout réussit. A peine avions-nous regagné Saint-Germain que monsieur de Turenne, qui fréquentait le temple de Charenton, alla trouver le Roi pour lui annoncer sa conversion. Ce fut un grand sujet de joie pour le Roi et un coup de foudre pour les coreligionnaires. Une joie plus grande arriva encore. Le 4 août, la Reine fut accouchée d'un garçon qui fut appelé Philippe. Le duc d'Anjou, venant après trois filles, donna le plus grand bonheur à tout le royaume. Mais on sait que la roche Tarpéienne est près du Capitole. Quelques jours après la naissance du duc d'Anjou, mon mari revint du Roussillon et le ciel me fut précipité sur la tête. Avec son retour, je ferme le chapitre de mon bonheur ; on remarquera que c'est le plus court de mon histoire.

Plusieurs ont remarqué qu'il existe une grande différence de madame de Montespan à la maîtresse du Roi. Je n'avais point été élevée pour tenir ce rôle et quand ce fut arrivé, je rencontrai dans la place où je me trouvais tant de dégoûts et de chagrins, tant d'oppositions et tant de luttes à soutenir qu'il fallut bien, à moins d'y rester, me forger une autre âme. Cette métamorphose commença quand mon mari découvrit son malheur et rendit publique ma liaison d'avec le Roi.

Monsieur de Montespan regagna Paris deux jours après la naissance du duc d'Anjou. C'était dans les moments affreux où je ne doutais plus d'être grosse. Il y avait plus d'un an que le Roi était entré dans ma chambre à Avesnes, aussi commençais-je d'espérer qu'une bienheureuse stérilité protégeait nos embrassements. Je fus épouvantée de leur suite. Ma grossesse avertirait un mari qui ne jouerait pas longtemps le rôle de saint Joseph, elle causerait un grand scandale en rendant publique la liaison du Roi d'avec une femme mariée, elle procurerait une infinité de tracas à un prince qui n'aimait pas à être gêné, enfin, ce n'était pas la moindre de mes peines, en me rendant laide et difforme, elle pouvait me retirer l'amour de mon amant.

Alors que je m'étais toujours bien portée pendant mes grossesses, je maigris et devins jaune à faire peur ; dans mon particulier, je ne cessais de pleurer. Madame de Thianges devina aisément la cause de mon chagrin car je ne pouvais garder aucune nourriture. Elle me fit des réflexions à double entente, qu'il existait des moyens pour se débarrasser d'un fardeau, enfin qu'elle l'avait entendu dire, et que notre belle-sœur la comtesse de Vivonne en savait quelque chose. Je lui répondis que ce dont elle parlait était un crime, un crime d'autant plus grand qu'il s'agissait de l'enfant du Roi, et que je ne pourrais jamais le concevoir ne fût-ce que par la pensée. Elle fit celle que l'on avait mal entendue et n'y revint pas. Je finis par avertir le Roi de mon état. Il avait déjà eu cinq enfants avec la Reine et quatre avec mademoiselle de La Vallière, aussi fut-il moins surpris que moi. « *Croyez-vous,* me dit-il, *que j'abandonnerai l'enfant qui me revient ?* » Je lui répondis que j'étais mariée et que mon époux aurait sur lui les droits d'un père. « *Je verrai* », dit le Roi, ce qui était toujours pour lui une façon d'arrêter une conversation qui ne lui plaisait pas.

J'avançai des malaises et des vapeurs pour refuser à mon mari les droits qui sont ceux d'un époux. Je ne savais comment faire mes révélations ; il y avait de quoi assommer un homme. Ce qui mit le feu aux poudres fut la nomination du duc de Montausier comme précepteur du Dauphin. On vit que le Roi récompensait les amis de madame de Montespan et on remarqua que mademoiselle de La Vallière n'avait jamais fait une action d'éclat et de pouvoir comme celle-là. La jalousie fit parler et mon époux fut averti. Il n'en crut d'abord pas ses oreilles. Un beau matin, il entra dans ma chambre hors d'haleine. Il me souvient que j'étais appliquée à tortiller un peloton de soie.

— *Françoise, par votre faute, je viens de manquer de tuer un ami,* lança-t-il.

— *Vous êtes toujours vif,* remarquai-je, tentant de poursuivre mon ouvrage.

— *Il m'a rapporté que l'on dit partout que vous êtes la maîtresse du Roi.*

Le peloton me tomba des mains.

— *Et qu'avez-vous répondu ?*

— *Que si c'était vrai, je vous tuerais. Sinon ce serait lui.*

— *Je ne vous conseille pas de me tuer,* dis-je en me dressant.

Le Roi le prendrait mal.

— *Catin !* hurla mon mari.

— *Cela est par trop fort !* criai-je. *Quand il n'aurait tenu qu'à vous de m'éloigner du danger. Ne vous en ai-je pas supplié ici même ? Il fallait être fou pour ne pas m'entendre. Allez, vous avez bien voulu ce qui arrive. Ne venez pas vous plaindre à présent. Au reste, mon cher, vous seriez mal placé étant donné l'affaire de Perpignan.*

Une gifle à m'ébranler la tête, suivie d'un torrent d'injures, arrêta la démonstration. Je dus m'enfuir car il ne se possédait plus. La Cour entière retentit du torrent de ses imprécations. Il se déchaîna dans toutes les maisons et finit par aller trouver Mademoiselle au Luxembourg pour la régaler de la lecture d'une harangue qu'il voulait faire au Roi où il citait mille passages de l'Ecriture, notamment ceux qui concernaient David. Mademoiselle lui répondit qu'il avait perdu la tramontane, qu'on ne croirait jamais qu'il avait fait ces pages, que cela tomberait sur son oncle, Monsieur de Sens, et que c'était une affaire à les faire enfermer tous les deux. Fort inquiète, Mademoiselle vint me trouver le lendemain à Saint-Germain. Elle entra sur la terrasse qui est devant la fenêtre de la Reine avec ses façons de grenadier et me dit d'un air fin : « *Venez vous promener avec moi, je vous prie.* » Dès que nous nous fûmes éloignées vers le parterre, elle me raconta qu'elle avait vu mon mari à Paris, qui était plus fou que jamais. « *Il est ici qui fait des contes à la Cour*, répondis-je en me tordant les mains. *Je suis honteuse de voir que mon perroquet et lui amusent la canaille.* » Comme nous revenions vers le château, on vint me dire que madame de Montausier me demandait dans sa chambre. Nous la trouvâmes sur son lit, encore toute tremblante. « *Monsieur de Montespan,* nous dit-elle, *est entré ici comme une furie et m'a dit toutes les insolences imaginables. J'ai loué Dieu qu'il n'y ait eu que des femmes, car si j'avais eu quelqu'un, je crois qu'on l'aurait jeté par les fenêtres.* » Le Roi envoya chercher mon mari pour l'arrêter, mais monsieur de Montespan se sauva. Cela fit un bruit épouvantable dans le monde. Mon mari n'en resta pas là. D'autant plus enragé qu'il ne pouvait se dissimuler qu'il n'eût tenu qu'à lui de m'éloigner quand je le lui demandais, il s'appliqua à gagner un certain mal auprès des gueuses, avec le même soin que d'ordinaire on l'évite. Son projet était de me gâter et ainsi de communiquer ce mal au Roi. Sa Majesté, avertie, chargea madame de Montausier de redoubler sa garde auprès de moi. Monsieur de Montespan réapparut pourtant à Saint-Germain. Dès que je l'aperçus, je courus me réfugier près de madame de Montausier. Là se passa une scène terrible. Il n'y eut d'injures, pour sales et atroces qu'elles fussent, qu'il ne vomît en face de nous, avec les plus sanglants reproches. Comme il voulut passer mesure, à force de bras, à l'exécution de ce qu'il avait projeté, nous dûmes crier, ce qui fit accourir tout le domestique en présence de qui les mêmes injures furent répétées, et lui, enfin, emmené de force, non sans avoir fort joué du moulinet et achevé de nous jeter dans la plus mortelle frayeur.

A quelque temps de là, madame de Montausier, déjà terriblement secouée, étant dans un passage de la chambre de la Reine où l'on met ordinairement un flambeau en plein jour, vit une femme assez mal mise qui l'arrêta et lui fit des reproches affreux sur la protection qu'elle me donnait. Je ne sais si mon mari se déguisa pour effrayer plus avant madame de Montausier ou s'il paya quelqu'un pour le faire, mais je ne puis douter qu'il y fût pour quelque chose. Eperdue, madame de Montausier remonta chez elle, s'y trouva mal et tomba incontinent dans une maladie de langueur dont jamais elle ne se releva ; sa tête se troubla et elle mourut trois ans plus tard. La délicate, la précieuse Julie d'Angennes n'était point faite pour ces joutes ; elle fut fracassée par mon époux.

Après ce coup, le Roi décida d'emmener la Cour à Chambord. Devant que de partir, il fit saisir monsieur de Montespan qu'il fit mettre au For-l'Evêque[1]. Comme Sa Majesté était juste, elle ne l'y laissa que quelques jours avant de l'élargir avec instruction de se rendre en Guyenne et d'y demeurer jusqu'à nouvel ordre. J'appris que, sitôt arrivé à Bonnefont, mon mari fit encore cent folies, écrivant au Roi des lettres pleines de provocations, tourmentant le pape pour l'engager à casser notre mariage, faisant enfin célébrer mes funérailles et prenant le deuil. On en a peut-être ajouté. Comme je rapportais ce dernier point au Roi, Sa Majesté me répondit en soupirant : *« Maintenant qu'il vous a enterrée, j'espère qu'il vous laissera reposer. »* Cela ne me fit pas rire. Mon mari avait emmené mon fils avec lui. J'imaginais sans peine les contes qu'on faisait à mes enfants ; je ne savais même si je les reverrais. Quand on est saisi d'une passion, on ne calcule

1. Cette prison se trouvait entre la rue de Saint-Germain-l'Auxerrois et la Seine.

pas aux conséquences. Je n'avais pas compté que ma faute me retirerait mes enfants, ferait de moi l'objet des railleries et me priverait presque de tout appui naturel. La Cour se divertit beaucoup dans les chasses de Chambord. J'étais grosse, souffrante et honteuse de toutes les façons. Il est juste sans doute que toute faute soit payée ; la mienne le fut très chèrement.

Les extravagances de mon époux, pour terribles qu'elles fussent, me montraient que, peut-être, monsieur de Montespan tenait encore à moi. La conduite de ma famille me causa une douleur d'une autre sorte. Mon père et Vivonne qui s'étaient fort bien accommodés de la rumeur, détestèrent l'outrance du scandale. Bien que ni l'un ni l'autre n'eussent donné l'exemple de la vertu, ils firent les délicats et s'absentèrent de la Cour. Vivonne renonça avec éclat à la survivance de la charge de premier gentilhomme de la Chambre. Le Roi apaisa leur colère à la façon dont on achetait jadis la bienveillance des Normands, par des présents. Mon père reçut le gouvernement de Paris et de l'Ile-de-France devenu vacant par la mort du maréchal d'Aumont. Mon frère obtint la charge de général des galères ; Sa Majesté lui offrit les cinq cent mille livres nécessaires pour désintéresser le maréchal de Créqui qui avait cette charge, et encore trois cent mille francs pour ses dettes. La reconnaissance les rendit muets l'un et l'autre.

Mon oncle, l'archevêque de Sens, plein de l'esprit du monde, était allé plus avant qu'il n'est permis à un évêque dans la galanterie. Il osa tout de même venir me faire une harangue où il me traita de pécheresse publique. Je lui retournai qu'il ferait bien de méditer l'Ecriture qui parle de la paille et de la poutre car, pour lui, il me semblait avoir une charpente tout entière dans son œil. Il eut l'audace de faire publier dans son évêché les canons qui flétrissaient l'adultère. La réponse du Roi fut de lui demander de ne pas bouger de son diocèse, ce qui n'empêcha pas Monsieur de Sens de réapparaître à Fontainebleau, qui se trouvait dans sa juridiction, plus outrecuidant que jamais.

Ces cris et ces gémissements me donnèrent de l'humeur sans me chagriner, tant je savais qu'ils n'étaient que l'œuvre de l'amour-propre et de l'intérêt liés ensemble. Il en fut autrement de la façon dont en usa Marie-Christine. J'osais à peine aller la voir après que je fus devenue la maîtresse du Roi, tant je craignais qu'elle ne lût la vérité sur mon front. Vint le jour où le scandale causé par mon mari franchit les portes de la Visitation. Ma sœur m'écrivit une lettre que je reçus comme un coup de stylet. Tout y passait : la colère de Dieu, le souvenir de notre mère et celui de notre aïeule, la Reine mal traitée, le Roi entraîné dans le péché, mes vœux conjugaux trahis, mon mari couvert de honte et mes enfants abandonnés. Je n'avais pas le cœur assez endurci pour que cette lettre ne me fît pas pleurer des larmes amères. Aujourd'hui encore, ces lignes sont écrites avec un fer rouge dans mon cœur. Marie-Christine m'enjoignait de ne pas me présenter à Chaillot, devant que je n'eusse rompu avec mon crime. Je ne m'y serais pas risquée pour un empire ; comme elle est morte avant mon départ de la Cour, je n'ai jamais revu celle qui, de mes trois sœurs, était ma préférée. Pour ceux qui en douteraient encore, je tiens à dire qu'on ne devient pas l'amie du Roi sur un chemin semé de roses. Et ceci est pour la famille ! Dans le même temps, je découvrais que la maîtresse du Roi n'a pas d'amis, elle n'a auprès d'elle que des courtisans, lesquels ne sont la plupart du temps que des envieux ou des quémandeurs. La maîtresse du Roi n'a pas de galant non plus ; aucun de mes mourants ne s'opiniâtra devant le Roi. Je les vis s'écarter comme si j'avais attrapé la peste, jusqu'au gentil comte de Saint-Pol qui alla s'enrôler sous la bannière de la maréchale de La Ferté. J'avais raison de dire que celui-là se cherchait une mère au lieu d'une maîtresse, car cette dame avait bien l'âge de l'être.

Mon principal appui dans la vie que je commençais furent les deux sœurs qui me restaient. Madame de Thianges ne me quittait pas. Elle eut toujours un appartement où je me trouvais et se fit mon chien de garde, lançant des regards de basilic à tous ceux qu'elle soupçonnait de me haïr, ce qui faisait du monde. Marie-Madeleine, alors religieuse au couvent de Poissy, continua de m'aimer comme sa sœur et ne me parla jamais de ma situation. Le Roi avait pour elle une estime, un goût et une amitié qui devaient résister à mon éloignement de la Cour. Je le plaisantais là-dessus, disant que ma sœur avait plus de beauté que moi, plus d'esprit que tous les Mortemart fondus ensemble, et que si elle n'avait pas choisi Dieu, il l'aurait enlevée à ma place. Il la nomma bientôt abbesse de Fontevrault. Bien que la naissance, les vertus, l'étendue des connaissances de Marie-Madeleine et son don particulier pour gouverner eussent amplement justifié ce choix, on parla d'une faveur qui m'était due et d'une abbaye donnée dans un lit. Le Roi avait répondu à ceux-là par avance en disant que la dernière abbesse de Fontevrault étant Jeanne-Baptiste de Bourbon [1], il ne pouvait rien donner de plus illustre après le sang des Bourbons. Marie-Madeleine eut besoin de trois dispenses du pape pour obéir au désir du Roi, la première parce qu'elle passait d'un ordre à un autre, la deuxième parce qu'elle n'avait pas cinq ans de profession révolus, et la troisième à cause du défaut de l'âge prescrit par les canons ; ma

1. Fille naturelle d'Henri IV.

sœur n'avait pas vingt-cinq ans quand elle apprit qu'elle venait d'être nommée abbesse, chef et générale de l'abbaye et de l'ordre de Fontevrault. Marie-Madeleine de Mortemart fut bénie dans le couvent des Filles-Dieu à Paris, en présence de la Reine et de toute la Cour. Le cardinal de Bouillon et le nonce s'y trouvaient ; je ris en les voyant se mettre dans le chœur auprès de la Reine, afin de ne pas se commettre avec les évêques qui assistèrent au nombre de trente. Madame de Fontevrault partit ensuite pour son abbaye. Ses affaires l'amenèrent trois ou quatre fois à Paris dans le temps de ma faveur ; elle ne bougeait alors pas de chez moi. Le Roi aurait voulu qu'elle fût de toutes les fêtes. Ma sœur se défendit toujours opiniâtrement des publiques, mais n'en put éviter de particulières. Elle était tous les soirs de la conversation du Roi qui était charmé du tour et de la grâce qu'elle donnait à tout ce qu'elle disait. Elle ne cherchait point à briller, mais contait à merveille. Ce qui était le plus aimable en elle, c'est qu'elle était moins prévenue sur son mérite qu'on ne l'est d'ordinaire quand on en a tant. Quand elle se trouvait dans mon appartement, madame de Thianges et Vivonne se joignaient à nous ; nous n'étions jamais si heureux que quand nous nous trouvions réunis en petit cénacle. Nous passions alors une assez grande quantité de monde par les armes et nous donnions de grands épanouissements de rate. Il me coûtait toujours beaucoup de voir ma sœur repartir vers Fontevrault. On sait que quand l'amour du Roi me fut ravi, Marie-Madeleine fut ma planche de salut.

Je reprends le fil de cette année pour ne pas sautiller sans cesse d'une matière à l'autre. J'en étais restée à ma première grossesse que je dissimulai longtemps, faisant serrer mon corset un peu plus chaque jour. Je songeais beaucoup à l'enfant, car si je n'ai jamais aimé à mailloter les nourrissons, ce qui n'est pas le rôle d'une dame, j'ai toujours veillé à les mettre entre de bonnes mains. J'avais pu voir que pour les enfants qu'il avait eus d'avec mademoiselle de La Vallière, le Roi s'en était remis aux soins de madame Colbert. Il en était résulté que les deux aînés étaient morts. Je résolus de choisir moi-même la personne qui recevrait l'enfant, d'autant que le Roi, partageant le soin de ses maîtresses entre ses ministres, me confiait à la diligence de monsieur de Louvois. Je me suis toujours défiée d'un homme que je croyais plus propre aux soins de la guerre et de sa fortune personnelle qu'à tout ce qui pouvait me regarder.

Dès le début de ma liaison avec le Roi, j'avais pris à mon service, sur la recommandation de Vivonne, une demoiselle des Œillets. Elle appartenait à une famille de comédiens fort réputée avec laquelle Vivonne fut maintes fois en affaire, quand, premier gentilhomme de la Chambre, il s'occupait des plaisirs du Roi. Les parents de mademoiselle des Œillets avaient été des comédiens de campagne, devant que de faire partie de la troupe de l'hôtel de Bourgogne. Le père avait connu quelque gloire dans *Le Cid*. La mère, devenue veuve, avait élevé trois enfants en soutenant une réputation de vertu dans une place où l'on n'en trouve pas toujours ; elle était laide et applaudie pour son talent. Je pris la fille à mon service et plaçai l'aîné des garçons comme officier chez Mademoiselle ; le dernier fut mis à l'armée. Mademoiselle des Œillets n'était point sotte, elle avait de l'ordre, de l'économie et de la discrétion. J'ajoute qu'elle était loin d'être belle : grande, brune et sèche, la bouche près de l'oreille, et que je ne tenais pas à mettre un joli minois sous le nez du Roi ; on verra que cette précaution ne fut pas suffisante. Je louai, au début de l'année 1669, une maison en retrait de la rue de l'Echelle, près des Tuileries et de mon logis de la rue Saint-Nicaise, et chargeai mademoiselle des Œillets de la préparer afin que je pusse y faire mes couches secrètement, la naissance de cet enfant devant être cachée au monde et encore plus à mon mari qui eût pu réclamer sur lui les droits d'un père. J'étais alors fortement persuadée de mourir en mettant mon enfant au monde, ce qui me semblait la juste punition de mon péché. La fin de ma grossesse fut aussi épouvantable que son commencement. Je me voyais à tout instant prête à franchir les portes de l'enfer, ne sachant pas seulement si je mourrais d'une fièvre, d'un flux de sang ou s'il faudrait découper l'enfant dans mon sein pour le sortir. Les craintes infernales dans lesquelles je vivais firent que j'accouchai, dans une infinité de douleurs, d'un garçon. L'enfant en fut marqué. Il avait une grosse tête ; on lui trouva, après sa mort, les os soudés. Il devait vivre pourtant trois années. Mademoiselle des Œillets avait loué les services de deux nourrices et d'une servante ; elle veillait à tout et m'en rendait compte. A mon grand étonnement, je me relevai de mes couches. Le Roi me montra beaucoup de tendresse et une joie sensible de me voir retrouver la santé. Nous étions au printemps ; je retournai à Saint-Germain où me revint une forte envie de vivre. Je vécus donc, mais plus de la même façon. A présent que le scandale avait éclaté, il me fallait endosser le rôle de la pécheresse publique. Etant incapable de modération, je le fis avec excès. La situation fausse dans laquelle je me trouvais, le sentiment perpétuel d'offenser Dieu, le remords de ce qu'il advenait à mon mari et à mes enfants, la présence de mademoiselle de La Vallière laquelle n'était pas la moindre de mes épreuves, la crainte enfin de perdre l'amour du Roi pour lequel j'endurais tout cela, prirent mon caractère dans le mauvais sens et ce caractère se manifestait dans des éclats que le Roi devait parfois essuyer quand il se venait délasser près de moi.

Mademoiselle de La Vallière fut le sujet d'une infinité de chagrins et de récriminations. Je parlais alors avec emportement et, si le Roi n'était pas là, lui envoyais des billets où j'épanchais mes craintes et ma colère ; un moment après, je lui écrivais que je ne me consolerais jamais d'avoir eu une promptitude si mal à propos. La peur à laquelle je me trouvais condamnée et le piétinement de ma fierté durcirent encore mon orgueil. Si on veut bien se donner la peine d'y songer, la hauteur que celle qui voulait ma place m'a hautement reprochée est plus la marque de la crainte que du contentement de soi. J'avais le dos au mur et ne cessais de trouver la situation incommode.

Si je fis face au double scandale causé par mon mari et une première grossesse, ce fut parce que l'amour du Roi ne me manqua jamais. Quand le désordre devint public, Sa Majesté ordonna des aménagements pour que je fusse logée près d'Elle. Je faisais ces projets avec le Roi, examinais les plans avec lui ; nous étions comme des jeunes mariés qui préparent leur logis.

Le Roi commença par me donner à Saint-Germain l'appartement qui avait été celui du cardinal de Mazarin, au-dessous du bel étage où était logé le Roi. J'y fus sensible, car en raison du manque de place, presque tout le monde avait l'incommodité de loger à la ville, et le peu qui était au château s'y trouvait fort à l'étroit. Comme la mode des rocailles était alors une fureur, le Roi fit aménager par son rocailleur deux grottes dans mon appartement. Bien entendu, mademoiselle de La Vallière qui n'en avait pas tant se plaignit. Le Roi avait des égards pour ce qu'il a aimé que certains messieurs n'auraient point pour une dame qu'ils aiment ; il lui commanda des grottes. On se doute que la symétrie ne fut pas de mon goût.

Quand la Cour s'était installée à Saint-Germain,

après la mort de la Reine Mère, les appartements étaient peu magnifiques. On tendait les chambres et les cabinets de velours l'hiver, de brocart l'été, et c'était là toute la dépense. Le Roi confia à monsieur Le Brun le soin de lui aménager dans sa chambre d'apparat un petit appartement de quatre pièces, afin que nous puissions nous y trouver plus commodément. Il se composait d'une antichambre, d'une chambre, d'un petit cabinet octogone logé dans la tourelle et d'une grotte prise sur la terrasse. Cet appartement, tout bruissant du bruit de jets d'eau qui tombaient dans des bassins d'argent, était parfumé en toutes saisons de jasmin et de tubéreuses et orné d'une grande quantité de vases décorés de filigranes. Le Roi avait un amour si immodéré pour ces rinceaux d'or et d'argent que le comte de Guiche, au temps où il ébaudissait la Cour de son esprit, l'appelait *« le marquis de filigrane »*. La grotte, pavée de marbres multicolores, abritait une fontaine d'argent où l'on voyait Neptune sur son char porté par des tritons ; un grand jet d'eau s'élevait du centre jusqu'à une double coupole de glaces. Le contraste entre le sombre de la grotte et l'éclat de la chambre, avec son alcôve de glaces peintes d'amours, son lit d'ange[1] tendu de satin vert et de dentelles au point de France, était une chose magnifique. Il me souvient qu'un amour peint sous la coupole du cabinet octogone était si bien multiplié par les glaces de ce cabinet que, de quelque côté qu'on le regardât, il semblait toujours vouloir percer le visiteur de sa flèche ; depuis la chambre, le Roi et moi nous sommes souvent amusés de cette trouvaille. Tous les soirs et souvent, les après-dînées, les affaires du jour vidées et la représentation finie, le Roi faisait fermer les portes et se retirait dans son appartement où je

1. Sans colonnes pour porter le baldaquin.

venais par l'escalier dérobé, à moins que par le même escalier, Sa Majesté ne descendît jusqu'à mon domaine. « *Françoise !* » « *Louis !* » appelions-nous, et le reste du monde disparaissait. Quand la Cour quitta Saint-Germain pour Versailles, Mansart fit disparaître le petit appartement pour construire de vilains pavillons. J'étais alors assez près de disparaître moi-même.

A Saint-Germain, comme dans les autres palais du Roi, la presse était partout. On s'étouffait pour voir le Roi dans sa chambre ou à table. Tous nos gestes étaient examinés, tous nos dits rapportés. Cela donna au Roi le désir d'avoir une petite maison où, sous prétexte de faire collation, nous pourrions nous retirer. Versailles étant notre campagne, le Roi ordonna de bâtir dans un coin du parc le Trianon de porcelaine. Cette maison fut regardée comme féerique parce que, commencée en hiver, elle se trouva faite au printemps, comme si elle fût sortie de terre avec les fleurs des jardins qui l'entouraient. Monsieur Le Vau la construisit pendant qu'il dirigeait les grands aménagements de Versailles ; ce fut sa dernière œuvre car il mourut comme on la finissait. Ce palais de délices était entièrement revêtu de carreaux de faïence à la mode de Hollande, avec un toit semblable à celui des pagodes. Autour d'un pavillon principal, de petits pavillons avaient été faits, l'un pour cuire les confitures, l'autre les entremets, et ainsi de suite. On trouvait aussi une volière et un cabinet des parfums, entouré de jasmins et de jonquilles que Le Nostre faisait venir de Provence ; il les faisait changer jusqu'à deux fois le jour. La couleur dorée des fleurs faisait valoir le bleu des porcelaines. Le pavillon des parfums ne tirait pas son nom des jardins, mais de meubles peints en façon de porcelaine dont les tiroirs contenaient toutes sortes de senteurs : musc, ambre, rose ou jasmin. Je ne saurais oublier une chambre qu'on nommait la chambre des amours. Elle avait un meuble de taffetas blanc, semé de fleurs de Chine, avec un lit or et bleu dont le dossier était un miroir. Le tapissier qui le fournit le nomma un *lit extraordinaire* ; il l'était en vérité. Le Roi devait plus tard faire à Trianon la noce de notre fille, mademoiselle de Nantes, avec le duc de Bourbon. Ce choix fut doux à ma mémoire et à mon cœur.

Quand je fus sur le point de quitter la Cour, le Roi donna ordre de détruire notre Trianon et d'y édifier un autre château. Le Trianon de porcelaine, comme les petits appartements de Saint-Germain, ont disparu avec moi. La chambre des amours et celle de Saint-Germain n'existent plus aujourd'hui que dans mon cœur et, peut-être, parfois, dans la mémoire du Roi.

Sa Majesté, on le voit, faisait tout ce qui était en son pouvoir pour m'être agréable, à la réserve d'obtenir le départ de la Cour de mademoiselle de La Vallière. Là était l'abcès, le sujet de nos discordes, le thème de mes emportements. Les bonnes âmes diront que le sort de la duchesse de Vaujours était plus dur que le mien, mais en rompant avec l'infidèle, je n'aurais pas rétabli mademoiselle de La Vallière. Le cœur du Roi ne pouvant lui revenir, j'enrageais qu'elle s'obstinât à demeurer. J'eus quelque espoir quand mademoiselle de La Vallière acheta à Louvois l'hôtel de Taillevent à Saint-Germain, mais il en fut de cette maison comme du pavillon qu'elle possédait déjà, et de sa maison de Carrières ; elle n'y mit pas le pied. Hors son chagrin, cette dame menait une vie assez douce avec un train de duchesse ; l'argent lui coulait des mains. Elle avait acheté la cassette[1] de la duchesse de Mazarin quand celle-ci quitta la France ; on dit qu'à part celle de la Reine, c'était la

1. L'ensemble des bijoux.

plus belle du royaume. Le Roi était un homme d'habitude et de règle, aussi lui était-il difficile d'éloigner une femme qu'il avait sous les yeux depuis huit ans. Quand il me faisait remarquer que mademoiselle de La Vallière lui avait sacrifié sa jeunesse, je répondais que je n'étais pas si vieille, et que j'avais perdu un mari, des enfants et une réputation. J'ai pensé plus d'une fois que j'en avais bien mal usé dans le temps où le Roi me faisait l'amour [1] et que j'aurais dû faire mes conditions. La présence de mademoiselle de La Vallière était à présent mon calvaire. J'ai tout tenté pour lui faire tourner le dos, jusqu'à affecter de me faire servir par elle, ce fut en pure perte. Le Roi ne lui donnait pourtant guère d'espérance. Quand il revenait de la chasse, il montait se débotter et s'habiller chez elle, lui disant rapidement le bonjour avant de descendre chez moi. Tapie comme une grenouille dans sa haie, mademoiselle de La Vallière attendait l'heure de rattraper le cœur du Roi. Elle crut celle-ci arrivée quand je fus grosse à nouveau. Je fus malade, quoique moins fortement que la première fois. Ne voulant pas qu'il y parût, je passais plus de temps devant mon miroir. Ayant remarqué que mademoiselle de La Vallière possédait une pâte merveilleuse, je chargeai le Roi de la demander. Elle en profita pour lui répondre qu'elle donnerait le fard à condition que les faveurs fussent égales. Le Roi fut bien obligé de me rapporter la manœuvre quand le bruit courut que mademoiselle de La Vallière était grosse. Ma colère fut terrible. Le Roi répondit à mes questions par des pertes de souvenir et des propos entortillés d'où il ressortait que si ce que je redoutais était effectivement arrivé, ce n'est que parce qu'il se serait en quelque sorte sacrifié à mon visage. Ces bruits durè-

1. La cour.

rent pendant un ou deux mois ; mademoiselle de La Vallière, à force d'airs languissants, fit tout pour les accréditer. Là-dessus, elle fut malade à la mort. Si elle se trouvait grosse, elle fut blessée[1], car on n'entendit plus parler de rien. Elle répandit ensuite qu'arrivée aux portes de la mort, elle avait eu une nuit de révélation et qu'elle ne travaillerait désormais qu'à faire son salut. Comme je lui faisais remarquer qu'on fait mal son salut à la Cour, elle me répondit sèchement « *que le dégoût qu'elle éprouvait dans cette Cour l'empêcherait d'être empoisonnée par l'air qu'on y respirait incessamment* ». Je compris qu'en faisant sa pénitence, mademoiselle de La Vallière s'assurait le grand plaisir de m'en procurer une.

J'eus, au début de l'année 1671 un grand espoir de voir tout de bon partir mademoiselle de La Vallière. Le jour du mercredi des Cendres, elle s'enfuit un matin à Chaillot, comme elle l'avait fait dans les débuts de ses amours avec le Roi. Quand la fugue fut connue à Saint-Germain, ce fut une édification générale. Le Roi, qui n'avait pas été averti, en fut piqué. Il envoya le maréchal de Bellefonds chercher la fugitive. Elle répondit qu'elle avait donné au Roi toute sa jeunesse et que ce n'était pas trop du reste de sa vie pour faire son salut. Ce discours augmenta l'admiration générale, et aussi l'impatience d'un Roi qui n'aimait pas qu'on lui résistât. Il changea d'ambassadeur et envoya monsieur Colbert pour ramener mademoiselle de La Vallière, disant qu'il entendait lui dire adieu et qu'elle repartirait si tel était son désir. J'eus alors avec le Roi un entretien qui commença sur le ton de la colère et finit par un torrent de larmes. Sa Majesté en venait toujours à me dire que ce départ serait interprété comme la conséquence de ce

1. Elle fit une fausse-couche.

que mademoiselle de La Vallière était malheureuse à la Cour et qu'on dirait que nous en usions mal avec elle. Comme je lui reprochais de m'imposer une présence qui blessait à la fois ma fierté et mon cœur, il me répondit : « *Cela s'est fait insensiblement. – Insensiblement, pour vous, peut-être,* criai-je, *mais très sensiblement pour moi.* » Je crois que le Roi eût été très aise de se défaire de mademoiselle de La Vallière dès ce moment, mais il ne voulait pas que ce fût d'une façon qui donnât matière à le critiquer. Le résultat fut que cette dame revint à la Cour où elle fut beaucoup mieux qu'elle n'avait été depuis longtemps.

Comme si le chagrin causé par la présence de mademoiselle de La Vallière n'eût pas été suffisant, mon mari mit le comble à ses folies. S'ennuyant à la mort à Bonnefont, il demanda à reprendre le commandement de sa compagnie, ce que le Roi accorda. Monsieur de Montespan profita de cet élargissement pour jeter son dévolu sur une fille de petite condition. Elle était honnête et résista aux avances et à l'or proposé ; mon époux n'hésita pas à l'enlever pour l'obliger à consentir à ses vues. La famille de cette enfant alla la reprendre pour l'abriter dans un couvent. Cet asile ne fut pas sacré pour les amis de mon mari qui assiégèrent l'abbaye où les religieux durent les repousser. Non content du scandale causé, mon époux menaça le prieur et rossa à nouveau le sous-bayle du lieu. Louvois n'aimait pas qu'on lui fît la barbe à contrepoil. Il cassa la compagnie de monsieur de Montespan et ordonna une enquête au bout de laquelle pouvait bien se trouver non le château de Bonnefont, mais la forteresse de Pignerol. Mon mari se réfugia à Toulouse chez l'épouse d'un conseiller du Parlement qui était sa maîtresse. Il passa ensuite en Espagne avec la dame et aussi mon petit garçon qui devint une sorte d'otage. Ma belle-mère et le maréchal d'Albret sollicitèrent la grâce du fugitif. J'eusse trouvé qu'il était juste que ce fou payât ses sottises, mais je ne voulais pas que mon fils souffrît de l'équipée. Je priai donc le Roi de consentir aux sollicitations qui lui étaient faites et Sa Majesté accorda des lettres de grâce. Je fus fort soulagée quand j'appris que mon fils se trouvait à nouveau à Bonnefont ; âgé de seulement cinq ans, il était resté trois mois sur les routes d'Espagne. En dépit de ces folies, je ne voulais ni le malheur de mon époux ni la perte de sa maison. L'année suivante, je profitai de ce que le maréchal d'Albret allât en Guyenne prendre possession de son gouvernement pour faire tenir à monsieur de Montespan quatre mille pistoles et huit paires d'habits très riches pour s'équiper, sans faire dire que cela vînt de moi.

Au milieu de ces tourments, je m'occupais de l'enfant à venir ; comme son aîné, celui-ci devait être caché au monde. Mademoiselle des Œillets ne pouvait suffire à tout et ses liens avec moi étaient trop connus pour que le secret demeurât. Je voulais pour mes enfants une véritable gouvernante qui pût tenir auprès d'eux la place que je ne pouvais occuper. L'oiseau était difficile à trouver. Une bourgeoise eût été incapable de former ces enfants à hauteur du rang qui était le leur, et une femme de la noblesse eût rechigné à se charger de bâtards. Madame de Thianges, un jour où nous jouions de la sorte aux devinettes, songea à madame Scarron. D'abord je battis des mains, puis certaines choses rapportées par Vivonne me revinrent en mémoire. L'aïeul avait été un huguenot fanatique et le père avait tué de sa main sa première épouse, ce qui était pour le moins fâcheux. Ils avaient sans doute disparu de longtemps, mais s'il est vrai que bon sang ne peut mentir, mauvaise hérédité peut aussi ressortir. Il y avait encore les liaisons que l'on supposait à madame Scarron, depuis mademoiselle de Lenclos, en passant par le marquis de Beuvron et le maréchal d'Albret jusqu'au marquis de Villarceaux. Ma sœur qui tenait à son idée me répondit en riant que Beuvron était le meilleur homme du monde, que bien peu de femmes avaient pu se soustraire au maréchal d'Albret et que monsieur de Villarceaux était si beau et si bien fait qu'elle-même n'eût pas résisté. Pour ce dernier point, je la crus volontiers. *« Ils sont sans doute fort bien les uns et les autres,* dis-je, *c'est plutôt le nombre qui m'effraie. – Il nous suffira d'oublier le premier tome de la vie de madame Scarron »*, répliqua madame de Thianges. Nous ignorions l'une et l'autre que la vie de cette dame comprendrait plusieurs tomes dont certains nous étonneraient. Nous convînmes que, depuis qu'elle se trouvait pensionnée, madame Scarron était sans reproche ; elle donnait même dans la dévotion, ne manquait ni une retraite ni un sermon et s'était trouvé un confesseur sévère. Elle savait aussi se tenir avec les personnes les mieux nées, avait de l'éducation et beaucoup d'esprit ; enfin, et c'était là son plus grand mérite, elle était la seule personne de notre connaissance qui se tînt sur la délicate lisière où je risquais de trouver l'oiseau rare. Je ne sais si c'est madame de Thianges ou Bonne d'Heudicourt qui parla pour moi à madame Scarron. Il lui fut représenté qu'on lui proposait un ouvrage dont madame Colbert ne s'était pas jugée indigne, que l'on gagne toujours à servir le Roi et qu'il y avait là une bonne œuvre à accomplir. Je craignais un refus, après qu'on m'eut appris que madame Scarron avait dédaigné d'accompagner la princesse de Nemours, quand celle-ci était partie épouser le roi de Portugal, mais madame Scarron me fit l'honneur de ne pas balancer longtemps. Elle vint à Saint-Germain où je l'entretins de sa tâche ; ensuite nous causâmes agréablement comme nous le faisions à l'hôtel d'Albret ou à l'hôtel de Richelieu. Le soir, je dis au Roi que j'étais bien aise d'avoir trouvé une gouvernante que j'aurais plaisir à entretenir. Le Roi était moins heureux que moi, car il soupçonnait madame Scarron d'avoir dans l'esprit le précieux dont les hôtels d'Albret et de Richelieu brillaient encore. *« Cela ne peut nuire à des enfants,* répondis-je, *et puis madame Scarron aura affaire à moi et non à vous. »* Plût à Dieu que nous nous en fussions tenus là ! Je fus donc satisfaite, ou du moins je m'efforçais de l'être, car un instinct secret m'avertissait toujours contre madame Scarron, comme cela arrivait quand elle posait ses yeux noirs sur moi dans l'hôtel d'Albret. Je fis tous mes efforts pour n'y point penser. J'avais le plus grand besoin de madame Scarron.

J'avais expliqué à la gouvernante de mes enfants que le Roi entendait être servi dans le mystère. Il lui faudrait s'éloigner de ses amis et renoncer aux plaisirs de la société, sans en pouvoir donner de bonnes raisons aux gens de sa connaissance. Cependant, comme il n'était pas possible de s'en éloigner tout d'un coup, pour remédier aux inconvénients qui pouvaient arriver dans une petite maison, dans laquelle il était aisé de surprendre une nourrice, ou d'entendre crier un enfant, elle eut l'idée de prendre pour prétexte la petite d'Heudicourt et la demanda à sa mère qui la donna sans peine. J'admirai fort cette habileté ! Madame Scarron loua une maison rue des Tournelles, s'y installa avec mon aîné et trouva une excellente nourrice pour celui qui naquit le 31 mars 1670 dans mon appartement de Saint-Germain. J'eus la consolation que le Roi demeurât près de moi quand je mis au monde notre deuxième enfant. Il appela mon courage avec tendresse tandis que je déchirais les dentelles de ses manchettes pour ne point crier. Je mis au monde un garçon que nous appelâmes Louis-Auguste. Sitôt sa naissance, monsieur de Lauzun vint prendre le nourrisson des mains de l'accoucheur et l'alla porter, enveloppé dans un châle, à madame Scarron que j'avais fait prévenir dès les premières douleurs. Elle attendait, masquée, dans une voiture près de l'une des grilles du parc et se saisit de mon fils.

Si l'on venait me demander quelle est la première qualité qu'il faut avoir pour demeurer la maîtresse du Roi, je répondrais, avec assez d'expérience en la matière, qu'il faut posséder une excellente santé. A peine relevée des couches de mon quatrième enfant, je dus suivre la Cour qui partait dans les Flandres. La paix qui s'était faite après la glorieuse campagne de Lille n'avait été pour ainsi dire qu'un essai de ce que la grandeur du Roi promettait. A ce que j'entendais tous les jours, la Hollande n'avait pas une conduite dont le Roi pût être content. Elle l'avait obligé de faire la paix et offensait personnellement Sa Majesté dans ses relations, ses lardons[1] et ses gazettes. Il s'agissait de faire en sorte que l'Angleterre demeurât neutre ou se déclarât pour la France pour que les projets du Roi sur la Hollande pussent réussir. Le Roi crut que Madame le servirait dans ses desseins auprès du roi Charles II, son frère. Il décida de l'envoyer pour l'entretenir. On ne peut dire la joie que Madame eut de se trouver ainsi le premier mobile de la plus grande affaire de l'Europe.

1. Ces petits feuillets contenant brocards et satires étaient ajoutés aux gazettes.

On sait que mon humeur et celle de Madame ne s'étaient jamais accommodées ensemble et que j'avais quelques excuses de ne la guère aimer. Cependant, le caractère de Madame s'était assagi et les chagrins qui l'éprouvaient me faisaient à présent compassion. Madame avait perdu nombre de ses enfants et venait, dans le plus grand désespoir, de porter en terre sa mère, la reine d'Angleterre ; monsieur Valot avait donné à la Reine des grains d'opium pour dormir ; elle le fit si bien qu'elle ne se réveilla pas. Monsieur ajoutait aux souffrances de Madame en faisant toujours renaître entre eux de petites divisions et en rendant ces inimitiés publiques. Il racontait ouvertement qu'il n'avait aimé sa femme que quinze jours et autres choses qui faisaient dresser les cheveux sur la tête. Le chevalier de Lorraine dont la faveur auprès de ce prince était plus éclatante que jamais fut regardé comme la cause de ce redoublement. *« Il y a longtemps que mon frère n'entend plus le français et que sa langue est réduite à suivre aveuglément les intentions du chevalier de Lorraine »*, me dit le Roi, au bord de la colère. Pour empêcher l'éclat que ces divisions préparaient dans sa maison, Sa Majesté fit arrêter le chevalier de Lorraine. Monsieur en conçut un désespoir inconcevable et, pour montrer son dépit, emmena Madame à Villers-Cotterêts. Pour retrouver Madame qui était nécessaire à l'accommodement avec l'Angleterre, le Roi me demanda de remplir un coffre de calambour [1] de toutes les galanteries possibles pour Madame. Je le garnis de dentelles en point de France, d'éventails, de gants en peau d'Espagne et de flacons de senteur sans savoir si Madame ou Monsieur en aurait l'usage. Colbert, qui se trouvait décidément de toutes les ambassades, le porta à Villers-Cot-

1. Ce coffre de bois précieux était destiné à présenter des cadeaux.

terêts et fut assez heureux pour les faire revenir. Le Roi découvrit alors son projet sur la Hollande et qu'il avait jeté les yeux sur Madame pour y contribuer. Le naturel jaloux de Monsieur, sa peur qu'on l'estimât et l'aimât moins que Madame, firent qu'il s'opposa au voyage avec une extrémité où on ne l'avait jamais vu. Il se vantait de coucher tous les jours avec sa femme afin de la rendre grosse pour l'empêcher de partir. Ce moyen d'ennuyer Madame avait été beaucoup employé, car Madame avait porté neuf enfants dont il ne lui restait que deux filles. Comme le Roi le voulait absolument, il promit à son frère un supplément d'apanage, après quoi il fallut bien consentir.

Le Roi m'ayant fait l'honneur de différer le voyage de Flandre jusqu'à ce que je fusse relevée de mes couches, la Cour partit de Saint-Germain le dernier lundi d'avril, avec un très grand corps d'armée commandé par le comte de Lauzun. Je me trouvais dans un carrosse de glace avec le Roi, la Reine, Madame, Monsieur et Mademoiselle, sans oublier mademoiselle de La Vallière. Nous passâmes par Compiègne, Avesnes, Le Quesnoy et Tournai ; c'était la route que j'avais parcourue en tremblant, trois ans auparavant, alors que le Roi s'efforçait de prendre dans le même temps les places des Flandres et le cœur de madame de Montespan. Il avait réussi en tout. Je ne saurais dire combien j'aimais le plus magnifique des princes. Le Roi avait alors trente-deux ans, il n'était plus si maigre que lors de notre premier voyage ; il ne lui était possible de porter que des perruques à fenêtres tant il avait les cheveux abondants et bouclés. Une grande quantité d'exercice lui était nécessaire et entretenait sa santé ; je l'ai vu jouer à la paume cinq ou six heures de suite dans les fossés de Saint-Germain devant que de partir chasser. Il venait de danser en public pour la dernière fois dans *Les Amants magnifiques* de Molière. On avait été très étonné quand, à la seconde représentation, le Roi se fit remplacer par le marquis de Villeroy. Sa Majesté avait répété le rôle d'Apollon à s'en rendre malade et avait eu seulement un peu plus de mal qu'à l'ordinaire. J'avais approuvé qu'Elle choisît de disparaître plutôt que de ne plus être parfaite. Apollon quitta donc le théâtre pour ne plus briller que dans le royaume. Le Roi que je regardais dans son carrosse était beau d'une mâle beauté avec, quand il était en société, un air si haut qu'on le craignait. Alors qu'il n'avait jamais dit une parole fâcheuse à un gentilhomme, on tremblait devant lui. J'étais l'une des seules à connaître que cette hauteur disparaissait quand Sa Majesté se trouvait dans son intérieur, dispensée du devoir de faire le Roi. Cette différence m'était chère. Il fallait une grande passion pour endurer la fausseté de la place où je me trouvais. Je me faisais là-dessus ma théologie. Je me disais que l'on ne devrait se trouver véritablement marié que quand l'on s'accorde parfaitement ensemble, quand corps, cœur et esprit se cherchent toujours et ne marchent que de concert. J'en venais à considérer le Roi comme un époux secret, le seul qui m'eût été véritablement destiné. Ces pensées me faisaient oublier notre pauvre Reine et endurer mademoiselle de La Vallière ; elles ne pouvaient me libérer de la peur de perdre un jour le cœur du Roi.

Tout au long de notre route vers les Flandres, nous fûmes amusés de deux choses, l'aversion de Monsieur pour son épouse et la passion que Mademoiselle ne pouvait plus cacher pour monsieur de Lauzun, autrement dit une tragédie et une comédie liées ensemble ; cela fournissait de grands changements de conversation. Tantôt Monsieur disait qu'on lui avait prédit qu'il aurait plusieurs femmes et qu'en l'état où était Madame, il avait raison d'y ajouter foi, ce que je trouvais fort dur, tantôt Mademoiselle nous rapportait que monsieur de Lauzun lui avait dit que s'il songeait à se marier, la vertu seule de la demoiselle le tenterait, et qu'il aimerait mieux épouser une femme de chambre si elle eût été honnête fille que toutes les reines du monde. Le Roi et moi, qui avions connu la vertu de monsieur de Lauzun point si sourcilleuse, nous regardions en nous étouffant pour ne pas rire. Mademoiselle n'avait jamais été belle et l'âge lui avait fait le cheveu gris, la taille épaisse, les joues pendantes et les dents gâtées, aussi y avait-il apparence que ce vieux singe de Lauzun ne lui donnât la comédie qu'en raison d'une fortune qui était la première de France après celle du Roi. La malheureuse qui avait refusé de grands rois pour la raison qu'elle craignait qu'ils en veuillent à son argent n'y songeait même pas ; on eût dit une amoureuse de quinze ans. Quand monsieur de Lauzun s'approchait de la voiture du Roi, son chapeau à la main et qu'il pleuvait, elle soufflait à Sa Majesté : *« Faites-lui mettre son chapeau »,* et de s'occuper de la longueur du chemin qu'on lui faisait parcourir, de le chercher partout, de parler haut à la fenêtre pour que son galant tournât la tête. C'était un roman admirable dont on ne savait s'il fallait rire ou pleurer. Quelqu'un eut la cruauté de glisser à Mademoiselle que monsieur de Lauzun, pour être agréable au Roi, allait épouser mademoiselle de La Vallière. J'eus beaucoup de mal à persuader à Mademoiselle que mademoiselle de La Vallière avait fait vœu de n'épouser personne. Je commençais de me demander jusqu'où irait une affaire dont le Roi pouvait se trouver fort embarrassé.

Nous eûmes durant ce voyage un temps effroyable qui mit les équipages en désordre. Les rivières étaient débordées, ce qui nous obligea le premier soir de coucher tout habillés dans une grange où l'on tendit des matelas par terre. Au matin, Mademoiselle se félicita de ne pas mettre de rouge et dit que l'on voyait bien que celles qui en mettaient étaient flétries. Je ris, encore que je relevais de mes couches et ne devais pas avoir trop bonne figure. J'allais avoir trente ans et j'arrivais à l'âge où les fards et les afféteries peuvent faire une sensible différence.

Quand Madame revint d'Angleterre, Monsieur ne lui permit pas de demeurer à Saint-Germain et l'emmena à Saint-Cloud. Il voulait, je crois, qu'elle souffrît ce qu'il endurait d'être séparé du chevalier de Lorraine et ne cessait de la tracasser parce qu'elle n'obtenait pas son retour ; rien n'était pareil à son acharnement. Le 26 juin, Monsieur et Madame vinrent à Versailles où la Cour s'était transportée ; c'était le jour de l'anniversaire de Madame ; elle avait vingt-six ans. Quand cette princesse entra chez la Reine, elle était si pâle qu'on eût dit une morte habillée à qui l'on aurait mis du rouge. Elle était triste, avait les larmes aux yeux et se plaignit d'un point au côté. La Reine lui dit qu'elle ne devrait pas se baigner dans la Seine comme elle le faisait. Madame dévora furieusement à la collation et repartit à Saint-Cloud avec son époux qui ne voulut pas la laisser à Versailles, la mangeant toujours de reproches et d'injures.

Le 29, j'étais avec la Reine à la promenade sur le canal quand nous vîmes arriver le comte d'Ayen qui nous cria : *« Madame se meurt ! Le Roi m'a commandé de chercher monsieur Valot et de le mener à Saint-Cloud. »* Il nous dit que Madame s'était baignée et, ayant toujours son point au côté, avait demandé à boire de l'eau de chicorée, qu'après l'avoir bue, elle s'était mise à crier qu'elle était empoisonnée, et qu'elle voulait qu'on lui donnât des contrepoisons. Le Roi qui prenait les eaux monta en carrosse. Je suivis dans un autre où mademoiselle de La Vallière se jeta à son tour. Nous trouvâmes Madame dans un redoublement de douleur. On l'avait couchée sur un petit lit qu'on lui avait fait dans la ruelle, tout échevelée, sa chemise dénouée, le visage pâle, le nez retiré. Elle faisait de terribles efforts pour vomir. Elle parla au Roi un moment tout bas. Elle lui dit des choses fort tendres qu'il répéta, mais je crois qu'elle lui en dit qu'il ne répéta pas. Pendant ce temps, madame de La Fayette me conta que la femme de chambre de Madame, qui avait fait l'eau de chicorée, en avait bu, et que Monsieur avait fait donner de cette eau à un chien sans pouvoir faire revenir Madame de l'opinion qu'elle était empoisonnée ; comme contrepoison, on lui avait donné de l'huile et de la poudre de vipère. Le Roi revint pour me dire : « *Les médecins ont perdu la tramontane, je vais essayer de leur remettre l'esprit.* » Il leur proposa plus de trente remèdes. Je confiai à Sa Majesté que j'avais vu des mourants et que cela me permettait de dire que Madame n'en reviendrait pas. Mademoiselle dit qu'il était temps de parler de Dieu. Monsieur assura que le confesseur de Madame n'était propre qu'à lui faire honneur dans un carrosse pour que le peuple vît qu'elle en avait un, qu'à présent il lui en fallait un bon à mettre dans la gazette. Il pensa à Monsieur de Condom[1] qui avait fait l'oraison funèbre de la mère de Madame et le fit chercher. Monsieur le Prince était arrivé ainsi que beaucoup de monde. Je gardais les yeux sur Madame. Elle avait une certitude entière de sa fin. Je lui dis qu'elle n'était pas en si grand péril qu'elle le craignait, mais que j'admirais sa fermeté. Elle eut encore la force de me répondre qu'elle ne redoutait pas la mort ; c'était un courage dont on ne saurait donner l'idée. Je n'en avais pas tant ; me sentant au point de m'évanouir, je sortis. Le Roi pleura et s'en alla comme l'ambassadeur d'Angleterre arrivait.

Nous revînmes dans la nuit à Versailles et fûmes

1. Bossuet, successivement évêque de Pontoise, de Condom et de Meaux.

informés à 6 heures de la mort de Madame. Je n'avais pas dormi, reprise par l'épouvante de la mort. Je me rappelais la petite Minette qui jouait à Chaillot près de la mère Angélique. La vie avait été cruelle à cette princesse. Madame n'avait pas été heureuse avec Monsieur et de ses enfants, deux seulement demeuraient. Sans doute, de toute sa vie, n'avait-elle eu de plaisir que lors de cet été de Fontainebleau où elle s'était étourdie de l'inclination du Roi pour elle. En était-elle punie à présent ? Mes pensées m'épouvantaient. Je sortis de ma chambre sans trouver de réconfort. On ne parlait à Versailles que de la mort de Madame et du soupçon qu'elle avait eu d'être empoisonnée. La pensée du poison était établie dans tous les esprits ; on pensait au chevalier de Lorraine. Vivonne me dit : *« Madame a voulu chasser le chevalier de Lorraine, elle l'a fait, mais il ne l'a pas manquée. »* Le Roi écoutait ces propos : *« Si le chevalier de Lorraine a coopéré à cette mort par le poison,* gronda-t-il, *je lui donnerai occasion de le regretter. »* On parlait aussi de cette disparition en la mêlant à la façon dont Monsieur et Madame avaient vécu ensemble. Mademoiselle fut indignée de ces bruits. *« Nous sommes des gens de bonne race ! »* me dit-elle. Je lui assurai que connaissant Monsieur de longtemps, je le savais incapable d'un crime. Pour faire taire les bavardages, le Roi ordonna d'ouvrir le corps de Madame, ce qui se fit en présence de l'ambassadeur d'Angleterre, de médecins anglais, et d'une grande quantité de monde. On trouva le foie pourri, l'estomac plein d'une humeur bilieuse, la poche du fiel très grosse, de sorte qu'il apparut que la cause de la mort était une trop grande effusion de bile. Je n'en fus pas étonnée ; Madame était malade de longue main.

Le lendemain de la mort de Madame, je trouvai en allant souper Mademoiselle en larmes. Sur des consolations que je lui fis, elle me dit que le Roi était venu pleurer chez la Reine, après quoi il lui avait dit : *« Ma cousine, voilà une place vacante. La voulez-vous remplir ? »* La malheureuse n'avait pu répondre que par des pleurs. L'empressement du Roi à combler les vides dans sa famille me donna une grande envie de rire que je réprimai pour assurer à Mademoiselle que le Roi ne voudrait pas la marier contre sa volonté. *« Vous avez raison,* me dit-elle, essuyant des larmes qui lui laissaient le visage tout enflé, *cette mort retardera mes affaires, elle ne les changera point. »* Notre amoureuse ne pensait qu'au comte de Lauzun, lequel faisait l'homme détaché et la pressait d'épouser Monsieur.

Monsieur ne se donna pas la peine de paraître affligé de la mort de Madame. Il ne parut à aucune des cérémonies qui suivirent cette disparition, mais il entendit que l'on fît des visites aux princesses ses filles, jusqu'à mademoiselle de Valois qui était en nourrice. Le Roi qui avait pris le plus grand deuil qui soit voulut que les honneurs portés à la mémoire de cette princesse marquassent les imaginations. Il fallut deux mois pour préparer les funérailles à Saint-Denis. Les squelettes ailés portés sur tous les piliers de la basilique, les draps noirs, les têtes de mort surmontées d'urnes vomissant des flammes, le bassin d'argent fumant de parfums et d'encens, une infinité de cierges et de flambeaux, les chants psalmodiés par les chœurs de la Chambre du Roi m'épouvantèrent, mais pas tant que les paroles de Bossuet. J'ai remarqué que quand celui-ci prononçait une oraison funèbre, il ne descendait pas de chaire devant que tous les fidèles fussent en pleurs. Il n'y manqua pas davantage ce jour-là. Il me semble entendre encore la voix puissante retentir sous les voûtes pour évoquer *« la nuit désastreuse, la nuit effroyable où Madame avait passé du matin au soir ainsi que l'herbe des champs »*. Peu de temps après cette oraison, le Roi donna Bossuet comme précepteur au Dauphin.

En devenant la maîtresse du Roi, je n'entrais certes pas dans sa famille, mais je me trouvais mêlée aux affaires de celle-ci ; elles n'étaient pas simples. Après avoir eu un enterrement, nous manquâmes de peu un mariage. Bien avant que Madame ne reposât à Saint-Denis, le Roi parla encore à Mademoiselle d'épouser son frère. Elle vint me le dire en pleurant. Longtemps, je n'avais guère eu d'estime pour Mademoiselle en raison des crimes qu'elle avait commis contre son cousin durant la Fronde ; l'affaire de la Bastille et quelques autres m'étaient restées sur le cœur. Et puis cela s'était usé, Mademoiselle n'avait pas mauvais cœur et ne faisait de tort à personne, sa simplicité nous faisait rire et sa gaieté aussi. A présent, cette princesse, affligée de sa fortune comme d'autres d'une bosse, me faisait compassion. Il me souvient qu'à Chambord, un ruban de la manchette de Mademoiselle se dénoua pendant le jeu. Elle demanda à monsieur de Lauzun de vouloir lui attacher. Après un silence où l'on aurait entendu marcher une fourmi, monsieur de Lauzun répondit qu'il était trop maladroit pour lui rendre ce service. J'eus assez de pitié pour jouer les chambrières et nouer le ruban. Après le souper, je parlai au Roi, lui demandant de ne pas peiner sa cousine dans une affaire qui la rendait plus malheureuse qu'elle ne l'était déjà. Le Roi y consentit et entretint son frère, lequel fut très étonné d'être refusé.

Mademoiselle, qui avait eu fort peur d'être mariée contre sa volonté, résolut de ferrer au plus vite monsieur de Lauzun, sans se douter que celui-ci la ferrait de longtemps. Elle s'enhardit jusqu'à parler à son amant, mais seulement pour lui dire qu'elle voulait se marier, sans arriver à prononcer devant lui le nom de l'élu. Le Gascon savait son rôle. Il fit celui qui n'entendait rien, badina, conseilla de réfléchir et fit beaucoup de manières qui augmentèrent l'embarras de l'amoureuse, laquelle finit par souffler sur un miroir où elle écrivit le nom qui occupait son cœur. Monsieur de Lauzun feignit de tomber des nues. Il s'écria qu'on se moquait, qu'il n'était pas assez sot pour donner dans le panneau, qu'il avait connu que Mademoiselle voulait se divertir, qu'elle ne pouvait épouser le domestique de son cousin germain. Enfin cette princesse qui n'avait jamais souhaité que d'être impératrice ou reine d'Espagne, faute d'être reine de France, dut se traîner pour que ce vilain Gascon consentît à l'épouser. Après avoir surmonté les scrupules de monsieur de Lauzun, Mademoiselle s'attaqua au Roi, et, ne trouvant pas de forces pour lui parler, résolut de lui écrire. Sa Majesté en eut plus de surprise que si on était venu lui annoncer que la ville de Paris se trouvait transportée aux Amériques. Il me montra la lettre où Mademoiselle citait beaucoup d'exemples de filles et de sœurs de rois qui avaient été mariées à des particuliers ; le gros de ce bataillon était fourni par les filles de Dagobert. *« J'ignorais que ce roi avait mal établi ses enfants »*, me dit Sa Majesté encore toute déferrée. *« C'est sans doute, qu'il n'avait pas seulement son haut de chausse à l'envers, mais aussi sa tête »*, répondis-je en riant. Comme je demandais au Roi quel était son sentiment sur cette affaire, il répondit qu'il n'approuverait jamais un pareil dessein et qu'il ne voulait pas qu'on crût qu'il y donnait la main, mais qu'après cela, si Mademoiselle passait outre, ayant quarante-quatre ans et étant majeure, elle pourrait faire toutes les folies qu'elle voudrait. Ces paroles rapportées à Mademoiselle l'emmenèrent vers des terres que la carte du Tendre nommerait *félicité parfaite.* Monsieur de Lauzun, voyant son bonheur approcher, et avec lui certaines contingences propres au mariage, prit ses précautions en priant sa future de trouver bon qu'après que leur affaire serait faite, il gardât sa chambre dans le Louvre parce qu'il ne voulait pas s'éloigner d'auprès du Roi. Ce serviteur admirable ajouta qu'il ne viendrait voir son épouse que le jour. Mademoiselle trouva ce dévouement à la personne du Roi digne d'éloges. Quand madame de Thianges me rapporta ces confidences, je songeai que si Mademoiselle avait jadis commis de grandes fautes, elle ne méritait pas les dégoûts qu'allait lui procurer monsieur de Lauzun.

La suite de l'affaire pourrait fournir le juste sujet d'une tragédie dans toutes les règles du théâtre. Nous prenions quatre jours au lieu de vingt-quatre heures et c'était une pièce parfaite ; jamais il ne s'est vu de si grands changements en si peu de temps. Bien que le Roi eût demandé à Mademoiselle de garder le dessein secret, la chose commença de se savoir. La duchesse de Longueville fut la première à jeter les hauts cris. Le prince de Condé prit la suite de sa sœur ; il s'emporta sur la différence des qualités et supplia le Roi de soutenir les grandeurs de son royaume. Monsieur assura qu'il fallait fermer Mademoiselle aux Petites Maisons et qu'il ne la reverrait de sa vie. La Reine fut épouvantée. Quand Mademoiselle voulut lui donner part de son mariage, elle lui demanda : « *Est-ce avec le comte de Saint-Pol, ma cousine, car il n'y a pas d'autre prince à marier en France ?* » Mademoiselle avoua que c'était avec le comte de Lauzun, alors la Reine prit un visage de mépris et lui tourna le dos.

A ce moment, le Roi ayant su que Mademoiselle publiait un peu vite son consentement la fit appeler dans son Conseil pour lui déclarer le contraire. Ils s'échauffèrent par des répliques, de sorte qu'il lui reprocha tout ce qu'elle avait fait contre sa personne et son service. Il ajouta devant qu'elle ne sorte que si elle voulait s'opiniâtrer, il lui conseillait de ne pas laisser traîner son affaire. Mademoiselle, enivrée d'amour, et monsieur de Lauzun, enivré de vanité, n'entendirent pas cette prudence. Mademoiselle tint à faire une donation, cédant à son futur époux quatre duchés, dont le duché de Montpensier dont il porta le nom une journée, le tout estimé vingt-deux millions. Pour conduire son respect le plus loin possible, le nouveau duc de Montpensier refusa de dîner au Luxembourg où Mademoiselle le priait. Nous étions alors dans le Louvre où je venais de faire le mariage de ma nièce, mademoiselle de Thianges, avec le duc de Nevers. Le maréchal d'Albret et le duc de Montausier qui se trouvaient flattés que la cousine du Roi épousât un gentilhomme, madame Tambonneau qui se fourrait partout où il y a du désordre, madame de Nogent, fort inquiète pour son frère le comte de Lauzun, ma sœur qui entrait dans toutes les confidences de Mademoiselle et le prince de Condé, plus furieux qu'un rapace auquel on a ravi sa proie, ne faisaient qu'entrer et sortir de mon appartement où madame de Nevers, couchée sur mon lit, recevait les compliments qui sont dus à une jeune épousée.

L'affaire de Mademoiselle avait été déclarée le lundi. Le mardi se passa à parler, à s'étonner, à tomber du haut des nues, à se complimenter. Le mercredi, Mademoiselle fit ses donations. Le jeudi, elle espérait faire signer son contrat de mariage par le Roi et se marier le soir à Charenton devant le curé du village. C'était laisser le temps aux ennemis de ce mariage de se déchaîner. La Reine répétait qu'elle priait Dieu que la main lui séchât plutôt que de signer le contrat. Le prince de Condé dit au Roi qu'il irait à la messe de mariage de Lauzun pour casser la tête au Gascon d'un coup de pistolet. La duchesse de Guise, sœur de Mademoiselle, et monsieur de Louvois que je vis au bord de l'apoplexie, redoublèrent leurs instances. Madame, la douairière[1], dont on n'entendait jamais parler au point de ne pas savoir si elle existait encore, fit porter deux lettres très fortes à Sa Majesté pour l'adjurer de conjurer le malheur où sa belle-fille se précipitait. Le chancelier Séguier vint représenter au Roi la consternation du peuple, disant que les Français aimaient l'honneur de la maison royale et allaient être dans le dernier emportement quand ils verraient que les princes en dégénéraient. Les ambassadeurs étrangers firent part de leur étonnement les uns à la suite des autres. Les domestiques[2] de Mademoiselle étaient aux cris et aux larmes. Enfin, on n'avait jamais vu une émotion si générale ; elle nous conduit après l'heure du dîner[3] où je reçus la visite de la princesse de Carignan[4] qui vint en ambassade me porter des lamentations. En l'invitant à se reposer sur une chaise à bras[5], je l'assurai que le Roi réglait ses affaires sans prendre mes avis mais, sans m'écouter davantage, elle me montra que le Roi regretterait un jour un accord donné à la légère et me reprocherait de ne pas l'avoir arrêté sur la pente où il s'était trouvé entraîné. « *Vous seule*, me dit-elle, en joignant les mains, *pouvez l'empêcher de s'engager dans une affaire si contraire à sa gloire.* » J'avoue que je fus un moment sans plus savoir à quel saint me vouer, mais on ne parlait jamais en vain devant moi de la gloire du Roi. Quand Sa Majesté vint me voir pour se plaindre d'avoir la tête rompue de lamentations qu'Elle devait essuyer pour le bonheur de sa cousine, je lui fis la remarque que je ne croyais pas monsieur de Lauzun

1. Marguerite de Lorraine, seconde épouse de Gaston d'Orléans, belle-mère de Mademoiselle.
2. Les officiers : secrétaires, chambellan, etc.
3. Au début de l'après-midi.
4. Marie de Bourbon, épouse d'un prince de Savoie.
5. Un fauteuil.

propre à faire le bonheur d'aucune femme. Je lui parlai aussi de la consternation de la princesse de Carignan. Je ne sais quel fut le poids de mon avis dans une décision à laquelle tout le royaume conspirait. Le Roi envoya chercher Mademoiselle quand celle-ci partait pour Charenton et la vit dans sa chambre. Il lui annonça qu'il était au désespoir de lui dire qu'on lui avait rapporté qu'il sacrifiait sa cousine aux intérêts de monsieur de Lauzun, que cela lui nuirait dans les pays étrangers, et qu'il lui fallait entendre que la famille royale était une arche sainte où l'on ne pouvait rien introduire qui ne fût à sa hauteur. Mademoiselle éclata en pleurs, en cris, en douleurs violentes et en plaintes qui s'entendirent au-delà des murs. Le Roi se jeta à genoux, pleura avec elle, lui offrit de le battre si cela pouvait amener quelque soulagement à sa souffrance. Il demeura ainsi trois quarts d'heure, la tenant étroitement embrassée, tant pour lui prodiguer ses consolations que pour prévenir quelque éclat. A la fin, Mademoiselle entendit une porte qui se fermait dans l'antichambre. *« A qui m'avez-vous sacrifiée ? »* cria-t-elle en se redressant. C'était le prince de Condé qui avait demandé à entendre la conversation et s'en retournait satisfait. Mademoiselle revint au Luxembourg échevelée et menaçant des bras le ciel et la terre ; elle cassa en chemin les vitres de son carrosse. Le Roi l'alla voir le lendemain ; à son entrée, elle se mit à crier de toute ses forces. Il l'embrassa et la garda un moment sur son cœur. *« Vous faites comme les singes qui étouffent leurs enfants de leurs caresses »*, lui dit-elle. Le jour suivant, Mademoiselle me fit demander. Je la trouvai sur son lit, le visage comme doublé par les larmes. Sans cesser un instant de pleurer, la malheureuse tapait sur la couche en criant : *« Il serait là ! Il serait là ! »* Je dois dire que si j'avais jadis eu envie de rire de cette passion, cela m'avait passé ; j'eusse donné cher pour ne pas en avoir seulement entendu souffler un seul mot. Mademoiselle m'assura qu'elle n'approcherait jamais le Roi que pour lui demander de lui rendre ce qu'il lui avait ôté et me supplia de représenter à Sa Majesté mille raisons en faveur de monsieur de Lauzun. Je lui répondis très honnêtement que je le ferais, lui donnant peu d'espoir de changer la bonne volonté de son cousin. Quand je rapportai cette conversation au Roi, il me dit plusieurs fois : *« Pourquoi m'a-t-elle donné le temps de pousser mes réflexions ? »* Je vis qu'il ne changerait pas de sentiment.

Mademoiselle pleura longtemps et d'une manière digne de compassion. Quand il y avait un bal ou une comédie, elle se mettait à côté de la Reine avec ses coiffes baissées, afin de mieux pleurer. Je me souviens qu'à Vincennes, elle dansait une courante avec le marquis de Villeroy quand il lui prit une si grande envie de pleurer qu'elle demeura court au milieu de la salle. Le Roi se leva pour aller la chercher. Il mit son chapeau devant elle afin qu'on ne pût voir ses larmes et dit tout haut : *« Ma cousine a des vapeurs. »* Je l'ai bien aimé en cet instant. Monsieur de Lauzun joua son personnage en perfection. Il reçut la nouvelle avec toute la soumission et toute la fermeté que méritait une si grande chute et soutint son malheur avec un courage qui le fit admirer de tout le monde. Pour en finir avec cette histoire romanesque, je rapporterai que la duchesse de Longueville crut faire un mot d'esprit en disant que pour plaire au Roi, Mademoiselle eût dû épouser le fils de Colbert. Le Roi lui fit savoir par Monsieur le Prince qu'il lui savait un très mauvais gré de ses conversations.

Au milieu de ce charivari, je fis le mariage de mademoiselle de Thianges qui avait dix-sept ans, avec le duc de Nevers. Ma sœur avait eu de son mariage un fils et deux filles. Elle ne vit dans ce fils que cette province qu'elle détestait et dans sa fille aînée que sa propre personne qu'elle adorait. Ma sœur n'avait pas tort d'admirer cette enfant, elle était jolie, modeste, parfaitement élevée à l'Abbaye-aux-Bois. Le duc de Nevers était le neveu du cardinal de Mazarin et le frère de cette demoiselle Mancini pour laquelle le Roi avait eu une passion ; c'était l'un des plus beaux partis du royaume et une bête difficile à ferrer. Je sus gré à monsieur Colbert d'avoir fait, en cette occasion, l'ambassadeur. Il traita [1] chez lui les parents de l'époux et de ma nièce. Le Roi venait de me donner dans les Tuileries l'appartement de la maréchale de La Mothe. Il y avait fait mettre un meuble magnifique, des bassins d'argent pour les fleurs, et l'hiver ils servent de brasier, des caisses d'orangers de la Chine qui donnaient un parfum exquis. Sa Majesté y signa le contrat par lequel Elle rendait à monsieur de Nevers toutes ses charges, de sorte que ma nièce lui valut mieux que la plus grande héritière de France ; ensuite il y eut au Louvre bal et comédie. Mon nouveau neveu était un ami de Vivonne ; il n'avait pas manqué de faire en sa compagnie quelques sottises dans l'affaire de Roissy. Il était aussi bel esprit, poète incomparable tant en français qu'en italien. Le duc de Nevers possédait la moitié du palais Mazarin à Paris et un autre palais tout entier à Rome, de sorte qu'il courait de l'Italie à la France et allait de l'un de ces pays à l'autre comme d'autres vont d'une rue à l'autre dans la même ville. J'ai vu madame de Nevers monter en voiture, persuadée qu'elle allait se promener, entendre dire à son cocher : *« A Rome ! »* Avec le temps, elle connut mieux son mari et se tint sur ses gardes. Ma nièce fut heureuse avec lui autant qu'une femme en puissance de mari peut l'être. Comme ma sœur et moi nous

1. Il reçut.

tenions satisfaites de l'Italie, la seconde mademoiselle de Thianges fut mariée au duc Sforza. Pour la fille aînée de Vivonne, je trouvai le duc d'Elbeuf. Ce fut faute de mieux car je ne sais par quelle fatalité j'eus bien du mal à établir celle-ci, encore qu'il eût été question pour elle du comte de Saint-Pol. Il ne manquait pourtant à cette enfant ni beauté, ni esprit, ni agrément, rien en vérité si ce n'est une dot que Vivonne, qui avait toujours mangé son blé en herbe, ne pouvait fournir ; je la donnai. Le duc d'Elbeuf était un homme que sa figure, sa naissance et les bontés du Roi avaient solidement gâté. Il avait passé sa jeunesse à être le fléau de toutes les familles par ses mauvais procédés envers les femmes et par se vanter de faveurs qu'il n'avait pas eues. Comme il n'y avait pas moyen de mettre dans son catalogue celles de sa femme, nous ne l'appelions dans la famille que *« le goujat »*. Je lui fis souvent des réprimandes qui furent aussi inutiles que bien reçues. Ma nièce ne fut pas heureuse et se sépara de lui.

Quand une femme en vient à marier ses nièces, c'est qu'elle n'est plus dans le fort de sa jeunesse. Madame de Thianges et Vivonne étaient certes plus âgés que moi, et ma sœur de plus de six ans ; cela me fit quand même faire des réflexions. Je songeais aussi à ma propre fille dont je demeurais sans nouvelles. Marie-Christine venait d'avoir sept ans ; cela m'était une consolation de penser que je pourrais la marier de façon magnifique. Il m'arrivait de me demander si je serais encore en faveur et en état d'y pourvoir.

Le mariage de mademoiselle de Thianges se fit au mois de décembre 1670. J'avais eu trente ans en octobre ; c'est un âge où une femme doit passer du temps à sa toilette pour conserver les apparences de la jeunesse. Le Roi m'aimait sans doute, mais Sa Majesté n'avait pas les yeux couverts et il n'était femme dans le royaume qui n'eût souhaité me le ravir. Le cabinet du Roi est défendu par ses ministres, mais son lit est toujours assiégé. Le pire est que quand les femmes n'y songeaient pas, leurs pères, leurs maris ou leurs amants y pensaient ; il n'y avait pas de beauté à la Cour qui n'allumât des espérances pour toute la famille. Je ne donnerai qu'un exemple. La fille de l'ambassadeur de Savoie, mademoiselle de Saint-Maurice, encore une enfant, perdit dans la chambre de la Reine un poinçon[1] de grande valeur. Le Roi eut la délicatesse de lui en faire porter un, très beau, et d'un seul diamant. Le marquis de Saint-Maurice se défendit de l'accepter. Sa Majesté assura qu'en raison de l'âge de la jeune Angélique, on ne devait rien trouver de suspect dans ce

1. Ce bijou faisait office d'épingle à cheveu.

cadeau. Le père répondit devant tout le monde qu'il eût souhaité que sa fille fût belle et en âge de servir au plaisir du Roi, qu'il la lui eût donnée avec une grande joie. Si un ambassadeur, issu de l'une des premières maisons de Savoie, raisonnait ainsi, on peut juger des autres. Ma faveur ne datait que de quatre années et déjà on s'était risqué à me la ravir.

Madame de Soubise fut la première que j'eus à craindre car le Roi coquetait volontiers avec elle. Je connaissais fort bien cette dame ; elle était uniquement occupée des intérêts de la grandeur de sa maison, aussi la savais-je très capable de coucher avec le Roi par calcul. Elle était belle, de bonne taille, encore qu'avec les cheveux roux, mais son esprit uniquement occupé aux affaires rendait sa conversation froide et plate. Sachant que cela ne me garantissait guère, les hommes couchant généralement avec un corps plutôt qu'avec un esprit, je ne laissais pas d'être inquiète. Le prince de Soubise vint grandement à mon secours en faisant douze enfants à sa femme ; madame de Soubise n'était belle que quand elle n'était pas grosse, ce qui arrivait rarement.

Mademoiselle de Grancey que monsieur et madame de Coëtquen tentèrent de pousser en la faveur, suivit. Le maréchal de Grancey disait en avoir grande alarme, encore que je crusse qu'il souhaitait fort cette faveur pour sa fille. L'oncle de la demoiselle, monsieur de Villarceaux, celui-là qui fut l'amant de madame Scarron, voulut faire l'entremetteur ; parlant au Roi, il prit habilement occasion de lui dire qu'il y avait des gens qui se mêlaient d'assurer à sa nièce que Sa Majesté avait quelque dessein pour elle ; que si cela était, il le suppliait de se servir de lui. Le Roi se mit à rire et dit : *« Villarceaux, nous sommes trop vieux, vous et moi, pour attaquer des demoiselles de quinze ans. »* Mademoiselle de Grancey se rabattit sur Monsieur qui me rendit le service de la ramasser. Après la mort de

Madame, il fut souvent chez cette demoiselle ; il y passait ses journées et même ses nuits. Mademoiselle de Grancey gouverna alors le Palais-Royal avec le stérile personnage de maîtresse de Monsieur qui avait d'autres goûts.

Vint ensuite madame de Ludres que mademoiselle de La Vallière, pleine du dépit de voir que le Roi m'aimait toujours, mit sur son chemin. Je dois reconnaître que cette demoiselle qu'on appelait Madame, pour la raison qu'elle était chanoinesse de Poussay, était jolie comme le jour et faite comme une nymphe. Elle avait aussi un défaut de la langue et un accent tudesque dont elle se faisait une coquetterie, quoique ce fût risible. Cette belle ne pouvait suivre deux idées de suite ; elle vous abordait avec une surabondance d'amitié et de paroles, et puis, tout d'un coup, quand vous pensiez à lui répondre, vous trouviez qu'elle n'écoutait plus et que ses beaux yeux trottaient dans la pièce. En dépit de cette faiblesse d'esprit, madame de Ludres avait déjà quelques dépouilles accrochées à son char. Le vieux duc de Lorraine avait souhaité de l'épouser ; on avait vu par là qu'il avait perdu l'esprit. Le chevalier de Vendôme faisait son galant, mais elle n'avait voulu écouter aucune proposition, à moins que ce ne fût pour le mariage ; il trouva la prétention excessive. Il affecta cependant de se refermer des mois entiers avec une guitare, du papier et de l'encre pour écrire des vers, ne dormant pas, ne mangeant pas, excepté quelques tasses de chocolat pour se soutenir. Il voulut se battre avec le duc de Lesdiguières qui regardait aussi madame de Ludres ; cette rage était fort inutile car si Lesdiguières courtisait toutes les femmes, il ne poussait jamais ses fortunes jusqu'au bout. Pour se faire passer pour un grand coureur d'aventures, il se faisait porter des lettres par des hommes habillés de gris et les cachait en hâte dans son gilet. Madame de Ludres fut, pour commencer, demoiselle d'honneur de Madame ; quand cette princesse mourut, mademoiselle de La Vallière obtint que madame de Ludres passât au service de la Reine. Elle venait d'y être mordue par le petit chien de mademoiselle de Théobon, aussi la mena-t-on à Dieppe pour la baigner, afin qu'elle n'attrapât pas la rage. Je contai moi-même l'affaire au Roi, imitant le discours de madame de Ludres. « *Zézu, l'étranze soze t'être zetée toute nue dans la mer !* » Le Roi rit ; pour qu'il ne fût pas tenté de voir madame de Ludres dans le simple appareil où l'avait vue la mer, je dis que l'on s'était aperçu dans cette occasion que cette demoiselle avait le corps couvert de dartres. Je ne décolérais pas du mauvais service que m'avait rendu mademoiselle de La Vallière. Les filles d'honneur étaient sous les yeux du Roi tous les jours. Toute leur occupation était de rire, de se tortiller et de tâcher à donner dans le regard du prince. Que l'une vînt à se marier et une autre, encore plus fraîche, prenait sa place. La Reine avait ses dames d'honneur et cela suffisait, il me semble, pour la servir. Avec des caresses et quelques leçons de morale sur les manquements à la vertu auxquels de jeunes personnes se trouvaient exposées à la Cour, je mis la Reine dans mon jeu et nous obtînmes du Roi que la chambre des filles fût supprimée. Ce ne fut pas la seule mesure que je pris pour garder un cœur que je craignais à chaque instant de perdre. Madame de Thianges, la comtesse de Vivonne et plusieurs de mes femmes me vantaient les grands miracles obtenus par le moyen de philtres d'amour ; ces poudres liaient infailliblement, disaient-elles, l'amant infidèle, ou celui qui se trouvait en danger de l'être, à sa maîtresse. Les pratiques magiques dans lesquelles ma Nano m'avait élevée, la peur dans laquelle je vivais et l'orgueil de voir mes volontés obéies s'unirent pour me faire verser dans ce commerce. Qu'une rivale arrivât dans le paysage ou que le Roi me parût moins ardent et j'envoyais acheter des poudres que je faisais prendre à mon amant dans une liqueur à la glace ou un verre d'orgeat. Le malheur voulut que ces mixtures me parurent remplir leurs promesses : le Roi me demeurait fidèle et me le prouvait de la manière la plus tendre.

Au point où j'en suis de ce narré, il est aisé de voir que chacune de mes journées était une bataille où je tenais seule tous les quarts de veille. *« Père, gardez-vous à gauche ! gardez-vous à droite ! »* disait un prince dans la mêlée. Je demeurais sur la brèche, mais l'ennemi, je le savais, était aussi dans la place. Il était sur mon visage qu'il me fallait réparer un peu plus longuement chaque matin, sur ma taille que les grossesses épaississaient, sur quelques cheveux blancs que j'avais arrachés comme s'ils eussent été des serpents. Un autre adversaire, pas moins redoutable, était dans l'habitude qui, on le sait, use les passions les mieux formées. Il me fallait non seulement demeurer la plus belle femme du royaume aux yeux du Roi, mais distraire et étonner un prince qu'on ne surprenait pas aisément. On croyait mes jours tissés d'or et de soie quand ils étaient tout de crainte et de lutte.

J'avais toujours aimé les afféteries et des soins où il me fallait à présent tâcher. J'alignais mes pots, aiguières et boîtes sur la toilette comme monsieur de Turenne ses soldats à la bataille. J'avais le plus grand besoin des miracles que promettaient l'eau d'ange, le lait virginal, l'huile de myrrhe ou de perles. Chaque jour, c'était une succession de soins infinis, depuis les masques qui sont le rempart du beau teint, jusqu'à la cire blanche pour se faire les dents. Je pressais sans cesse mes fournisseurs. Le sieur Dauphin qui régnait rue de la Huchette, à l'enseigne du *Messager de Montpellier*, me fournissait en savons à la rose, en poudre de Chypre, en pommades précieuses et en promesses de prodiges. Les parfums me venaient de partout. Madame Royale[1] ayant appris que j'aimais les essences de Nice me fit porter une cave pleine de toutes sortes de parfums. Je ne sais si cette princesse voulut sanctifier le cadeau fait à une pécheresse, mais elle trouva bon d'y joindre de petits saints-suaires garnis de pierreries. J'aimais tant les odeurs que j'eus à Saint-Germain un alambic en cuivre avec son fourneau pour fabriquer mes parfums. La coiffure était une autre affaire. Ce fut une fureur, au début de l'année 1671, que de faire couper ses cheveux. La duchesse de Nevers et la comtesse de Guiche lancèrent la mode, je me rendis comme les autres. La dame Martin qui était la prêtresse de ce sacrifice général m'expliqua, quand je la fis venir à Saint-Germain, qu'en ôtant des cheveux, on ôte aussi les années. Je donnai ma tête à immoler. Elle la partagea à la paysanne, coupa les cheveux de chaque côté d'étage en étage avant de faire de grosses boucles rondes et négligées ; là-dessus, des rubans et une longue boucle qu'il convenait de laisser traîner sur la gorge. Le résultat ressemblait à deux gros bouquets de cheveux de chaque côté de la tête, je trouvais cela fort jeune et fort joli. Je tremblais un peu de la réaction du Roi devant cette grande révolution. Il eut le bon esprit de dire que je ressemblais à un ange. Après cela, toutes les femmes y passèrent, jusqu'à la Reine ; celles qui avaient des amies ou des filles en province faisaient coiffer des poupées qu'elles leur faisaient parvenir, de sorte qu'en un clignement d'œil toute la France se trouva coiffée *à l'hurluberlu.* Les soins, les fards, la coiffure, et je ne parle pas de la propreté, me prenaient une infinité de temps. On me dira que c'était bien des heures jetées dans des afféteries, mais je m'étais fait un honneur à

1. La princesse de Savoie.

ma mode. Puisque j'étais la maîtresse du Roi, j'entendais l'être d'une façon éclatante et d'une manière qui lui fît honneur. Sa Majesté me faisait souvent le plaisir de me dire que j'étais la plus belle femme de son royaume, il ne fallait pas la faire revenir de ce jugement, ni permettre aux autres d'en douter.

Chaque matin, après m'être essayée à *« réparer du temps l'irréparable outrage »*, je recevais mes fournisseurs, puis j'écrivais quantité de lettres, pour la politesse, pour les affaires, pour l'amitié et pour l'amour, car le Roi, où qu'il se trouvât, en recevait plusieurs chaque jour. J'assistais ensuite à la messe ; je crois ne l'avoir manquée que dix fois dans ma vie, et encore était-ce après mes accouchements ou à la guerre. Je priais tous les jours dans mon oratoire, allais au sermon et jeûnais sévèrement pendant le Carême. On dira que c'était beaucoup de dévotion dans une position qui n'en demande pas tant. La duchesse d'Uzès, étonnée de mes scrupules, ne put s'empêcher de m'en dire un mot. *« Hé quoi !* lui répondis-je, *faut-il parce que je fais un mal, faire tous les autres ? »* Je m'étais fait aussi une religion à ma mode, car si je savais offenser Dieu, je ne voyais pas pourquoi cela m'eût empêchée de poursuivre de L'aimer et de Le servir ; le meilleur moyen était de L'aider dans ses pauvres. La main droite devant ignorer ce que donne la gauche, j'ai oublié cela. Madame Foucquet, la mère, était de celles qui me servaient à faire mes charités. Un jour, où nous parlions médecine, elle me fit voir que les remèdes que faisaient les apothicaires étaient trop chers pour les indigents. Nous réunîmes notre science et fîmes paraître un ouvrage de réceptes pour les pauvres car avec de l'huile, de la mie de pain et quelques herbes on peut soulager bien des maux.

Je déjeunais souvent dans la compagnie de la Reine,

puisque tel était mon service. Je dois dire qu'elle n'eut pas envers moi les mauvais procédés qu'elle eût été en droit d'avoir ; je ne me souviens que de quelques railleries sans méchanceté. Cette princesse était bonne et mademoiselle de La Vallière avait usé son fond de jalousie, tout juste si la Reine se mettait parfois dans l'esprit qu'on la méprisait. A table, je lui ai souvent entendu dire : *« On me prendra tout et l'on ne me laissera rien. »* Cette princesse qui vivait fort retirée s'occupait à prier Dieu, chez ses enfants, au jeu et à la comédie espagnole où l'on ne voyait jamais personne.

Je ne faisais point de visite après le dîner. Le Roi ne le voulait pas, craignant que je me chargeasse de commissions pour lui et que l'on dise que je le gouvernais. Monsieur Colbert et monsieur Louvois l'entretenaient dans ces sentiments pour conserver la direction des affaires et la distribution des charges. Ces grandes précautions me faisaient rire, car quand il me fallait conduire mon amant où il me plaisait, je savais des chemins où les ministres ne pouvaient me suivre.

Le Roi me venait voir dans mon appartement trois fois le jour, mais plus longuement après le dîner. Il amenait avec lui quelques-unes de ses chiennes couchantes qui s'installaient sur mes carreaux. Il me fallait partager la tendresse de mon amant, ce que j'eusse mieux aimé faire quand l'envie m'en venait qu'aux heures fixées, et l'amuser, ce qui n'était pas le plus aisé ; les rois, possédant tout, se dégoûtent vite. L'esprit Mortemart fait fond, on le sait, sur la raillerie ; je ne m'en privais pas. Cela soulageait mon cœur et divertissait un prince parfaitement sage et régulier. Je l'amusais de bagatelles sur les intrigues de la Cour, me plaisant à épingler les ridicules, passant volontiers par les armes ceux qui se risquaient à marcher devant mes fenêtres. Ces plaisanteries m'échappaient, elles n'étaient point méchantes car je n'ai jamais défait une réputation. Devant que de venir chez moi ou en me quittant, le Roi allait visiter mademoiselle de La Vallière. Il ne la voyait plus comme maîtresse, mais comme la mère de ses enfants, mais est-on jamais sûr de ces choses-là ! Je ne laissais pas partir son ancien amant sans de grandes promesses, des plaintes et des reproches ; il en résultait souvent des paroles fortes et de l'humeur. La porte fermée, j'allais me jeter au visage de l'eau de Hongrie qui est bonne, dit-on, contre la tristesse, puis je retournais à ma toilette pour paraître quand il y avait chasse ou promenade.

Après le dîner, s'il n'y avait pas bal ou comédie, on jouait. Le Roi aimait le jeu, il voulait seulement que ce fût honnête. Alors que j'avais eu le jeu en détestation dans les années de mon mariage, je jouais à présent comme si je devais me revancher sur les cartes qui avaient ruiné mon mari et aussi mon mariage. Je jouais parée et parfumée, je jouais en raillant, en riant et je ne jouais que les jeux les plus hardis comme ceux de la bassette, du reversi ou du hoc. Il y avait là quelque chose de violent et de hasardé qui me donnait une rude satisfaction. Je lançais les louis sur la table comme un désespéré se lance dans le vide. Et puis, quelles que fussent mes folies, le Roi venait toujours me secourir en réglant la dépense, et j'aimais à être sauvée. Il me semblait que plus les sommes étaient grandes, plus Sa Majesté m'assurait de son amour. On jouait alors des sommes effrayantes ; j'ai vu le Roi perdre plusieurs millions en une partie qui dura toute la nuit. L'enjeu rendait les joueurs comme des insensés. Le marquis de Gordes vendait sa charge de chevalier d'honneur à la Reine pour jouer plus longtemps, et la marquise de Rambures, qui chez elle tenait compte des mouchures de chandelles, lançait deux mille pistoles sur la table ;

après cela, des convulsions, des simagrées et des gens qui se prennent à la cravate. Je crois que je n'étais pas entièrement perdue, car je me suis passée du jeu quand j'ai quitté la Cour aussi aisément que si je n'avais pas touché une carte de ma vie.

Le jeu fini, le Roi s'allait coucher. Il arrivait qu'il vînt me trouver à nouveau, mais je ne passais jamais près de lui une nuit dans son entier, car le Roi ne découchait pas d'avec la Reine. Quand Sa Majesté avait rempli son devoir d'époux, ce qui arrivait deux fois le mois, la Reine était si contente qu'on le remarquait. Elle riait, clignait des yeux, frottait ses petites mains et n'était pas fâchée que des dames la plaisantent à ce sujet. Ensuite, elle allait prier Dieu qu'il en résultât un fils. Et on eût voulu que je fusse heureuse !

Si le Roi m'a honorée longtemps de sa tendresse, c'est non seulement en raison de la grande passion qui nous unissait, mais parce que nos goûts étaient communs, de sorte que nous ne savions nous ennuyer ensemble. Nous avions la même disposition pour les fêtes. Le Roi était très jaloux sur le chapitre de la politique, mais j'étais son ministre du divertissement. Il fut servi par de si grands génies que je crois juste de dire que sa gloire les attira et les fit croître comme le soleil le fait pour les plantes. Je voyais Molière, Racine ou Lully quand Sa Majesté n'en avait pas le loisir. Les répétitions se faisaient dans mon appartement où j'applaudissais et louais de toutes les façons, car les artistes ont besoin qu'on les aime et les honore. Il arriva souvent que le Roi donnât le sujet d'un divertissement ; nous le cherchions parfois ensemble ou l'idée nous venait dans le moment d'un bavardage. Il me souvient que *Le Bourgeois gentilhomme* sortit d'un dégoût que le Roi éprouva de la part des Turcs quand il reçut leur ambassadeur à Saint-Germain. Le Roi avait exigé que ce Soliman Aga fût accueilli magnifiquement dans toutes les villes depuis Toulon. A Saint-Germain, on avait meublé le Château-Neuf de divans et de coussins, la grande galerie où le Roi attendait était parée des plus belles tapisseries de la couronne et de vases d'argent, le fond de la salle occupé par une estrade couverte d'un tapis de Perse sur lequel était le trône élevé de quatre marches d'argent. Le Roi y était assis dans toute sa majesté dans un habit tellement couvert de diamants qu'il semblait être environné de lumière. Monsieur était à sa droite, aussi tout brillant de pierreries, et le duc d'Enghien à sa gauche. Arrivé au pied du trône, l'envoyé refusa de remettre la lettre qu'il portait de la part du Grand Seigneur. Questionné, il dit qu'il attendait que le Roi se levât pour recevoir le message debout. Sa Majesté répondit assez haut et avec beaucoup de vivacité, après quoi elle demanda si Soliman Aga était bien pourvu du titre d'ambassadeur ; on découvrit que non. Le Roi fit dire au Turc de se retirer, ce qu'il fit, non sans répandre après coup que le cheval de son Seigneur était plus richement orné quand il se rendait à la prière du vendredi que l'habit du Roi de France. Tout cela tombait bien à plat. Le dépit mit le Roi de méchante humeur. Me faisant un turban à la manière de Soliman dans une écharpe de mousseline, je tentai de faire rire Sa Majesté sur les Turcs, leur manière et leurs prétentions.

— *Monsieur Molière*, lui dis-je, *nous ferait là-dessus une jolie turquerie.*

— *Qu'appelez-vous turquerie, madame ?*

Je pris le temps de draper habilement l'étoffe avant que de répondre :

— *Une comédie ou un ballet ridicule où nous nous moquerions des Turcs. Rira bien qui rira le dernier !*

Le Roi demanda à Molière et à Lully de composer une pièce de théâtre où l'on pût faire entrer quelque chose des habillements et de la manière des Turcs. Le chevalier d'Arvieux qui savait le turc alla au village d'Auteuil où Molière avait une maison ; il fut chargé de tout ce qui regardait les coutumes et les habits. Il en résulta une assez jolie comédie avec un ballet qui nous vengea des hauteurs de Soliman Aga.

Molière fit encore une autre merveille. Pour le carnaval de 1671, le roi lui commanda une pièce à machines qui pût être jouée dans le théâtre des Tuileries. Racine proposa le sujet d'Orphée, Quinault celui de Proserpine et Molière avec le grand Corneille tinrent pour Psyché. L'histoire de cette âme déçue et sauvée par l'amour m'enchanta ; le Roi, de son côté, regarda le sujet comme le plus susceptible de tous les ornements qui peuvent former un grand spectacle. *Psyché* fut la plus belle réussite de Molière et aussi du vieux Corneille qui donna ses vers les plus délicats et les plus amoureux. Je n'ai jamais rien vu de si beau ni de mieux exécuté ; il y avait là plus de trois cents musiciens. La dernière scène nous laissa dans l'ébahissement car on vit paraître des centaines de chanteurs et de comédiens suspendus dans une gloire, tandis que Baptiste [1] faisait entendre la plus belle symphonie du monde en violons, luths, théorbes, clavecins, hautbois, flûtes et trompettes. Molière allait, hélas ! nous donner le chagrin de mourir à quelque temps de là. Je l'ai regretté infiniment ; ses pièces étaient de la poésie sans illusion, de la satire sans amertume, de la plaisanterie toujours à propos et une si grande connaissance du cœur humain que je doute qu'on puisse en revoir de pareille.

J'eus le bonheur d'applaudir tant de pièces, de comédies, de ballets et d'opéras qu'il me parut souvent, ainsi que je l'ai déjà confié, que nous vivions nous-mêmes

1. Lully.

dessus la scène, et que la vie du Roi était une grande représentation où se montrait la magnificence du règne. J'ai dit que c'est pour cette représentation que le Roi voulut bâtir à Versailles le plus beau décor qui fût au monde. Bien que le désir de Sa Majesté était que les choses s'accomplissent dans le moment qu'elle avait dit, nous vécûmes dans un chantier dont rien ne saurait donner idée. Il y eut plus de trente mille hommes occupés à Versailles, et je ne saurais dire pour les chevaux. Partout on taillait, on échafaudait, on gâchait du plâtre et on faisait de la céruse, on sciait, clouait, peignait. Les dames ne pouvaient avancer qu'en portant un masque pour garantir leur teint de la poussière ; on le tenait comme un éventail et c'était fort joli. On commença par quelques bâtiments qui, étant à moitié, ne plurent pas et furent abattus. Le Roi travaillait en rapetasserie ne craignant pas les repentirs. Quand monsieur Colbert protestait de ce que coûtaient ces petits essais, le Roi répondait : « *Il faut bien payer son apprentissage.* » A la fin, il fit le choix de conserver le château de son père et de l'envelopper d'un château neuf fait de trois grands corps de logis tournés vers les jardins. Monsieur Colbert s'en effraya : « *Tout homme qui aura du goût pour l'architecture trouvera que ce château ressemble à un petit homme qui aurait de grands bras et une grosse tête, c'est-à-dire un monstre en bâtiment* », dit-il. Le Roi, sans l'écouter, bâtit tout l'un après l'autre, le neuf et le vieux cousus ensemble, le vaste et l'étranglé, et comme Sa Majesté avait le coup d'œil de la plus fine justesse, cela fut beau.

Je crois que le Roi aime ses jardins plus encore que ses bâtiments, enfin je ne l'ai jamais vu les séparer l'un d'avec l'autre. Monsieur Le Nostre était son architecte du dehors comme Le Vau ou Mansart l'étaient pour le dedans. Le Roi n'ayant pas la patience de voir grandir ses arbres, Le Nostre dépeupla des forêts où il fit commander aux chênes, aux charmilles et aux hêtres de se rendre à Versailles. Nous les voyions arriver par centaines, se balançant sur des chariots tirés par des bœufs, pendant que tout un petit peuple d'oignons de tulipes, de jacinthes, des pieds d'oranger ou de jasmin voyagaient dans des caisses bourrées de paille et rafraîchies avec de la glace. Sa Majesté prenait un plaisir infini à dompter la nature à force d'art et de trésors et tirait une grande fierté du résultat. Quand il venait quelqu'un du dehors, il le faisait mettre dans sa calèche et aimait à lui montrer les beautés de ses jardins, comme le ferait un particulier qu'on va voir dans sa maison de campagne. Il recevait alors avec beaucoup de grâces les louanges qu'on donnait à ce qu'il faisait admirer. Il arrivait que la violence faite à la nature dans les jardins du Roi me laissât quelque peu écrasée. Un jour où je regardais Sa Majesté dessiner du bout de sa canne les figures d'un parterre sur le sable d'une allée, je fus prise d'un grand regret de Lussac, de ses champs et de son ruisseau. Sa Majesté me demanda la raison de mon soupir ; je la lui dis. La réponse du Roi fut d'acheter le château de Sommières qui se trouve à quelques lieues de Lussac. Je demeurai interdite quand il me l'annonça. « *Voilà qui vous fera une jolie campagne,* me dit-il. *N'êtes-vous pas satisfaite ?* » Je l'étais sans doute, sans pouvoir écarter le soupçon que mon amant songeait peut-être à m'éloigner ou à me ménager une retraite. Sur ordre du Roi, monsieur Mansart fit conduire des travaux à Sommières. On bâtit une chapelle, une salle de comédie et des écuries pour cent chevaux ; on tendit du cuir de Cordoue dans la salle de jeu et je ne sais quoi encore. Quand l'architecte venait me rendre compte, je trouvais toujours qu'il manquait quelque chose. J'eusse préféré un mode de construction plus languissant ; à la vérité, j'étais aussi peu pressée de voir terminer ces embellissements que Pénélope sa tapisserie. J'eus garde de me rendre à Sommières. On ne prend pas de vacances quand on est à la Cour, encore moins quand on est la maîtresse du Roi ; le risque est trop grand de trouver les choses changées à son retour.

J'eus beau aimer la gloire du Roi, j'eusse souffert mon amant moins guerrier. Il devint ordinaire de quitter Saint-Germain chaque printemps pour le voyage des Flandres. Si je ne peux me flatter d'avoir été indispensable à Sa Majesté, je crois lui avoir été nécessaire ; outre le plaisir et la tendresse que le Roi trouvait auprès de moi, ma conversation lui servait de purgation, car s'il ne l'avait pas, il lui faudrait se rendre communicable à ses courtisans, et c'était ce qu'il ne voulait pas car ils se feraient trop familiers. Je ne pouvais suivre le Roi sans que la Reine suivît et dans ce cas toute la Cour, ce qui rend compte de nos migrations.

L'année de 1671 fut marquée de deuils et de dégoûts de toutes sortes. Cela commença à Chantilly où le prince de Condé avait voulu traiter la Cour. Mademoiselle y tomba malade, enflant de partout comme une hydropique ; je crois qu'un appétit que le chagrin avait doublé en était la cause. Monsieur le Prince n'avait rien ménagé pour recevoir : les lanternes, le clair de lune, la chasse et la collation en un lieu tapissé de jonquilles. On soupa, il y eut quelques tables où le rôti vint à manquer, non à la table du Roi, mais aux vingt-cinquièmes. Le maître d'hôtel n'avait pas dormi de douze nuits. Au matin, il vit qu'on n'avait apporté que deux charges de marée ; sa tête s'échauffa, il monta à sa chambre, mit son épée contre la porte, l'appuya contre son cœur et se le perça au troisième coup. Monsieur le Prince fut au désespoir, Monsieur le Duc pleura : c'était sur Vatel que roulait tout le voyage en Bourgogne. Le Roi dit qu'il y avait cinq ans qu'il retardait de venir à Chantilly parce qu'il comprenait l'excès d'embarras. Après tant de confusion on dîna très bien, on fit collation, on soupa, on fit médianoche. Personne n'est indispensable dans les cours.

La mort du pauvre Vatel fut un mauvais augure. A Ath, le Roi reçut la nouvelle que le duc d'Anjou était dangereusement malade. Comme il était dans ma chambre, il cria à la Reine, par la fenêtre, qu'on partirait le lendemain. Le second fils de Sa Majesté n'avait pas trois ans ; il était vif et fort joli. Je craignais que cette maladie fût d'autant plus dangereuse qu'au début de l'hiver, l'enfant s'était trouvé dans les dispositions de la rougeole et que les médecins l'avaient traité d'une autre manière, quoi que j'aie pu dire à la Reine. On revint en grande diligence. A Senlis, on nous dit que le prince s'affaiblissait et qu'il n'y avait presque plus d'espérance de le sauver. Ce fut à Maisons que Bossuet vint porter à Leurs Majestés la nouvelle de la mort du duc d'Anjou. La coutume des rois de France leur faisant interdiction de demeurer là où se trouvait la mort, le Roi donna ordre de se rendre à Versailles. Un fou de la Reine, nommé Tricomini, profitait de l'affliction générale pour dire avec des grimaces : *« Vous autres grands seigneurs, vous mourrez, comme les moindres personnes ! »* Le Roi, outré de douleur, trouva le moment mal choisi pour ce genre de philosophie. Je lui fis la remarque que Bossuet disait la même chose quand il était en chaire sans qu'on le trouvât mauvais. On rapporta aussi à Sa Majesté que le peuple murmurait que cette mort était le châtiment de Dieu pour la vie qu'Elle menait. J'assurai au Roi que cette façon de raisonner me paraissait sauvage et que s'il fallait être sans péché pour conserver ses enfants, la terre serait déserte. Je fus punie de mon orgueil car, au mois de février je perdis l'aîné des fils que j'avais eus du Roi. Madame Scarron me fit prévenir à Saint-Germain ; cet enfant devant être comme s'il n'avait jamais existé, je dus montrer aussi bon visage qu'à l'habitude. Monsieur de Louvois fut chargé des obsèques qui furent dites par le père Tixier, prieur de Saint-Germain-l'Auxerrois. Je connaissais peu mon fils que madame Scarron m'amenait chaque mois, de nuit, dans la chambre de Bonne d'Heudicourt. Sa tête excessivement grosse me faisait douter qu'il vive longtemps, encore qu'il fût très intelligent et même vif et très avancé pour son âge. Comme je pleurais dans mon oratoire, mademoiselle des Œillets me dit que je devais me ménager pour ne pas nuire à l'enfant que je portais. J'étais grosse d'un troisième enfant du Roi.

Neuf jours après la mort de notre aîné, le Roi eut encore la douleur de perdre la petite Madame. Il avait déjà perdu deux filles et fut accablé de la perte de celle-là. Je dois dire qu'à cinq ans, elle était blonde, jolie comme un cœur et gaie comme un printemps. Elle eut un abcès à l'oreille qui poussa en dedans, ce qui l'avait un peu défigurée et plongée dans un si grand assoupissement que l'on doutait qu'elle fût encore en vie. On lui donna de l'émétique qui parut réussir. Elle se réveilla et demanda une cornette au point de France ce qui donna une grande joie au Roi qui promit à sa fille les plus belles cornettes qu'on pût trouver. Hélas ! l'améliorement ne fut pas de longue durée, les convulsions reprirent avec tant de violence que l'on jugea qu'elle n'en réchapperait pas. Durant toute cette maladie, le Roi ne dormait plus, envoyant durant le gros de la nuit, de demi-heure en demi-heure pour savoir l'état où la petite Madame se trouvait ; la journée il ne quittait pas la chambre de sa fille, les yeux en larmes. Lorsque cette princesse eut expiré, Leurs Majestés se retirèrent à Versailles où l'on passa bien tristement la fin du carnaval. On prit un très grand deuil ; en six mois de temps, le Roi avait perdu trois enfants.

Puisque je m'apprêtais à confier un nouveau nourrisson aux soins de madame Scarron, il me parut bon de présenter au Roi la gouvernante de nos enfants. Madame Scarron souhaitait beaucoup cet entretien. Bonne d'Heudicourt, qui était en liaison intime avec elle, venait d'être chassée de la Cour, aussi son amie avait-elle lieu de craindre quelque réverbération. Bonne avait déjà été forcée de quitter la Cour l'année précédente, le Roi ayant été convaincu que la Reine avait su par ses bavardages où se trouvaient nos enfants. J'avais obtenu que cette imprudente fût rappelée au bout de six mois. Elle n'en fut pas plus sage pour autant, s'amusant à régaler ses amants, le marquis de Béthune et le marquis de Charost, de lettres piquantes où l'on trouvait beaucoup de choses concernant le Roi et moi. On y donnait des détails sur notre vie et celle de nos enfants, le tout avec des portraits assez bien bordés. Ces lettres coururent si bien le pays que le comte de Bussy-Rabutin, que le Roi craignait comme la peste depuis qu'il avait écrit son *Histoire amoureuse des Gaules*, en sut quelque chose. Madame Scarron se crut perdue ; non seulement elle était fort liée avec la marquise d'Heudicourt, mais elle était maltraitée dans les lettres. Son commerce avec le maréchal d'Albret, oncle de Bonne, y était conté longuement ; je crois qu'on y parlait aussi du marquis de Beuvron ; enfin, à lire ces billets, la gouvernante de mes enfants n'était rien de moins qu'une femme galante. J'aurais eu occasion alors d'éloigner, avec les meilleures raisons du monde, madame Scarron. Je la défendis au contraire auprès du Roi, montrant que la façon dont elle était traitée prouvait assez qu'elle n'était pas du complot. Je me portai aussi garante de la discrétion de notre gouvernante, assurant qu'elle était prudente et savait se taire. J'avais amplement raison, jamais rien ne coûta moins à cette dame que de dissimuler et de ne rien dire. J'ignorais alors que j'en ferais les frais.

Le Roi ne fut pas pressé de rencontrer madame Scarron contre laquelle il était prévenu. Je puis assurer qu'il fallut lui pincer le nez pour la lui faire avaler. Il ne l'appelait jamais autrement que « ce bel esprit », la soupçonnant d'avoir gardé les manières de l'hôtel de Richelieu et la craignant comme une précieuse. Il était même jaloux du plaisir que je prenais en sa compagnie. Un jour où il me trouva contente de m'être promenée avec elle, il me demanda, par une délicatesse de passion, de ne pas lui dire un seul mot quand je la reverrais. Madame Scarron pénétra assez vite le secret de mon silence et s'arrangea pour me faire rompre mon vœu. Quand le scandale causé par Bonne d'Heudicourt éclata, je ne fis rien pour épargner une écervelée qui avait passé la mesure. Elle essuya une disgrâce bien publique et alla cacher sa honte à Heudicourt près d'un époux qu'elle n'avait guère fréquenté jusque-là. Pour les autres, je fis appel à la justice du Roi, afin que la légèreté de Bonne ne retombât pas sur eux. Le maréchal d'Albret fut nommé gouverneur général de Guyenne pour montrer qu'il n'était pas enseveli dans la disgrâce de sa nièce et madame Scarron fut convoquée à Saint-Germain. Ce premier entretien se fit dans mon appartement. Le Roi se montra gracieux et affable. Il lui fit quelques questions sur ses enfants, lui dit la satisfaction qu'il avait de ses services et que je lui étais fort attachée. Quand madame Scarron se fut retirée, le Roi m'assura qu'il l'avait trouvée simple et douce. Je fus si satisfaite qu'il fût revenu de sa prévention, que je ne prêtai pas l'oreille quand il me fit part de sa surprise de lui avoir trouvé « tant de feu dans les yeux ». J'avais à me garder d'un si grand nombre de choses qu'il ne me traversa pas l'esprit que j'eusse à me méfier de madame Scarron. Je venais pourtant de jouer le rôle de ces Troyens qui firent entrer dans leurs murs le cheval qui devait causer leur perte.

A peu de temps de là, madame Scarron vint à Versailles avec la comtesse de Vivonne. Elle dîna avec nous et, à l'instant où elle allait se retirer, le Roi la pria de se joindre à la promenade et de monter dans la calèche. Monsieur de Lauzun causa fort avec elle et monsieur de Turenne aussi, de sorte qu'elle se retira tout émerveillée et fort contente de tant d'honneur. Je remerciai le Roi de ses bontés envers madame Scarron car la bien traiter, c'était reconnaître déjà nos enfants. Ceux de mademoiselle de La Vallière avaient été légitimés ; les miens ne l'étaient point. Le fils qui demeurait à la duchesse de Vaujours, titré comte de Vermandois, était venu à la Cour. Le Roi l'avait présenté au Dauphin en lui disant de le caresser et de l'aimer, que c'était son frère. L'était-il moins que mon petit Louis-Auguste ou que l'enfant que j'attendais ? Le comte de Vermandois se trouvait pourvu, à l'âge de deux ans, de la charge d'amiral de France ; mon fils n'était même pas censé exister. Je portais souvent mes plaintes au Roi sur l'injustice qui était faite à mes enfants, et je les portais hautement. C'était bien assez de devoir endurer la présence de mademoiselle de La Vallière sans la voir triompher dans ses enfants. La difficulté venait de ce qu'il fallait, dans ces procédures, nommer la mère, et on ne pouvait le faire sans donner à mon époux les droits d'un père. Monsieur de Montespan avait fait assez de folies pour qu'on craignît le pire. Le Roi me répondait qu'il avait chargé monsieur de Harlay d'étudier la chose ; il l'étudiait fort lentement à mon gré.

Puisque j'en suis au chapitre des folies de mon époux, ce fut à la fin de 1671 que nous perdîmes la duchesse de Montausier qui ne s'était jamais relevée de la manière dont monsieur de Montespan l'avait traitée. Dès qu'on le sut à Versailles, le Roi nomma la duchesse de Richelieu pour être dame d'honneur de la Reine. Personne ne douta que je n'eusse procuré cet emploi à madame de Richelieu et personne ne s'en plaignit car elle avait beaucoup d'esprit, de vertu et de conduite. Pour rester dans le domaine de la déraison, le comte de Lauzun, mettant le comble à ses prétentions et à ses extravagances, nous joua une comédie des plus salées. Le Roi lui avait su gré de sa soumission dans l'affaire de Mademoiselle et lui avait conservé toutes ses bonnes grâces. Afin que monsieur de Lauzun n'eût pas sujet de regretter la fortune qu'il lui ôtait, il lui accorda cinq cent mille livres de gratification, les grandes entrées qui ne sont que pour les gentilshommes de la Chambre et le gouvernement du Berry qui rapporte douze mille écus de rente. Pour la suite, il était question pour le moins d'un duché et du bâton de maréchal. Monsieur de Lauzun faisait le détaché devant Sa Majesté, mais m'accablait de lettres de demandes et de conversations sur le même sujet, me protestant toujours de son amitié et de sa reconnaissance. J'avais lieu d'en douter, car on n'avait pas manqué de me rapporter que, depuis la rupture de son affaire, monsieur de Lauzun, m'attribuant plus qu'il ne me revenait dans cette intrigue, ne parlait de moi qu'avec indignation et comme un homme qui se possède peu. Quand le maréchal de Gramont démissionna de sa charge de colonel du régiment des gardes françaises, monsieur de Lauzun y prétendit sans vouloir la demander. Je devins l'objet de tous ses soins et empressements. Il me prêta pour mon carrosse des chevaux que je ne lui avais point demandés et me fit porter quelques toiles de petits maîtres hollandais. J'aime infiniment obliger, mais ne suis pas à vendre. Au reste, dans ce marché, la peine eût passé le profit ; il n'était pas de jour où monsieur de Lauzun ne vînt me souffler ce que je devais dire au Roi, sans jamais révéler qu'il ambitionnait la charge. Je l'assurais vouloir lui rendre tous les bons offices possibles, l'avertissant cependant qu'il ne devait pas mettre le Roi en mesure de refuser. Je tenais Lauzun pour ce qu'il était : le plus rusé courtisan qui fût jamais, plein de vues de manège ; ses façons commençaient de me donner beaucoup de dégoût. Il dut le sentir et prit alors la plus hasardeuse hardiesse dont on n'eût jamais ouï parler. Après m'avoir plus que jamais assommée de ses suppliques, il eut l'idée infâme d'acheter une de mes filles de chambre, à moins qu'il n'eût couché avec elle, pour se glisser sous mon lit, avant que le Roi ne vînt dans ma chambre, afin d'y entendre tous les propos qui se tiendraient entre le Roi et moi. Quand arriva la question de la succession du maréchal de Gramont, le Roi, se défaisant de sa cravate, me dit qu'il avait résolu de ne pas la céder au comte de Guiche qui n'avait donné que trop de preuves de sa tête folle et de ses intrigues. Je lui avouai que monsieur de Lauzun muguetait cette succession faute d'avoir eu celle de Mademoiselle. « *Que vous en semble ?* » me demanda le Roi s'amusant de la boucle qui traînait sur mon épaule. « *Il m'en semble que je commence d'avoir la tête rompue des demandes de monsieur de Lauzun. Je crois que pour le contenter, il faudra que vous le fassiez pape à Rome.* » Et comme Sa Majesté, riant, me rendait le service de retirer mon fil de perles, j'ajoutai : « *Pour en avoir déjà tâté, je puis assurer que je suis bien fatiguée des cadets de Gascogne.* » Nous brodâmes un peu là-dessus et passâmes à des choses plus tendres. Je n'ose penser à ce qui serait arrivé si le moindre bruit avait révélé cette présence indiscrète ; il est vrai qu'il est des circonstances où l'on garde les yeux et les oreilles bien fermés. Quand le Roi, après s'être rhabillé, monta chez lui, je me mis à ma toilette pour aller répéter un ballet. A peine avais-je quitté ma chambre que je trouvai monsieur de Lauzun dressé tout en pied devant moi. Son chapeau à la main, il me présenta ses yeux comme deux charbons allumés et me demanda s'il pouvait se flatter que j'eusse daigné me souvenir de lui. Fort pressée, je lui assurai n'y avoir pas manqué. S'approchant de mon oreille, il me dit alors : « *Il paraît, madame, que je muguette la succession du duc de Gramont faute d'en avoir eu une autre.* » Et comme je demeurais toute saisie, d'ajouter : « *Que pour me satisfaire, il faudrait me faire pape à Rome.* » Les mains pressées sur le cœur, je restai la bouche ouverte. Le monstre m'assena alors le coup de grâce. « *Il semble aussi que vous soyez bien fatiguée des cadets de Gascogne.* » Suivit une suite d'injures atroces et d'obscénités. Il me parut que le Ciel me tombait sur la tête ; ne pouvant imaginer d'où sortait le mécréant, je me demandais par quelle magie il avait eu la révélation de mes paroles. J'eus beaucoup de peine à soutenir le tremblement de mes jambes et, arrivée sur la scène de la répétition, m'évanouis. Je demeurai plusieurs jours dans un état affreux, comme privée de sentiments, incapable même de parler au Roi tant la scène qu'il fallait avouer me faisait honte. Nous venions de perdre madame de Montausier ; j'appris alors que monsieur de Lauzun soutenait la maréchale de Créqui contre madame de Richelieu dans un poste où l'on pouvait me faire beaucoup de mal. Je compris que la guerre avec ce petit homme était sans merci. J'avouai tout au Roi qui, ne connaissant que la face sucrée de monsieur de Lauzun, eut de la peine à me croire. Comme je lui parlais des injures proférées sans oser les citer, il me dit : « *Vous aurez mal entendu, monsieur de Lauzun a dû parler le langage des camps.* » La résistance me mit hors de sens. « *Je ne pense pas*, criai-je, *que monsieur de Lauzun traite ses soldats de grosse tripière et de putain à chiens. Ce langage me semble plutôt être celui de la rue des Ours*[1]. » Et, secouée de sanglots, je quittai la pièce. Le Roi voulut bien se contenter de l'échantillon que je lui présentais et convoqua monsieur de Lauzun. Le lacet au cou, ce vilain magot jeta le masque. Il s'emporta jusqu'à dire que Monsieur et lui-même avaient eu mes faveurs avant Sa Majesté, jetant au Roi en pleine figure les vers d'un méchant couplet qu'il avait composé et fait courir de longtemps dans Paris.

Tu n'as que mon reste, Roi,
Tu n'as que mon reste.

Le Roi, ayant l'esprit parfaitement réglé, a toujours été étonné des fous. Il eut la bonté de laisser cinq jours à monsieur de Lauzun pour retrouver ses esprits et me présenter des excuses. A la place, le Gascon pondit un méchant mémoire. Le sixième jour, monsieur de Lauzun fut arrêté à Saint-Germain. Le lendemain, un carrosse et cent mousquetaires commandés par d'Artagnan l'emmenèrent passer sa bile à Pignerol. Après ce coup, le Roi me donna une sentinelle à ma porte et, pour m'escorter, quatre gardes conduits par le chevalier de Forbin. Je ne marchais jamais sans eux, même pour aller de ma chambre à la chapelle. La cause de la perte de monsieur de Lauzun demeurant cachée, la Cour se perdit en conjectures. On assura qu'il méditait de sortir hors du royaume, qu'il avait grand commerce de lettres

1. Alors connue pour ses « bordeaux ».

dans les pays étrangers ou qu'il était dans une intrigue avec mon mari pour me faire enlever, mais jamais homme ne fut si peu regretté ; monsieur de Lauzun n'avait pas d'amis, étant rude, peu civil et peu obligeant. Seule Mademoiselle fut au désespoir de la perte de son amant. On lui cacha qu'on avait saisi, dans les papiers de monsieur de Lauzun, plus de neuf cents lettres de femmes, des portraits sans compte et nombre, des nudités, une sans tête, une les yeux crevés où l'on connut madame de Monaco, des cheveux, des étiquettes pour éviter la confusion, et mille autres merveilles. Mademoiselle eut la sagesse de ne montrer aucune altération, observant une politique très nécessaire car je crois que si, dans cette rencontre, elle avait pratiqué ses emportements ordinaires, le Roi l'eût fermée dans un couvent.

Un événement plus heureux vint clore la suite des fatalités. Le lendemain de l'arrestation du comte de Lauzun, la Cour se rendit à Villers-Cotterêts pour y voir Monsieur qui venait d'épouser la princesse Palatine, fille de l'Electeur Palatin. La nouvelle Madame avait trouvé Monsieur à Châlons. Il lui sembla, je pense, être tombée du ciel en découvrant cet époux très petit, ventru, monté sur des échasses tant ses souliers étaient hauts, paré comme une femme, des pierreries partout, une longue perruque très noire et tous les rubans possibles à accumuler. Quant à Monsieur, quand il la vit, il se tourna vers les courtisans et leur dit : *« Oh ! comment pourrai-je coucher avec elle ? »* La seconde Madame était tout à l'opposé de l'autre : carrée comme un dé, le teint rouge, le nez gros, peu portée à vouloir plaire par la parure ou le soin de son ajustement ; mais aussi des manières franches, libres de toute contrainte et affectation. Enfin, à voir les nouveaux époux, il était impossible de ne pas se faire la réflexion que dans ce ménage, Monsieur semblait être la femme et Madame le mari. Comme cette princesse n'avait de goût ni pour l'intrigue ni pour la galanterie, j'entendis vite qu'elle ne tenterait pas de coqueter avec le Roi. Je l'envoyais chercher souvent pour faire médianoche dans mon appartement car sa gaieté divertissait le Roi. Je n'ai pas remarqué que son pouvoir aille plus loin qu'à le faire rire, ni qu'elle fasse des efforts pour le pousser plus avant. La sincérité de Madame était neuve à la Cour, aussi s'amusait-on toujours de causer avec elle. Peu de temps après son arrivée, Madame refusa que je lui prête ma chaise à porteurs pour visiter les parterres de Saint-Germain : *« Les gens ici,* me dit-elle, *sont paresseux comme des oies. A part le Roi et moi, personne n'est capable de faire vingt pas sans être en nage et à bout de souffle. Je peux faire quatre lieues à pied sans qu'il m'en coûte. »* Monsieur, pour sa part n'eut point de peine à se trouver plus satisfait de la conduite et des sentiments de sa nouvelle épouse qu'il ne l'avait été de ceux de la première. Quant au Roi, il fut enchanté de l'attachement de Madame pour la chasse où elle l'accompagnait toujours, et plus content encore des dispositions qu'elle avait de vivre bien avec son mari et de se satisfaire de tout. Enfin, il fut si charmé de sa belle-sœur qu'il dit que feue Madame n'était rien auprès. Voilà une oraison funèbre qui valait celle de Bossuet.

Le printemps de 1672 amena le voyage des Flandres et aussi la guerre avec la Hollande dont Sa Majesté n'était toujours pas satisfaite. J'ai aussi ouï dire que cette campagne eut aussi pour fondement l'envie que Louvois conçut de se faire valoir et d'embarrasser Colbert en l'obligeant de fournir des sommes immenses ; les deux ministres étaient aux couteaux tirés. La Reine étant grosse demeura à Saint-Germain. Mademoiselle de La Vallière alla faire une retraite à Chaillot. Je partis secrètement en calèche. Le Roi me trouva près de Saint-Denis et nous allâmes de concert au château du Genitoy près de Lagny où je devais mettre au monde notre troisième enfant. Sa Majesté et moi étions plus unis que jamais. Avant que de quitter Saint-Germain, le Roi avait fait faire mon portrait par Mignard afin de l'offrir au duc de Savoie qui l'avait demandé. Il y fit travailler devant lui et le fit retoucher, accablant le peintre de ses interventions : « *Ne vous semble-t-il pas que les yeux de madame sont plus brillants que cela ?* » Ou encore : « *Vous lui faites la main un peu grasse, regardez, je vous prie, c'est la plus belle main du monde.* » Un amoureux tout neuf n'eût pas mis plus d'empressement. J'avais demandé à madame Scarron de se trouver au Genitoy avec mon petit Louis-Auguste. Le Roi passa la journée avec nous, ce qui lui donna occasion de faire la connaissance de son fils. L'enfant avait deux ans et ne marchait pas encore. Madame Scarron m'avait parlé d'une faiblesse des jambes et de l'une plus courte que l'autre, mais mon fils était encore en robe et il n'y paraissait pas. Il tendit les bras dès qu'il vit le Roi et fit mille gracieusetés à son père ; quand Sa Majesté l'éleva près d'Elle, Louis-Auguste se mit à discourir fort gaiement et à sucer avec application les broderies de l'habit paternel, ce qui nous fit rire tous les deux. Le Roi fut charmé de son fils et moi de pouvoir jouir quelque temps de sa compagnie.

Les deux mois que je passai au Genitoy furent une sorte de retraite, loin de la Cour, de ses fatigues et de sa perpétuelle représentation. J'écrivais au Roi plusieurs fois le jour, jouais avec mon fils et causais agréablement avec madame Scarron dont l'esprit me rappelait les bons moments passés à l'hôtel d'Albret et à l'hôtel de Richelieu. Elle avait beaucoup lu, écouté plus encore, aussi nous nous divertîmes fort bien toutes les deux. Madame Scarron exerçait aussi ma patience en me glissant à tout propos des paroles de religion. Cette dame prêchait le détachement des passions, de façon assez générale, mais qui me faisait bien sentir mon péché particulier. Ces prêches avaient le don de me mettre de mauvaise humeur. « *Je ne suis pas,* lui disais-je, *une huguenote à convertir comme vous.* » Madame Scarron appelait alors à son secours l'*Imitation : « Renoncez à vous-même, mourez à la créature et vous trouverez la paix. — Grands dieux !* répondais-je, *je crois que je n'ai point encore l'âge d'aspirer à la paix. Souhaitez-moi autre chose. La paix m'ennuierait à mourir. — Quittez tout,* me disait ce bon apôtre, *et vous trouverez tout.* » Madame Scarron oubliait d'ajouter qu'elle se saisirait volontiers de ce que je quittais. J'eusse dû prendre plus au sérieux des leçons de religion qui, pour avoir échoué auprès de moi, devaient, habilement mêlées à des exercices moins édifiants, aboutir près du Roi.

Le Genitoy n'était pas si loin de Paris que nous ne fussions informées de tout ; au reste, madame Scarron et moi étions de trop bonnes épistolières pour que la poste nous oubliât. L'équipée de la connétable Colonna qui s'était échappée de l'Italie et vint en France avec sa sœur, la duchesse de Mazarin, toutes deux fuyant leurs maris, me donna des vapeurs. « *C'est la plus folle des Mazarines,* assurais-je à madame Scarron, *parce que, pour la plus galante, on aurait peine à décider.* » Je me souciais fort peu de voir arriver près du Roi cette Marie Mancini dont il avait été coiffé et qui ne venait que pour tenter de renouveler le passé. J'écrivis là-dessus une infinité de billets au Roi, comme à monsieur Colbert. Dieu merci, le pape, le connétable Colonna et la Reine qui se souvenait que cette demoiselle avait failli faire manquer son mariage poussèrent à la roue. Madame Colonna dut aller se fermer dans une abbaye où monsieur Colbert lui fit passer des bourses bien garnies. « *J'avais bien ouï dire,* lança la connétable, *qu'on donnait de l'argent aux dames pour les voir, mais jamais pour ne les voir point.* » Ce trait montrait que la nièce du Cardinal avait gardé cet esprit pointu qui était le premier de ses charmes et que ma sagesse n'était que trop nécessaire. Je ne fus tout à fait tranquille sur le sujet de la connétable Colonna que quand mon neveu, le duc de Nevers, se chargea de réembarquer sa sœur en Italie.

Nous eûmes au milieu de juin la nouvelle de la mort du comte de Saint-Pol, tué au passage du Rhin. Les ambassadeurs polonais qui suivaient leur futur roi à la trace ne purent rendre hommage qu'à sa dépouille. On l'avait rapporté sur un cheval, la tête d'un côté et les pieds de l'autre ; des soldats lui avaient coupé le petit doigt pour avoir un diamant. J'eus un grand transissement de la mort de mon ancien galant. L'idée que ce jeune prince ambitieux, galant, sujet à des passions, avait été tué roide, me donna de l'horreur. Il y eut bien du monde tué au passage du Rhin. Des listes circulaient. Le chevalier de Marsillac [1], monsieur de Guitry et le comte de Nogent étaient morts. Monsieur de Marsillac, frère du chevalier, était blessé et le prince de Condé avait eu le bras fracassé. Vivonne fut atteint à l'épaule ; pour lui, il ne fallut pas moins qu'une lettre du roi et une autre de Louvois pour me rassurer. Mon frère avait eu en cette occasion, comme en une infinité d'autres, une conduite qui lui fit beaucoup d'honneur. Quand il fut au fameux passage du Rhin, son cheval appelé Jean le Blanc fit un faux pas dans le fleuve et faillit entraîner son maître dans les flots. « *Tout beau, Jean le Blanc,* dit Vivonne, *voudrais-tu faire mourir en eau douce un général des galères ?* » A cet instant, il

1. Fils de La Rochefoucauld.

reçut le coup de feu dont il ne guérit jamais et qui le força de porter le bras roulé dans une écharpe le reste de sa vie. J'écrivis à monsieur de La Rochefoucauld sur les pertes qu'il avait faites ; on me dit qu'il n'avait pas senti la perte du chevalier, mais demeurait inconsolable de celle du comte de Saint-Pol[1]. Ces deuils faisaient faire des réflexions. Le Roi était incessamment à cheval, il s'exposait à tous les dangers. Un boulet, une balle, ou une fièvre comme celle qui avait manqué de le tuer à Mardyck pouvaient me l'ôter. J'en vins à trembler chaque fois qu'arrivait un courrier. Et madame Scarron qui venait me parler de tout quitter quand j'avais peur que tout ne me quitte !

La vie est ainsi faite que les naissances viennent heureusement combler les vides. Au début du mois de juin, la Reine mit au monde un second duc d'Anjou. Quinze jours après, je fus accouchée d'un garçon que j'appelai Louis-César. Il avait un joli visage, mais une mauvaise façon du dos. Pour lui et pour son frère, je m'occupai de consulter des médecins ; ils ne laissèrent guère d'espoir. J'entendis alors parler d'un empirique d'Anvers qu'on venait voir de toute l'Europe. En matière de médecine, j'ai toujours accordé plus de confiance à l'expérience et aux dons du Ciel qu'à la Faculté, aussi, demandai-je à madame Scarron d'y conduire Louis-Auguste. Elle fit le voyage sous le nom supposé d'une dame de condition du Poitou et présenta mon fils comme le sien. L'homme soumit Louis-Auguste à un traitement fort dur dont il résulta qu'à force d'étirements, il avait fait grandir sa mauvaise jambe jusqu'à la rendre plus grande que l'autre, sans fortifier aucunement les membres. La famille s'étant agrandie, je louai une vaste et belle maison avec un

1. Le chevalier de Marsillac était le fils légitime du duc de La Rochefoucauld ; le comte de Saint-Pol, le fils naturel.

grand jardin près de la barrière de Vaugirard. Madame Scarron s'y installa avec mes deux enfants, la petite Heudicourt pour servir de prétexte, et un neveu de madame Scarron dont je me suis parfois demandé s'il n'était pas son fils, mais ce n'était pas à moi de me donner l'air de faire la leçon sur les enfants illégitimes. Monsieur de Louvois s'occupait de ce petit monde et veillait à ce qu'il ne manquât de rien.

Nous eûmes bientôt d'autres nouvelles de la guerre. Toutes les villes qui bordent le Rhin se rendaient. Des gouverneurs envoyaient leurs clefs dès qu'ils voyaient seulement passer un ou deux escadrons français. Le Roi, ne faisant plus que voyager et prendre la Hollande chemin faisant, revint pour trouver le nouveau petit duc d'Anjou fort souffrant. On changea en vain l'enfant de nourrice, de même on lui appliqua un cautère sans succès ; il mourut à Saint-Germain. En un peu plus d'une année, le Roi avait perdu quatre de ses enfants ; des six qu'il avait eus avec la Reine, ne demeurait que le Dauphin. C'étaient des comptes à épouvanter. Le Roi resta longtemps sombre et affligé. Au lieu de chasser et de jouer à la paume, il s'attardait dans mon appartement où il tisonnait le feu, répétant qu'il n'était pas heureux[1] et que son étoile l'avait quitté. Je fis de mon mieux pour claquer le noir de ses réflexions ; le résultat fut que quand commença la nouvelle campagne de Flandre, j'étais grosse à nouveau.

Je ne fus point aise de cette nouvelle grossesse. A peine relevée de mes couches, il me fallut essuyer à nouveau les nausées, les vapeurs et voir ma taille enlaidir jusqu'à devenir monstrueuse. J'avais eu l'idée, dès ma première grossesse, de faire confectionner des « robes battantes » dont le corsage à longues basques

1. Chanceux.

tombait sur le corps de jupe sans s'y ajuster ; cela ne trompait personne mais du moins n'était-ce pas trop laid. Tout cela aurait été peu de chose, s'il ne m'avait fallu toujours dissimuler mon état. Le cœur au bord des lèvres, je devais jouer la nuit entière, boire du vin de Champagne et trouver des mots d'esprit.

Quand, le 1er mai, la Cour quitta Saint-Germain pour les Flandres, je demandai à madame Scarron de m'accompagner afin de s'emparer du nourrisson à sa naissance, comme elle était accoutumée de le faire. Mettre un enfant au monde n'est pas un métier agréable, cela l'est moins encore dans les circonstances de la guerre, aussi étais-je satisfaite d'avoir près de moi quelqu'un de capable. Je fis la route dans le carrosse du Roi, il faisait un chaud à mourir et par les glaces que Sa Majesté maintenait toujours baissées, la poussière entrait incessamment. On faisait peu de haltes pour arriver plus vite. Le Roi se soulageait comme il l'entendait, mais je devais supporter les nécessités les plus pressantes jusqu'à être près de m'évanouir. Les bagages suivaient mal, on mangeait dans le carrosse, on couchait dans de mauvaises auberges, on était sale, échevelé. J'atteignis enfin Tournai où je mis au monde la première fille que j'eus du Roi. Nous fîmes un prénom avec les nôtres à notre petite Louise-Françoise qui était brune et fort jolie. Trois semaines après la naissance, madame Scarron repartit, emmenant une nouvelle pensionnaire dans la maison de Vaugirard. Heureusement délivrée, je pris plus légèrement les nécessités du voyage. Dès que je fus debout pour marcher, je suivis le Roi en Lorraine. On me trouva une maison à Metz où le Roi venait à toute heure. Sa Majesté cherchait à m'obliger et à me montrer ses sentiments de toutes les façons ; cela me fit ressouvenir de notre première tournée vers les places fortes, six ans auparavant. Je le dis en riant au Roi et en fus quitte ensuite pour craindre qu'il en résultât un nouvel habitant dans la maison de Vaugirard. Je crois que d'une façon ou d'une autre, je n'ai jamais eu près du Roi une félicité qui ne fût mêlée d'une grande ou d'une petite crainte.

La conjonction de la naissance de notre fille et des périls que pouvait entraîner la guerre me fit redoubler mes plaintes au Roi sur la reconnaissance de nos enfants. Je commençais à devenir enragée de voir que cette affaire n'avançait pas, aussi portais-je ces plaintes hautement, jusqu'à pleurer et tempêter. Qu'il vînt à arriver malheur à Sa Majesté et ces enfants n'étaient rien ; ils ne me revenaient même pas, à moi leur mère, puisqu'on avait dû les faire déclarer par des prête-noms, et tout cela quand les enfants de mademoiselle de La Vallière étaient reconnus et titrés. Le proverbe qui veut que malheur à quelque chose soit bon fut alors vérifié, car la mort du comte de Saint-Pol servit en cette occasion. Le président de Harlay découvrit le moyen de légitimer l'enfant que mon ancien galant avait eu de la maréchale de La Ferté. Contre tous les usages, on avait dressé l'acte sans nommer la mère. Là était le tour ; il fit planche. Le 20 décembre de 1673, deux jours après le baptême de ma fille à Saint-Sulpice, le Parlement enregistra les lettres de légitimation de Louis-Auguste, titré duc du Maine, de Louis-César, titré comte de Vexin, et de Louise-Françoise, mademoiselle de Nantes. Le Roi précisa qu'il accordait ces lettres en raison *« de la tendresse que la nature lui donnait pour ses enfants et beaucoup d'autres raisons qui augmentaient beaucoup ce sentiment »*. La légitimation de mes enfants nous délivra du secret. Au début de l'année, mes enfants quittèrent la maison de la rue de Vaugirard pour paraître à la Cour et s'installer à Saint-Germain. Je crus alors toucher une place sûre, mais la vie est ainsi faite que ce qui paraît être une félicité peut devenir la source de maux incalculables. Madame Scarron avait accompagné mes enfants à Saint-Germain. Le cœur parfaitement content et l'âme en paix, je venais de fermer le loup dans la bergerie.

Mes enfants légitimés, il n'était plus au pouvoir de personne de leur retirer leur qualité de fils de Roi. Je savais aussi que leur père saurait les établir selon leur rang. Tranquille de ce côté, j'eus lieu de m'inquiéter de l'avenir des enfants que j'avais eus du marquis de Montespan car ma belle-mère, qui en avait soin, mourut au début de l'année 1674. Ce fut l'occasion de régler ma situation avec le marquis de Montespan. Le chevalier de Fieubet fut chargé des négociations qui aboutirent à ce que nous fussions déclarés séparés de corps et biens. La sentence rendue contre mon époux, reconnaissant la dissipation des biens, le mauvais ménage et les sévices commis contre ma personne, fut très dure. Il devait rendre la dot versée et me donner une pension. N'étant pas dans l'intention de le ruiner, encore moins dans celle de faire préjudice à mes enfants, j'abandonnai les soixante mille livres que mon époux avait perçues sur ma dot. Je renonçai de même à la pension que devait me verser mon mari, pour qu'elle fût employée à l'éducation de nos enfants. Sachant que cela n'y suffirait pas, et afin d'empêcher que les dettes ne lui fissent dévorer son bien, je réglai celles-ci jusqu'à quatre-vingt-dix mille livres. Mon mari vint, pour cette affaire, passer quinze jours à Paris. Le Roi en conçut la plus vive inquiétude, mais le chevalier de Fieubet nous rapporta qu'il avait trouvé monsieur de Montespan dans les meilleures dispositions : honnête, civil et penchant même vers la dévotion. J'avoue que je me demandai s'il ne s'était pas trompé de client. Je reconnais, et cela n'ajoute rien à ma gloire, que j'eus aussi un pincement au cœur à l'idée que mon époux s'était à la fin consolé de ma perte. Le chevalier de Fieubet me donna des nouvelles de mes enfants qui ne me parvenaient autrement que par le maréchal d'Albret. Marie-Christine allait avoir onze ans, elle faisait son éducation dans un couvent de Toulouse. Louis-Antoine recevait les leçons des maîtres que mon mari faisait venir à Bonnefont ; il entendait le mettre bientôt dans un collège de Jésuites. Je songeai que s'il m'était donné de croiser mes enfants dans la rue, je ne les connaîtrais pas plus qu'ils ne connaîtraient leur mère ; ces pensées me venaient souvent. Les réflexions qui suivaient augmentaient en moi une honte secrète que je croyais étouffer en montrant toujours plus d'assurance et de hauteur. J'ai déjà confié que la situation où je m'étais jetée ne me convenait pas, mais c'est peu de le dire, la vérité est qu'elle m'était un fer rouge semblable à celui dont on flétrissait jadis à l'épaule les femmes indignes. De cette indignité, il me fallait me revancher sans cesse.

Peu après que j'eus été déclarée séparée de corps et de biens d'avec le marquis de Montespan, ma sœur suivit mon exemple et fit de même d'avec son époux. Elle avait une affaire avec le prince de Marsillac et se souciait peu d'un mari qui s'enterra dans l'oisiveté au fond de sa Bourgogne. Force est ici de constater que les demoiselles de Mortemart font de saintes religieuses et de bien mauvaises épouses. On pourrait à la suite débattre sur les vertus respectives que demandent la vie religieuse et la vie conjugale, mais on ne m'empêchera pas d'ajouter que le mariage est une voie moins aisée qu'il y paraît, et que si Dieu est un époux difficile à servir, Il n'offre pas les désillusions que ma sœur et moi trouvâmes avec le marquis de Thianges et le marquis de Montespan.

J'en étais demeurée au point où, mes enfants légitimés par le Roi, je les fis venir à la Cour. Je n'étais pas comme mademoiselle de La Vallière qui avait entièrement abandonné les siens aux soins de madame Colbert. Je voulais que le Roi connût nos enfants, qu'ils fussent élevés sous mes yeux et qu'ils trouvassent naturellement la place qui leur revenait à la Cour. J'avais mes appartements à Saint-Germain, aux Tuileries, et aussi à Versailles où le Roi les avait installés de plain-pied d'avec les siens. Il fallait à présent, pour loger cette nichée, une maison digne de l'accueillir. Le Roi me montra dans le parc de Versailles, en poursuivant au-delà de l'allée d'Eau jusqu'au domaine de Clagny, une maison gothique[1] que je trouvai peu propre à abriter ses enfants. Il en convint avec moi et, après avoir fait abattre cette tour féodale, fit édifier sur son emplacement un château, orienté de la même façon que celui de Versailles, dont il confia la réalisation à Mansart. Celui-ci conçut, face aux jardins et à l'étang devenu pièce d'eau, un bâtiment sans partie détachée avec au centre un grand pavillon couvert d'un dôme et aux deux extrémités des pavillons d'angle décorés de frontons triangulaires. Depuis la cour, qui s'ouvrait par une grille en demi-lune, cinq perrons permettaient d'accéder à la terrasse. Il m'était doux d'examiner avec l'architecte les plans de Clagny où le Roi avait écrit à l'encre rouge : *« Après l'avoir vu avec madame de Montespan, nous l'approuvons tous deux. »* M'abandonnant à la passion de bâtir qui dévorait le Roi, je fus souvent à surveiller les travaux du château qui s'élevait à vue d'œil, et les jardins dans le même temps. Je voulus une chapelle ronde, une orangerie pavée de marbre, une ménagerie et aussi une ferme dont les moutons bien sages et les vaches frottées chaque jour ne me rappelaient guère ceux de Lussac. J'eus encore un appartement de bains couvert d'une admirable marqueterie de marbre, sem-

1. Ancienne.

blable à celui que le Roi faisait aménager à Versailles. Je sais trop ce que de l'eau claire et du savon parfumé à la rose ou au jasmin apportent à une femme pour me passer de me baigner et me moque là-dessus comme pour le reste des ordres des médecins.

Un bonheur ne venant jamais seul, la chose que je souhaitais le plus au monde arriva à la fin. Mademoiselle de La Vallière quitta la Cour au printemps de 1674, encore que, selon son habitude, elle ne choisît pas le moyen le plus simple pour s'en aller et que cela donnât lieu à tant de péripéties et d'éclats, à tant de cris et de larmes que je doutais même de me trouver devant une chose heureuse.

J'ai dit comment le dégoût du monde était entré au cours d'une maladie dans l'âme de mademoiselle de La Vallière ; il me parut, à vrai dire, long à cheminer. Mademoiselle de La Vallière s'ouvrait de ses idées de conversion à beaucoup de personnes qui poussaient à la roue, de sorte que tant par la prière que par le discours, toute une armée se battait pour moi. Le maréchal de Bellefonds et le duc de Beauvilliers allèrent demander à Monsieur de la Trappe [1] le secours de ses prières. Bossuet s'en mêla et trouva la tâche moins aisée qu'il y paraissait. Il entretenait souvent mademoiselle de La Vallière et, quittant ses appartements, disait d'un air las qu'on ne pouvait engager sa pénitente à plus qu'elle ne pouvait soutenir. Enfin, on ne peut imaginer les efforts, les pénitences et les pèlerinages qui se firent pour obtenir la sanctification de la duchesse de Vaujours. Ceux-ci semblèrent dépasser leur but quand on apprit, au début de décembre, que mademoiselle de La Vallière allait entrer au Carmel de la rue Saint-Jacques. Je trouvai

1. L'abbé de Rancé.

l'idée du Carmel assez extravagante, ne doutant pas qu'en souhaitant s'anéantir avec éclat, la pénitente ne veuille me faire encore une fois la leçon, mais, sitôt après avoir lancé ce grand mot, mademoiselle de La Vallière fut prise de faiblesses. Elle eut des vapeurs, des tremblements, on ne parla plus de retraite ; c'était assez de l'avoir dit. Je fus donc fort surprise quand Monsieur de Condom désira le jour de Noël m'entretenir de la vocation de mademoiselle de La Vallière. Je le reçus dans mon appartement à Saint-Germain. L'homme n'aimait point les pécheurs, ce qui était son métier, et avait les pécheresses dans une détestation qui allait très au-delà. Plus d'une fois, il avait dénoncé en chaire, *« cette femme mondaine, amoureuse jusqu'à la folie de cette beauté d'un jour qui peint la surface du visage pour cacher la laideur qui est en dedans »*. Fort mécontente de la part qu'il me réservait dans ses sermons, je le reçus parée comme une châsse et ointe des plus lourds parfums. J'avoue que j'éprouvais toujours un grand malaise devant ce visage d'ivoire, troué de deux yeux très vifs, et ces mains fines posées comme des serres sur la robe violette. Bossuet commença par me demander de ne pas aller contre une vocation qui allait édifier le monde. Je lui répondis que c'était la troisième fois que mademoiselle de La Vallière faisait mine de partir pour le couvent, et que pour une personne qui n'avait pas pu tenir à Chaillot, le Carmel me paraissait un grand but. *« Et pourquoi pas le Désert*[1], dis-je, *ou une colonne, comme les compagnons de notre père saint Antoine*[2] *? »* Mon trait d'esprit n'amusa que moi. *« Le monde fait de grandes traverses à mademoiselle de La Vallière et Dieu de grandes grâces »*, assura

1. La vie érémitique.
2. Saint Antoine le Grand ; certains de ses compagnons vécurent par pénitence sur le sommet d'une colonne.

l'évêque en manière de sentence. *« Croyez, monseigneur,* répondis-je en lui présentant des dragées qu'il refusa comme si elles eussent été empoisonnées, *que je n'ai pas articulé une parole à madame la duchesse de Vaujours contre sa vocation. »* Fermant le drageoir, j'ajoutai en retenant un sourire : *« En revanche, j'ai entendu dire que sa femme de chambre s'est jetée à ses pieds pour la retenir. Peut-on résister à cela ? »* Monsieur de Condom, fort sensible à mon mauvais procédé, reprit les choses de haut et les prit hautement, me faisant connaître que j'avais tort de rire d'un aussi grand dessein. Je répondis qu'il me semblait y avoir de l'orgueil dans tant de modestie. *« L'orgueil et l'impudicité règnent partout où sont les hommes »*, dit l'évêque en promenant son regard autour de ma personne comme s'il y voyait rôder ces deux péchés. Je me mordis les lèvres pour ne pas ajouter *Amen !* quand Bossuet se leva et, se retournant, jeta avant de s'en aller : *« Je sais, madame, qu'en dépit qu'on en ait, le Ciel l'emportera et que nous verrons mademoiselle de La Vallière dans un haut degré de sainteté »*, ce qui me renvoyait à mon indignité. Il ajouta, se retournant devant la porte dans le bruissement de la robe violette : *« Pour moi, je la presserai toujours d'exécuter sur-le-champ la volonté de Dieu. »* Le *sur-le-champ* de Bossuet sonna comme les trompettes du Jugement dernier. J'entendis que pour m'être encore abandonnée à mon trop de caractère, je m'étais fait un ennemi intime du précepteur du Dauphin ; ce fut un tort. Monsieur de Condom n'avait peur de rien et ne renonçait jamais.

Fort désireuse de voir mademoiselle de La Vallière quitter la Cour, mais craignant le Carmel, je chargeai madame Scarron qui parlait fort bien de religion de lui faire entendre raison. Madame Scarron nomma plusieurs couvents qui logeaient habituellement des dames de qualité. *« Serait-ce là une pénitence ? Cette vie serait trop douce, ce n'est pas là ce que je cherche »*, lui répondit-on. *« Mais pensez-vous bien que vous voilà toute battante d'or et que vous serez bientôt couverte de bure ? »* Mademoiselle de La Vallière fit la confidence qu'elle portait depuis trois ans un cilice. Madame Scarron me rapporta cette merveille. *« Imaginez-vous cela ? »* s'exclama-t-elle. Personne ne pouvait se le figurer mieux que moi : voilà plus de sept ans que mademoiselle de La Vallière était, jour après jour, ma pénitence et mon cilice. Le départ de la duchesse de Vaujours, de la façon dont il avait été conduit, devint une espèce d'enjeu où je dus compter avec ceux qui entendaient la garder à la Cour. Au début de janvier, on lâcha la fille de mademoiselle de La Vallière dans un bal. Je reconnais que mademoiselle de Blois qui atteignait l'âge de sept ans était un prodige d'agrément. Elle parut dans un justaucorps de velours noir, cousu de diamants, donnant la main au jeune prince de La Roche-sur-Yon, et recueillit tous les suffrages, encore qu'elle eût déjà les minauderies de sa mère. *« Madame, ne regardez-vous pas aujourd'hui vos amies ? »* me dit-elle en me saluant. Mademoiselle de La Vallière parut voir sa fille pour la première fois et en fut troublée. Mademoiselle de Blois lui donna beaucoup de sensibilité et, en même temps, beaucoup de scrupule. Elle s'en voulut de cet attachement trop humain et se sauva de sa fille comme elle s'était sauvée du Roi. Là-dessus, le Carême fut confié au père Bourdaloue qui prêcha une Passion si belle qu'il emporta l'affaire. Mademoiselle de La Vallière annonça qu'elle quittait un monde où sa faiblesse l'avait retenue trop longtemps en dépit du peu de goût qu'elle en eût. Monsieur Colbert l'aida à régler ses dettes, lesquelles s'élevaient tout de même à plus de cent cinquante mille livres.

Pour mon malheur, la duchesse de Vaujours entendit jouir à fond de son départ. Elle se répandit en visites d'adieu très solennelles, entamant par le Roi. La retraite de mademoiselle de La Vallière avait donné lieu à beaucoup de tempêtes entre Sa Majesté et moi. Le Roi n'avait plus pour son ancienne maîtresse qu'une considération sèche, mais il ne comprenait pas qu'on prît l'initiative de le quitter, encore moins qu'on le considérât comme une occasion de chute dont il fallait publiquement faire pénitence, aussi craignis-je jusqu'à la fin qu'il n'engageât mademoiselle de La Vallière à demeurer à la Cour. Mais l'affaire était trop avancée pour la rompre à nouveau, et le Roi mit comme seule condition au départ de la duchesse de Vaujours qu'elle quitterait la Cour le jour où celle-ci partirait pour la Bourgogne. Mademoiselle de La Vallière eut ensuite le désir de faire des excuses publiques à la Reine. Beaucoup trouvèrent la chose excessive et fort délicate, mais il fallut s'incliner devant la volonté de celle qui allait quitter le monde, comme devant les vœux d'une mourante. *« Mes crimes ont été publics, il faut que ma pénitence le soit aussi »*, se plaisait-elle à dire. Je donne à penser ce que la cérémonie procura de plaisir à la Reine, au Roi et à moi-même. Tout le monde pleurait, et je ne fus dans cette occasion revanchée que par le duc de Montausier qui, selon son habitude fit entendre quelques vérités quand la pénitente vint lui dire adieu : *« Madame,* dit-il, *voici le plus grand exemple d'édification qu'on puisse donner au monde, et je m'étonne qu'une dame d'un esprit si élevé ait tant tardé à prendre cette sainte résolution. »* Ne voulant pas d'une scène trop édifiante lors de nos adieux, j'invitai mademoiselle de La Vallière à prendre chez moi son dernier souper. Elle accepta avec grâce et se montra aussi douce qu'à l'accoutumée, encore qu'un certain éclat dans les yeux quand elle me regardait disait assez que Dieu aurait eu bien de la peine à la tirer de la Cour si la jalousie n'avait pas contribué à faire ce miracle. Le 19 avril, la Cour se rendit à Versailles. Mademoiselle de La Vallière, vêtue d'habits magnifiques, monta en carrosse avec ses enfants et s'en fut vers le Carmel de la rue Saint-Jacques, suivie de deux voitures où montèrent ses amis. Le jour même, la Cour partit pour la Bourgogne. Dans le carrosse, il fut encore un peu question de ce grand exemple de conversion. Mademoiselle y mit fin en disant que ce n'était pas la première pécheresse qui se convertissait et l'on n'en parla plus. Il me souvient qu'à quelques années de là, un courtisan évoqua son souvenir devant le Roi : *« Mademoiselle de La Vallière est morte pour moi le jour où elle est entrée au Carmel »*, dit sèchement Sa Majesté ; c'était à ne pas y revenir. C'était aussi à donner le frisson quand on sait de quelle tendresse cette dame avait été l'objet. Mademoiselle de La Vallière avait tenu sept ans devant que de se rendre. Une victoire si chèrement acquise me laissait épuisée et point aussi capable d'en profiter que je l'eusse souhaité.

Cette année 1674, le Roi marcha de bonne heure à la conquête de la Franche-Comté qu'il prit tout entière en six semaines. Il s'attachait avec la dernière exactitude à toutes les fonctions d'un chef de guerre, et quasi toujours dehors. Cela ne l'empêchait point, délivré des visites qu'il devait à mademoiselle de La Vallière, de me consacrer une infinité de temps et d'attentions. Quand nous étions séparés, il m'écrivait plusieurs fois le jour et me montrait son attachement de mille façons. Rien ne m'est doux aujourd'hui comme de me souvenir des ordres qu'il faisait passer à monsieur Colbert sur de petits billets que le ministre, sachant m'être agréable, me laissait voir, comme par distraction. Il permit même que j'en dérobasse quelques-uns. J'ai gardé celui-ci, sans pouvoir m'en défaire dans les grands feux où j'ai jeté, peu à peu, ce qui m'attachait encore au monde.

« Madame de Montespan ne veut pas absolument que je lui donne des pierreries ; mais, afin qu'elle n'en manque pas, je désire que vous fassiez travailler à une petite cassette bien propre, pour mettre dedans ce que je vous dirai ci-après, afin que j'aie de quoi lui prêter à point nommé ce qu'elle désirera. Cela paraît extraor-

dinaire, mais elle ne veut pas entendre raison sur les présents. Il y aura dans cette cassette un collier de perles que je veux qui soit beau, deux paires de pendants d'oreilles, l'une de diamants, que je veux qui soient beaux, et une toutes pierres ; une boîte et des attaches de diamants, une boîte et des attaches toutes pierres, dont les pierres se pourront lever ; il faut avoir des pierres de toutes les couleurs pour en pouvoir changer. Il faut aussi une paire de pendants d'oreilles de perles. Il faut aussi quatre douzaines de boutons dont on changera les pierres du milieu, le tour étant en petits diamants, tout ira bien dessus. Et je veux qu'ils soient beaux. » Je cesse ici, car à reproduire ce billet me revient la façon qu'avait le Roi que j'aimais de me parer en se saisissant, un à un, des bijoux qui reposaient dans la cassette commandée à monsieur Colbert pendant le siège de Dole.

Durant cette campagne, je séjournai à Dijon, puis à Beaune. Au début de juin, le Roi nous fit visiter son camp. Si je n'avais pas été habituée dès l'enfance au spectacle de la guerre, je ne sais comment j'y aurais tenu ; il y avait encore du sang sur la muraille et des morts dans les fossés. J'avais là-dessus un autre avis que Monsieur le Prince qui disait qu'une bataille ne coûte qu'une nuit de paysans, mais je n'aimais pas davantage les fausses sensibilités. Un jour où mon carrosse passa sur le corps d'un pauvre homme sur le pont de Saint-Germain, madame de Montausier, madame de Richelieu et madame de Maintenon qui étaient avec moi se répandirent en pleurs et en cris. Après m'être assurée d'un coup d'œil jeté à la fenêtre que mes gardes s'occupaient du malheureux, je leur dis : « *Si c'était un effet de la bonté de votre cœur et une vraie compassion, vous auriez le même sentiment en apprenant que cette aventure est arrivée loin comme près de vous.* » Le rude apprentissage que j'avais fait dans l'hôpital de Saintes m'avait appris que la véritable pitié se trouve fort loin des cris et des alarmes.

Pendant qu'il prenait la Franche-Comté, le Roi avait envoyé en Flandre le prince de Condé qui remporta une grande bataille près de Charleroi ; on y laissa tant de monde que sans le *Te Deum* et les drapeaux conduits à Notre-Dame, nous eussions cru avoir perdu le combat. Quand Monsieur le Prince revint, le Roi alla l'attendre avec toute la Cour en haut de l'escalier à Saint-Germain. Notre grand capitaine devenait chenu. Il s'excusa sur ce qu'il avançait lentement. « *Mon cousin,* dit le Roi en l'embrassant, *quand on est aussi chargé de lauriers, on ne peut marcher vite.* » Voilà qui effaçait le passé de Monsieur le Prince, et changeait en gloire et en honneur le sang versé dans la rude bataille de Seneffe.

Le Roi, ayant réduit toute la Franche-Comté à son obéissance, ordonna des fêtes, donnant ainsi raison à ce capitaine romain qui disait qu'il n'était pas moins d'un grand homme de savoir bien disposer un festin agréable à ses amis que de ranger une armée redoutable à ses ennemis, à ceci près qu'il n'y eut pas un festin, mais une multitude, et qu'ils furent entourés d'un nombre incroyable de divertissements. C'était la troisième fois que le Roi ordonnait ces sortes de fêtes. Je crois en avoir été la reine. On dira que le *Grand Divertissement,* donné six ans auparavant, m'avait été offert, mais j'étais alors la maîtresse secrète du cœur du Roi et mademoiselle de La Vallière gardait les apparences. Elle était partie et je demeurais. Quelques-uns dirent que ces fêtes me furent une sorte de couronnement ; cela n'était point faux.

Le propos du Roi, en cet été de 1674, était de faire visiter à l'occasion de ces fêtes plusieurs endroits de Versailles dont les grands travaux s'achevaient ; du moins le pensait-on. Le vieux château se trouvait à présent enfermé dans une enveloppe qui consistait en deux pavillons sur les jardins, reliés par une terrasse. Il faut se figurer que ni la galerie des Glaces ni les ailes des côtés n'existaient, pas même dans l'esprit du Roi. Le grand canal était achevé ; pour le reste, les jardins étaient tous les jours augmentés de parterres, bassins et bosquets. Les statues et les termes y poussaient plus vite que les fleurs de monsieur Le Nostre, mais point n'importe comment car le Roi faisait exécuter des modèles des statues afin de pouvoir juger à l'avance où il conviendrait de les placer.

Le Roi décida que la visite qu'il avait ordonnée se ferait en six journées ; il arrangea que ces jours se répartiraient sur les mois de juillet et d'août. Pendant que Colbert, Vigarini et Le Nostre se tuaient à faire manœuvrer leur monde, je veillais à paraître avec tout l'éclat que Sa Majesté attendait. Car le Roi aimait à me montrer. Je le vis plus d'une fois épier le coup d'œil que me lançaient les ambassadeurs ou les seigneurs venus de pays étrangers, avant de se redresser, l'air content. Il ressemblait alors à un coq qui se rengorge. Il m'arrivait de lui dire, soit que je rie, soit que je fusse en colère : « *Vous n'êtes pas amoureux de moi, vous aimez à me faire admirer.* » J'étais bien sûr assez sotte pour avoir cette prétention de vouloir être aimée idéalement, en tout temps, en tout lieu, et entièrement pour moi-même, au point que cet amour eût continué de brûler si j'étais devenue laide, et même repoussante. Me souciant peu d'y atteindre, je pressais les tailleurs, les brodeuses et surtout la femme du marchand Gautier, car c'était elle qui entendait le mieux les modes et les propretés à Paris, ce dont il résulta d'assez jolies choses, dont une robe à manteau [1] rouge brodé d'or, ouvert sur

1. La jupe du dessus prolongée en traîne.

une jupe de brocart. Le justaucorps de velours était fermé par un fort beau tatezy [1] en pierres de toutes couleurs. Plus de dentelles, mais des transparents [2] merveilleux. Avec cela des perles et des rubis sur la gorge, d'autres dans les cheveux. Ah ! mon Dieu, on croit que la mode est un plaisir, quand c'est une application. Je ne quittais jamais mes appartements devant que d'être satisfaite de l'image que m'offrait le miroir, et je faisais attendre le Roi dans mon antichambre plutôt que de paraître devant lui hors d'état d'être admirée. A vrai dire, la créature commençait à me donner plus de mal que la toilette. Six enfants avaient gâté ma taille, et l'occupation principale de la Cour qui est de manger n'était pas faite pour remédier à ce mal. Déjeuner, dîner, collation, souper, médianoche, c'était à n'en plus pouvoir, surtout auprès du Roi qui n'était pas un petit compagnon à table et qui aimait qu'on l'accompagnât. On mangeait même à la comédie ou au concert, puisque l'habitude se prit de faire circuler des paniers de fruits et de confitures sèches pendant les représentations, de sorte que j'eus plus d'une fête gâchée par le bruit des mâchoires. Il était dégoûtant de voir certaines dames se goinfrer et tenter après d'essuyer, sans qu'il y parût, leurs doigts sur vos jupes. Comme si cela ne suffisait pas, le Roi veillait à ce que mon appartement fût toujours garni de douceurs, de sorte que, quand je me trouvais agitée, ce qui m'arrivait plus d'une fois le jour, je me revanchais sur des dragées, des confitures glacées [3] ou des oublies que je croquais sans y penser. J'avais beau, après cela, boire du vinaigre et me faire masser par mes femmes, je devais chaque jour prendre un inspir un peu plus grand devant qu'on ne laçât mon corset.

1. Cette broche fermait le haut du justaucorps.
2. Gazes peintes.
3. Fruits confits.

Je tentais de me conforter en me disant que les femmes un peu grasses ont une belle gorge et de jolies épaules. Sa Majesté me rassurait encore là-dessus.

Pour montrer la tendresse et les égards qu'il me portait, le Roi me fit la grâce de débuter la présentation de Versailles par une collation au Marais qui était la partie des jardins que je m'étais fait fort de dessiner. C'était un petit bois, avec un bassin au milieu duquel était un arbre et des joncs de métal doré d'où jaillissaient des jets d'eau ; autour, beaucoup de tables de marbre et des gradins qui servaient de buffet. Elles étaient couvertes de corbeilles de confitures sèches et de fruits glacés, de porcelaines pleines de liqueurs à la glace [1] et d'aiguières. J'avais aussi fait disposer de grands vases de véritable glace, taillés à l'italienne, au travers desquels on voyait paraître des fleurs et des fruits. Au sortir de la collation, toute la Cour alla voir l'*Alceste* de messieurs Quinault et Lully donné dans la cour du vieux château.

Si quelques-uns avaient encore des doutes sur ma faveur, ils furent vite éclaircis car le Roi commença la seconde journée devant le Trianon de porcelaine, de sorte qu'il me parut que ce fût pour moi que Lully, son rouleau de musique à la main, fit exécuter l'*Eglogue* en concert. Tant de splendeurs éblouissent encore ma mémoire. Chaque jour, il semblait qu'on ne devait plus rien attendre d'extraordinaire. On avait vu les plus belles pièces de théâtre, entendu les musiques les plus charmantes, mangé les mets les plus fins, mais il nous était réservé de nous trouver encore étonnés par un prince qui aimait à surprendre autant qu'à éblouir. Des souvenirs reviennent en grand désordre : celui d'une promenade en gondole sur le canal à écouter des concerts, la représentation du *Malade imaginaire* don-

1. Sorbets alcoolisés.

née devant la grotte de Thétis qui servit de fond au théâtre, ou l'*Iphigénie* de Racine dans l'Orangerie décorée de girandoles et tout odorante du parfum des orangers et des grenadiers, celui aussi d'un long souper servi dans la cour du vieux château autour d'une colonne de lumière faite de six cents bougies. Tout cela augmentait en beauté et en surprise jusqu'à monter, le dernier soir, vers un spectacle qui sembla être un rêve. Il commença par un coup de canon, après que la Cour fut montée dans des vaisseaux sur le canal qui fut tout à coup couvert de feu. Les bords furent éclairés par des centaines de termes de lumière qui se dressèrent jusqu'à neuf pieds de haut. En même temps, du côté de Trianon, parut Neptune sur son char et, de l'autre bout, vers la Ménagerie, Apollon dont l'attelage était tiré par quatre chevaux. A l'extrémité du canal, ce n'étaient que colonnes, médailles, statues, chevaux marins, conques et coquilles et, enfin, un palais de cristal bâti sur l'eau qui semblait fait de pierres précieuses posées en mosaïque. Le Roi, suivi de toute la Cour, se promena sur le canal où, dans le silence de la nuit, l'on n'entendit bientôt plus que les violons qui suivaient le vaisseau de Sa Majesté. Pendant que les bateaux voguaient avec lenteur, l'on entrevoyait l'eau qui blanchissait tout autour ; et les rames qui la battaient mollement et par des coups mesurés marquaient comme des sillons d'argent sur la surface obscure des canaux. Ce fut le moment que le Roi, se penchant à mon oreille, choisit pour me demander : *« N'êtes-vous pas contente ? »* Je ne pus que le regarder, les yeux pleins des larmes que le plaisir et l'amour y mettaient. Peut-être y eut-il aussi quelque crainte ou pressentiment secret. Je suis de ceux que le bonheur effraie, tant ils sont plus habitués à le poursuivre qu'à le goûter.

On ne connaît sa vie qu'à la fin. Comme je sais en approcher, je vois que ce moment où, sur le vaisseau, le Roi me joignit dans un regard représente le sommet d'une haute montagne que je devais bientôt commencer de descendre. *« Etes-vous contente ? »* m'avait demandé mon amant. Mon Dieu ! Que pouvais-je répondre quand mon âme et mon esprit, toujours agités, ne savaient plus trouver de repos. Sans doute, mes enfants, reconnus par le Roi, se trouvaient-ils près de moi, sans doute mademoiselle de La Vallière avait-elle quitté la Cour sans retour, sans doute Clagny s'élevait-il plus vite que le palais d'Armide, sans doute portais-je un cinquième enfant du Roi. Je ne connaissais cependant pas de paix ; personne ne connaît cette marchandise à la Cour, et la maîtresse du Roi moins qu'une autre. Mon amour était toujours si mêlé de crainte, tellement agité de terreurs que je me demandais parfois si c'était encore de l'amour. J'aimais pourtant le Roi, je l'aimais de passion et la peur que j'avais de le perdre rendait cette passion sauvage. En cet été, j'étais pourtant la dame de cœur, et si la Reine gardait toutes les apparences, si le Roi lui rendait tous les honneurs dus à sa condition, il me revenait pour le reste la première place. J'avais à Versailles, dans le nouveau château, un appartement de vingt pièces de plain-pied avec celui du Roi, quand la Reine n'avait que dix pièces à l'autre bout de la terrasse. Monsieur Colbert et monsieur Louvois, pour ne citer que les principaux ministres, demandaient humblement mes avis pour tout ce qui me regardait et exécutaient mes désirs comme s'ils eussent été des ordres. Les ambassadeurs et les courtisans s'employaient à acquérir mes grâces, les peintres ne se lassaient pas de reproduire ma figure, les poètes me louangeaient, et certains fort joliment :

Eh ! qui connaît plus que vous les beautés et les grâces ?
Paroles et regards, tout est charme dans vous.
Ma muse, en un sujet si doux,
Voudrait s'étendre davantage :
Mais il faut réserver à d'autres cet emploi,
Et d'un si grand maître que moi
Votre louange est le partage[1].

Mon règne n'était guère douteux ; j'étais le centre de la Cour, de la fortune, des plaisirs et l'espérance de beaucoup, mais mon âme, faite à l'inquiétude par trop d'années de lutte, ne me laissait pas de repos. Pour me rassurer, j'envoyai mademoiselle des Œillets consulter monsieur Primi qui était alors une fureur dans le domaine des prédictions. La Reine avait fait venir cet Italien pour savoir si elle était enceinte et il avait déclaré que non ; une si grande prémonition l'avait rendu célèbre. Il s'en suivit que Primi était du matin au soir tiré par l'habit, poursuivi de carrosses, de pages, d'estafiers porteurs de billets, à la porte de son hôtel et jusque dans les églises où on ne lui laissait pas entendre la messe. Dès qu'il aperçut mademoiselle des Œillets qu'il voyait pour la première fois, il lui dit : « *Vous ne venez pas pour vous, mais pour votre maîtresse. Elle est la vraie reine.* » Quand elle lui demanda le temps que durerait ce règne, monsieur Primi se répandit en termes équivoques et latins que cette sotte n'entendit pas. Bien que l'on ne sache jamais si ces devins ont une science véritable, ou bien si c'est subtilité d'esprit, la réponse augmenta mon inquiétude. « *Quelle bête êtes-vous* ! criai-je, en marchant d'un bout à l'autre de ma chambre. *Il ne fallait pas partir devant que d'avoir une*

1. Dédicace du second recueil des fables de Jean de La Fontaine.

réponse claire. » Et j'éclatai en reproches contre ma femme de chambre, comme si elle avait laissé échapper la réalisation de mon bonheur. Mon règne, si on peut l'appeler ainsi, connaissait pourtant bien des apothéoses publiques ou privées. J'eus même une robe digne d'une si grande cérémonie qui me fut donnée aussi mystérieusement que dans les contes de monsieur Perrault. Mon tailleur m'apporta un jour un habit que j'avais ordonné. Il en avait fait le corps[1] sur des mesures si ridicules que je me récriai. L'homme me répondit en tremblant : « *Madame, comme le temps presse, voyez si cet autre habit que voilà ne pourrait point vous accommoder.* » Et de découvrir une robe d'or sur or, rebrodé d'or, rebordé d'or, et par-dessus un or frisé, rebroché d'un or mêlé avec un certain or, qui faisait la plus divine étoffe qui eût jamais été imaginée. « *Ah !* m'écriai-je, *quelle étoffe ! Vient-elle du Ciel ?* » J'essayai le corps, il était à peindre, le tailleur me tournait autour : « *Madame, il est fait pour vous.* » Le Roi arriva, nous comprîmes que c'était une galanterie, mais qui pouvait l'avoir faite ? « *C'est Langlée* », dit le Roi. « *C'est Langlée assurément* », dis-je en faisant tourner mes jupes. « *C'est Langlée, c'est Langlée* », tout le monde répète autour de ma robe bruissante, jusqu'à ce que monsieur de Langlée vienne en personne recueillir les applaudissements de son tour. L'on parla ensuite de cette robe comme jadis on parlait du chien d'Alcibiade. J'eus, Dieu merci, un autre couronnement, plus secret. A la fin de 1674, je mis au monde la seconde fille que j'eus du Roi. Mes couches furent aisées et je n'eus pas à dissimuler l'enfant qu'une bonne nourrice attendait. Le Roi, venant voir sa fille pour la première fois, me dit en se penchant sur le berceau : « *Tout de bon, c'est*

1. Le corsage.

bien la plus jolie petite que j'aie jamais vue. Elle vous ressemble, madame. » Et d'ajouter, en me regardant avec tendresse : *« Vous m'avez fait une jolie famille. »* La fierté que j'éprouvai me causa l'un des plus grands bonheurs de ma vie. Jamais je ne me remis plus aisément et plus parfaitement de mes couches. Le Roi nomma sa fille mademoiselle de Tours. C'était une enfant blonde, avec des joues rondes comme celles des paysannes, sur lesquelles son père posait des baisers sonores. Il l'appelait sa « maflée » ou sa « toutou », sa sœur était sa « poupote » et le duc du Maine son « mignon ». Notre petit Vexin était si grave, si souffrant, qu'il ne nous venait pas à l'idée de lui donner les petits noms que l'amitié fait donner aux enfants. Il arrivait que dans mon appartement, le Roi, après avoir regardé jouer ses enfants, se saisît de sa guitare et leur fît connaître les notes au moyen de la petite chanson qu'il avait jouée quelques années auparavant, sur le canal de Fontainebleau.

La mi fa so*spirar la notte e il di*
La fa far *ogni canto,* sol *per mi...*

Je fermais alors les yeux et il m'arrivait d'imaginer un instant que, sans péché, sans scandale, nous étions des époux vivant près de leurs enfants.

Il faut croire qu'en dépit de la crainte qui ne me quittait guère, un peu de griserie m'entra dans l'âme après le départ de mademoiselle de La Vallière, et que cet étourdissement m'empêcha de découvrir assez tôt le plus grand danger. Mais peut-être est-il excusable de se laisser surprendre quand l'ennemi arrive où on ne l'attend point. Bien que je me tinsse toujours à l'affût, il ne m'était pas venu à l'esprit de me défier de la gouvernante de mes enfants. Je n'avais eu jusqu'à présent qu'à me louer des services de madame Scarron ; respirer à ses côtés fut une autre chanson. Dès qu'elle vint à Saint-Germain, nous commençâmes de mal vivre ensemble. Quand j'aurai dit qu'elle arriva dans le moment où mademoiselle de La Vallière se retirait au Carmel, on entendra que je n'eus aucun répit.

L'une des raisons pour lesquelles j'avais voulu que mes enfants fussent élevés auprès de moi était que j'entendais avoir la conduite de leur éducation. Madame Scarron qui avait été la maîtresse à Vaugirard désira le rester et voulut traiter mes enfants comme les siens ; cela fit schisme entre nous. Il m'avait été trop amer de me voir retirer le fils et la fille que j'avais eus du marquis de Montespan pour accepter qu'on mît en doute mon autorité sur ceux-ci. J'y fus d'autant plus sensible que madame Scarron, qui était une glorieuse, voulait bien être au père, mais non à la mère, et me passait volontiers par-dessus pour prendre ses ordres directement chez le Roi, comme elle affectait de ne rendre de comptes qu'à lui. Le Roi et moi, qui nous entendions sur beaucoup de choses, ne partagions pas les mêmes idées en matière d'éducation. Frustré par la faiblesse de la sienne, le Roi avait voulu pour le Dauphin une éducation vigoureuse et le voulut aussi fortement qu'il voulait le reste. Il avait fait le choix, pour mettre auprès de lui, du duc de Montausier et de Monsieur de Condom, en raison de leur rigueur et de leur sévérité. Bossuet professait qu'il y a en chacun de nous une certaine malignité qui a répandu en nos cœurs les principes de tous les vices et que le meilleur moyen de les réprimer est la force. Son idée était qu'une malice toujours frustrée commence à déplaire et qu'on revient à soi à la faveur de son impuissance. Je jugeais ce principe plus propre à rebuter un enfant qu'à lui inspirer les sentiments qu'il doit avoir. C'est un miracle que l'éducation que le duc de Montausier et Bossuet donnèrent au Dauphin ne l'eût pas tué ou rendu fou. Cet enfant ne voyait ses parents qu'une fois la semaine ; il ne faisait rien de ce qu'il souhaitait et ne mangeait pas de ce qu'il demandait. On le menaçait du fouet et on le lui donnait plusieurs fois le jour ; on le mettait en prison [1]. Il en résulta que l'enfant vif et opiniâtre que j'avais connu devint triste et soumis. Je vis toutes les lumières dont il était capable s'éteindre sous les rigueurs d'une éducation dure qui lui donna de l'aversion pour toute espèce, non pas de travail, mais d'étude ou d'amusement d'esprit. Je dis souvent mon avis au Roi là-dessus, mais c'était cracher en l'air. Sa Majesté me répondait de m'employer à mes affaires, ce que j'entendais faire exactement. Je voulais que mes enfants sachent se tenir dans la place qui était la leur, qu'ils eussent de la joie et de l'engouement pour tout ce qui concernait les choses de l'esprit, qu'ils ne fussent pas pédants, qu'ils connussent toute sorte d'art et y trouvassent du délassement. Je voulais par-dessus tout qu'ils m'aimassent puisque j'étais leur mère. Madame Scarron qui avait usurpé cette place en profitant des circonstances de leur naissance n'entendait pas me la laisser. Mes enfants n'ayant vécu qu'avec elle devant que d'arriver à Saint-Germain lui obéissaient d'abord, aussi était-ce toujours un crève-cœur pour moi et un triomphe pour elle quand, effrayés par nos disputes, ils couraient se réfugier dans ses jupes. Il fallait voir avec quelle mine satisfaite madame Scarron les mignotait pendant que je devais ravaler ma colère. Je ne donnerai qu'un exemple : madame de Thianges offrit au duc du Maine, pour ses étrennes, la représentation de sa chambre avec des figures de cire. Ces figures étaient celles de messieurs de La Rochefoucauld, Racine, La Fontaine et Despréaux ;

1. On l'enfermait.

pour faire bonne mesure, on avait ajouté Bossuet à cette *Chambre du sublime*. Mon fils cria de joie et voulut jouer comme un enfant peut le faire avec des poupées. Madame Scarron l'arrêta : « *Pas avant que vous ne me disiez le nom d'une fable de monsieur de La Fontaine. Je vous en ai lu la semaine passée. Vous le rappelez-vous, mon mignon ?* » Le duc du Maine n'avait pas quatre ans. Je l'invitai à jouer à sa guise. « *Le plaisir doit faire passer la peine* », dit à voix douce madame Scarron. « *Voilà une maxime digne de monsieur de La Rochefoucauld*, assurai-je en me saisissant de la poupée qui représentait le duc à laquelle, dans mon impatience, je cassai un bras. « *Il était déjà aveugle, le voilà manchot à présent* », dis-je, fort mécontente, en replaçant la figure. Mon fils, effrayé de notre dispute, courut enserrer les genoux de sa gouvernante qui le cajolait avec des « *mon cher mignon* » à n'en plus finir. Je dus le tirer par la main pour le conduire en larmes devant un jeu auquel il ne voulait plus s'intéresser. De telles scènes se répétaient dix fois le jour. Si je voulais que le duc du Maine fût exposé au soleil afin de fortifier ses jambes demeurées faibles, madame Scarron voulait l'ombre ; si je refusais une saignée, car j'ai toujours trouvé étrange un remède qui fait répandre du sang quand on en manquerait plutôt, la gouvernante laissait entendre que celle-ci était indispensable ; si je désirais que mes enfants demeurent à table jusqu'à la venue de leur père, elle disait que je les tuais de trop de nourriture. J'étais peu accoutumée à trouver de la résistance nulle part et cette glorieuse n'aimait pas à céder. Nous en vînmes à ce qu'il suffisait que je dise blanc pour que l'autre voulût noir. Madame Scarron finit par m'imputer à crime toutes les fièvres et les indispositions qui sont le lot des enfants de cet âge. Mon grand souci était alors la santé du comte de Vexin. En dépit d'un haut de corps toujours porté, son dos ne se redressait pas. Un médecin me promit merveilles, avec beaucoup de cas cités à l'appui, de l'application d'un cautère. Quelle est la mère, je le demande, qui n'aurait pas tout tenté pour que son enfant ne demeurât pas hottu[1] ? Je restai près de mon fils quand on appliqua le remède, ce qui fit que je dus endurer avec la souffrance de mon petit Vexin les yeux levés au Ciel de madame Scarron et ses airs de sainte martyrisée. Les commentaires sur des moyens aussi inutiles que *féroces* et *barbares* ne me furent pas épargnés. Je les souffris d'autant plus mal que la santé de mon fils ne se méliora pas. Quant à ce qui concerne la cruauté, je peux dire que je connais une dame qui devait montrer à Saint-Cyr qu'elle ne la haïssait pas. Il me souvient que quand des petites filles imaginèrent d'empoisonner leur maîtresse, sans que, Dieu merci, cela eût de conséquences fâcheuses, madame Scarron, fort mortifiée de voir ses beaux principes échouer, eut le cœur de faire passer ces enfants en jugement, de les condamner à avoir la tête tranchée, de faire dresser pour cela un échafaud dans la cour, après quoi un bref du Roi vint accorder dans le dernier moment la grâce aux coupables. Si la terreur n'a pas rendu ces fillettes folles, c'est miracle, mais l'on voudra bien considérer que ces moyens de petit maître de collège sont l'œuvre d'un cœur dur et d'un esprit implacable.

Sept ans de lutte avec mademoiselle de La Vallière avaient usé un fond de patience qui n'était pas grand, aussi me trouvai-je démunie quand vint l'heure de croiser le fer avec la gouvernante de mes enfants. Le plus difficile à endurer dans ces luttes quotidiennes était la manière voilée dont madame Scarron montrait son dissentiment. J'eusse mieux toléré une franche opposition,

1. Bossu.

mais c'étaient des airs martyrisés, des mines pincées et des réflexions par en dessous. Je ne donnais pas une dragée à mes enfants, ne leur accordais pas une permission sans que des regards par côté et des soupirs à n'en plus finir ne vinssent me reprocher ma conduite. Bien entendu, ces réticences fondaient devant le Roi qui ne voyait que gracieusetés et abandon à sa volonté. Tout cela me donnait beaucoup d'humeur et je savais d'autant plus mal me gouverner en ces occasions que la position de madame Scarron, comme tout ce qui la regardait, demeurait fausse. La gouvernante de mes enfants n'était certes pas une domestique, mais elle n'avait pas non plus de charge à la Cour. La modestie de sa naissance avait été redressée par la fréquentation des milieux où cette dame s'était impatronisée, mais où s'arrêtait ce redressement ? La duchesse de Richelieu, fort étonnée que sa protégée eût pris pied à la Cour, ne la goûtait plus tant qu'autrefois ; elle eut l'idée fort sage de m'en défaire en la mariant honnêtement. Le duc de Villars-Brancas venait de perdre sa femme pour la seconde fois ; en dépit d'une bosse qui le faisait surnommer le Gobin Villars, le parti était inespéré pour la veuve du pauvre Scarron. J'appuyai d'autant le projet que j'avais remarqué que le Roi, apprivoisé par madame Scarron, n'était que trop revenu des préventions qu'il avait nourries à son égard ; les conversations qu'il avait avec elle étaient d'une longueur à faire rêver. Ces rêveries me poussèrent à travailler à un mariage auquel l'intéressée ne voulut jamais consentir. Joignant l'impertinence à l'ingratitude, madame Scarron nous dit qu'elle avait assez d'ennuis dans une condition singulière et enviée de tout le monde, sans aller en chercher dans un état qui fait le malheur des trois quarts du genre humain, que ce mariage enfin serait une source d'embarras et de déplaisirs qu'il lui serait imprudent de s'attirer. Comme je tentais de lui faire entendre raison, elle me dit tout net qu'elle trouvait monsieur de Villars-Brancas, tout duc qu'il fût, malhonnête homme et gueux. Qu'une madame Scarron refusât un duc laissa madame de Richelieu toute déferrée ; pour moi, cela ne fit qu'augmenter une inquiétude vague dont je me figurais mal les causes. Je vis beaucoup d'orgueil dans cette résistance, mais point encore les ambitions qu'elle pouvait cacher. Ce tourment, joint à une impatience grandissante sur le chapitre des enfants, fit qu'un soir, je me plaignis hautement au Roi d'une glorieuse qui me servait mal. *« Mais enfin, si madame Scarron vous déplaît tant, que ne la chassez-vous ?* me répondit-il. *Vous êtes la maîtresse, dites un mot et elle sortira d'ici. J'ai assez entendu parler de madame Scarron ! »* Que n'ai-je écouté ce cri et envoyé cette dame faire son paquet ! Dans les occasions perdues que l'on trouve dans le cours de toute vie, voilà bien celle qui me fait le plus de mal à repasser. Ah oui ! que n'ai-je envoyé madame Scarron au diable, je sais où je serais aujourd'hui ! Au lieu de cela, je me tins pour rassurée par la conduite du Roi et, selon un mouvement qui m'était propre, rendue honteuse de ma colère et de l'injustice que je pensais avoir montrée, je parlai à madame Scarron avec douceur et lui fis donner cent mille francs par le Roi. Quinze jours plus tard, je m'employai à faire aboutir le renouvellement du bail d'un fermier général qu'elle avait présenté, ce qui lui valut une jolie récompense. Un mois après, je lui fis encore donner un privilège de fabrication des âtres de cheminées et fourneaux qu'elle avait sollicité. Peu après, et sur la mine que madame Scarron fit de vouloir quitter la Cour pour prendre du repos, le Roi lui fit encore remettre par le duc du Maine cent mille francs pour ses dragées. Le résultat fut que madame Scarron, devenue riche, trouva par le moyen de son confesseur qu'elle savait admirablement mêler à quelques-unes de ses affaires comme elle savait le tenir, je pense, dans l'ignorance des autres, la terre de Maintenon, à dix lieues de Versailles et quatre lieues de Chartres. La période du bout de l'an se passa ainsi, puis nous recommençâmes à nous escarmoucher et à nous chercher des querelles sur tout. Plusieurs fois, je dus avoir recours à monsieur de Louvois pour lui faire entendre raison. *« J'ai plus de mal à mettre la paix entre vous qu'à la mettre entre les pays de l'Europe »*, me disait le Roi en riant. J'aimais de moins en moins les conciliabules que madame de Maintenon avait avec Sa Majesté, non que les apparences fussent blâmables, mais une conversation qui cessait à mon entrée ou un regard détourné vers la fenêtre ne me laissaient pas d'être inquiète, sans savoir de quoi je devais l'être exactement. Rien n'effraie comme un danger qu'on ne voit pas, mais dont on sent la présence. Voulant remettre madame Scarron à une place dont elle n'était que trop sortie, j'affectais à présent de lui demander les services que j'étais en droit d'attendre de la gouvernante de mes enfants : apporter un mouchoir, chercher un éventail ou jeter une bûche dans le feu. Devinant mon propos, madame Scarron accepta de me rendre nombre de ces services sans maugréer. Elle choisit un jour où j'étais en compagnie de ma belle-sœur et d'autres dames pour lâcher au milieu de la salle le pot de fard que je venais de lui demander d'aller quérir. Comme je lui reprochais aigrement sa maladresse, elle me répondit : *« Il est vrai que je suis très maladroite ; mais c'est aussi qu'on ne m'a pas fait venir ici pour porter des fards ni ourler des robes, ce n'est pas mon emploi, et je vous prie de bien vouloir me pardonner si j'y suis mal propre. »* Cela lui sortait gros comme un œuf de la bouche ; la comtesse de Vivonne, trop heureuse de me voir mouchée, riait sous cape. Ce coup-là augmenta mon inquiétude. Pour faire descendre madame Scarron d'un degré dans l'esprit du Roi, je crus habile de rappeler son passé. Je ne manquais pas la moindre occasion de brocarder une histoire où les sujets de pique ne manquaient pas : les sottises que Scarron avait écrites contre la Reine Mère pendant la Fronde, les fréquentations de l'hôtel de l'Impécuniosité ou l'amitié avec mademoiselle de Lenclos. Madame Scarron affectait de répondre avec douceur, mais je la savais impatiente et pas toujours capable de brider une nature assez prompte à se cabrer. Quand j'en vins au chapitre de ses galants et à un petit quatrain que Gilles Boileau avait tracé avec esprit sur le front de son mari, elle m'interrompit vivement. *« Sur le sujet dont vous parlez, madame, je n'ai rien à me reprocher ; et quand cela serait,* ajouta-t-elle à voix plus douce, *je suis bien assurée que vous conviendrez que seul celui qui n'a jamais péché me pourrait jeter la première pierre. »* J'eus le souffle coupé sous l'affront et je l'eusse, dans l'instant, écharpée avec plaisir, mais je savais qu'à la Cour il convient de garder les rieurs de son côté, aussi continuant à jouer le plus gracieusement du monde, je poursuivis de me moquer de Scarron jusqu'à improviser des variations sur le nom du poète dont je fis Caron, Scroton, Escarre ou Scarême, enfin on peut me faire confiance là-dessus. Dès que des sourires fins m'avertirent que j'amusais à nouveau le parterre, je laissai un sujet devenu trop brûlant, me promettant d'y revenir bientôt. Ce fut le moment que choisit madame Scarron pour demander à Sa Majesté, de l'air le plus humble qu'elle pût trouver, la permission de se retirer. Le Roi qui n'avait pas goûté plus que moi la soirée, se revancha de mon aigreur. *« Je vous sais un gré infini de toutes les choses que vous faites pour mon service, madame de Maintenon »*, dit-il. Il fallut toutes mes forces pour ne pas laisser paraître mon désarroi. C'était la première fois que mon amant me donnait tort publiquement. Mon orgueil fut atrocement humilié, mais ma naïveté restait si grande que je continuai de demeurer aveugle sur les raisons qui rendaient le Roi si bienveillant envers une dame que je dois à présent appeler madame de Maintenon. D'autres chagrins m'attendaient, qui allaient un moment détourner mon attention de celui-ci.

Au mois d'avril, une lettre du maréchal d'Albret m'apprit que la fille que j'avais eue du marquis de Montespan était morte à Toulouse. Je ne sus rien de sa maladie, seulement qu'elle avait été enterrée près de son aïeule dans l'église de la Dalbade. Je ne peux dire si j'eus du chagrin : je ne connaissais guère cette enfant, mais j'eus une infinité de remords et de regrets. Marie-Christine allait avoir treize ans, aussi voyais-je arriver avec plaisir l'âge où il la faudrait établir. J'avais déjà quelques partis en tête, et des plus beaux. Mon mari ne se serait pas opposé à un grand établissement pour sa fille, aussi commençais-je à songer au jour où Marie-Christine se trouverait à la Cour et s'accoutumerait à me regarder à nouveau comme sa mère. Je me faisais fort de la faire revenir des préventions qu'on n'avait pas manqué de lui donner à mon sujet. Il était trop tard à présent et la mort, en m'ôtant ma fille, me retirait toute occasion que mon enfant me pardonnât.

Dans le temps même où j'apprenais cette fin, mon père fut frappé d'une attaque de paralysie. Dès que je reçus la nouvelle, je me précipitai à l'hôtel de Mortemart où je fus effrayée de le trouver en l'état où il était, sans pouvoir prononcer une parole et tout assoupi.

Vivonne menait la guerre en Méditerranée ; il ne put venir. J'écrivis à Madame de Fontevrault qui accourut au chevet de notre père. Madame de Thianges ne le visitait que rarement ; c'était sa manière et il fallait s'en accommoder. Mon aînée venait pourtant de trouver son chemin de Damas en lisant saint Augustin ; sa conversion se manifestait par de grandes apostrophes aux domestiques qui versaient trop de vin à table, et par une conversation brusquement arrêtée quand lui venait l'envie de dire une médisance ; ce besoin étant fréquent, la parole de madame de Thianges s'en trouvait fort hachée.

Madame de Fontevrault me fut d'un grand secours dans les épreuves de cette année. Le Roi la goûtait plus que jamais ; voyant combien je lui étais attachée, il voulut lui donner Montmartre pour la rapprocher. Elle le refusa par scrupule, croyant devoir demeurer où elle se trouvait engagée. Je sais que ce refus qui allait contre l'inclination de Marie-Madeleine lui coûta beaucoup. Durant tout son séjour, elle vécut dans mon appartement où elle aimait à rencontrer monsieur Racine, monsieur Despréaux ou monsieur Segrais. « *Je fais provision de belles méditations pour mon retour* », disait-elle. Elle fréquentait surtout l'abbé Huet qu'à ma demande, le Roi venait de nommer sous-précepteur du Dauphin. Il arrivait dans son costume de savant, en surtout et cravate, un bonnet de cabinet sur la tête. Je m'amusais de le voir causer avec Madame de Fontevrault en latin, en grec et en hébreu. Notre savant connaissait aussi le syriaque et l'arabe, la physique et la médecine, pour ne dire que le dessus. Comme nous admirions qu'il pût conduire ensemble l'éducation du Dauphin, ses études et l'édition des principaux auteurs grecs et latins, il nous répondit qu'il avait pris la résolution de ne pas laisser perdre une minute, pas même celles qui sont perdues pour tout le monde, comme le temps qu'on passe en voiture, au lit avant de s'endormir, en s'habillant ou se déshabillant, et que des enfants lui servaient de lecteurs. L'abbé Huet et ma sœur disputèrent chez moi avec Bossuet sur le sujet du roman que ce dernier trouvait en tous points funeste. Il en interdisait la lecture au Dauphin, ce que l'abbé Huet regrettait, disant que c'était un genre inévitable en raison de l'inquiétude humaine et d'un goût de rêverie que rien ne peut combler et qui, faute d'être satisfait par la réalité, doit se reporter sur des objets imaginaires, qu'il n'y avait là non seulement rien de condamnable, mais une chose nécessaire. *« Empêchez-les de lire des romans et ils deviendront fous ou imbéciles »*, assurait-il. La suite de l'éducation du Dauphin ne devait que trop montrer qu'il avait raison.

Mon père mourut au lendemain du jour de Noël 1675. Il fut enterré dans le chœur de l'église des Pénitents de Picpus dont le monastère avait été fondé par son aïeule. Cette sépulture nous parut plus appropriée et, pour tout dire, plus décente que le tombeau de la crypte des Cordeliers de Poitiers où reposait notre mère. Le duc et la duchesse de Mortemart avaient été trop séparés durant leur vie pour qu'il fût convenable de les réunir dans la mort. Quand il fallut fermer la pierre du tombeau, je me jetai toute sanglotante dans les bras de Marie-Madeleine. *« Je suis anéantie »*, lui dis-je. *« Non,* me répondit-elle, doucement en essuyant mes larmes, *vous êtes étonnée. Ne vous semble-t-il pas,* ajouta-t-elle, *que l'étonnement que l'on sent à la mort de nos parents est une preuve que l'on est dans l'erreur en ne pensant pas assez que nous sommes mortels ? »* Hélas ! Que venait-elle me rappeler ! Je songeais sans cesse à la mort, comme je songeais au péché qui empêchait mon salut. Trouvant sans doute que celui-ci perdurait, une cabale de prêtres voulut m'ôter au Roi et me remettre de force dans la voie droite.

La crainte de Dieu insufflée au Roi dès son plus âge par la Reine, sa mère, lui avait toujours inspiré un respect sacré de la religion, de sorte que les ministres de cette religion étaient les seuls à pouvoir dire exactement ce qu'ils pensaient jusqu'à braver l'autorité royale. Ce privilège leur monta à la tête quand le moment du jubilé ne donna plus de bornes à leur audace. Dès que l'année sainte fut ouverte, les églises se remplirent ; les pauvres furent assistés, les prisonniers visités, on pria, on jeûna, enfin on n'entendit plus parler que de bonnes œuvres. Cela anima le zèle des plus fameux prédicateurs. Au début de l'année, le père Mascaron, prêchant sur la guerre, n'avait pas balancé à dire qu'un héros est un voleur qui fait à la tête de ses armées ce que les larrons font seuls. Il fallut passer un collier de sangsues autour du cou de Monsieur le Prince pour que le sang du corps ne lui montât pas au cerveau. Selon son ordinaire, le Roi demeura parfaitement maître de lui ; il dit seulement au sortir de la cérémonie : *« Je veux bien encore me faire ma place dans un sermon, mais je n'aime pas qu'un autre me la fasse. »* Si le Roi ne voulait pas qu'on se mêlât de l'interpeller dans son métier de Roi, il ne disputait pas ce droit aux prélats pour ce qui concernait les mœurs et, sur ce chapitre, ne se mettait pas au-dessus des simples particuliers. Le Carême fut, cette année, prêché pour la troisième fois par le père Bourdaloue. Maigre à faire peur, le prédicateur était un ascète à la pensée sévère et à la parole terrible. Il lançait ses phrases dans le silence des églises ou des chapelles, comme d'autres des coups de fouet, fustigeant les pécheurs dans des portraits fort bien bordés. Monsieur Pascal avait eu le sien dans un sermon sur la médisance, et monsieur Arnauld dans un autre sur la sévérité chrétienne. En cette année, Bourdaloue prêcha sur l'impureté ; on devine qui servit d'illustration. Le rôle du serpent et celui d'Eve me revinrent tour à tour. Se cramponnant à la chaire, le prédicateur osa interpeller le Roi à mon sujet. La sueur me coulait au front, mais je ne bougeai pas d'un cil tandis que le Jésuite, flattant et attaquant tour à tour le Roi, partait à l'assaut *« Ah ! Chrétien ! Combien de conversions votre seul exemple ne produirait-il pas ? Quel attrait ne serait-ce pas pour certains pécheurs découragés et tombés dans le désespoir lorsqu'ils se diraient à eux-mêmes : Voilà cet homme que nous avons vu dans les mêmes débauches que nous, le voilà converti et soumis à Dieu. »* Je savais que ces reproches laissaient au Roi des impressions vives, car il était fort sensible au devoir qu'il se faisait de donner l'exemple à ses peuples ; autrement dit, le coin était glissé. Bossuet, se saisissant de la cognée laissée par Bourdaloue, remit alors au Roi une longue instruction où il lui donnait à entendre que son salut passait par ma répudiation. Je ne doutais pas que ce prêtre ne fît exactement son devoir, encore que ce zèle ne me paraissait pas dépourvu de beaucoup d'animosité à mon égard. Bossuet tenait les femmes pour peu de chose quand elles étaient sages, c'est dire le cas qu'il faisait des pécheresses. En ce Carême de 1675, j'avais le sentiment qu'une lutte à mort s'était engagée entre l'évêque et moi. Nous nous battions avec des armes bien inégales car, de quelque côté qu'on regardât l'affaire, Monsieur de Condom avait Dieu avec lui.

En ce printemps pluvieux et glacé, je vis arriver la semaine sainte avec une secrète terreur. J'étais restée aussi religieuse que mon péché le permettait et n'étais pas assez perdue pour qu'il ne m'eût pas paru criminel de ne pas respecter le commandement de l'Eglise qui veut qu'un chrétien se confesse et communie au moins à Pâques, une fois l'an ; au-delà de cette barrière je ne voyais que les libertins et les bêtes. Chaque année, je me mettais donc en peine de trouver un confesseur, tortillonnant devant lui les vérités le moins mal que je le pouvais, et ajoutant à mon péché la restriction de conscience. Après ce beau geste, et afin que la rechute ne vînt pas sitôt après l'aveu, je passais quelques jours dans la maison que j'avais acquise rue de Vaugirard, ou encore à l'hôpital Saint-Joseph[1], rue Saint-Dominique, où j'entretenais des petites filles pauvres. Je savais cependant que si l'on s'accommode avec le monde, l'on ne trompe pas Dieu, et cela augmentait encore l'inquiétude qui me rongeait. J'allai donc, en ce début d'avril, me confesser à un vicaire de la paroisse de Versailles. J'avais revêtu une tenue modeste : une robe de basin, la gorge cachée et une mante par-dessus. En dépit de cela, à peine m'étais-je agenouillée que j'entendis ce père Lécuyer lancer au-dessus de ma tête : *« Est-ce là cette madame de Montespan qui scandalise toute la France ? Allez madame, cessez vos scandales et vous viendrez vous jeter aux pieds des ministres de Jésus-Christ. »* Je me redressai et partis aussi fièrement que je le pus, mais à peine étais-je dans ma voiture que j'éclatai en sanglots et déchirai mon mouchoir. Le Roi, me trouvant dans cet état, fit consulter le curé de Versailles qui appuya vigoureusement son vicaire. Bossuet parla plus fortement encore et laissa entendre que, la prochaine fois, ce serait à Sa Majesté que l'on refuserait l'absolution. Le Roi était né sage et régulier ; les grandes fêtes lui causaient tout comme à moi des remords, aussi faiblissait-il. Pendant ce temps, je pleurais et me lamentais, écrivant dix fois le jour à mon amant des billets exaltés, pleins de protestations et de fureurs. Il ne manquait plus à Sa Majesté qu'un conseil, celui de madame de Maintenon qui ne manqua de le lui donner, je devais l'apprendre plus tard. *« Sire, vous aimez fort vos mousquetaires,* lui dit-elle, *que feriez-vous si on*

1. Hôpital a alors souvent le sens d'hospice.

venait dire à Votre Majesté qu'un de vos mousquetaires que vous aimez fort a pris la femme d'un homme vivant et qu'il vit actuellement avec elle ? Je suis sûre que, dès ce soir, il sortirait de l'hôtel des Mousquetaires et n'y coucherait pas, quelque tard qu'il fût. » Ces paroles habilement glissées, madame de Maintenon venait me consoler. Elle se disait mon amie, m'embrassait et, avec des paroles très chrétiennes, m'exhortait à me retirer à Clagny où elle jurait de me suivre. Je la crois d'ailleurs sincère sur ce point, cette dame aimait tant à jouer des beaux personnages qu'elle se donnait complètement dans chacun de ses rôles. La situation pour le Roi et pour moi était digne d'une pièce de monsieur Racine. Que restait-il aux malheureux amants ? Le jour de Pâques 1675, le Roi et moi nous quittâmes nous aimant plus que la vie.

Notre séparation accomplie, le Roi partit pour les Flandres et je me retirai à Paris dans la maison de Vaugirard. J'allais aussi à l'hôpital Saint-Joseph. Le Roi et moi n'avions pas connu de séparation depuis la nuit d'Avesnes ; je ne m'accoutumais pas à son absence. L'amour violent qui était mon crime, je l'éprouvais encore. Je priais, pleurais, envoyais sans cesse des lettres à mon amant. « *Je ne vous ai quitté que pour être plus avec vous que jamais et vous aimer à en mourir* », écrivais-je, et le Roi me répondait : « *Je ne pense qu'en vous et toutes les pensées de la guerre ne m'en détournent pas un moment.* »

Le printemps fut si pluvieux cette année-là qu'on promena la châsse de sainte Geneviève. Bossuet vint plusieurs fois me prêcher. Il venait d'édifier le monde du sermon qu'il prononça pour la prise d'habit de mademoiselle de La Vallière. « *Vous, ma sœur, qui avez commencé à goûter ces chastes délices, descendez, allez à l'autel ; victime de la pénitence, achevez votre sacrifice. Le feu est allumé, l'encens est prêt, le glaive est tiré.* » Un tel programme me faisait horreur ; je ne pouvais croire que la volonté de Dieu fût mon anéantissement. Monsieur de Condom poussait la cruauté jusqu'à me montrer, afin que j'entrasse mieux dans ses vues, les épîtres qu'il faisait parvenir au Roi : « *Songez, Sire, que vous ne pouvez être véritablement converti si vous ne travaillez à ôter de votre cœur non seulement le péché mais la cause qui y porte. La conversion véritable ne se contente pas seulement d'ôter les fruits morts, comme parle l'Ecriture, c'est-à-dire les péchés ; mais elle va jusqu'à la racine qui les ferait repousser infailliblement, si elle n'était arrachée. Jamais votre cœur ne serait paisiblement à Dieu tant que cet amour violent, qui vous a si longtemps séparé de Lui y régnera.* » Que pouvais-je répondre ? On ne va nulle part par la voie du désespoir. J'écoutais tout, je convenais de tout, mais j'aimais encore et je me trouvais dans la situation bien ordinaire de regretter mes fautes, mais de désirer de me trouver à portée de les commettre encore. « *Nous demandons à Dieu, madame, avec toute l'application possible ce que vous voulez que nous lui demandions, c'est-à-dire une conversion entière de votre esprit et de votre cœur. Je crois que nous allons être exaucés* », me disait Bossuet en me quittant. « *Vous me croyez telle que vous me souhaitez. Plaignez-moi plutôt de ce que je résiste encore à Dieu* », répondais-je. Après son départ, j'avais des vapeurs tristes qui ne se peuvent représenter.

Madame de Maintenon vint me prêcher à son tour et me verser à pleins seaux l'horreur de mon crime. Tantôt elle me parlait de la vengeance d'un Dieu justement irrité, tantôt elle me faisait voir combien sa miséricorde l'emportait sur sa justice. La plupart du temps, elle s'employait à me faire peser les désagréments de la vie que je menais, toujours mêlée de peines et de travers, avec la jouissance paisible que Dieu promet à ceux qui l'aiment et font sa volonté. Quand je lui disais qu'une jouissance paisible ne me tentait guère et que la volupté ne me semblait pas s'accorder avec l'idée de calme et de sérénité, elle s'entêtait dans le parallèle de la joie durable et solide de l'autre monde aux plaisirs trompeurs et passagers de celui-ci. Je l'ai arrêtée plus d'une fois sur la voie où elle se précipitait ; pour ce qui était du plaisir, je croyais en savoir plus long qu'elle. « *Quand on croit avoir du plaisir,* lui disais-je, *c'est qu'on en a en effet.* » Je sais aujourd'hui que cette dame qui me prêchait tant sur la continence était la maîtresse du Roi depuis qu'elle était venue à Saint-Germain.

L'annonce que le comte de Vexin était gravement malade me fit me précipiter à Clagny où je trouvai mon fils au plus mal. La fièvre lui donnait de si grandes douleurs aux yeux qu'il ne pouvait souffrir dans sa chambre qu'une petite bougie embrasée. Moi qui ne sais pas seulement dormir sans lumière, tant j'ai horreur de l'obscurité, je fus six jours et six nuits comme dans un four sans m'en apercevoir. Je lui donnais à boire de moment en moment sans qu'il eût seulement la force de me regarder. Il était d'une tristesse affreuse et comme préparé à mourir. Enfin, après une semaine, il fut en sûreté de vie, quoique dans un grand abattement. Il me parut renaître dans ma maison de Clagny où les jonquilles et les orangers de monsieur Le Nostre répandaient une odeur exquise. Ayant appris la maladie de mon fils, la Reine eut la bonté de venir me visiter. Sa Majesté avait eu une grande joie de ce que le Roi se fût séparé de moi ; comme elle se désolait de ne plus être grosse, la vieille comtesse de Béthune lui avait dit : « *A présent, Votre Majesté aura de quoi faire des enfants à l'avance.* » Madame de Béthune ignorait ce que j'ignorais alors moi-même, à savoir que le Roi épuisait son trop-plein de force non avec la Reine, mais avec madame de Maintenon. La Reine monta dans ma chambre où elle fut une demi-heure, alla dans celle du comte de Vexin. « *Tiene una cara muy agradable*[1] », me dit-elle en le baisant au front, ce qui me fit rougir car le comte de Vexin ressemblait au Roi, après quoi la Reine m'emmena dans sa voiture à Trianon. Madame de Thianges ne m'avait guère quittée ; beaucoup avaient fait prendre des nouvelles d'heure en heure. « *Vous n'avez qu'à vous louer de tout le monde* », me dit madame de Richelieu. « *Il est vrai,* lui répondis-je, *que le général du monde*[2] *a conservé de grandes honnêtetés pour moi.* » J'étais d'autant plus tranquille que madame de Maintenon étant partie avec le duc du Maine, je me trouvais délivrée de ses prêches, de ses jugements et de sa jalousie sur mes enfants. Ce voyage avait été rendu nécessaire par la santé de mon aîné. Le duc du Maine ne marchait pas encore, de plus il lui était venu un abcès au fondement. Monsieur Fagon, son médecin, conseilla les eaux de Barèges. Le Roi avait fait la proposition de l'accompagner à madame de Maintenon qui accepta à condition de ne rendre de comptes qu'au Roi sur son voyage. J'ignorais que madame de Maintenon allait profiter de cet accord pour écrire au Roi quantité de lettres fort habiles où elle faisait valoir autant son esprit que les soins qu'elle donnait à mon fils ; pour l'heure, j'étais heureuse d'être privée de sa présence. Beaucoup de dames vinrent alors visiter Clagny ; elles me trouvaient au milieu de plus de mille ouvriers, occupée des derniers ouvrages. Madame de Sévigné qui faisait la gazette à Paris vint à la suite des autres, ce qui lui permit de me peindre

1. Il a un beau visage.
2. Dieu.

comme Didon faisant bâtir Carthage ; cela sentait un peu son dépit.

Enfin le retour du Roi fut annoncé. Devant qu'il ne parte, Bourdaloue lui avait dit qu'il serait plus content si Clagny était à quatre-vingts lieues de Versailles. C'était le sentiment de Bossuet qui accabla le Roi de tant de lettres d'admonestation que je finis par en rire tout bas. « *Sa Majesté,* dis-je à madame de Thianges, *n'aime guère qu'on lui fasse la barbe à contrepoil, encore un peu et l'évêque va manquer le but à force de vouloir y prétendre.* » Je ne me trompais pas. Quand Monsieur de Condom se précipita à Luzarches au-devant du Roi pour s'assurer de ses bonnes résolutions, le Roi l'empêcha de parler : « *Ne dites rien,* lui dit-il. *J'ai donné mes ordres. Ils devront être exécutés.* » Sa Majesté arriva à Versailles le dimanche 21 juillet. La veille, la Reine, toutes les dames de la Cour et moi-même étions allées reprendre nos appartements. La première visite du Roi fut pour la Reine ; la seconde pour moi. Il s'arrêta sur le pas de la porte un moment qui me parut une éternité ; je vis alors qu'il était venu seul. Nous nous regardâmes et courûmes au-devant de l'autre.

La reconquête de mon amant me rendit plus heureuse que je ne l'avais jamais été. On sait que le jeûne renouvelle l'appétit ; à part moi, je louais Bossuet d'avoir fait redoubler nos embrassements. J'eus plus d'une fois l'occasion de penser que le Roi et moi faisions à l'évêque exactement ce que mademoiselle de Lenclos avait fait au marquis de La Châtre. Ce sot avait obtenu d'elle un billet où elle lui promettait fidélité. Chaque fois qu'elle prenait un nouvel amant, elle riait, disant à part elle : « *Ah vraiment ! le bon billet qu'a La Châtre !* » Oui, le bon billet qu'avait le précepteur du Dauphin ! Il me fut rapporté que la petite marquise de Sévigné, m'ayant vue au jeu, familièrement appuyée sur l'épaule de mon ami, disait dans tout Paris : *« La souveraineté est rétablie comme depuis Pharamond. »* C'était assez bien croqué.

Huit jours après le retour du Roi, nous reçûmes la nouvelle de la mort du maréchal de Turenne. Le boulet qui le coupa en deux étourdit le monde. Le Roi l'apprit comme il se trouvait avec moi à Clagny. Je le vis chanceler. Le soir, quand les courtisans furent autour de sa table, il dit en retirant son chapeau : *« Nous avons perdu le père de la patrie. »* Toute la Cour fut dans un grand transissement et beaucoup en larmes. Il fut rapporté que les soldats faisaient des cris qui s'entendaient à deux lieues. A Paris, chacun parlait et s'attroupait pour le regretter. Je le pleurai comme les autres, plus sans doute, car je me rappelais que monsieur de Turenne avait sauvé le Roi, la Cour et toute la France au jour de la bataille de Bléneau. Pour réparer cette mort, le Roi fit huit maréchaux que les courtisans nommèrent *la monnaie de Turenne,* parmi eux Luxembourg, La Feuillade et Vivonne. Nommé vice-roi de Sicile, mon frère avait pris Messine et eu un grand triomphe devant Palerme avec douze vaisseaux de ligne seulement contre un ennemi qui en avait le double. Les circonstances de la mort du maréchal de Turenne faisaient encore toutes les conversations quand nous apprîmes que le maréchal de Créqui, s'étant trouvé enfermé dans Trèves, avait dû livrer la place. Bien que le Roi se tienne toujours en public de façon que l'on ne sache pas quand il est heureux ou quand il ne l'est pas, on le vit pâlir. Dans son intérieur, son dépit fut marqué : *« Mes troupes ont été battues*, me dit-il, *par des gens qui n'ont jamais joué qu'à la bassette. »* Cette déroute étonnait et commença de faire trembler. Monsieur le Prince alla à l'armée d'Allemagne sans plaisir : *« Je voudrais bien avoir causé seulement deux heures avec l'ombre de monsieur de Turenne pour prendre la suite de ses des-*

seins », dit-il devant que de partir. Je tentai de consoler le Roi de la perte de monsieur de Turenne en montrant que ce grand capitaine avait disparu au milieu de sa gloire et que sa réputation ne pouvait augmenter. « *Oui,* me dit tristement le Roi, *quelquefois, à force de vivre, l'étoile pâlit.* »

Les dévots ne manquèrent pas d'attribuer la perte de monsieur de Turenne au renouvellement du péché. Quand nous partîmes pour Fontainebleau à la fin de l'été et que je voulus me confesser, la duchesse de Richelieu battit en vain les buissons pour me trouver un confesseur. Bossuet repartit en guerre ; il voyait le Roi souvent. Dieu sait que l'évêque est puissant dans le tête-à-tête. Je sus plus tard comment madame de Maintenon poussait à la roue. Non contente d'exhorter le Roi à renoncer à tout commerce avec moi, de lui parler du roi David et de sa passion pour Bethsabée qui fit commencer les malheurs de ce prince, elle s'entretenait de la vertu de Sa Majesté avec le père La Chaise, déplorait avec lui les égarements du Roi et s'étonnait que le confesseur n'interdît pas tous les sacrements à son pénitent. Elle oubliait, je pense, d'avertir le père La Chaise qu'elle était également la maîtresse du Roi. Cette dame a poussé si loin la dissimulation que je crois qu'elle cachait ce péché à son propre confesseur, de sorte que l'abbé Gobelin, qui fut sa dupe toute sa vie, dut mourir fort édifié de sa pénitente ; puisqu'on dit que tout paraît dans l'autre monde, je sais un homme qui connaîtra quelques surprises en paradis. Pressés de toutes parts, le Roi et moi nous nous séparâmes à nouveau à la veille des fêtes de Pâques 1676. Après avoir fait son bon jour[1] le Roi partit pour Péronne et moi pour prendre les eaux de Bourbon. Je refusai, cette fois,

1. Avoir communié.

de brider ma coiffe [1]. Je montai dans un grand carrosse avec ma nièce, mademoiselle de Thianges, que j'allais bientôt marier au duc Sforza. Mes femmes suivaient dans un second carrosse, ensuite deux fourgons, des gardes, un train de quarante-cinq personnes. Je recevais tous les jours un courrier de l'armée. Après ma cure et un séjour à Fontevrault, il fut question de savoir si je reviendrais à la Cour. « *Pourquoi non ?* disaient mes parents et mes amis. *Madame de Montespan, par sa naissance et par sa charge doit y être.* » Il restait cependant une difficulté. « *Madame de Montespan,* ajoutait-on, *paraîtra-t-elle devant le Roi sans préparation ? Il faudrait qu'ils se vissent avant de se rencontrer en public, pour éviter les inconvénients de la surprise.* » Sur ce principe, il fut conclu, tout à fait en dehors de nous, et par un pacte entre les partis opposés, que le Roi viendrait chez moi. Mais, pour ne pas donner à la médisance le moindre sujet de mordre, on convint que cette fois les dames respectables et les plus graves de la Cour seraient présentes à cette entrevue, et que le Roi ne me verrait qu'en leur compagnie. Le Roi à son retour de la guerre vint donc dans mon appartement de Versailles, comme il avait été décidé : mais insensiblement il me tira dans une fenêtre ; nous nous parlâmes bas assez longtemps ; nous nous regardâmes les yeux, nous pleurâmes et nous nous dîmes tout ce que peuvent se dire deux amants que l'on a arrachés l'un à l'autre ; nous fîmes ensuite une profonde révérence à ces vénérables matrones puis passâmes dans ma chambre, ce dont il advint mademoiselle de Blois, et ensuite le comte de Toulouse.

1. Se retirer, se cacher (une femme serre les rubans de sa coiffe pour dissimuler son visage).

Après ces retrouvailles, notre attachement parut plus fort qu'il n'avait jamais été. Mon triomphe ne fut pas modeste. Je l'avais emporté sur mademoiselle de La Vallière avec l'aide de Dieu et je venais de gagner contre Dieu ou du moins contre ses prêtres, mais je savais qu'on ne se moque pas du Ciel, que j'aurais à rendre des comptes et cette pensée augmentait le poids des remords qui ne cessaient de m'écraser. Les jours enchantés que je connus avec mon amant ne durèrent pas. Mon absence avait rallumé la convoitise de mes rivales. Le Roi était galant et n'était pas l'homme le plus fidèle en amour. Je savais qu'il avait parfois des aventures de rencontre ; son valet, Chamarande, réglait alors le détail. Quand je l'apprenais, l'affaire était passée, aussi affectais-je de n'en parler que par humeur ou pour me divertir. La seconde Madame me voyant un jour fort bouleversée après quelque révélation, me dit en levant ses épaules larges comme celles d'un homme : « *A votre place, je ne me soucierais pas ; ces femmes sont comme des chevaux de poste qu'on ne monte qu'une fois.* » Je n'en fus pas rassurée pour autant, car qui peut dire qu'un cheval de poste ne plaira pas à son cavalier et n'entrera pas dans l'écurie du maître ?

Madame de Soubise fut la première cavale, si j'ose dire. Je découvris cette intrigue par l'affectation que cette dame avait de mettre certains pendants d'émeraude les jours que monsieur de Soubise allait à Paris. Sur cette idée qui n'était encore qu'un simple soupçon, je cherchai à m'éclaircir. Il se trouva que les boucles d'oreilles étaient effectivement le signal de l'absence du mari. J'appris que le manège avait commencé lors de mon séjour à Bourbon. J'ai dit que madame de Soubise était froide, qu'elle était comme une belle statue et qu'elle se trouvait uniquement occupée des intérêts de sa maison. Pour juger de ce qu'elle a sacrifié sur cet autel, il suffit de considérer l'état présent de sa fortune et de le comparer à ce qu'il était quand elle y est entrée ; à peine monsieur de Soubise avait-il alors six mille livres de rente. Madame de Soubise a soutenu son caractère et suivi les mêmes idées dans le mariage de son fils avec l'héritière des Ventadour, veuve du prince de Turenne. La mauvaise conduite de la personne ne l'arrêta pas ; elle pensa ce que madame Cornuel en dit alors : *« Ce sera un grand mariage dans un siècle. »*

Mes plaintes renouvelées auprès du Roi et la crainte du scandale firent retirer les pendants d'émeraude. Madame de Ludres vint à la suite. Après la mort de la première Madame, notre chanoinesse était passée au service de la seconde épouse de Monsieur. Elle poursuivait de se laisser faire l'amour par nombre de galants sans se laisser toucher le bout des doigts qu'à bonnes enseignes. Après le duc de Lesdiguières et le chevalier de Vendôme, Vivonne en fut amoureux. Il avait failli avoir une affaire avec le chevalier ; cette grande passion dura huit jours. Pour une sotte, madame de Ludres calculait assez bien ; elle crut qu'une vertu jusque-là épargnée pouvait être sacrifiée habilement sur l'autel du Roi.

Mon cœur autant qu'il peut fait encore résistance
Et pour attaquer ma constance,
Il ne fallait pas moins que le plus grand des dieux[1].

J'eus vent de l'intrigue quand j'appris que le Roi, accompagné de Chamarande, se rendait en chaise du Château-Vieux de Saint-Germain au Château-Neuf où la demoiselle logeait près de Madame, laquelle se plaisait à dire que les faveurs d'une chanoinesse[2] permettaient sans doute au Roi d'abandonner les péchés mortels pour un véniel. L'inclination que le Roi eût voulu garder secrète monta à la tête de madame de Ludres ; par ses airs étudiés, elle voulut que toute la Cour crût à une grossesse. Je goûtais d'autant moins ce badinage que j'étais grosse d'un sixième enfant du Roi. La fatigue augmentant mon humeur, je portai des plaintes fort amères à mon amant. Je fus tout à fait effrayée quand, sur la seule opinion qu'elle était aimée du Roi, je vis que toutes les dames se levaient à l'approche de madame de Ludres, même en présence de la Reine, et ne s'asseyaient que quand la dame leur en faisait signe ; c'est par cette marque de distinction qui m'était alors réservée que la pauvre Reine apprit l'infidélité du Roi. Quelqu'un se permit à ce moment de demander à la Reine ce qu'elle entendait faire. *« Mais ceci est l'affaire de madame de Montespan »*, répondit Sa Majesté montrant qu'elle avait plus de sens qu'on ne lui en accordait généralement. Et que pouvais-je faire avec mes robes battantes ! Il y eut des larmes, des chagrins, des cris et des bouderies. *« Quand quitterez-vous ce haillon ? »* ne cessais-je de dire au Roi. Mon amant se réfugiait derrière un air ennuyé et son éternel : *« Vous savez madame que je n'aime pas à être gêné. »* Voilà qui était

1. *Isis*, opéra de Lully.
2. Laïque.

commode ! Et moi, ne l'étais-je pas, *gênée* ! Je me tuais à force de pleurer. Le Roi passa son humeur sur le prince de Marsillac accusé de faire le délateur. J'eus volontiers étranglé la tudesque qui causait mon malheur. Madame de Thianges enrageait plus que moi ; je l'ai vue tenter d'écraser madame de Ludres dans une porte ; elles se heurtaient quand elles se rencontraient. La Cour se régalait de ce combat et vit dans *Isis* que nous donna Lully un opéra qui figurait le drame que nous vivions. En une soirée, je devins l'altière Junon poursuivant le long de trois actes la pauvre Io séduite par Jupiter. On reprenait les plaintes de la malheureuse :

Terminez mes tourments, puissant maître du monde,
Sans vous, sans votre amour, hélas je ne souffrirais pas.
Réduite au désespoir, mourante vagabonde,
J'ai porté mon supplice en mille affreux climats.
Voyez de quels maux ici-bas
Votre épouse punit mes malheureux appas
Délivrez-moi de ma douleur profonde.

Je ne me faisais pas faute de rapporter ces bavardages au Roi : « *Eclaircissez-moi,* lui demandai-je, *Io n'est-il pas le nom de cette nymphe que Jupiter, pour éviter le soupçon, transforma en génisse ? – Vous savez votre mythologie, madame,* dit le Roi avançant avec prudence. – *Une génisse ! Ah Sire ! Quelle malignité ! A vrai dire... quand on regarde madame de Ludres, il y paraît bien quelque chose.* » Je passai ainsi des mois affreux. Le malheur de la chanoinesse vint d'elle-même ; cette sotte se crut assez forte pour imposer un certain Montataire, mauvais garnement sans considération ni crédit, comme intermédiaire entre le Roi et elle. Sa Majesté qui avait chargé Chamarande de ce soin fut tellement surprise de se trouver en présence de Montataire qu'Elle cessa toute relation avec madame de Ludres et lui fit donner le conseil de se retirer dans un couvent. Quand Monsieur vint faire la demande au Roi de cette pieuse retraite pour une fille de Madame, Sa Majesté répondit : *« Comment ! N'y est-elle pas déjà ? »* Madame de Ludres fut à Sainte-Marie de Bellechasse, à Port-Royal, enfin aux Dames du Saint-Sacrement de Nancy. *« Mademoiselle de La Vallière au Carmel, madame de Ludres au Saint-Sacrement. Je suppose qu'il sera beaucoup pardonné à Sa Majesté en faveur du recrutement qu'Elle fait pour les maisons religieuses »*, dis-je un soir à madame de Maintenon qui me parut rire assez jaune.

Le 9 février 1677, je mis au monde mademoiselle de Blois à Maintenon où je m'étais retirée. En mai, je repris ma place à Versailles. Je reçus au lit où je me reposais avant le médianoche, dans une toilette au point de France, coiffée de mille boucles, les perles de la maréchale de l'Hôpital embellies de pendeloques de diamants, trois ou quatre poinçons avec des rubans noirs dans les cheveux. Madame de Thianges, triomphante, donnait des traits de haut en bas sur la pauvre Io. On comprit que Junon l'avait emporté. Je m'entretins aimablement avec madame de Sévigné, comparant avec elle les vertus des eaux de Bourbon et celles de Vichy. Cette pointue alla répandre qu'elle avait vu une *duchesse de Valentinois* [1]. Je m'en trouvai flattée.

Quand ces nouvelles attaques furent lancées, j'avais repris de longtemps mon commerce avec les devins, devineresses et magiciens en tous genres ; à vrai dire, je fus toujours si menacée que je ne sais si je l'avais jamais véritablement laissé. Comme il y aurait eu du

1. Diane de Poitiers.

ridicule, et sans doute du sacrilège, à prier Dieu qu'Il me gardât le cœur de mon amant, je me trouvais réduite à sacrifier aux puissances occultes. Un goût pour le mystère et tout ce qui est charme[1], sans parler d'une touche de déraison propre aux Mortemart, firent le reste. Mademoiselle des Œillets se chargeait de mes courses et fréquentait pour moi les esprits succubes. Elle me ramenait des poudres pour l'amour, des prédictions, commandait des messes et des prières qui me coûtaient beaucoup d'argent, mais il me fallait acheter de l'espoir quel qu'en fût le prix. Elle allait aussi rapporter mes songes en exposant les circonstances qui les avaient entourés ; certains me troublaient beaucoup, ainsi celui où j'avais rêvé que j'avais perdu tous mes cheveux. Je m'aperçus bientôt que mademoiselle des Œillets me remplaçait aussi en d'autres occasions. Quand je me trouvais occupée ou malade, il arrivait que le Roi demeurât seul dans mon appartement. Il se reposait près du feu avec ses chiennes couchantes. Mademoiselle des Œillets s'offrit sans doute à le divertir car, après qu'elle eut quitté mon service, du jour au lendemain et sans vouloir en dire la raison, elle mit au monde une fille qu'elle assura être du Roi, encore qu'on pût en douter car mademoiselle des Œillets était au mieux avec le premier valet de chambre de Sa Majesté qui pouvait tout aussi bien avoir rempli l'office de géniteur.

Si l'on veut penser à ce qu'était ma vie alors, il faut considérer que madame de Soubise, madame de Ludres et autres conquêtes du Roi ne me créaient que des chagrins ordinaires. Je me souciais bien davantage de la faveur grandissante de madame de Maintenon. Elle avait profité du voyage à Barèges pour établir un

1. Magie.

commerce de lettres régulier avec Sa Majesté. Comme madame de Maintenon a beaucoup d'esprit, elle revint de ce voyage avec un meilleur personnage qu'elle était partie. A son retour, elle entendit réserver au Roi seul la nouvelle que le duc du Maine marchait. Pour donner à Sa Majesté le plaisir d'une agréable surprise, elle lui conduisit mon fils dans sa chambre où il entra mené par la main. Ce fut un transport de joie et partout un concert de louanges ; on ne parlait à la Cour que des grands miracles faits par madame de Maintenon. Je pardonnai beaucoup en voyant marcher le duc du Maine. Quand je voulus lui tendre les bras, il courut se réfugier dans les jupes de sa gouvernante.

J'ai conté que ce fut à Maintenon que j'accouchai de mademoiselle de Blois, la naissance de *« l'enfant du jubilé »* ne pouvant se faire à la Cour. J'avais emmené à Maintenon, outre madame de Thianges, le duc du Maine et mademoiselle de Tours. Je n'espérais plus, à vrai dire, faire la conquête de mon fils, tant il répondait à la tendresse que madame de Maintenon avait pour lui ; cet amour était exclusif car elle n'aimait pas tant les autres. Il faut dire que le duc du Maine était l'enfant le plus attachant du monde. C'était au physique le portrait du Roi, avec un naturel vif et joyeux et un esprit très au-dessus de son âge. Je me souviens qu'étant un jour assis devant la fenêtre de sa chambre à Versailles, il vit passer le duc de Montausier, gouverneur du Dauphin. Monsieur de Montausier tenait une baguette avec laquelle il fouettait des chiens qui couraient près de lui. *« Alors, monsieur de Montausier, toujours le bâton haut ? »* cria mon fils en se penchant dans la cour des Princes. Le propos qui rappelait assez la façon dont le duc de Montausier menait le Dauphin fit le tour de la Cour et fit rire jusqu'au Roi, assez heureux que son cadet le vengeât de l'éducation qu'il avait lui-même voulue pour l'aîné et dont il commençait de mesurer les conséquences. Une autre fois, nous faisions médianoche sur le grand canal, mon fils, s'échappant de dessus les genoux de sa gouvernante, dit bien haut en désignant le Roi du doigt :

— *Cet homme-là n'est pas mon papa ; je ne dirai pas que c'est mon papa.*

— *Voulez-vous bien vous taire,* coupa madame de Maintenon, car le Roi défendait que ses enfants légitimés l'appelassent ainsi.

— *Je sais bien, je vous assure que je ne puis dire que cet homme est mon papa,* dit mon fils en faisant des cabrioles, puis riant aux éclats devant le sourcil froncé du Roi, il ajouta : *mais s'il n'est pas mon papa, on ne peut nier qu'il soit le Roi mon père ! Et l'on ne saurait me défendre d'aimer le Roi mon père !*

Le Roi et moi nous regardâmes en retenant un sourire devant l'habileté du petit fripon. Je crois que Sa Majesté, à part elle, faisait des comparaisons entre la lenteur du Dauphin et la vivacité du duc du Maine.

Puisque j'en suis au portrait de mes enfants, je dirai un mot des autres. Mademoiselle de Tours avait le caractère du Roi ; c'était une enfant parfaitement sage et affable ; elle apprenait bien. Mademoiselle de Nantes avait tout hérité des Mortemart, elle avait le teint pâle et les yeux bleus, beaucoup d'esprit de raillerie et déjà un caractère fort volontaire. Quant au comte de Vexin, avec le visage du Roi et de son aîné, c'était un enfant malade. Non seulement il demeura hottu, mais après la fièvre dont je viens de parler, il tomba dans une grande langueur dont rien ne put le tirer.

Le retour de madame de Maintenon de Barèges renouvela les occasions de nous heurter, ce que la fierté de cette dame souffrait de plus en plus difficilement. Elle fit mine à maintes reprises de se retirer à Maintenon. Elle disait alors que la Cour l'ennuyait, qu'elle aurait désiré fort d'en être loin, que tout ce qu'elle avait souhaité jusqu'ici était de mener une vie tranquille et qu'étant maîtresse d'elle-même, elle travaillerait plus efficacement à son salut. Elle ajoutait qu'en dépit de tous ces dégoûts, son confesseur l'engageait à demeurer à la Cour ; de sorte que cette dame ne semblait demeurer parmi nous qu'à la façon dont quelques saints sont allés chez les Turcs : pour faire pénitence et nous mieux convertir.

Barèges fut renouvelé l'année suivante. Le Roi se récria qu'il ne voulait pas imposer cette fatigue à la gouvernante de son fils. Madame de Maintenon fit beaucoup de façons pour dire enfin au Roi qu'elle ne pourrait jamais prendre sur elle de laisser partir le petit duc sans qu'elle fût avec lui, que son inquiétude en restant à la Cour l'emporterait de beaucoup sur les fatigues du voyage. Le Roi loua infiniment son zèle. Elle partit avec la suite de mon fils et trois femmes pour s'occuper d'elle. Un fourgon suivait, portant le lit du duc du Maine et celui de madame de Maintenon. On montait ces deux lits tous les soirs ; le Roi n'en avait pas toujours autant à la guerre. Au retour, le Roi lui fit l'accueil le plus gracieux et n'épargna rien pour lui montrer combien il lui était reconnaissant. Voilà comment cette dame se servait de mon fils pour avancer auprès du Roi. Je ne donnerai qu'un autre exemple qui prend place un peu plus tard. En 1678, je laissai madame de Maintenon à Saint-Germain avec mes enfants pour accompagner le Roi en Flandre. La gouvernante de mes enfants fit imprimer un recueil des lettres du duc du Maine à ses parents, ainsi que des réflexions sur Plutarque et quelques versions latines, sous le titre : *Œuvres diverses d'un auteur de sept ans.* L'ouvrage nous fut envoyé avec une dédicace de la gouvernante qui flattait outrageusement la mère et surtout le père. On faisait dire à mon fils que les victoires des Grecs et des Romains n'étaient rien à côté de ce que l'on voyait aujourd'hui et que la prise de Troie semblait une bagatelle quand on avait entendu chanter des *Te Deum* pour la prise de cent villes. Tout était de cette eau-là et fort bien enrobé. Je fus la première flattée, tout en sentant l'impureté du dessein. Le Roi se trouva comblé dans sa fierté paternelle et dans son orgueil de prince et tout cela retomba en louanges infinies sur madame de Maintenon.

Je sentis augmenter le danger lorsque madame de Maintenon se vit assez bien voulue du Roi pour s'adresser à lui directement afin de rendre à sa famille et à ses amis nombre de services. Elle se faisait ainsi un rempart d'obligés, sans lequel on ne tient pas longtemps dans les cours. Elle fit rappeler Bonne d'Heudicourt ; pour celle-là je dus intervenir, puis ce furent des faveurs pour la famille Montchevreuil jusque-là assez obscure, pour celle du marquis de Beuvron avec qui elle avait été plus que bien. Ces élévations, afin que le Roi ne pût douter de la modestie de madame de Maintenon, n'étaient jamais considérables ; cette dame savait l'art d'obliger avec peu. Il y eut aussi des exclusions : madame de Sévigné se trouva chassée du paradis parce que cette bavarde ne respectait pas le mystère dont s'enveloppait la gouvernante. Quant au chevalier de Méré qui avait formé l'esprit de madame Scarron, il fut banni parce qu'il disait son fait à madame de Maintenon. On assura qu'il avait eu l'audace de prétendre à la main d'une si grande dame ; ce crime de lèse-majesté lui mérita l'exil. Madame de Maintenon rendit aussi de grands services à sa famille, obligeant et faisant même venir à la Cour nombre de faméliques qu'elle débarbouillait au passage de l'hérésie ; ils lui devinrent dévoués corps et âmes. Elle poussa son frère, mauvais garçon, dans le service le plus qu'elle pût, mais elle fut toujours mal payée de ses peines, tant Constant d'Aubigné se conduisait de façon à lui faire regretter ce qu'elle faisait pour lui. Elle lui obtint un commandement de place en Alsace, puis un autre à Cognac. Elle tenta ensuite de lui trouver un parti sortable, mais il épousa une fille de peu de chose, sans qu'il en eût même avisé sa sœur. Il faisait des dépenses extravagantes, voyait de très mauvaise compagnie, et disait librement tout ce qui lui passait par la tête. Un jour qu'il jouait au pharaon avec Vivonne, monsieur d'Aubigné mit sur la table une somme si considérable que mon frère s'écria : *« Il n'y a sûrement que d'Aubigné qui puisse jouer si gros jeu. — C'est,* répondit sur-le-champ celui-ci, *que j'ai eu mon bâton de maréchal en argent. »* En dépit des recommandations multiples de sa sœur, le frère ne partageait pas la prudence de celle-ci. S'il faisait quelque dépense au-dessus de ses forces et que ses amis étonnés lui reprochaient sa folle conduite, il lançait : *« Le beau-frère paiera tout ! »* Ces propos ne me furent rapportés que bien tard. J'en viens là à un point délicat, car je n'ai eu longtemps sur le sujet des rapports du Roi et de madame de Maintenon que des inquiétudes vagues et des sentiments confus. Je ne pense pas cependant avoir un talent de pénétration au-dessous de la portée ordinaire, car enfin si j'entendais parfaitement que le Roi était revenu de ses préventions contre madame Scarron, il était bien difficile de prévoir la suite de ces commencements d'estime. Quelle apparence pouvait-il y avoir que la gouvernante de mes enfants devînt la maîtresse de mon amant ? Quelle chance y avait-il qu'une femme plus âgée que le Roi de six ans, la taille bien prise, mais le nez long et toujours rougi par le rhume, le menton double, perpétuellement vêtue de couleurs *prunes de Monsieur, tabac d'Espagne* ou *crotte de souris,* pût donner dans la vue du prince ? Quelle probabilité pouvait-il y avoir que le plus grand Roi du monde s'intéressât à une femme dont la naissance obscure était entachée d'hérésie, à la fille d'un assassin multiple, à la veuve d'un poète cul-de-jatte et scandaleux ? Il n'est pas une personne sensée qui eût parié un fifrelin là-dessus. D'autant que rien de si modeste, de si prude, de si ardent à la dévotion, que madame de Maintenon. Toujours une citation de l'Ecriture à la bouche et la plume à la main pour s'entretenir avec un confesseur sévère de l'état de son âme. On ne peut m'accuser d'être aveugle quand on ne donnait rien à voir. La gouvernante de mes enfants montrait sur tout ce qui touchait le Roi une froideur absolue : pas une rougeur, pas un regard ne la trahissait ; ses manières interdisaient même qu'on pût y penser. C'était à croire que Sa Majesté lui était indifférente. Jamais, vivant quotidiennement à la Cour où chacun fait métier d'épier, elle n'a donné prise au soupçon, pas même au bavardage. La vérité, que j'ai vue un peu tard, est que nul n'a poussé plus loin l'art de la dissimulation que cette dame. Les comédiens du Roi et ceux de l'hôtel de Bourgogne ne sont rien auprès ; quant au Tartuffe de monsieur Molière, c'est un petit bonhomme devant elle. Je crois que madame de Maintenon a pris un très grand plaisir à jouer la plus belle comédie du siècle, à tromper toute la société et à manœuvrer le monde de par les souterrains.

Quand je vis que le Roi commençait à prendre du goût à la conversation de madame de Maintenon et à lui demander des avis sur bien d'autres choses que l'éducation de mes enfants, mon humeur s'en ressentit et augmenta à proportion de la raison et de la modération que madame de Maintenon affichait. Le Roi était alors fatigué de nos querelles et ne savait comment y remédier. Il n'était pas encore revenu de l'amour qu'il avait pour moi et, d'un autre côté, la docilité de madame de Maintenon, jointe à son esprit, lui avait rendu sa société si agréable qu'il n'avait nulle envie de s'en détacher. Il ne voulait se défaire ni de l'une ni de l'autre ; la balance entre nous était égale. Peut-être qu'un peu de raison m'eût permis de garder le cœur de mon amant, mais je n'avais jamais été capable de gouverner mon trop de caractère et les luttes incessantes que j'avais dû mener ne m'avaient pas appris à vaincre mon humeur. Je demeurais la même, toujours prête à tout renverser plutôt que de n'en pas venir à bout. Madame de Maintenon, qui me connaissait bien, avait résolu de me laisser me perdre moi-même et qu'ainsi toutes les apparences seraient pour elle. J'avais alors mis ma confiance dans un médecin anglais pour soigner mes enfants. Il faut dire que durant le voyage de Barèges, madame de Maintenon avait retourné monsieur Fagon qui ne jurait plus que par elle. Cela a réussi au médicastre car madame de Maintenon qui voulait tenir le Roi par toutes les avenues, et qui considérait celle de premier médecin comme une des plus importantes à mesure que le Roi viendrait à vieillir, a fait chasser monsieur d'Aquin pour lui donner la place. Je reviens donc à ce monsieur Talbot ; il avait soigné mes accès de fièvre et ceux du Roi avec des *gouttes anglaises*[1] qui avaient fait merveille. Je lui accordais le plus grand crédit ; cela suffit pour que madame de Maintenon montrât une vive répugnance à suivre ses instructions.

— *Avez-vous donné sa potion au duc du Maine ?* demandai-je une après-dînée.

— *C'est-à-dire, madame, qu'il a fort mal dîné aujourd'hui...*

— *L'avez-vous donnée, oui ou non ?*

— *Ces gouttes lui enlèvent l'appétit et je crains les suites de ce traitement.*

— *Vous êtes médecin peut-être ?*

— *Certes non, madame.*

— *Alors, obéissez.*

1. Du quinquina.

— *Seule l'affection que je porte au duc du Maine me permet de vous représenter très respectueusement que...*

— *Prétendriez-vous que je n'ai pas d'affection pour mon fils ? Cela est un peu fort ! Imagineriez-vous que la gouvernante de mes enfants sache mieux que moi ce qui leur convient ?*

— *J'ai seulement pensé que..*

— *Je ne vous demande pas de raisonner, vous ne le faites que trop. Allez chercher ces gouttes.*

— *C'est que, madame,* me répondait cette dame d'une voix de plus en plus douce au fur et à mesure que la mienne s'élevait, *je n'ai pas cru devoir conserver ce flacon.*

— *Cela est par trop fort !*

Je retenais avec peine un soufflet quand le Roi entra, me trouva rouge comme un coq devant une dame qui avait l'air doux et résigné d'une sainte martyre.

— *Que se passe-t-il ?* demanda Sa Majesté.

Madame de Maintenon fit une légère révérence :

— *Si Votre Majesté veut bien se donner la peine de passer dans cette autre chambre, j'aurai l'honneur de le lui dire.*

Ils y passèrent et je demeurai comme frappée par la foudre. Que pouvais-je faire, toute pétrie d'indignation que j'étais, contre une femme si maîtresse de ses passions ? Je ne voyais que trop bien que parce que je ne me possédais pas, je me perdais moi-même. J'éclatai en sanglots car je devinais comment je me trouvais accommodée et monsieur Talbot avec moi. Incapable de réagir, je demeurai accablée. J'avais lutté sept ans contre la présence silencieuse et douce de mademoiselle de La Vallière, et celle-ci n'était même pas encore éloignée de la Cour qu'avait commencé une partie plus redoutable. Et puis j'avais eu huit enfants, j'étais grosse d'un neuvième, ce n'est pas un état où l'on est vaillante.

Madame de Maintenon me répétait que je ne devrais pas accoucher si souvent. Le joli conseil en vérité ! Ne pas accoucher était ne pas coucher et il ne pouvait en être question. Le Roi était galant et un Roi repoussé ne manque pas de consolatrices, et puis, après dix ans, nous n'étions pas las de la chose. Je n'aimais rien tant que de voir arriver mon amant par surprise, ou de l'entendre s'arrêter court au milieu d'un discours, ses yeux posés sur moi ; ce que je lisais alors dans son regard me faisait oublier le reste du monde, et tant pis s'il devait en résulter un nouvel habitant à Clagny. Mais tout se paie. Il me semble que nous recevons tous à la naissance une provision de forces ; la mienne avait été si peu ménagée par une vie pour laquelle je n'étais point faite qu'il me semblait toucher le fond du sac. Madame de Maintenon, à côté, était toujours intacte et forte comme cette déesse qui sortit tout armée du crâne de Jupiter. Minerve était la déesse de l'intelligence et de la guerre ; qui la figurerait mieux que cette dame qui utilisait un esprit fort au-dessus de celui du commun des mortels pour conduire de secrètes batailles ?

L'humeur que me procurait la vie avec madame de Maintenon me poussa à des extravagances dont je pensais peut-être qu'elles pouvaient faire impression sur le Roi, à moins que je n'aie pu m'empêcher de les commettre. Plus madame de Maintenon se montrait sage et plus me venait l'envie de montrer ma fantaisie, plus elle avait de la conduite, plus j'avais de déraison. Après la robe d'or, j'eus une robe semée de diamants ; à y repenser aujourd'hui, je devais ressembler à une girandole. Quand on installa la ménagerie de Clagny, sur la parole d'un dresseur qui m'affirma que ses ours étaient fort civils, j'en fis monter deux dans mon appartement. Je ne regrette pas tout à fait cette folie, car je dirai plus loin le grand service que ces bêtes me rendirent. Je n'ignore pas qu'on a mis au compte de mes bizarreries l'armement de navires. On oublie que j'étais la sœur du général des galères et que j'avais entendu Vivonne, et le marquis du Quesne avec lui, se lamenter sur le manque de bateaux et l'égoïsme des courtisans qui dépensaient leur argent en bagatelles plutôt que de songer à armer pour la course, ce dont ne se faisaient pas faute les Espagnols et les Hollandais. Je me mis à rêver de navires qui culbuteraient nos ennemis, les dépouilleraient et rapporteraient dans nos ports des butins dignes du trésor de Golconde. En me faisant corsaire, j'aurais d'un même coup servi le Roi, donné l'exemple et amassé une fortune qui me serait fort utile pour m'acquitter de ce que je devais au jeu. Ce fut lors de la campagne de 1677 que je demandai pour la première fois au Roi d'armer un vaisseau de course. Je voulus que les commandants et les équipages de ces navires fussent choisis dans ma province, aussi le Roi fit-il passer au Havre plus de cent matelots des équipages levés à La Rochelle. La même année, j'armai un second navire avec la comtesse de Soissons. Il se nommait *Le Hardi* ; il fallait avoir en effet beaucoup d'audace pour armer quand on voyait les sourires que cela faisait naître à la Cour. Comme je suis opiniâtre en toutes choses, j'équipai un troisième navire l'année suivante, mais la paix qui arriva fit s'évanouir les rêves de guerre. Le risque qui existe dans l'armement d'un navire ressemble à celui du jeu, puisqu'on peut perdre aisément sa mise, comme l'on peut, sur un coup heureux, ramener de grosses prises. Ma passion du jeu était devenue une folie. Je faisais des coups à la bassette qui pouvaient aller jusqu'à un million. Comme je regagnais souvent à la fin, il m'arrivait de jouer jusqu'à 8 heures du matin, ce qui empêchait le financier de se retirer. Un jour de Noël, je perdis sept cent mille écus ; à la suite de cette partie, le Roi renonça à la bassette et la fit interdire. Je faisais aussi des loteries dont le gros lot pouvait aller jusqu'à cent mille francs. Mon âme de plus en plus inquiète réclamait des émotions violentes qui ne faisaient que la troubler et l'agiter davantage. J'allai en ces jours de déraison rendre visite à mademoiselle de La Vallière dans son carmel. Les murs blanchis à la chaux, le tabouret de paille qu'on m'avança, le rideau de serge grossière, le silence enfin, me donnèrent plus de frayeur que de paix. Quand sœur Louise de la Miséricorde parut, je ne la trouvai plus si maigre. J'entamai en lui demandant des nouvelles de sa santé.

— *Je suis d'une si grande tranquillité pour tout ce qui peut arriver que je regarde la santé, la maladie, le repos, la joie et les peines d'un même visage*, me répondit-elle.

Notre conversation semblait lui être indifférente et je ne pus tirer d'elle rien d'autre que cette sagesse tout unie.

— *Etes-vous aussi aise qu'on le dit ?* insistai-je.

— *Non, je ne suis point aise, mais je suis contente.*

— *Et le Roi,* hasardai-je, *n'avez-vous rien à lui mander en particulier ?*

— *Tout ce que vous voudrez, madame, tout ce que vous voudrez,* me dit-elle avec toute la grâce et toute la modestie qu'on peut imaginer.

Après avoir offert une collation aux religieuses et m'être jetée moi-même à faire une sauce qui manquait, je fus contente de me retirer.

Puisque j'en suis aux façons dont je cherchais à apaiser mon inquiétude, je peux dire que le seul véritable adoucissement me venait de ce que je faisais pour les pauvres. Je ne sais si c'était précaution : « *Faites-vous des amis avec l'argent des enfants de ténèbres* », dit l'Ecriture, ou si je suivais mon inclination et les leçons de monsieur Vincent, mais je poursuivais de m'occuper d'eux. Là-dessus, madame de Maintenon et moi n'avions pas les mêmes vues. Madame de Maintenon aimait réparer dans les pauvres l'offense qui lui avait été faite dans sa jeunesse. En créant plus tard à Saint-Cyr une maison destinée à l'éducation de jeunes filles de familles nobles mais malheureuses, c'était elle-même qu'elle soulageait. *« Pourquoi vous occupez-vous des gueuses ? »* me demanda-t-elle un jour où je me trouvais occupée à régler des dépenses pour mes petites filles de Saint-Joseph. *« Parce que,* lui répondis-je, *quand on se trouve devant plusieurs personnes malades, il convient de soigner d'abord celle qui souffre le plus. »* J'ai toujours volé vers les plus grandes misères. A l'hôpital Saint-Joseph, on recevait de petites orphelines que l'on tirait de la mendicité. Des religieuses leur enseignaient le catéchisme, des ouvrages de broderie et jusqu'à faire des meubles. Quand elles atteignaient l'âge de dix-huit ans, on les plaçait dans une bonne maison ou on les mariait honnêtement ; quelques-unes entraient en religion. J'avais à ma charge cent de ces enfants, et ensuite davantage car pouvait-on refuser d'en prendre d'autres quand on sait à quel sort ces petites étaient promises. J'allais souvent voir mes orphelines rue Saint-Dominique et vantais à la Cour la qualité des ouvrages qui sortaient de leurs mains, afin que de leur procurer du travail. Les enfants me tenaient à cœur et aussi les vieillards qui avaient peiné toute leur vie et se trouvaient réduits à la mendicité. A Saint-Germain, je créai un hôpital de vieillards qui put bientôt en accueillir cinquante avec un dortoir pour les hommes et un autre pour les femmes, pourvus de vraies couches de bois. Des petits travaux de jardinage ou de couture permettaient aux plus vaillants de demeurer utiles, ce qui leur conservait de l'estime pour eux-mêmes. J'aimais aller les voir et m'entretenir avec eux, et veillais à ce que la maison soit tenue en perfection comme mademoiselle Le Gras le faisait dans ses maisons de charité. On le voit, je me faisais un rempart d'obligés en paradis comme madame de Maintenon s'en faisait un à la Cour.

Au début de 1678, il me parut sentir se desserrer un moment le lacet que je commençais de sentir sur mon cou. Le 2 février, le Roi quitta Versailles avec une partie de la Cour pour se rendre en Lorraine. Bien que je fusse grosse de cinq mois, je le suivis, laissant mes enfants à la garde de madame de Maintenon. Les chemins étaient si vilains que les équipages avaient peine à arriver. J'eus plusieurs accès de fièvre et nous dûmes nous arrêter à Vitry où je pris médecine. Les bons habitants qui n'avaient jamais vu pareil train nous réservèrent le meilleur accueil possible. Ils offrirent au Roi quelques bouteilles de vin de Reims, et à la Reine plusieurs livres de confitures sèches ; j'eus pour ma part, une corbeille de poires tapées. Je me remis et nous retrouvâmes notre vie de camp. Le Roi venait tous les soirs prendre connaissance des dépêches dans ma chambre ; après, nous lisions de concert les lettres que le duc du Maine nous envoyait et y répondions de même. J'ai conservé quelques-uns de ces billets qui nous laissaient tout fondus de fierté.

« *Si vous saviez, Madame, comme je suis affligé de ne plus faire d'alpion*[1] *avec le roi et vous, vous ne pourriez résister à l'ennui de votre petit mignon ; vous me feriez une charité de m'envoyer chercher, ma belle Madame, car je serais fort aise d'être toujours à la Cour. Nous jouons tous les jours à ces petits jeux d'esprit qui sont de votre connaissance ; votre grosse toutou*[2] *en est ; elle joue si tristement que l'on dirait qu'elle apprend l'espagnol.* »

1. Jeu de cartes.
2. Sa sœur cadette, mademoiselle de Tours.

Notre fils nous mandait qu'il s'occupait de ses sœurs, qu'il s'acquittait de la commission que je lui avais donnée d'avoir soin de mes vaches, et qu'il apprenait à sa cousine, qu'il appelait « *la Poupotte de Monsieur*[1] », à jouer au billard et au volant. Ses protestations d'amitié pour ses parents étaient les plus vives et les plus tendres du monde. Son père et moi causions ainsi agréablement chaque soir. Je lus entre deux campements *La Princesse de Clèves*. Le Roi me prit le livre des mains pour en chercher le titre.

— *Il paraît que monsieur de La Rochefoucauld et madame de La Fayette ont fait un roman qu'on dit être admirable.*

— *C'est la seule chose qu'ils peuvent faire encore ensemble*, répondis-je en me ressaisissant de l'ouvrage.

Je tus à mon amant combien j'avais été bouleversée par l'histoire de cette princesse qui, pour ne pas trahir ses vœux conjugaux, demande à son époux de la retirer de la Cour. Cette histoire avait été la mienne, à la différence près que je n'avais pas eu la cruauté de dire à mon mari que j'éprouvais de l'inclination pour le Roi. Je n'avais confié cette affaire qu'à peu de monde, mais c'est encore trop à la Cour et je ne doutais pas que par madame de Thianges, mon histoire ne fût allée jusqu'à madame de La Fayette.

Le Roi me laissa bientôt car le voyage de Lorraine était une feinte pour surprendre le Hollandais. Il vola vers les Flandres où il prit Gand et Ypres. J'allai au-devant de lui jusqu'à Cambrai où, du haut de ses victoires, le Roi proposa et obtint la paix. Au retour, je mis au monde à Clagny mon dernier enfant. Nous l'appelâmes Louis-Alexandre et le Roi titra comte de Toulouse un petit garçon qui était beau comme un ange.

1. Fille de Monsieur et de la princesse Palatine.

Dans le temps qui suivit la paix de Nimègue, le Roi fut à nouveau saisi d'un accès de fièvre bâtisseuse, ce qui arrivait quand il était heureux. Sa Majesté disait son bonheur et la gloire de son règne dans des bâtiments comme d'autres le font dans des vers. Cette façon de célébrer allait bientôt passer au Roi, car je n'ai pas ouï dire que madame de Maintenon lui eût fait faire autre chose que le sévère couvent de Saint-Cyr. De ce dernier accès de bonheur, il résulta des augmentations de Versailles. On avait déjà construit les trois corps de logis pour entourer le petit château, de sorte que l'on voyait, sur les jardins, deux pavillons reliés entre eux par une terrasse pavée de marbre, au centre de laquelle se trouvait un jet d'eau. Le Roi n'était pas satisfait de cet arrangement. *« Cela ressemble à un palais dont le milieu s'est effondré »*, disait-il. J'entendis qu'on ne verrait plus longtemps cette terrasse. Il en parla avec monsieur Mansart [1], digne successeur du nom et de la réputation de François Mansart, son grand-oncle. Je n'avais eu, à Clagny, qu'à me louer des services de l'architecte. Sa façon de faire entrer le Roi dans ses vues me faisait sourire. Son art était d'engager le Roi par des riens en apparence, en des entreprises fortes, et de lui montrer des plans imparfaits qui tout seuls lui missent le doigt sur la lettre. Alors Mansart s'écriait qu'il n'aurait jamais trouvé ce que le Roi proposait ; il éclatait en admirations, protestait qu'auprès de lui il n'était qu'un écolier, et le faisait tomber de telle sorte où il voulait. Je ne crois pas que Sa Majesté fût la dupe de son architecte, elle prit ces façons pour des politesses et honnêtetés qui lui étaient agréables. Le Roi et Mansart résolurent d'emplir le vide qui se trouvait sur le devant du château avec une galerie qui éblouirait le

1. Jules Hardouin-Mansart.

monde. On perça, on défonça, on abattit, on releva, ce dont il résulta, entre le salon de la Paix et celui de la Guerre, une galerie de plus de quarante-deux toises de long que monsieur Le Brun se chargea de rendre unique par sa décoration. Il eut l'idée de couvrir le mur qui faisait face aux fenêtres de grandes glaces qui multipliaient la lumière, et rien ne s'est jamais vu de comparable. Entre les arcades : des pilastres de marbre rouge ; au-dessus : des lustres de cristal et d'argent. Le mobilier tout d'argent finement ciselé fut exécuté aux Gobelins suivant les dessins de monsieur Le Brun. Pour les peintures, je glissai au Roi que c'en était assez des dieux et des héros et que l'on pourrait trouver à propos que sa propre histoire fût représentée. Le Brun s'enferma deux jours et revint avec des esquisses de l'histoire du Roi depuis la paix des Pyrénées jusqu'à la paix de Nimègue. Les lignes écrites en lettres d'or sous les peintures furent confiées à la plume de Racine et de Despréaux que j'avais fait nommer historiographes du Roi. J'allais parfois regarder l'avancement des travaux dans la galerie. J'aimais respirer l'odeur humide des plâtres, mêlée à celle de la peinture. Les échafaudages cachaient la plus grande partie de la voûte ; monsieur Le Brun courait de l'un à l'autre, s'emparant d'un morceau de fusain, nettoyant un pinceau, pestant, criant, reprenant l'ouvrage de ses élèves. Amusée de ces gronderies, je regardais, la tête penchée en arrière, les traits de mon amant surgir au milieu des gloires et des renommées.

Ce fut alors que Versailles commençait d'apparaître dans toute sa majesté que le Roi, lassé du beau et de la foule, se persuada qu'il voulait quelquefois se délasser dans du petit. Il souhaitait une campagne dans un lieu sauvage qui ne fût point cependant éloigné de Versailles et de Saint-Germain ; son idée était de pouvoir s'y retirer avec quelques personnes choisies sans que la Cour l'y suivît. *« C'est un ermitage que vous voulez »*, dis-je. « *Et là nul ne viendra que je ne l'aie désigné* », me répondit le Roi. On sait que cette façon d'agir avec les courtisans comme Dieu doit le faire en paradis avec les élus était bien dans les façons de Sa Majesté. « *Il faudra donc ajouter à votre ermitage quelques cabanes pour vos invités* », assurai-je. C'est ainsi que fut construit Marly. Dans un vallon humide peuplé de serpents et de grenouilles, monsieur Mansart fit un château qui consistait en un pavillon isolé, qui est comme le corps, et douze autres qui sont distribués, six d'un côté et six de l'autre. Derrière : une prodigieuse cascade, devant : des bassins avec des effets d'eau admirables, et partout, des salles d'ormes, des berceaux de charmilles, des cabinets de verdure, de sorte que l'ermitage ressemblait à une Thébaïde. Je ne doutais guère de demeurer la reine de ce nouveau pays. La paix donnait au Roi une gloire inconcevable ; il était heureux dans ses armes, prospère dans ses États, comblé dans ses enfants. Le voyage de Lorraine nous avait permis de retrouver une intimité perdue et je venais de lui donner un prince beau comme le jour. Je n'ai pas pour habitude de me trouver satisfaite ; il me semblait pourtant avoir reconquis le terrain perdu, pour parler en termes de bataille. Promptement relevée de mes couches, je reparus au jeu, coiffée et parée. Une paix trompeuse me gagnait. « *J'aurais voulu vous présenter un miroir tout à l'heure,* me dit un soir madame de Thianges, *vous en étiez aux regards. On n'a jamais vu un amour reprendre terre comme celui-ci !* » Ce moment de satisfaction ne me porta pas chance. Le Ciel allait s'ouvrir et le châtiment m'accabler.

Les temps que je dois évoquer m'ont laissé le souvenir d'une telle douleur que je ne peux la comparer qu'à celle d'un glaive qui perce le cœur. Je me souviens aussi d'un grand bruit comme celui de cymbales éclatant aux oreilles et d'une peur impossible à décrire ; ce fut comme de se trouver jeté par une nuit d'orage au bord d'un précipice où l'on cherche le moindre brin d'herbe à saisir. On voit la jolie image que j'ai de moi : une femme au cœur percé se tordant de douleur au bord de l'abîme. J'ai souhaité mourir et j'ai menacé le Roi de me tuer, telle Médée, avec mes enfants ; il me faut ajouter ce péché aux autres. J'ai avoué cela dans bien des confessions particulières et je l'ai rappelé dans mes confessions générales, je ne me sens pourtant pas encore débarrassée de la boue où je me suis trouvée roulée avec tant d'autres. Comme la dernière épouse de Barbe-Bleue ne put ôter le sang sur la clef, il me semble que je ne peux laver cette tache. Je me trouve salie, moins par les fautes que j'ai commises que par celles auxquelles j'ai touché sans le savoir ou en le sachant à demi. Aujourd'hui encore, j'ai une peine infinie à nommer mon péché, à dire : voilà le mal que j'ai fait. *« Jetez tout cela dans la miséricorde de Dieu »*, demandait le père César. Je crois dans la miséricorde de Dieu, mais c'est la mienne qu'il me faut trouver, et je ne peux le faire tant que je n'aurai pas démêlé ce qui est de ma faute et ce qui ne l'est pas. J'ai frayé avec tant de pêcheurs en eau trouble que je n'y vois goutte. Cette ignorance est ma punition. Il serait sans doute aisé de me charger de tout, mais on ne se met pas l'esprit en repos à si bon compte, aussi j'aimerais mieux une faute plus grosse, mais nette, à celle-ci si vaste et si vague. On dit que pour manger avec le diable, il faut avoir une grande cuiller ; il est sûr que je ne la possédais pas.

Mes malheurs commencèrent ainsi que cela était maintes fois arrivé par un joli minois. Le Roi venait d'avoir quarante ans. On dit que c'est l'âge où le démon tente les hommes de la façon la plus vive. Ses yeux furent d'abord attirés par mademoiselle de La Cropte-Beauvais. Elle tint bon, non par vertu, mais parce qu'elle aimait le jeune comte de Soissons et entendait l'épouser. On ne parlait alors que d'une nouvelle fille d'honneur de Madame, fort au-dessus de tout ce qu'on avait vu depuis longtemps à la Cour. Mademoiselle de Fontanges, quoique rousse, était belle de la tête aux pieds. Le prince de Marsillac la vanta un jour devant le Roi en ma présence : *« Quelque indifférente chose qu'elle puisse dire, elle semble toujours demander le cœur »*, assura-t-il de l'air d'un chat qui rêve d'une souris. Le courtisan faisait là un joli métier. *« Voilà un loup qui ne me mangera pas »*, répondit le Roi en riant. Ma présence devait être pour beaucoup dans ce dédain, car la suite apprit que ce fut lui qui croqua mademoiselle de Fontanges. On sait que la malheureuse ne survécut guère plus de dix-huit mois à sa rencontre avec le Roi. Les gens faits à se tourmenter comme je le suis s'inquiètent souvent mal à propos et sont à d'autres moments sujets à des confiances trompeuses, de sorte que je fus sans doute la dernière à connaître la nouvelle passion du Roi. Elle ne m'apparut que quand mademoiselle de Fontanges fut conduite à Saint-Germain dans le carrosse du Roi, lors du Carême de 1679. J'étais alors fort éloignée de croire que mon amant me trahissait et ne l'accusais que de froideur. La colère me fit m'épancher devant madame de Maintenon. Elle me répondit qu'elle priait pour le Roi qui lui semblait se trouver en effet au bord d'un précipice. Nous faisions deux belles figures de sottes, car il y avait beau temps que le Roi avait chu dans ce précipice-là. Pour éviter ma fureur le Roi eut soin de ne plus venir me trouver en compagnie. Ne pouvant tenir en place, je me sauvai à Paris où j'écrivis cent billets à mon amant dont, selon mon habitude, je déchirai la moitié. Après avoir consulté tour à tour confesseurs et devineresses, je revins à Saint-Germain pour l'office de Ténèbres, lequel était à la mesure de ma désolation. N'y pouvant tenir je m'enfuis de nouveau à Saint-Joseph et de là à Maintenon d'où je regagnai Saint-Germain, suppliant toujours dans une infinité de billets Sa Majesté de m'accorder un moment d'entretien. Le Roi vint me voir en présence de Monsieur, ce qui interdit toute explication. Je me retournai contre madame de Maintenon qui le défendit :

— *Le Roi vous ménage, madame, vous devriez en être heureuse.*

— *Me ménager quand il me trompe, me ridiculise aux yeux de toute la Cour, quand il n'a plus que cette petite dinde en tête. Et quand je dis en tête, c'est dans son lit qu'elle se trouve !*

— *Sans doute, mais je serais bien trompée si cette affaire durait, car il faut de l'esprit pour faire durer l'amour et mademoiselle de Fontanges est bien jeune pour en avoir.*

— *Elle est sotte comme un panier, elle n'a pas plus d'esprit qu'une laveuse de vaisselle.*

— *Alors, rassurez-vous et prenez patience.*

Si madame de Maintenon était de longtemps maîtresse en cette matière, j'en étais totalement dépourvue. Tordant mon mouchoir, je criai :

— *Ne savez-vous pas que tout ce qui est incertain me fait mourir !*

Madame de Maintenon leva les yeux vers le ciel, ce qui redoubla ma fureur.

— *Vous le défendez toujours,* criai-je, *avouez que vous l'aimez !*

— *Dans ce cas, je n'aurais fait que suivre votre exemple*, m'assura-t-elle avec un calme qui augmenta mon exaspération.

Je tournais comme un ours en cage, cherchant un rassurement que personne ne pouvait me donner. Puisque je viens de parler d'ours, seuls deux de ces animaux m'accordèrent une petite vengeance. Les ours que mon montreur tirait parfois de la ménagerie se trouvèrent un soir dans un magnifique appartement que l'on faisait à Saint-Germain pour mademoiselle de Fontanges. Les peintres, en sortant, n'avaient pas songé à fermer les portes, aussi les ours entrèrent et, toute la nuit, gâtèrent tout. Ceux qui devaient avoir fermé l'appartement furent grondés, de telle sorte qu'ils résolurent bien de fermer les portes de bonne heure. Cependant, comme on parlait fort du dégât des ours, quantité de gens allèrent voir le désordre. Monsieur Despréaux et monsieur Racine y allèrent aussi vers le soir et, entrant de chambre en chambre, enfoncés dans leur curiosité ou dans leur conversation, ils ne prirent pas garde qu'on fermait les premières portes, de sorte que, quand ils voulurent sortir, ils ne le purent. Ils crièrent par les fenêtres, mais on ne les entendit point. Les deux poètes firent bivouac où les deux ours l'avaient fait la nuit précédente, et eurent tout le loisir de songer à leur poésie passée ou à leur histoire future.

Si j'avais été faite autrement que je ne le suis, j'aurais calculé que le Roi me conservait tous les égards qu'il pouvait. Il évitait de laisser voir des marques publiques de sa passion pour mademoiselle de Fontanges et, pour marquer son estime, me donna la charge de la surintendance de la maison de la Reine. Celle-ci était entre les mains de la comtesse de Soissons qui reçut l'ordre de s'en défaire. La difficulté vint de madame de Richelieu qui prétendit, en sa qualité de duchesse, avoir le pas sur moi. Le Roi ne pouvait faire duc mon mari qui n'eût pas voulu d'un cadeau au prix des services de sa femme, aussi, pour me donner le rang et le tabouret de duchesse, le Roi m'accorda-t-il, avec la surintendance de la maison de la Reine, le titre de chef du Conseil de la Reine, assorti d'une pension de quinze mille livres. Tout le monde fut surpris de me voir recevoir une marque de faveur extraordinaire dans le temps où l'on me croyait prête de tomber. Je ne me réjouissais pas tant, me rappelant que le Roi avait fait mademoiselle de La Vallière duchesse dans le temps où il ne l'aimait plus.

La passion du Roi pour mademoiselle de Fontanges semblait augmenter tous les jours. Elle eut un carrosse à huit chevaux, des gardes et un appartement au-dessus de la chambre du Roi. L'idée de cette fille dans la chambre des amours, sur le lit de satin vert, me rendait folle. J'eus au début du mois de mai une grande explication avec le Roi, si l'on peut appeler ainsi une scène où ma colère se fracassa devant sa froideur. *« Je vous ai déjà dit, madame, que je n'aime pas à être gêné »*, me dit-il, glacial. Mon impuissance me rendait assez folle. Je m'enfuis non sans avoir lancé beaucoup de portes pour Clagny. J'y reçus la nouvelle de grandes disparitions. Il semblait que tous ceux qui avaient tissé l'histoire de notre jeunesse se fussent donné le mot pour nous quitter. La duchesse de Longueville partit la première, après trente ans de pénitence. J'allai aux Grandes Carmélites assister au service funèbre où Monsieur d'Autun prêcha avec une habileté admirable, parcourant la vie de la défunte en passant tous les passages difficiles. Je portai mes condoléances à Monsieur le Prince sur la mort de sa sœur et au Roi sur celle de sa cousine. « *Singulière femme,* dit le Roi, *qui a trouvé le moyen de faire du bruit en faisant son salut et de se sauver sur une même planche de l'enfer et de l'ennui.* » J'entendis que s'il avait pardonné, il n'avait rien oublié. Le duc de La Rochefoucauld ne survécut que peu de temps à son amie. Il mourut dans son fauteuil entre les bras de Bossuet. Le prince de Marsillac vint nous vanter la conduite de son père à la mort.

— *Il est parti comme un philosophe,* me dit-il, *c'était la maladie et la mort de son voisin dont il était question. Il n'en était pas effleuré, pas même troublé.*

— *Alors, ce n'est pas en vain qu'il a fait des réflexions toute sa vie,* remarquai-je sèchement.

Je savais mauvais gré au prince de Marsillac des services qu'il avait rendus au Roi auprès de mademoiselle de Fontanges ; il avait mis pour lui la bête dans les toiles. Le cardinal de Retz mourut dans le même temps. Pour celui-ci, il n'y eut pas d'oraison funèbre, l'exercice eût été trop difficile. Toutes ces morts augmentaient la peur qui pour moi a toujours entouré le seul nom de la mort, encore que cela allât alors se perdre dans une crainte plus vaste. La dame Voisin qui me fournissait de longtemps en philtres, en charmes et en prédictions de toutes sortes venait d'être arrêtée en compagnie d'autres devineresses.

Ce fut durant le printemps de 1679 que l'on commença d'envoyer à Vincennes ou à la Bastille des gens qui se mêlaient de divination, de magie, d'autres qui se vantaient de faire des mariages ou de lever des trésors. Il était surtout question de poison ; le bruit n'était pas nouveau. Il avait couru au moment de la mort de Madame. On en avait aussi parlé lors de la disparition du comte de Soissons, de monsieur de Lionne et de bien d'autres. Ce bruit avait considérablement augmenté quand le Roi, quelques années auparavant, avait fait arrêter à Liège madame de Brinvilliers, laquelle avait empoisonné son père, lieutenant civil, et ses frères, pour hériter de leurs biens. Elle avait été brûlée en place de Grève devant une grande foule. Depuis, on parlait beaucoup de poudres de succession ; on disait que les pénitenciers de Notre-Dame avaient donné avis que la plupart de ceux qui se confessaient à eux depuis quelque temps s'accusaient d'avoir empoisonné quelqu'un. Le Roi désira que l'on pénétrât le plus avant qu'il fût possible dans le commerce du poison afin d'en couper la racine. Pour mettre au plus tôt ces affaires en état de finir, il créa une cour extraordinaire qu'on nomma la Chambre ardente. Le Parlement qu'on privait de sa pâture accoutumée cria contre cet affront et vanta en vain sa justice immaculée. Le Roi choisit comme enquêteur Nicolas de La Reynie qui lui fut recommandé par Louvois. Monsieur de La Reynie [1] passait pour un homme discret et désintéressé, tout rempli de sa tâche ; celle-ci était si lourde qu'il était permis de se demander si les capacités de monsieur de La Reynie seraient à la hauteur de ses vertus. Tout était secret dans la Chambre ardente, aussi fit-elle grand bruit. Le Roi avait trouvé dans le silence le premier moyen de punir le crime. Je puis assurer que d'innombrables personnes ont passé de mauvaises nuits. La Chambre devint la matière de tous les entretiens de Paris et de la Cour. On parlait de poison, de fausse monnaie, de

1. Nicolas de La Reynie est le nom de famille, le prénom étant Gabriel.

sodomie et de crimes qui méritaient d'être tiré à quatre chevaux. On tentait encore d'en rire. On publia que la duchesse de Foix avait demandé le moyen d'avoir des seins et que madame de Vassé réclamait celui d'avoir des hanches. Un moment l'affaire semblait tout aplatie, le jour d'après on citait des noms. Mon inquiétude redoubla quand j'appris que le dénommé Lesage que la dame Voisin m'avait présenté comme astrologue et alchimiste avait été arrêté. Madame de Maintenon qui me savait sur un gril jouissait hautement de sa pureté.

— *Le Roi ne saurait faire un plus grand bien que d'exterminer cette malheureuse engeance de personnes qui se mêlent d'un tel commerce*, me dit-elle en levant le nez de dessus son ouvrage.

Je ne lui demandai pas d'où venait sa connaissance des affaires du Roi ; cette dame avait tous les jours des entretiens avec Sa Majesté à laquelle elle communiquait sa sagesse et ses avis. J'ignorais encore que ces leçons étaient entrecoupées d'exercices moins philosophiques.

— *Si l'on doit rechercher tous ceux qui ont été aux devineresses, le royaume entier est coupable,* répondis-je d'un ton plus assuré que je ne l'étais vraiment.

— *Nous verrons cela. Laissons faire la justice de Sa Majesté.*

Et d'ajouter en se pourléchant les babines :

— *Le Roi veut aussi punir les impiétés.*

Je haussai les épaules.

— *Des pratiques dévotes.*

— *Des sacrilèges, madame !*

— *Etes-vous mère de l'Eglise pour connaître la différence ?*

— *Certes non, c'est pourquoi je dis qu'il convient d'attendre ce qu'en dira la justice du Roi.*

Me sachant sur des charbons ardents, la dame choisit

longuement la couleur de la soie avant de pousser un soupir d'aise.

— *Dieu merci, je n'ai jamais fait dire ma bonne aventure, pas même acheté de fards à ces femmes.*

— *Où serait le mal ? La dame Voisin portait des eaux pour le teint à toutes les filles de Madame, et à la moitié des dames de la Cour. Rappelez-vous, dans des petites fioles grosses comme le doigt.*

— *De fil en aiguille,* répondit-elle, en agitant celle qu'elle tenait, *Dieu sait où cela peut conduire.*

Dieu le savait peut-être, mais moi pas. J'avais acheté des charmes et des philtres ; je les avais fait prendre au Roi ; cela pouvait déjà être regardé comme un crime de lèse-majesté et c'était une affaire qui pouvait m'envoyer en forteresse. J'avais aussi demandé des prédictions, commandé des neuvaines et des messes, reçu des prêtres envoyés par cette dame Voisin, j'en avais fait venir dans ma chambre et ils m'avaient lu les Evangiles sur la tête. Où commençait ma faute et où s'arrêtait-elle ? Je pensais avoir commercé avec le Ciel plutôt qu'avec l'enfer, mais m'en étais-je souciée ? La frontière que j'avais fréquentée était fort dangereuse ; les simples sottises s'y trouvaient mêlées aux intentions les plus impures et les plus criminelles. La seule chose dont je me tenais quitte était le poison, car si j'avais mille fois souhaité la mort de mes rivales, je ne l'avais jamais commandée. Au milieu des tortures que j'endurais, Colbert se révéla mon allié. Il voyait de mauvais œil la Chambre ardente, disant qu'elle coûtait cher et diffamerait la nation. Louvois, au contraire la soutenait.

On sait que le Roi, dans le temps où la naissance de nos enfants devait être cachée, m'avait confiée aux soins de monsieur de Louvois. Bien que je n'eusse alors qu'à me louer de ses services, je ne l'aimais pas. C'était, sous la physionomie d'un bœuf, un homme brutal, plein d'humeur, dur d'accès, insupportable, incapable d'aucune discussion parce qu'il voulait être le maître partout et qu'il brisait les obstacles au lieu de les aplanir. Quant au cœur, si monsieur de Louvois en avait un, il était fait comme les cornes des chèvres de mon pays : dur et tort. Monsieur Colbert passait pour peu agréable parce qu'il était sévère, laconique et se communiquait peu, mais il était exact sur tout, facile aux choses raisonnables et tenait la main au bon ordre sans craindre personne. *« Madame, j'en aurai soin »*, me disait-il après quelque demande, et cela suffisait. Je ne redoutais pas même les leçons sur la dépense car j'entendais qu'il défendait le trésor royal comme le sien propre. Il ne tirait pas vanité de sa place et je l'ai entendu dire à monsieur de Seignelay [1] que sa figure et ses capacités avaient déjà solidement gâté de *« bien penser et de faire souvent réflexion sur ce que sa naissance l'aurait fait être si Dieu n'avait pas béni mon travail et si ce travail n'avait pas été extrême »*. Par rapport à l'autre, je tenais Colbert pour un homme à mains nettes. Cette considération était héritée de mon père qui s'était entremis pour que monsieur de Seignelay épousât mademoiselle d'Allègre [2]. Le Roi partageait également son estime entre les deux hommes qui se haïssaient à la mort. Il leur arrivait de perdre le respect qu'ils devaient au Roi en se querellant en sa présence. Chacun d'eux tendait à embler la besogne de l'autre, mais le Roi les tenait en équilibre pour mieux faire ses affaires. Néanmoins, après la paix de Nimègue, monsieur Colbert parut surpasser Le Tellier, tant par la quantité d'affaires dont il était chargé que par l'élévation de son frère, Croissy, aux Affaires étrangères, si bien que la maison Colbert comptait alors trois ministres. Louvois pensa que cette élévation m'était due, cela

1. Fils aîné de Colbert.
2. Richissime héritière d'une famille de parlementaires.

lui fut persuadé quand le fils de Vivonne épousa la fille de Colbert. Mon neveu, Louis de Mortemart, reçut du Roi à cette occasion la survivance de la charge de général des galères avec un million de livres. Monsieur de Louvois, pour marier sa fille, se rabattit sur le duc de La Roche-Guyon, fils du prince de Marsillac, qui le donna sans plaisir et pour être agréable au Roi. Une autre raison que Louvois avait de ne pas m'aimer était que, voyant que son ministère avait été exclu de la guerre de Messine, il ne put souffrir que Vivonne tirât justement gloire des affaires de Sicile et ne cessait d'affirmer au Roi qu'il avait jeté inutilement trente millions en Méditerranée. Mon frère, quand il fut devenu vice-roi de Sicile, m'envoyait des lettres que je devais faire passer secrètement au Roi, afin que celui-ci fût averti de la répugnance qu'avait Louvois pour la conquête de la Sicile puisqu'il le laissait manquer de tout argent et ne lui envoyait jamais de troupes que le plus tard qu'il pouvait, de sorte qu'à cause de lui, Sa Majesté s'exposait à perdre des choses que l'on tenait bien. Les lettres de Vivonne serraient le cœur par l'abandon où il se trouvait, aussi lui rendis-je tous les services qu'il était en mon pouvoir de lui rendre. Louvois, qui se doutait de la façon dont le Roi était averti des affaires de Sicile, m'en sut le plus mauvais gré. Après la mort du maréchal de Turenne, il avait eu l'audace d'oublier Vivonne sur la liste de ceux que l'on devait honorer du bâton de maréchal de France. Ma juste indignation avait rétabli les choses, mais je n'avais pu m'empêcher de reprocher vivement au ministre une négligence qui me touchait de si près.

Après le mariage de mon neveu, il y eut à la Cour deux tribus très prononcées. Pour me punir d'avoir dédaigné sa fille, Louvois faisait voir beaucoup de partialité en faveur de mademoiselle de Fontanges. Je fus véritablement aux cent coups quand j'appris, par Colbert, que le ministre qui m'était fortement ennemi avait été interroger les prisonniers à la Bastille. Cette prévention était fondée puisqu'il résulta de cette visite que nombre des ennemis de monsieur de Louvois se trouvèrent tout à coup apparaître dans ce qu'on commençait de nommer l'« affaire des Poisons ». Je fus encore moins tranquille quand je sus que l'associé de la Voisin, le dénommé Lesage, qu'elle m'avait présenté et qui était venu à Saint-Germain, avait été interrogé par Louvois.

Je dois laisser cette affaire un moment puisqu'elle fut, pour moi, tissée d'une autre. Comme si je n'avais pas eu assez de la terreur dans laquelle me faisait vivre monsieur de Louvois, il devint bientôt public que mademoiselle de Fontanges était grosse. La nouvelle me perça le cœur. Allant et venant de Saint-Germain à Clagny, je pleurais, rageais et pleurais à nouveau. Regardant ensuite mon visage doublé par les larmes, je songeais aux dix-huit ans de mademoiselle de Fontanges et pleurais encore. Je ne pouvais plus à présent me bercer de l'espoir d'une passion courte. L'enfant dont mademoiselle de Fontanges était grosse allait impatroniser sa mère à la Cour. Je ne sais si j'avais alors conscience que j'endurais le supplice que j'avais fait subir à mademoiselle de La Vallière, mais je vois aujourd'hui que la plupart de nos pénitences nous sont infligées dès ce bas monde, et avec la discipline [1] dont nous avons usé pour les autres. Mademoiselle de Fontanges fut accouchée au mois de décembre d'une petite personne qui ne vécut pas. Le peuple qui fait chanson de tout en rit :

1. Le fouet.

Notre prince, grand et bien fait,
Qui ne fait rien que de parfait,
Landerirette,
Ne travaille plus qu'à demi,
Landeriri.
Sa jeune maîtresse, dit-on,
A mis au monde un avorton,
Landerirette.

Je n'eus le loisir ni d'en rire ni d'en pleurer. Mademoiselle de Fontanges réapparut le jour de l'An à la messe du Roi, extraordinairement parée de pierreries sur un habit de même étoffe que celui de Sa Majesté, avec des rubans bleus de même couleur ; cet enfantillage me creva le cœur. Madame de Maintenon ne se désolait pas tant. Elle fit la remarque que mademoiselle de Fontanges, sous son rouge, était blanche comme la craie.

Ayant manqué d'être père d'un nouvel enfant, le Roi commença de marier ses aînés. Il fit d'abord la noce de la fille qu'il avait eue d'avec mademoiselle de La Vallière, d'avec le prince de Conti ; ce fut fort joli car ils semblaient encore deux enfants et s'aimaient comme dans les romans. Ensuite, le Dauphin fut marié avec la fille de l'Electeur de Bavière. Le duc de Créqui, envoyé dans ce pays avec des joyaux, était revenu en disant : *« Ah ! Sire ! Sauvez le premier coup d'œil. »* La suite justifiait cette recommandation ; la première impression n'était pas bonne et il était difficile d'en revenir. Madame la Dauphine avait toutefois belle peau et beaux yeux ce qui rendait supportable les autres traits. Pour ce qui est de l'esprit, elle en avait sans doute, mais ne trouvait pas occasion de le montrer. Il échappa ingénument au duc de Montausier de dire : *« Quel esprit ? Il faut avoir du temps pour le connaître. On disait bien dans les commencements, même de la Reine, qu'elle avait de l'esprit.* » Je crois que cela importait peu à monseigneur le Dauphin qui prit femme comme jadis il prenait ses leçons. L'éducation du duc de Montausier et de Bossuet portait ses fruits. A vingt ans, le Dauphin ne parlait et ne s'occupait que de chasse ; les dames l'appelaient Myrtille. Monseigneur allait à courre tous les jours et par tous les temps. Si une affaire le pressait, il allait aux toiles [1] où il tuait quatre sangliers qui estropiaient huit chevaux. Ceci était pour le grand ; pour le petit, je l'ai vu chasser une fouine dans un grenier avec des bassets. Cette passion allait au point que quand le Dauphin souffrit à Versailles d'une ébullition érysipélateuse, il fit faire la curée du loup que les chiens avaient pris dans le parterre de l'Amour ; il la vit de son lit. Lors de ses noces, je fus désignée pour choisir les bijoux que l'on offrait à la Dauphine. Le Roi vint admirer les écrins. J'avais dessiné moi-même quelques-unes des parures. *« Personne n'a le goût comme madame de Montespan »*, dit-il fort satisfait. Toute la Cour alla à Châlons chercher la Dauphine ; mademoiselle de Fontanges dans son carrosse gris à huit chevaux. Au retour, nous fûmes à Villers-Cotterêts chez Monsieur où le Roi alla courre le cerf en compagnie de sa maîtresse. Pendant ce temps, j'allai visiter une chartreuse avec la Reine. Le soir, il y eut un bal où l'on remarqua que je dansais bien et mademoiselle de Fontanges fort mal. Nous apprîmes, peu après, que cette demoiselle était faite duchesse avec quatre-vingt mille écus. La nouvelle me fit verser des larmes amères. Je me demandai toutefois si le temps de remercier des services rendus n'était pas venu. J'eus bientôt le secret de ce commencement de disgrâce. Mademoiselle de Fontanges s'étant relevée trop vite de ses couches se

1. On tendait des toiles dans le parc ou la forêt pour que les bêtes ne puissent s'enfuir.

trouvait affligée d'une perte de sang continuelle. Elle s'en fut se soigner à l'abbaye de Maubuisson où on lui dépêcha le prieur de Cabrières dans qui Louvois avait une foi entière, au reste un bon homme à recettes et remèdes singuliers, rien moins que médecin quoiqu'il eût des traitements pour toutes les maladies. Il ne s'en trouva pas un pour guérir mademoiselle de Fontanges. La fièvre s'en mêla et elle commença d'enfler. Elle revint cependant à la Cour où elle parut bouffie avant de retomber dans ses maux. Le Roi n'était pas homme à conserver pour maîtresse une femme affligée de l'infortune dont n'avait pas pu la guérir le prieur de Cabrières. Il espaça ses visites et envoya madame de Maintenon chez mademoiselle de Fontanges pour lui faire entendre raison. Cette dame était extraordinaire pour représenter aux autres le péché où ils tombaient. « *Madame,* lui répondit la malheureuse, *vous me parlez de quitter une passion comme s'il s'agissait de quitter une chemise.* »

— *Pour une sotte, ce n'est pas mal trouvé,* remarquai-je. *Et qu'avez-vous pu répondre à cela ?*

— *Que ces chemises-là collent sans doute à la peau, mais que l'on peut toujours choisir de s'écorcher vive.*

Je doutais fort que ce programme plût à mademoiselle de Fontanges. Je commençais toutefois de ne plus appréhender la durée du crédit de celle dont les courtisans disaient cruellement qu'elle avait été blessée dans le service quand, à la fin du mois de janvier de 1680, un coup de massue vint assommer toute la bonne société. La Chambre ardente donna l'ordre d'arrêter la comtesse de Soissons et son amie la marquise d'Alluye, la princesse de Polignac, la maréchale de La Ferté, la duchesse de Bouillon, le marquis de Feuquières, le maréchal de Luxembourg et quelques autres. C'était ce qu'il y avait de plus haut et de plus titré à la Cour. Tous étaient accusés d'empoisonnement ; parmi eux, une femme que le Roi avait aimée[1]. Je fus épouvantée.

Sur le bruit de ces grandes accusations, on fut plusieurs jours dans une grande agitation. On envoyait aux nouvelles, on courait les uns chez les autres. Il semblait que nous ne respirions que du poison. Le ton était à l'horreur du scandale et à tourner en dérision les procédures de la Chambre qui compromettaient l'honneur et la vie de personnes les plus qualifiées pour des bagatelles. Colbert, que j'entretins, me dit qu'il voyait là le premier effet du zèle de Louvois qui avait été à la Bastille et avait laissé espérer à Lesage que Sa Majesté lui ferait grâce pourvu qu'il fît les déclarations nécessaires et que ces déclarations ne venant pas assez vite, il avait donné ordre à La Reynie de reprendre le procès de Lesage, ce qui l'avait fait parler. Colbert ajouta qu'il craignait fort que les prisonniers ne soient pas tenus au secret et puissent communiquer entre eux. « *Ils n'auront qu'à décrier des personnes considérables pour allonger leur vie. On est ingénieux dans ces extrémités* », me dit-il.

Saisie d'une inquiétude affreuse, je quittai Saint-Germain pour Paris dans l'espoir d'apprendre quelque nouvelle. Je ne trouvai que ragots et sottises. J'eus même dans les mains la copie d'un pacte que le maréchal de Luxembourg aurait passé avec le diable. Je savais le maréchal de Luxembourg aussi entiché de devins et d'astrologie que je l'étais ; de là à devenir bête, il y avait un pas. Revenant, je vis le carrosse du maréchal qui venait de Saint-Germain. Nous descendîmes tous deux pour parler plus en liberté. Il était d'une pâleur mortelle.

— *Ah ! madame !* me dit-il, *je suis un homme*

1. La comtesse de Soissons, née Olympe Mancini.

abîmé[1] *et rien jusqu'à hier ne m'a permis d'en douter. Vous l'avez vu, j'étais mercredi à Saint-Germain sans que le Roi me fît moins bonne mine qu'à l'ordinaire ; au contraire, il m'a donné une magnifique épée pour un cheval qu'il m'avait pris. Je rentre chez moi et y trouve un décret de prise de corps. Je suis allé parler au Roi. Il m'a dit que si j'étais innocent, je n'avais qu'à m'aller mettre en prison et qu'il avait donné de si bons juges pour examiner ces sortes d'affaires qu'il leur en laissait toute la conduite.*

— Savez-vous de quoi on vous accuse ?

— Rien moins que d'avoir demandé la mort de ma femme, le mariage de mon fils avec mademoiselle de Louvois, l'amitié de la princesse de Tingry, je ne sais quoi contre le maréchal de Créqui, et d'avoir un caractère pour remporter assez de victoires pour effacer ce qu'on a dit de moi au sujet de Philippsbourg.

— Monsieur le maréchal, dis-je pour lui remettre l'esprit, *pour cela on vous tiendra quitte. On ne se bat que pour approcher la gloire que vous avez acquise.*

Le malheureux était hors de sens.

— La maison de Montmorency est perdue, souffla-t-il, *mon père a eu la tête tranchée*[2]. *On dit que je finirai comme lui, en place de Grève ; on me tient déjà pour mort. Ah ! madame ! J'ai laissé Dieu, Il m'a abandonné.*

— Ne vous abandonnez pas vous-même, monsieur le Maréchal, dis-je fermement. *Que comptez-vous faire ?*

L'infortuné me considéra un moment. Il paraissait un peu qu'il ne savait à quel saint se vouer.

— Je vais aller aux Jésuites prendre conseil, mais

1. Perdu (tombé dans l'abîme).

2. François de Montmorency, exécuté en 1627 pour avoir contrevenu à l'édit sur les duels.

je vous avoue que je suis fort tenté d'aller mettre mon innocence en pleine campagne et de ne revenir que quand mes juges naturels qui sont le Parlement me feront revenir.

— *N'ajoutez pas à votre malheur celui de déplaire aussi fortement au Roi.*

— *Je ferais grand tort à la duché*[1] *en reconnaissant cette Chambre.*

— *Vous vous feriez un plus grand tort à vous-même en n'obéissant pas.* Voyant son affliction, je posai ma main sur son bras. *Allons, monsieur le maréchal, vos amis ne vous abandonneront pas.*

— *Mes ennemis non plus, madame*, dit-il en relevant la tête.

Et, se reprenant enfin :

— *Je vais aller à la Bastille. J'espère en sortir innocent, mais après un tel malheur je ne reverrai jamais le monde.*

Le maréchal de Luxembourg fit comme il l'avait annoncé. Il alla prier Dieu chez les Jésuites et, de là fut à la Bastille où il fut mis dans une chambre grillée. Pour la comtesse de Soissons, elle ne put envisager la prison. Elle jouait à la bassette quand son beau-frère, le duc de Bouillon, la pria de passer dans son cabinet. Il lui dit qu'il fallait quitter la France ou aller à la Bastille. Elle ne balança point. Elle fit sortir du jeu son amie la marquise d'Alluye et elles ne parurent plus. Nous apprîmes qu'elles furent à Namur et de là à Bruxelles. Je n'ai jamais aimé madame de Soissons et cette inimitié remontait au temps où Olympe Mancini s'amusait d'agacer le jeune Roi, mais je trouvais sot qu'on l'accusât d'avoir voulu hâter la fin de son époux. Le comte de Soissons était mort de la pierre et c'est

1. A la qualité de duc et aux privilèges attachés à ce titre. Duché était souvent féminin au XVIIe siècle.

une raison qui suffit pour mourir. On prêtait aussi à son épouse le dessein d'avoir voulu conserver l'amour du Roi en faisant empoisonner mademoiselle de La Vallière. Je crois cette Mancini fort capable d'avoir envisagé ce crime, et encore plus capable d'y réussir, mais mademoiselle de La Vallière se portant bien, force était de constater que l'affaire n'avait pas eu lieu. La comtesse de Soissons était encore accusée d'avoir cherché à conserver l'amour du Roi au moyen de philtres ; ce chef d'accusation ne me surprit pas. Le Roi a sans doute avalé plus de philtres d'amour que jamais homme au monde. Il me parut cependant que la comtesse de Soissons payait surtout l'inimitié de Louvois qui, dans sa jeunesse, avait voulu faire le camarade avec le comte de Soissons et s'en était trouvé repoussé. A cela s'était ajouté un autre grief : comme on parlait de donner la fille de Louvois au jeune comte de Soissons, la comtesse avait dit : « *La belle chose que ce serait de voir une bourgeoise épouser un prince !* » On voit que souhaitée ou refusée, mademoiselle de Louvois fut la cause d'une infinité de maux. Après la fuite de sa belle-fille, la princesse de Carignan porta ses plaintes au Roi sur l'injustice faite à la comtesse de Soissons.

— *Madame,* lui dit le Roi, *j'ai bien voulu que madame la comtesse soit sauvée, peut-être en rendrai-je un jour compte à Dieu et à mes peuples.*

Ces paroles et l'air de froideur qui les accompagna eurent l'effet d'un coup de fusil sur une volée de moineaux. La princesse de Polignac partit s'enterrer en Auvergne et le comte de Cessac fut en Angleterre. Soit que sa conscience fût plus pure ou son audace plus grande, la duchesse de Bouillon [1] nous vengea tous. Elle se rendit au tribunal entre son mari et son amant, le duc

1. Marianne Mancini, épouse du duc de Bouillon, sœur cadette d'Olympe, comtesse de Soissons.

de Vendôme. Elle entra dans cette Chambre comme une petite reine, s'assit sur la chaise qu'on lui avait préparée et au lieu de répondre à la première question, elle demanda qu'on écrivît qu'elle ne venait là que par respect qu'elle avait pour l'ordre du Roi, et nullement pour la Chambre qu'elle ne reconnaissait point, et qu'elle ne prétendait pas déroger au privilège des ducs. Elle ne dit pas un mot que cela ne fût écrit ; et puis elle ôta son gant et fit voir une très belle main. « *Connaissez-vous la Vigoureux ? – Non. – Connaissez-vous la Voisin ? – Oui. – Pourquoi voulez-vous vous défaire de votre mari ? – Moi, m'en défaire ! Vous n'avez qu'à lui demander : il m'a donné la main jusqu'à la porte. – Mais pourquoi alliez-vous si souvent chez cette Voisin ? – C'est que je voulais voir les sibylles qu'elle m'avait promises ; cette compagnie méritait bien moins qu'on fît tous les pas. Je désirais également savoir si le duc de Beaufort était mort*[1]. *– L'est-il ? – Demandez-le à la Voisin.* » Elle dit tout cela d'un air fort riant et fort dédaigneux. A ce moment, monsieur de La Reynie lui demanda si elle avait vu le diable et comment il était fait. Elle répondit : « *Oui, je l'ai vu et il était fait comme vous. Eh bien ! messieurs, est-ce là tout ce que vous avez à me dire ? – Oui, madame. – Vraiment, je n'eusse jamais cru que des hommes si sages pussent demander tant de sottises.* » Elle se leva et fut reçue de tous ses amis, parents et relations avec adoration. Le Roi ne goûta pas tant l'esprit de madame de Bouillon et lui donna l'ordre de se retirer à Nérac. Le maréchal de Luxembourg montra plus de diplomatie. Il reconnut qu'il fréquentait les devins et s'occupait d'astrologie, mais put démontrer qu'il avait été victime de son inten-

1. Le duc de Beaufort avait été porté disparu au siège de Candie, le 16 juin 1665. Le public n'avait pas cru à la mort du « roi des Halles ».

dant qui avait signé en son nom et à son insu un pacte avec le diable. L'intendant fut aux galères et le maréchal alla dans ses terres se remettre de toutes ces diableries. Rien de tout cela ne soulagea l'inquiétude qui me rongeait. Il me fallait pourtant masquer une angoisse mortelle et faire bonne figure. Je ne pouvais m'entretenir de mes craintes qu'avec madame de Thianges qui avait fréquenté les devins avant moi, mais depuis qu'elle avait fait sa conversion, elle ne voulait pas en entendre parler. Quant à la comtesse de Vivonne, elle avait déjà été citée par tous les sorciers pour empoisonnement, avortement et divers sacrilèges. Pour celle-là, je la croyais capable de tout ; qu'elle n'eût pas été arrêtée était un miracle qui tenait sans doute à notre parenté, mais ne redorait pas mon auréole. Que pouvais-je faire ? Avouer au Roi que j'avais fréquenté des sorciers qui lui faisaient horreur ? Que je lui avais fait avaler des philtres fabriqués par des gens que l'on disait artistes en poison ? Qu'à force de vouloir forcer la volonté de Dieu par des voies qui n'étaient pas droites, j'avais dangereusement approché du diable ? Le meilleur parti était de ne rien dire et d'attendre la bombe. Je crus celle-ci bien près de sauter quand monsieur Colbert m'avertit que Lesage avait dénoncé mademoiselle des Œillets et une autre de mes domestiques, Cato, comme fréquentant la Voisin. *« Sa Majesté croit qu'il est impossible que Lesage ait dit vrai quand il a parlé de ces femmes et a ordonné que ce fait soit promptement éclairci »*, me dit-il avant de se retirer. Mon sort se trouvait donc suspendu à la parole de la Voisin. Je passai des nuits entières à marcher dans ma chambre, imaginant des commentaires et des éclaircissements, des adjurations, des reproches et des supplications. Tantôt je me voyais fermée à la Bastille, mes enfants chassés de la Cour, tantôt il me semblait que j'avais grossi les objets et que mes terreurs n'avaient pas de fondement. Après de telles nuits, il me fallait être gaie et riante le jour pour jouer mon rôle auprès de la Reine et pour que la Cour me crût tranquille. Je vieillis de dix ans à ce jeu-là. Je crois que je serais devenue folle si ma sœur, Madame de Fontevrault, n'était venue me joindre dès le premier instant où elle eut vent de ma détresse. La harangue n'était pas son style ; elle demeura simplement à mon côté comme si l'abbesse de la première abbaye du royaume n'eût rien d'autre à faire que de tenir compagnie à son aînée. Son humeur égale, sa sagesse et sa pure bonté furent le rocher où je me tins ferme tant que la tempête passait au-dessus de moi. Le Roi aimait et estimait Madame de Fontevrault plus que quiconque ; la foudre ne fût pas tombée où elle se tenait. Madame de Maintenon la craignait comme le diable craint l'eau bénite et demeurait à bonne distance. Ma sœur fut encore mon avocate, le fait est moins connu, auprès de monsieur de La Reynie. La seconde épouse du lieutenant général de police était fort des amies de ma sœur, et cela remontait au temps où Gabrielle de Garibot, fille d'un maître des requêtes, avait été élevée en compagnie de Marie-Madeleine de Rochechouart à l'Abbaye-aux-Bois. Madame de Fontevrault avait dans le passé sollicité madame de La Reynie plus d'une fois, certaine que ses recommandations n'étaient pas tout à fait inutiles ; je donne à imaginer ce qu'elle fit pour moi. Je n'ai point de scrupules à faire connaître ce léger avantage quand tant de choses m'étaient contraires, car dans un procès où des scélérats répandirent tout ce qu'ils voulurent sur mon compte, je fus jugée à mon insu et sans avoir moyen de me défendre.

Madame de Fontevrault profita de son séjour pour me guider avec douceur dans une voie plus juste. *« Il faut tirer des épreuves un enseignement, le reste est affliction superflue »*, me disait-elle. Il me souvient d'un jour où j'avais chassé mes femmes pour pleurer à mon aise. Ma sœur entra par surprise et, me trouvant en pleurs sur mon clavecin, me releva avec douceur. Je me jetai à lui faire une confession fort confuse de mes pratiques magiques. Elle m'écouta sans que l'air de la condamnation approchât seulement son visage. Quand je fus calmée, elle me fit asseoir et me dit en gardant mes mains dans les siennes :

— *Dans ce long enchaînement de causes particulières, je vois surtout un défaut de confiance en Notre-Seigneur. Vous n'êtes pas la seule à tenter de tourner Sa volonté. Pourquoi Dieu devrait-il servir nos passions et nos intérêts ? Un tel Dieu ne vaudrait guère plus que celui des Phéniciens auquel on sacrifait pour avoir belle moisson ou la victoire à la guerre.*

— *Mais,* demandai-je en relevant la tête, *ne priez-vous pas pour le succès des armées du Roi ?*

— *Ne vous est-il pas venu à l'esprit que nos ennemis prient aussi pour le succès de leurs armées ? Imaginez-vous Dieu pesant les prières de chaque camp ? Savez-vous qu'avec assez d'expérience en la matière, monsieur de Turenne disait que Dieu est toujours du côté des plus gros bataillons. Voyez-vous... quand je prie pour le Roi ou pour tout autre sujet, j'aime à dire le Pater : « Fiat voluntas tua. » Puisque aujourd'hui vous me faites votre confesseur,* ajouta-t-elle avec un air de malice, *je vous donne pour pénitence de le dire le plus souvent que vous pourrez.*

Ces paroles toutes de compassion et de discernement amenaient peu à peu quelques rayons de lumière dans mon âme. Elles me rendaient surtout un peu de cette estime de soi sans laquelle on n'est bon qu'à se précipiter plus avant dans le mal. Madame de Fontevrault demeura plus d'une année près de moi, entrecoupant sa veille des voyages nécessaires au gouvernement de son abbaye. Aujourd'hui encore, je tiens sa présence dans ces jours d'infortune pour le plus grand signe de la miséricorde de Dieu à mon égard.

La Voisin nia tout ce qui me concernait. Elle soutint à l'interrogatoire qu'elle ne m'avait jamais vue, pas plus que mademoiselle des Œillets, et refit la même déclaration au septième coin et au troisième de l'extraordinaire[1]. Elle tint le même langage entre les mains de son confesseur ; elle déclara seulement qu'un grand nombre de personnes de toutes sortes de condition s'étaient adressées à elle pour demander le moyen de faire mourir du monde et que c'était la débauche qui était le premier mobile de tous ces désordres. Je songeai longtemps sur ce mot de débauche. Je n'avais eu qu'un amant et, loin de songer à en avoir un autre, je n'avais souhaité que de vivre avec lui comme un mari avec sa femme. Ce qui m'avait poussée à fréquenter la Voisin était moins la licence que la peur de perdre ce que j'avais. Si l'on veut regarder les choses sous l'angle de mon caractère, on peut dire que j'étais toujours conduite par le violent désir d'obtenir ce que je voulais. J'étais pleine de l'orgueil de penser que la vie devait épouser exactement mes vœux et je ne savais vouloir qu'entièrement et avec violence. J'en connais qui, avec le même appétit et beaucoup de patience, sont allées au bout sans avoir à se rendre chez les sorciers.

La Voisin fut exécutée en place de Grève le 22 février 1680 sans avoir parlé davantage. Beaucoup de dames l'allèrent voir brûler et en firent force récits qui emplirent les salons de façon assez dégoûtante.

1. La question employait alors deux supplices : l'eau et les brodequins. Les hommes subissaient les deux, les femmes n'étaient soumises qu'au second. Chaque supplice comportait deux étapes : l'ordinaire et l'extraordinaire.

La disculpation du maréchal de Luxembourg fut un coup porté à la Chambre ardente, tant il apparut qu'il avait été victime d'une persécution. D'un autre côté, la Voisin était morte en taisant mon nom, et mademoiselle de Fontanges s'était retirée dans l'abbaye de Chelles que le Roi venait de donner à son aînée pour traîner une mourante vie. Elle parut en cornette et robe de chambre, pâle et accablée de tristesse, à la bénédiction de Madame de Chelles par l'archevêque de Paris. Si les choses avaient suivi leur cours ordinaire, le moment eût été venu pour moi de retrouver le cœur du Roi. Je découvris alors que madame de Maintenon avait profité de cette période de trouble et d'agitation pour se glisser plus avant dans les bonnes grâces de Sa Majesté ; ce bon stratège avait vu le trou sur la contrescarpe et s'était avancé pour l'assaut. Les entretiens qu'elle avait avec le Roi augmentaient tous les jours. Bientôt, elle passa tous les soirs de 8 heures jusqu'à 10 heures en compagnie de Sa Majesté. Monsieur de Chamarande la menait et la ramenait à la face de l'univers. Le Roi avisa que c'était beaucoup de conversations pour la gouvernante de mes enfants et, pour détacher madame de Maintenon de mon service, la fit dame d'atour de la Dauphine. Personne à la Cour ne savait ce qu'il fallait en croire car elle n'était ni belle ni jeune. Les uns la regardaient comme la confidente du Roi, les autres comme une espèce d'entremetteuse, d'autres comme une personne habile dont le Roi se servait pour rédiger les mémoires de son règne. Je ne sais auquel des courtisans la langue fourcha le premier ; ils appelaient tout bas madame de Maintenon madame de Maintenant. Ce *maintenant*- là me faisait perdre l'esprit.

— *Vous voulez donc devenir la maîtresse du Roi ?* lui lançai-je un jour, cherchant un aveu qui dut la faire rire de part elle, tant il venait tard. Nous étions dans le fort de la liaison du Roi avec mademoiselle de Fontanges.

— *Il faudra donc qu'il en ait trois*, dit-elle, évitant habilement de répondre.

— *Sans doute, moi de nom, cette fille de fait et vous de cœur.*

J'avais, dans ma naïveté, fait boire force philtres au Roi, mais cette dame lui en versait d'autres par l'oreille. Dans la période troublée de l'affaire des Poisons, madame de Maintenon fit fond sur la peur du Roi et sur la religion. Le Roi était simple en matière de religion et haïssait le scandale. Elle joua à la femme sage, se posa en déesse de la raison, trouva la veine du sacré. J'entends cela d'ici : « *L'impiété, Sire, est la cause de tous ces maux, elle gagne comme une gangrène. Maintenant que Votre Majesté a donné la paix à l'Europe, il lui reste une tâche encore plus noble à accomplir, digne du Roi Très Chrétien, celle de rétablir les droits de la religion, de poursuivre le crime, de chasser l'impiété. Vous devez punir les scélérats et les débauchés, faire régner la vertu à la Cour. L'exemple, Sire, doit venir d'en haut. Dieu vous a choisi pour rétablir la foi dans ce royaume. A votre couronne mortelle, ajoutez une couronne immortelle.* » *Et lonlonla lonlaine*, ajouteraient nos chansons. Cet air-là était distillé à petites doses, mais tous les jours et entre deux étreintes. Je connais madame de Maintenon et je peux avancer qu'il lui ressemble assez de se sentir investie par le Tout-Puissant de la tâche de réformer la conduite du Roi et du royaume, comme jadis la Pucelle le fut de celle de bouter l'Anglais hors de France. Le sentiment d'accomplir une mission aussi grande permit sans doute à madame de Maintenon de s'absoudre du péché d'adultère car, si elle était veuve, le Roi était marié ; la fin pour cette dame a toujours justifié les moyens. Monsieur Racine le sentit qui, pour lui être agréable, mit en scène le personnage d'Esther, laquelle, on le sait, sacrifia sa vertu à son devoir.

Le Roi était las d'être comparé à Alexandre et à César, sans doute apprécia-t-il d'être appelé à devenir quelque chose de grand dans le Ciel. Il avait surtout peur du péché et de l'enfer. Il craignit de se trouver responsable de tous les désordres du royaume au jour du Jugement. Les leçons de madame de Maintenon donnèrent bientôt leurs fruits. Le Roi défendit le jeu, obligea tout le monde à respecter les Fêtes, fit avertir certaines dames d'avoir à changer leur conduite ou à quitter la Cour. Les libertins durent réformer leurs opinions ou se cacher. Lui-même se ferma davantage dans sa famille. La Reine qui n'avait cessé d'aimer le Roi en fut bouleversée de reconnaissance : « *Dieu,* disait-elle, *a suscité madame de Maintenon pour me rendre le cœur du Roi.* » Ceci fut bien le coup le plus habile. Madame de Maintenon savait le Roi ardent et, tant qu'à le partager, elle préférait que ce fût avec une épouse qui n'avait rien pour plaire sinon une grande vertu, sans compter que ce retour édifiait le monde et détournait le soupçon. Je crois que madame de Maintenon goûta un immense plaisir à rendre son amant à une épouse qu'il n'aimait pas. Monsieur, qui avait de longtemps senti le manège de cette dame, voulut prévenir la Dauphine contre la nouvelle étoile. Le Roi l'ayant su, et remarquant à table que Monsieur mettait les doigts à un plat avant lui, dit : « *Mon frère, vous ne savez retenir ni vos doigts ni votre langue.* » Affolée, je sentis qu'il était bien tard pour défaire le Roi de madame de Maintenon. Et puis les coups me tombaient sur la tête comme grêle sur la moisson. L'affaire des Poisons qui, après la libération du maréchal de Luxembourg avait semblé toute dégonflée, rebondit deux jours après la mort de la Voisin. Le Roi donna l'ordre à la Chambre ardente qui avait été faite pour les poisons de s'occuper aussi des sacrilèges, impiétés et profanations. Je ne doutais pas du rôle de l'ange de la piété dans cette nouvelle recherche. Mon inquiétude grandit ; si j'étais nette du côté du poison, je ne l'étais pas tant de l'autre.

Au point où j'arrive de ce narré, la Chambre ardente se réunissait depuis une année et le Roi ne m'en avait pas plus touché mot que si elle n'eût pas existé. Depuis l'affaire de mademoiselle de Fontanges, il ne venait plus me voir qu'en compagnie, aussi n'avais-je pas plus de moyen de me trouver éclaircie sur cette affaire que de plaider ma cause. J'avançais à tâtons et sur les seules indications de monsieur Colbert, encore que la prudence empêchât le ministre de me dire tout ce qu'il eût été nécessaire que je sache pour me défendre. Le Roi ne me parla qu'une fois de l'affaire, et cela lui échappa. Après la mort de la Voisin, nous passâmes les fêtes de Pâques à Versailles. Nous montions en carrosse pour retourner à Saint-Germain quand le Roi m'abreuva de reproches sur les parfums dont j'étais chargée.

— *Ces senteurs outrées m'incommodent. Elles me font mal à la tête et me donnent des vapeurs. Je ne peux les souffrir et je vous prie de m'en dispenser,* me lança le Roi comme je ramassais mes jupes pour monter à sa suite dans la voiture. Blessée par la mine de dégoût de Sa Majesté, je lançai :

— *Il fut un temps, Sire, où ces senteurs vous étaient agréables.*

— *Il fut un temps, madame, où je ne craignais ni ce que je mangeais ni ce que je buvais ni l'air que je respirais.*

Rouge de colère, je criai.

— *Craindriez-vous que je vous empoisonne ?*

— *Savez-vous, madame, que mademoiselle des Œillets et Cato se rendaient chez la Voisin ?*

— *Je ne puis surveiller tout le temps mes femmes. Elles font ce qui leur plaît.*

— *Comme d'aller chez des sorcières.*

— *Quelques misérables femmes qui attirent les curieuses par des promesses de divination.*

— *Des artistes en poison et des avorteuses.*

— *Si j'en avais usé, je ne vous aurais pas fait sept enfants. Et que je sache, Votre Majesté connaît mademoiselle des Œillets aussi bien que moi.*

Le ton était monté jusqu'à ce que nous fussions tous deux rouges comme des coqs. L'allusion à la familiarité du Roi avec mademoiselle des Œillets ne fut pas du goût de Sa Majesté qui laissa retomber lourdement la portière.

— *Je vous laisse, madame, avec vos petites raisons.*

Au mois d'août, le Roi ordonna depuis les Flandres où il visitait les places fortes que l'instruction conduite par monsieur de La Reynie ne fût plus rapportée à la Chambre de l'Arsenal[1], mais à lui seul. Je demandai à monsieur Colbert ce qu'il fallait penser d'une si grande précaution. Inquiet, le ministre me répondit que Catherine Mauvoisin, fille de la Voisin, parlait beaucoup, de même que la Filastre, une sorcière que Lesage avait nommée, qu'il n'était rien moins question que d'un placet pour empoisonner le Roi et d'étoffes et de gants pour tuer par le poison mademoiselle de Fontanges.

— *Et que viendrais-je faire dans ce conte ? Je n'ai jamais vu cette Filastre ! J'ignorais même qu'elle existât !* criai-je, horrifiée.

— *Elle-même dit qu'elle ne vous a pas connue, mais elle soutient qu'elle a travaillé pour votre parti.*

— *La chose est si folle qu'elle se détruit d'elle-même. Comment pourrais-je songer à tuer le Roi de*

1. La Chambre ardente siégeait à l'Arsenal.

qui je tiens tout ? Quant à mademoiselle de Fontanges, c'est lui faire beaucoup d'honneur ! S'il avait fallu que je me débarrrasse de toutes les femmes qui ont voulu être aimées de Sa Majesté, les cimetières seraient pleins.

— *C'est un certain Romani, amant de la fille Voisin, qui était chargé de remettre le placet et les gants ou l'étoffe à mademoiselle de Fontanges. Il dit qu'il était en relation avec mademoiselle des Œillets.*

— *Et que sais-je des fréquentations de mademoiselle des Œillets ? Elle a quitté mon service et nous ne sommes pas restées le mieux du monde ensemble.*

— *Monsieur de La Reynie a conclu que le fait du placet et celui des gants paraissent extrêmement douteux, que le dessein ne semble pas vraisemblable, qu'il est impossible dans son exécution et qu'enfin ce que ces femmes disent n'est que de circonstance.*

— *On est trop bon de me tenir quitte d'une double tentative d'assassinat.*

— *Croyez, madame,* me dit Colbert avant de me quitter, *que je fais sans cesse réfléchir le Roi que les gens dont on parle sont infâmes et donc reprochables*[1].

Il ne paraissait que trop que la tâche n'était pas aisée. J'eus le bonheur qu'avant d'être brûlée, la Filastre reconnut que ce qu'elle avait conté à mon sujet n'était pas véritable et n'avait été dit que pour se libérer des douleurs et des tourments. Mon soulagement fut de courte durée. Cette sorcière avait parlé, en même temps que la fille Voisin, de messes sacrilèges ; toutes deux avaient nommé le prêtre Guibourg. Cette circonstance plus qu'une autre me fit faire mon examen de conscience. J'avais fait dire des messes où l'on passait des poudres ou des invocations sous le calice ; j'y avais

1. Que leur témoignage peut être récusé.

parfois assisté, mais à l'Abbaye-des-Dames où j'avais été élevée, Madame nous faisait écrire nos intentions de prière et les portait sur l'autel. Je m'étais fait lire les Evangiles sur la tête par le prêtre Mariette, mais quand il y a un malade dans une maison, ne trouve-t-on pas excellent que le prêtre vienne et lise l'Evangile de saint Jean en posant l'étole sur la tête de la personne souffrante ? J'avais donné beaucoup d'argent à la Voisin en me récriant quand ce qu'elle tentait n'aboutissait pas, mais à force de vouloir forcer la volonté de Dieu, avais-je pactisé avec le diable ? Ne pouvant répondre à cette question, j'interrogeai le bon sens de Colbert.

— *Monsieur le ministre,* demandai-je, la voix tremblante, *que nommez-vous des messes sacrilèges ?*

Monsieur Colbert parut embarrassé par ma question. Il baissa les yeux avant que de répondre :

— *Pardonnez-moi, madame, mais ces gredins parlent de messes que l'on récite à l'envers sur le ventre d'une femme nue. On y fait une conjuration au diable entre les élévations et on y sacrifie un enfant dont on pique la gorge avec un canif. On verse le sang de cet innocent dans le calice, après quoi on lui arrache les entrailles et le cœur. Je vous assure que la lecture des rapports de monsieur de La Reynie lève le cœur.*

Je me dressai tout en pied.

— *Monsieur le ministre, j'ai certainement offensé Dieu, mais je ne puis me charger de crimes aussi horribles !*

Je me mis à trembler et éclatai en sanglots.

— *Rassurez-vous, madame, aucun de ces misérables ne dit vous avoir vue. Ils avancent que le pacte qu'on lisait était pour vous. Ce pacte est un tel tissu de sottises qu'en voulant vous charger, ils vous blanchissent.*

— *Je veux connaître ce dont on m'accuse.*

— *Avec ces gens, les temps sont marqués avec beau-*

coup d'incertitude. Guibourg parle d'une messe dite en 1675 pour obtenir le départ de mademoiselle de La Vallière.

— Elle se trouvait au Carmel depuis une année !

— Vous voyez. Il faudrait remonter au début de votre amitié avec le Roi. Le pacte demandait la stérilité de la Reine.

— Mais le Dauphin était né !

— L'amitié du Dauphin.

— Il avait cinq ou six ans !

— Que vous soyez chérie et respectée des grands seigneurs.

— J'eusse plus volontiers cru que c'était à eux de se faire aimer de moi.

— Que la Reine soit répudiée et que vous puissiez épouser le Roi.

— Il eût fallu rompre deux mariages. C'est tout simple !

— Que vous soyez enfin appelée au Conseil.

— Où le Roi n'appelle pas même son frère ! Et que ferais-je au Conseil ? Me suis-je jamais souciée de politique ? Y a-t-il un soupçon de vraisemblance dans tout ceci ?

Dans les débuts de cette affaire, j'avais pensé qu'il relevait de la pure bonté de monsieur Colbert et de l'intérêt qu'il portait à ma famille de m'en laisser apercevoir quelque chose. Je ne doutais plus à présent qu'il ne le fît sur l'ordre du Roi, lequel voulait sans doute examiner mes réactions et se former une opinion d'après elles. Je ne pouvais lui faire entendre que mes protestations et mes pleurs. Pour la première fois de ma vie, j'étais anéantie. Mon imprudence et ma folie m'apparaissaient comme il m'apparaissait qu'on ne pouvait revenir de tant d'irréflexion et de légèreté. En m'en remettant à la Voisin, j'avais touché le dessus d'une lèpre monstrueuse ; je me trouvais à présent enveloppée dans la pestilence et ne savais comment m'en dégager.

Il fit un chaud affreux durant l'été de 1680. Quand la Cour revint des Flandres pour s'installer à Saint-Germain, j'allai souvent marcher sur la terrasse que monsieur Le Nostre avait bâtie au-dessus de la Seine. Je ne dormais plus, j'avais des étouffements continuels ; il me semblait être un papillon fermé dans une bouteille. Je passais et repassais dans mon esprit ce que j'avais fait ou dit se rapportant à l'affaire pour laquelle Louvois faisait interroger les prisonniers à la Bastille et à Vincennes. Quand mon esprit agité fut à nouveau en mesure d'exercer un peu de réflexion, j'eus le sentiment de m'être trouvée lancée dans un jeu où d'autres manœuvraient les pions à mon insu. S'était-on servi de mon nom ? Pour quel propos ? Ceux ou celui qui pouvaient le faire devaient connaître mes liens avec la Voisin et qui les connaissait mieux que mademoiselle des Œillets ? Plus je songeais à cela, plus il m'apparaissait que le nom de mademoiselle des Œillets se trouvait bien souvent dans les relations que me faisait Colbert. Une sorcière, la Villedieu, témoignait avoir vu ma femme de chambre plus de cinquante fois chez la Voisin. Je ne l'avais pas envoyée autant, et mademoiselle des Œillets avait quitté mon service plus de quatre ans auparavant. Pour les enquêteurs de la Chambre ardente, le nom de ma femme de chambre cachait le mien, tant il leur semblait naturel qu'elle œuvrât pour sa maîtresse. Je commençai de me demander si je n'avais pas fait une belle figure de sotte et si, croyant me dissimuler derrière ma femme de chambre, je n'avais pas servi de paravent à mademoiselle des Œillets. Je m'ouvris de ce soupçon à monsieur Colbert qui m'avoua avoir été conduit à la même réflexion.

— *Je commence à croire tout de bon,* me dit-il, *que mademoiselle des Œillets travaillait un peu pour vous et beaucoup pour elle. Elle s'est flattée qu'une de ces devineresses lui avait prédit sa fortune à la Cour. Peut-être a-t-elle espéré fixer l'amitié du Roi et, pourquoi pas, madame, puisque nous en sommes aux chimères, vous supplanter.*

Il me semblait tomber des nues. Ma femme de chambre me remplacer auprès du Roi ! Mais après tout, la gouvernante de mes enfants était en train d'atteindre à ce beau résultat. L'idée me fit venir les larmes aux yeux.

— *Madame,* poursuivit le ministre, *la place où nous sommes nous rend aveugles. Nous inspirons plus de jalousie et d'envie que d'amour. Mademoiselle des Œillets a dit qu'il y avait vingt femmes à votre service dont dix-huit vous haïssaient. Je parierais que celles qui vous faisaient la meilleure figure étaient celles qui vous tenaient dans la plus grande détestation.*

Après avoir délivré sa philosophie sur le genre humain, monsieur Colbert reprit le fil de son discours.

— *J'ai trouvé dans les interrogatoires de monsieur de La Reynie une chose qui me conforte dans ce que j'avance. Le dénommé Lesage a parlé d'un artiste en poison, un certain Regnard qu'il appelle le Grand Auteur ou l'Auteur. L'Auteur aurait travaillé à des poudres empoisonnées qu'il aurait données à la Voisin pour mademoiselle des Œillets.*

— *Vous dites ?*

— *Attendez ! Lesage assure que le dessein était – je le cite – de les faire donner comme poudres pour l'amour à madame de Montespan et de faire empoisonner le Roi par ce moyen et par madame de Montespan sans qu'elle pensât le faire.*

Cette révélation me laissa un moment étourdie. Quand je repris mes esprits, je calculai que mademoiselle des Œillets se trouvait grosse quand elle avait quitté mon service. Elle avait accouché d'une fille qu'elle disait être du Roi. Avait-elle demandé au Roi de reconnaître et de légitimer cette enfant comme il l'avait fait pour les miens et ceux de mademoiselle de La Vallière ? Le refus de Sa Majesté que je pouvais imaginer fort sec l'avait-il poussée au crime et s'était-elle servie de moi pour l'accomplir ? On m'avait rapporté une phrase que la Voisin avait lâchée devant que de mourir : *« Ah ! C'est une belle chose qu'un dépit amoureux.* » La tête me tournant, je dis à monsieur Colbert :

— *Voilà qui doit suffire à m'innocenter aux yeux du Roi.*

Le ministre hocha doucement la tête.

— *Aux yeux de Sa Majesté, madame, il serait déjà criminel de lui avoir fait prendre des drogues sans qu'Elle le sache,* dit le ministre sans lever les yeux sur moi. *A présent, rappelez-vous la maladie fort étrange dont le Roi s'est trouvé attaqué après la mort de monsieur de Turenne. Sa Majesté a eu des frissons, le visage enflammé, la bouche amère. Elle se plaignait d'avoir la tête pleine de vapeurs.*

— *Et une grande lassitude dans les jambes. Monsieur d'Aquin l'a soignée avec de l'essence de cannelle et de l'esprit d'ammoniaque,* ajoutai-je.

Je me gardai d'avouer au ministre qu'il se passait alors des choses terribles entre madame de Maintenon et moi, et que j'avais fait prendre des philtres au Roi. Quand il tomba malade, je craignis que ce ne fût à cause des poudres et cessai brusquement de lui en donner.

— *Lesage a pris peur quand il a su le Roi malade. Il a rompu tout commerce avec la Voisin,* poursuivit Colbert.

— *C'est alors que mademoiselle des Œillets a quitté mon service.*

— *Elle n'a pas abandonné son projet pour autant. Le prêtre Guibourg dit qu'il l'a reçue chez la Voisin pour faire un charme pour le Roi. Elle était accompagnée par un milord anglais qui était son amant et disait vouloir l'épouser. La décence m'empêche de vous décrire par le menu la cuisine affreuse qui s'y fit avec la semence de l'Anglais, le sang d'un enfant égorgé et... qu'on m'épargne le reste.*

— Mais qu'entend-il par charme ?

— Quelque chose pour faire mourir le Roi. Ce dessein était commun au milord et à mademoiselle des Œillets. Elle parlait avec emportement contre le Roi. L'Anglais l'adoucissait. Ils assuraient qu'en mettant de la composition sur les habits du Roi ou là où il passerait, cela ferait mourir le Roi de langueur. On retrouve ce milord en une autre occasion chez la Voisin avec mademoiselle des Œillets. Tous deux promettaient cent mille livres pour faire « un gros coup ».

— Je ne sais où mademoiselle des Œillets aurait pris cent mille livres.

— Moi je me doute assez où un Anglais peut les trouver, madame, surtout dans les temps où nous sommes en guerre contre ce pays.

J'étais trop saisie pour répondre. Quand je retrouvai la parole, ce fut pour supplier monsieur Colbert de parler au Roi. Il le fit. Il en résulta que monsieur de Louvois alla voir mademoiselle des Œillets qui protesta de son innocence avec une fermeté inconcevable. Le ministre la mena à Vincennes où il fit descendre Lesage, la fille Voisin et le prêtre Guibourg. Les hommes reconnurent mademoiselle des Œillets et la nommèrent. La femme dit qu'elle ne l'avait pas reconnue, bien qu'elle eût promis qu'elle la reconnaîtrait aisément ; plus tard, elle affirma que si. *« Elle a menti au moins une fois »*, me dit Colbert en me rapportant la chose. Mademoiselle des Œillets, point démontée de se voir reconnue, avait répondu à Louvois qu'elle avait pensé que la comtesse de Soissons avait une demoiselle à son service qui était à peu près de sa taille, et que la comtesse pourrait bien lui avoir fait prendre son nom pour lui faire des affaires et pour en faire à madame de Montespan qu'elle haïssait.

— *Tout cela tourne comme les reste de cette affaire à la confusion générale,* me dit Colbert en achevant. *Il est permis de se demander pourquoi monsieur de Louvois a voulu conduire cette confrontation dans des conditions aussi malheureuses. Il eût fallu présenter aux accusés plusieurs femmes et la demoiselle des Œillets parmi elles. Sans compter que les prisonniers ont pu facilement avoir communication ensemble, ce qui facilite toutes les accusations. Tout cela, madame,* ajouta-t-il, *est une présomption très favorable pour vous. Il apparaît chaque jour que des personnes ont pu usurper votre nom pour mieux couvrir leur jeu. Serait-il dit qu'il faille que vous souffriez de ce que l'on se serait servi de vous dans des actes de ténèbres qui ne pouvaient venir à votre connaissance ? Car enfin, j'en fais toujours revenir à ce point, qu'il ne se trouve pas dans toute cette affaire une seule personne qui vous ait jamais parlé, ni qui puisse dire qu'elle ait jamais traité avec vous ni directement ni indirectement.*

Monsieur Colbert fut mon chevalier dans cette affaire ; jamais dame n'eut meilleur défenseur. Il en oublia, dans son dévouement à mon service, que lui-même avait été victime d'une tentative d'empoisonnement de par un officier de la Chambre des comptes de Provence qui avait eu des démêlés avec lui. Le ministre fit rédiger, à l'intention du Roi, un long mémoire pour ma défense par l'avocat Duplessis. C'était si habile et si bien tourné qu'en rendant le manuscrit au ministre, je doutais moi-même d'avoir jamais fréquenté la Voisin. Mais quel serait l'avis du Roi ? Je harcelais

Colbert pour qu'il me communiquât l'opinion de Sa Majesté.

« *Eh ! madame !* finit-il par me dire les bras au ciel, *le Roi est logé comme les autres. En Champagne d'où je suis, on dirait que cette affaire est une bauge où un cochon ne trouverait pas ses petits. Tantôt le Roi examine les présomptions pour s'assurer et pour demeurer convaincu que les faits sont véritables, et il n'en peut venir à bout. Tantôt il cherche au contraire tout ce qui peut le persuader qu'ils sont faux, et cela lui est également impossible. Comment peut-il en être autrement quand ce ne sont pas des témoins qui déposent, mais des accusés qui parlent, qui ont intérêt de cacher la vérité, sur la foi desquels on ne peut s'assurer ni pour tout ni pour partie, qui varient également selon qu'il leur convient, sans laisser aucune certitude de vrai ou de faux. Tous ces scélérats sont des menteurs, experts en menteries. Le Roi, madame, laisse sa langue au chat.*

— *Et monsieur de La Reynie ?*

— *Quand Sa Majesté le pousse, le bonhomme finit par dire qu'« il y a au fond de tout cela quelque chose qui n'est pas bien ». On ne peut lui tirer rien d'autre.*

Le Roi ne me toucha plus un mot de l'affaire après la dispute que nous eûmes devant le carrosse ; au reste, il venait toujours me visiter deux fois le jour, après la messe et après le souper, bien que ce fût en compagnie. « *Il vaut mieux se voir peu avec liberté que souvent avec embarras* », répondis-je à la duchesse de Noailles qui cherchait d'un air fin à s'enquérir de notre amitié. La réponse de Sa Majesté aux questions que je posais à monsieur Colbert arriva à la fin de l'année 1680 sous la forme d'un don de cinquante mille livres. Peu après, le Roi ordonna la reprise des travaux de la Chambre ardente dont il fit extraire tous les faits particuliers, c'est-à-dire ceux qui pouvaient mener à mon nom ou à celui de mademoiselle des Œillets. On brûla encore un peu, on pendit, on dispersa ce qui restait des prisonniers dans des prisons ou des hôpitaux aux quatre coins du royaume. Bientôt l'affaire n'intéressa plus ; on ferma la Chambre. Un édit du Roi interdit les devins et les devineresses dans tout le royaume. La vente des poisons et des drogues fut réservée aux médecins, apothicaires et autres personnes qui par leur profession seraient obligées d'en employer. L'impiété et les sacrilèges furent punis de mort. Beaucoup de choses changèrent à partir de là. Le vent de la raison se leva pour balayer les miasmes de l'affaire des Poisons. Il devint démodé de croire au diable ; cela relevait d'un esprit gothique[1] et borné. Je ne suis pas sûre que ce grand évanouissement du diable ne soit pas son plus grand coup et une épouvantable diablerie.

Bien qu'on n'en parlât plus, l'affaire des Poisons éclaira longtemps la Grève. La mort de mademoiselle de Fontanges qui arriva au mois de juin de 1681 me fut imputée à crime. Elle mourut au couvent de Port-Royal de Paris où on l'avait transportée, son confesseur lui ayant persuadé que la Cour n'était pas un endroit convenable pour une action dernière. Bien que l'on sût que mademoiselle de Fontanges avait été mal accouchée et que cela expliquait les désordres qui suivirent, il courut tant de bruits sur cette mort à mon désavantage que le Roi commanda d'ouvrir le corps. On trouva une hydropisie de la poitrine et les poumons ulcérés, mais pas de trace de poison. Les calomnies tombèrent tout de même à plomb sur moi. J'eusse pu répondre aux calomniateurs que si j'avais dû empoisonner quelqu'un, je n'eusse pas choisi l'enfant romanesque dont la sottise avait déjà lassé le Roi, mais plutôt la femme dure et

1. Moyenâgeux.

féroce qui soupirait en apprenant cette mort : « *Les adversités sont les marques certaines de Dieu, rien ne fait retourner à Lui comme la mort de mademoiselle de Fontanges.* » Et madame de Maintenon de s'appliquer à édifier le Roi et à lui faire peur avec la mort de sa maîtresse. On fit beaucoup de philosophie sur la disparition de cette beauté, depuis la comparaison avec les cèdres du Liban rabaissés au niveau des buissons du désert, jusqu'à quantité de chansons et de quatrains dont tous n'étaient pas du meilleur goût :

Amynte va mourir ! Quel changement étrange !
L'état où on la voit est un touchant sermon ;
Ses charmes en vivant l'avaient faite un démon,
Ses vertus en mourant de démon la font ange.

Il y eut pire. Monsieur de Bussy-Rabutin, rappelant les paroles sacrées du Roi qui touchait les malades : « *Le Roi te touche, Dieu te guérit* », hasarda d'écrire : « *Le Roi te baise, Dieu te sauve.* » Cette finesse ne contribua pas à le faire revenir dans les bonnes grâces du Roi.

La mort d'une personne jeune et belle rappelle plus qu'une autre notre condition de mortel, aussi s'empressa-t-on d'oublier la pauvre héroïne. Le Roi, il est vrai, avait donné l'exemple, car cette maîtresse mourut à ses yeux bien avant que de disparaître. Bientôt, il ne resta de mademoiselle de Fontanges qu'une façon de se coiffer fort laide que je n'adoptai pas.

La mort de ma pauvre rivale me trouva presque indifférente. L'affaire des Poisons m'avait laissé une grande amertume : après avoir été jouée par madame de Maintenon, il fallait donc que je le fusse par mademoiselle des Œillets ; mais si l'une s'en était prise au cœur du Roi, l'autre avait touché à l'estime. Je savais que l'abîme ouvert entre le Roi et moi était immense. Il me fallait entrer dedans un autre pays où je ne voyais plus de bonheur ni de chagrin possibles ; pour la douleur, je me trompais. Mademoiselle de Tours fut malade. Ma fille en grandissant était devenue fort délicate. Les médecins trouvèrent bon de l'envoyer prendre les eaux de Bourbon. Notre « *toutou* », comme le Roi et moi l'appelions, y partit avec son médecin ; je devais l'y joindre peu après. Sa mort me fut annoncée le 16 septembre. Louise-Marie avait sept ans ; elle avait un caractère facile et l'humeur la plus gaie du monde. Le Roi donna ordre de l'enterrer à l'abbaye royale de Souvigny dans le tombeau de la maison de Bourbon, de sorte que je ne la revis pas. Je reçus pour elle les visites de la Reine, de la Dauphine et de toute la Cour. Tout le monde aimait et admirait cette enfant, mais je payais trop cher ces louanges pour les avoir ressenties. Les lieux où j'avais vu ma fille me faisaient pleurer au point que les vapeurs ne me quittaient plus. Je partis pour Bourbon. En allant prier dans l'abbaye de Souvigny, je me souvins que la naissance de mademoiselle de Tours avait marqué la plus belle année de ma vie. Mademoiselle de La Vallière s'était retirée au Carmel et le Roi, après avoir conquis la Franche-Comté, avait fait célébrer des fêtes magnifiques deux mois durant à Versailles. Il me souvenait de l'*Iphigénie* de monsieur Racine, jouée pour la première fois dans l'Orangerie le jour où Monsieur le Prince présentait au Roi les drapeaux arrachés à l'ennemi. L'endroit nous offrit une fraîcheur de grotte et la Champmeslé, ses beaux bras blancs levés, déclama :

Vous l'aimez. Que faisais-je ! Et quelle erreur fatale
M'a fait entre mes bras recevoir ma rivale !

Le Roi, parfaitement amoureux, avait ordonné de commencer les travaux de Clagny et la plus belle petite fille du monde nous était née. Aujourd'hui la gouvernante de mes enfants avait pris ma place auprès du Roi et ma fille reposait sous la pierre du tombeau. *Sic transit gloria mundi.*

L'année de 1682 marqua un grand changement dans ma vie. La liaison du Roi avec mademoiselle de Fontanges, le bruit fait par l'affaire des Poisons et le travail acharné que madame de Maintenon avait produit à cette occasion avaient conduit la passion que le Roi avait pour moi vers un grand refroidissement. Alors que je n'avais jamais pensé à cette fin qu'avec une terreur à peine imaginable, la vague me laissa en meilleur état que je n'eusse pu l'espérer. Je me sentais lasse, mais point anéantie. J'avais le sentiment de relever d'une longue et dangereuse maladie ; on est dans ce cas bien heureux de se trouver encore en vie. Je ne désespérais certes pas de reconquérir le cœur du Roi. Je comptais sur le temps pour rouvrir les yeux de mon amant sur madame de Maintenon. Madame, qui haïssait la gouvernante de mes enfants à la mort, lui trouvait le teint jaune et espérait dans le cancer de la matrice. Je connaissais trop la solidité de madame de Maintenon pour croire cette chimère ; je ne la souhaitais même pas. Je ne trouvais plus tant de violence en moi ; cela s'était usé. On croit qu'il faut quitter les passions quand il faut les épuiser ; alors elles nous abandonnent comme des vêtements qui tomberaient en poussière.

J'avais quarante-deux ans et me trouvais fort étonnée d'approcher de quelque chose qui ressemblait à la sagesse.

Ce fut au printemps de cette année de 1682 que le Roi quitta Saint-Germain et vint s'installer à Versailles. La raison avancée fut que les bâtiments que Sa Majesté faisait à Saint-Germain commençaient de rendre le séjour incommode. Je crois que le Roi avait aussi le désir secret que le premier enfant dont madame la Dauphine était grosse vît le jour à Versailles. J'eus le cœur serré d'abandonner Saint-Germain ; c'était la maison de mes amours. Il ne s'y trouvait pas un endroit qui ne me rappelât quelque moment de notre passion. Il me fut cruel que le Roi donnât l'ordre de défaire son petit appartement. La grotte, les glaces, les amours disparurent et monsieur Mansart édifia le plus laid pavillon qu'on puisse imaginer. La démolition des lieux où j'avais aimé fut poursuivie à Versailles. La grotte de Thétis fut sacrifiée quand on édifia l'aile nord du château. Le Roi ordonna de porter les plus belles statues dans le bas du parc et fit démonter l'orgue ; le reste tomba sous les coups de pelle et de pioche ; il me semble les entendre encore retentir dans chacun de mes os. Je revois les coquilles de marbre, le mobilier animé de jets d'eau, les lustres de roche et de cristal liquide et, par-dessus tout, l'élan triomphant des *Chevaux du soleil* qui semblaient toujours devoir s'envoler pour aller joindre l'astre du jour. Les vers que notre grotte a inspirés à monsieur de La Fontaine me sont restés gravés dans le cœur :

Quand le Soleil est las, et qu'il a fait sa tâche,
Il descend chez Thétis, et prend quelque relâche :
C'est ainsi que Louis s'en va se délasser.

La suite m'est encore plus douce :

Celle qu'il s'en va voir seule occupe son âme,
Il songe aux doux moments où libre et sans témoins,
Il recevra l'objet qui dissipe ses soins.

Le Roi à présent se délassait près d'une dame qui lui parlait raison et religion, aussi la grotte des amours de Thétis et d'Apollon fut-elle condamnée comme le fut bientôt mon Trianon de porcelaine. Le Roi fit bâtir à la place un autre Trianon et en pressa l'ouvrage avec beaucoup d'activité. Au lieu de cette maison où l'on s'enivrait du parfum du jasmin et des tubéreuses, il voulut un palais de pierre et de marbre rose, noble et bien ordonné. Il n'est pas impossible que cette fureur de démolition ne lui eût été inspirée par une dame qui avait peur des fantômes. Madame de Maintenon me tolérait à la Cour, mais cette bienveillance ne s'était pas étendue aux bâtiments où mon souvenir demeurait.

En attendant que les appartements de Versailles fussent en état d'être habités, le Roi alla s'établir deux semaines à Saint-Cloud, dans la belle maison de Monsieur. Le Roi demeura quinze jours comptés chez son frère et, le sixième de mai, il quitta Saint-Cloud et vint s'établir à Versailles. Le château était loin d'être terminé ; quand on approchait, on croyait voir un palais qui avait été brûlé, car le dernier étage et les toits manquaient encore. La maison était emplie de maçons ; les odeurs de peinture, de plâtre et d'huile donnaient de grands maux de tête et madame la Dauphine fut obligée de changer d'appartement le second jour parce que le bruit l'empêchait de dormir. J'avais toujours mon appartement de plain-pied avec celui du Roi ; madame de Maintenon partageait l'appartement de mademoiselle de Tours. Le Roi lui donna peu après l'appartement de madame d'Elbeuf et aussi une chambre au-dessus de la sienne, pour être à portée, sans doute, de ces entretiens qui le délassaient.

Deux mois après que la Cour fut installée à Versailles, la Dauphine fut accouchée du duc de Bourgogne. La joie fut telle qu'on devint presque fou ; la naissance du Dauphin, vingt ans auparavant, n'était rien auprès. On alluma des feux, on tira du canon [1] et des fusées volantes, on distribua du vin. Il vint à Versailles une si grande quantité de gens de toute condition qu'on ne s'y pouvait tourner. La foule se porta jusqu'aux appartements du Roi. Chacun se donnait la liberté d'embrasser Sa Majesté qui donnait sa main à baiser à tout le monde. Le peuple paraissait hors de sens. Les porteurs de chaises en brûlèrent les bâtons, et les suisses jusqu'aux parquets et aux lambris destinés à la grande galerie du château à laquelle on travaillait. La joie du Roi fut grande ; je remarquai qu'il ne la laissait pas paraître entièrement. Le Roi allait avoir quarante-quatre ans et cette naissance qui donnait un héritier à la couronne faisait de lui un aïeul. Peut-être se souvenait-il de la naissance du Dauphin à Fontainebleau comme je m'en ressouvenais alors. Je revoyais la cour de l'Ovale où je marchais avec Vivonne. Vers midi, la brume du premier jour de novembre s'était déchirée et un peu de soleil était apparu quand le Roi avait ouvert la fenêtre et crié : *« La Reine est accouchée d'un garçon ! »* Notre souverain était jeune et magnifique ; sa joie était parfaite. J'avais battu des mains et sauté au cou de mon frère en apprenant la nouvelle. J'étais alors l'heureuse fiancée d'Alexandre de Noirmoutier. Les bonheurs de la jeunesse sont tissés de promesses infinies ; ceux qui adviennent ensuite ne peuvent leur être comparés. A présent, le Dauphin à son tour avait un fils, et il me

1. C'est l'expression de l'époque.

semblait que cet événement se déroulait à cent lieues de moi. Madame de Maintenon paraissait aussi heureuse que si c'eût été elle qui avait accouché. « *Qu'avez-vous donc ?* me dit-elle aigrement, *Vous séchez notre joie.* »

Que pouvais-je avoir en effet ! Ma fille était morte et la gouvernante de mes enfants me supplantait chaque jour un peu plus. Pour que son triomphe fût complet, cette dame voulut s'insinuer dans l'esprit de la Dauphine dont elle était la deuxième dame d'atour. Madame la Dauphine avait une forêt de cheveux qu'aucune de ses femmes ne pouvait bien peigner. Madame de Maintenon s'offrit à les démêler. Elle régna donc à la toilette où le Roi la rejoignait souvent. C'est alors que madame de Richelieu conta à madame la Dauphine l'histoire de madame de Maintenon telle qu'elle la connaissait : les origines obscures, le cul-de-jatte, les amants, l'amitié de Ninon, les placets importuns de la veuve, l'ambition sous le masque de la modestie. J'ajoutai : l'industrie, le manège, la ruse, les souterrains, l'esprit tourné à l'adresse et le peu d'égards aux moyens. Il en résulta que madame la Dauphine eut toujours des ménagements pour madame de Maintenon et ne l'aima jamais. Cette dame ne pouvait souffrir qu'on lui résistât ; elle m'imputa à crime la démarche de la duchesse de Richelieu et se plaignit au Roi qui ne vint plus faire médianoche chez moi. Je fus indignée qu'on pût faire le reproche d'un récit si vrai de faits si publics, mais je n'avais pas occasion de montrer mon dépit car madame de Maintenon affectait de me parler avec une grande apparence de tendresse. Afin qu'elle ne crût pas m'attraper avec ses mines, je lui dis un jour où nous allions en voiture ensemble : « *Montons et ne soyons point dupes de cet arrangement-ci. Causons de bonne amitié ; au retour nous reprendrons notre haine et nos différends.* » Depuis que madame de Maintenon était en charge auprès de la Dauphine, elle n'avait plus à démêler avec moi. L'habitude et le goût que nous avions pour nos esprits furent la principale raison que nous trouvions encore du plaisir à nous entretenir quand l'occasion s'en présentait. Nous ne nous voyions plus l'une chez l'autre, mais partout où nous nous rencontrions, et nous avions souvent des conversations si vives et si cordiales que qui nous aurait vues, sans être au fait des intrigues de la Cour, aurait cru que nous étions les meilleures amies du monde.

Quoique le Roi eût toujours des égards et des attentions pour moi, ma disgrâce paraissait. Bonne d'Heudicourt, soit qu'elle agît de par son intarissable curiosité, soit qu'elle me fût envoyée par madame de Maintenon, s'avisa de me demander s'il était dans mes intentions de me retirer de la Cour.

— *Il court le bruit que vous allez prendre les eaux ; que de là vous viendriez à Fontevrault passer trois mois,* me glissa-t-elle.

— *Trois mois ! Croit-on que j'aurais la vocation du cloître ? Il me semble qu'il est un peu tard pour l'attraper.*

La curieuse, risquant de s'en aller déconfite, lâcha sa bombe :

— *Aussi dit-on que cela aurait l'air du prélude d'une entière retraite.*

— *Qui est assez sot à la Cour pour me croire une femme à prélude ? Il me semble que je prends toujours franchement mon parti,* assurai-je puis, me tournant vers Bonne, je changeai de figure et de ton : *Laissons là cette plaisanterie, voulez-vous ? Vous pouvez dire à vos amis,* continuai-je en appuyant fort sur le mot amis, *que j'ai été élevée à la Cour, que j'y ai une charge et qu'il n'est pas d'endroit au monde où je ne me sente plus à mon aise. Vous pouvez ajouter que si je trouvais dans cette Cour quelque cause de déplaisir, j'ai au moins cinq excellentes raisons de demeurer.*

— *Cinq !* répéta Bonne en me présentant un visage qui devenait stupide dès que s'y peignait l'étonnement.

— *Ma chère, comptez avec moi,* demandai-je en allongeant les doigts au fur et à mesure. *La première de ces raisons se nomme le duc du Maine, la deuxième le comte de Vexin, la troisième mademoiselle de Nantes, la quatrième mademoiselle de Blois et la cinquième le comte de Toulouse. Comme vous le savez, l'aîné a douze ans et le cadet n'en tient pas quatre.*

Adressant mon plus joli sourire à la marquise d'Heudicourt, je conclus :

— *A présent, ma chère Bonne, vous pouvez faire connaître mes raisons à vos amis, vous les tenez de bonne source.*

Je gardai à part moi une sixième raison qui était le fils que j'avais eu du marquis de Montespan car, si les circonstances m'avaient forcée de l'abandonner, j'entendais m'en dédommager au moment de son établissement. Pour lui, comme pour les autres, je n'imaginais pas un instant m'éloigner de la Cour. Le Roi aimait sans doute ses enfants, mais il m'avait souvent dit *« que ces enfants-là n'étaient rien ».* Je voulais qu'on les comptât pour quelque chose. Je savais que madame de Maintenon veillerait à la fortune du duc du Maine qu'elle considérait comme son fils, mais j'avais lieu de craindre pour les autres qu'elle ne veuille me refuser le plaisir de voir leur élévation. La position des bâtards à la Cour n'est pas aisée, elle peut devenir fort périlleuse s'ils viennent à manquer de soutien. Mademoiselle de La Vallière avait, en se retirant au couvent, abandonné les deux enfants qui lui restaient ; le résultat s'en faisait sentir. Sa fille, la princesse de Conti, était la plus jolie femme de la Cour ; auprès d'elle, les plus belles n'étaient pas regardées, encore que le plus grand éclat de cette princesse n'eût duré que jusqu'à sa petite vérole, qu'elle eut à dix-sept ou dix-huit ans. C'était aussi la plus franche coquette qui soit et la plus effrontée, son esprit était médiocre, et son humeur capable de gâter le peu de qualités qu'elle possédait. Le Roi avait marié cette poupée au neveu de Monsieur le Prince. Trois mois après les noces, elle se plaignait que son mari n'était pas de bonne forme, et tout le monde de se demander où une fillette de treize ans pouvait avoir appris comment il faut que les hommes soient tournés pour être bien faits. Non contente d'être méchante comme une petite harpie pour son mari, elle le rendit, avec trop de raisons, jaloux de son frère, le prince de La Roche-sur-Yon, et quand tous deux furent partis, sans la permission du Roi, se battre chez les Hongrois, elle entretint avec eux et d'autres mécontents un commerce de lettres qui fut saisi dans le chapeau d'un domestique. Dans l'un de ces billets, le marquis de Liancourt parlait d'un « *Roi de théâtre quand il faut représenter, Roi d'échecs quand il faut se battre* ». Après ces amabilités, il ajoutait : « *Le Roi n'est qu'un roi bourgeois qui vieillit avant le temps. Il est mieux que jamais avec sa campagnarde.* » La princesse de Conti écrivait de son côté : « *Je dois me promener dans la compagnie du Roi et de madame de Maintenon : jugez si je m'amuse !* » Les vérités dures font très mal. La princesse de Conti, foudroyée d'un coup d'œil, alla pleurer chez madame de Maintenon. « *Pleurez, pleurez, madame,* lui dit la campagnarde, *car c'est un grand malheur que de n'avoir pas le cœur bon.* » Le Roi ne pardonna à sa fille que quand elle fut malade à la mort. Elle guérit après avoir communiqué la petite vérole à son mari qui en mourut. Le veuvage n'ôta pas ses mauvaises façons à la princesse de Conti qui demeura coquette au point que l'on n'osait laisser avec elle des pages de douze ans. Il fut un temps où elle voyait le

Dauphin plus souvent qu'il n'est raisonnable à une sœur de voir un frère. C'était là le beau résultat de l'abandon de la mère. Il se mesura encore bien davantage sur le fils. Le comte de Vermandois était agréable et bien fait ; il louchait un peu, mais pas beaucoup. À peine âgé de quatorze ou quinze ans, il fut débauché par le chevalier de Lorraine et le chevalier de Marsan qui lui enseignèrent le bel art. Tous ces jeunes gens avaient poussé leurs débauches dans des excès si horribles qu'on peut dire que la Cour était devenue une nouvelle Sodome. Le Roi avait toujours témoigné une horreur inconcevable pour ces sortes de plaisirs, mais il n'y avait qu'en cela qu'il ne pouvait être obéi. Il fit venir son fils et l'ayant interrogé, lui fit tout avouer, de sorte que le Roi sut par lui tous ceux qui y avaient pris part. Sa Majesté fit voir tant d'indignation que personne n'osa parler pour les coupables. Tous furent exilés ou chassés de la Cour. Le comte de Vermandois fut consigné dans son appartement. Madame, qui était bonne, le prit sous sa protection. Il lui conta toute son histoire ; le pauvre enfant avait été horriblement séduit. Je profitai avec Madame de la naissance du duc de Bourgogne pour demander la grâce du comte de Vermandois. Le Roi, après nous avoir répondu qu'il était encore trop en colère pour se sentir en disposition de voir son fils, finit par pardonner. Quand il eut seize ans, le Roi autorisa le comte de Vermandois à servir dans l'armée, mais c'était un enfant perdu. Après avoir donné les plus grands signes de bravoure, le fils de mademoiselle de La Vallière mourut d'un excès d'eau-de-vie devant Cambrai. Le Roi donna son bien à la princesse de Conti, sa sœur, et sa charge d'amiral de France au comte de Toulouse. Bossuet fut chargé de communiquer la nouvelle à la mère. Sœur Louise de la Miséricorde en larmes trouva la force de dire : *« C'est trop pleurer la mort d'un fils dont je n'ai pas encore assez pleuré la naissance. »*

Nous en fûmes tous très édifiés, encore que je me fisse à part moi quelques réflexions sur des détachements qui ne sont pas sans conséquences.

La mort devait m'arracher également un fils en cette affreuse année de 1683. Le 10 janvier, je perdis le comte de Vexin. La fièvre et la toux se disputaient de longtemps son pauvre corps qui paraissait celui d'un martyr ; il n'y manquait même pas une angélique résignation. Il s'éteignit comme une lampe qui n'a plus d'huile pour brûler. La mauvaise santé de son fils avait conduit le Roi à le faire d'Eglise. Il lui avait donné dès son jeune âge les plus belles abbayes de son royaume : Saint-Denis et Saint-Germain-des-Prés. C'était le quatrième enfant que je perdais, mais le premier qui partît devant moi. Devant que de mourir, mon petit comte ouvrit les yeux et me jeta, sous ses paupières mauves, un dernier regard. Il me sembla y voir des reproches. Mon pauvre enfant me parut la victime expiatoire offerte pour le rachat de ma faute. Quand il rendit l'esprit, je m'abattis en pleurant sur le petit corps d'où il fallut me retirer de force. La souffrance que je contenais de longtemps et pour trop de motifs céda d'un coup. Je vivais encore dans la créance enfantine qu'une grande douleur, pour être soulagée, se doit communiquer, car je pleurai et criai tant qu'on craignit pour ma raison. Il me semblait me débattre dans une grotte obscure dont on avait scellé l'entrée. Je criai si fort vers Dieu qu'Il finit par m'entendre. Je sentis que par des voies mystérieuses, un peu de lumière pénétrait dans le fond de mon âme. Je ne puis douter que cette grâce ne me vînt par le truchement de mon fils. Il me semblait à présent voir toute ma vie par les yeux de cet ange ; c'est un miroir où elle n'était point belle, mais je ne me sentais plus condamnée aux ténèbres. Il me parut que des voies de salut m'attendaient, que je m'y trouvais dirigée presque en dépit de moi-même, comme le bœuf est guidé par l'aiguillon. Je n'étais point encore convertie, mais je souhaitais ardemment de l'être, ce qui est le premier pas sur le chemin.

J'avais toujours été bonne infirmière. Mon zèle trouva alors pleinement son emploi. Mademoiselle de Nantes eut la variole. Je la fis porter à Clagny où je la soignai. Elle était à peine sortie d'affaire que le duc du Maine eut la rougeole à Paris. Je courais d'une maison à l'autre. Le fils que j'avais eu du marquis de Montespan réclama à son tour des soins que je ne fus que trop heureuse de lui donner. Après l'avoir mis un an au collège des Jésuites à Moulins, mon mari avait fait entrer le marquis d'Antin au collège de l'Oratoire à Juilly. J'obtins d'aller le voir à l'occasion d'une maladie. Le chevalier de Fieubet, qui était mon truchement pour tout ce qui concernait mon époux, se chargea d'occuper le marquis de Montespan durant la visite. Louis-Antoine avait près de quatorze ans quand je le revis. Il ressemblait en tout à son père. Il était grand, beau, bien fait ; c'était un fort joli Gascon. Je l'interrogeai sur sa santé, ses études où il réussissait. Je lui fis toutes les amitiés que je pus, lui disant tout le regret que j'avais que des raisons de Cour m'empêchassent de le voir davantage. Je le visitai encore trois fois à Juilly, mais toujours en cachette. Il me dit que son père voulait le voir servir sous les armes et son désir d'aller à la Cour. Je l'assurai de mon appui. Il fit sa classe de rhétorique chez les Jésuites à Paris, puis deux ans de philosophie, après quoi le duc de Bellegarde, son oncle, le présenta à la Cour ; il crut voir les cieux ouverts. J'obtins pour lui une place de lieutenant dans un régiment du Roi, lui donnai une bourse pour sa campagne, le fis mettre auprès du Dauphin comme menin. Ce fut en accompagnant ce prince à la chasse qu'il tomba de son cheval fort rudement ; en se relevant, sa monture fit un écart et lui donna un coup de pied par la tête. Je le fis porter à demi mort à Clagny. Comme on désespérait de sa vie, les chirurgiens prirent la résolution de le trépaner. Je balançai longtemps à donner mon accord, mais le médecin me fit remarquer que si on différait le trépan, mon fils mourrait. On opéra cette incision cruciale et il guérit. Nous eûmes de longues conversations durant le temps où il se rétablit. Il ne rêvait que d'avancement à la Cour. Je découvris que des domestiques, des femmes surtout, l'avaient beaucoup entretenu de la grande fortune qu'il allait faire et des hautes places qui l'attendaient. Je craignais qu'on n'en eût fait un mécontent-né, mais comme tout cela était de ma faute, je ne pouvais ni l'en blâmer ni m'en plaindre. Je me contentai de lui donner mes soins, des conseils et de jolies pistoles. Il se souciait fort peu des premiers et prenait volontiers l'argent, car il avait malheureusement hérité la passion du jeu qui avait perdu son père.

Quand on a arraché, à force de soins, ses enfants à la mort, il faut encore les établir. Pour l'aîné des enfants qu'il me restait du Roi, j'avais l'appui de madame de Maintenon et Dieu sait quelle diligence elle porte aux affaires qui la regardent. Elle s'occupa de trouver une fortune au duc du Maine avec l'adresse et la persévérance qu'elle mettait en toute chose. La cause étant, pour une fois, commune, j'engageai volontiers la charrue dans la voie qu'elle avait ouverte et appuyai autant que je pus sur les manches, encore que cela me valût des scènes dont je me serais bien passée. Il faut pour que l'on m'entende dans cette affaire que je retrouve Mademoiselle où je l'ai laissée, à l'instant où la Cour, étonnée et comme étourdie, vit partir ce fou de Lauzun pour Pignerol. Dès lors, cette princesse ne vécut que pour obtenir la liberté d'un amant qu'elle n'avait pas cessé d'aimer. Dix ans de refus du Roi ne la rebutèrent pas. Durant ces années, elle m'accabla de caresses, me conjurant d'avoir pitié de son malheur, et me promettait tout pourvu que monsieur de Lauzun fût élargi. La faveur tournant, Mademoiselle porta ses plaintes à madame de Maintenon qui résolut d'en profiter pour le duc du Maine ; le dessein venait de ce que Mademoiselle, seule enfant du premier lit de Monsieur, étant demeurée fille, n'avait personne qui pût hériter d'elle par les voies ordinaires. Dans le temps où mon fils se trouvait à Barèges, madame de Maintenon fit écrire le duc du Maine à Mademoiselle de la façon la plus tendre. Elle lui envoyait souvent mon fils ; il était joli, il avait de l'esprit et l'amusait. Ce sentiment agit sur Mademoiselle qui n'avait pas d'enfant et avait passé de longtemps l'âge où elle pût espérer en avoir. Le Roi entra dans ce projet, surtout quand sa cousine parla de laisser ses biens au duc de Lorraine, de sorte que cette princesse me trouva tous les jours plus attentive et le Roi plus disposé. De son côté, madame de Maintenon inspirait à son élève mille gentillesses qui préparaient l'adoption qu'on avait projetée. Toutes les fois que Mademoiselle s'agitait pour trouver un moyen de fléchir le Roi, madame de Maintenon conduisait Mademoiselle à regarder l'enfant avec tendresse et avec espérance. Après quelque temps de ce manège, Mademoiselle me vit à la promenade et me dit qu'elle avait résolu de faire du duc du Maine son héritier, pourvu que le Roi voulût faire revenir monsieur de Lauzun et consentir qu'elle l'épousât. Je dus répondre que le Roi ne voulait point entendre parler de mariage ni de ce qui en approchait. Elle alla porter ses plaintes chez madame de Maintenon qui lui représenta que le Roi serait surpris qu'elle osât lui prescrire des conditions et qu'il valait mieux s'abandonner à sa reconnaissance et à sa générosité. La princesse répliqua qu'elle savait ce qu'étaient les générosités de la Cour et qu'elle disposerait à sa fantaisie de son patrimoine si on ne lui accordait pas le mariage. Après beaucoup d'entretiens et de démarches, je fus chargée de dire que le Roi consentirait sans doute à ce que sa cousine épousât monsieur de Lauzun, à condition que la chose demeurât secrète.

— *Quoi madame !* me lança la vieille amoureuse. *Il vivra avec moi comme mon mari et ne le sera pas publiquement ! Que pourra-t-on croire ?*

— *Mais, tout ce que l'on voudra ! Que vous en souciez-vous ? Ne serez-vous pas mariée devant Dieu ? Pour le reste, croyez-moi, le mystère en amour est un ragoût. Encore un peu et vous m'en remercierez.*

Je tentai en vain de lui persuader qu'elle se trouverait mille fois plus heureuse de cette façon. J'avais quelque doute sur le sujet ; il transpirait des contes sur les galanteries que monsieur de Lauzun trouvait le moyen de faire dans sa prison avec la fille de monsieur Foucquet. Le Roi ne se voulait engager à rien de précis et ne voulait pas laisser paraître qu'on lui forçât la main dans cette affaire. Heureusement, Mademoiselle tenait plus à son amoureux qu'à ce qu'il adviendrait de son bien après elle. Les actes par lesquels Mademoiselle faisait donation du comté d'Eu et de la principauté des Dombes au duc du Maine furent passés au château du Val [1] au début du mois de février 1681 ; Mademoiselle conservait l'usufruit de terres qui étaient loin de constituer toute sa fortune. Après que tout fut signé, monsieur Colbert l'alla dire à Sa Majesté et je félicitai Mademoiselle sur l'amitié et la confiance du Roi qui seraient sensiblement augmentées. Le soir, le Roi lui dit à la passade : « *Ma cousine, je crois que vous êtes contente et moi aussi.* » Sur un signe que je lui fis que cela n'était pas assez, Sa Majesté ajouta : « *Vous ne vous en repentirez pas* » et retint Mademoiselle à faire medianoche chez moi. Je pus bientôt annoncer à cette princesse que

1. Construit par Mansart au bout de la terrasse de Saint-Germain.

le Roi allait faire sortir monsieur de Lauzun de Pignerol sur la raison avancée d'aller à Bourbon, afin d'y prendre les eaux. A Mademoiselle, dépitée à l'extrême, je prêchai la patience. *« A la Cour,* lui dis-je, *il faut tout prendre, tout vient l'un après l'autre. »* Je laissai Mademoiselle pétillant d'impatience et partis pour Bourbon où je rencontrai le comte de Lauzun que je trouvai fort peu pressé de retrouver celle qui l'avait fait élargir. Plus laid et plus sale qu'auparavant, il se donnait des airs galants avec toutes les dames et se plaignait de ne pas voir venir les grands biens que Mademoiselle devait lui donner. Le Roi enfin consentit à ce que le petit homme vît sa bienfaitrice.

Les retrouvailles entre Mademoiselle et le comte de Lauzun se firent dans mon cabinet, à Saint-Germain, par un soir brumeux de novembre. Monsieur de Lauzun se présenta avec un vieux justaucorps qui lui servait avant sa prison, trop court et quasi tout déchiré, une vilaine perruque, point d'épée et l'air d'un pauvre comédien de campagne. Il est vrai que, de son côté, l'embonpoint de Mademoiselle avait considérablement augmenté ; elle avait cinquante-quatre ans et des cheveux blancs, toujours sortants et traînants, comme son habillement toujours malpropre, ne l'avantageaient pas. Je les laissai, je crois, assez surpris l'un de l'autre. Quand monsieur de Lauzun se retira, j'entrai pour demander à Mademoiselle son sentiment.

— *Je le trouve fort changé*, me répondit-elle d'un air qui était plus celui d'une femme déconfite que d'une amoureuse.

— *Il a eu tant de maux qu'on le serait à moins.*

— *Cependant, il n'a pas perdu l'habitude de demander.*

— *Il a l'air si étourdi qu'il ne faut pas prendre garde à ce qu'il dit,* assurai-je avec plus de fermeté que je n'en éprouvais.

Monsieur de Lauzun ne devait que trop montrer combien ces craintes étaient fondées. A peu de temps de là, j'allai en compagnie de Mademoiselle et de son amant à Ténèbres chez les Minimes de Chaillot. Ce fut joli ! Monsieur de Lauzun commença par me lancer qu'il était le plus malheureux des hommes que Mademoiselle se fût mêlée de ses affaires, et qu'il serait fort bien sorti sans elle.

— *Quelle humeur vous prend ?* dis-je. *Otez-vous cela de la tête, sans elle l'on n'aurait jamais pensé à vous.*

— *Alors, elle n'aurait jamais dû me laisser sortir de Pignerol devant que l'on ne m'eût rendu ma charge,* me répondit-il en agitant de façon comique un chapeau déplumé. *Vous voyez bien qu'elle n'a pas le crédit qu'elle devrait avoir et ne peut rien faire pour moi de ce que je pourrais espérer. Ah ! C'est un plaisant homme d'affaires que Mademoiselle !*

— *Et vous l'homme le plus ingrat que la terre ait porté.*

Comme je demeurais toute saisie, le petit homme tourna la tête de l'air dont on se rappelle une affaire pour demander à Mademoiselle ce qu'elle avait fait de sa chaîne de perles et pourquoi elle ne la portait plus. Sur la réponse qu'elle l'avait vendue pour bâtir Choisy, il éclata à nouveau :

— *Choisy ! Voilà un bâtiment bien inutile quand il vous suffisait d'une petite maison pour venir manger une fricassée de poulet. Vous auriez mieux employé cet argent de me le donner.*

Comme il en était à traiter Mademoiselle de coquine, je me fâchai. Coupant le discours de ce fou, je m'adressai à Mademoiselle qui, fort pâle et les joues toutes tremblantes, ne savait que dire.

— *Avouez que si vous l'aviez connu, vous n'auriez pas fait pour lui tout ce que vous avez fait.*

M'éventant pour chasser les vapeurs que ce gredin faisait naître, j'assurai :

— *Allons, quand les gens ont été longtemps en prison, ils croient qu'ils ont rêvé. Il faut pardonner à monsieur de Lauzun ses rêveries. Dans quelque temps, il reviendra dans son bon sens.*

Monsieur de Lauzun s'éloigna au contraire de plus en plus de ce qui eût été pour le moins une conduite sage. Il multipliait les reproches, les scènes, et donnait chaque jour à Mademoiselle l'occasion de connaître ses manières cachées dont la prison, au lieu de l'avoir corrigé, l'avait fait si fort abandonner à lui-même qu'il n'en était plus le maître. La pauvre princesse me rendait confidente de ces folies. Bien que fort lasse, elle ne voulait pas, après avoir tant œuvré pour lui, laisser là son amant sans achever. Elle souhaitait qu'il fût fait duc et revînt à la Cour. Monsieur de Lauzun s'entendit à lui rendre ce dessein impossible. C'étaient tous les jours des farces dont on se moquait. Un matin, elle lui donna quatre diamants pour servir de boutons de manches. Le soir, il vint lui dire que tout le monde les trouvait affreux, qu'ils ne valaient rien et qu'il lui fallait deux cents pistoles pour en avoir à sa fantaisie. Puis ce fut un logis meublé, un carrosse à six chevaux et j'en passe. Il arrivait qu'il fît le dégoûté et la pressât de me donner le reste de son bien pour aller après moi au comte de Toulouse, et que je devrais m'appeler madame de Montpensier, et autres folies. Quand il était allé trop loin, il lui écrivait de remercier Dieu des chagrins qu'il lui causait et qu'elle devait demander d'en faire bon usage. Je vis aussi une lettre où il lui faisait part de sa décision de se retirer du monde, le tout assaisonné de l'assurance qu'il prierait Dieu dans sa retraite de la faire aussi grande dame dans le Ciel qu'elle l'était sur la terre. Deux jours plus tard, nous apprîmes que l'ermite ne quittait pas l'antichambre de mademoiselle

Foucquet. Madame Foucquet, qui avait eu son poids de malheur, maria sa fille en grande hâte au fils du duc d'Uzès. Le miclos [1] revint sur le théâtre ; il me venait voir tous les jours. Je devais présenter ses demandes au Roi car Mademoiselle redoutait de le faire. Tantôt monsieur de Lauzun voulait commander l'armée d'Italie et tantôt gouverner une province ; le plus souvent, c'était les deux. Il voulut aussi me mêler à une affaire avec la Savoie dans laquelle était entrée madame de La Fayette, mais je m'en défendis avec force. Un jour où il avait encore fait connaître à Mademoiselle, avec force cris et injures, combien son caractère était menteur et intéressé, elle lui administra une correction. Elle était grande et forte, et lui petit, aussi se plaignit-il de ressentir longtemps son bras. Une autre fois, elle le griffa jusqu'au sang ; il la battit. Je m'entremis. La punition du coupable fut fort dure. Mademoiselle, tout en pied au bout de la galerie du Luxembourg, attendrait que monsieur de Lauzun, depuis l'autre extrémité, avançât à genoux en implorant son pardon. Celui auquel elle avait tout sacrifié ne laissait à Mademoiselle que la douleur de s'être exposée au ridicule, aussi je finis par faire remarquer à cette princesse qu'elle serait bientôt obligée de demander au Roi qu'on chasse monsieur de Lauzun avec autant d'empressement qu'elle en avait eu à le faire revenir. Ils eurent à la fin à Paris une jolie explication. Entre autres douceurs, il lui dit qu'elle avait ruiné sa fortune et qu'il ne voulait la revoir de sa vie. Elle répondit qu'elle aurait été bien heureuse si elle ne l'avait pas connu et qu'elle le priait de partir. Là-dessus, elle sortit pour se réfugier dans sa chambre. Quand elle revint, il était là. « *C'est trop,* cria-t-elle, *il faut prendre votre résolution. Allez-vous-en !* » Avançant

1. Sournois.

d'un pas, Mademoiselle redevint la princesse qui donnait ordre de pointer les canons de la Bastille contre son cousin. Redressant ses fortes épaules, elle lança : *« Je vous chasse ! »* Et d'ajouter en grondant : *« Mieux vaut tard que jamais. »* Le banni vint porter ses plaintes dans mon cabinet. Je lui dis son fait bien sec et bien serré devant que de le renvoyer avec le conseil d'apprendre à vivre. Ainsi finit le roman. Quelques personnes mal instruites ont parlé d'un mariage secret entre Mademoiselle et monsieur de Lauzun, après que celui-ci eut été élargi de Pignerol. Je suis bien placée pour assurer que si l'envie de mariage a longtemps habité Mademoiselle, monsieur de Lauzun n'a omis aucun soin pour la lui faire passer.

Les soins que je donnais à mes enfants, la charge de la surintendance de la maison de la Reine que j'avais à cœur de remplir parfaitement et toutes les affaires de Cour occupèrent tout mon temps dans les années qui suivirent la mort de mademoiselle de Fontanges. Je n'étais certes pas heureuse, mais je me sentais utile et je ne puis nier que ce sentiment ne me donnât des satisfactions. Madame de Maintenon, sachant que j'étais la personne de la Cour qui connaissait le mieux son histoire et ses façons, me ménageait, au moins pour le devant. Le Roi me montrait de la considération et, parfois, de l'amitié. Il me visitait tous les jours, au sortir de la messe et demeurait à causer avec moi jusqu'à ce que l'on eût porté sa viande ; il revenait le soir, après le souper. On se doute que je mis tout en usage pour tâcher de regagner le cœur que j'avais perdu ; mais les précautions imposées par madame de Maintenon firent que le Roi ne venait jamais sans témoins et qu'il évitait soigneusement de se trouver seul avec moi. J'entends d'ici les homélies ! *« Ah ! Sire, il ne suffit pas de renoncer au péché, il faut encore ne pas se mettre en état d'y retomber. Que penseriez-vous d'un chrétien qui demanderait tous les jours au Ciel de ne pas le soumettre à la tentation, puis se précipiterait au-devant d'elle ? Ne serait-ce pas se moquer de Dieu Lui-même ?* » Cette circonspection n'était peut-être pas inutile car je vis parfois certaine lueur dans l'œil du Roi. Je sentais alors mon cœur battre plus fort, mais la chape que *sainte Françoise* avait posée sur le Roi sans qu'il y prît garde n'était pas de celles qui se soulèvent aisément. On dira que la dame courait tout de même quelques risques et que la passion du Roi avait été trop forte pour qu'on ne puisse en redouter le réchauffement. Je crois que, de même qu'il avait été un grand plaisir pour madame de Maintenon de rapprocher le Roi d'une épouse qu'il n'aimait pas, ce lui fut une délectation profonde que de ne point craindre d'offrir au Roi tous les jours une femme autrefois passionnément aimée. Une autre aurait exigé l'éloignement, madame de Maintenon, contente d'avoir mis le Roi en état de me voir sans danger pour lui, jouissait de l'ascendant qu'elle s'était acquis sur son esprit. Cette épreuve ne fut pas la moins dure de celles qui me furent imposées. Ne pouvant plus être agréable au Roi, je tentais de ne point être désagréable. J'arrangeais des mascarades, des petits bals et autres surprises. J'invitais Racine à faire des lectures, enfin je tentais de distraire un homme que plus rien n'amusait. Il semblait que le sérieux et l'austère de madame de Maintenon fussent passés dans son âme et, ce qui est plus triste, dans son corps. Je ne parle pas ici des traits et de la taille épaissis, des dents perdues ou des gestes moins vifs, puisque c'est le sort commun, mais d'un feu qui s'était éteint dans les yeux, du sourire devenu rare et sec, au point que parfois il me semblait ne plus reconnaître l'homme qui se tenait devant moi. Les plis de cette bouche qui ne savait plus rire descendaient, le nez se faisait plus fort. On me croira si l'on voudra, mais le Roi, en quittant mon commerce, changea de physionomie ; celle que lui fit madame de Maintenon, bien qu'on y lût encore de la noblesse, ne me plaisait pas tant que l'autre.

Ainsi passaient les jours. Si le Roi, madame de Maintenon et moi n'avions pas trouvé une paix qui n'était pas possible, du moins naviguions-nous sur des eaux plus calmes, quand un de ces événements qui surprennent autant par leur brutalité que par leurs conséquences vint lancer les dés à nouveau.

Le vendredi 31 juillet 1683, la Reine mourut, à l'âge de quarante-cinq ans, après seulement quelques jours de maladie. La Cour était partie à la fin de mai pour un voyage en Bourgogne et en Alsace. Les efforts faits par madame de Maintenon pour ramener sinon le cœur de son amant, du moins son amitié, vers l'épouse de celui-ci réussissaient. Le Roi avait pour la Reine des attentions et des égards auxquels elle n'était pas accoutumée et qui la rendaient plus heureuse qu'elle n'avait jamais été. La Reine crut devoir manifester sa reconnaissance en faisant don à madame de Maintenon, un jour de Saint-François, de son portrait. Celle-ci en conçut une joie inconcevable.

— *Ce présent est, dans mon esprit, une distinction infinie,* eut-elle l'audace de confier à Bonne d'Heudicourt qui courut me le rapporter, *madame de Montespan n'a rien eu de semblable.*

— *Certes non,* répondis-je, *il me semble que cela ne m'eût pas paru du meilleur goût. Peut-être suis-je trop délicate. Qu'en pensez-vous, Bonne ?*

Les années qui souvent épaississent les femmes avaient desséché la marquise d'Heudicourt qui ressemblait à ces grands oiseaux qu'on appelle les demoiselles de Numidie. Cet oiseau-là savait fort bien quelle était la sorte d'amitié qui existait entre le Roi et madame de

Maintenon, aussi me fit-elle un petit sourire qui ferma le ban. La Reine n'avait pas, cependant, les yeux aussi couverts qu'il y paraissait. Il me souvient qu'à la dînée[1], lorsque nous étions à Boulogne, madame de Maintenon avait mis pied à terre, qu'on l'avait vue de loin, et que la Reine avait dit d'un ton chagrin : *« C'est qu'elle va venir ici ! »* Mais elle ne vint pas ; elle se contenta d'envoyer demander un livre qu'avait la Reine qui ne le voulut pas envoyer. Le Roi lui fit porter après, et puis fit demander comment elle le trouvait. A la lumière de ce petit fait et de quelques autres, j'avancerai que le don que consentit la Reine de son portrait était moins fait pour être agréable à madame de Maintenon que, par voie de réverbération, à l'époux bien-aimé.

La Reine avait eu beaucoup de complaisance dans ce voyage, allant voir toutes les fortifications sans se plaindre du chaud ni de la fatigue. Nous revînmes par Metz, Verdun et Châlons-sur-Marne et fûmes le dimanche 20 juillet à Versailles. Le lundi, elle eut un léger accès de fièvre. Deux jours après, elle prit une tumeur sous le bras. A Saintes, Madame eût soigné cela avec un emplâtre et des tisanes rafraîchissantes. Monsieur Fagon ordonna une saignée. Le jour suivant, l'abcès s'ouvrit et laissa échapper une humeur colorée de pourpre. Quoique sa douleur fût aiguë et ne lui laissât aucun repos, Sa Majesté la supporta avec une patience admirable. On ne lui a jamais ouï faire la moindre plainte de son mal, ni même témoigner du désir du recouvrement de sa santé qu'autant qu'il plairait à Dieu. Je ne quittai pas la Reine durant sa maladie, lui rendant tous les services qu'il était en mon pouvoir de lui rendre. Il ne m'appartenait pas, malheureusement, de protéger la

1. La promenade qui suit le dîner.

malade du zèle des médecins. Le vendredi, monsieur Fagon voulut imposer une nouvelle saignée. Le premier âne venu sait que les saignées font crever l'abcès en dedans en place que de le purger. Le chirurgien Gervais protesta hautement. J'assistai à la joute, les larmes aux yeux. « *Y songez-vous,* implora Gervais, *ce serait la mort de ma maîtresse. – Faites ce que je vous ordonne ! – Vous voulez donc que ce soit moi qui tue la Reine ?* » On ne lui laissa pas d'autre choix, aussi peut-on dire que Fagon a tué la Reine, comme s'il lui avait passé l'épée au travers du cœur. Le danger étant devenu imminent, le Roi sortit, traversa avec précipitation les Grands Appartements et descendit à la chapelle où sa présence, sans suite, surprit ceux qui priaient pour la santé de la Reine. Il ne voulut point qu'on attendît les flambeaux, fit prendre ceux qui étaient sur l'autel et ordonna qu'on portât sur-le-champ le viatique à la mourante. Quand Sa Majesté l'eut reçu avec sa dévotion ordinaire, on l'entendit murmurer : « *Depuis que je suis Reine, je n'ai eu qu'un seul jour heureux.* » Nous sommes quelques-uns à la Cour à nous demander encore lequel. Elle expira sans qu'on eût le temps de lui donner l'extrême-onction. « *C'est le premier chagrin qu'elle m'ait causé* », dit le Roi qui fut plus attendri qu'affligé, mais la Cour crut devoir être en peine de sa douleur. Comme le voulait l'étiquette, il partit pour Saint-Cloud où il demeura jusqu'au lundi. Il pria madame de Maintenon de le suivre. Louvois fut chargé d'empêcher madame la Dauphine d'y aller : on voulait être libre. La Cour fut fort étonnée de ces dispositions. La douleur aime sans doute la solitude, mais on savait que celle du Roi était très modérée. Madame de Maintenon se crut le devoir de pleurer la Reine. Le Roi ne put s'empêcher de lui en faire des railleries, auxquelles je ne jurerais pas que la dame n'eût pas répondu dans le fond de son cœur : « *Oh ! puisque vous le prenez comme cela, je ne m'en soucie guère.* » Pendant ce temps, le corps de la Reine fut revêtu de son habit du tiers-ordre de saint François et mis dans un cercueil sur un lit d'apparat dans le Grand Cabinet où, avec toutes les dames de la maison de la Reine, je le veillai jour et nuit. Il me vint beaucoup de souvenirs, des plus durs et des plus amers, sur les chagrins que j'avais causés à la Reine et sur la sainteté de celle-ci. Le caractère de Sa Majesté l'eût faite carmélite si la naissance ne l'avait placée sur le trône. Les vertus de ceux que l'on a offensés sont un reproche affreux au jour de leur mort et ce n'est pas une affaire qui vous quitte de sitôt. Dès que le Roi, en grand manteau flottant noir, fut venu jeter l'eau bénite, la Cour partit pour Fontainebleau où le ton ne fut pas aux larmes. La Reine était morte un vendredi ; le mardi il y eut bal. Le Roi y parut dans un habit violet, assez coquet, et cravate de toile blanche. Comme je revenais ce jour-là de la promenade avec Monsieur, nous rencontrâmes Mademoiselle qui venait de prendre les eaux. Monsieur lui conta la mort de la Reine et, dans son récit, il tira une boîte de senteurs d'Allemagne et lui dit : « *Sentez ; je l'ai tenue deux heures sous le nez de la Reine comme elle se mourait.* » Je ne pus m'empêcher de soupirer : « *Voilà des récits de gens bien affligés !* » Quand le corps de la Reine fut conduit à Saint-Denis, les mousquetaires chassèrent dans la plaine et l'on rit beaucoup dans les carrosses. Ma souffrance, qui devait beaucoup aux fautes dont je m'étais rendue coupable envers la Reine, était augmentée par la crainte où me laissait la perte de la charge de surintendante de la maison de la Reine. Je n'étais point certaine que le Roi voulût me fournir une autre raison de demeurer à la Cour et la peur de retomber dans la puissance de mon mari me saisissait à nouveau.

Colbert qui était l'une des colonnes du trône mourut un mois après la Reine de la maladie de la pierre qui le tourmentait de longtemps. Le peuple murmura tant qu'on dut faire accompagner la dépouille jusqu'à l'église Saint-Eustache par des gardes du Roi, ce qui n'empêcha pas qu'on affichât partout beaucoup de pasquinades. Ce sort était injuste, car Colbert avait veillé sur les finances du Roi comme sur les siennes propres. Il faisait auprès de Sa Majesté le métier le plus difficile de tous parce qu'il devait toujours la prier de se restreindre sur ses dépenses et cela lui faisait faire un personnage qui n'était pas agréable. Dans la folie de notre jeunesse, le Roi et moi en riions à Saint-Germain. Sa Majesté, entrant dans ma chambre, me disait, jetant son manteau sur le lit : *« Monsieur Colbert a eu encore un de ses petits transports ! »* Comme on se lasse d'être grondé, ces *petits transports* étaient devenus moins agréables à Sa Majesté. En allant présenter au Roi mes condoléances pour la mort de son ministre, je lui dis : *« Personne n'a eu plus d'amour pour Votre Majesté ni de zèle pour sa gloire. »* Le regard devenu plus sombre me montra que cela avait paru un reproche. Je perdais avec Colbert un ami et mon plus sûr appui à la Cour. Cette mort donna lieu à madame de Maintenon d'essayer ses forces sur l'esprit du Roi. Pour occuper la place, elle favorisa monsieur Le Peletier, ancien prévôt des marchands, son ami et son chargé d'affaires. La suite fit voir que la place de Colbert pouvait être occupée et ne pouvait être remplie.

La Reine à peine portée à Saint-Denis, la Cour ne parla plus que de remarier le Roi. Madame rêvait de mettre sa filleule[1] en évidence, mais elle n'était pas assez bien en cour pour cela. Elle voyait souvent la Dauphine et la faisait rire ; ces deux princesses déchiraient madame de Maintenon à belles dents et s'essayaient à choisir une reine de France dans les pays allemands. Il fut aussi question, mais fort en l'air, d'une princesse de Toscane. On tenait généralement pour l'infante du Portugal. Ce projet me donna beaucoup d'agitation. *« Il faut le remarier,* dis-je à madame de Thianges, *je le connais, il fera un mauvais mariage plutôt que de n'en point faire. »* Je savais que le Roi était homme de règle et d'habitudes et aussi qu'il lui fallait une femme dans son lit. Je calculais qu'une jeune princesse pouvait aisément supplanter madame de Maintenon dans le cœur du Roi. Je voyais dans le remariage du Roi le moyen de glisser le coin entre le Roi et l'ancienne gouvernante de mes enfants. Pendant le voyage de Fontainebleau qui suivit la mort de la Reine,

1. Sophie-Charlotte, fille de l'Electeur de Hanovre.

madame de Maintenon montra tant d'agitation dans l'esprit que je jugeai que cela était causé par une incertitude violente sur son état. Pour cacher ses divers mouvements, elle se plaignait de vapeurs et allait, disait-elle, chercher à respirer dans la forêt de Fontainebleau avec la seule madame de Montchevreuil qui jouait pour elle le rôle des confidentes dans le théâtre de Racine. Enfin, les vapeurs passèrent, le calme succéda à l'agitation et l'on ne parla plus de l'Infante ; ce fut à la fin même du voyage de Fontainebleau où madame de Maintenon parut dans une faveur plus déclarée que jamais. Les marques de crédit augmentant, le bruit d'un mariage secret entre le Roi et l'ancienne ébréneuse de mes enfants commença de courir. Bien que j'eusse été la première à craindre la nouvelle, je reçus le coup en plein cœur. Cela fut pris d'abord pour une chimère de cour à tourner en ridicule un attachement aussi extraordinaire. Je me récriai plus haut que les autres sur un projet aussi insensé et aussi déraisonnable. Quand Vivonne me dit qu'il avait vu le Roi à la fenêtre entretenir celle que mon frère nommait une *amphibie*, et lui donner des marques d'une affection particulière, je l'arrêtai.

— *S'ils étaient mariés,* dis-je, *ils ne s'aimeraient pas tant.* Je soupirai, hésitai, soupesai avant de reprendre : *Non, mon cher, s'ils étaient mariés, ils n'en seraient pas à se mignarder à la fenêtre.*

— *Mais, s'ils ne l'étaient pas, le Roi se permettrait-il ces familiarités ?*

— *Je crois que nous perdons la tête,* criai-je au bord des larmes. *L'inégalité des conditions devrait nous faire rire d'une telle supposition.*

— *L'inégalité des conditions ne devrait pas arrêter un homme qui ne voit et ne reconnaît de grand que ce qui l'est par lui.*

— *Mais enfin, elle a été mariée à Scarron !*

— Ce n'est pas la moindre des habiletés de cette dame que d'avoir su persuader au Roi qu'elle n'a été que l'amie du poète, et non son épouse. Rappelez-vous, quand elle se trouvait à votre service, elle disait toujours : « Ce pauvre malade dont je m'occupais. » Et puis, ma chère, vingt-cinq ans ont coulé sur cette tache. C'est un tort à la fortune qu'il est beau de réparer.

— L'intérêt de la couronne veut que le Roi se remarie à une princesse. Une grande princesse.

— Cela n'est vrai qu'à courte vue, Françoise. Le Roi se voit deux petits-fils et juge sans doute que les princes d'un second lit pourraient causer des troubles dans son royaume ou, du moins, des divisions dans sa famille.

C'était à devenir folle. La fausse paix que j'avais connue dans les années qui précédèrent la mort de la Reine était bien finie. Cette rumeur de mariage réveillait sans doute une jalousie féroce qui venait de ce que j'avais toujours sur le cœur d'avoir été supplantée dans l'affection du Roi par celle qui me devait son élévation ; je crois qu'il est peu d'exemple d'un bienfait si mal payé en retour. Je souffrais en outre de l'abaissement du Roi dans cette affaire. J'avais aimé la gloire du Roi plus que la mienne et je ne pouvais sans frémir le voir réduit à devenir l'époux d'une bourgeoise, laquelle avait assez montré qu'elle n'avait d'autre désir que de ramener le plus grand Roi de la terre à sa hauteur. Je n'ignore pas que madame de Maintenon, en dépit que j'en aie, possède de bonnes qualités, mais elle est sans grandeur. Le crédit qu'elle s'est acquis sur l'esprit de Sa Majesté a éloigné le Roi peu à peu de tout de ce qui était noble et vaste.

Je fus plusieurs années devant que d'être éclaircie sur le sujet du mariage du Roi ; ce ne fut pas la moindre des tortures qui me furent infligées. Chaque jour, selon les nouvelles que je cueillais, j'espérais et je perdais l'espérance, je brûlais et je glaçais, je riais et je pleurais, mais le second infiniment plus que le premier. La Cour eut mille indices qui, séparés, ne prouvaient rien et, réunis, expliquaient tout, sans que j'osasse me rendre. La porte de madame de Maintenon fermée à tout le monde dès que le Roi était entré, les assiduités du Roi quand elle était malade et tout ce que l'on observe dans des personnes sûres l'une de l'autre. La messe que madame de Maintenon entendait dans l'une des lanternes[1] qui sont aux deux bouts de la tribune royale était une autre particularité, comme l'appartement donné à Fontainebleau de plain-pied avec celui du Roi. A Marly, ce fut une chambre au premier étage, à côté de celle de Monsieur, comme pour montrer qu'elle était de la famille. On me rapporta que madame de Maintenon étant allée un jour aux Grandes Carmélites où les reines seules ont le droit d'entrer, la supérieure lui dit : *« Vous savez nos usages, madame, c'est à vous de décider. – Ouvrez toujours,* répondit madame de Maintenon, *ouvrez, ma mère. »* Je ne révoquai pas un instant l'histoire en doute quand elle me fut rapportée. C'était tout l'art et la manière de cette dame de mêler des marches obliques d'avec la religion et l'orgueil le plus insensé d'avec la modestie. Mignard apporta sa contribution à la sanctification de madame de Maintenon en la peignant en *sainte Françoise Romaine.* Il demanda au Roi d'un air fin si, pour orner le portrait, il ne pourrait pas l'habiller d'un manteau d'hermine. *« Oui,* dit le Roi, *sainte Françoise le mérite bien. »* Tous les courtisans admirèrent ; l'attribut de la royauté ne leur échappa pas. Chacun de ces récits donnait lieu à une infinité de dits et de redits, de larmes, de prières et de ressaisissements, car il venait toujours d'autres contes pour ranimer cruel-

1. Loges.

lement l'espoir. Un jour, madame de Maintenon punit sévèrement la marquise d'Heudicourt qui s'était avisée de lui dire : *« Nos maris ne reviendront pas sitôt de la chasse. »* La coupable fut exclue pendant quelques mois de sa société. L'histoire me réjouit un moment mais, à bien y réfléchir, Bonne s'était-elle rendue coupable d'indiscrétion ou d'audace ? Avait-elle plaidé le vrai ou le faux ? Je crus poser le pied sur une terre plus ferme au sein du marécage où je me débattais quand le Roi offrit à madame de Maintenon la charge de la duchesse de Richelieu, dame d'honneur de madame la Dauphine, qui venait à vaquer de par la mort de la duchesse. Mon cœur bondit en apprenant la nouvelle ; quel est l'époux, en effet, qui oserait demander à son épouse de devenir la dame d'honneur de sa belle-fille ? Mon contentement fut de courte durée car j'appris que la Dauphine, pour être agréable au Roi, avait fait elle-même une proposition que Sa Majesté s'était trouvée dans l'obligation de porter à madame de Maintenon, laquelle s'était vue à son tour forcée de la refuser, non sans tirer au passage beaucoup de gloire de son refus. Elle fit venir sa nièce, alors mademoiselle de Mursay, pour lui demander si elle aimerait mieux être la nièce de la dame d'honneur que de la personne qui aurait refusé une place aussi honorable. Mademoiselle de Mursay, élevée de longtemps au sérail, répondit sans balancer qu'elle trouverait celle qui refuserait bien au-dessus de l'autre. Et madame de Maintenon l'embrassa, fort contente de la réponse. Ensuite, elle pria le Roi de ne point dire l'honneur qu'il lui avait fait de lui offrir cette place, mais Sa Majesté ne put s'empêcher de le répéter après son dîner à tous les courtisans, ainsi que le noble refus qu'elle en avait fait. On nous régalait vraiment de jolies comédies ! Pour succéder à madame de Richelieu, madame de Maintenon proposa au Roi de reprendre la duchesse de Créqui qui était dame d'honneur de la Reine et qui venait de perdre sa charge à sa mort. « *Ah ! Madame,* lui dit le Roi, *s'il est absolument nécessaire de prendre une sotte, il en faut au moins changer.* » Sur quoi madame de Maintenon le décida à faire le choix de la duchesse d'Arpajon, sœur de son cher marquis de Beuvron. La rumeur d'un mariage secret arriva jusqu'à l'abbesse de Fontevrault qui m'écrivit pour me demander à mots couverts un avis. « *A l'heure qu'il est, peu de gens en doutent* », répondis-je. Je souhaitais pourtant douter encore, ce qui était sans doute le désir du Roi qui voulait bien que la Cour devinât qu'il avait épousé madame de Maintenon, mais ne voulait pas qu'elle en eût des preuves certaines. La vérité fut connue par Monsieur. Un jour d'été que le Roi, atteint d'une fièvre quarte, avait pris médecine, Monsieur étant entré chez lui le trouva dans son lit les chausses baissées. Madame de Maintenon était dans la chambre. Le Roi, fâché d'être surpris en cet état, au lieu de donner à son frère des nouvelles de sa santé, lui dit brusquement : « *De la manière dont vous me voyez devant Madame, vous jugez bien, mon frère, ce qu'elle m'est.* » Révéler un mystère à Monsieur, c'était l'afficher.

A partir de là, le rideau du Temple se déchira. On sut que le Roi avait parlé de ce mariage à Louvois, comme d'une affaire qui n'était pas encore décidée et sur laquelle il voulait son avis. Le ministre s'écria : « *Ah ! Sire ! Songez-vous bien à ce que vous me dites ? Le plus grand Roi du monde épouser la veuve de Scarron !* » Le Roi lui ayant dit qu'il s'emportait mal à propos, Louvois se jeta à genoux et dit avec vivacité : « *Dussiez-vous, Sire, m'ôter mes biens, ma liberté, ma vie, je le dirais : Votre Majesté se déshonore.* » Le Roi le releva et lui dit qu'il y penserait. Il conta cette conversation à madame de Maintenon qui répondit : « *Je vous le disais bien qu'on crierait que vous faites le plus mauvais mariage du monde.* » Afin qu'on ne le criât pas, le Roi offrit sa main sans offrir son trône. Madame de Maintenon qui eût volontiers ceint la couronne fermée, pourvu qu'on l'en eût longtemps suppliée et qu'elle eût pu la prendre avec l'air de se faire poser une couronne d'épines, avança que le public ne connaissait point de milieu entre reine et maîtresse, que demeurer à la Cour était hasarder sa réputation et scandaliser l'Europe déjà étonnée de ce mélange de piété connue et de faiblesse soupçonnée. Le Roi demanda avis à monseigneur de Harlay. Monsieur de Paris commençait, comme Monsieur de Meaux, de sentir qu'il avait été joué et que l'on avait employé la piété à des projets d'élévation. Il assura que les époux clandestins n'étaient pas coupables des jugements scandaleux portés sur leur union et que l'on pouvait rester dans le silence. Madame de Maintenon entendit l'avertissement et tira la leçon du proverbe qui veut que qui trop embrasse mal étreint. Cette dame connut la réserve de l'archevêque de Paris ; en s'opposant à la déclaration du mariage, monseigneur de Harlay lui avait déplu d'une manière implacable et elle s'employa à le couler à fond. Le pauvre Louvois ne fut pas mieux récompensé de sa franchise ; il crut vite démêler dans les yeux de madame de Maintenon et dans son air de cérémonie qu'elle ne lui pardonnerait pas ce qu'à sa place il n'aurait pas pardonné lui-même. Elle lui rendit auprès du Roi tous les mauvais services qu'elle put, de sorte qu'il était près de tomber quand il mourut.

Il y a une marge de la crainte d'un malheur à sa certitude ; la nouvelle du remariage du Roi d'avec madame de Maintenon me rejeta dans mes anciennes violences. Je portai mes fureurs et mes pleurs près de Vivonne, le seul auquel je pusse ouvrir mon cœur dans cette affaire, madame de Thianges étant, depuis sa conversion, devenue insensible à la détresse. J'en étais encore, pour expliquer le mystère de la fascination du Roi pour madame de Maintenon, à avancer qu'elle l'avait fait entrer dans les vues de l'éternité.

— *Elle lui a fait regarder ce mariage comme le seul remède à la faiblesse qui l'empêcherait de pécher,* expliquai-je pour la centième fois.

— *Elle n'y a pas manqué, mais je connais le Roi et je vous dis,* m'assura Vivonne, *qu'il n'est pas homme à se prendre à des propos de carmélite. Il en avait épousé une, et cela ne l'a pas contenté que je sache.*

— *Je veux bien croire que madame de Maintenon ait des charmes, mais il en est cent plus belles à la Cour. Et elle est plus vieille que le Roi ; il en paraît quelque chose.*

— *Pour cela, je suis de votre avis. La rose qui devient gratte-cul*[1] *est un proverbe pour elle.*

Le mot me tira un sourire dans mon chagrin. Allant et venant au travers de la pièce, je ne savais que répéter en frappant le sol du talon :

— *La veuve de Scarron ! De Scarron !*

— *Françoise, vous me faites penser à ce pauvre Despréaux qui loue madame de Maintenon autant qu'il peut dans ses écrits, mais lance sans cesse des traits contre un époux dont cette dame voudrait bien qu'on ne parlât jamais. Je le lui dis et il me répond : « Que voulez-vous, en la voyant, c'est toujours la chose à laquelle je pense ! »*

— *Il a raison,* dis-je, *comment oublier Scarron ? Scarron !*

— *Justement, vous n'avez pas fait assez réflexion sur ce point,* me dit Vivonne du ton dont on éclaircit les petits enfants.

Surprise, je m'arrêtai :

1. Le fruit du rosier dans la langue familière.

— *Et à quoi aurais-je dû faire réflexion ?*

— *A ce qui crève les yeux ! A ce que Scarron était un paralytique, un pauvre infirme que deux valets portaient dans une espèce de boîte d'un endroit à un autre et qui ne pouvait guère remuer que les yeux et la langue. Et aussi à ce qu'il a épousé une fille jeune pour tenir sa maison et pour le réjouir.*

— *Nous savons cela !*

— *Eh bien ! Figurez-vous,* dit Vivonne s'emportant comme s'il parlait à une femme proche de l'imbécillité, *qu'un paralytique ne se réjouit pas tout à fait comme les autres hommes. Quand à la veille des noces de Scarron, nous lui demandions en badinant s'il comptait pouvoir exercer mariage, il nous répondit que, certes, il ne ferait pas de sottises à son épouse, mais qu'il lui en apprendrait. Je l'ai aussi entendu dire qu'ayant longuement hésité, en raison de son état, entre une femme sans honneur et une fille sans biens, il ne put se résoudre, ayant finalement opté*[1] *la seconde, à ne pas en tirer ce que l'autre choix lui eût assuré en fait de complaisances. Ce qui veut dire que Scarron a appris à sa jeune épouse des tours qu'elle se serait sans doute bien passée de savoir, mais qui lui ont été utiles par la suite. Si j'ajoute que madame Scarron a beaucoup fréquenté chez Ninon, j'espère que cela éclairera votre lanterne. J'y ai été assez reçu pour connaître que c'est un endroit où, au milieu d'une infinité de délicatesses, on enseigne des manières de se délasser que les femmes honnêtes ignorent généralement. Après cela, madame Scarron a encore reçu les leçons du marquis de Villarceaux. Celui-là n'était pas un galant craintif ! On ne peut rêver mieux comme professeur de libertinage ; il est grand connaisseur en débauches de toutes sortes.*

1. Au XVIIe, le verbe était transitif.

La tirade me fit monter tout le sang du corps au visage. Ma pudeur se trouvait aussi gênée des révélations dont j'étais assommée que mon esprit l'était d'apercevoir l'étendue de ma sottise.

— *Le Roi, ma chère*, poursuivit impitoyablement Vivonne, *ignorait ce qu'on apprend dans les bordeaux*[1] *devant que de connaître madame Scarron. Le mélange des manières de la rue des Ours et de religion a dû lui paraître extrêmement piquant. Il y trouve son compte par tous les côtés. Et je me garde d'oublier que Sa Majesté n'est plus un jeune homme et que les façons dont je parle deviennent alors très secourables.*

Comme mes pleurs redoublaient, il éclata tout à fait.

— *C'est assez pleuré ! Quand on veut faire un métier, Françoise, il faut en connaître les tours.*

Après quoi mon frère sortit en lançant la porte et fit bien car s'il était resté, je crois que je lui eusse jeté tout ce qui me fût tombé sous la main au visage. Pour se réconcilier d'avec moi, ou pour me faire rire, il m'apporta, peu de temps après, un poulet[2] qui courait Paris :

Le roi se retire à Marly
Et d'amant il devient mari
Il fait ce qu'on doit à son âge,
C'est du vieux soldat le destin,
En se retirant au village,
D'épouser la vieille putain.

— *Voici une petite illustration que je ne vous ai pas menti*, me dit Vivonne en me jetant le billet. Cela ne m'amusa pas tant qu'il l'espérait.

1. Bordeau, forme plus ancienne de bordel, était alors employé familièrement.

2. Petit billet.

Les vérités dures blessent à fond, mais on en guérit mieux que du doute. Les révélations de mon frère me donnèrent une fièvre qui me tint au lit plusieurs jours. Un violent dégoût me soulevait le cœur. J'étais encore assez romanesque et assez sotte pour que les images que Vivonne avait évoquées me procurent une vive répulsion. « *Façons de bordeau* » n'est point un village sur la carte du Tendre. Dans le même temps, de grosses écailles me tombaient des yeux et j'entendais mieux comment madame Tambonneau, dont les grâces et les façons étaient plutôt celles d'une ribaude que d'une grande dame, avait plu si longtemps à mon père. Mon stupide aveuglement me désespérait plus que tout le reste. Je fus sauvée par l'idée que l'amour et la passion n'ont que faire d'une science, fût-elle celle que l'on apprend rue des Ours, et que le Roi qui m'avait aimée sans que j'eusse ces sortes de complaisances m'avait véritablement aimée. L'homme que madame de Maintenon tenait à présent dans ses filets n'était plus celui que j'avais chéri. Il faut aussi avouer qu'il m'était plus aisé de penser que j'avais perdu le Roi en raison de l'ignorance dans laquelle je me trouvais de pratiques qui s'apprennent dans les mauvais lieux, plutôt que parce que je n'avais pu vaincre mon humeur. A présent que la colère est passée, il me reste l'étonnement. Quand on y réfléchit, jamais il n'a été donné à un homme de s'attacher à deux femmes aussi dissemblables. J'affectionne le grand jour, la lumière et le faste quand madame de Maintenon vit dans sa niche [1]. J'aime la gloire du Roi et elle entend le ramener à sa hauteur. Je crains Dieu et elle L'accommode à sa guise. Je suis enragée de divertissements quand il ne lui plaît que de jouer la maîtresse d'école. J'ai vécu avec déraison et

1. Le fauteuil à oreillettes où elle se protégeait du froid.

elle compte tous ses pas. Je ne peux dissimuler une once de mon caractère et il lui est aisé d'embrasser quand elle a envie de mordre. J'emploie mon esprit à dire des choses qui s'évaporent ; le sien sert à ourdir une toile fort serrée. Mais il me semble que je raconte l'histoire de la cigale et de la fourmi ; on sait comment elle finit.

Un autre adoucissement à ma peine fut que je ne vis pas dans madame de Maintenon cette joie qu'une élévation si immense eût dû y porter. Son caractère la rendait, je crois, incapable de félicité, et la piété qui devait assurer son bonheur dans l'autre monde ne semblait pas le faire dans celui-ci. Elle sentait aussi tous les désagréments de sa place et calculait que cet état mystérieux pouvait devenir incertain par la mort du Roi. Sa Majesté ne lui donna ni titre ni rang ; cela n'empêchait pas la foule de grossir autour d'elle. L'idolâtrie des courtisans était au comble. Tout ce qu'il y avait de haut, tout ce qui restait de grand s'efforçait de lui plaire. Sa chambre était devenue une chapelle où l'on faisait procession et où l'on ne ménageait pas les génuflexions. Tout pliait devant l'ancienne gouvernante de mes enfants qui paraissait ne pas s'en apercevoir. Elle jetait un coup d'œil, disait un demi-mot, saluait comme un éclair et l'on croyait sa fortune faite. Bien que le Roi me gardât toujours des égards, on ne pouvait tomber plus insensiblement. Au mois de décembre 1684, Sa Majesté me demanda de lui rendre mon appartement qui se trouvait au premier étage, de plain-pied avec le sien, afin de le joindre à son logement. Il me donna, au rez-de-chaussée, l'appartement des Bains. Cet appartement que le Roi avait fait au temps de ma faveur pour se retirer avec moi dans ses heures particulières n'était qu'or, marbres et glaces, et je ne parle pas d'un peuple de colonnes dans tous les styles. Tout ce qui peut se trouver de beau comme statues, meubles et peintures y avait été porté, de sorte que cela eût semblé un présent royal à qui eût ignoré qu'il n'est rien qui puisse réchauffer quand on a le malheur de se trouver éloigné du Soleil. Le premier soir de mon exil, je parcourus seule mon nouveau domaine. Des ouvriers étaient encore occupés à jeter un parquet dans le cabinet de Bains où la cuve de marbre rouge eût pu abriter les jeux d'une famille de dauphins. Je caressai du doigt les deux baignoires de marbre blanc que le Roi avait voulues pour notre usage. La chambre ouvrait sur le parterre d'eau ; un riche brocart tapissait l'alcôve, les pliants, le lit où le Roi ne viendrait plus me rejoindre. Poursuivant ma course, je m'arrêtai au centre du vaste salon octogone où douze figures des mois de métal doré composent un zodiaque. Les derniers rayons du soleil d'hiver illuminaient les encadrements de marbre rouge des portes et des fenêtres jusqu'à les faire paraître comme du sang.

Devant que j'eusse quitté le premier étage, le Roi donna ordre à Mignard de transformer le logement que je cédais. Il fit aussi démonter l'escalier particulier qui reliait cet appartement d'avec le rez-de-chaussée. Des petits tambours du régiment de Beaumont vinrent enlever les marbres, afin de les porter au magasin du Roi. Ce coup fut le plus dur ; il me parut que le Roi avait donné ordre de rompre le dernier fil qui nous tenait encore ensemble. Cet exil ne suffit pas au curé de Versailles qui me voyait très impatiemment sur sa paroisse. Il fit dire au Roi qu'il était dangereux d'avoir tous les jours sous les yeux l'objet de sa faute, que les cœurs les moins tendres succombent à la tentation que tend le souvenir des plaisirs criminels, que tous les confesseurs obligent un particulier à se séparer des femmes avec lesquelles il avait péché, et que les rois n'avaient pas une autre conscience que leurs sujets. On voit que monsieur Hébert avait manqué quelques tomes de l'histoire. Le Roi les lui fit savoir par le père La Chaise qui lui assura que puisque le mal avait cessé, on pouvait souffrir le reste. Je commençai de me détacher alors de la Cour comme un fruit se détache de l'arbre la saison venue. J'allongeai le temps de mes séjours à Bourbon et à Fontevrault où je passais près de deux mois l'été. Quand le Roi allait à Fontainebleau, je séjournais au château de Petit-Bourg chez Mademoiselle, près d'Evry ; je m'y plus tant qu'à la mort de cette princesse, j'achetai Petit-Bourg. Pendant les voyages de Marly, je me retirais à Clagny. On sait que le Roi nommait ceux qui devaient le suivre et Bonchamps les logeait par deux à trois [1] dans chaque pavillon. Toute l'ambition des courtisans se bornait à être de ces voyages ; cela donnait un air de faveur, le seul bon air à la Cour. Il fallait voir les plus grands seigneurs se presser sur le passage du Roi, comme des poulets demandant du grain : *« Marly, Sire ! Marly ! »* J'avais toujours été impatiente : courir les routes employait le trop-plein d'énergie que je sentais encore galoper dans mes veines et m'empêchait de songer.

Dans les années qui suivirent la mort de la Reine, je n'eus plus de charge officielle à la Cour si ce n'est celle d'être la gouvernante non déclarée de mes enfants, de sorte que madame de Maintenon et moi nous trouvions comme deux personnes qui ont échangé leurs tâches. Bien que le change fût très médiocre pour moi, je m'efforçais de distraire le Roi et de lui offrir une gaieté qui fuyait chaque jour un peu plus de Versailles. Un soir, le Roi fut surpris de voir tout mon appartement représentant la foire de Saint-Germain ; ce n'étaient partout que boutiques remplies de marchands et l'on voyait même des compagnies entières de passants qui se promenaient dans la foire. Un autre jour, j'imaginai,

1. C'est l'expression du temps.

à Marly, des boutiques des quatre-saisons. Je tenais celle de l'automne avec le Dauphin, et madame de Maintenon avec le duc du Maine celle de l'hiver, ce qui n'est pas mal trouvé pour une dame qui nous donnait toujours de sa glace. C'était aussi chez moi que le Roi recevait les livrets d'opéra, car on savait ne pas être agréable à madame de Maintenon avec de pareilles légèretés ; il arrivait que cela nous fût encore occasion de rire. Quinault porta un jour trois livrets au Roi dont l'histoire, assez embrouillée, de Malaric, fils d'Hercule. « *Tous les trois sont à mon goût,* me dit le Roi, *que vous en semble-t-il ? — Il me semble,* répondis-je, *qu'on ne manquera pas de dire que ce Malaric a reçu un coup de la massue de son père.* » Le Roi sourit et fit le choix d'*Armide* sur lequel Lully allait mettre la plus belle musique qu'on puisse imaginer. Avec ses airs de réprobation, madame de Maintenon avait si bien porté l'éteignoir sur l'opéra que le Roi n'alla pas écouter *Armide* qui fut donné chez la Dauphine. Je me ressouvenais du prince qui assistait à toutes les représentations d'un opéra, et jusqu'à dix fois de suite, du Roi qui savait tous les bons morceaux et les chantait dans son intérieur, et songeais que les jours enchantés étaient bien finis. Lully l'entendit parfaitement qui prit le sage parti de mourir. Je crois que le dernier opéra qui eut les applaudissements de Sa Majesté fut *Roland.* Le héros, digne d'une pièce de Corneille, chantait :

Ciel ! Sans horreur puis-je songer
Aux désordres où Amour avait réduit mon cœur !

On ne célébrait plus l'amour, on se repentait d'avoir aimé. Je sais qu'on abreuvait le Roi de la peinture affreuse de ses désordres. On ne cessait de lui montrer combien il devait regretter les égarements de sa vie passée et n'être plus occupé qu'à les réparer ; qu'étant maître et possesseur d'un si grand royaume, tous ses sujets avaient continuellement les yeux sur lui pour se conformer à son exemple ; qu'il devait gémir, non seulement sur les péchés qu'il avait commis, mais encore sur ceux que son mauvais exemple avait fait commettre. La religion trouve peut-être son compte dans ces discours, mais triste est la Cour où l'amour n'est plus aimé. On ne peut se figurer comme celle-ci changea après la mort de la Reine. Les fêtes devinrent moins fréquentes, les talents agréables furent moins estimés, enfin, tout jusqu'au plaisir prit un air sérieux. Les femmes sacrifièrent leurs goûts les plus chers : les amants furent renvoyés ou se cachèrent, les corsages se voilèrent, le rouge même commença de s'effacer. *« Je crois que la Reine a demandé à Dieu la conversion de toute la Cour »*, me dit un jour madame de Maintenon qui attribue parfois aux autres le mérite qui lui revient. Je ne sais si les prières de la feue Reine y furent pour quelque chose, mais la dévotion augmenta au point que les dames qui en paraissaient les plus éloignées ne quittaient plus l'église. Celle du Roi était admirable, augmentée d'un zèle missionnaire qui était nouveau. Un jour, à son lever, il dit qu'un grand nombre de courtisans ne faisaient pas leurs pâques, qu'il les exhortait tous à songer sérieusement à ce devoir et qu'il assurait qu'il saurait bon gré aux personnes qui auraient égard à ce qu'il disait sur le sujet. Bien que Sa Majesté eût assuré qu'Elle serait au désespoir qu'il entrât la moindre politique dans une action aussi sainte et aussi essentielle, on se rua vers la sainte table. Ce succès encouragea le Roi à passer du général au particulier. Un jour qu'il avait communié le matin avec le Dauphin, il s'aperçut que le marquis de Gesvres entendait la messe très irréligieusement ; il lui en fit reproche dans l'église même et une réprimande fort sentie. Un incrédule ou un huguenot refusait-il à la mort le prêtre et les sacrements ? Louis écrivait à l'agonisant une lettre pressante. Un mari vivait-il mal avec sa femme ? Le Roi envoyait par le curé de Versailles un ordre de s'aimer. Madame dont les fantaisies et les libres propos avaient cessé de plaire reçut la visite de son confesseur chargé de lui laver la tête en trois points. Premièrement, qu'elle avait dit au Dauphin que, elle le verrait nu des pieds jusqu'à la tête, ni lui ni qui que ce soit ne l'induirait en tentation, secondement qu'elle permettait que ses demoiselles eussent des galants, troisièmement qu'elle avait ri avec la princesse de Conti au sujet de ses amants. Madame se répandit à crier qu'on la traitait comme une femme de chambre et que ce serait bon pour la Maintenon qui était née pour cela. Monsieur le Prince fit le choix de se rendre devant que d'être attaqué. Réputé libertin, il avait conféré avec des athées, des luthériens, des calvinistes et des illuminés sans pouvoir se déterminer. Sentant que l'air n'était plus à l'hésitation, il fit venir un de ses anciens camarades de collège devenu prêtre. Ils s'enfermèrent cinq jours ; le sixième, Monsieur le Prince se rendit à la chapelle et, en présence de toute sa maison, fit ses pâques pour la première fois depuis dix-sept ans. Il n'y eut que le duc de Vendôme pour continuer son chemin comme avant. Le Roi lui ayant fait des reproches de ce qu'il n'allait jamais au sermon, monsieur de Vendôme lui répondit qu'il ne pouvait aller entendre un homme qui disait tout ce qui lui plaisait, sans que personne eût la liberté de lui répondre ; cette saillie fit rire Sa Majesté. Cette dévotion dont je connaissais la source assez impure ne me trouvait pas moins rebelle que le duc de Vendôme. Je me souviens être allée chez madame de Maintenon un jour de l'assemblée des pauvres, car cette dame avait introduit chez elle ces réunions au commencement de chaque mois, où les dames apportaient leurs aumônes. J'arrivai un jour avant que l'assemblée commençât ; et comme je remarquais dans l'antichambre le curé, les sœurs grises et tout l'appareil de la dévotion que madame de Maintenon professait, je lui dis en l'abordant : « *Savez-vous, madame, comme votre antichambre est merveilleusement parée pour votre oraison funèbre ?* » Madame de Maintenon affecta d'en rire et m'embrassa quand elle eût souhaité m'étouffer. Les autres dames rougirent de ce que j'eusse trouvé l'audace de rire d'une mère de l'Eglise.

La dévotion de madame de Maintenon et le talent particulier qu'elle avait pour l'éducation lui inspirèrent le dessein de former la maison royale de Saint-Louis destinée à recevoir des filles de condition noble et sans biens. Dans sa grandeur, madame de Maintenon se rappelait ce qu'elle avait été pour tâcher de le faire oublier aux autres. Saint-Cyr fut édifié en moins d'une année et coûta quinze mille livres, ce qui fit dire à monsieur de Louvois, après qu'il eut vu rassemblées les dames de Saint-Louis : « *Que d'argent dépensé ! Encore si c'était pour de jolis minois !* » De ce côté, le risque n'était pas grand, car madame de Maintenon écartait tout ce qui pouvait altérer la pureté de mœurs qui devait distinguer cette maison. Monsieur de Dangeau s'étant récrié sur la beauté d'une dame de Saint-Cyr, madame de Maintenon la renvoya pour crime d'avoir un joli visage. Saint-Cyr fut l'unique passion que je connus à madame de Maintenon. Elle haïssait les voyages de Fontainebleau qui l'en éloignaient. Elle y allait tous les jours, était partout, veillait à tout. Souvent, elle arrivait à 6 heures du matin pour être présente au lever des demoiselles. L'inauguration donna lieu à une cérémonie fort touchante où les dames de Saint-Louis remirent à madame de Maintenon une croix en or où elles avaient fait graver ces deux vers de Racine :

Elle est notre guide fidèle
Notre félicité vient d'elle.

Point étonnant qu'après cela, madame de Maintenon se crût l'abbesse universelle ; de là une mer d'occupations illusoires, pénibles, toujours trompeuses, des lettres et des réponses à l'infini, des directions d'âmes choisies et toutes sortes d'affaires qui aboutissaient ordinairement à des riens. L'abbé Gobelin avait été promu à Saint-Cyr où il devint presque inutile à la maison à cause de ses infirmités, et à madame de Maintenon à cause qu'il connaissait trop bien son âme. Ebloui d'une élévation qui n'aurait pas dû l'étonner puisqu'il en avait vu les progrès, il embarrassait fort madame de Maintenon par sa contrainte. Il disait dans sa simplicité : « *Savez-vous bien qu'elle pourrait nous faire couper la tête s'il lui en prenait fantaisie.* » Je n'osais lui répondre que j'avais payé mon écot pour le savoir. Il mourut et fut remplacé par l'abbé des Marais et par l'abbé de Fénelon qui conduisirent de concert cette conscience qui, réglant toutes les autres, était pour ainsi dire la conscience publique.

Le génie de Racine allait bientôt trouver un emploi à Saint-Cyr. Les petites filles avaient représenté *Cinna* assez passablement pour des enfants qui n'avaient été formées au théâtre que par une vieille religieuse, et jouèrent mieux *Andromaque*, ce qui n'est point étonnant, une conspiration de Romains n'étant pas faite pour des petites filles. *Andromaque* ne fut que trop bien représenté au gré de madame de Maintenon, elle lui fit appréhender que cet amusement n'insinuât à ses pensionnaires des sentiments opposés à ceux qu'elle voulait leur inspirer. Elle écrivit à Racine : « *Nos petites filles viennent de jouer* Andromaque *et l'ont si bien jouée qu'elles ne la joueront plus, ni aucune de vos pièces.* » Après quoi, elle enjoignit au poète de lui faire quelque espèce de poème moral ou historique dont l'amour fût entièrement banni. Cette lettre jeta Racine dans une grande agitation. Le refus était impossible au courtisan qu'il était dans l'âme et la commission délicate pour un homme qui avait une réputation à soutenir et ne voulait pas détruire l'opinion que ses ouvrages avaient donnée de lui. Avec un peu de réflexion, il trouva dans le sujet d'*Esther* tout ce qu'il fallait pour plaire à la Cour sans déplaire à monsieur Arnauld. Madame de Maintenon fut charmée, l'histoire d'Esther était la sienne. Racine, aussi bon acteur qu'il était grand poète, instruisit les enfants. On fit un joli théâtre. La première, où je fus admise, fut pour les intimes : Louvois, Montchevreuil et un évêque pour la bénédiction. Les actrices récitaient derrière la coulisse le *Veni Creator* pour intéresser le Saint-Esprit à la représentation. Louis fut enchanté de se retrouver dans la fierté d'un roi perse. Monsieur de Louvois et moi qui nous découvrîmes sous les traits d'Aman et de Vashti le fûmes moins. Honteux de paraître dans une pièce où l'on nous portait les derniers coups, nous dûmes applaudir :

Sans doute, on t'a conté la fameuse disgrâce
De l'altière Vashti dont j'occupe la place
Comme le Roi contre elle enflammé de dépit
La chassa de son trône ainsi que de son lit.

La suite était, il est vrai, plus douce :

Mais il n'en put sitôt effacer la pensée
Vashti régna longtemps dans son âme offensée.

La pièce enleva tout le monde. Le roi, à son souper, ne parla pas d'autre chose. Monsieur le Prince y pleura. Dans la ferveur de la première admiration, on mit *Esther* au-dessus de *Phèdre* et les actrices au-dessus de la Champmeslé. La seconde représentation fut consacrée aux personnes pieuses telles que le père La Chaise, quelques évêques, une douzaine de Jésuites auxquels se joignirent madame de Miramion et les plus distingués dévots. « *Aujourd'hui,* annonça madame de Maintenon, *on ne jouera que pour les saints.* » Les saints eurent le bon goût d'applaudir. Monsieur Hébert, le terrible curé de Versailles, traversa[1] seul ces plaisirs innocents et refusa de voir l'astre du jour. La harangue qu'il fit à haute voix dans l'antichambre de madame de Maintenon fut terrible : « *Vous savez, madame, combien je déclame en chaire contre les spectacles. Le peuple ne sait pas quelle différence entre cette comédie et une autre. J'irai et l'on croira mes actions plutôt qu'à mes paroles. Et pensez-vous qu'il soit décent à des prêtres d'assister à des jeux exécutés par des jeunes filles bien faites, aimables et fixées pendant deux heures de suite ?* » Il fallait voir cette manière de bœuf ou de sanglier tourner sur le parquet en grondant : « *Et savez-vous que tous les couvents ont les yeux attachés sur Saint-Cyr ? Partout on suivra l'exemple que Saint-Cyr aura donné. On se lassera des pièces de charité, on en jouera de profanes. Dans toutes les maisons religieuses, au lieu de former des novices, on dressera des comédiennes !* » Madame de Maintenon eut son paquet comme j'avais eu le mien ; il en résulta qu'elle ne demanda plus son avis à monsieur Hébert. Le Roi, qui avait été tenu dans l'ignorance de l'opinion du curé de sa paroisse, mena ensuite les courtisans voir *Esther.* Il y avait deux mille aspirants et il n'y avait que deux cents places ; madame de Maintenon fut importunée de tous côtés. Une comédie de couvent devint l'affaire la plus sérieuse de toute la Cour. Les secrétaires d'Etat

1. Se mit en travers.

quittaient leurs occupations les plus pressées pour voir *Esther*, les ministres disgraciés rentraient en faveur après l'avoir vue. Le maréchal d'Estrées qui ne l'avait point louée se justifia de son silence comme d'un crime. Le Roi recevait une liste, comme pour les voyages de Marly, entrait le premier et se tenait, la feuille à la main, la canne levée de l'autre comme pour former une barrière ; il y restait jusqu'à ce que tous les élus fussent entrés. Je ne saurais dire combien il me fut pénible de voir le roi de France réduit au rôle qui revenait jadis aux valets. Ce divertissement dura jusqu'au Carême qui vint à propos soulager madame de Maintenon accablée de gloire, de fatigue et de plaisir. Quand *Esther* fut imprimée, le charme se dissipa. La pièce parut froide à la lecture : beaucoup de vers faibles, point ou trop peu d'action. Paris jugea sévèrement *Esther* où le public, plus impartial, ne vit qu'une aventure sans intérêt ni vraisemblance. Il faut dire que l'esprit qui avait déserté la Cour revenait au galop dans les salons où madame de La Fayette et madame de Sévigné reprenaient gaiement le flambeau. On parlait en riant de la légèreté d'un roi qui avait passé six mois avec sa femme sans savoir qui elle était et qui, sans le moindre prétexte, avait donné ordre de faire égorger toute une nation.

Si j'ai vidé mon cœur sur le sujet d'*Esther*, c'est pour que l'on entende la différence qui existe du règne de madame de Maintenon au temps où j'avais soin des plaisirs du Roi. L'ancienne gouvernante de mes enfants poursuivit d'œuvrer à Saint-Cyr. Elle composa des conversations qui portait les petites filles à la vertu, rectifiant inlassablement leurs idées ; elle voulait que la raison les dominât en tout. Son désir était, je crois, de créer une grande quantité de Françoise d'Aubigné, tout en privant ces enfants des leçons et des plaisirs qu'elle-même avait eus. L'orgueil toujours terrassé et toujours renaissant était toujours combattu. Les demoiselles devinrent humbles à force d'être humiliées. L'on exila si bien l'esprit qu'une maîtresse de classe s'écria : *« Soyez tranquille, madame, les rubans jaunes n'ont pas le sens commun. »* Le résultat fut que les jeunes filles se dévouaient à la vie religieuse. A la persuasion d'un directeur [1] qui ne connaissait pas de salut hors le couvent, toute la grande classe, un jour, eut vocation pour le cloître. Madame de Maintenon en fut embarrassée ; comme Saint-Cyr avait été créé pour perpétuer l'honneur et la vertu dans les familles et attacher la noblesse à l'Etat par un nouveau lien, il parut assez qu'on avait manqué le but.

La liberté de mes souvenirs me fait revenir à *Esther* car je veux parler d'une autre application qui en fut faite. Cette Juive qui aimait ses anciens frères et n'osait les protéger était un autre trait de madame de Maintenon qui laissa contraindre les protestants. Les Juifs exterminés figurèrent les huguenots proscrits ; il me souvient qu'on applaudit beaucoup ce vers : *« Et le roi trop crédule a signé cet édit. »* Le Roi venait en effet de signer l'édit révocatif qui condamnait ce qu'avait accordé son aïeul. Ne m'étant jamais occupée de politique, je n'appuierai pas ici sur des choses fort délicates, mais il se trouve que ma famille est, comme celle de madame de Maintenon, originaire du Poitou où vivaient nombre de coreligionnaires ; autant qu'il m'en souvienne, nous n'étions pas mal ensemble et mes parents, à Lussac comme à Tonnay-Charente, avaient nombre d'amis huguenots qu'ils voyaient autant que les autres. Dès que le Roi eut, sous l'influence de madame de Maintenon, pris le parti de la dévotion, il eut des conférences avec monseigneur de Harlay, avec

1. Confesseur.

Bossuet et le père La Chaise. Je crois qu'on lui exagéra avec tant d'enthousiasme la gloire qu'il y aurait à étouffer le calvinisme qu'il se persuada que le vrai moyen d'essuyer ses péchés, c'était de rendre tout le royaume catholique. Le Roi, en voulant extirper l'erreur de son royaume, n'avait assurément d'autres vues que le bien de la religion ; son projet était grand et beau, et même politique si on le considère indépendamment des moyens qu'on a pris pour l'exécuter. Ce que je sais de positif sur le sujet, c'est que quelques ministres, principalement Louvois, et quelques évêques, pour faire leur cour, ont eu toute la part aux moyens qu'on employa, non seulement en déterminant le Roi à prendre ceux qui n'étaient pas de son goût, mais même en le trompant dans l'exécution de ceux qui avaient été résolus. Il se fit, dans l'année de 1685 et dans les suivantes, une infinité de conversions, entre autres à la Cour ; il est certain que, pour celles-là, madame de Maintenon y contribua beaucoup. Elle en convenait elle-même et disait : *« On ne voit que moi dans les églises, conduisant quelque huguenot. »* Pour avoir mademoiselle de Mursay, fille de son cousin Villette, que son père ne voulait pas donner, elle pria monsieur de Seignelay de faire faire à l'officier un voyage de long cours en mer pour avoir le temps de disposer plus facilement de ses enfants. A peine était-il embarqué qu'elle les fit enlever pour les conduire à Saint-Germain. La petite pleura beaucoup mais, le lendemain, trouva la messe du Roi si belle qu'elle consentit de se faire catholique à condition qu'elle l'entendrait tous les jours et qu'on la garantirait du fouet. Le frère de mademoiselle de Mursay fit plus de résistance, mais enfin il se rendit. J'avais connu cet enfant qui était venu à la Cour à l'âge de neuf ans après avoir été blessé légèrement au combat de Messine ; le courage qu'il avait témoigné l'avait fait faire enseigne après le combat. Le récit qu'il faisait de l'action qu'il avait vue, sa légère blessure et une jolie figure firent que je le pris en amitié et voulais toujours l'avoir près de moi. Son père ne voulut pas consentir à le laisser à la Cour ; il ne me vint pas à l'idée de forcer sa résistance ni de le faire changer de religion. Après avoir obtenu l'abjuration de cet enfant, madame de Maintenon lui fit quitter la marine pour le mettre à l'Académie[1]. Le père fut très surpris au retour de sa campagne d'apprendre tout ce qui s'était passé pendant son absence. Il porta des plaintes amères à madame de Maintenon mais, comme ce qu'elle avait fait était soutenu de l'autorité du Roi, il fut obligé de céder. Ceci est suffisamment lourd pour que je ne charge pas davantage la barque de madame de Maintenon dans cette affaire. Il est certain qu'elle a affermi le Roi dans son désir de voir tout le royaume catholique, mais elle était trop raisonnable pour conseiller les voies d'autorité. Imputer à quelqu'un un crime sans preuves est une calomnie ; lui imputer une erreur opposée à son caractère est une absurdité. Le marquis de Ruvigny fut le seul, avec le maréchal de Schomberg, à qui le Roi offrit de demeurer à Paris et à sa Cour, avec leurs biens et la secrète liberté de leur religion dans leur maison. Monsieur de Ruvigny lui ayant parlé plusieurs fois pour l'intéresser aux malheurs des huguenots, madame de Maintenon lui répondit qu'elle ne devait point entrer dans aucune affaire et l'exhorta à se convertir lui-même ; elle ne put toutefois traîner celui-là dans une église. Il crut entrevoir que madame de Maintenon était plus portée à nuire aux coreligionnaires qu'à les servir. Je dirai simplement qu'avant que cette dame ne régnât à la Cour, la religion était, en France, fort raisonnable.

1. Ecole d'équitation où l'on apprenait aussi les rudiments de l'art militaire.

Que l'on me pardonne de passer d'un sujet grave à un plus léger, mais il me semble que la chose qui dira plus la couleur du règne de madame de Maintenon est la mode, car rien ne renseigne plus exactement sur l'humeur d'un pays et la couleur d'une époque que la façon dont les femmes sont habillées. Sous l'influence de l'ancienne gouvernante de mes enfants, les couleurs vives furent bannies et les formes des dames disparurent. La gorge fut écrasé sous le corset, le corsage se ferma d'une guimpe, les épaules et la tête se couvrirent d'une écharpe qui devint vite mante ou cape. La taille elle-même s'effaça sous la *prétentaille* qui est une sorte de tablier quelque peu ouvragé, de sorte que toutes les dames, vêtues de couleur *feuille morte, ventre de souris* ou *suie de cheminée,* la taille ceinte d'un tablier et la tête encapuchonnée prirent l'air d'une gouvernante, le seul bon air à présent. A la main, plus d'éventail ou de mouchoir, mais des ouvrages de tapisserie ou des livres de piété. Comme il fallait bien mettre un peu d'étoffe quelque part, sauf à avoir l'air d'un manche roulé dans un chiffon, on porta autour de la taille une tournure de tulle, affreux appareil de toile gommée qui fait tant de bruit en marchant qu'on le nomme *la criarde.* Le rôle de cet instrument est de mettre des hanches où les femmes n'en ont pas, sur les côtés, afin sans doute de mieux faire oublier qu'elles en ont. L'effet était celui d'une silhouette que l'on disait *effacée* et qui était effroyablement laide, tant la dame *effacée* semblait avoir été aplatie entre deux portes. Pour la coiffure, on vit pis ! Il arriva que mademoiselle de Fontanges, décoiffée à la chasse, rassembla un jour ses cheveux au-dessus du front par le moyen d'une jarretière. Le Roi loua fort cette coiffure qui devint à la mode. Comme il faut bien que la fantaisie se loge quelque part et qu'elle ne trouvait pas à se loger ailleurs, on vit les *fontanges* monter jusqu'à atteindre des hauteurs extraordinaires. Les dames soutenaient cette espèce d'édifice à plusieurs étages par une palissade de fer sur laquelle elles attachaient des paquets de cheveux et toutes sortes d'ornements, tout cela désigné par des noms bizarres ou ridicules ; qui pourra savoir un jour ce qu'étaient le solitaire, la passagère, le petit-bois ou la souris ? Le Roi cria plus d'une fois dans mon cabinet contre ces bâtiments de plus de deux pieds de haut[1] qui mettaient le visage des femmes au milieu leur corps.

— *Il est vrai, Sire,* lui dis-je, *que les hennins ont réapparu en France.*

— *J'avoue que je suis piqué,* soupira-t-il, *qu'avec mon autorité de Roi, personne n'ait envie, par complaisance pour moi, de baisser des coiffures trop hautes.*

Hélas, il ne s'agissait plus de plaire au Roi, mais à madame de Maintenon, laquelle n'étant pas très empressée de voir les femmes belles laissait faire ces folies. Pour suivre cette mode, les perruques des hommes s'élevèrent. Afin de porter des édifices qui eussent mieux convenu à des statues qu'à des hommes, les malheureux se firent raser la tête, ce qui n'est point agréable dans l'intimité. Le Roi qui avait longtemps refusé la perruque, tant il avait de cheveux, ou qui se contentait de perruques à fenêtres, fut obligé de suivre le fil du torrent. Il changeait de perruque plusieurs fois le jour : avant d'aller à la messe, après qu'il eut dîné, quand il était de retour de la chasse, de la promenade, quand il allait souper ; un valet les rangeait dans un cabinet entre sa chambre et la salle du Conseil. Il se plaignait de points à la tête, de tintements d'oreilles, de démangeaisons érysipélateuses, mais il endurait sa pénitence comme les autres. D'autres nécessités vinrent s'ajouter à un tableau qui n'est point gai. En ce temps-là

1. Environ 0,65 m.

parut à la Cour une espèce de nouveau drap d'une manufacture de France. Le Roi déclara qu'on lui ferait plaisir de n'en porter pas d'autre, permettant néanmoins à chacun de mettre les habits qu'il avait auparavant ; ceci était fait pour se mettre en état de n'avoir plus besoin des Hollandais et des Anglais que pour les épiceries [1], mais cela n'allait pas dans le bon sens, tant ces draps foncés semblaient faits pour suivre le deuil. Oui, à la Cour, désormais les choses étaient changées. Le courtisan, autrefois, avait ses cheveux, était en chausses et en pourpoint, portait de larges canons et des flots de rubans et de dentelles ; il aimait à rire et était parfois libertin. Aujourd'hui, il a une perruque, porte l'habit serré et sombre, les bas unis, il est toujours dévot.

Je ne me soumis jamais à une mode qui faisait les femmes laides. Je poursuivis de porter des robes de soie qui montraient la gorge, des couleurs vives et des boucles autour de ma tête. Dans le purgatoire que nous traversons encore, les parfums même ont trouvé condamnation. C'est à peine si l'on tolère une légère senteur de lavande, d'amande ou de fleur d'orange. Je n'en avais cure, passant toujours une infinité de temps à ma toilette où mes femmes me massaient avec des huiles parfumées. J'évitais seulement l'ambre que le Roi ne pouvait souffrir, cela lui donnait des points à la tête et il fallait aussitôt brûler du papier, mais ne ménageais pas la cannelle, le jasmin et la tubéreuse. Ne plus être à la mode est un crime encore plus grand que de ne plus être bien en cour. A mon propre étonnement, je portais le poids de cette double réprobation assez légèrement.

Quand les femmes en sont à faire effort pour se rendre laides, c'est que les choses vont mal. L'âge dans

1. Les épices.

lequel nous avancions tous, le renouvellement de la guerre, une dévotion utilisée à des fins humaines, firent que la gaieté s'en allait à pleins bouillons ; on n'a pourtant pas trouvé mieux pour consoler le genre humain. Après l'opération de la fistule, le Roi prit habitude de monter dans une petite chaise qu'il avait fait faire pour tirer ; il tuait plusieurs faisans sans mettre pied à terre. Il eut ensuite des sentiments de goutte et se fit traîner en roulettes. Plus de jeu, mais des parties où l'on s'amusait au trou-madame, à l'anneau tournant ou aux portiques ; après le dîner, un peu de billard, enfin des amusements de collège. Les bals étaient fort tristes et ne duraient pas deux heures. Madame la Dauphine n'y paraissait pas ; on ne pouvait obtenir d'elle un moment de complaisance. La princesse de Conti ne pouvait y rester longtemps de peur que son œil noir ne la trahît et que madame de Maintenon ne la grondât. Je faisais ce qui était en mon pouvoir pour distraire le Roi quand il venait chez moi et, le reste du temps, donnais mes soins à ma famille.

Le Roi, en m'ôtant son cœur, ne m'avait pas ôté son estime et la manifestait ouvertement dans mes enfants. La naissance de ces enfants les avait placés dans une situation de faiblesse, mais le Roi sut les pourvoir d'ailes bien fortes. A l'époque dont je parle, le duc du Maine avait reçu le gouvernement du Languedoc ; c'était dans la fin de l'affaire des Poisons et je crus en mourir de joie. Le comte de Toulouse eut la charge de grand amiral de France l'année suivante, ce qui lui donnait le sixième rang parmi les officiers de la Couronne. Le Roi lui donna le gouvernement de la Guyenne en 1689. A la mort de mon frère, le duc du Maine obtint la charge de général des galères et fut fait maréchal de camp en 1689, sur le champ de bataille ; il fut fait chevalier de l'ordre du Saint-Esprit le même jour que le duc de Chartres, le prince de Bourbon et le prince de Conti. Les grands bénéfices, les charges de la Cour et de la Couronne, les gouvernements importants, sans compter la tendresse et l'attention que le Roi manifestait à ses enfants, fondèrent peu à peu une grandeur solide qui les mit au niveau des princes du sang, aussi ne leur parurent-ils pas indignes de leur alliance. On sait que la fille de mademoiselle de La Vallière, en épousant le prince de Conti, donna l'exemple aux filles légitimées d'épouser des princes du sang. Monsieur le Prince[1], voulant effacer ce que la Fronde aurait laissé de désavantageux dans l'esprit du Roi, rechercha ma fille, mademoiselle de Nantes, pour son petit-fils, Monsieur le Duc, avant que celle-là eût dix ans. La nouvelle me causa une joie immense. Louise-Françoise, mariée à l'un des premiers princes du sang, aurait, quoi que le sort réservât à sa mère, une jolie place à la Cour. Je dois reconnaître aussi que je n'avais pas l'âme assez haute pour ne pas me réjouir de voir ma fille s'allier à la branche aînée de la maison de Condé quand la fille de mademoiselle de La Vallière avait été mariée dans la branche cadette. Le Roi, au retour du Luxembourg, s'arrêta à Chantilly pour fixer le mariage qui fut célébré au mois de juillet 1685. Je ne pus y figurer, puisque je n'avais pas été nommée dans l'acte de légitimation de mes enfants. *« Depuis Jupiter et Minerve, on n'avait pas ouï parler d'un enfant qui n'eût point de mère, aussi, ma chère, la comparaison doit-elle vous flatter »*, dis-je à Louise-Françoise pour la consoler de ce que je ne pourrais paraître à son mariage. Je m'étais occupée d'acheter le mobilier, la vaisselle de vermeil et d'argent, les pierreries, les bijoux et la garde-robe. Le Roi vint admirer le trousseau dans mon appartement et nous nous attendrîmes au souvenir de la petite fille qui nous était née dans la citadelle de Tournai. Louise-Françoise était la préférée de son père, il ne savait se passer d'elle tant sa gaieté extraordinaire l'amusait et le divertissait. Elle était jolie, avec beaucoup d'esprit, de la sorte qui

1. En 1685, la généalogie des Condé s'établit comme suit : Louis II, le Grand Condé (Monsieur le Prince), a pour fils Henri-Jules, duc d'Enghien, dont le fils aîné, Louis III, duc de Bourbon (Monsieur le Duc), épouse en juillet 1685 Louise-Françoise de Bourbon, mademoiselle de Nantes.

vient naturellement aux Mortemart : c'était une enfant plaisante, railleuse, n'épargnant personne, se réjouissant d'une bagatelle, coiffant son genou comme une poupée quand elle n'avait rien de mieux à faire, voulant plaire à tout le monde et trouvant le moyen d'y réussir, enfin un caractère singulier et qui plaît d'abord, encore qu'il ne paraisse parfois pas trop bon à user. Je n'eus garde de m'attendrir longtemps car je savais que tout revenait aux oreilles de la vieille fée qui veillait à présent sur nos destinées. *« A la Cour les murailles parlent et madame de Maintenon les écoute »*, disait le maréchal de Catinat. Le contrat fut signé à Versailles en présence du Roi, du Dauphin, de Monsieur et du duc de Chartres [1], de Monsieur le Prince et de tout ce qu'il y avait de grand dans le royaume. Sa Majesté accorda à Monsieur le Duc, devenu son gendre, la survivance de la charge de grand-maître de la Maison du Roi, le gouvernement en chef du duché de Bourgogne et cent mille francs de pension. Il donna à sa fille une dot d'un million en argent comptant, à quoi il faut ajouter cent mille écus de pierreries et cent mille francs de pension, enfin il fit en sorte que la famille de Condé n'eût que des motifs de se réjouir. Ensuite, Sa Majesté monta en carrosse avec toute la Cour et alla s'embarquer sur le canal sur lequel on se promena jusque vers 10 heures ; on vint débarquer à Trianon où l'on servit un magnifique souper qui fut suivi d'illuminations et d'un feu d'artifice. Depuis les fenêtres de Clagny où je m'étais retirée, je vis de grandes lueurs dans le ciel. Le lendemain, le mariage se fit dans la chapelle du Roi. J'avais prêté la main à la toilette de ma fille qui fut la plus jolie mariée que la Cour eût vue de longtemps. La robe de brocart d'argent semée de diamants, portait une

1. Fils de Monsieur et de Madame, princesse Palatine.

queue de six aunes ourlée d'hermine. Des fleurs et des diamants piqués en couronne dans les cheveux lui donnaient l'air d'un ange ou d'une reine, comme on voudra. Point trop émue de voir arriver un si grand jour, Louise-Françoise épousa devant toute la Cour Louis III de Bourbon et devint Madame la Duchesse. Le soir venu, on mit les mariés au lit, mais ce ne fut que pour la cérémonie, car on attendit que ma fille eût treize ans pour la mettre avec son mari. Je crois que l'attente ne pesa guère à la duchesse de Bourbon car, à vrai dire, j'étais moins satisfaite de mon gendre que du mariage. La petite taille du duc d'Enghien s'était encore amenuisée dans son fils ; plus petit que le plus petit des hommes, Monsieur le Duc avait la tête grosse, le teint jaune, et comme il n'était pas trop bien tourné, et même assez bistourné, on l'appelait le *singe vert*. Pour l'esprit, il n'en manquait pas. Heureusement, s'il semblait que la démence de Madame la Princesse[1] fût passée dans son fils, le duc d'Enghien, qui se prenait tantôt pour une chauve-souris, il faisait plafonner de toile ses cabinets afin de ne pas heurter les murs en volant, tantôt pour un chien, j'ai vu le Roi saluer avec politesse un homme qui hurlait comme un loup quoiqu'il fît effort pour que ce fût silencieusement, il paraissait aussi que le malheur avait épargné le petit-fils, encore qu'une façon de se jeter avec violence au travers des portes et des groupes assemblés ne me plaisait guère. J'avais entretenu ma fille des devoirs du mariage et des difficultés qu'elle trouverait dans la famille, mais elle était glorieuse et se faisait fort d'avoir assez de caractère pour ne pas se laisser réduire.

Peu de temps après que le Roi eut fait une noce magnifique de sa fille, madame de Maintenon maria

1. Claire de Maillé-Brézé, épouse du prince de Condé.

mademoiselle de Mursay, fille de son cousin Villette, de la façon la plus obscure qu'elle pût trouver. Mademoiselle de Mursay avait tout ce qu'il faut pour se bien marier : son esprit était encore plus aimable que son visage et elle avait une protection si puissante que la fortune paraissait immanquable. Madame de Maintenon veilla à ce qu'elle manquât. Le duc de Boufflers demanda mademoiselle de Mursay. Il eut le plaisir d'entendre, de la bouche de madame de Maintenon, ces paroles qui seraient dignes d'être gravées en lettres d'or : « *Monsieur, ma nièce n'est pas un assez bon parti pour vous ; mais je n'en sens pas moins ce que vous voulez faire pour l'amour de moi, et je vous regarderai à l'avenir comme mon neveu.* » Cette alliance adoptive ne lui a pas nui dans la suite : il eut, trois mois après, le gouvernement de Luxembourg. Mademoiselle de Mursay fut donnée au comte de Caylus, un homme dont le nom ne couvrait pas grand-chose. Ceux qui s'étonnèrent que madame de Maintenon mariât sa nièce si médiocrement apprirent que la modération de cette dame était sa vertu favorite ; elle voulait que le public lui pardonnât son élévation en faveur de sa modestie. Je savais de longtemps que madame de Maintenon aimait à cueillir les auréoles au passage, celle-ci le fut aux dépens de madame de Caylus. Le comte de Caylus se révéla être une espèce de soudard toujours pris de vin que l'on relégua aux frontières dans de petits commandements ; sa femme devint l'objet d'un mauvais mariage, fait contre son goût et contre son gré. Elle s'attacha à Madame la Duchesse malgré les remontrances de madame de Maintenon qui ne trouvait point ma famille fréquentable. L'une et l'autre étaient fort jeunes, jolies, avaient de l'esprit, de la gaieté et des chagrins à oublier, aussi s'en trouvèrent-elles assez mal. On eut à se plaindre de madame de Caylus qui avait des dispositions pour l'intrigue. On la relégua à Paris parce qu'elle avait écrit : « *On s'ennuie si fort dans ce pays-ci que c'est être exilée que d'y vivre.* » Je ne sais si elle pardonna à madame de Maintenon un mariage si inférieur à ses espérances.

La seule personne pour qui madame de Maintenon passa outre la modération qu'elle s'était prescrite fut son frère qu'elle aimait tendrement bien qu'il lui donnât tous les jours de nouveaux chagrins. Il la laissait sans nouvelles et, après cinq ans d'absence, paraissait à Versailles où il effaçait tout le monde par sa magnificence, disparaissait sans lui dire adieu et allait à Paris étaler aux spectacles les airs d'un sous-favori. Il affectait de voir les mécontents, de fronder les ministres et de préférer à toute société celle de mon mari et de monsieur de Lauzun. Cependant, il ressentit les effets de l'amitié du Roi pour sa sœur. Il fut lieutenant général quoiqu'il n'eût point pour lui le droit d'ancienneté et eut le gouvernement du Berry quoiqu'il fût demandé par des seigneurs qui avaient plus de service. Ses profusions étaient sans bornes, aussi madame de Maintenon se lassa-t-elle de donner à un homme qui se trouvait pauvre au milieu de cent mille livres de rentes. Elle le fit garder par un prêtre de Saint-Sulpice qui ne le quittait point à leur grand ennui à tous les deux. Constant d'Aubigné mourut aux eaux de Vichy en délivrant sa sœur d'une grande peine.

Après la fille, le garçon. Je mariai le marquis d'Antin, né de mon mariage d'avec monsieur de Montespan, l'année suivante. Louis-Antoine réussissait à la Cour. Monseigneur[1] l'aimait assez. Le duc du Maine et la duchesse de Bourbon avaient pour lui les égards que leur sang leur prescrivait. Il plut même à mon cher Montausier qui lui donna en mariage sa petite-fille,

1. Le Dauphin.

mademoiselle d'Uzès, qui avait quinze ans et toutes les vertus. Il lui laissa vingt mille écus comptant et la lieutenance du roi en Alsace qui en vaut huit mille de rentes. Le duc et la duchesse d'Uzès lui assurèrent cinquante mille écus après leur mort. Mon fils avait douze mille francs de rente que je lui avais abandonnés quand je m'étais séparée de biens d'avec monsieur de Montespan ; je lui assurai encore deux mille écus de pension, fis meubler l'appartement des nouveaux mariés à Versailles et leur donnai plus de quarante mille livres de présents en pierreries et en bijoux. Le duc de Montausier fit la noce à l'hôtel de Rambouillet où il avait jadis soupiré pour Julie d'Angennes ; il était devenu un aïeul sévère et Julie reposait de longtemps sous la pierre du tombeau. Il est des comptes que l'on commence à faire, la quarantaine passée, et ils ne sont point gais. Ma belle-fille fut accouchée d'un fils l'année suivante. J'en eus une très grande joie et un vif soulagement ; il me parut qu'en dépit de mes torts, j'avais assuré à mon mari la continuation de sa maison. Cette heureuse impression augmenta quand, après avoir accouché d'une fille l'année suivante, la marquise d'Antin mit au monde deux garçons à la fois l'année d'après, de sorte qu'en trois ans la maison de Pardaillan de Gondrin se trouva pourvue de quatre rejetons.

Le mariage de la duchesse de Bourbon et les affaires que j'eus alors l'occasion d'arranger avec le Roi, la tendresse que Sa Majesté montrait pour ma fille, donnèrent, je pense, quelques inquiétudes à madame de Maintenon qui put craindre que je ne réengageasse un prince qui avait pour moi tant d'égards. Elle ne me supporta plus si bien à la Cour et se servit à merveille de la santé du Roi pour m'écarter davantage. Cette santé lui fut un instrument pour faire reculer une personne dont la seule vue était également un reproche, une crainte et un embarras de tous les instants.

Ce fut dans le temps où il se soumit aux lois de madame de Maintenon que le Roi commença de se sentir un homme comme les autres et son corps devint sujet aux infirmités de la nature. Il eut plusieurs atteintes de goutte, puis souffrit d'une fistule qui ne lui permettait de monter à cheval qu'avec beaucoup de difficulté. On lui appliqua la pierre de cautère, on lui fit des incisions. Cependant, la tumeur s'étant augmentée considérablement, il résolut d'aller à Barèges et de partir vers les fêtes de Pentecôte. Il nomma, pour être dans son carrosse, le Dauphin, Monsieur, Madame la Duchesse, la princesse de Conti et madame de Maintenon ; dans le même temps, il me fit dire par cette dame que je n'irais pas. C'était la première fois que l'on me faisait clairement entendre que j'étais indésirable. Le coup fut si dur et madame de Maintenon prit tant de plaisir à me le donner que je sentis toutes mes anciennes violences me reprendre ; si je n'avais pas quitté la pièce, je l'eusse, je crois, étranglée. Afin de ne pas offrir mon chagrin en spectacle et de calmer un trop-plein de colère, je partis pour Paris dans ma maison de Saint-Joseph où je me tuai de pleurer. Mes enfants vinrent me voir, me montrèrent beaucoup de tendresse et repartirent pour Versailles. J'envoyai quérir madame de Miramion, la plus fameuse dévote du temps, pour voir si une conversation toute de Dieu pourrait me faire oublier les hommes. Elle me fit un long sermon pour tenter de me montrer les desseins d'un Dieu sanctifiant dans un amant infidèle ; j'avais trop de dépit pour que le grain tombât sur une bonne terre et donnât du fruit. Le lendemain, sans prendre congé du Roi ni de personne, je partis pour Rambouillet chez le duc de Montausier. Comme le comte de Toulouse montait en carrosse pour venir me joindre, le Roi lui fit dire qu'il demeurât et qu'il voulait le mener avec lui en voyage. Il autorisa mademoiselle de Blois à venir me joindre à

Rambouillet. J'allais partir avec ma fille pour Fontevrault quand, au bout de huit jours, le Roi se trouvant fort soulagé et en état de courre le cerf, déclara qu'il n'irait point à Barèges. Il envoya quérir le duc du Maine et lui dit de me mander que le voyage était rompu. Transportée de joie de savoir qu'il allait mieux et me demandait, j'imaginais mille folies : que la douleur de m'avoir rendue malheureuse l'avait fait renoncer au voyage de Barèges ; je fus même assez sotte pour imaginer que j'avais manqué au Roi et que l'absence lui avait appris où se trouvait sa véritable inclination. Je revins tout courant à Versailles où je trouvai le Roi comme à l'ordinaire. J'avais attribué à un renouvellement de passion ce qui ne venait que de politesse. Seule une longue habitude de la Cour m'empêcha de laisser paraître ma douleur. L'orgueil est sans doute un péché, mais il est d'une grande aide en certaines circonstances ; tout ce qui me restait de dignité monta à la surface. Je résolus de quitter bientôt une Cour où je ne trouvais plus que des chagrins. Je n'oubliais pas cependant qu'il me restait encore des enfants à établir ; j'entendais rester à côté d'eux autant que je pourrais endurer les dégoûts qu'il me fallait essuyer. Je fus désormais à la Cour comme un oiseau qui bat de l'aile pour partir.

Selon mon habitude, je gagnai cet été-là Fontevrault où ma sœur m'aida de sa tendresse et de sa dévotion qui, pour être ardente, n'en était pas moins aimable ; c'était ainsi qu'il fallait me conduire. J'avançais sur le chemin qui me ramenait à Dieu au fur et à mesure que je m'éloignais de la Cour. Je ne regagnai Fontainebleau qu'au début de novembre ; ce fut pour y voir Madame la Duchesse se trouver mal à la comédie. On la porta dans son appartement où la petite vérole se déclara. Pendant que je m'enfermais avec ma fille, le Roi régla que Monseigneur et Madame partiraient pour Versailles. Dans les débuts, je ne fus pas trop inquiète, mademoiselle de Blois avait eu la petite vérole en avril, je m'étais fermée avec elle à Clagny et elle avait parfaitement recouvré la santé, encore que son visage demeurât marqué ; si j'avais guéri la cadette, je pouvais le faire de l'aînée, d'autant que Madame la Duchesse avait déjà souffert d'une petite vérole volante [1], ce qui garantit d'avoir l'autre moins forte. Il n'en fut malheureusement pas ainsi, la pauvre enfant tremblait de fièvre et ne cessait de pleurer sur ce qu'elle allait mourir. Le mal se trouva bientôt si grand qu'on la fit se confesser et communier. Dès qu'il apprit la maladie, Monsieur le Prince courut de Chantilly à Fontainebleau où il se ferma avec nous, afin d'empêcher Monsieur le Duc de garder sa femme, parce qu'il n'avait pas eu la petite vérole. Il faut dire aussi que Monsieur le Prince aimait Madame la Duchesse à un point qu'on ne peut imaginer et toutes les exhortations que je pus faire pour l'éloigner d'un air corrompu n'y purent rien changer. Nous veillâmes notre petite duchesse plusieurs jours et plusieurs nuits. Monsieur le Prince, souffrant de longtemps, n'avait plus que la peau sur les os ; il paraissait un spectre. Avec son nez recourbé, je croyais voir un vieil aigle qui défendait âprement son aire et sa nichée. Pour nous tenir éveillés, nous parlions à voix basse dans un coin de la chambre. Je confiai à Monsieur le Prince la peur que je lui devais et combien j'avais tremblé quand ses armées avaient assiégé la ville de Saintes. « *Vous ignoriez, monseigneur,* remarquai-je en souriant, *que vous persécutiez la mère de votre petite-fille.* » Il me dit toute la souffrance que lui causait encore ce qu'il appelait *le milieu de sa vie* et me parla des fins dernières qu'il voyait approcher. Ce grand prince au chevet d'une mourante parlait de la mort avec

1. Varicelle.

une voix qui semblait déjà venir de l'autre monde. Il me conta une chose extraordinaire qui était arrivée devant qu'il ne quittât Chantilly ; ce ne fut pas fait pour me rassurer quand on sait que tout ce qui regarde la mort m'épouvante. Un gentilhomme à lui, nommé Vernillon, revenant à 3 heures de la chasse, approchant du château vit à une fenêtre du cabinet d'armes un fantôme, c'est-à-dire un homme enseveli [1] : il descendit de son cheval et s'approcha, il le vit toujours. Son valet, qui était avec lui, lui dit : *« Monsieur, je vois ce que vous voyez. »* Ils entrèrent dans le château, prièrent la concierge de donner la clef du cabinet des armes où ils trouvèrent toutes les fenêtres fermées et un silence qui n'avait pas été troublé il y avait [2] plus de six mois. Monsieur le Prince ajouta que ce Vernillon était un homme d'esprit et aussi peu capable de vision qu'on peut l'être.

— *Ah !* m'écriai-je, *comment pouvez-vous me conter cela ! C'était ma fille qu'on venait chercher.*

— *Non madame, les fantômes ne se dérangent pas pour venir prendre les petites filles, Madame la Duchesse vivra. C'est la mort du prince de Condé qui était annoncée. Au reste, je prie Dieu de recueillir une vie devenue bien inutile et de laisser vivre Madame la Duchesse.*

Je ne pus lui répondre que par des pleurs. Dans cette chambre close où l'on ne tenait embrasé qu'une bougie, Monsieur le Prince semblait un revenant. Les fumigations que les médecins faisaient dans des cassolettes me donnaient des maux de tête sans apporter de soulagement à ma fille. Le Roi faisait prendre des nouvelles de Madame la Duchesse d'heure en heure. Son état ne

1. Couvert d'un linceul.
2. C'est la construction du temps.

se méliorant pas, il voulut la voir, mais Monsieur le Prince, que l'on ne nourrissait plus que de lait de femme et qui ne pouvait se remuer sans être appuyé au bras de deux hommes, eut la force de venir au-devant de lui et lui parla sur le pas de la porte.

— *Sire, retournez, vous devez au royaume de vous ménager.*

— *Otez-vous, mon cousin.*

— *Vous devriez plutôt me passer sur le corps.*

— *Mon cousin !*

— *Il ne me reste guère de temps à vivre, Sire. Qu'il ne soit pas dit qu'un grand Roi ne se soit pas rendu au vœu d'un mourant.*

Et Monsieur le Prince levant un bras maigre, comme s'il eût fait pointer le canon à la guerre, ordonna : « *Sire, retournez.* »

Le Roi ne put qu'obéir et revint à Versailles. Après cela, Madame la Duchesse eut une crise si considérable que les médecins déclarèrent qu'elle était perdue et, craignant pour ma raison qui s'était trouvée fortement ébranlée lors de la mort du comte de Vexin, m'obligèrent de m'éloigner pour les derniers instants. Je décidai d'aller attendre la nouvelle dans mon couvent de Saint-Joseph, au milieu des prières de la communauté, quand un courrier arrêta ma voiture pour me dire qu'après le redoublement, la fièvre était tombée, et que l'on répondait de la vie de Madame la Duchesse ; sa jeunesse l'avait sauvée. Je fis aussitôt tourner bride pour regagner Fontainebleau. Quand j'entrai dans la chambre, Monsieur le Prince se leva et me souffla, à bout de forces : « *Ne vous avais-je pas dit, madame, que ce n'était point Madame la Duchesse qui devait s'en aller ?* » Monsieur le Prince tomba malade à Fontainebleau comme ma fille se relevait et y mourut au mois de décembre, aussi fermement qu'il avait vécu. Il écrivit avant de mourir une lettre admirable au Roi ; Sa Majesté, en la lisant, s'interrompit trois ou quatre fois par l'abondance des larmes. Le Roi avait bien raison de pleurer, après Colbert qui était le meilleur serviteur qu'il eût jamais, il perdait son plus grand capitaine. J'assistai au service funèbre qui fut fait à Notre-Dame avec la plus magnifique pompe que l'on eût vue. Toute la place du chœur était ornée de basses-tailles[1] et de devises qui parlaient de tous les temps de la vie de Monsieur le Prince ; celui de sa liaison[2] avec les Espagnols était exprimé par une nuit obscure, où trois mots latins disaient : *« Ce qui s'est fait loin du soleil doit être caché. »* Je n'écoutai guère l'oraison funèbre de Bossuet tant les souvenirs m'occupaient. Je sais qu'il loua beaucoup le Roi de savoir se passer de ce grand capitaine et de monsieur de Turenne ; je ne voudrais pas gâter cet endroit, mais il paraissait assez que Sa Majesté n'avait guère le choix.

Je dois revenir à Fontainebleau où j'étais retournée auprès de ma fille, louant Dieu de me l'avoir conservée, quand il nous fut annoncé que le Roi avait subi la grande opération[3]. La nouvelle surprit tout le monde. Je partis aussitôt pour Versailles, mais j'appris à Essonne que le Roi se portait bien, qu'il tenait Conseil dans sa chambre, qu'il avait seulement très faim et se lamentait de ne boire que des bouillons. Je retournai donc près de Madame la Duchesse qui n'était point encore rétablie. J'appris que Sa Majesté avait enduré une opération fort cruelle avec une patience admirable. Je fis dans ce temps-là une course à ma maison de Saint-Joseph. On ne peut exprimer l'effet que produisit dans l'esprit des Parisiens une nouvelle si surprenante.

1. Bas-reliefs.
2. Alliance.
3. L'opération de la fistule.

Les moindres du peuple quittaient leur travail pour dire ou redire : « *On vient de faire au Roi la grande opération.* » J'ai ouï de mes oreilles un porteur de chaise dire en pleurant : « *On lui a donné vingt coups de bistouri et ce pauvre homme n'a pas sonné mot.* » On ne parlait d'autre chose dans toutes les rues, et tout Paris le sut dans un quart d'heure. Les églises se remplirent en un moment : on demandait à Dieu de prolonger une vie dont les commencements étaient si grands et qui avait mis le nom français au-dessus de tous les autres noms. Cet empressement dura tant qu'on crut le Roi en quelque danger. Après l'opération, le chirurgien avait recommandé au Roi de demeurer en paix, au moins jusqu'à suppuration, mais il n'en fit rien. La plaie se purgea mal, il parut un sac, il fallut y retourner. La nouvelle opération ne fut pas si longue que la première, mais elle fut plus douloureuse, parce qu'on ne voulait pas y revenir. Quand la santé du Roi fut meilleure, il fallut l'amuser. Racine et Boileau furent appelés pour lui lire quelques morceaux de son histoire. Je fus admise à ces assemblées où madame de Maintenon trônait dans une chaise à bras, près du chevet du Roi. Quand je parus, elle ne sembla point trop contente ; le Roi me dit aimablement pour effacer cette mauvaise impression : « *Il est bien juste, madame, que vous entendiez un ouvrage dont vous avez tracé le premier plan.* » Après la lecture, je demandai un entretien à madame de Maintenon sur le sujet du duc du Maine qui manœuvrait mal ses finances ; cela me fut refusé sèchement sous le prétexte qu'on avait trop d'affaires.

Si le prince de Condé et moi avions pu arracher ma fille à la mort, celle-ci parut s'en venger et fit une ample moisson. Au mois d'avril 1688, je perdis mon neveu, Louis de Mortemart que j'avais marié à une fille de monsieur Colbert. Le duc de Mortemart [1] était l'homme de son temps de la plus grande espérance et, pour son âge, de la plus grande réputation. Etant général des galères en survivance de mon frère, et ayant pour beau-frère, monsieur de Seignelay, secrétaire d'Etat à la Marine, il pouvait espérer de parvenir aux plus hautes dignités. Depuis quelques mois, mon neveu était tombé dans une maladie de langueur et cela avait empêché qu'il allât commander l'armée du Roi en Méditerranée. Mon frère était brouillé avec son fils et les Colbert, et les menait haut la main pour des intérêts pécuniaires où il était fort injuste et grand panier percé. Je savais qu'il n'aimait pas le duc de Mortemart. On l'accusait de jalousie ; la vérité est qu'il ne le croyait pas son fils. La conduite de ma belle-sœur n'avait donné que trop de prise à ce soupçon. Mon neveu se trouvant à la mort, je pris sur moi d'aller demander à mon frère de lui donner la consolation de le voir. Vivonne consentit à visiter le mourant, mais exigea qu'il n'y aurait personne de toute la maison Colbert ; il ne voulut même pas voir sa belle-fille. Que l'on juge si les ambassades furent agréables ! Dans cette triste entrevue, Vivonne se retira au dos d'une table vis-à-vis du pied du lit qui était ouvert [2], d'où considérant son fils, je l'entendis qui se disait à lui-même : *« Il n'en reviendra jamais. J'ai vu son père mourir tout comme cela. »* C'était son écuyer dont il voulait parler. Mon pauvre neveu dut se contenter de ces consolations ; il mourut peu après avec beaucoup de fermeté. La jeune duchesse de Mortemart, assez piquante, fort au gré du monde et qui l'aimait fort

1. Le frère de madame de Montespan, Louis-Victor de Rochechouart, laissa le titre de duc de Mortemart à son fils et garda celui de comte de Vivonne.

2. Dont les rideaux étaient ouverts.

aussi, le quitta subitement en dépit des romancines[1] de ses sœurs, les duchesses de Chevreuse et de Beauvillier, et se jeta à Paris dans une dévotion plus forte qu'elle où pourtant elle persévéra. Le genre de piété d'une madame Guyon l'éblouit et l'abbé de Fénelon qui allait avec la charma. Mon frère fut plus touché de cette mort qu'il n'y paraissait. Il voulut bien se raccommoder avec les Colbert et fut nommé cotuteur des orphelins ; il ne le demeura pas longtemps. En septembre, il lui vint un érysipèle au bras et ensuite au visage. Il mourut le 16 septembre, quelques mois après son fils. La duchesse de Mortemart, que je voyais fort depuis la perte de mon neveu, me conseilla, pour préparer mon frère à la mort, l'abbé de Fénelon. Je rencontrai un homme d'une figure singulière, mais noble et perçante, d'un abord facile et fort désireux de plaire ; sa piété douce qui n'effarouchait point me parut convenir aux circonstances. Les charmes, les grâces, l'insinuation de son esprit, lui permirent d'approcher Vivonne avec succès et de le mettre dans les dispositions nécessaires à ce terrible passage. J'eus la consolation que mon frère mourût plus saintement qu'il n'avait vécu. J'aimais Vivonne ; je connaissais ses défauts et ne l'en chérissais que davantage. Il était la vie, la déraison et même la folie ; il était aussi la fidélité à son Roi et à son pays, à ses amis et à ses sœurs qu'il aimait infiniment. Il était le souvenir de mon cher Lussac, de nos années dans le Louvre, et celui de notre père auquel il ressemblait tant. Aujourd'hui encore, il n'est pas de jour où l'image de ce cavalier, fort sans être appesanti, de cette physionomie vive, ouverte, sortante, ne me traverse l'esprit et ne me bouleverse le cœur, pas de jour où ne vienne à me manquer l'esprit dont il pétillait. Vivonne était mort... Il me sem-

1. Remontrances.

bla qu'un mur où je m'appuyais s'écroulait. Mon frère fut enterré près de notre père, dans la chapelle des Pénitents de Picpus.

Après ce deuil, le Roi vint me dire la part qu'il prenait à ma douleur. Il donna la charge de général des galères au duc du Maine. Le même jour, il fit le marquis d'Antin aide de camp de Monseigneur, avec le marquis de Thianges, mon neveu et celui de Vivonne. Il eut, de plus, la bonté, sachant que mon frère gouvernait mal ses finances, de mettre à ma disposition quatre cent mille livres pour sa famille. Mon frère avait eu un fils et cinq filles. J'avais donné l'aînée au duc d'Elbeuf, je devais marier une autre au marquis de Castries et la troisième au duc de Canaples. Je réglai qu'il y aurait cent mille francs pour Louise-Françoise et Gabrielle, toutes deux religieuses à Fontevrault. Avec le restant j'achetai une terre pour les enfants du duc de Mortemart, l'usufruit en étant pour ma belle-sœur la comtesse de Vivonne ; je ne l'aimais guère, mais c'était justice parce qu'il ne lui restait pas un sol de la dot considérable qu'elle avait apportée à mon frère.

Après tant de chagrins, j'eus un court bonheur. Mon fils, le marquis d'Antin, vint à Fontainebleau porter la nouvelle de la prise de Philippsbourg. Toute la Cour se trouvait à la chapelle à entendre un sermon du père Gaillard quand Louvois vint dire au Roi que mon fils portait la nouvelle de la chute de la ville. Ce message excita un si grand bruit que le prédicateur fut obligé de se taire et qu'il demanda au Roi s'il voulait qu'il sortît de sa chaire sans achever. Sa Majesté lui répondit qu'il pourrait recommencer dans un moment. Mon fils entra, en tenue de cavalier, le chapeau à la main, et vint parler au Roi. On apprenait la prise de la ville par le Dauphin, le jour de sa naissance et dans le lieu où il était né. Sa Majesté se mit à genoux avec toute la famille royale. Le tumulte ayant cessé au bout d'un quart d'heure, le père Gaillard reprit son discours et fit un compliment si beau et si touchant que beaucoup ne purent s'empêcher de pleurer. Le roi, après le dîner, me dit en riant : *« Dans le temps que le marquis d'Antin est parti pour Philippsbourg, il m'a demandé en grâce d'apporter la nouvelle de la prise de la ville. Il n'y a qu'un Gascon capable de prendre une semblable précaution ! »* Je souris, me souvenant du temps où les Gascons ne l'amusaient pas tant. Mon fils portait aussi la nouvelle de la mort du petit chevalier de Longueville, bâtard du comte de Saint-Pol, qui fut tué en visitant les travaux de Philippsbourg par un soldat qui tirait une bécassine. Je me souvins des heures où son père me faisait l'amour dans les jardins où aujourd'hui mon fils annonçait la mort du sien. Combien de temps s'était-il écoulé depuis cet été où le gentil comte de Saint-Pol voulait m'entraîner vers la ramasse, ce dont le Roi m'avait délivrée ? Vingt ans ? Trente ? Plus que cela encore ! Ah ! Passé un certain âge, il faudrait ne plus savoir compter.

Après un grand *Te Deum*, le marquis d'Antin repartit pour aller trouver Monseigneur devant Mannheim. Le duc du Maine et Monsieur le Duc étaient avec lui. Avec deux fils et un gendre à l'armée, les soucis ne me faisaient pas défaut. La ligue d'Augsbourg avait armé toute l'Europe contre nous. Les nouvelles des batailles occupaient tous les esprits ; chacun était en inquiétude pour son fils, son frère ou son ami. On voyait continuellement arriver à la Cour les gens qui revenaient de l'armée, beaucoup étaient blessés et cela ne contribuait pas à donner un air de gaieté à Versailles. On apprit bientôt que le Roi donnait ordre que dans tout le royaume, on fasse fondre et porter à la Monnaie sa belle argenterie et, pour donner l'exemple, il fit fondre la sienne, et jusqu'aux filigranes qu'il aimait de passion. Il y eut quelques personnes pour croire qu'on ne fondrait pas les plus belles pièces, mais qu'on en ferait semblant pour obliger tout le monde à porter son argenterie à la Monnaie. Il n'était pas dans la manière du Roi d'attraper les gens par des voies obliques. Les meubles de la grande galerie, les plus beaux miroirs, les chenêts et toutes sortes de vases furent retirés pour être fondus. Ces enlèvements produisirent un effet terrible. Les toilettes [1] des dames furent jetées dans l'holocauste, sans excepter celle de madame la Dauphine. Les vaisselles disparurent, encore que beaucoup fussent serrées [2] ; on se jeta dans la faïence. Je fis remplir plusieurs voitures de ce que je possédais tant en argent qu'en vermeil, à commencer par les caisses et les vases d'argent qui peuplaient la galerie de Clagny ; il était bien naturel que le Roi retrouvât au jour où cela lui était nécessaire ce qu'il m'avait donné. Sa Majesté fit encore écrire à tous les évêques de France d'envoyer à la Monnaie tout le superflu de l'argenterie des églises ; tout cela ne rapporta pas la moitié de ce que l'on attendait. Ces sacrifices nous en apprirent plus que des discours sur l'état des finances et celui de la guerre.

Pour attrister encore une Cour qui avait son poids de deuil, à peine avait-on appris la mort de la reine d'Espagne, fille de Monsieur, ce dont ce prince se trouva assez mal, que madame la Dauphine tomba malade. Cette princesse n'avait jamais tenu sa cour, comme il eût été de son devoir de le faire après la mort de la Reine. Madame de Maintenon fut, de ce côté-là, une pierre d'achoppement contre laquelle elle se brisa. La Dauphine ne tarda pas, après la mort de la Reine, à laisser sentir que le joug de cette dame lui pesait. Ses grossesses, ses couches qui furent toutes fort difficiles, la retirèrent de la compagnie du Roi, et le Roi qui ne pouvait souffrir aucun contretemps, et qui mesurait à

1. Table et instruments de toilette.
2. Rangées, cachées.

sa santé celle de tout le monde, supporta d'abord cet éloignement avec peine et, à la fin, la Dauphine, mal servie par madame de Maintenon, lui devint par degrés indifférente, à charge et quelque chose de plus. On a toujours su que Clément, son accoucheur, avait blessé la Dauphine dans sa dernière couche, depuis laquelle elle n'eut pas un seul jour de santé. La princesse de Conti fut accusée d'avoir approché d'elle avec des senteurs dont elle n'est pas revenue ; je suis bien placée pour savoir ce qu'il faut penser de ces accusations. La vérité était que cette princesse n'était pas une machine assez solide pour tenir le rang qui lui revenait à la Cour. Après sa mort, le Roi emmena le Dauphin chez lui et lui dit : *« Vous voyez ce que deviennent les grandeurs de ce monde. Nous deviendrons comme cela vous et moi. »* Il y avait de quoi consoler le veuf ! C'était là l'air de gaieté que soufflait madame de Maintenon.

La Dauphine ne fut pas pleurée autant que la décence l'exigeait ni de la Cour, ni de sa maison, ni de son mari, ni de madame de Maintenon. Cependant, elle était bonne dans son domestique, aimait Monseigneur, était dévote, mais elle n'avait ni le cœur ni l'esprit francs [1], et sans cela on est inutilement tout le reste ; elle n'avait pas non plus su plier sous les fourches de madame de Maintenon, et sans cela on n'est rien du tout. Peu de temps après, on eut la nouvelle d'une victoire complète près de Fleurus par le duc du Maine ; nous en eûmes tous une grande joie et cela fit oublier tout à fait madame la Dauphine. Monseigneur se coiffa bientôt d'une fille d'honneur de la princesse de Conti. Mademoiselle de Chouin est une grosse fille écrasée, camarde, brune, avec un gros sein sur lequel, dit-on, le Dauphin tape comme sur des timbales ; avec assez

1. Français.

d'esprit et l'air d'une servante, elle devint la Maintenon de Monseigneur. On dit qu'un mariage secret fut béni, par les uns à Meudon, à Livry selon les autres. Plus tard, la duchesse de Bourgogne montra beaucoup de surprise quand on lui révéla la chose. *« On s'allie plaisamment dans cette maison-là ! »* dit-elle ; elle ignorait l'histoire de la sienne.

La mort de la Dauphine fonça encore la couleur d'une Cour où je paraissais de moins en moins et seulement pour ce qui était nécessaire à mes enfants. Il m'en restait trois à établir : le duc du Maine, mademoiselle de Blois et le comte de Toulouse.

Pour entamer par ma fille, j'avoue que mademoiselle de Blois me causa quelques difficultés, non qu'elle fût désagréable, mais nos caractères étaient si contraires que nous nous heurtions sans le vouloir. Françoise-Marie était grande pour son âge et de tous points majestueuse, le teint et les yeux admirables et de beaux cheveux châtains. Elle avait de l'esprit, et même une grande suite dans l'esprit, avec une justesse d'expression, une singularité dans le choix des termes qui coulait de source et surprenait toujours. Elle disait tout ce qu'elle voulait et comme elle le voulait, mais elle avait un parler gras, si lent, si embarrassé et même difficile aux oreilles qui n'y étaient pas fort accoutumées, que ce défaut déparait ce qu'elle disait. Avec cela, une lendorre[1] qui me faisait pétiller d'impatience. Je la pressais souvent, ce qui la rendit timide et d'un abord parfois sauvage.

Le duc du Maine me souciait d'une autre manière. Le pauvre enfant avait été, dès sa naissance, le champ de bataille où madame de Maintenon et moi éprouvions

1. Lente, paresseuse.

nos forces. Sa gouvernante avait souhaité me l'arracher et y avait réussi. Avec l'esprit et la beauté d'un ange, il était devenu le cœur, l'âme, l'oracle de cette dame de laquelle il faisait tout ce qu'il voulait et qui ne songeait qu'à tout ce qui lui pouvait être le plus agréable et le plus avantageux aux dépens de quoi que ce pût être. Elle l'avait ébloui de sa raison comme elle l'avait fait du Roi, aussi arriva-t-il à mon fils de me répondre après une réprimande : « *Il est vrai, madame, que je crains plus les remontrances de madame de Maintenon que les vôtres parce qu'elles sont toujours autorisées de la raison.* » Madame-la-Raison l'avait modelé à sa guise et lui avait appris, en même temps qu'à se défier de sa mère, les marches profondes, les artifices et les simulations. Elle n'avait eu garde d'oublier l'art d'amuser, de divertir et de charmer quand il voulait plaire ; enfin, elle était arrivée à ce qu'il lui ressemblât comme s'il était sorti de ses entrailles. Il lui rapportait tout à la façon dont on rapporte à un confesseur. Comme il vivait dans la crainte de l'avoir fâchée et qu'elle ne lui avait pas donné l'habitude de juger, son esprit et tout ce qui en dépend fut rabattu et raccourci par cette éducation qui, tombant sur un naturel doux et inquiet, ne l'accoutuma pas à penser ni à produire, mais à se laisser mener facilement. La grande piété qu'elle lui inspira étant toujours conduite par la crainte le rabattit encore, tellement qu'avec du sens et beaucoup d'esprit, ce fut un prince fait exprès pour se laisser enseigner et gouverner, aussi devait-il l'être parfaitement par sa femme. Le pis est que madame de Maintenon lui avait persuadé que mon cœur ne s'était jamais ouvert pour lui ; le malheureux entendit vite que son intérêt n'était pas de m'aimer. Nul concert entre celui-ci et le comte de Toulouse qui, naissant le cadet, eut la chance d'échapper à cette fée. Avec moins d'esprit que son aîné, Toulouse était adoré pour sa bonté, son caractère aimable, son équité ; c'était, déjà enfant, la vertu, l'honneur et la droiture mêmes, un accueil toujours gracieux, une valeur sérieuse et de l'envie de faire, mais par les bonnes voies. Le duc du Maine voyait son frère aimé parce qu'il méritait de l'être, lui en portait envie. Toulouse, sage, mesuré, silencieux, le sentait mais n'en faisait aucun semblant. Il était timide avec le Roi qui s'amusait beaucoup plus du duc du Maine, le Benjamin de madame de Maintenon qu'il voyait tous les jours en toutes ses heures particulières. Pour moi, j'ai aimé tous mes enfants avec passion, mais Toulouse est la consolation que le Ciel m'a accordée ; l'enfant né alors que commençait mon calvaire semblait avoir été façonné pour m'aider à le gravir.

N'ayant pas eu qu'à me louer des services de madame de Maintenon, j'avais choisi avec soin la gouvernante de mademoiselle de Blois et du comte de Toulouse. Madame de Jussac avait été longtemps auprès de la première épouse du duc de Saint-Simon. C'était une femme de bonne mine et qui avait été fort agréable et toujours parfaitement vertueuse. Elle était douce, bonne, mais sage et avisée, polie et respectueuse, toujours en sa place et qui eut ma confiance et mon amitié comme elle eut celles de ma fille après son mariage. Elle ne voyait rien à l'aveugle, discernait de tout et sut toujours se bien démêler sans flatterie et sans fausseté entre madame de Maintenon et moi, ce qui est pour le moins un tour de force. Elle sut aussi s'attirer une vraie considération et des amis distingués à la Cour sans sortir de son état. Quand son mari fut tué, écuyer du duc de Maine à la bataille de Fleurus, je partageai son chagrin et l'aidai à marier deux filles qui n'avaient rien.

Madame de Maintenon, voyant que je ne déguerpissais pas, chercha à me soustraire les enfants par lesquels je tenais encore. Elle entama par distribuer les places de gouverneur de mes fils pour récompenser ses amis. Elle obtint que la charge de gouverneur du duc du Maine revînt à monsieur de Montchevreuil, vieil ami de madame Scarron, fort honnête homme sans doute, mais sans esprit aucun et gueux [1] comme un rat d'église. Il était cousin du marquis de Villarceaux, débauché, fort riche, qui entretint longtemps madame Scarron et la tenait tout l'été à Villarceaux. Sa femme dont la vertu et la douceur donnaient une sorte de respect à son mari lui devint une peine de mener cette vie en sa présence. Il proposa à Montchevreuil de le recevoir chez lui avec sa maîtresse et qu'il mettrait la nappe pour tous. Cela fut accepté avec joie, et ils vécurent de la sorte nombre d'étés à Montchevreuil. Madame de Maintenon aima toujours ses amis. Villarceaux eut d'elle tout ce qu'il voulut pour lui et pour les siens. Montchevreuil était une grosse bête qui ne savait qu'un peu de latin et rien d'autre. Elle lui procura le gouvernement de Saint-Germain-en-Laye, l'attacha comme gouverneur au duc du Maine, le fit chevalier de l'Ordre avec le fils de Villarceaux. Le marquis de Montchevreuil fit la planche du marquis d'O sur la liste des obligés de madame de Maintenon ; elle plaça celui-ci près du comte de Toulouse. Monsieur d'O était le gendre de Guilleragues qui avait été l'ami intime de madame Scarron qui ne l'oublia pas dans sa fortune ; rien n'était si intrigant, rien aussi de plus gueux. Je n'avais pas été consultée et si je l'avais été j'eusse refusé cet homme froid, sans aucun esprit que du manège et d'imposer aux autres par un silence dédaigneux. Le marquis d'O était, comme sa protectrice, un dévot de profession ouverte. Il ressemblait tant à un pharisien que j'étais toujours tentée de lui couper son habit en franges [2] par-derrière.

1. Pauvre, ruiné.

2. Les pharisiens portaient des vêtements à franges et y fixaient des bandes de peau où étaient inscrits des articles du Décalogue.

Je dois reconnaître qu'il ne me négligea pas ; il entendit que mon fils m'aimait fort et qu'il était inutile d'aller contre.

Ayant vu le gouvernement de mes fils confié à un sot et à un intrigant, je demeurais sur mes gardes pour le reste ; chat échaudé craint l'eau froide. Mademoiselle de Blois grandissait sous la houlette de madame de Jussac et sous la mienne. J'avais refusé qu'elle allât prendre des leçons à Saint-Cyr et ne consentis qu'à une retraite. J'élevais ma nièce, mademoiselle de Mortemart, quand elle fut en âge de quitter Fontevrault, auprès d'elle ; les deux cousines avaient le même âge et s'aimaient fort. A la fin de 1690, mademoiselle de Blois fut du voyage de Marly avec sa sœur, Madame la Duchesse. Elle coucha dans le corps du château et l'on chargea madame de Montchevreuil de sa conduite. Je ne fus point contente de cet arrangement et le dis vivement au Roi à son retour. *« Madame de Montchevreuil est une femme de mérite »*, me répondit-il. *« Si l'on borne toutefois l'idée de mérite à n'avoir point de galanterie »*, dis-je. Il ne me fit point de réponse, ce qui ne laissa pas de m'inquiéter. Cette grande créature maigre, jaune, qui riait niais et montrait de longues vilaines dents, n'avait pas eu le talent de se faire aimer à la Cour ; mais il convenait à madame de Maintenon d'y produire une ancienne amie sûre dans le commerce et secrète jusqu'au mystère. Il faut reconnaître aussi qu'elle avait pour madame de Maintenon un attachement et une admiration dont il était impossible qu'elle ne fût pas touchée. Dévote à outrance, madame de Montchevreuil était devenue la surveillante de la Cour ; de son témoignage dépendaient les distinctions ou les dégoûts, et souvent par enchaînement, les fortunes. Tous, jusqu'aux ministres, jusqu'aux filles du Roi tremblaient devant elle ; on ne l'approchait que difficilement. Le Roi avait pour elle une considération marquée ; elle était de tous les voyages et toujours avec madame de Maintenon. Je ne pouvais la souffrir ; j'avais assez enduré de la gouvernante de mes enfants pour tolérer son amie intime, sotte de surcroît, près de ma fille. Madame de Maintenon sentit que je bronchais et n'eut plus d'autre désir que de fourrer sa protégée près de mademoiselle de Blois. J'étais fort décidée pour cette fois à ne point céder.

Au point où j'en suis de ce narré, je peux avouer que j'en avais jusqu'à la gorge des intrigues de madame de Maintenon et des dégoûts de la Cour. Non contente de jouer tous les jours à la supérieure dans son couvent de Saint-Cyr, madame de Maintenon faisait de la Cour un pensionnat. La dévotion qu'elle avait introduite poussa fort avant deux personnages.

J'avais rencontré l'abbé de Fénelon au lit de mort de mon frère où ma nièce l'avait apporté. La duchesse de Mortemart faisait partie avec ses sœurs les duchesses de Beauvillier et de Chevreuse d'un petit cénacle dont l'âme était madame de Maintenon. Je n'étais point admise dans ces saintes réunions, mais madame de Maintenon dînait de règle une, et quelquefois deux, fois la semaine, à l'hôtel de Beauvillier ou de Chevreuse, avec la clochette sur la table pour n'avoir point de valets autour d'eux et causer sans contrainte. Le « petit couvent de la Cour », comme les participants l'appelaient, était un sanctuaire qui tenait tout Versailles à ses pieds. L'abbé de Fénelon y fut présenté par le duc de Beauvillier ; il trouva son commerce si enchanteur que quand monsieur de Beauvillier fut nommé gouverneur des enfants de France [1], il choisit l'abbé de Fénelon comme précepteur du duc de Bourgogne. L'abbé avait une

1. Les ducs de Bourgogne, d'Anjou et de Berry, petits-fils du Roi.

conversation aisée, légère et toujours décente, un esprit facile, ingénieux, dont il tenait pour ainsi dire le robinet ouvert pour en verser la qualité et la quantité exactement convenables à chaque chose et à chaque personne ; il se proportionnait et se faisait tout à tous. Plus coquet que toutes les femmes, mais en solide, et non en misères, sa passion était de plaire et il avait autant soin de captiver les valets que les maîtres. Il plut à madame de Maintenon parce qu'il lui ressemblait. L'abbé de Fénelon vanta madame Guyon qui, depuis, a fait du bruit dans le monde, à ses amis, et leur produisit, mais comme avec peine et pour des moments ; son esprit séduisit madame de Maintenon ; ses réserves mêlées de flatteries la gagnèrent. Bientôt, madame de Maintenon voulut que madame Guyon instruisît les petites filles de Saint-Cyr ; elle y fut écoutée comme un oracle et traitée comme une sainte. J'ai vu beaucoup en matière de fausses doctrines au cours de mon existence, depuis celle des huguenots jusqu'aux jansénistes, mais point une aussi étrange que celle de madame Guyon. Jamais hérésie ne s'insinua plus agréablement ; cette dame prêchait un amour qui allait au sublime par un chemin semé de fleurs. Le *pur amour*, comme on appelait le quiétisme, voulait que pourvu qu'on aimât on fût quitte de tout. La doctrine flattait l'orgueil et soulageait la paresse. Beaucoup de disciples prirent les choses au pied de la lettre. Les ecclésiastiques se crurent dispensés du bréviaire, les femmes des soins du ménage, les écoliers des leçons. Je ne me suis jamais piquée de théologie, je doutais cependant des vertus d'une doctrine qui faisait entrer les pécheurs de plein vol dans la chambre de l'Epoux. J'avais aussi beaucoup de réserve devant une dame que sa piété n'empêchait pas de laisser entrevoir belle gorge et qui se piquait que son amant (c'est ainsi qu'elle appelait Jésus-Christ) lui avait dit, après la petite vérole : *« Si je t'avais voulue belle, je t'aurais laissée comme tu étais.* » Je suis encore étonnée que madame de Maintenon fût séduite par une femme à révélations et à extases, qui étouffait tant de la grâce intérieure qu'il fallait la délacer lorsque, dans l'oraison, elle était suffoquée par l'abondance de cette grâce. Je crois que l'orgueil dont madame de Maintenon était pleine lui boucha les yeux sur celui qui était en face. Une fois où je visitais la duchesse de Mortemart, celle-ci, n'osant me refuser sa porte, m'admit à la séance et m'introduisit comme on devait le faire d'un nouveau chrétien dans les Catacombes au temps de la primitive Eglise. La béate était une femme louche [1] au visage fortement grêlé. Je fus choquée de ses communications orgueilleuses de grâces, comme du récit d'un songe où madame Guyon avait été transportée par Jésus-Christ dans une chambre à deux lits. « *A quoi bon ces lits ?* » demanda madame Guyon. « *En voilà un,* répondit Jésus-Christ, *pour ma Mère, l'autre est pour toi, ma chère épouse.* » Je songeai tout à coup à l'air dont Madame, dans l'abbaye de Saintes, eût jadis entendu pareille confession et, en dépit d'efforts pour le contenir, j'éclatai de rire. Madame Guyon, en prêchant, exigeait qu'on lui rendît compte de ses plus secrètes pensées. La prêtresse demanda à ce que je prononçasse tout haut le sujet de ma distraction. « *Eh bien,* lui dis-je, *je pensais que vous aviez perdu la tête et nous aussi de vous écouter.* » Je fus rejetée dans les ténèbres extérieures et madame Guyon, en croupe de madame de Maintenon, poursuivit de s'élever avec l'abbé de Fénelon. La Cour s'aperçut des pas de géants de l'heureux abbé et s'empressa autour de lui. Le soudain éclat de l'abbé Fénelon éblouit Bossuet qui commença de regarder le *pur amour* comme une chi-

1. Qui louchait.

mère et l'abbé de Fénelon comme un rival. Il rompit quelques lances avec lui et sentit que la douceur de l'abbé de Fénelon ne voulait point de résistance et que, chez lui, l'ambition surnageait à tout. Quant au Roi, il était persuadé que partout où se tenait madame de Maintenon, on ne pouvait conspirer que contre la corruption du monde. C'était un prince appelé à tomber de haut.

A l'emploi de convertir le Roi et la Cour, madame de Maintenon dont la passion était de savoir tout, de se mêler de tout et de gouverner tout sans avoir l'air d'y mettre le petit doigt, joignit bientôt celui de l'éclairer. Le Roi avait pris occasion de sa maladie pour faire travailler ses ministres dans la chambre de madame de Maintenon ; elle se plaçait dans sa niche et prenait un ouvrage ou un livre pour cacher qu'elle ne manquait pas une parole. Madame de Maintenon gouverna beaucoup moins qu'on ne l'a dit, mais beaucoup plus qu'elle ne le croyait elle-même. Les ministres qui connaissaient son crédit et qui, à force de se l'exagérer et de le craindre, le firent réellement supérieur au leur, la prévenaient sur les matières rapportées, la priant d'appuyer leurs avis, et tâchaient de pénétrer son sentiment. Elle affectait une conduite très modérée car le Roi avait encore des jalousies d'autorité. La grande habileté de cette dame fut de savoir ménager son crédit avec circonspection. Pour mon malheur, je m'étais trouvée fort éloignée d'une science trop opposée à mon caractère et souffrais de voir un grand prince berné et tenu en lisière par une rouée. Louvois, pour ne pas être ennuyé des détours que prenaient toutes les affaires, trop haut pour ramper toujours aux pieds d'une femme qu'il avait vue cent fois dans une antichambre, se proposa de subjuguer madame de Maintenon. Les travaux de Maintenon pour conduire la rivière Eure jusqu'aux fontaines de Versailles la réconcilièrent un temps avec le ministre. Elle entra dans ce projet avec la chaleur qu'elle aurait mise à le combattre si elle en avait prévu les inconvénients. Il fallait que l'Eure fît onze lieues contre son gré ; dans la vallée de Maintenon, trois arcades jetées l'une sur l'autre comme au pont du Gard renouvelèrent les merveilles des Romains. Le remuement des terres causa de grandes épidémies et madame de Maintenon fut exposée aux murmures ; on ne manqua pas de remarquer que Clagny n'était pas cimenté du sang du peuple. La conséquence fut que Louvois fut maître de la promotion des cordons bleus. Madame de Maintenon eut d'Aubigné, Villarceaux et Montchevreuil. L'élévation du premier n'étonna personne ; j'avancerai que les deux autres devaient la leur aux faiblesses de madame Scarron, l'un pour les avoir dites, l'autre pour les avoir cachées.

Je crois que la postérité ne se laissera pas aisément persuader jusqu'où monta le crédit de madame de Maintenon. Celle-ci avait conservé auprès d'elle une servante qui, du temps de sa misère, était son unique domestique ; et cette servante, qu'elle appelait encore Nanon comme autrefois, était pour les autres mademoiselle Balbien, et fort considérée par l'amitié et la confiance de madame de Maintenon pour elle. Nanon se rendait aussi rare [1] que sa maîtresse, se coiffait et s'habillait comme elle, imitait son langage, sa dévotion, ses manières. C'était une demi-fée à qui les princesses se trouvaient heureuses quand elles en avaient l'occasion de lui parler et de l'embrasser, toutes filles de roi qu'elles fussent, et à qui les ministres faisaient la révérence bien bas. Les duchesses passaient par elle, avec

1. D'accès difficile.

des écus, pour participer des Marlys ou avoir une charge. Et voilà les cours ! Oui, vraiment, c'était à désirer de partir.

Le Roi étant entré dans une dépendance fort contraire à son caractère eut des soubresauts ; ce furent ceux d'un lapin pris au collet. Dans les derniers temps que vécut madame la Dauphine, l'une de ses filles d'honneur, mademoiselle de Laval, plut au Roi. Elle avait grand air, un visage agréable et dansait parfaitement bien. L'affaire fut menée secrètement et, si j'ose dire, rondement, car il en résulta que mademoiselle de Laval fut mariée dans la plus grande hâte à monsieur de Roquelaure que le Roi fit duc à brevet. Les premières vues de monsieur de Roquelaure n'avaient pas été pour mademoiselle de Laval, mais pour mademoiselle de Murçay qu'il demanda inutilement. Madame de Maintenon répondit que sa nièce était une enfant qu'elle ne songeait pas si tôt à établir, et qu'il ferait bien d'épouser mademoiselle de Laval. Monsieur de Roquelaure, surpris qu'on lui proposât une autre marchandise en place de celle qu'il voulait, ne put s'empêcher de dire : *« Pourrais-je l'épouser avec les bruits qui courent ? Qui m'assurera qu'ils sont sans fondements ? – Moi,* dit madame de Maintenon, *et je vois les choses de près. »* Il la crut, le mariage se fit et la jeune épousée fut bientôt accouchée d'une fille ; en apprenant la naissance, le duc de Roquelaure s'écria : *« Mademoiselle, soyez la bienvenue. Je ne vous attendais pas si tôt. »* Je ne sais, après ce coup, si le Roi y est retourné, mais je connais certain appartement des Attiques qui pourrait bien accueillir quelques occasions de faute. Madame de Maintenon est femme à sentir quand il convient de lâcher le bridon.

A la douleur de voir à quoi l'on réduisait le Roi s'ajoutait une foule de mauvais procédés dont je me trouvais accablée, encore qu'ils me causassent plus d'irritation que de chagrin. Tantôt l'on répandait que le Roi allait donner Clagny au roi d'Angleterre qui tenait sa cour à Saint-Germain, et tantôt que je voulais inspirer au Roi du goût pour ma nièce, la duchesse de Nevers ; la médisance était grossière et capable de révolter une nature moins susceptible que la mienne. Au reste, mon souci n'était pas de trouver un amant à madame de Nevers qui s'en chargeait fort bien elle-même, mais plutôt de l'éloigner de mon gendre, Monsieur le Duc, qui ne manquait pas une occasion de marquer sa galanterie pour elle. Il donna pour ses beaux yeux une fête de cent mille écus à Chantilly et j'eus fort à faire à laver la tête à ma nièce, à mon gendre et aussi à ma fille sur ce qu'elle ne savait pas tenir son mari. Il me revint encore, quand madame de Maintenon vint me visiter à Clagny pour régler les affaires du duc du Maine, qu'elle avait dû passer outre les avis de ses amis qui la supplièrent de ne point y aller de peur que je ne l'empoisonnasse ; enfin ce fut ce que cette bonne âme répandit. A ces dégoûts s'ajouta la peine que j'eus quand madame de Maintenon prit prétexte de ce que ma fille, Madame la Duchesse, allait voir le Roi tous les soirs, pour faire supprimer la visite qu'il me faisait après le souper. Le Roi ne venait plus chez moi qu'au sortir de la messe. Le soir, je montais chez lui avec ma fille et voyais un prince qui ressemblait chaque jour un peu moins à celui que j'avais connu. Toute la magnificence de la Cour se résumait alors, quelques fois la semaine, à ce qu'on appelait l'appartement qui était le concours de toute la Cour depuis 7 heures du soir jusqu'à 10, que le Roi se mettait à table, dans le grand appartement, depuis un des salons du bout de la grande galerie jusque vers la tribune de la chapelle. D'abord il y avait une musique ; puis des tables par toutes les pièces, toutes prêtes pour toutes sortes de jeux ; un lansquenet[1] où Monseigneur et Monsieur jouaient toujours ; un billard. Au commencement que cela fut établi, le Roi y allait et y jouait quelque temps ; mais dès lors il y avait longtemps qu'il n'y allait plus, mais il voulait qu'on y fût assidu, et chacun s'empressait de lui plaire quoique l'on s'y ennuyât parfaitement. Lui cependant passait les soirées chez madame de Maintenon à travailler avec différents ministres les uns après les autres. On juge si cela était gai.

Aux chagrins et aux dégoûts qui me détachaient chaque jour davantage de la Cour, il faut ajouter un sentiment de lassitude et de tristesse. Je passai l'été de 1690 à Bourbon où je soignai le corps, puis à Fontevrault où ma chère sœur prit soin de mon âme. De là je fus deux mois dans mon couvent de Saint-Joseph et ne regagnai Versailles qu'avant Noël pour les couches de Madame la Duchesse qui était grosse de son premier enfant. Quand les douleurs commencèrent, le Roi vint me trouver dans la chambre de sa fille où il demeura jusqu'à ce qu'elle fût accouchée d'une petite fille. Je dis à Sa Majesté qu'Elle avait assisté à un si grand nombre de délivrances que cela la faisait aussi savante qu'une sage-femme ou un médecin. Le Roi sourit ; je ne sais s'il se rappelait les moments où, dans les douleurs de la délivrance, je déchirais les dentelles de ses manchettes pour ne pas crier. Le Roi alla visiter Madame la Duchesse tous les jours jusqu'à ce qu'elle fût relevée. Nous nous voyions avec plaisir, causant de la santé de notre fille et de celle du poupon, enfin des affaires de famille. Je ne crois pas que cela plût à madame de Maintenon, car cela me fut retiré.

Au mois de mars 1691, le Roi résolut de se mettre à la tête de son armée et de répandre en personne cette

1. Jeu de cartes.

terreur qui commençait à se dissiper ; il déclara qu'il ferait la campagne de Flandre. Quelques jours avant son départ, il alla à Saint-Cyr où il demanda des prières devant toute la communauté assemblée. La supérieure, madame de Loubet, répondit que toute la maison allait redoubler ses prières pour que Dieu le rendît victorieux. « *Non, pas tant la victoire,* dit le Roi, *mais la paix. Il faut contraindre nos ennemis à la demander.* » C'était la première fois qu'il parlait ainsi.

Le Roi devait partir pour le siège de Namur le 17 mars. Peu de jours auparavant, il vint dans mon appartement au sortir de la messe et, après quelques politesses, me fit part de son désir d'emmener avec lui le comte de Toulouse. Mon fils n'avait pas treize ans. Je lui répondis que le comte de Toulouse me paraissait bien jeune pour se produire dans une guerre particulièrement cruelle. Il redressa la tête, l'œil sombre. « *A treize ans, j'étais Roi, madame, et comme vous le savez, je me trouvais à la guerre.* » Il ajouta d'un ton froid que l'affaire était résolue et qu'il avait fait prévenir le comte de Toulouse qui se trouvait trop heureux de le suivre. Les larmes aux yeux, je cherchais quelque raison capable d'ébranler Sa Majesté, quand Elle me porta un nouveau coup : « *Ces enfants grandissent, madame, mademoiselle de Blois va sur ses quinze ans, je vais bientôt songer à l'établir, je désire que madame de Montchevreuil soit auprès d'elle. – Mais madame de Jussac...*, articulai-je. — *Madame de Jussac est une excellente femme et d'un grand mérite, ce mérite a toutefois des bornes. A présent, madame de Montchevreuil est la bonne personne. – La bonne personne !* » Quand tout le mérite de cette sotte jument était de plaire à madame de Maintenon. Le coup fut affreux. Je connaissais assez la façon dont madame de Maintenon gouvernait le Roi pour savoir la décision sans appel. Je pris un grand inspir pour ne pas éclater en pleurs et en supplications. Ne voulant pas offrir à cette dame le plaisir de connaître que j'avais imploré, je dévorai ma colère et mon chagrin et ne m'abandonnai aux larmes que quand le Roi se fut retiré. Ma décision se trouva prise dans l'instant. Mes enfants étaient le seul lien qui me retenait encore à la Cour et il venait d'être coupé. Quand j'eus pleuré tout mon soûl, je demandai à mes femmes de faire mes malles et fis chercher Bossuet. Je le chargeai d'aller dire au Roi de ma part que puisqu'il m'ôtait mes enfants, je le priais de trouver bon que je me retirasse dans ma maison de Saint-Joseph. Bossuet me fit la charité de paraître redouter la colère du Roi : *« Sa Majesté pourrait être offensée de cet adieu silencieux, irritée d'un exil prémédité*, me représenta-t-il. — *Monseigneur,* lui dis-je en souriant, *vous avez trop travaillé à cet exil pour le craindre aujourd'hui. »* Je lui demandai encore de remettre à Sa Majesté les bijoux qu'Elle m'avait donnés, à l'exception d'un très beau fil de perles que je portais tous les jours. Je mis à l'écart, en sollicitant par l'entremise de l'évêque l'assentiment du Roi, des diamants pour mademoiselle de Blois et des perles que je désirais offrir à Madame la Duchesse. Bossuet dont les sentiments à mon égard s'étaient fort adoucis m'exhorta à me soumettre en toutes choses à la volonté de Dieu. *« A celle de Dieu, certainement, monseigneur, mais nous savons que ce n'est point elle que nous rencontrons dans cette affaire »*, répondis-je. Quand Monsieur de Meaux se fut retiré, je fis appeler mes enfants et leur fis mes adieux. Le duc du Maine, que je vis d'abord comme aîné, ne me déconseilla pas de partir et même m'en pressa, me disant que c'était là une branche de salut pour se rattraper à l'amour du Roi de lui faire croire que je ne voulais plus le voir jamais ; cette hâte à me voir quitter la place, dissimulée sous un voile d'habileté, était le beau résultat des leçons de madame de Maintenon. Je répondis à mon fils que je ne fondais plus aucune espérance de cet ordre, mais je n'ose affirmer que je ne me berçais pas d'un léger espoir dans quelque coin obscur de mon cœur, tant il y a toujours en nous de l'enfance. Je vis ensuite mes enfants tous ensemble. Toulouse et Madame la Duchesse pleurèrent beaucoup ; le duc du Maine baissait la tête, mademoiselle de Blois était rouge. Je leur recommandai de demeurer dans la plus parfaite obéissance du Roi, de chercher en tout à lui plaire, de s'aimer toujours et de garder l'union entre eux. Je les assurai de ma tendresse, de mes prières et de tous les soins que je pourrais encore leur donner. J'avais le cœur mortellement étreint car je savais que si mes enfants voulaient avancer à la Cour, ils ne devraient pas me montrer trop d'attachement. Le marquis d'Antin était parti pour les Flandres ; je lui écrivis, lui demandant de venir me voir à son retour. Je vis encore madame de Thianges qui, après mon départ, continua à demeurer à la Cour avec toutes ses privances et sa familiarité. Quand tout fut accompli, j'avançai jusqu'à la fenêtre qui donne sur le parterre d'eau. Le ciel était parfaitement gris comme l'eau des bassins, la pierre ou le bronze du peuple des statues. Le Roi sortant du château par le vestibule de la cour de Marbre à l'heure de la promenade avança sur la terrasse et s'arrêta sur le haut des degrés pour considérer la situation des parterres, des pièces d'eau et les fontaines des Cabinets[1] avant d'aller sur le haut de Latone. Il était vêtu de drap brun et marchait fort lentement, prenant appui sur sa canne, encore qu'il prît soin de se redresser à chaque pas. Madame de Maintenon était dans sa chaise à porteurs, entre ses trois glaces, comme une chauve-souris sous un verre. Un peu en arrière, un demi-cercle de ce qu'il y avait en hommes

1. Le Cabinet du Point-du-Jour et le Cabinet du Couchant, ensembles de verdure qui bordaient le parterre d'eau.

de plus distingué, le chapeau à la main, les dames serrant leur mante pour se protéger du froid qui était vif. Les fontanges posaient sur les têtes de hautes crêtes blanches que le vent remuait. Je gardai les yeux si fort attachés à ce spectacle, je les usai tant à fixer la personne du Roi qu'à la fin, celui-ci se tourna légèrement. Il me parut qu'il lorgnait vers mon côté. M'étant approchée de la fenêtre jusqu'à y poser les mains, je regardai le Roi comme s'il avait été possible de faire passer tout ce qui m'emplissait le cœur par les yeux. Je ne sais combien de temps je demeurai ainsi. Une de mes femmes vint bientôt me dire que la voiture était avancée ; je la suivis. Le 16 mars 1691, je quittai une Cour où j'avais vécu quarante ans.

Je fus prise d'une grande lassitude dans la voiture qui m'emmena depuis Versailles jusqu'à mon couvent de Saint-Joseph, au point, je crois, de m'être assoupie. Il me semblait avoir mérité ce repos. Voici un quart de siècle que le Roi était entré de plain-pied dans ma vie, laquelle n'avait plus été que tourbillon, désordre et craintes de toutes sortes. A Saint-Joseph, je me fermai dans mon appartement où, de huit jours, je ne fis que dormir. Mes femmes me croyaient atteinte d'une maladie de langueur, quand la nature se revanchait de tant d'années vécues dans les fatigues et la peur. Quand je me relevai, j'appris que le Roi avait donné l'appartement des Bains au duc du Maine qui avait cédé le sien à mademoiselle de Blois. Je ne crois pas faire de propositions calomnieuses en avançant que la vieille fée qui veillait désormais sur les destinées du palais n'était pas étrangère à cet arrangement. Du moins étais-je à présent échappée des mains de cette dame et, sauf à me faire fermer à la Bastille, je ne voyais pas en quoi elle pouvait encore me nuire. Je me trompais. Après que j'eus quitté Versailles, l'assiduité de mes enfants fut retranchée ; ils eurent ordre de me voir rarement et après l'avoir fait demander. J'acceptai cette ignominie parce que je savais l'intérêt de mes enfants et que je ne voulais point qu'ils se trouvassent entre deux gaufres [1] ; madame de Maintenon eût impitoyablement écrasé celui qui eût choisi mon camp. Je n'entends point m'étendre davantage là-dessus, sauf à dire qu'il est peu d'exemples de pareille cruauté.

Quelques-uns de mes amis se sont étonnés que j'eusse choisi de me retirer à Saint-Joseph dont les bâtiments, sans être grossiers, étaient fort ordinaires. Outre qu'il est convenable à une femme séparée de son mari de vivre dans une maison religieuse, j'aimais l'emplacement de Saint-Joseph [2]. Le couvent regardait la rivière [3] ; de mon appartement à l'étage, je pouvais voir les Tuileries. De l'autre côté, il suffisait de traverser la plaine de Grenelle pour se rendre à l'hôtel de Mortemart, de sorte que je me trouvais à mi-chemin des lieux qui m'avaient vue grandir. C'était un monde que je n'avais plus approché pendant ce que je nommerais, à la façon de Monsieur le Prince, *le milieu de ma vie ;* le revoir me procurait un réconfort qui m'était nécessaire. J'ajoute que je me trouvais chez moi à Saint-Joseph, car cette maison dont j'avais augmenté les bâtiments et où je pourvoyais à tout était la mienne. L'archevêque de Paris, me reconnaissant tous les privilèges des fondatrices, renouvela alors les Constitutions qui me donnaient, outre la libre disposition de mon appartement, le choix de la supérieure et le droit d'assigner aux sœurs et aux filles la place que je jugerais leur être convenable dans la maison. N'étant pas propre, comme madame de Maintenon, à guider les consciences, je me contentais d'ordonner le matériel. Je m'aperçus que les maisons de femmes ne se gou-

1. Pris en étau.
2. Celui de l'actuel ministère de la Défense nationale.
3. La Seine.

vernent pas aisément et pris une petite idée du fardeau qui devait peser sur les épaules de Madame de Fontevrault. Loin de posséder la douceur et la sainteté de ma sœur, j'en vins souvent à l'argument d'autorité. Mon humeur, demeurée absolue et souvent précipitée, créa tant de difficultés qu'à la fin, je remis tout entre les mains de la supérieure. Je veillais étroitement sur le sort des filles pauvres élevées à Saint-Joseph et poursuivis de me faire marchande pour placer les ouvrages de broderie qui sortaient de l'atelier dont j'avais remis la direction à mademoiselle Le Roy. J'avais mis fort à la mode ces meubles richement brodés en les utilisant pour décorer le cabinet des Bains ; nous eûmes ensuite une commande pour la salle du Trône, et une autre pour le cabinet de Monseigneur. Les bénéfices servaient à doter mes petites filles ; à vrai dire, ils n'y suffisaient point, et dans ces mariages, c'était souvent la faim et la soif que je mariais.

En m'installant à Saint-Joseph, je ne m'attendais pas que tout Paris et une partie de la Cour vinssent me voir ; ce fut pourtant ce qui arriva. Monsieur et Mademoiselle, qui m'avaient toujours aimée, donnèrent l'exemple en me venant me visiter ; une infinité d'autres suivirent. Dans ma chambre, mon fauteuil avait le dos joignant le pied de mon lit ; il y avait de petites chaises à dos lardées de ployants vis-à-vis les uns des autres pour la compagnie qui venait et pour celle qui logeait chez moi : les filles de Vivonne que je n'avais point encore mariées et d'autres femmes ou filles que j'entretenais et qui faisaient les honneurs. Madame, au sortir de chez moi, répéta que je n'avais pu me défaire de l'extérieur de reine que j'avais usurpé dans ma faveur ; cela est sans doute vrai, mais il n'y avait personne qui n'y fût si accoutumé qu'on en conservât l'habitude sans murmurer, et je n'étais pas fâchée que ce fût toujours avec un air de grand respect que l'on entrait chez moi.

Je vis revenir avec plaisir mes précieuses : madame de Sévigné avec sa fille, retenue dans la capitale par les intérêts de sa maison, sa cousine, madame de Coulanges, enfin, madame de La Fayette, toujours dans une mauvaise veine de santé. J'eus quelque surprise, au début, à les voir, car le visage d'une amie vous dit mieux qu'un miroir les outrages du temps, mais, sous les cheveux blancs, l'esprit avait encore augmenté, un esprit plus libre, plus salé et plus piquant que celui qui était en usage à la Cour où trop de contraintes le raccourcissaient. Nous allions de concert au sermon, nous nous prêtions des livres, nous nous entretenions des maux de notre âge ; madame de La Fayette disait que nous faisions partie de la société des *vaporeux*. Il faut reconnaître qu'elle en fut toujours un membre éminent ; si on lui demandait des nouvelles de sa santé, c'était : *« Je suis un peu mieux, mais toujours mal »*, ou encore : *« Ma chère, je ne puis me flatter d'aller loin. »* Un jour que madame de Sévigné parla de se retirer dans sa maison de Bretagne, elle fut grondée : *« Vous êtes vieille, les Rochers sont pleins de bois, les catarrhes et les fluxions vous accableront, vous vous ennuierez, votre esprit deviendra triste et baissera. »* La prédiction me fit rire ; il eût fallu plus que des bois pour diminuer l'esprit et la gaieté de madame de Sévigné. A la suite, madame de La Fayette nous entretenait de Ménage qui usait ses dernières forces à la célébrer encore. Doris[1] regrettait de l'avoir mené le bâton haut : *« Que l'on est sotte quand on est jeune ; on n'est obligée[2] de rien et l'on ne connaît pas le prix d'un ami comme lui »*, dit-elle, devant que d'ajouter : *« Il coûte cher pour devenir raisonnable ; il en coûte la jeunesse. »* Madame de La

1. L'un des noms sous lesquels Gilles Ménage l'avait chantée.
2. Reconnaissant.

Fayette était sans doute la personne de son temps qui disait les choses le plus justement.

Le trop-plein de vie qui courait encore dans mes veines m'obligeait de me déplacer. Je partais, toujours fort peu de temps après l'avoir décidé, avec mes nièces, mes femmes et un train d'équipage souvent en désarroi. Un mois à peine après que j'eus quitté la Cour, je fus à Clagny. J'y avais beaucoup d'affaires : signer les contrats pour les domestiques, assurer les pensions de ceux qui se retiraient, examiner l'état des jardins, enfin une infinité de broutilles auxquelles il fallait bien donner ordre ; je fus même occupée de signer un contrat avec un parfumeur de Paris qui voulait ramasser mes fleurs d'orange, car je me flattais d'avoir les plus beaux orangers du pays ; comme la duchesse de Noailles en voulait aussi, je dus répartir mes bienfaits.

De nombreuses personnes de la Cour vinrent me visiter à l'occasion de ce premier voyage, ceux qui m'avaient gardé leur amitié et aussi ceux qui, entre madame de Maintenon et moi, ménageaient encore la chèvre et le chou. La duchesse de Noailles, qui gouvernait mari, enfants – s'il m'en souvient bien, elle en eut vingt-trois – famille, affaires, avec gaieté et liberté d'esprit, excellait dans l'exercice fort délicat qui consiste à demeurer bien avec des gens fort opposés. On ne manqua pas de me rapporter combien l'installation du duc du Maine dans l'appartement des Bains avait été précipitée. Je répondis que l'on s'était un peu hâté de démeubler mon appartement, ce qui fit courir le bruit que j'espérais de revenir. Cette rumeur se trouvait augmentée par les maux dont madame de Maintenon était alors attaquée. Elle n'avait pu suivre le Roi dans les Flandres en raison d'une colique, ce qui faisait songer que son âge et sa mauvaise santé pourraient nous en priver ; qu'alors rien ne s'opposerait à rallumer entre le Roi et moi un feu autrefois si actif dont la tendresse et le désir de la grandeur de nos enfants communs pouvaient aisément rallumer les étincelles ; mes enfants eux-mêmes s'en flattaient. Je ne croyais guère à cette chimère ; outre que je ne suis pas en habitude de calculer sur la mort des autres, je savais madame de Maintenon dure comme la lame d'un couteau ; ces gens-là enterrent tout le monde. J'attribuai la colique et les maux de cette dame au combat qu'elle devait toujours livrer entre l'indépendance de son caractère et les contraintes de la place ; tous les égards ne la dédommageaient pas de cette servitude. Charmer les ennuis d'un Roi dont tous les goûts étaient émoussés fut la source de ses désagréments. Louis ne peut se suffire à lui-même, aussi ne peut-il demeurer seul un moment. Un malaise continuel l'oblige à changer sans cesse de place et d'occupation ; je crois qu'il ne cherche pas le plaisir, mais la fuite de la peine ; ce caractère n'est pas exempt d'humeur, le Roi veut beaucoup quoiqu'il n'exige rien. Madame de Bolingbroke disait que madame de Maintenon lui avait confié en soupirant : *« Quel supplice que d'amuser un homme qui n'est pas amusable. »* La confidence me fit sourire, car j'avais connu un Roi fort amusable et qui prenait grand plaisir à se trouver amusé. La tâche qui m'enchantait coûtait infiniment à madame de Maintenon. Fatiguée d'un rôle si ingrat, elle tombait dans une tristesse amère. Pas plus que moi, madame de Maintenon n'a pu unir la fortune et le bonheur ; du moins avais-je su distraire et amuser le Roi. Louis a une imagination calme, un esprit pétri d'affaires que mes folies surprenaient et que la raison de madame de Maintenon glace et raccourcit, de sorte que tous deux appellent la joie qui n'entend jamais ceux qui l'invoquent. Et puis j'aimais le Roi, et je ne puis douter que Sa Majesté ne m'ait aimée, nous nous convenions par mille aspects de nos caractères, et par des choses plus secrètes et plus tendres ; les gens qui s'aiment de passion ne s'ennuient pas ensemble. Je doute que madame de Maintenon éprouve autre chose pour le Roi que des sentiments nés de l'intérêt et de la reconnaissance ; une vie dure a fait à cette dame le cœur étroit, seuls son mauvais sujet de frère et le duc du Maine y ont trouvé place. J'ose avancer que je ne crois pas davantage que le Roi aime madame de Maintenon. Il l'estime et la craint, ce qui n'est pas la même chose.

La colique de madame de Maintenon la délivra un moment de son esclavage, mais elle ne dut pas être bien aise de voir monsieur de Louvois faire un si long voyage, seul avec le Roi. Après le raccommodement né des travaux de la rivière Eure, la dame et le ministre étaient revenus aux couteaux tirés. L'histoire me touche, car Louvois tomba dans la même erreur que moi ; il sentit trop ses forces et pas assez celles de madame de Maintenon. Ils luttèrent, se brouillèrent et renouvelèrent l'histoire du pot de terre et du pot de fer ; on sait lequel se brisa. Ce fut à Bourbon, où j'étais allée prendre les eaux au sortir de Clagny, que j'appris la mort de Louvois. Il avait travaillé l'après-dînée avec le Roi, s'était trouvé mal et était mort un instant après. On fut épouvanté d'une mort aussi subite ; je pense qu'elle fut miséricordieuse. Madame de Maintenon avait su profiter de l'humeur du ministre et de ses absences quand il se retirait à Meudon pour le saper à fond. Le Roi dit à Chamillart que le jour qu'il mourut les ordres étaient donnés pour le conduire à la Bastille ; mais la mort ôta cet embarras et sauva la fortune de son fils. On m'a rapporté de tous côtés que le Roi, avec une bonne foi sans exemple, n'a pas caché la joie qu'il eut de cette mort. On lui vit l'air plus leste et comme délivré. A Marly, il dit au comte de Marsan : *« Cette année me fut heureuse : je fus défait de trois hommes que je ne pouvais plus souffrir ; messieurs de Louvois, Seignelay et La Feuillade. »* Voilà une belle oraison funèbre et comment madame de Maintenon avait asséché un cœur que j'avais connu autre. A vrai dire, je n'aimais ni estimais Louvois ; il a abusé du goût du Roi pour la guerre. Mon frère répétait que c'était à l'ambition de Louvois que la France devait ses guerres continuelles, sa triste réputation sur la foi des traités et la réunion organisée de toute l'Europe contre elle. Bien que je ne regrettasse pas le ministre, son départ me donnait beaucoup d'inquiétude ; des quatre colonnes du trône que figuraient messieurs Colbert, Louvois, le maréchal de Turenne et Monsieur le Prince, il n'en demeurait aucune. Il n'y avait plus, tapie derrière le trône, qu'une vieille fée dont les actions ne me semblaient pas profiter au Roi et au royaume. Je terminerai ce récit où la comédie a sa place par une lettre que madame de Maintenon écrivit à ma sœur, l'abbesse, après la mort de Louvois. « *Je suis ravie, Madame, que vous m'ayez donné quelques marques du souvenir de madame de Montespan. Je craignais d'être mal avec elle. Dieu sait si j'ai fait quelque chose qui l'ait mérité et comment mon cœur est pour elle. J'aurais quelque curiosité de savoir ce qu'elle a pensé de la mort de cet homme*[1]. » Quand ma sœur me montra cette lettre, je me crus prête de suffoquer. « *Dieu sait si j'ai fait quelque chose qui l'ait mérité ! – Cela est trop fort !* » m'écriai-je, étouffant de fureur et d'indignation. Ma sœur sourit et me prit les mains. « *Allons Françoise, restez en repos. Il faudrait mourir si l'on voulait être attentif à toutes les persécutions. Je sais qu'il est dur de recevoir des outrages par des personnes qu'on a aimées et même servies dans des occasions considérables, cela n'est pas dans les règles communes. Il faut bien que Dieu permette cet horrible renversement pour notre sanctification.* » Et

1. Louvois.

d'ajouter avec une malice qui lui était familière : « *Faites-moi confiance pour répondre à madame de Maintenon selon son mérite ; je crois qu'elle saura m'entendre.* » Ainsi fut fait. Madame de Maintenon, qui était haute avec les gens bas, et basse avec les gens hauts, garda toujours les plus grands ménagements envers l'abbesse de Fontevrault qu'elle reçut très humblement et très dévotement à Saint-Cyr. Le Roi donna la succession de Louvois à monsieur de Barbezieux qui n'avait que vingt-trois ans, ce qui fit écrire dans les gazettes de Hollande : « *Le roi de France fait tout au rebours des autres. Il aime les jeunes ministres et les vieilles maîtresses.* »

La lettre de madame de Maintenon arriva quand, ma cure à Bourbon achevée, je fus à Fontevrault où je passai bientôt la moitié de l'année. Je ne manquais jamais, en me rendant à l'abbaye, de m'arrêter à Notre-Dame-des-Ardilliers près de Saumur. Un pèlerinage très fréquenté était né à l'endroit où un laboureur avait trouvé une statue de la Vierge qui produisit des miracles. La piété populaire y édifia une église si vaste qu'elle semble tenir avec peine entre le fleuve et la falaise. Les finances n'allant pas avec la grandeur des vues, ce sanctuaire demeura un moment sans couverture. Je donnai de quoi pourvoir à son achèvement, ce qui le fit couvrir d'un dôme magnifique. Devant le sanctuaire, je fis construire à la suite un logis, le Jagueneau, afin d'y séjourner pour des retraites.

Il n'y a guère que quatre lieues entre Saumur et Fontevrault. Je les parcourais le cœur en fête. L'abbaye était un asile pour mon esprit agité et un lieu de repos pour mon âme. L'immensité des bâtiments, les coupoles couvertes d'écailles de pierre à la façon du Poitou, la présence d'une communauté nombreuse, me faisaient penser à l'abbaye de Saintes, à cette différence que l'abbesse de Fontevrault était bonne, aimable et gaie. Marie-Madeleine était à la fois ma sœur, mon amie intime et mon directeur de conscience. Ayant toujours eu le plus grand besoin d'admirer, j'ai toujours aimé le spectacle des âmes fortes. J'avais porté une vive admiration à Madame de Saintes, à la reine Anne d'Autriche et à monsieur Vincent, en raison de la grandeur de leur âme et de la sainteté de leur vie. J'avais goûté infiniment le génie et les capacités de monsieur de Turenne, de Monsieur le Prince et de monsieur Colbert. J'avais estimé madame de Sablé, Molière, Despréaux et Racine, pour leurs talents et leur esprit. J'avais adoré la gloire du Roi. En Marie-Madeleine, je trouvais réunies toutes les causes d'admiration. Imagine-t-on ce qu'était le fardeau de soixante maisons de l'ordre répandues dans un grand royaume ? Elle seule autorisait et consacrait la nomination des prieures, faisait examiner les novices, veillait au respect de la règle qu'elle devait sans cesse défendre contre les empiétements des évêques. Et quelles occupations ne lui fournissait pas la maison seule ! Les conseils, les conférences, les offices, les solennités, les discours à composer, les bâtiments à construire ou à entretenir, les dépenses à régler, sans compter les jours et les nuits passés dans les infirmeries auprès des malades qu'elle ne quittait pas dans la plus longue agonie. Au soin des religieux, des religieuses et des novices, il faut ajouter celui des petites pensionnaires. Ma sœur recueillit et éleva à Fontevrault les filles de Vivonne et d'autres parentes ; la duchesse de Bourbon qui révérait sa tante lui remit le soin de l'éducation de sa fille. Pour l'exercice ordinaire, ma sœur confiait ces enfants à des religieuses de mérite, mais se réservait de leur faire des discours familiers. Loin de se relâcher avec le temps de tous ces soins, Madame de Fontevrault disait que les années donnent une attention plus scrupuleuse sur l'acquit des devoirs qu'on ne l'a dans sa jeunesse. Et je ne parle pas d'une correspondance qui eût tué dix personnes ordinaires : les princes, les princesses, les prélats, tout ce qu'il y avait de grand à la Cour, tout ce qu'il y avait de plus estimé dans les belles-lettres en France et dans les pays étrangers se plaisait à avoir un commerce de lettres avec elle ; le Roi lui-même aimait à recevoir des lettres de l'abbesse de Fontevrault et y faisait réponse. Tout cela amenait des visites, tant on aimait à goûter un esprit qui savait se proportionner à tous, doux, égal, sans ombre, sans nuage, qui gardait sa supériorité sans la faire apercevoir et, peut-être, sans qu'elle s'en aperçût elle-même. Bien qu'elle ne laissât presque pas de temps au sommeil, ma sœur ne pouvait faire autrement que de donner encore des moments à des lectures solides. Elle continuait à cultiver la langue grecque pour lire le Nouveau Testament dans l'original, à quoi elle ne manquait en aucun jour. Elle prenait toujours un plaisir singulier à voir les beaux ouvrages d'esprit ; elle s'en faisait rendre compte, elle en demandait la lecture, tantôt c'était une nouvelle traduction des *Proverbes,* tantôt une *Vie de Descartes*, pour ne dire que ce qui me vient dans l'instant. Elle tâchait toujours à étendre les connaissances des novices et des petites filles qu'elle élevait et à leur donner du goût pour la lecture, la croyant infiniment utile à produire la réflexion et à dissiper les dangereuses chimères qui s'emparent d'un esprit quand il est libre et oisif. L'entendre parler de ses lectures était un ravissement, car elle contait à merveille. Je l'adorais et toute la province la considérait comme une sainte. A voir sa douceur et son égalité, on aurait dit qu'elle n'avait rien à combattre en elle. Je savais qu'elle avait ses luttes et ses souffrances ; si elle avait été un homme, ma sœur eût été un savant ou un philosophe. Elle avait renoncé au monde, moins pour l'amour de Dieu que pour conserver une liberté d'apprendre que le mariage lui eût ôtée, mais elle ne voulut pas que Dieu fût la dupe de ce contrat, aussi sa liberté avait été bien courte, et son esprit, porté naturellement vers la lecture et les sciences, avait incessamment à se rabaisser vers des objets tout opposés. Le poids de son administration l'empêchait de s'appliquer à ces connaissances qui eussent fait son bonheur, de sorte qu'elle avait toujours à combattre des dégoûts et des répugnances. Ma sœur avait encore une inclination à la paix et à la tranquillité, laquelle se trouvait toujours contrariée par une multitude d'affaires épineuses et accablantes. Elle avait compris, dès qu'elle fut nommée abbesse, que cet amour du calme et de la quiétude la ferait toujours souffrir, mais elle accepta de vivre dans un état contraire à ses plus chères inclinations. Je sais cela parce que je suis sa sœur et qu'un regard suffisait à nous entendre, mais jamais une plainte ne sortait de ses lèvres. Marie-Madeleine fit de ces peines et de ces contraintes perpétuelles un objet de sanctification, de sorte qu'elle semblait heureuse et riante alors qu'elle faisait un sacrifice continuel d'elle-même. Je crois qu'il n'y a point de jour de la vie de l'abbesse de Fontevrault qui n'ait été un sujet de pénitence. L'exemple de ce courage aimable et souriant était pour moi un perpétuel sujet d'admiration et le meilleur des exemples.

A Fontevrault, je vivais dans le palais abbatial où j'avais un appartement près de celui de l'abbesse. J'assistais aux offices dans la chapelle, rarement dans l'église avec la communauté, et toujours de ce côté de la clôture qui me séparait des religieuses. Ma présence attirait la visite des parents et d'amis, ce qui réjouissait ma sœur. Monsieur d'Avranches [1], monsieur Segrais et le docteur Vallant, toujours savants et poètes, l'abbé

1. Daniel Huet, devenu évêque d'Avranches.

Testu toujours drôle et piquant, venaient nous voir dans notre désert. Je n'oublie pas le charmant monsieur de Gaignières qui est bien le plus grand collectionneur du siècle ; il aimait tant les antiquités et les manuscrits qu'il ne manquait pas de fabriquer des souvenirs pour les temps futurs ; sa boîte de crayons sous le bras, il se promenait autour du village et faisait des croquis de l'abbaye qu'il nous donnait à admirer. Madame de Thianges nous honora plusieurs fois de sa visite. Nous nous trouvions, alors, les trois sœurs à causer ensemble, comme jadis dans l'appartement des Tuileries. Cela portait à faire des réflexions qui n'étaient pas toujours agréables. Ma sœur aînée avait les yeux chassieux avec du taffetas vert dessus, tant elle craignait le jour, et une grande bavette qui lui prenait sous le menton, ce qui n'était pas un joli spectacle. J'avais les cheveux blancs et ma peau était devenue comme ces papiers que les enfants ont froissés. Seule, Marie-Madeleine avait conservé la fraîcheur de son teint et la vivacité de ses yeux noirs. Quand je la complimentais sur sa jeunesse, elle répondait que l'habit religieux est fort miséricordieux pour les femmes : le voile cache les cheveux, l'ampleur de la robe dissimule la taille et la guimpe voile les outrages du temps. Sur le plan du bonheur auquel les jeunes personnes aspirent, c'était à ne pas trop y regarder ; là encore Marie-Madeleine, bien qu'elle eût vécu dans un état contraire à son inclination, remportait la palme. Plus d'une fois je songeai que mon père s'était trompé et que c'était elle, la perle des Mortemart.

Quand je n'avais pas la ressource d'une compagnie étrangère à l'abbaye, j'écrivais beaucoup de lettres, lisais et causais agréablement avec ma sœur ; en dépit de l'infinité de tâches qui l'accablait, Marie-Madeleine semblait n'avoir rien de mieux à faire qu'à m'entretenir. Je faisais tout mon possible pour la soulager ; ma bourse lui était ouverte, car il manquait toujours pour poursuivre de bâtir. Comme elle se reprochait que sa charge ne lui permît pas de servir davantage Dieu dans ses pauvres, je fis édifier à côté de l'abbaye un hôpital auquel on donna le nom de *La Sainte Famille,* comme celui que j'avais créé peu de temps avant à Fontainebleau pour soixante orphelines, âgées de six à sept ans, qu'on instruisait en religion, écriture, ainsi qu'à faire des ouvrages de couture. On reçut dans celui de Fontevrault les vieillards sans ressources, mais aussi les orphelins abandonnés. J'appelai, pour leur prodiguer tous les soins, onze sœurs de Charité, de la communauté de Saint-Lazare, auxquelles je donnai par acte passé à Paris quatre cents livres de rentes au capital de huit mille livres. J'eus plaisir à veiller moi-même à l'organisation de cette maison, commandant tout ce qui était nécessaire, m'occupant à coudre, dans de grosses toiles, les draps et les vêtements des pauvres qu'on y recueillait. Ces occupations calmes, une vie parfaitement réglée dans le monde clos de l'abbaye, le spectacle d'une nature demeurée sauvage tout autour, l'affection et la gaieté de ma sœur m'apportaient un grand apaisement. Je ne pouvais abuser de son hospitalité et, mes affaires m'appelant, je ne demeurais que jusqu'à Pâques. Les fêtes passées dans l'abbaye, je reprenais mon vol vers Petit-Bourg et Saint-Joseph. Il faut ajouter à ces villégiatures Bellegarde dont mon fils, le marquis d'Antin, hérita de son oncle en 1693. C'est un fort beau château, situé à trois lieues de Montargis, avec un grand donjon carré qui me rappelle celui de Lussac. Je ne manquais pas d'y séjourner quand je me rendais à Bourbon ou revenais de Fontevrault. La vraie raison de mon amour pour Bellegarde et des séjours que j'y faisais à l'automne est peut-être que mon cher Toulouse m'y venait voir aisément depuis Fontainebleau.

Le seul souci que j'eusse gardé en quittant la Cour était l'établissement des enfants que l'on avait retirés de mes mains. Le Roi y pourvut de la façon la plus éclatante et me tint autant à l'écart de ces affaires que si je n'eusse été nullement concernée. Le mariage de mademoiselle de Blois me fut annoncé par une lettre qu'elle me fit porter à Fontevrault. *« Dans le parfait bonheur où je suis, belle Madame, je n'ai plus rien à désirer sinon de savoir que vous approuvez le choix de Sa Majesté et en ressentez une aussi grande joie que moi. »* Je ne sais, à vrai dire, ce que j'eusse pu faire si le parti n'avait pas été de mon goût. La grandeur des vues du Roi sur ma fille me fit pardonner le procédé. Françoise-Marie épousait le duc de Chartres, le propre et l'unique neveu du Roi, fils de Monsieur, et fort au-dessus des princes du sang par son rang de petit-fils de France et par la cour que tenait Monsieur. La nouvelle me causa une joie immense ; quand je l'appris, j'eusse voulu que le Roi fût présent pour pouvoir me jeter à ses pieds. Je dois dire que je n'osais penser qu'une telle élévation fût possible ; et si le sacrifice de mon départ en avait hâté le dénouement, c'était à ne pas le regretter. Le mariage des princes de Conti et de Bourbon avec des filles illégitimes du Roi avait déjà causé quelque scandale. Le Roi ne l'ignorait pas et jugeait par là l'effet d'un mariage sans proportion plus éclatant. Je calculai qu'il y avait déjà quatre ans qu'il le roulait dans son esprit, et qu'il en avait pris les premières mesures. Elles étaient d'autant plus difficiles que Monsieur était infiniment attaché à tout ce qui était de sa grandeur, et que Madame était d'une nation qui abhorrait les mésalliances, et d'un caractère à n'oser se promettre de lui faire jamais goûter ce mariage. Tout me fut découvert par Monsieur qui vint me voir quand je fus revenue à Saint-Joseph, on sait qu'il ne savait se taire, et aussi par mon jeune parent, le vidame de Chartres [1], qui vivait dans la familiarité du duc de Chartres, ayant été élevé comme avec lui, plus jeune que lui de huit mois. J'étais cousine issue de germain de la mère du vidame de Chartres, petits-enfants du frère et de la sœur ; il était né du second mariage du duc de Saint-Simon, élevé avec beaucoup d'application par une mère pleine de vertu, d'esprit et d'infiniment de sens. Au temps de ma faveur, j'obtins une place de dame du palais pour la duchesse de Saint-Simon et le lui mandai. Le vieux duc de Saint-Simon ouvrit cette lettre et, tout de suite, prit une plume, me remercia, et ajouta qu'à son âge, il n'avait pas pris une femme pour la Cour, mais pour lui. La duchesse de Saint-Simon en eut grand regret, mais il n'y parut jamais. Le résultat des soins que ma cousine donna à son fils unique est admirable. Le vidame de Chartres est pétri d'honneur et de vertu ; avec cela une physionomie qui éclate d'esprit et qui tient encore plus en paroles ; personne n'assène si plaisamment les ridicules comme n'y touchant pas, mais à ne jamais les oublier. Ce jeune homme sait tout : histoire, philosophie, lettres, et le communique avec un talent qui enchante. Ce fut par ce qu'il me conta que je connus l'histoire du mariage de ma fille dans son entier. Pour vaincre tant d'obstinations, le Roi s'était adressé à Monsieur le Grand [2] pour gagner le chevalier de Lorraine, son frère, qui de tout temps gouvernait Monsieur. Un ou deux jours auparavant que le mariage fût déclaré, Madame en eut vent. Elle parla à son fils de l'horreur de cette union avec toute la force dont elle ne manquait pas, et elle en tira parole qu'il n'y consentirait point. Je n'eus pas de peine à croire mon cousin, me rappelant que

1. Louis de Rouvroy, bientôt duc de Saint-Simon à la mort de son père, et futur auteur des *Mémoires*.

2. Le grand écuyer.

Madame clamait, quand on parla, au retour de monsieur de Lauzun de Pignerol, sur son mariage avec Mademoiselle « *qu'on ne mélange pas les grains de poivre d'avec les crottes de souris* ». Une après-dînée du mois de janvier, le Roi envoya quérir le duc de Chartres. Il trouva le Roi seul avec Monsieur dans son cabinet. Le Roi lui dit qu'il voulait prendre soin de son établissement ; qu'il ne lui pouvait mieux témoigner sa tendresse qu'en lui offrant sa fille, que cela joindrait en lui la qualité de gendre à celle de neveu ; mais que quelque passion qu'il eût de ce mariage, il ne le voulait point contraindre, et lui laissait là-dessus toute liberté. Ce propos, prononcé avec cette majesté effrayante si naturelle au Roi à un prince timide, le mit hors de mesure. Il se rejeta sur Monsieur et sur Madame, et répondit que le Roi était le maître, mais que sa volonté dépendait de la leur. « *Cela est bien à vous,* répondit le Roi, *mais dès que vous y consentez, votre père et votre mère ne s'y opposeront pas.* » Et se tournant vers Monsieur : « *Est-il pas vrai, mon frère ?* » Monsieur consentit, comme il l'avait déjà fait, seul avec le Roi, qui tout de suite envoya chercher Madame. Elle arriva, le Roi d'entrée dit qu'il comptait bien qu'elle ne voudrait pas s'opposer à une affaire que Monsieur désirait, et que monsieur de Chartres y consentait : que c'était son mariage avec mademoiselle de Blois, qu'il avouait qu'il désirait avec passion, le tout d'un ton imposant, mais comme hors de douter que Madame pût n'en être pas ravie, quoique plus que certain du contraire. Madame qui avait compté sur le refus dont son fils lui avait donné parole se trouva prise et muette. Elle lança des regards furieux, dit que puisqu'ils le voulaient bien, elle n'avait rien à dire, fit une courte révérence et s'en alla chez elle. Monsieur son fils l'y suivit, auquel sans donner le moment de lui dire comment la chose s'était passée, elle chanta pouilles, avec un torrent de larmes et le chassa de chez elle. Mon jeune cousin la rencontra alors dans la galerie avec Châteautiers, sa favorite et digne de l'être. La peinture qu'il m'en traça me fit rire aux larmes. Madame marchait à grands pas, son mouchoir à la main, pleurant sans contrainte, parlant assez haut, gesticulant et représentant fort bien Cérès après l'enlèvement de sa fille Proserpine, la cherchant avec fureur et la redemandant à Jupiter. Au dîner, le Roi parut tout à son ordinaire. Madame avait les yeux pleins de larmes qui tombaient de temps en temps et qu'elle essuyait de même, regardant tout le monde comme si elle eût cherché à voir quelle mine chacun faisait. Le Roi offrit à Madame presque de tous les plats qui étaient devant lui, et elle les refusa tous d'un air de brusquerie qui jusqu'au bout ne rebuta point l'air d'attention et de politesse que le Roi avait pour elle. Il fut encore remarqué qu'au sortir de table, le Roi fit à Madame une révérence très marquée et basse, pendant laquelle elle fit une pirouette si juste que le Roi en se relevant ne trouva plus que son dos. Le lendemain, on alla attendre à l'ordinaire la levée du Conseil dans la galerie et la messe du Roi. Madame y vint. Le duc de Chartres s'approcha d'elle, comme il le faisait tous les jours, pour lui baiser la main ; en ce moment, Madame lui appliqua un soufflet si sonore qu'il fut entendu de quelques pas, et qui, en présence de toute la Cour, couvrit de confusion ce pauvre prince et combla les infinis spectateurs d'un prodigieux étonnement. Ce même jour, l'immense dot fut déclarée. Le Roi donnait deux millions à sa fille, une pension de cent cinquante mille livres et six cent mille livres de pierrerries ; en outre, il faisait don du Palais-Royal à Monsieur. Ma fille était alors dans un embarras et une timidité extrêmes. Quelque jeune qu'elle fût – Louise-Françoise n'avait que quatorze ans –, quelque prodigieux que fût son mariage, elle en sentait toute la scène et en voyait toutes les suites, craignant d'entrer fort de travers dans la famille, avec une belle-mère outrée qui n'était pas femme à contraindre ses mépris. J'écrivis à mademoiselle de Blois, aussitôt que j'appris son mariage, un discours que j'ai tenu à chacun des enfants que j'eus du Roi, disant que si elle avait eu le malheur de naître hors des liens du mariage, elle n'avait rien à redouter de ce qui arrive ordinairement aux gens de cette espèce, et que de quelque côté qu'on la regarde, on ne lui trouverait que de la fierté et de l'honneur. J'ajoutai qu'elle devait se rappeler toujours qu'elle était la fille du plus grand Roi de la terre, et que par là celui qui obtenait sa main, quelque grand prince qu'il fût, se faisait beaucoup d'honneur. Louise-Françoise est naturellement glorieuse, aussi m'entendit-elle parfaitement. A une sotte qui lui insinuait que son futur époux ne l'aimait pas, ma fille répondit en levant le menton : « *Je ne me soucie pas qu'il m'aime. Je me soucie qu'il m'épouse.* »

Le duc de Chartres épousa mademoiselle de Blois le lundi 18 février 1692. J'avais écrit ce qui me paraissait convenable pour les habits. Ma fille portait une robe de brocart d'argent brodé de même ; beaucoup de pierreries dans les cheveux. Après le souper, on mena les mariés dans l'appartement de la nouvelle duchesse de Chartres, à qui la reine d'Angleterre donna la chemise, et le roi d'Angleterre à monsieur de Chartres après s'en être bien défendu, disant qu'il était trop malheureux [1]. Quand j'eus regagné Saint-Joseph, Monsieur eut la bonté de venir me voir et de m'entretenir de « *ces enfants* ». Il fut, avec ma sœur de Fontevrault, la seule personne qui sentit combien l'éloignement où je demeurai dans cette affaire fut cruel. Je ne l'en aimai que davantage et j'ose penser que l'une des raisons

1. Qu'il n'avait pas de chance et portait malheur.

pour lesquelles il ne se montra pas défavorable à cette union fut qu'il s'agissait justement de *« nos enfants »*. Il me fit en cette occasion beaucoup de compliments de ma fille ; je lui en retournai autant sur son fils. Le duc de Chartres possède de grandes qualités, encore que d'un caractère qui risque de n'être pas trop bon à l'user. Mon gendre a un visage fort agréable, assez haut en couleur, le poil noir comme son père, la perruque de même, l'air et le port aisés et nobles. Il a des connaissances fort étendues, de l'esprit et se conduit en héros à la guerre. Certains ont trouvé qu'il ressemble à son aïeul le roi Henri IV ; de fait, si on lui mettait une fraise, ce serait ce roi embelli. Je crains qu'il ne recherche pas moins cette ressemblance dans les défauts de ce grand prince que dans ses vertus, car il aime fort le vin, la table et les femmes.

Madame de Maintenon s'était passionnée pour le mariage de mademoiselle de Blois parce qu'elle ne pensait qu'au duc du Maine dont cette alliance achevait de rendre solide l'état que les bienfaits du Roi rendaient déjà si brillant. Mon fils fut marié un mois après sa sœur. Le Roi le détournait du mariage, lui disant franchement que ce n'était point à des espèces comme lui à faire lignée ; son idée était d'élever ses fils par rapport à lui, et de marier ses filles le plus grandement possible. Le duc du Maine fut sauvé du célibat éternel par madame de Maintenon. J'appris par une lettre qu'elle écrivit à Madame de Fontevrault qu'on ne pensait pas à une princesse étrangère, en raison de la guerre et dans la crainte d'un refus semblable à celui que le Roi avait essuyé quand il avait voulu donner la fille qu'il avait eue de mademoiselle de La Vallière au prince d'Orange. *« Les filles de Monsieur le Prince sont naines,* écrivait cette dame, *en connaissez-vous d'autres ? »* Hélas, non ! aussi le Roi se résolut d'appuyer son fils de la maison de Condé et de le marier à une fille de

Monsieur le Prince qui en ressentit une joie extrême ; celle-ci ne lui était pas nouvelle depuis le mariage de son fils [1], mais elle le rapprochait doublement du Roi, et venait incontinent après le mariage du duc de Chartres. Madame en fut encore bien plus aise. Elle avait horriblement appréhendé que le Roi, lui ayant enlevé son fils, ne portât encore les yeux sur sa fille ; et ce mariage de celle de Monsieur le Prince lui parut une délivrance. Il y en avait trois à choisir. Toutes trois étaient extrêmement petites ; la duchesse de Bourbon appelait ses belles-sœurs « les poupées du sang ». Un pouce de taille de plus qu'avait la seconde lui valut la préférence, encore qu'avec de hauts talons et la fontange, mademoiselle de Charolais ne parût pas plus haute qu'une fillette de dix ans. Le Roi alla à Versailles faire la demande à Madame la Princesse [2] dans son appartement et, peu après, sur la fin du Carême, les fiançailles se firent dans le cabinet du Roi, et le mariage le lendemain. Mon fils m'écrivit pour me donner part d'une union qui le remplissait d'aise. Je ne parus à rien et ne signai pas plus à ce contrat que je ne l'avais fait pour les autres. Le duc du Maine vint me saluer dès mon retour à Saint-Joseph ; le cher enfant était naïvement heureux d'avoir pris femme. Je ne me réjouissais pas tant que lui. La duchesse de Bourbon m'avait donné son avis sur les princesses, ses belles-sœurs, lequel était qu'on aurait dû prendre l'aînée qui était sage, pleine de sens et avait bon cœur, ce qui était tout le contraire de la cadette ; celle-ci avait en outre une mauvaise façon du dos et un bras plus court que l'autre, ce qui ne manqua pas de faire dire que l'on avait marié un boiteux d'avec une manchote. J'étais à vrai dire plus inquiète

1. Le duc de Bourbon, marié à mademoiselle de Nantes.
2. Anne de Bavière, épouse du duc d'Enghien, devenu prince de Condé à la mort de son père, le Grand Condé.

de certaines bizarreries et brusqueries de la duchesse du Maine, mais madame de Maintenon se faisait fort de mettre bon ordre à tout cela ; elle en avait mis à la raison de plus singuliers et je lui faisais confiance sur ce point. Après le mariage, le Roi donna au duc et à la duchesse du Maine un appartement dans l'aile neuve du château et accorda au comte de Toulouse l'appartement des Bains.

Madame la Duchesse avait montré assez d'humeur du mariage de sa cadette fort au-dessus du sien ; elle n'y parut pas, s'excusant sur sa grossesse. Au milieu du mois d'août, elle mit au monde un prince qu'on nomma le duc d'Enghien. J'allai à cette occasion à Versailles embrasser la jeune mère et admirer le poupon. Le futur prince de Condé me parut vigoureux et braillard, propre à faire un grand capitaine. J'offris à ma fille les parures de perles que j'avais réservées pour elle. Madame la Duchesse avait été délivrée en si peu de temps que le Roi n'était arrivé qu'un instant après. Je prolongeai ma visite dans l'espoir que Sa Majesté vînt ; Elle ne parut pas. Il est des choses qui blessent le cœur quand bien même on croirait celui-ci fort à l'abri de sentir encore ces coups. Ce fut la dernière fois que j'allai à la Cour.

Le Roi avait pris la peine de marier nos enfants, j'eus celle d'établir les filles de Vivonne que la mort de leur père et de leur frère avait privées d'un protecteur naturel ; leur mère, retirée dans la maison de son intendant, ne s'en occupait pas plus que si elles n'eussent pas existé. J'ai dit comment j'avais marié l'aînée au duc d'Elbeuf ; il en restait quatre. Toutes avaient été élevées à Fontevrault où deux avaient pris le voile. Louise-Françoise avait toutes les qualités d'une parfaite religieuse ; elle assistait Madame de Fontevrault qui lui avait confié le poste de grande prieure. Gabrielle, sa cadette, fut nommée abbesse de Beaumont-lès-Tours où elle montre des qualités dignes de la tante qui la forma. Restaient mademoiselle de Mortemart et mademoiselle de Vivonne ; elles avaient pour elles la naissance et l'esprit, mais pas un sou de dot. Mademoiselle de Mortemart avait hérité de madame de Fontevrault un goût pour l'étude peu commun. A Bourbon, où elle avait accompagné ma sœur, l'abbé Huet, qui était venu prendre les eaux avec nous, la trouva un jour seule dans un coin de l'appartement, tandis que ses compagnes jouaient entre elles. Elle lisait attentivement un livre qu'elle cacha soudain dès qu'elle le vit entrer. Il lui déclara qu'il voulait voir ce livre et qu'au besoin, il emploierait la force. Après avoir longtemps résisté, elle céda enfin et lui montra un recueil de quelques opuscules de Platon, de l'édition grecque de Bâle. Elle le supplia de ne pas la trahir, et puisque le hasard l'avait conduit céans, de lire avec elle jusqu'à la fin le *Criton* dont elle avait lu le commencement ; c'est ce qu'ils firent en effet. J'ai une si grande confiance en la sagesse de cette nièce que je l'ai désignée pour faire, après ma mort, les fonctions de supérieure des Filles de Saint-Joseph si elle le juge à propos. Le duc du Maine, gouverneur du Languedoc, arrangea son mariage avec le marquis de Castries, neveu de l'archevêque de Narbonne ; je fis la noce en mai 1693, chez moi, à Saint-Joseph. Le duc du Maine avait promis merveilles aux mariés et ne tint rien ; madame de Maintenon lui avait appris à ménager son crédit pour soi tout seul, mais à l'égard de la place de dame d'atour de la duchesse de Chartres, il ne put refuser à sa sœur, avec laquelle il vivait alors intimement, de s'intéresser pour des gens dont il avait fait le mariage, en des choses si fort de leur convenance et qui ne lui coûtaient rien. Il obtint donc cette place du Roi et de madame de Maintenon, sans laquelle ces sortes d'emploi ne s'accordent point.

Monsieur et madame de Castries vinrent s'établir à la Cour et ne m'oublièrent pas. La marquise de Castries vient souvent me visiter à Saint-Joseph où elle amuse la compagnie. C'est un quart de femme, extrêmement petite, qui passerait dans un médiocre anneau : ni derrière, ni gorge, ni menton, mais aimable, amusante, gaie, rieuse, toute à tous, charmante quand elle veut plaire, délicate sur l'esprit et amoureuse de l'esprit où elle le trouve à son gré, avec une grâce infinie à conter ; tout cela pour dire que l'esprit Mortemart, celui de mon cher Vivonne, est passé dans sa fille. Pour la dernière qui restait à établir, nous dûmes prendre patience ; peut-être n'étais-je pas tant pressée de la voir partir, car elle vivait près de moi comme ma fille. En 1702, mademoiselle de Vivonne fut demandée par le comte de Canaples, cadet du duc de Créqui et aîné du maréchal. Le prétendant avait soixante-quinze ans lorsque la branche du maréchal de Créqui fut éteinte ; il voulut se marier pour continuer la race. Il songea à ma nièce qui n'était plus jeune et qui n'avait que beaucoup d'esprit, de vertu et de naissance. Elle calcula ce qui lui manquerait après ma mort et se trouva heureuse de l'épouser. Comme le mariage commençait à s'ébruiter, le cardinal de Coislin en parla à Canaples. Celui-ci répondit qu'il voulait avoir des enfants. *« Des enfants ! Monsieur,* lui répliqua le Cardinal ; *mais elle est si vertueuse !* » La compagnie éclata de rire, d'autant plus que le Cardinal, très pur dans ses mœurs, l'était singulièrement aussi dans ses discours. Le sien fut vrai, et le mariage est demeuré stérile, c'est d'autant plus regrettable que par la mort de son neveu, le comte de Canaples a hérité le duché de Lesdiguières. La duchesse de Lesdiguières me visite aussi souvent que sa sœur ; je suis restée avec les deux comme une mère avec ses filles.

L'établissement des enfants n'est pas la diminution des tracas qu'ils causent. J'ose me flatter d'avoir conservé sur le marquis d'Antin et sur les enfants que j'eus du Roi de l'autorité ; elle m'est souvent bien nécessaire pour aplanir les difficultés qui ne manquent pas de surgir dans les familles.

Il arriva pendant la campagne de 1693 quelques aventures aux Princesses [1]. Monsieur avait voulu que la duchesse de Chartres appelât toujours les deux autres *ma sœur*, et que celles-ci ne l'appelassent jamais que *Madame.* C'était beaucoup demander à quelqu'un d'aussi glorieux que Madame la Duchesse. La princesse de Conti s'y soumit de bonne grâce ; mais Madame la Duchesse, comme sœur d'un même amour, se mit à appeler la duchesse de Chartres *mignonne.* Sa cadette n'osa le trouver mauvais, mais quand Monsieur le sut, il en sentit le ridicule, l'échappatoire à l'appeler *Madame,* et il éclata. Le Roi défendit très sévèrement cette familiarité à Madame la Duchesse qui en fut encore plus piquée. Je dus lui écrire vingt lettres pour qu'elle fît en sorte qu'il n'y parût pas. A un voyage à Trianon, les Princesses qui y couchaient, et qui étaient jeunes, se mirent à se divertir les nuits à quelques pétarades ; elles en tirèrent une nuit sous les fenêtres de Monsieur, qui l'éveillèrent, et qui le trouva fort mauvais : il en porta ses plaintes au Roi, qui lui fit force excuses pour les Princesses et pour lui-même, qu'il avait su ce que ses filles avaient eu dessein de faire et qu'il ne s'y était pas opposé, croyant que cela le divertirait plutôt que de le fâcher. Il ne s'en retourna pas

1. On appelle alors ainsi les trois filles légitimées du Roi (et les seules filles qui lui restent) : la princesse de Conti, fille de mademoiselle de La Vallière, la duchesse de Bourbon (Madame la Duchesse) et la duchesse de Chartres, filles de madame de Montespan.

moins sur les Princesses : la duchesse de Chartres s'en sentit longtemps et Madame la Duchesse s'amusa de quelques chansons contre sa sœur. Afin de replâtrer le tout, je fis à Monsieur et à Madame une visite à Saint-Cloud. J'avais mandé à madame de Chartres d'y venir. Je plaidai près de Monsieur la jeunesse, l'étourderie, l'imprudence, et dis un mot du mauvais exemple et de la malice de la princesse de Conti. J'avançai aussi que ma fille n'était pas accouchée de longtemps et que les femmes dans cet état sont sujettes à des bizarreries. Monsieur m'aimait et pardonna tout à fait à la duchesse de Chartres, après quoi je n'eus plus qu'à raccommoder mes deux filles, ce qui ne fut guère aisé, en raison du caractère moqueur de l'aînée.

L'année suivante, ce furent des picoteries à n'en plus finir entre la princesse de Conti et mes filles qui, ayant plus d'esprit qu'elle, s'en tiraient à leur avantage. A un dîner, le Roi s'amusa à badiner avec Madame la Duchesse qui eut toujours sa préférence, et sortit de cette gravité qu'il ne quittait jamais, pour, à la surprise de la compagnie, jouer avec elle aux olives [1]. Cela fit boire quelques coups à Madame la Duchesse, le Roi fit semblant d'en boire un ou deux, et cet amusement dura jusqu'au fruit et à la sortie de table. Le Roi, passant devant la princesse de Conti, choqué peut-être du sérieux et de l'air de réprobation qu'il lui remarqua, lui dit assez sèchement que sa gravité ne s'accommodait pas de leur ivrognerie. La princesse, piquée, laissa parler le Roi ; puis, se tournant vers madame de Châtillon dans ce moment de chaos où chacun se lavait la bouche, lui dit qu'elle aimait mieux être grave que sac à vin, entendant quelques repas un peu allongés que ses sœurs avaient faits depuis peu ensemble. Ce mot fut entendu

1. Le jeu consistait à se bombarder à tour de rôle avec des olives ; celui qui avait manqué la cible devait boire.

de la duchesse de Chartres qui répondit assez haut qu'elle aimait mieux être sac à vin que sac à guenilles ; par où elle entendait Clermont et les officiers des gardes du corps qui avaient été éloignés à cause de la princesse de Conti. Le mot fut si cruel et si mérité qu'il ne reçut point de repartie, et qu'il courut sur-le-champ à Marly, et de là par Paris et partout. Je dois dire que je jugeai la réplique bien trouvée, et que la duchesse de Chartres me parut être tout à fait ma fille. Madame la Duchesse qui a l'art des chansons salées en fit d'étranges sur ce même ton. La princesse de Conti, au désespoir et qui n'avait pas les mêmes armes, ne sut que devenir. Monsieur, le roi des tracasseries, il faut le dire, entra dans celle-ci qu'il trouva de part et d'autre trop forte. Monseigneur s'en mêla aussi : il donna un dîner pour ses sœurs à Meudon. Elles se parlèrent peu, tout fut aride, et revinrent de tous points comme elles étaient allées. Mes filles, fort ralliées par l'aversion pour la princesse de Conti, se mirent au voyage suivant à un repas rompu [1] chez la duchesse de Chartres. En se retirant chez lui, Monseigneur monta chez ses sœurs et les trouva qui fumaient avec des pipes qu'elles avaient envoyé chercher au corps de garde suisse. Monseigneur qui en vit les suites si cette odeur gagnait, leur fit quitter cet exercice, mais la fumée les avait trahies. Le Roi leur fit le lendemain une rude correction, dont la princesse de Conti triompha. J'eus beau écrire à mes filles, demander et recevoir leur visite, je ne fus pas assez forte dans mes gronderies car le sujet me faisait rire, aussi les brouilleries d'avec la princesse de Conti se multiplièrent, et le Roi, qui avait espéré qu'elles finiraient d'elles-mêmes, s'en ennuya, et, un soir à Versailles, il en parla très fortement à ses filles et conclut

1. Impromptu.

par leur assurer que, s'il en entendait parler davantage, elles avaient chacune des maisons de campagne où il les enverrait pour longtemps. La menace eut son effet ; à défaut d'amitié, le calme et la bienséance revinrent. Je ne fus pas fâchée que le père de famille eût élevé la voix. Cette intrigue avait beaucoup rapproché mes filles ; comme toutes deux étaient mangeuses[1], aimant la bonne chère, et toutes deux souvent abandonnées de leurs maris, elles prirent l'habitude de dîner ensemble. Madame la Duchesse a une petite maison que le Roi lui avait donnée dans le parc de Versailles qu'on appelle *le Désert*, et qui est assez joliment ajustée pour s'y aller promener et faire des collations. En dépit de mes remontrances, les repas se fortifièrent, devinrent plus gais, et à la fin mirent Monsieur le Duc de mauvaise humeur et Monsieur le Prince en impatience. Ils se fâchèrent inutilement et portèrent leurs plaintes au Roi qui gronda Madame la Duchesse et lui défendit d'allonger ces sortes de repas, et surtout d'y mener certaines compagnies. Je lavai moi-même la tête à ma fille d'importance, mais elle l'avait fort dure. Quelques mois passèrent avec plus de ménagement et Madame la Duchesse compta que tout était oublié, elle se laissa donc aller, fit un dîner et mit si bien tout en gaieté que l'heure de retourner à temps pour le cabinet du Roi étant insensiblement passée, le repas gagna fort avant dans la nuit. Voilà Monsieur le Duc aux champs, et le Roi en colère. Une bonne partie tomba sur madame de Saint-Géran qui était là et qui fut exilée à vingt lieues de la Cour. Je ne manquai pas de chanter pouilles à ma fille. « *Je ne faisais aucun mal* », me répétait Madame la Duchesse. « *Si la femme de César ne doit pas être soupçonnée, sa fille pas davantage* », lui dis-je sévère-

1. Gourmandes.

ment, avant de la renvoyer méditer sur les axiomes romains.

Les garçons, Dieu merci ! me donnaient moins de tracas que leurs sœurs. Toulouse ne m'a jamais causé aucun souci d'aucune sorte ; je ne crois pas qu'il ait fait de sa vie une peine à quelqu'un. Le duc du Maine est un sujet plus délicat. Il eut une mauvaise affaire devant Namur où le maréchal de Villeroy lui manda d'attaquer et d'engager l'action. Mon fils voulut reconnaître, mettre son aile en ordre, enfin se confesser, de sorte que l'occasion échappa. « *Se confesser,* m'écriai-je en apprenant la nouvelle, *mais il le fait sans cesse, sa plus grande crainte est de paraître libertin aux yeux de madame de Maintenon. Voilà bien les leçons qu'elle lui a données et comment elle lui fait peur de tout !* » Cette affaire attira bien des dégoûts au duc du Maine et jusqu'à des insultes du duc d'Elbeuf. Je craignais qu'elle ne lui retirât l'estime du Roi, mais l'amour exclusif que lui portait madame Maintenon était un bouclier universel. Le Roi passa sa fureur sur un valet du serdeau qui, en desservant le fruit, mit un biscuit dans sa poche. Sa Majesté, si maître de ses mouvements dans les occasions les plus sensibles, succomba sous cette unique occasion ; Elle cassa sa canne sur le dos du valet et n'en aima le duc du Maine que davantage. J'en fus fort satisfaite, car mon fils n'était pas heureux dans son ménage. L'esprit de la duchesse du Maine avait été gâté par la lecture de romans et des pièces de théâtre dans les passions desquelles elle s'abandonnait tellement qu'elle passait son temps à les apprendre par cœur et à les jouer. Elle était entreprenante, audacieuse, furieuse, reprochant si bien à son mari l'honneur qu'elle lui avait fait de l'épouser qu'elle le rendit petit et souple devant elle, le traitant comme un nègre, le ruinant par ses folies de fond en comble sans qu'il osât proférer une parole, souffrant tout d'elle dans la frayeur qu'il en avait, et dans la terreur encore que la tête achevât de lui tourner et qu'elle ne devînt tout à fait folle, ainsi qu'il n'en manque pas d'exemples dans la maison de Condé. Quoiqu'il lui cache assez de choses, l'ascendant qu'elle a sur lui est incroyable, et c'est à coups de bâton qu'elle le pousse en avant. Entre madame de Maintenon qu'il craint et son épouse qu'il redoute, jugez si mon fils est heureux ! Une consolation me vient de ce que le Roi n'a pas renoncé à élever nos fils. En 1694, il ordonna au Parlement de dresser une déclaration en faveur de ses fils naturels, pour précéder au Parlement et partout tous les autres pairs, afin qu'ils fussent au-dessus de tous ces pairs et juste au-dessous des princes du sang. La création d'un rang intermédiaire donna lieu à quelques grincements de dents. J'espère que les mécontents se feront une raison car je ne crois pas qu'on ait encore atteint le haut de l'échelle.

Le sort du marquis d'Antin me souciait plus que celui des autres parce qu'il avait été écarté de moi dans sa jeunesse et n'avait que moi pour le soutenir. Il était bon guerrier comme tous les Gascons. Le Roi lui témoignait beaucoup de bonté et faisait souvent son éloge ; il lui avait donné en 1689 le régiment du Languedoc, il le fit bientôt brigadier, puis maréchal de camp. De son côté, mon fils ne songeait qu'à plaire à Sa Majesté ; on ne pouvait lui reprocher une minute de distraction sur cet article. Il y mangeait des sommes immenses et en perdait d'autres encore plus grandes au jeu. Je bataillai longtemps pour qu'il abandonnât ce vice. J'appuyai ma demande d'une augmentation de sa pension de douze mille francs par an, mais je n'enlevai le morceau qu'en lui rapportant que des officieux lui avaient rendu le mauvais service de dire au Roi qu'il était un bourreau d'argent et que Sa Majesté n'était point assez riche pour faire du bien à un homme de cette humeur. La crainte de déplaire au Roi réussit mieux que toutes mes exhortations. Le marquis d'Antin pria le comte de Toulouse de rapporter au Roi qu'il renonçait au jeu pour toute sa vie. Le Roi lui répondit qu'il pouvait le faire, mais qu'il ne savait pas pourquoi il lui en rendait compte. Mon pauvre d'Antin fut fort dépité de la réponse, et Toulouse, qui avait un cœur d'or, adoucit sa peine en lui offrant de magnifiques étrennes.

Si mes enfants me causaient des soucis, ils me donnaient aussi de grandes joies et faisaient de moi une aïeule à coups de redoublés. Madame la Duchesse accouchait tous les ans, la duchesse de Chartres ne lui laissa bientôt pas prendre de distance, et la duchesse du Maine, après avoir perdu sa première fille, née avant terme, suivit. En 1695, j'eus trois petits-enfants en quatre mois. Ces naissances apportaient des consolations ; il faut combler les rangs quand la mort frappe.

Au mois d'avril 1693, Mademoiselle mourut. En dépit de l'affaire de son mariage manqué, notre amitié était devenue très forte ; cette princesse m'avait maintes fois remerciée d'avoir empêché que sa faiblesse pour monsieur de Lauzun lui eût, jadis, fait faire une folie. Mademoiselle n'avait guère d'esprit, mais elle avait bon cœur, ses saillies m'amusaient, un peu de pitié faisait le reste et nous ne nous ennuyions pas ensemble. Je séjournais chez d'elle à Choisy, à Eu, et surtout à Petit-Bourg que j'aimais infiniment et qui me devint comme une autre maison. Au printemps, elle eut une suppression d'urine et on la crut en très grand danger. Le Roi l'alla voir ainsi que le duc du Maine ; Monsieur et Madame ne la quittèrent pas. J'étais alors à Bellegarde où Monsieur me fit prévenir qu'elle souhaitait fort de me voir ; je partis dans l'instant. Je la trouvai le matin sans connaissance, mais le soir l'esprit lui revint ; elle me prit les mains et nous nous regardâmes longtemps et les larmes aux yeux. Mademoiselle mourut le lendemain. Cette princesse n'a jamais voulu voir monsieur de Lauzun durant sa maladie et reçut avec aigreur ceux qui lui en firent la proposition. Deux jours après sa mort, ce fou de Lauzun trouva moyen de porter au Roi un papier que Mademoiselle avait mis entre ses mains des années auparavant. Le Roi l'envoya au premier président du Parlement ; on attendit l'ouverture avec impatience, craignant que ce ne fût un acte postérieur au testament qui faisait Monsieur l'héritier de Mademoiselle. Heureusement, le papier n'était qu'un ancien testament, fait jadis en faveur de monsieur de Lauzun, et que Mademoiselle comptait qui avait été brûlé. Cette affaire-là ne fut pas bien reçue, non plus que le grand manteau de deuil avec lequel monsieur de Lauzun se présenta devant le Roi. Je rendis tous les devoirs à Mademoiselle : sa pompe funèbre se fit en entier et son corps fut gardé plusieurs jours. Il arriva alors une aventure fort ridicule, de sorte qu'il sembla que ce caractère burlesque qui s'était attaché à toute la vie de cette princesse dût encore paraître après sa mort. Au milieu de la journée, et toute la cérémonie présente, l'urne qui était sur la crédence et qui contenait les entrailles se fracassa avec un bruit épouvantable et une puanteur subite et intolérable. A l'instant, voilà les dames pâmées d'effroi, les autres en fuite. Les hérauts d'armes, les Feuillants qui psalmodiaient, s'étouffaient aux portes avec la foule qui gagnait au pied[1]. La confusion fut extrême ; c'étaient les entrailles mal embaumées qui, par leur fermentation, avaient causé ce fracas. Tout fut parfumé et rétabli, et cette frayeur servit de risée comme beaucoup de choses se rapportant à Mademoiselle. Les entrailles qui avaient causé tout ce désordre furent portées aux Célestins et le corps conduit à Saint-Denis par ma fille, la duchesse de Chartres. Je

1. S'enfuyait.

songeai, au jour de cette cérémonie, à la jeune Françoise de Rochechouart qui, jadis, attendait en tremblant à Saint-Denis le résultat d'une bataille dont dépendait le sort de la France, et comment nous avions appris que Mademoiselle avait fait tirer le canon de la Bastille contre les troupes du Roi. L'avions-nous assez maudite ! Qui eût dit qu'un jour ma propre fille conduirait le corps de cette princesse à Saint-Denis ? La vie ménage bien des surprises, surtout pour tout ce qui regarde cette malheureuse princesse. Monsieur, ayant hérité de Mademoiselle, voulut bien me vendre Petit-Bourg que j'achetai au nom de mon fils, le marquis d'Antin, m'en réservant la jouissance ma vie durant. Possédant désormais une campagne près de Paris, je calculai que Clagny ne me donnait plus que des charges et des soucis. Il me fallut un peu de temps pour me résoudre à renoncer au château que le Roi avait fait bâtir pour moi, sans compter que renoncer à Clagny, c'était couper tout lien avec la Cour et m'éloigner de Versailles à jamais. Je balançai un temps, ne voulant pas me faire violence sur une chose aussi délicate. Quand je sentis que le fruit était près de se détacher de l'arbre, j'écrivis au Roi pour lui dire que je le remerciais infiniment de toutes ses bontés, mais je n'entendais pas retourner à Clagny, que je me trouverais donc heureuse s'il jugeait bon d'en disposer en faveur de nos enfants. Cela fut exécuté aussitôt ; le Roi donna Clagny au duc du Maine et la duchesse du Maine s'empressa d'y faire réaliser un théâtre afin de pouvoir y jouer la comédie. Le Roi, bientôt, acheta à monsieur de Seignelay la terre et le délicieux château de Sceaux qu'il donna également au duc du Maine où sa femme, qui était née comédienne, fit bâtir un autre théâtre.

Mon cousin, le vieux duc de Saint-Simon, mourut peu après Mademoiselle. C'était un gentilhomme de la vieille roche, pétri d'honneur et qui vivait toujours dans le règne de Louis XIII ; sa mort fut suivie de celle de madame de La Fayette. J'écrivis la nouvelle à ma sœur de Fontevrault qui avait coutume de dîner chez elle quand elle venait à Paris. « *Le monde sera désert quand cette femme n'y sera plus* », me répondit Marie-Madeleine. Il le fut d'autant plus que madame de Sévigné partit en Provence se réfugier près d'une fille dont elle ne pouvait souffrir d'être séparée. « *On serre les files et il n'y paraît plus* », avait écrit légèrement madame de Grignan à sa mère après la mort du duc de La Rochefoucauld. Je commençais de trouver qu'il y paraissait beaucoup. Un deuil plus cruel m'était encore réservé. Le 15 septembre, madame de Thianges mourut à Paris d'une apoplexie, après avoir été sujette depuis plusieurs années à des infirmités. Nous l'enterrâmes auprès de notre père et de Vivonne dans la chapelle des Pénitents de Picpus. Il n'était pas difficile de calculer que des cinq enfants qu'avaient eus mes parents, ne demeuraient que Marie-Madeleine et moi ; encore Madame de Fontevrault était-elle ma cadette de cinq ans. Je sombrai dans le noir. Des pensées affreuses me persécutaient, des rêves où il n'était question que des disparus, de draperies avec des larmes d'argent, me poursuivaient. Sitôt que j'eus rendu les derniers devoirs à madame de Thianges, je partis pour Fontevrault, non pour y cacher mon chagrin, mais pour tenter de porter remède à la peur immense que j'avais de la mort.

La mort de ma sœur renouvela jusqu'à la terreur la crainte qui me poursuivait depuis mon enfance. Je crois n'avoir jamais appris la mort d'une personne, même de peu d'intérêt pour moi, sans sursauter intérieurement comme si l'on m'eût frappé sur l'épaule. Je couchais toujours les rideaux ouverts avec beaucoup de bougies dans ma chambre pour me rassurer. La mort de mademoiselle de Tours et celle de mon petit comte de Vexin avaient été des occasions terribles, comme celle de mon cher Vivonne, mais quand elles arrivèrent je demeurais encore à la Cour où tout est fait pour distraire des idées graves ou sérieuses. Il n'en était plus de même lors de la mort de madame de Thianges. Devant le tombeau de ma sœur, j'eus un redoublement de frayeur, songeant que toute la famille qui se trouvait au-dessus de moi était disparue et que je serais la prochaine appelée. Je n'avais d'échappatoire qu'en Dieu. Je ne m'étais sans doute jamais éloignée de Lui, l'on pourrait même dire que j'étais restée bonne chrétienne, à mon péché près, en tout cas ma conscience était demeurée assez droite pour que ma faute m'eût toujours parue lourde à porter. J'avais péché ouvertement, et même avec orgueil, mais toujours avec remords et ce remords, à force de se trouver entassé, m'étouffait. Je m'étais confessée abondamment et j'avais accompli toutes les pénitences prescrites sans en éprouver le moindre soulagement. Le confesseur qui se montrait sévère semblait toujours me condamner davantage, et je n'ajoutais aucune foi aux paroles de celui qui se montrait clément. Sur les conseils de Monsieur de Meaux, qui s'occupait volontiers de mon salut depuis que je ne mettais plus en péril celui du Roi, je finis par accepter l'idée de me laisser conduire par un directeur auquel je remettrais le soin de mon âme. Pour trouver l'oiseau rare, je pris l'avis du cardinal de Noailles, depuis archevêque de Paris, qui me connaissait familièrement. Le père La Chaise m'avait dégoûté des Jésuites et la duchesse de Longueville des jansénistes, aussi lui demandai-je d'aller chercher dans une congrégation qui fût éloignée des extrêmes. Le cardinal de Noailles estimait fort la congrégation de l'Oratoire, solidement brillante en savoir et en piété, avec une attention particulière sur le séminaire de Saint-Magloire que dirigeait le père de La Tour qui était alors dans la première considération ; ses sermons, sa direction[1], sa capacité, la sagesse de sa conduite et l'art de gouverner qu'il possédait éminemment la lui avaient acquise. Le cardinal de Noailles me le vanta fort.

— *N'est-il pas le confesseur de madame de Caylus ?* demandai-je, songeant à la remuante nièce de madame de Maintenon.

— *Depuis que le père de La Tour la conduit, la piété et les bonnes œuvres partagent son temps. Il l'a retournée et dans le bon sens,* me répondit le cardinal de Noailles, avant d'ajouter aimablement : *Qui peut le plus, peut le moins, madame.*

1. Son rôle comme directeur de conscience.

— *Le père de La Tour passe, ainsi que tous ceux de sa congrégation, pour être quelque peu janséniste.*

— *C'est-à-dire régulier, studieux, pénitent, sobre dans sa conduite. Tout ce qu'on admire dans Port-Royal, nous le trouvons dans l'Oratoire, l'orgueil et le schisme en moins.*

Cela emporta le morceau ; je dois avouer qu'il ne me chagrina pas de faire mon salut d'un côté qui déplaisait à madame de Maintenon, laquelle en bonne mère de l'Eglise faisait profession de haïr jusqu'à la plus légère teinture de jansénisme. Je fis ménager la rencontre par le cardinal de Noailles, car j'avais encore assez d'orgueil pour ne pas vouloir m'exposer à un refus. Le père de La Tour est un grand homme bien fait, d'un visage agréable, mais imposant, d'un esprit liant mais ferme, sa conversation est gaie, souvent salée, mais sans sortir du caractère qu'il porte ; tout ce qu'il dit est appuyé sur les textes de l'Ecriture qu'on sent qu'il a fort à la main. Je lui fis part dès l'abord de mes terreurs de la mort. « *L'éternité vous frappe parce que vous en êtes plus près, mais cette pensée n'augmente pas d'un degré votre amour de Dieu* », me dit-il, devant que d'ajouter : « *Tremblez moins et aimez plus.* » On ne pouvait frapper plus juste. Je le suppliai de me conduire, ce qu'il fit sans se laisser effrayer par mes craintes, ni aveugler par les détours d'une femme qui entendait montrer de l'esprit jusque dans ses confessions. « *J'aimerais que vous ne confondiez pas vos fautes d'avec des épigrammes* », me retourna-t-il un jour où j'avais affecté de tourner les choses légèrement. Le père de La Tour apporte un grand respect à la conduite des âmes. Il commande rarement, reprend peu et exhorte beaucoup. Sentant que les rênes étaient tenues d'une main ferme, je m'abandonnai à sa conduite. Comme tous mes sentiments sont vifs, j'embrassai la pénitence avec la même ardeur que j'avais suivi la passion. Apercevant que je devenais trop aisément une femme à jeûnes, à pointes de fer et à cilices, mon confesseur me tint un discours sévère : *« N'inventez rien en matière de dévotion qui n'eût été bien concerté et autorisé par votre confesseur,* me dit-il. *Il ne s'agit pas tant d'apaiser votre conscience que de changer la vieille créature en nous. »* Il me fit entamer par des pénitences plus douces, mais continues. J'appris à retrancher sur tout : ma table, mon linge, mes meubles. On se lasse de la soupe et du pain, comme on se lasse des chemises grossières et des murs nus. Quand je me plaignais à mon confesseur de pénitences aussi longues que peu glorieuses, il me répondait que je devais endurer ces privations avec patience pour mériter mon salut. *« Vous me faites penser,* lui dis-je, *à des paysans des environs de Saumur qui me disaient d'un prêtre : "enfin, madame, c'est un homme qui mange de la merluche toute sa vie pour manger du saumon après sa mort". »* Il me semblait avaler beaucoup de merluche. J'étais bien éloignée de la paix et de la soumission sans mesure. Troublée, agitée, occupée de voir bientôt changer l'état où j'étais, je pétillais d'impatience, plus que du véritable amour de Dieu. Le père de La Tour répondait en m'assurant que le chemin de la conversion ressemble à celui que l'on fait en apprenant une langue étrangère : au début, on en a tout l'amer, et puis l'aisance et la joie arrivent. Il me conduisait toujours à l'idée que l'infinie sainteté de Dieu doit être envisagée, non seulement comme modèle, mais aussi comme l'unique principe de joie. Il m'apprenait à trouver cette joie dans la fréquentation continuelle de Jésus-Christ ; la langue de cet homme ne parlait que Jésus-Christ, sa plume n'écrivait que Jésus-Christ, sa prière ne s'adressait qu'à Jésus-Christ. *« Le premier avis que je vous donne est de bien prier Jésus-Christ,* me disait-il, *le deuxième c'est de bien prier Jésus-Christ, le troisième, le quatrième et le dixième de bien prier Jésus-Christ.* » Je me fixai de prier à chaque heure et n'y manquais que rarement, mais il est difficile de ne pas dépendre de son naturel et l'on se retrouve sans peine quand on en a beaucoup à se quitter. Le grand talent de mon confesseur fut de m'apprendre à ne pas désespérer de moi et à me relever après mes chutes.

J'eus bientôt le chagrin de voir un ordre si saint et un confesseur si respecté devenir objets de persécution. Je sentis dans les dégoûts dont on abreuva l'Oratoire la main du père La Chaise et celle de madame de Maintenon qui s'attelait volontiers avec le Jésuite pour mieux conduire le Roi. Le père de Sainte-Marthe, général de l'ordre de l'Oratoire, fut accusé de sympathies jansénistes et exilé dans des maisons de province de sa congrégation, ce qui lui fit envoyer sa démission. Le père de La Tour fut élu pour le remplacer ; sa sagesse et sa prudence firent merveille dans une place fort glissante. Sa Majesté avoua plusieurs fois avec admiration qu'Elle guettait le père de La Tour sans l'avoir jamais pu prendre en faute. Cela retomba sur moi. On dit que j'étais entrée dans la cabale des jansénistes et l'on me compara à madame de Longueville. C'était propre à effacer du cœur du Roi tout sentiment d'estime s'il en restait encore, mais il n'était pas dans mon idée de changer de confesseur pour plaire au père La Chaise et à madame de Maintenon. Cette dame, ne pouvant m'arracher au père de La Tour, se revancha sur sa nièce. Depuis que ce confesseur la conduisait, madame de Caylus, si faite pour les plaisirs et pour le monde, vivait dans la prière continuelle et ne voyait plus que des personnes tout à fait dans la piété, sans être moins gaie et moins aimable pour autant. Un si heureux état fut troublé par la folie du zèle de sa tante ; elle lui manda que le général de l'Oratoire était un janséniste qui la perdait, qu'il y avait dans Paris d'autres personnes doctes et pieuses dont les sentiments n'étaient point suspects, qu'on lui laissait le choix de tous ceux-là ; que c'était pour son bien que cette complaisance était exigée d'elle ; que c'était une obéissance qu'elle ne pouvait refuser au Roi, qu'elle était pauvre depuis la mort de son mari ; enfin que, si elle se conformait de bonne grâce à cette volonté, sa pension de six mille livres serait augmentée jusqu'à dix. Madame de Caylus eut grand peine à se résoudre. La crainte d'être tourmentée prit sur elle plus que les promesses ; elle quitta le père de La Tour, prit un confesseur au gré de la Cour, bientôt la prière l'ennuya, les bonnes œuvres la lassèrent, elle trouva aisément des sociétés plus amusantes, parmi lesquelles elle redevint tout ce qu'elle avait été. Elle renoua avec le duc de Villeroy pour lequel elle avait été chassée de la Cour ; cet inconvénient ne parut rien aux yeux du Roi et de madame de Maintenon, en comparaison de celui de se sanctifier sous la conduite d'un homme qui passait pour avoir des sympathies jansénistes.

Dans ses directions, le père de La Tour ne demandait pas l'impossible, mais il en approchait souvent. Il m'amena bientôt à regarder le tort que j'avais causé à mon mari et à tenter de réparer ce qui pouvait encore l'être. Bien qu'il vît que le propos ne m'était pas agréable, il me demanda d'écrire à monsieur de Montespan, afin de demander son pardon et de me remettre en ses mains. L'idée m'épouvanta par tous ses aspects. Je n'avais pas su garder le Roi, du moins me restait-il d'être mon maître et de ne dépendre de personne. Cette indépendance m'était chère, et l'idée de la perdre en faveur d'un homme qui avait toutes les raisons de se venger de moi m'épouvantait. Je pleurai et suppliai mon confesseur de me délivrer d'une pénitence aussi affreuse, lui assurant que j'étais prête à endurer mille supplices plutôt que celui-ci. Il tint bon, disant que je ne pourrais me donner la fantaisie de songer à des supplices qu'après que j'eusse fait mon devoir. Je pris ma résolution et aucune ne me fut plus dure à prendre. J'écrivis à mon mari dans les termes les plus soumis et, après lui avoir humblement demandé son pardon, lui offris de retourner avec lui s'il daignait me recevoir ou de me rendre en quelque lieu qu'il voulût bien m'ordonner. J'attendis la réponse dans un grand abattement. Monsieur de Montespan me fit, par le marquis d'Antin, une réponse fort noble, qu'il ne voulait ni me recevoir ni me prescrire rien. J'eus donc tout le mérite du sacrifice sans en essuyer l'épreuve ; je sentis même, à mon étonnement, une pointe de dépit que j'offris à Dieu de grand cœur.

C'est dans le zèle du père de La Tour envers les pauvres que je le joignais le mieux ; ce zèle était extrême. Mon confesseur a coutume de dire que les pauvres représentent la nudité et la mortification de Jésus-Christ, et pour cette raison, ils doivent être plus vénérables que les rois. Il me parla un jour avec si grand respect d'un galérien que l'on allait pendre comme assassin multiple que j'en fus scandalisée. Il rabattit aussitôt mon caquet. « *A la cour dont le prince a été pendu à la croix, ceux qui meurent à un gibet ou à un échafaud sont les plus qualifiés. Plus on est humilié en ce monde, plus on ressemble à Jésus-Christ* », me dit-il. Il eût fallut, au reste, avoir un cœur bien dur pour ne pas s'abandonner à la charité tant les pauvres abondaient. La guerre et les intempéries les avaient multipliés comme au temps de la Fronde. L'été de 1692 n'avait été que pluies universelles et débordements qui interrompirent le commerce et détruisirent les récoltes. Paris et ses environs furent inondés. Le comte de Toulouse et le marquis d'Antin qui se trouvaient dans les

Flandres m'écrivirent que les tranchées étaient pleines d'eau et que, de rage, les soldats brûlaient des images de saint Médard. Deux ans plus tard, ce fut la sécheresse, si grande et si parfaite qu'à la fin de mai, on sortit, en présence de Monsieur, les châsses de sainte Geneviève et de saint Marcel avec toutes les solennités requises. La pluie vint le soir même, mais il était bien tard pour les blés dont le prix se multiplia à l'infini. Les malheureux mangeaient du pain de fougère, des trognons de choux et jusqu'à des charognes qu'ils déterraient. Les loups revinrent dans les campagnes et aux portes des villes. Les rues étaient si peu sûres que l'on dut organiser des compagnies de chasse-coquins. La misère entraîna des débuts de sédition ; des greniers à blé furent pillés et le Dauphin, au retour de Choisy, fut arrêté par des femmes qui demandaient du pain. Partout ce n'étaient que nouveau-nés abandonnés, veuves accablées de misère, vieillards sans ressources. Le Roi ordonna de cuire dans la cour du Louvre cent mille rations de pain. Le curé de Saint-Sulpice venu me voir pour quêter avait les larmes aux yeux : « *Mort de faim, Mort de misère, Mort de pauvreté. Voilà, madame, ce que j'écris tous les jours dans mon registre.* » Je donnais et donnais encore. Les hôpitaux que j'avais fondés à Saint-Germain, à Fontainebleau et à Fontevrault furent aménagés pour recevoir plus de monde, mais il en venait toujours. Au début de 1700, le Roi qui avait commencé de diminuer les étrennes qu'il distribuait chaque année me fit avertir qu'il me les retranchait tout à fait. Je répondis que les pauvres seuls y perdaient. Les années de calamités voient passer des âmes que le Ciel semble avoir faites tout exprès pour relever l'humanité dans les temps de misère. Je me trouvais à Fontevrault quand je reçus la visite d'un jeune prêtre breton du diocèse de Saint-Malo, d'une famille digne de respect, mais nombreuse et mal accommodée. Louis

Grignion[1] avait fait ses études au séminaire de Saint-Sulpice ; ma nièce, la duchesse de Mortemart, lui avait fait avoir une chapellenie pour pourvoir durant ce temps à sa subsistance. J'avais pris sa sœur aînée à Saint-Joseph, et une autre était entrée à Fontevrault. J'écrivis à Louis Grignion pour lui demander d'assister à la prise de voile de celle-ci. Il fit le voyage depuis Nantes à pied, ce qui le fit arriver le lendemain de la cérémonie. Il demanda à me voir. Son extérieur et ses manières avaient quelque chose de singulier. Se présentant sans chapeau et sans collet, le père Grignion était maigre à faire peur et blanc comme une hermine, il semblait que si on l'opposait au soleil, on le verrait aussi transparent que l'albâtre. Ce jeune homme frappait par une haute idée de la perfection, beaucoup de zèle et fort peu d'expérience. J'eus plusieurs conférences particulières avec lui où je lui fis beaucoup de questions sur ce qu'il voulait devenir. Il me dit naïvement[2] l'attrait particulier qu'il avait pour les pauvres et son désir de travailler à leur salut. Je lui répondis que j'approuvais beaucoup son dessein, d'autant que je connaissais par expérience qu'on négligeait l'instruction familière des malheureux. Je lui proposai, afin d'assurer sa subsistance, de lui faire donner un canonicat. Il me répondit nettement qu'il ne voulait pas changer la divine Providence contre un bénéfice. Devant ce refus formel, je lui demandai d'aller voir Monsieur de Poitiers que je connaissais bien pour avoir été l'un des précepteurs du comte de Toulouse ; je lui précisai ce qu'il devrait dire à l'entretien. Bien qu'il marquât de la répugnance à satisfaire mon désir, il me dit qu'il m'obéirait pourtant aveuglément pour faire la sainte volonté de Dieu. Monsieur de Poitiers employa Louis Grignion à l'Hôpital de la Ville.

1. Louis-Marie Grignion de Montfort.
2. Franchement.

Cette maison qui abrite cinq mille pauvres était un lieu de désordre réputé incorrigible ; le père Grignion y trouva ample matière à son zèle. Je le revis plus tard à Paris, quand il fut question de placer dans un couvent sa sœur aînée que j'avais nourrie à Saint-Joseph. Il vivait alors en ermite dans un réduit de la rue du Pot-de-Fer, s'occupant des malheureuses que l'on entassait par milliers à la Salpêtrière. Je lui demandai comment il se procurait de quoi se nourrir et soutenir les pauvres. Il me répondit qu'il veillait les morts dans les familles, m'assurant que c'était une grande leçon que de voir ces corps, peu de jours auparavant si idolâtrés, abandonnés de tout le monde. Il parlait avec feu ; cette fois, je reconnus le regard brûlant et la soutane percée de monsieur Vincent ; à ceci près que monsieur Vincent était gai, et le père Grignion grave et tracassé. Il me parut que Dieu avait sans doute voulu que j'entrevisse, aux deux extrémités de ma vie, la lumière de deux saints voués à la charité. Ce sont des éblouissements qui ne se peuvent oublier.

En devenant plus dévote, j'allais fort dans le sens du courant ; du moins l'indignité dans laquelle on tenait mon confesseur m'évitait-elle le soupçon de vouloir dépendre de la mode. Sous l'influence de madame de Maintenon, le Roi exécutait toujours plus avant son projet de réformer les mœurs de la Cour. La piété, ou ce qui en prenait l'air et le nom, obtenait toutes les grâces, aussi, à défaut de l'avoir, s'efforçait-on de la contrefaire. Madame la Duchesse ne pouvait souffrir ce ton ; comme elle avait reçu en partage mon esprit de raillerie, elle me fit rire aux larmes en me contant le tour qu'avait joué Brissac, major des gardes du corps, aux dévotes de la Cour. C'est un homme droit qui ne peut souffrir le faux, aussi voyait-il avec impatience toutes les tribunes de la chapelle bordées de dames l'hiver au salut, les jeudis et les dimanches, où le Roi ne manquait guère d'assister, et presque aucune ne s'y trouvait quand on savait de bonne heure qu'il ne viendrait pas ; et sous prétexte de lire dans leurs heures, elles avaient toutes de petites bougies devant elles pour se faire remarquer. Un soir que le Roi devait aller au salut, et qu'on faisait à la chapelle la prière de tous les soirs qui était suivie du salut, Brissac paraissant à la tribune vide du Roi lève son bâton et crie bien haut : *« Gardes du Roi, retirez-vous, le Roi ne viendra pas. »* Aussitôt les gardes obéissent, murmures tout bas entre les femmes, les petites bougies s'éteignent, et les voilà toutes parties. Là-dessus arrive le Roi qui, bien étonné de ne pas voir de dames remplir les tribunes, demanda par quelle aventure il n'y avait personne. Brissac lui conta ce qu'il avait fait, non sans s'espacer sur la piété des dames de la Cour. Le Roi en rit beaucoup. L'histoire se répandit incontinent après : toutes ces femmes auraient voulu l'étrangler, et une peut-être plus fort que les autres. On ne trompe pas longtemps le monde avec ces façons-là, surtout à Paris où l'esprit ne prend pas aisément martre pour renard. Cette dévotion, dont on connaissait la source impure, faisait rire dans les salons et sur le théâtre. On appliquait à madame de Maintenon les vers d'une tragédie que l'on courait applaudir :

Qu'eût-elle pour monter au rang d'impératrice,
Un peu d'attrait, peut-être, et beaucoup d'artifices.

Tout cela aboutit à ce que le Roi chassa fort précipitamment toute la troupe des comédiens italiens et n'en voulut plus d'autre. Ils s'étaient avisés de jouer une pièce qui s'appelait *La Fausse Prude* où madame de Maintenon fut aisément reconnue. Tout le monde s'y précipita ; mais après trois ou quatre représentations, ils eurent ordre de fermer le théâtre et de vider le royaume. Cela fit grand bruit, et si les comédiens y perdirent leur établissement, celle qui les fit chasser n'y gagna pas, par la licence avec laquelle ce ridicule événement donna lieu d'en parler.

A force de jouer les mères de l'Eglise et de vouloir gouverner par la religion, madame de Maintenon faillit se perdre. Elle ne prit pas garde que l'abbé de Fénelon, qu'elle avait réfugié sous son aile et auquel elle avait fait donner l'éducation du duc de Bourgogne, se considérait comme investi, non seulement d'élever le prince, mais de réformer l'Etat. Il venait d'être fait archevêque de Cambrai, et achevait de se faire admirer pour n'avoir pas fait un pas vers ce grand bénéfice ; il n'y eut pas grand mérite car il n'en voulait pas. Je savais par ma nièce, la duchesse de Mortemart, que Cambrai avait été un coup de foudre pour le *petit couvent* comme se nommait lui-même le cercle des élus ; c'était Paris qu'ils voulaient tous, et non Cambrai, qu'ils considéraient avec mépris comme un diocèse de campagne. Paris aurait mis l'abbé Fénelon à la tête du clergé, et dans une place qui aurait fait compter tout le monde avec lui, et l'eût porté dans une situation à tout oser pour madame Guyon, qui présentement épousait Jésus-Christ à la Bastille. Madame de Maintenon, fort avancée dans ce programme, s'aperçut un peu tard qu'en dépit de ses efforts pour le lui faire avaler, Fénelon ne plaisait pas au Roi. Monsieur de Cambrai parlait bien, quoiqu'il parlât beaucoup, mais briller devant le Roi n'était pas le moyen de lui plaire. Ce prince aime fort l'esprit et n'en peut souffrir cette ostentation qui humilie ceux qui n'en ont pas et impatiente ceux qui en ont. Plein d'idées sur le bien public, Fénelon laissait entrevoir au Roi les principes austères de gouvernement qu'il inspirait au duc de Bourgogne. Le Roi, que rien n'avait préparé à entendre des principes fort opposés aux siens, les prit pour des chimères et madame de Maintenon commença à être moins éblouie des éclairs de l'imagination féconde et brillante de Monsieur de Cambrai. Celui-ci n'avait pas l'intuition du moment. Il fit paraître un livre inintelligible à qui n'était pas théologien, qu'il intitula *Maximes des saints.* Le Roi manda son avis à Bossuet. Monsieur de Meaux, trop heureux d'écraser la mouche qui le piquait de longtemps, y dénonça un pur quiétisme, délié, affiné, épuré des principes grossiers, mais qui sautait aux yeux. On ne parlait d'autre chose dans les salons, à propos de quoi on renouvela ce mot échappé à madame de Sévigné, lors de la chaleur des disputes sur la grâce : *« Epaississez-moi un peu la religion qui s'évapore toute à force d'être subtilisée. »* Le Roi haïssait tous les sectaires ; il en craignait jusqu'à l'ombre. Il fit des reproches amers à madame de Maintenon sur ce qu'elle lui avait caché l'amitié déjà si ancienne de Monsieur de Cambrai pour madame Guyon. Il fut si mécontent que la dame se crut perdue, si elle avait pu l'être. Elle fit semblant de mourir pour attendrir le Roi et abandonna tout le monde, de sorte que la foudre tomba en entier sur Fénelon. Le Roi lui ordonna de s'en aller sur-le-champ dans son diocèse, d'où il n'est jamais sorti depuis. A deux années de là, Monsieur de Cambrai fit paraître un roman moral qui donna à penser qu'il employait mal sa disgrâce. Il avait composé *Télémaque* pour l'instruction du duc de Bourgogne. Un pinceau très libre y dessinait les devoirs d'un souverain et posait pour fondement de la félicité publique l'observation des lois et le respect réciproque du monarque pour ses sujets. L'ouvrage indigna le Roi, étonné de trouver le tableau d'un bon roi et fâché de ne s'y reconnaître pas. Le public crut y voir une satire du gouvernement et en fit des applications. On voulut me reconnaître dans Calypso, Eucharis était mademoiselle de Fontanges, Protesilas avait les traits de Louvois et Sesostris ceux du Roi, lequel fut fort malcontent de se voir dans un Pharaon tyrannique. Il s'enferma avec le duc de Bourgogne avec lequel il fut seul longtemps pour le déprendre de son précepteur. Je doute que cela suffise ; le germe planté par les bons soins de madame de Maintenon poussera. Je ne sais si ce qui en résultera sera mieux ou plus mal, mais ce sera tout à l'opposé de la volonté du Roi. Madame de Maintenon n'a jamais entendu le Roi dans la grandeur de ses desseins ; elle ne l'estime ni ne l'admire, c'est pourquoi elle sème si aisément ce qui peut détruire l'œuvre de son règne.

Un soulagement fut enfin accordé aux pauvres et au pays. A la fin de l'année 1697, la paix fut signée à Ryswick. Beaucoup de *Te Deum* et de harangues suivirent, dans lesquelles il fut bien répété que le Roi avait voulu donner cette paix à l'Europe. Le prix en était la reconnaissance du prince d'Orange comme roi d'Angleterre. Ce point fut très amer au Roi qui tint ferme à ne vouloir pas souffrir que les rois réfugiés à sa Cour[1] sortissent de France ni qu'ils quittassent le séjour de Saint-Germain. Sa Majesté eut même l'attention de défendre aux musiciens de chanter rien qui se rapportât à la paix jusqu'au départ de la cour d'Angleterre de Fontainebleau. Voilà les nouvelles que Toulouse vint me porter à Bellegarde, et aussi qu'il était fait lieutenant-général, ce qui me causa une grande joie.

Une des conséquences de la paix fut le mariage du duc de Bourgogne avec la princesse de Savoie. La venue de cette princesse, encore qu'elle ne fût qu'une enfant, agita la Cour qui était depuis longtemps sans reine et sans dauphine. Mes filles me rapportèrent que le choix de la maison de cette princesse se passa uniquement entre le Roi et madame de Maintenon qui avait résolu d'être la véritable gouvernante de cette enfant,

1. Jacques II Stuart et sa famille.

de l'élever à son gré et à son point[1], de se l'attacher en même temps assez pour en pouvoir amuser le Roi sans crainte qu'après le temps de poupée passé, elle lui pût devenir dangereuse. Elle songeait encore, car madame de Maintenon songe loin, à tenir par elle le duc de Bourgogne un jour. Elle choisit donc, pour environner la princesse, des personnes entièrement et sûrement à elle. La princesse de Savoie, dès son arrivée, plut infiniment au Roi et à madame de Maintenon. Madame vint épancher chez moi un peu de dépit : « *Je ne sais si la duchesse de Bourgogne sera plus heureuse que madame la Dauphine et moi. A notre arrivée, nous avons été mer-vei-lleu-ses l'une après l'autre, mais on n'a pas tardé à se lasser de nous,* me confia-t-elle avec un soupir devant que d'ajouter : *Il se pourrait bien que la faveur de la duchesse de Bourgogne durât plus longtemps que la nôtre. Il est impossible d'être plus politique que cette petite fille.* » Je me demandais comment une fillette de onze ans pouvait être *politique.* Mes enfants partageaient l'avis de Madame, qui me dirent comment l'esprit flatteur, insinuant, attentif de la princesse plaisait infiniment au Roi et à madame de Maintenon qui en faisaient leur poupée. Elle usurpa avec eux une liberté que n'avait jamais osé tenter un des enfants du Roi. Le premier résultat de cette conquête réciproque fut que mes enfants furent relégués derrière la nouvelle divinité. Le second fut que la duchesse de Bourgogne se trouva on ne peut plus mal élevée. Madame s'en plaignit bien haut : « *Quand elle est en voiture, elle va sans cesse d'un coin à l'autre et ne fait que tournevirer comme un petit singe ; mais on trouve cela très gentil. En plein dîner, elle danse sur sa chaise, fait les grimaces les plus affreuses, déchire les poulets*

1. A sa convenance.

et les perdrix dans les plats, fourre les doigts dans les sauces. On lui permet tout et on l'admire. Un autre donnerait le fouet à sa fille pour se comporter de cette manière ! » En sachant plus long que Madame sur les principes d'éducation de madame de Maintenon et les desseins qui les conduisent, je fus moins surprise qu'elle. J'entendis une infinité de plaintes de cette eau-là ; chaque fois je me sentis plus satisfaite d'avoir quitté la Cour. Le conte qui acheva de m'en séparer me fut fait par le jeune duc de Saint-Simon que je vis arriver à Saint-Joseph, les yeux hors de la tête. Sur la question que je lui fis, il me dit qu'il venait du camp de Compiègne que le Roi avait fait pour l'instruction du duc de Bourgogne et qu'il y avait vu le spectacle le plus singulier qui fût jamais. Mon cousin ne voulait pas parler d'un camp effrayant de magnificence qui étonna l'Europe après une si longue guerre, mais du spectacle que le Roi donna à toute son armée et à une innombrable foule d'assistants de tous états. Madame de Maintenon y était en face de la plaine et des troupes dans sa chaise à porteurs, entre ses trois glaces et ses porteurs retirés. A la glace droite de la chaise, le Roi debout, et, un peu en arrière, un demi-cercle de courtisans et de militaires. Le Roi était presque toujours découvert, et à tous moments se baissait dans la glace pour parler à madame de Maintenon, pour lui expliquer tout ce qu'elle voyait et les raisons de chaque chose. Chaque fois, elle avait l'honnêteté [1] d'ouvrir sa glace de quatre ou cinq doigts, jamais de la moitié, et de la remonter aussitôt au risque d'estropier Sa Majesté. Quelquefois elle ouvrait pour faire quelque question au Roi ; mais presque toujours c'était lui qui, sans attendre qu'elle lui parlât, se baissait tout à fait pour l'instruire, et, quel-

1. La politesse.

quefois qu'elle n'y prenait pas garde, il frappait contre la glace pour la faire ouvrir. Le Roi mit souvent son chapeau sur le haut de la chaise pour parler dedans, et cet exercice si continuel lui devait fort lasser les reins. « *J'examinais les contenances,* me dit le duc de Saint-Simon, *toutes marquaient une surprise honteuse, et tout ce qui était derrière la chaise avait plus les yeux sur elle que sur toute l'armée. Quand madame de Maintenon se fut retirée, plusieurs se parlèrent des yeux et du coude, et puis à l'oreille bien bas : on ne pouvait revenir de ce qu'on venait de voir. Ce fut le même effet parmi tout ce qui était dans la plaine : jusqu'aux soldats qui demandaient ce que c'était que cette chaise et le Roi à tous moments baissé dedans ; il fallut faire taire les officiers et les questions des troupes. On peut juger, madame, de ce qu'en diront les étrangers et de l'effet que fera sur eux un tel spectacle.* » L'effet que le narré produisit sur moi ne fut pas si prodigieux que le duc de Saint-Simon l'attendait. Cependant, je commençais de trouver qu'il me venait trop de nouvelles de la Cour. A Saint-Joseph, et même à Petit-Bourg, j'en entendais ouïr parler tout le jour. Le temps de la jalousie était passé, mais j'étais lasse de contes qui disaient tous la même chose : on avait réduit et abaissé le plus grand roi de la terre. J'éprouvais aussi un grand besoin d'avoir du temps pour prier et du silence pour faire retraite. Les leçons du curé Tartaud commençaient de se trouver effacées par celles du père de La Tour ; pour la première fois de ma vie, je souhaitais la solitude que je ne pouvais connaître à Paris ni à Petit-Bourg. Je voulais aller à Dieu de toutes mes forces, me séparer de tout le reste, et me fuir moi-même pour m'approcher de Lui. Le temps était venu de m'éloigner véritablement.

Quand il fut bien établi dans mon esprit que je désirais demeurer loin de Paris et de la Cour, je tournai les yeux vers ma chère province du Poitou. Je voulais être proche de Fontevrault, sans qu'un voisinage trop certain ne me fît devenir un poids pour ma sœur. J'entendis dire que le duc de La Feuillade se trouvait dans l'obligation de vendre son château d'Oiron qui avait fait la demeure et les délices des ducs de Rouannez. Situé entre Thouars et Loudun, Oiron se trouve à vingt lieues de Fontevrault et seulement onze de Saumur et de mon petit logis du Jagueneau. Je connaissais Oiron où j'avais visité le père du duc de La Feuillade et son épouse, née Gouffier, qui avait apporté le château dans la famille. Leur fils était gros et beau joueur. Après avoir mangé la dot de sa mère et de sa femme, il ne savait où trouver l'argent ; tout lui était bon pour en faire. D'Antin m'avait rapporté qu'en se rendant à l'armée où il arrivait tous les ans très tard, et quittait avant personne, le duc de La Feuillade passa par Metz et s'y arrêta chez l'évêque, frère de son père, qui était tombé en enfance, et qui était fort riche. Il demanda la clef de son cabinet et de ses coffres, et, sur le refus que les domestiques lui en firent, il les enfonça bravement et prit trente mille écus d'or et beaucoup de pierreries. Le Roi, d'ailleurs de longue main fort malcontent des débauches et de la négligence de La Feuillade dans le service, s'expliqua fort durement et fort publiquement de cette étrange avance d'hoirie, et fut fort près de le casser. N'ayant point d'autre oncle à piller, le duc de La Feuillade me vendit Oiron, avec les baronnies de Moncontour et de Cursay et leurs dépendances, pour trois cent cinquante mille livres. C'était une grande part de ma fortune ; mais je m'appliquais à former du bien pour le marquis d'Antin, au nom duquel j'achetai Oiron. Le Roi me fit porter cent mille francs pour m'aider à faire l'acquisition ; ce présent ne fut pas gratuit. Je lui rendis le parfaitement beau fil de perles que j'en avais eu et qu'il donna, augmenté de nombreux diamants, à la duchesse de Bourgogne.

Je fis ma première visite à Oiron dans la compagnie du marquis d'Antin. Dans la voiture qui nous mena depuis Bellegarde, je fus assaillie de craintes, redoutant d'avoir agi sur une impression et de tout avoir embelli par imagination. Devant que d'arriver, nous traversâmes la plaine immense de Moncontour. Me penchant à la fenêtre, je vis les formes indécises prendre peu à peu un caractère plus ferme et plus arrêté ; bientôt le château parut, au cœur de la plaine qui ne finissait pas. Sans pouvoir en donner aucune raison, mais avec une parfaite certitude, je sus que j'aimerais Oiron.

La première visite du château nous prit une journée entière, et une autre pour parcourir les terrasses et leurs promenades de tilleuls, l'anticour avec son avenue, le vaste clos et le parc magnifique, percé d'allées et entouré de murs. *« Que vous en semble-t-il ? »* me demanda d'Antin, quand, notre tour accompli, nous revînmes dans la cour. Je vis que l'endroit lui paraissait un désert et qu'il doutait fort que je m'y plusse. *« Si vous regardez la façade est, le château ressemble à*

Versailles, dis-je. *Si nous le regardons de ce côté-ci, il fait penser à Fontainebleau. Dans la galerie on a peint l'histoire d'Enée, comme dans celle de Clagny. J'ai le sentiment de trouver ici un raccourci de l'histoire de ma vie. Ne vous souciez pas. Je me plairai à Oiron.* » Nous fîmes quelques pas le long de la belle galerie à voûtes d'arêtes dont les arcades s'appuient sur des colonnes fort curieuses. Au-dessus, des niches avec des termes de terre cuite et des médaillons de marbre blanc. Je m'arrêtai tout à coup devant des lettres que je n'avais point encore remarquées. Au-dessus des visages barbus et des masques des empereurs romains, la devise des Gouffier était tracée en lettres d'or :

HIC TERMINUS HAERET [1]

Je sentis une grande faiblesse et dus prendre le bras de mon fils. « *Voyez,* lui dis-je, *cette maison m'attendait.* »

Une femme ne se sent véritablement chez elle que dans une maison où elle a apporté ses propres aménagements. J'avais été assez effrayée d'apprendre que mon ami monsieur de Gaignières, le plus grand collectionneur qui fût jamais, était passé à Oiron devant qu'il me fût vendu ; c'est l'homme le plus dangereux qui puisse mettre le pied à un endroit et il n'entre jamais dans un pays qu'il n'en emporte tout ce qu'il y a de plus beau et de curieux. J'avais été plusieurs fois admirer ses collections dans sa belle maison vis-à-vis des Incurables. On y voit en enfilade un cabinet de tableaux des peintres les plus fameux, un autre tapissé de quatre cents portraits de personnes illustres ; le joyau en est

1. « Ici est le terme. »

un portrait du roi Jean [1], connu comme le plus ancien tableau qui soit resté en France ; à la suite, une multitude de portefeuilles remplis de topographies historiques, cent volumes de lettres originales et un cabinet qui comprend plus de six cents volumes manuscrits, beaucoup ornés de miniatures. Je ne dis que le dessus, mais c'est assez pour justifier des craintes qui n'étaient que trop fondées. L'*Attila* de la rue des Incurables avait fondu sur Oiron, furetant partout, il avait remarqué quelque quarante tableaux que les bénédictins de Saint-Jouin-des-Marnes, faisant là un drôle de métier, s'étaient chargés, lui parti, d'acquérir pour son compte, moyennant quelques écus. Je dus m'estimer heureuse qu'il eût seulement fait copier par son peintre les volets du retable de la chapelle. Tout ce que le Roi m'avait donné était demeuré à Versailles ou à Clagny, aussi n'étais-je riche ni de mobilier ni de meubles. Je n'en fus pas chagrinée ; le vide seyait aux vastes espaces où je me promenais, écoutant sonner mes pas sur le plancher. Mon château ressemble à celui de la Belle endormie des contes de monsieur Perrault. Je m'installai au premier étage dans le pavillon d'angle qui répond à celui où se trouve la chambre du Roi et le cabinet des Muses qui est à la suite. Ma chambre fut meublée d'un lit à fond de taffetas blanc avec des rideaux de serge olive ; j'ajoutai deux fauteuils, quelques chaises, un miroir, un petite bibliothèque pour mes livres, une pendule de Corroi pour voir passer les heures et un bureau de marqueterie où je posai un reliquaire, mes chapelets de paille et une écritoire. Je fis accrocher dans le vestibule un portrait du comte de Toulouse en amour endormi : je puis assurer que plus joli enfant se peut sans doute rêver mais ne se peut voir ; et, dans ma

1. Jean le Bon (1319-1364).

chambre, quatre portraits du Roi et une miniature représentant Notre-Seigneur. « *Madame,* me dit en riant le marquis d'Antin, venu me saluer un matin, *la proportion n'y est pas. Vous traitez mal le roi du Ciel. – C'est que Lui est toujours présent dans mes pensées ; l'autre, aujourd'hui, a plus à se défendre* », répondis-je. Dans la chambre de mon fils, je fis porter le cadre en bois de Sainte-Lucie qui ne m'a jamais quittée où se trouvent les portraits de monsieur Vincent et de mademoiselle Le Gras. J'ai laissé la chapelle presque nue, hors son retable ; à l'étage, un oratoire près de ma chambre est plus dépouillé encore. J'ajoutai dans une salle du rez-de-chaussée un clavecin, car je ne peux vivre sans musique, des ployants et Oiron se trouva meublé. La seule partie que je maintins en grande splendeur est la chambre du Roi avec le cabinet des Muses ; cette suite ne m'appartient pas ; elle est à mon seigneur, aussi n'y trouve-t-on qu'or et magnificence. Oiron est un vaste château pour l'extérieur ; pour l'intérieur, il ressemble à un couvent.

Mon installation achevée, je décidai de déménager l'hôpital de la Sainte-Famille que j'avais fondé à Fontevrault et de l'établir à Oiron, afin que cette charge ne retombât pas sur ma sœur qui avait bien assez d'affaires. Je fis élever, un peu à l'extérieur du bourg d'Oiron, trois grands corps de logis en équerre pour abriter les vieillards, quatre pavillons pour le logement des religieuses de la Charité et une chapelle, ce qui me coûta quarante mille livres. J'y fis porter lits, linge, vaisselle et tout ce qui est nécessaire au logement, à l'entretien et à la nourriture de cent pauvres de l'un et l'autre sexe. J'affectai à l'entretien de ma fondation une somme de cent mille livres, prenant toutes les dispositions pour que l'hôpital pût continuer de fonctionner après ma mort. Respectant le principe qui veut que charité bien ordonnée commence par soi-même, j'affectai encore quatre mille deux cents livres à l'entretien de vingt-quatre vieillards chargés de prières particulières pour mon salut. Je fis ce règlement avec beaucoup de soin, joignant à l'acte de la fondation des consignes fort précises pour le régime et la nourriture, l'instruction et les distractions aux jours de fêtes. Tout fut parfaitement réglé et en ordre à l'été de 1704. Après avoir procuré tous les revenus nécessaires, j'indiquai que je ne voulais pas que l'on thésaurise aucunement dans cet hôpital ; je désirais que les revenus de ma donation fussent employés et consommés annuellement à la subsistance des pauvres, sans qu'on leur retranche aucune chose de leur dépense, sous prétexte de faire des réserves.

L'année 1700 fut marquée par le retour de la guerre. Le roi d'Espagne mourut le jour de la Toussaint, instituant le duc d'Anjou [1] héritier de tous ses royaumes. Toute la France déborda à Versailles et l'on entendit résonner de tous côtés les bénédictions qu'on donnait au Ciel d'un si glorieux événement. Les personnes un peu averties se réjouissaient moins ; il n'était pas besoin d'être fin politique pour connaître qu'en acceptant le testament, il fallait compter sur une longue et sanglante guerre par l'intérêt de toute l'Europe à s'opposer à un colosse tel qu'allait devenir la France si on lui laissait recueillir une succession aussi vaste. Dès que le testament fut déclaré, je tremblai et allai aux nouvelles ; chacun tenait son souffle ; on y passa huit jours pénibles. On parlait, on louait et on priait sans savoir à quel saint se vouer. D'Antin me demanda quel serait l'avis que j'eusse donné au Roi s'il m'avait pressée de le faire. Je lui répondis qu'il n'était pas dans les habitudes du Roi de solliciter de ma part ces sortes d'avis et que

1. Second fils du Dauphin.

je me trouvais présentement bien heureuse d'être délivrée d'une telle occurrence ; jamais une guerre n'eût été faite pour une cause plus juste, mais jamais aucune ne parut si hasardée. Le Roi tint deux Conseils chez madame de Maintenon où les avis furent partagés. Pour ce qui en transpira, on sut que Monseigneur s'y était montré un autre homme et s'expliqua avec force sur l'acceptation du testament en faveur de son fils. Le Roi demanda son avis à madame de Maintenon. Elle fit la modeste, mais enfin pressée, elle se mit sur les louanges de Monseigneur qu'elle craignait et n'aimait pas, et fut d'avis d'accepter le testament, ce à quoi le Roi se décida à la fin. Au milieu de novembre, le Roi déclara le roi d'Espagne et assura que les Pyrénées étaient abîmées [1]. Je doutais fort que les Pyrénées se laissassent aplanir aussi aisément. De fait, l'Angleterre marcha avec l'Empereur et la Hollande, pour ne dire que le début, et nous eûmes à nouveau toute l'Europe sur le dos.

Après l'affaire de Namur, le Roi avait décidé de ne plus employer le duc du Maine dans un poste de commandement. Le marquis d'Antin et le duc de Chartres en subirent les conséquences qui furent refusés de servir. Mon fils payait encore l'inimitié de madame de Maintenon pour tout ce qui me regardait, et mon gendre, ses victoires et ses facilités à la guerre ; le duc de Chartres avait remporté une grande victoire à Neerwinden ; un trop-plein d'acclamations le fit mal recevoir à Versailles où il n'obtint que de maigres louanges. Ce refus qui anéantissait toute espérance de commandement d'armée causa au duc de Chartres, et plus encore à Monsieur, une douleur épouvantable. Le marquis d'Antin retourna au jeu et le duc de Chartres à ses débauches.

1. Qu'elles avaient disparu.

Le refus de servir que le Roi fit au duc de Chartres outra de douleur Monsieur qui venait déjà d'avoir un secret dépit que l'on n'eût pas songé à lui pour le trône d'Espagne, ce qui, je le dis en passant, eût donné moins d'aigreur à nos ennemis en éloignant la couronne d'Espagne de la branche aînée des Bourbons. Le duc de Chartres fit des escapades qui fâchèrent le Roi et l'embarrassèrent ; elles me déplurent autant qu'à Sa Majesté, parce que mon gendre, amoureux de mademoiselle de Séry, fille d'honneur de Madame, menait cela tambour battant et ne ménageait aucunement ma fille. Le Roi en parla à Monsieur, et, sur ce qu'il le vit froid, lui reprocha sa faiblesse de ne savoir pas prendre autorité sur son fils. Monsieur alors se fâcha. Il demanda au Roi, à son tour, ce qu'il voulait faire de son fils, à son âge ; qu'il s'ennuyait de battre les galeries à Versailles et d'être tout nu vis-à-vis de ses beaux-frères comblés de charges et de gouvernements ; que l'oisiveté était la mère de tous les vices ; qu'il lui était bien douloureux de voir son fils s'abandonner à la débauche, mais qu'il lui était cruel de s'en prendre à une jeune cervelle justement dépitée, et de n'en pouvoir accuser que celui qui l'y précipitait par ses refus. Qui fut bien étonné de ce langage si clair ? Ce fut le Roi. Jamais il n'était arrivé à Monsieur de s'échapper avec lui, à mille lieues près, de ce ton. Dans la surprise, il fut assez maître de soi pour répondre non en roi, mais en frère : il dit à Monsieur qu'il pardonnait tout à la tendresse paternelle et fit tout ce qu'il put pour le ramener par la douceur et l'amitié. Mais le point fatal était ce service pour le but du commandement en chef que Monsieur voulait et que le Roi ne voulait pas. Cette conversation fut fort longue et poussée, Monsieur toujours sur le haut ton, et le Roi toujours au rabais. Ils se séparèrent de la sorte. Saint-Cloud, où Monsieur passait les étés, les mit à l'aise en attendant un raccommodement. Cependant, Monsieur, qui vit bien que de tout cela il ne résultait rien de ce qu'il désirait, et que la fermeté du Roi là-dessus ne se laisserait point affaiblir, jugea sagement par l'avis du maréchal de Villeroy et un peu par le mien, car je m'entremis fort dans une affaire où il y allait de l'avenir et du bonheur de ma fille, qu'il ne fallait pas pousser le Roi à bout ; mais le cœur restait ulcéré. D'autres peines le tourmentaient encore. Il avait depuis quelque temps un confesseur qui, bien que jésuite, le tenait de plus court qu'il pouvait. Le père du Trévou lui retrancha non seulement d'étranges plaisirs, mais beaucoup de ceux qu'il se croyait permis, pour pénitence de sa vie passée. A cela, il ajoutait qu'il prît bien garde à lui, qu'il était vieux, usé de débauches, gras, court de col, et que selon toute apparence il mourrait d'apoplexie et bientôt. C'étaient là d'épouvantables paroles pour un prince le plus voluptueux et le plus attaché à la vie qu'on eût vu de longtemps. Il en devint triste, abattu, et parla moins qu'à l'ordinaire, c'est-à-dire encore comme trois ou quatre femmes. Jugeant que c'était bien à la fois que ces peines intérieures et les extérieures du côté du Roi pour un homme aussi faible que Monsieur, et aussi nouveau à se contraindre, j'allai à Saint-Cloud au début de juin. Après avoir écouté les plaintes de Monsieur, et comme je lui trouvai le visage enflammé, je lui dis qu'il avait grand besoin d'être saigné. Il avoua qu'il en crevait de besoin, mais Tancrède, son premier chirurgien, était vieux, saignait mal et l'avait manqué : il ne voulait pas se faire saigner par lui, et, pour ne pas lui faire de peine, il avait la bonté de ne pas vouloir être saigné par un autre ; c'était au risque d'en mourir. Enfin, je vis Monsieur si mal, que j'abordai à peine le chapitre de mademoiselle de Séry. Je portai mes plaintes sur ce sujet à Madame que je trouvai fort désemparée : *« Que voulez-vous que je vous dise, ma bonne !* me lança-t-elle.

Quand je prie mon fils de ne pas faire une chose, il la fait et sous mes yeux. Quand je lui dis qu'il m'est désagréable de lui voir fréquenter certaine personne, il lui parle plus que jamais. J'en ai pris mon parti, je ne lui dis plus rien. » Et là-dessus de passer son indignation sur madame de Maintenon qu'elle n'appelait que *la pantocrate, l'ordure du grand homme,* ou *la vieille ripopée.* Je lui donnai très respectueusement le conseil d'apprendre, sinon à se taire, du moins à se contraindre un peu.

Le mercredi 8 juin, Monsieur vint de Saint-Cloud avec ma fille, dîner avec le Roi à Marly. Il trouva le Roi chagrin des tourments que le duc de Chartres donnait à sa fille. Sa Majesté prit son thème là-dessus et fit sèchement des reproches à Monsieur de la conduite de son fils. Monsieur répondit avec aigreur que les pères qui ont mené certaines vies avaient peu de grâce et d'autorité à reprendre leurs enfants. Le Roi, qui sentit le poids de la réponse, se rabattit sur la patience de sa fille, et qu'au moins devrait-on éloigner de tels objets de ses yeux. Monsieur, dont la gourmette était rompue, le fit souvenir d'une manière piquante des façons qu'il avait eues pour la Reine. A Marly, la chambre du Roi tenait au petit salon, et était pleine de courtisans pour voir passer le Roi s'allant mettre à table. Le bruit fut tel que l'huissier entra et dit au Roi qu'on l'entendait distinctement de sa chambre. L'avis fit baisser le ton, mais n'arrêta pas les reproches : tellement que Monsieur, hors de ses gonds, dit au Roi qu'il avait passionnément désiré de voir servir son fils pour l'éloigner de ces amourettes ; que puisqu'il ne le voulait pas, il ne s'entendait point à l'empêcher de s'amuser pour se consoler. Le Roi, de plus en plus outré de colère, lui repartit que la guerre l'obligerait bientôt à faire certains retranchements, et que, puisqu'il se montrait si peu complaisant à ses volontés, il commencerait par ceux de ses pensions. Là-dessus, le Roi fut averti que sa viande était portée. Ils sortirent un moment après, et Monsieur le visage allumé. Le dîner se passa à l'ordinaire ; Monsieur y mangea extrêmement comme il faisait à tous ses deux repas, sans parler du chocolat abondant du matin, et de tout ce qu'il avalait de fruits, de pâtisseries, de confitures et de toutes sortes de friandises toute la journée. Au sortir de table, Monsieur revint avec ma fille à Saint-Cloud. Au début de la nuit, un page de la duchesse de Chartres vint m'avertir que Monsieur était tombé en apoplexie. Je partis pour Saint-Cloud où je vis une partie de la Cour, mais pas le Roi. Monsieur n'avait pas retrouvé sa connaissance. Les spectacles les plus horribles ont souvent des instants de contrastes ridicules. Le père du Trévou criait à Monsieur : *« Monsieur, ne connaissez-vous pas votre confesseur ? Ne connaissez-vous pas le bon petit père du Trévou qui vous parle ? »* et fit rire indécemment les moins affligés. Je demandai son avis au médecin ; sur la réponse qu'il me fit que nul remède ne pouvait agir, j'éclatai en sanglots et, n'y pouvant tenir devant la foule, m'en retournai. Comme ma voiture quittait Saint-Cloud sur les 3 heures du matin, je vis arriver le carrosse du Roi. Je sus par la suite que ce retard était dû à madame de Maintenon qui avait insinué au Roi que ce malaise pouvait être quelque artifice pour sortir de ce qu'il s'était passé entre eux, et qu'il valait mieux manquer à toute bienséance que de hasarder d'en être la dupe. Madame de Maintenon n'aimait pas Monsieur ; elle le craignait, il lui rendait peu de devoirs, et avec toute sa timidité et sa plus que déférence, il lui avait échappé des traits sur elle plus d'une fois avec le Roi. Au matin, je retournai à Saint-Cloud. Le Roi était reparti après avoir entendu la messe ; on me dit que Monsieur étant sans espérance. Au départ du Roi, la foule qui s'était portée dans la nuit à Saint-Cloud s'écoula peu à peu, en sorte que je trouvai Monsieur mourant, jeté sur un lit de repos dans son cabinet, exposé aux marmitons et aux bas officiers qui la plupart étaient fort affligés. Madame était dans son cabinet qui sentait sa perte et sa chute et s'écriait dans sa douleur, de toute sa force : *« Point de couvent ! Qu'on ne me parle point de couvent ! »* La bonne princesse n'avait point perdu le jugement : elle savait que devenant veuve, elle devait opter un couvent ou l'habitation du château de Montargis. Monsieur étant expiré à midi, elle monta en carrosse et s'en alla à Versailles, suivie du duc et de la duchesse de Chartres. Je me jetai alors dans ma voiture pour aller à Saint-Joseph, de là je fus à Petit-Bourg, puis à Bellegarde sans pouvoir trouver de repos. Errant comme une âme en peine, je battis la campagne tout l'été. Monsieur et moi étions nés à quelques jours l'un de l'autre. Depuis que je l'avais trouvé dans le cabinet de la Reine, à Poitiers, nous ne nous étions guère quittés ; si j'osais avancer un propos que l'on trouvera bien glorieux, il m'était comme un autre frère. La Cour perdit beaucoup en Monsieur. Depuis que madame de Maintenon y avait éteint toute joie, c'était lui qui y jetait les amusements, l'âme, les plaisirs, et, quand il la quittait, tout y semblait sans vie et sans action. Il avait appris et bien retenu de la Reine sa mère l'art de tenir sa cour. La foule était toujours au Palais-Royal. A Saint-Cloud où sa nombreuse maison se rassemblait, beaucoup de gens, de Paris ou Versailles, lui allaient faire leur cour les après-dînées. Les plaisirs de toutes sortes de jeux, de la beauté singulière du lieu que mille calèches rendaient aisé aux plus paresseux pour les promenades, des musiques, de la bonne chère, en faisaient une maison de délices. Monsieur y avait d'autant plus de mérite que c'était sans aucun secours de Madame qui boudait souvent la compagnie, s'en faisant craindre par son humeur dure et farouche. Monsieur n'avait pu la ployer à une vie plus humaine.

Après la mort de Monsieur, Madame paya cher ses paroles trop libres sur madame de Maintenon. Celle-ci l'alla voir à Versailles et voulut que madame de Ventadour se trouvât chez Madame, en tiers dans la visite. Madame de Maintenon commença par tirer une lettre de sa poche et demanda à Madame si elle en connaissait l'écriture. C'était une lettre de sa main à sa tante de Hanovre où elle lui disait en propres termes certaines vérités sur madame de Maintenon. Madame pensa mourir sur l'heure. La voilà à pleurer et à se lancer dans des pardons, des repentirs, des prières, des promesses. Quand tout cela fut épuisé, madame de Maintenon lui laissa prendre un inspir et se lança à raconter mille choses plus offensantes les unes que les autres que Madame avait dites d'elle à la Dauphine. A ce second coup de foudre, Madame demeura comme une statue, puis ne sut que faire comme l'autre fois, c'est-à-dire qu'elle pleura, cria, et pour finir demanda pardon, avoua ; puis repentirs et supplications. Madame de Maintenon triompha d'elle froidement assez longtemps, la laissa s'engouer[1] de pleurer et lui prendre les mains. C'était une terrible humiliation pour une si fière Allemande. A la fin, madame de Maintenon se laissa toucher comme elle l'avait bien résolu, après avoir pris toute sa vengeance. Elles s'embrassèrent, elles se promirent oubli parfait et amitié nouvelle ; madame de Ventadour se mit à pleurer de joie, et le sceau de la réconciliation fut la promesse de la parole du Roi qu'il ne lui dirait pas un mot des deux matières qu'elles venaient de traiter. Tout se sait enfin dans les cours ; je connus l'histoire racontée par ma fille. Cette terrible

1. S'étouffer.

vengeance fut tirée de Madame trois jours après la mort de Monsieur.

Le Roi, conduit sans doute par la peine qu'il ressentit de la situation où lui et Monsieur étaient ensemble qui avait pu avancer sa mort, traita prodigieusement bien le duc de Chartres. Il lui donna, outre toutes les pensions qu'il avait et qu'il conserva, toutes celles de Monsieur et l'héritage de Mademoiselle ; en sorte qu'avec son apanage, on calcula qu'il avait dix-huit cent mille livres de rentes avec le Palais-Royal, en sus de Saint-Cloud et ses autres maisons. Mon gendre eut, ce qui ne s'était jamais vu qu'aux fils de France, des gardes et des suisses, sa salle des gardes dans le château de Versailles, un chancelier, et la nomination à tous les bénéfices de son apanage. Il prit le nom de duc d'Orléans, et ma fille de duchesse d'Orléans.

Ayant passé l'été dans un grand bouleversement, je fus à Bellegarde à l'automne. J'étais encore tremblante de la mort de Monsieur quand le marquis d'Antin vint m'apprendre la mort du marquis de Montespan. Après avoir fait quelques nouvelles folies – il avait voulu demander l'annulation de son mariage à Rome pour épouser une madame de Lanta, sœur de monsieur Riquet, ce dont Louvois l'avait fortement dissuadé –, mon époux avait eu une brillante conduite à la guerre. Il était revenu depuis peu à la Cour ; l'on m'avait rapporté que c'était une chose curieuse à voir, quand lui et d'Antin jouaient avec la duchesse de Chartres et Madame la Duchesse, et qu'il donnait toujours respectueusement et avec des baisements de main les cartes à ces princesses. Mon Gascon trouvait lui-même cela plaisant ; il se retournait et riait toujours un peu. Il vivait à Paris à l'hôtel de Sens qu'il avait hérité de son oncle, le duc de Bellegarde, ou dans ses terres de Guyenne. Sa santé n'était pas bonne de longtemps ; il tomba malade à Toulouse d'une maladie si forte qu'il ne put assister à la réception qu'on fit pour les ducs de Bourgogne et de Berry partis accompagner le roi d'Espagne jusqu'à la Bidassoa. Il fit appeler d'Antin et mourut dans ses bras ; selon ses vœux, il fut inhumé dans l'église de la Dalbade où sa mère et notre fille étaient ensevelies. Mon fils était revenu m'apprendre la nouvelle sans même attendre la cérémonie. Une chape de remords me fut lancée à plomb sur les épaules ; le poids en fut encore augmenté quand j'eus communication du testament de mon époux. J'ai gardé la copie que me fit parvenir le notaire, comme on le fait pour des lettres d'amour ; c'en était une en vérité, et je ne la méritais pas. Après avoir pensé à ses domestiques, le marquis de Montespan instituait son fils son légataire universel ; ce qui me bouleversa fut que, contre toute attente, il me demanda d'être son exécuteur testamentaire. Les dernières lignes de mon mari – il fit ce testament fort peu de temps avant sa mort – se sont gravées dans mon cœur :

« Dit aussi et déclare, le dit seigneur testateur, qu'il a toujours eu une confiance entière en la charité de madame la marquise de Montespan, son épouse. C'est pourquoi il la supplie de vouloir faire prier Dieu après son décès pour le repos et le soulagement de son âme, ce qu'il espère et se promet de sa bonté et amitié, et par cette raison, la nomme et choisit présentement, comme il l'avait déjà fait par ses autres précédents testaments, et la prie de vouloir être son exécutrice testamentaire ; le dit seigneur supplie abondamment laquelle madame de Montespan, par toute l'amitié et la tendresse très sincère qu'il a conservées pour elle, de vouloir faire ponctuellement exécuter le contenu en son présent testament. Et le dit seigneur lui proteste qu'il mourra content et très satisfait en se recommandant à ses bonnes grâces. »

Rien ne bouleverse comme vraie parole de bonté et de mansuétude que l'on n'a que très médiocrement méritée. Par-delà la mort, mon époux me témoignait son estime et me donnait son pardon. Je ne peux dire quelle bénédiction ce me fut, encore que cela augmentât mon remords jusqu'à le rendre insupportable. Le testament était celui d'un homme bon et juste. Mon mari, reconnaissant avoir été joueur et craignant de ne pas connaître tous ceux à qui il avait fait du tort, demandait à ce que l'on emploie dix mille livres de son héritage pour faire prier Dieu pour ceux qu'il avait pu blesser. Il souhaitait que son intendant, le sieur Dubuc, qui l'avait fidèlement servi, fût pris par le marquis d'Antin et attaché à son service. Je respectai jusqu'au scrupule les vœux de mon époux et, mon fils ne pouvant réserver à Vivant Dubuc qu'un emploi subalterne, je le pris comme intendant. Quant à prier Dieu pour le repos de l'âme du marquis de Montespan, je crois n'y avoir pas manqué un seul jour, pas plus qu'à implorer la miséricorde du Ciel pour le mal que je lui avais fait. Je dis sans honte que le pardon généreux de mon mari me fit retrouver pour lui de l'amour ; cet élan n'était pas celui qui avait jadis poussé Françoise de Rochechouart vers un beau cavalier, mais un sentiment épuré, grandi et fort bouleversant, de sorte que le père de La Tour me trouva presque inconsolable de la perte d'un époux que j'avais quitté avec éclat. Les confesseurs en connaissent long sur les inconséquences et les tourments que nous infligeons à nos pauvres cœurs, aussi je ne le surpris pas tant que je le pensais. Je pris le deuil du marquis de Montespan comme une veuve ordinaire, mais je ne trouvai pas convenable de reprendre ses livrées et ses armes que j'avais quittées pour porter les miennes, seules et pleines.

A peu de temps de là, le marquis de Thianges mourut dans son château avec aussi peu de bruit qu'il avait vécu. Le malheureux a suivi sans le vouloir la fortune de son beau-frère, écarté de tout, séparé de sa femme, vivant obscur dans ses terres, sans nul signe de vie de ma sœur qui avait quitté les armes et les livrées de son mari et ne portait que les siennes. Je voyais souvent leurs filles, la duchesse de Nevers et la duchesse Sforza, laquelle, devenue veuve, était revenue à Versailles ; comme elle avait encore quelque beauté et un esprit que le Roi pouvait goûter, madame de Maintenon l'écarta. Mes nièces et mes filles étaient fort unies. La marquise de Castries était dame d'honneur de la duchesse de Chartres que la duchesse Sforza gouvernait complètement ; ainsi la fille de Vivonne, la mienne et celle de madame de Thianges conservaient-elles l'esprit de la maison de Mortemart qui est d'abord d'aimer bien sa famille.

Après la mort du marquis de Montespan, le marquis d'Antin écrivit au Roi pour lui demander de faire examiner ses prétentions à la dignité de duc d'Epernon. Tous mes enfants en supplièrent le Roi après son souper, ou de le faire duc [1], mon gendre, le duc d'Orléans, portant la parole. Le Roi n'y était pas opposé, mais un obstacle invincible l'arrêtait encore : je vivais et madame de Maintenon me hait trop pour me donner le plaisir de voir l'élévation de mon fils ; elle y consentira peut-être après ma mort. Ce refus, ajouté à celui de servir, jeta le marquis d'Antin dans le plus noir chagrin. *« Depuis que je suis au monde, je n'ai songé qu'à plaire au Roi*, me disait-il, *j'y ai mangé des sommes immenses, j'y ai employé tous les moyens et voilà la récompense ! »* Je donnai à mon fils le conseil de la patience. Que pouvais-je faire d'autre ? Ah, c'était une jolie situation de connaître que je traversais la fortune

1. D'ériger le marquisat d'Antin en duché.

de mon fils et que seule ma mort le délivrerait de cette position tendue et affligée.

Ces deuils cruels furent entourés d'une infinité d'autres : Racine, Le Nostre, l'abbé de la Trappe [1], mon cher Segrais, moururent pêle-mêle. J'eus un chagrin particulier de la mort de monsieur Le Nostre parce que je l'aimais et estimais infiniment ; le Roi a perdu là un homme rare. Jamais homme n'a mieux su que lui tout ce qui peut contribuer à la beauté des jardins. Il fut très attaqué sur ce qu'il ne laissait pas autant de couvert dans les jardins qu'auraient souhaité certaines gens, mais il ne trouvait pas que les beaux jardins dussent ressembler à des forêts. Monsieur Le Nostre ne pouvait souffrir les vues bornées ; en cela il rejoignait le goût et l'esprit du Roi. Quant à Racine, je le pleurai comme le plus beau génie qui eût servi Sa Majesté et le poète qui a le mieux entendu sa grandeur. Après tant de départs, la duchesse d'Orléans fut heureusement accouchée du duc de Chartres. En allant admirer mon petit-fils au Palais-Royal, je songeai que Monsieur eût été bien heureux de voir ce prince parfaitement beau et bien fait qui poursuit sa lignée. Après avoir félicité ma fille, je partis pour Oiron, passant comme chat sur braises à Bellegarde. Ma sœur connaissait des difficultés à Fontevrault et j'avais hâte de me trouver auprès d'elle.

Par des lettres envoyées plusieurs fois la semaine, je restais toujours en liaison intime avec Madame de Fontevrault. Elle se plaignait que le gouvernement était devenu plus difficile. Elle en voyait la cause dans ces livres de Hollande qui ont inondé le monde depuis quelques années et qui se sont glissés dans les cloîtres comme ailleurs ; ils ont répandu des doutes et des

1. L'abbé de Rancé.

demi-connaissances dont les petits esprits n'ont pu tirer d'autre fruit que de se croire capables de juger de tout et de regarder la soumission aux lois comme un effet de la faiblesse et de l'ignorance où ils vivaient avant ces belles découvertes. Ma sœur souffrait du manque de soumission des religieuses, des malignes interprétations que l'on donnait à ses desseins, des incessantes demandes de sorties et des infractions à la règle. Une autre affaire était de ne pas laisser amoindrir l'autorité de l'abbesse, chef et générale de l'ordre de Fontevrault, par les évêques qui tentaient d'empiéter sur ses prérogatives, notamment pour ce qui concernait les autorisations de sorties des religieuses et l'examen des novices. Ma sœur avait juré que ne périraient pas entre ses mains des privilèges qui duraient depuis six cents ans, et dont le fond était la particularité de Fontevrault qui est de dépendre immédiatement du Saint-Siège. Elle se pourvut devant plusieurs juridictions et dut écrire une infinité de mémoires. Voyant que ces tracas nuisaient à sa santé, je suppliai ma sœur de se ménager. « *Croyez-vous que je resterai inactive devant les évêques ?* me lança-t-elle. *Cette inaction*, ma sœur prononçait le mot comme s'il eût été dégoûtant, *serait une tache, non seulement à ma vie, mais encore à ma mémoire.* » L'inaction n'étant en effet pas dans la nature de Madame de Fontevrault, elle en appela au Roi, lui demandant avec vigueur de suppléer à ce qu'elle appelait son indignité personnelle, et de lui éviter la honte de ne pas avoir conservé ce qu'elle avait reçu des princesses[1], le sommant à la fin, le plus respectueusement et le plus fermement du monde, d'empêcher qu'on troublât une possession établie depuis des siècles. Elle fit du Roi son champion et son chevalier

1. Les précédentes abbesses.

pour défendre son droit, et fit bien. Sa Majesté lui accorda par inclination ce qu'Elle eût refusé au reste de la terre. Cette lutte, terminée en 1702 par un ordre du Roi qui fit reculer les évêques, laissa ma sœur épuisée ; elle avait consumé ses forces dans cette défense. Des migraines fréquentes l'affligaient ; elle en cachait la violence et, pressée par la nécessité des affaires, n'en diminua pas pour cela d'une ligne ses activités. Elle y ajouta même la rédaction d'une vie du fondateur de l'ordre de Fontevrault. Pour rédiger cet ouvrage, elle consultait beaucoup de savants religieux. Il m'amusa de la trouver un jour au milieu de papiers couverts des hauts faits de Robert d'Abrissel, en train d'écrire au duc de Noailles pour s'excuser sur ce qu'un envoi de noix confites n'était point encore arrivé parce qu'on avait fait voyager le paquet par la rivière. La politesse était l'une des vertus préférées de ma sœur qui avait consacré à ce sujet un mémoire fort délicat.

Nous eûmes, le 5 septembre 1703, une grande joie de famille. Mademoiselle de Bourbon, fille aînée du duc et de la duchesse de Bourbon, qui allait bientôt avoir treize ans, fut baptisée [1] à Fontevrault où elle était élevée. Ma petite-fille fut confirmée un moment après par l'évêque de Poitiers qui donna une magnifique collation à Madame la Duchesse. Je jouis quelques jours de ma fille et de ma petite-fille près de ma chère sœur. J'ignorais que ce serait la dernière joie de cette sorte.

La guerre qui se révélait dure et cruelle fit lever, faute de capitaines, les refus de servir du Roi. Le duc du Maine alla en Flandre avec le marquis d'Antin, et le duc de Chartres partit commander une armée en

1. Dans les familles royales, les enfants étaient ondoyés à la naissance. Les cérémonies solennelles du baptême avaient lieu plus tard.

Espagne. Le marquis d'Antin, heureux de reprendre les armes, acheta le régiment de Crussol pour le donner à son fils, le marquis de Gondrin, quand il sortirait des mousquetaires. Mon petit-fils avait quatorze ans et allait connaître la guerre. Après avoir servi dans les Flandres, Toulouse demanda à ce que le Roi lui permît d'aller à la mer. Il dit qu'il était honteux pour lui, ayant l'honneur d'être amiral, de ne pas savoir comment un vaisseau était fait et qu'il entendît parler tous les jours de la marine sans y rien comprendre. Le Roi fronça le sourcil. *« Je ne demande point à commander,* dit mon fils, *mais à aller apprendre mon métier. »* Sa Majesté ne crut pas devoir refuser plus longtemps une chose si raisonnable. Mon fils alla donc à Toulon avec le maréchal de Cœuvres ; Toulouse commandait au maréchal comme amiral, toutefois soumis à son conseil et ayant défense du Roi de ne rien faire qu'à son avis. Le maréchal de Cœuvres avait vu beaucoup d'actions par terre et par mer et commandait en chef à la plupart des dernières avec succès, ce qui eût été fait pour me rassurer, s'il était possible à une mère de l'être ; les hasards de la mer me paraissent plus redoutables encore que ceux de la terre. Toulouse vint m'embrasser devant que de partir. Je ne dis pas un mot de mes craintes, mais le fixai comme si je n'eusse jamais dû le revoir. Mon fils est le portrait du Roi, aussi ne puis-je le regarder sans en être bouleversée de tendresse ; il a ses traits, ses yeux noirs et ses cheveux châtains. Il a aussi son caractère égal et sérieux, son amour des chevaux, de la chasse et des chiens. Quand on lui demande un avis, Toulouse est la justesse, la précision et la clarté mêmes, enfin, c'est le Roi au même âge, en parfaitement sage et obéissant. Celui-là est né sur la fin de ma faveur, aussi ai-je pu consacrer plus de temps au soin de son éducation. Madame de Maintenon n'a pas posé sa griffe sur lui.

Je rapportai au père de La Tour les craintes particulières que m'inspirait le départ du comte de Toulouse. Il me répondit que cet enfant étant celui du péché, je devais louer Dieu d'être éprouvée par lui. Ces épreuves-là ne manquaient pas. L'année suivante, Toulouse fut envoyé commander la flotte de l'Océan et s'embarqua à Brest. Je redoutais encore plus l'Océan que la Méditerranée. Ce me fut à nouveau un soulagement de savoir qu'il avait dans son bateau le maréchal de Cœuvres. La maréchale, encore fort jeune, était l'une des filles du duc de Noailles, je l'aimais fort et la voyais souvent pour nous entretenir de nos marins. Sur le chapitre des croix que donnent les enfants, je n'avais, en réalité, que l'embarras du choix. Madame la Duchesse poursuivait ses sottises ; il y eut des soupers où l'on chansonnait la Cour, on alla furtivement à Paris, on eut des tête-à-tête avec le comte de Marsan. Je n'avais pas mené une vie qui me mît en position de reprendre ma fille ; je le fis pourtant. Elle prit la chose assez légèrement, s'amusant des réponses que Corbinelli, qui avait été de ces soupers, fit au lieutenant de police, monsieur d'Argenson. Il lui demanda où il avait soupé tel jour : *« Il me semble que je ne m'en souviens pas »*, dit-il en bâillant ; s'il ne connaît pas tel ou tel prince. *« Je l'ai oublié »*, répond-il encore ; s'il n'a pas soupé avec eux. *« Je ne m'en souviens pas du tout »*, répond-il toujours. *« Mais, il me semble,* dit le magistrat, *qu'un homme comme vous doit se souvenir de ces choses-là. – Oui monsieur,* répliqua Corbinelli, *mais devant un homme comme vous, je ne suis jamais un homme comme moi. »* Le Roi, averti de ces folies, chargea madame de Maintenon de sermonner sa fille. *« Voulez-vous que je devienne dévote en quatre jours comme vous ? Je ne fais que ce que vous faisiez à mon âge »*, répliqua-t-elle, ce qui me parut bien trouvé, quoique imprudent. De son côté, la duchesse du Maine avait depuis longtemps secoué le joug de la contrainte et ne s'embarrassait pas plus du Roi ni de Monsieur le Prince que du duc du Maine. La palme revient au duc de Chartres qui fit un enfant à mademoiselle de Séry ; comme cette effrontée est fort ambitieuse, je craignais fort les suites de cette affaire.

L'année de 1704 s'annonça pareille aux autres ; on était suspendu aux nouvelles de la guerre, lesquelles n'étaient pas trop bonnes. Je fus au début d'avril à Saint-Joseph, afin de revoir Toulouse qui partait s'embarquer à nouveau. Il ne m'entretint que de vaisseaux, de galères et de galiotes. Le 12 avril, j'appris la mort de Bossuet à Paris. Le *Jupiter tonnans* qui m'avait si fort fait trembler s'était tu. Je crois que la fin de la vie de Bossuet ne fut pas heureuse. Monsieur de Meaux n'allait plus guère à Versailles ; c'était un homme de la vieille Cour, et le Roi, pour les affaires ecclésiastiques, prenait conseil de Monsieur de Paris. Le père de La Rue prononça son oraison funèbre sans pouvoir atteindre à la grandeur de celui qu'on enterrait. Je me souvins de ce discours qui s'enflait puissamment et s'édifiait en voûte, devant que de redescendre, ayant accroché avec lui tous ceux qui écoutaient. Je ne vois personne au-dessus de Bossuet pour la parole, personne plus sûr de ses mots, plus énergique et plus délié dans tous les actes de son discours, plus maître de son langage, c'est-à-dire de soi-même. C'était encore l'un des hommes qui avaient le plus contribué à la grandeur et à la gloire du Roi qui s'en allait.

Au début de juin, une lettre de Toulouse m'apprit qu'il se trouvait avec sa flotte à hauteur de Carthagène et qu'il faisait route pour être joint devant Alicante par les vaisseaux de du Quesne. Mon fils m'avait laissé une carte des côtes de la Méditerranée où je tentais de suivre sa course. Cela me fit souvenir que je faisais de même, quarante ans auparavant, quand mon époux se trouvait envoyé à Gigelli dans la flotte que commandaient Vivonne et le duc de Beaufort. Tous ceux-là étaient morts ; à vrai dire, ma pensée se heurtait toujours à des disparus et à des calculs affreux : quarante ans ! Il y a quarante ans, j'avais un époux, une petite fille et une vie respectable devant moi.

Le 24 juin, le pays eut une consolation en apprenant que la duchesse de Bourgogne était heureusement accouchée du duc de Bretagne. Bien qu'il n'y eût guère de réjouissances publiques, je remerciai Dieu de tout mon cœur d'avoir accordé au Roi un arrière-petit-fils. On répandit que Clément qui avait mis au monde presque tous les enfants et petits-enfants du Roi, tant légitimes qu'illégitimes, dit à Sa Majesté qu'il espérait lui donner encore les enfants du prince qui venait de naître ; c'était beaucoup demander à Dieu. Au mois de juillet, je reçus une lettre de ma sœur dont l'écriture altérée me donna de l'inquiétude. Je lui écrivis qu'un voyage à Bourbon me semblait nécessaire. Elle me répondit qu'elle avait résolu de ne plus sortir par aucun motif qui la regardât en particulier. Je passai l'été, selon mon habitude, à Saint-Joseph, agrémentant mon séjour de quelques escapades à Petit-Bourg. Le 17 août, je me trouvais à examiner le travail de broderie de mes petites filles quand je vis arriver le père de La Tour. Les pères de l'Oratoire vivent dans un grand éloignement du monde et ne visitent pas les familles ; je fus surprise d'une rencontre qui n'avait pas été même annoncée. J'allais faire une plaisanterie sur des péchés qui pouvaient attendre leur pardon, quand je vis que la contenance et l'air de mon confesseur annonçaient quelque chose de terrible. « *Madame,* me dit-il, *je ne viens pas de moi-même, je suis envoyé. – Envoyé ? Mais par qui ? – Je vous demande de vous retirer en vous-même et d'appeler votre courage.* » Ces paroles m'ensevelirent dans un linceul de glace. « *Ah ! mon Dieu !* criai-je, *est-ce Toulouse ? D'Antin ? – Madame de Fontevrault a été rappelée à Dieu le jour de la fête de Notre-Dame »*, me dit-il.

Je me débattis un moment, assurant que ma sœur n'était pas réellement malade, qu'elle ne souffrait que d'un excès de charge, que si elle s'était trouvée en danger, on m'eût fait prévenir, que ma nièce, la grande prieure, n'eût pas permis que je fusse éloignée. Le père de La Tour avait fermé les yeux ; il priait. J'en vins à le supplier, comme s'il eût été en son pouvoir de ressusciter les morts. Quand l'excès de ma douleur se fut répandu, mon confesseur me conta qu'il avait reçu une lettre de ma nièce lui demandant de me porter lui-même la nouvelle. Ma sœur avait été attaquée d'une petite fièvre, le jeudi 7 août. Ce mal ne parut pas considérable et l'on ne crut pas devoir m'avertir. La fièvre devint imperceptiblement continue, mais la patience de ma sœur cachait une partie de son mal et empêchait de s'en inquiéter. Les six premiers jours de sa maladie se passèrent de cette sorte, jusqu'au mercredi. On s'aperçut alors que ses discours ne se présentaient plus qu'avec difficulté et ma nièce, appréhendant brusquement des suites terribles et proches, pensa que je ne pourrais arriver à temps. Ma sœur expira le vendredi 15 août, sur les 11 heures du matin, mourant comme elle avait vécu, avec une douceur qui tenait plus de l'extase et du ravissement que d'une séparation douloureuse.

Ce récit fait, je voulus partir dans l'instant pour Fontevrault et commençai d'appeler mes femmes. *« Vous n'êtes pas en état de voyager,* me dit le père de La Tour, *et quand vous feriez la folie de partir, vous arriverez pour trouver les cérémonies achevées. »* Ces mots renouvelèrent mes larmes. *« Prions, ma chère fille,* me dit-il encore, *pour que vous puissiez faire de votre douleur un usage nécessaire à votre sanctification. »* La duchesse de Lesdiguières que mes femmes avaient fait avertir arriva. Je tombai dans les bras de ma nièce. Elle avait été élevée auprès de Madame de Fontevrault qui lui avait été comme une autre mère, et sa peine était immense. A son invitation, je réfugiai ma douleur à l'hôtel de Créqui.

La mort de ma sœur changea ma vie. Je n'avais plus personne qui m'eût connue intimement, et à qui je pusse conter sans contrainte ces folies et ces riens qui finissent par peser lourd si on ne peut les confier. Je n'avais plus de secours qu'en Dieu et n'en attendais que de Lui. Le père de La Tour fut admirable en cette occasion. Il voulut que la mort de ma sœur profitât, et me fit avancer à pas de géant dans la voie de la conversion. Il me laissait entrevoir que Dieu avait permis un deuil cruel pour que j'eusse toujours sous les yeux le modèle d'une mort parfaitement chrétienne, lequel devait m'ôter la crainte qui me tourmentait de longtemps. Il m'entretenait encore de l'espérance des grâces que ma sœur m'obtiendrait dans le divin séjour. Il ne m'était pas difficile de me tourner vers le Ciel ; hors les enfants qui me restaient, tous ceux que je chérissais s'y trouvaient.

Le Roi montra l'estime dans laquelle il tenait la défunte abbesse de Fontevrault en nommant, pour la remplacer, ma nièce, Louise-Françoise de Mortemart, déjà grande prieure. Dès que je fus en état de voyager, je partis pour Fontevrault où je trouvai ma nièce fort effrayée et comme étonnée d'un fardeau qu'elle disait disproportionné à ses forces. « *Comment,* s'écria-elle, en se jetant dans mes bras, *vais-je soutenir une tâche que ma tante a trouvée si difficile ?* » Je la rassurai du mieux que je le pus. Je savais que la nouvelle abbesse, élevée fermement par ma sœur, se trouvait non seulement à la hauteur de ses devoirs, mais capable de retenir les vues et l'esprit de son prédécesseur. J'entendais aussi parfaitement ses craintes ; à la vérité, Louise-

Françoise eût été une merveille si elle n'avait succédé à une tante aussi extraordinaire. Nous nous entretînmes indéfiniment de celle dont le départ nous déchirait le cœur. Ce séjour fut infiniment triste en dépit des soins et des bontés de ma nièce. Ma sœur me manquait dans chaque endroit et à chaque instant. J'entendis que je ne pourrais revenir que pour de courtes visites à Fontevrault. Après quelques jours, je partis pour Oiron afin de trouver la solitude que j'avais appelée et qui m'attendait dans son entier.

Oiron, du 8° de décembre 1706

Me voici arrivée au terme de la tâche que je m'étais fixée. Ces mémoires sont achevés. Hier, après avoir posé ma plume, je me suis trouvée fort lasse, et comme étourdie ; il me semblait m'ébrouer comme le font les chevaux après avoir traversé le fleuve. Je me sens à présent plus légère. Le premier bénéfice est que j'accepte à présent la mort de Madame de Fontevrault. Il me fallut tout ce temps pour me résoudre à passer le reste de ma vie séparée de la personne du monde qui m'était devenue le plus sensiblement chère. Françoise de Rochechouart a offert tout cela à Dieu et a accepté de prendre les choses comme Il les accorde. J'en viens à l'autre bénéfice, qui est de me donner de l'humilité, non par honte ou par accablement, mais parce que, en parcourant ma vie, j'ai découvert, au-delà du péché, l'inutilité d'une existence où toutes les affaires ont dégénéré en amusements parce qu'elles n'ont pas eu de fin éternelle. Une piété tout extérieure ne m'a pas protégée des folies de la Cour, aussi me suis-je éloignée très tôt des desseins de Dieu sur mon âme ; partant de là, le diable fait ce qu'il veut d'une fille qui a de la beauté, un peu d'esprit et beaucoup d'orgueil. Le monde l'a emporté aisément et sans même que je m'en aperçoive. J'étais une mauvaise épouse bien avant de devenir la maîtresse du Roi, car je regardais mon mariage du côté de ma satisfaction et de mon bon plaisir et non dans les vues de Dieu sur cette union. La mort de mon mari et un renouvellement des maux de madame de Maintenon ont rallumé les espérances de mes enfants qui m'ont suppliée de reparaître à la Cour. Je leur ai répondu que je ne voulais point en entendre parler, et ce n'est pas peur d'avoir la faiblesse d'y reprendre. « *Ah non !* ai-je dit à Madame la Duchesse. *Me voyez-vous dîner, souper en festin, recevoir mille visites de devoir, aller, venir, complimenter, devenir tout aliénée comme une dame d'honneur ? Je m'accommode fort bien de mon obscurantisme et de mes champs. – Et le Roi ?* » m'a-t-elle demandé, fort surprise. J'ai ri : « *Le Roi,* à *ce qu'on dit, est marié à une femme qui l'a façonné à son point et à sa manière ; ce serait un bien grand travail que de le remettre comme il était.* » J'ai cité à ma fille pour finir cette phrase de l'*Imitation* qui dit que tout n'est que vanité hors aimer Dieu et ne servir que Lui seul. La duchesse de Bourbon est jeune et faite pour le monde ; elle ne m'a pas entendue. Ces vanités me quittent peu à peu sans que j'aie à les arracher de moi. J'ai brûlé une partie des lettres que j'ai reçues du Roi ; mon courage n'a pas été jusqu'à les sacrifier toutes, mais j'ai demandé au marquis d'Antin de le faire après ma mort. J'ai fait porter dans le garde-meuble d'Oiron tous mes livres profanes : des ouvrages d'histoire et aussi des contes. J'ai fait serrer dans une armoire les robes et les habits qui ne me sont plus d'aucune utilité ; on trouvera après moi des douzaines entières de corsets, jupes, robes de chambre, manteaux de brocart d'or, de moire, de damas, de velours, des livres de dentelles d'or et d'argent, des pièces entières de taffetas, d'autres de toile de lin, ouvré et damassé à fleur de lys. On verra à côté les soucoupes et les salières d'argent qui ont échappé au grand holocauste demandé par le Roi, ainsi que quantité de vases, coffrets, boîtes de la Chine et porcelaines du Siam. J'ai rangé encore, car je n'y toucherai plus, les aiguilles pour jouer à l'anneau tournant, les trictracs d'ébène ou de maroquin. Le garde-meuble abrite aussi plusieurs portraits du Roi, ceux de mes enfants et de madame de Thianges, des tapisseries représentant des conquêtes du Roi et la prise de Palerme par Vivonne. Ces tableaux voisinent avec des portraits où Mignard m'a peinte en Marie-Madeleine ; on y voit cette pécheresse fort alanguie et couchée sur des fleurs ; ce temps-là est passé.

Si Dieu m'a fait la grâce d'abandonner quelques-unes des vanités du monde, il ne m'a pas donné la vocation du cloître ; je reste fort du monde où j'ai encore beaucoup d'affaires. La première est le soin de mes enfants ; je les vois autant qu'on me l'accorde ; pour le reste, mes lettres leur portent mes avis et une infinité de choses qu'il est bon qu'ils entendent ; j'espère qu'ils y trouvent comment mon cœur est pour eux. La seconde de mes occupations se trouve dans les cinq cents pauvres et orphelins qui sont dans les hôpitaux de Saint-Germain, de Fontainebleau, d'Oiron et dans mon couvent de Saint-Joseph ; non seulement ils ne doivent manquer de rien, mais je veux qu'ils soient aise. Je visite les maisons, regarde les comptes, écoute les plaintes et tente de donner ordre à tout. A Oiron, je soigne moi-même les vieillards à l'infirmerie comme je le faisais jadis à Saintes ; je suis devenue une espèce de médecin fort réputé, et je puis assurer qu'on vient chercher mes remèdes de loin. Je m'occupe encore de la bonne administration du bien que j'ai constitué pour le marquis d'Antin, je vois mes amis et réponds à leurs lettres. S'il y a une chose que je peux regretter de ce côté, c'est que Oiron ressemble trop à Petit-Bourg et que j'aie sujet d'appréhender de n'y pas trouver autant de retraite et de séparation de tout commerce que j'en eusse souhaité ; toute la province vient me visiter ; mais Dieu peut me faire une retraite au fond de mon cœur en me séparant de moi-même, plus que de tout autre chose, car nous sommes à nous-mêmes, la plupart du temps, un grand monde, et nous parlons souvent dans notre âme avec une populace[1] nombreuse de passions, de désirs, de desseins, d'inclinations et de tumulte qui nous agitent par des inquiétudes, nous troublent par des révoltes, et nous empêchent d'écouter Dieu qui parle à notre cœur et devrait seul être notre monde et notre tout. Dieu m'a fait la grâce de savoir m'éloigner de cette agitation et même de ne plus la goûter. Il me reste les souvenirs. Ils ne me troublent plus et m'accompagnent, comme des amis fort tendres et souvent fort tristes. Je ne les cherche pas ; ils viennent quand je ne les attends pas ; quelques-uns sont familiers ; ils me guettent à Oiron dans quelques coins où ils se sont logés. Je vais parfois les chercher quand les jours sont brumeux et que je suis seule. Dans la cour, un médaillon gravé sur la tour ouest étonne les enfants parce qu'il représente *Mahomet Sultan.* Moi seule reconnais à son turban et à sa barbe le faux ambassadeur que le Roi reçut à Saint-Germain. Mon esprit flotte un moment sur les vases d'argent dont on avait décoré le Château-Neuf ou sur le diamant qui relève le chapeau du Roi, devant que d'arriver dans ma chambre ; sentant le dépit et la colère de Sa Majesté, je ris et dis : *« Demandons à Molière de nous faire une turquerie. »* Je fabrique un

1. C'est l'expression de madame de Montespan.

turban avec des mousselines. Les yeux du Roi disent son amusement et me regardent avec douceur. Il me semble entendre la musique de Lully.

Je vais parfois dans la chambre du Roi ; je veux qu'elle soit toujours dans un état aussi parfait que si Sa Majesté devait y venir le jour même. Dans le vestibule, j'ai fait accrocher un tableau de la famille du Roi, un autre de celle du Dauphin, et un dernier du roi d'Espagne, de sorte que le Roi se trouverait chez lui. Le lit, fort magnifique, à l'impériale, dix fauteuils et un lit de repos sont de bois doré tendu de velours noir enrichi de broderies d'or et d'argent, et parfaitement dignes de Sa Majesté. Aux quatre coins du plafond, on a peint des allégories des continents assises sur des chars. L'Afrique est tirée par un éléphant, l'Asie par des chameaux, l'Amérique par des léopards, l'Europe doit se contenter de chevaux. Je renverse la tête pour les contempler et il me semble me trouver dans la Ménagerie, quand elle se construisait et que l'on allait encore rarement à Versailles ; le jeune Roi mesure la force des jets d'eau et s'amuse à en jeter sur ma robe ; je m'enfuis. Je ne vais jamais loin car, au centre du plafond, on a représenté les trois Parques [1], non pas hideuses et vieilles, comme on les peint ordinairement, mais jeunes et parfaitement belles ; Atropos s'apprête à trancher le fil. C'est une méditation terrible au-dessus d'un lit ; pour ma part, je ne saurais fermer l'œil, mais je sais que cela n'empêcherait pas Sa Majesté de dormir. Comme le spectacle de ces femmes me remplit toujours d'une terreur secrète, je passe dans le cabinet des Muses, fort beau et fort précieux, couvert de boiseries.

1. Ces divinités du destin de la religion romaine présidaient à la vie de chaque homme : l'une tordait le fil, l'autre dévidait la quenouille, la troisième coupait.

Les neuf muses sont là, tout en pied, habillées comme au temps de ma jeunesse. Elles tiennent un instrument de musique et semblent l'accorder pour un bal. Je retrouve aisément les jeunes personnes qui dansaient à la Cour des Tuileries ou à Fontainebleau. Je leur ai donné des noms : voici Olympe Mancini et sa sœur Marie, avec sa taille mince et ses yeux de feu, voici Henriette d'Angleterre devant qu'elle n'épouse Monsieur, et puis mademoiselle de La Vallière et son air pensif, voici Françoise de Rochechouart au temps où elle s'appelait mademoiselle de Tonnay-Charente. Le Roi s'est trouvé amoureux de toutes. J'ai sans doute été la mieux aimée... A ce point de mes réflexions, il me vient toujours une foule de pensées, des folles et des sages mêlées ensemble et je verse des larmes, non de celles qui finissent toujours par soulager une souffrance, mais de ces larmes intérieures qui semblent approfondir la douleur, car c'est, hélas, moins sur mon péché que je pleure, que sur ce que Dieu n'a pas permis. Car il nous faut partir vers l'Au-delà, non seulement avec le poids de nos fautes, mais avec la plaie vive de nos regrets.

Je n'ai point encore parlé du trésor d'Oiron qui est la grande galerie, faite pour les bals ou les banquets. Je vais à présent seule voir cette étrange merveille, souvent quand le soir tombe, et je dois prendre un flambeau qui éclaire au passage les scènes de la guerre de Troie dont un peintre de l'autre siècle a décoré les murs. J'ai eu le bonheur de voir travailler les peintres les plus fameux de mon temps, à commencer par monsieur Le Brun, mais pas un n'approche le génie de celui qui s'est exercé à Oiron et dont la postérité, ingrate, a perdu le nom. Je ne pourrais dire s'il a peint dans la manière italienne ou française, tant cette façon n'appartient qu'à lui. Les couleurs, toutes adoucies, semblent avoir été tirées de la terre ; les personnages se trouvent dans des paysages peuplés de ruines antiques ou de châteaux perchés sur d'étranges rochers : ce sont des royaumes de songe. Au centre, une peinture est plus forte que les autres, plus forte que toutes celles que j'ai vues dans une vie qui a vu des merveilles. Les personnages, rejetés sur le côté, laissent au centre un grand vide où paraît le cheval de Troie ; j'ai dit comme j'avais moi-même introduit ce cheval à la Cour. L'énorme bête que le temps a commencé d'effacer semble terrible, en dépit de son air doux et de sa tête un peu penchée. Quand la punition est trop écrasante, je lève les yeux vers le plafond magnifiquement cloisonné. Le peintre a fait de chaque loge un tableau délicieux : voici le bateau de mon cher Toulouse, un oranger de Clagny et aussi le château des contes de monsieur Perrault. Quand mon cœur est trop lourd, quand la tête me tourne, je passe à la chapelle et m'abandonne aux pieds du Dieu qui aime et qui console.

Le Roi m'a communiqué son goût pour la symétrie dans les bâtiments. A Oiron, la terrasse de l'aile sud était inachevée. J'y ai fait bâtir un pavillon en forme de tour pour rendre le château plus régulier. Cette tour enferme une salle avec une cheminée où j'ai fait inscrire les armes et la devise de ma famille[1] ; pour cette raison, les maçons l'ont appelée la tour des Ondes. Quand on s'y trouve, on ne voit de tous côtés que les champs jusqu'à l'infini. Je vais parfois m'y installer avec un ouvrage ; c'est un lieu à tomber en méditation. Il arrive que ma vue se brouille, que l'ouvrage me glisse des mains, et qu'il me semble apercevoir un carrosse courant à grande allure sur *la route qui poudroie.* Oui,

1. *« Avant que la mer fût au monde* Rochechouart portait les ondes. »

cela arrive... mais je n'ai pas dit que j'étais devenue raisonnable. Quand j'ai fait les honneurs au marquis d'Antin de la tour des Ondes, il a trouvé l'endroit mélancolique. J'ai avoué à mon fils que je venais pourtant travailler ici. Il a ri : « *Madame,* me dit-il en s'en retournant, *vous me faites penser à cette chanson que l'on a faite sur le duc de Marlborough*[1]. » Et de chanter avec une fort belle voix héritée de son père, en frappant ses bottes avec sa badine :

Madame à sa tour monte,
Mironton mironton mirontaine
Madame à sa tour monte
Si haut qu'elle peut monter.

Je souris ; mon fils ne peut savoir combien cette chanson est à l'image de ma vie. Je tente, en effet, de monter ; je tiens mon regard en haut. Je ne suis sans doute pas bien aise, mais il me semble que je peux dire comme mademoiselle de La Vallière dans son Carmel : je suis contente ; c'est bien assez. J'en ai suffisamment confié pour que l'on devine que ma vie n'est pas sans bourrasques : il est des nuits obscures et des jours de ténèbres. Chaque fois, je me remets entre les mains de Dieu. Je me cache dans l'ombre de Notre-Seigneur ; je cherche asile sous sa croix. La grâce de Madame de Fontevrault m'accompagne et me fait peu à peu entendre que la mort n'est pas une chose aussi terrible que nous l'imaginons, que nous la jugeons mal de loin, que c'est un spectre qui nous épouvante à une certaine distance, et qui disparaît lorsqu'on vient à en approcher

1. Le nom du général anglais, chargé du commandement en chef de l'armée ennemie lors de la guerre de Succession d'Espagne, est entré dans la légende sous la forme de Malbrough.

de près. Atropos coupera le fil le jour qu'il plaira à Dieu.

HIC TERMINUS HAERET

Françoise de Rochechouart de Mortemart,
marquise de Montespan

A monsieur Ignace Caghers
imprimeur à Amsterdam

Oiron, du 9e de
septembre 1707

Monsieur,

Obéissant à la volonté de madame la marquise de Montespan, j'ai le triste devoir de vous informer de sa mort, arrivée brusquement aux eaux de Bourbon, le vendredi 27 mai, à 3 heures du matin.

Je dois porter ici témoignage que madame la marquise de Montespan est partie à Bourbon avec le pressentiment très arrêté de sa fin prochaine ; elle a payé d'avance toutes les pensions charitables qu'elle faisait en grand nombre, et doublé toutes ses aumônes. Quoiqu'en pleine santé, et de son aveu, elle disait qu'elle ne reviendrait pas de ce voyage, et que tous ces pauvres gens auraient, avec ces avances, de quoi chercher leur subsistance ailleurs. Bien qu'on l'en ait pressée, madame la marquise de Montespan n'a pas voulu différer ce voyage pour la raison qu'elle avait accepté d'être la marraine, à Bourbon, d'une cloche qui fut baptisée en profitant du passage du parrain, monsieur le duc de Noailles, qui s'en allait en Espagne.

Je ne saurais dire si cela a avancé sa fin, mais devant que de partir, madame la marquise de Montespan fut très affectée par la mort du maréchal de Vauban qu'elle tenait pour le meilleur homme et le meilleur patriote du monde, venue après un livre qui fit grand bruit[1]. *La mort de son neveu, le duc de Nevers, le jour de son départ, la plongea dans l'affliction et dans ses souvenirs. Elle fit le voyage avec la maréchale de Cœuvres, fille du duc de Noailles. Je dois, ici, légèrement entrer dans des affaires de Cour, et assurer que la maison de Noailles a toujours ménagé madame la marquise de Montespan, dans les vues de la voir succéder à madame de Maintenon quand le Roi, par sa mort, deviendrait libre. Cette pensée n'a pas peu contribué à l'empressement de cette famille pour le mariage de leur sixième fille avec le fils aîné de monsieur le marquis d'Antin ; ce mariage se fit au mois de janvier, madame la marquise de Montespan y fut et donna cent mille livres de pierreries à son petit-fils. Quand je vous aurai dit que le duc de Noailles a marié une autre de ses filles avec le neveu de madame de Maintenon, vous entendrez que ce sont des gens qui se garantissent de tous les côtés. Ils prirent occasion du voyage de madame la marquise de Montespan à Bourbon pour lui donner une troisième fille, la maréchale de Cœuvres, qui n'a pas d'enfant, à y mener comme la sienne. Madame de Saint-Simon et sa sœur, madame de Lauzun, étaient à Bourbon, quand madame de Montespan y arriva. Madame de Saint-Simon était sa parente, aussi madame de Montespan lui fit-elle toutes sortes d'amitiés et de caresses, j'oserais dire de distinctions, avec cet air de grandeur qui lui était demeuré ; la maréchale de Cœuvres en était mortifiée de jalousie jusqu'à le montrer, et on s'en divertissait. Je rapporte ces riens pour montrer que l'idée de remplacer madame de Maintenon, toute chimérique qu'elle fût, était entrée dans la tête des cour-*

1. *La Dîme royale.*

tisans les plus intérieurs[1]. *Parmi ces bagatelles, et madame de Montespan dans une très bonne santé, elle se trouva tout à coup si mal une nuit que ses femmes m'envoyèrent éveiller ce qui était chez elle. La maréchale de Cœuvres accourut des premières qui, la trouvant la tête fort embarrassée, lui fit à l'instant donner de l'émétique de son autorité ; cette dame est jeune et de fort peu d'expérience, et j'ose avancer que la dose qu'elle fit prendre à l'aveugle la tua. Madame la marquise de Montespan n'avait ni chirurgien ni médecin auprès d'elle, de sorte qu'elle mourut dans l'abandon des secours ; elle profita d'une courte tranquillité pour se confesser et recevoir les sacrements. Elle fit auparavant entrer tous ses domestiques, jusques aux plus bas, fit une confession publique de ses péchés publics, et demanda pardon du scandale qu'elle avait si longtemps donné, avec une humilité si sage, si profonde, si pénitente que chacun en avait les larmes aux yeux. Quand le gardien des Capucins de Bourbon que j'avais été chercher arriva, elle lui dit :* « Mon père, exhortez-moi en ignorante, le plus simplement que vous pourrez. » *Et reçut les derniers sacrements avec une piété ardente. Elle remercia Dieu, en présence de tout le monde, de ce qu'Il permettait qu'elle mourût dans un lieu où elle était éloignée des enfants de son péché, et n'en parla durant sa maladie que cette seule fois. Elle ne s'occupa plus que de l'éternité, quelque espérance de guérison dont on la voulût flatter.*

J'avais, dès le début de la maladie, prié la maréchale de Cœuvres de faire prévenir le marquis d'Antin. Il était à Livry où Monseigneur était allé chasser, lorsqu'il reçut le courrier de Bourbon. En partant pour s'y rendre, il envoya avertir à Marly les enfants natu-

1. De la cour la plus intérieure, la plus proche du Roi.

rels de sa mère qui dépêchèrent le médecin Falconet et quelques autres. Le comte de Toulouse alla dire la nouvelle au Roi et lui demanda la permission d'aller trouver sa mère : il la lui accorda ; et partit aussitôt et passa par Sceaux pour avertir le duc du Maine qui prit prétexte de la grossesse de sa femme pour demeurer. Monsieur le marquis d'Antin arriva pour trouver sa mère fort apaisée. Elle lui dit seulement qu'il la voyait dans un état bien différent de celui où il l'avait vue à Bellegarde. Dieu lui avait fait la grâce de lui ôter toute horreur de la mort pour y faire succéder une confiance soumise et paisible. Elle mourut fort calmement, trois jours après le début de sa maladie, au milieu des regrets de tout ce qui était présent et des cris de plusieurs milliers de pauvres qui accouraient des provinces voisines à Bourbon dès qu'elle y arrivait, et qu'elle nourrissait et vêtissait tous. Moi qui l'ai vue devant qu'elle ne devînt la proie de l'apprentissage d'un misérable chirurgien qui l'ouvrit, je puis assurer que madame la marquise de Montespan demeura parfaitement belle jusqu'au dernier jour et qu'elle paraissait tout ce qu'elle avait été.

Dès qu'elle fut morte, monsieur le marquis d'Antin, qui était demeuré trois jours, s'en retourna sans donner ordre à rien. Je crois qu'il était fort affligé, mais il est homme à craindre qu'on ne l'oublie dès qu'il disparaît une heure de la Cour. La maréchale de Cœuvres se retira à l'abbaye de Saint-Menoux avec quelques-unes de la compagnie de madame de Montespan, de sorte que je fus réduit à regarder dans une grande impuissance les chanoines de la Sainte-Chapelle[1] *et les prêtres de la paroisse disputer de leur rang pour emporter le corps.*

1. Du château de Bourbon.

Le comte de Toulouse ne fut que jusqu'à Montargis où il trouva un courrier qui apportait la nouvelle de la mort de sa mère. Il s'en alla cacher une affliction qui fut immense dans son château de Rambouillet. J'ai ouï dire que la douleur de Madame la Duchesse fut étonnante, elle qui s'était piquée toute sa vie de n'aimer rien ; ce qui le fut davantage, c'est celle de Monsieur le Duc, qui fut extrême, lui si peu accessible à l'amitié. Cela peut confirmer dans l'opinion que j'ai expliquée plus haut de leurs espérances, auxquelles cette mort mit fin.

Le Roi fut averti à Marly, le samedi 29 mai avant de partir pour la chasse, que madame la marquise de Montespan était morte à Bourbon. Tout ce qui me fut rapporté, c'est qu'après avoir couru le cerf, il s'est promené, seul, dans ses jardins jusqu'à la nuit.

Les entrailles de madame la marquise de Montespan furent portées selon ses instructions dans l'abbaye de Saint-Menoux, située sur la route de Moulins, à deux lieues de Bourbon. Madame de Montespan avait une grande dévotion à ce saint pour avoir assisté à un miracle. En se rendant à Bourbon, sept années auparavant, elle avait conduit jusqu'au tombeau de saint Menoux un gentilhomme breton, monsieur de Bourgues, qui avait complètement perdu la tramontane : le malheureux se promenait dans les rues de Bourbon en lançant des pierres et en se livrant à mille extravagances. La bonté de madame la marquise de Montespan l'avait fait habiller plus convenablement et conduit au tombeau de saint Menoux ; ce saint est réputé pour savoir débrediner[1]. Monsieur de Bourgues retrouva la raison, ce qui laissa madame la marquise de Montespan remuée longtemps.

1. Oter la sottise ou la folie.

Le corps de madame la marquise de Montespan demeura dans l'église Saint-Georges de Bourbon un assez long temps. De là, il fut porté à Oiron et, le 3 août, dans la chapelle de l'église des Cordeliers de Poitiers. Madame la marquise de Montespan fut ensevelie le lendemain aux côtés de sa mère, madame la duchesse de Mortemart, dans le tombeau de la famille de Rochechouart de Mortemart. L'abbé Anselme, qui fut le précepteur de monsieur le marquis d'Antin avant de devenir un fameux prédicateur, fit l'oraison funèbre.

Je suis entré au service de madame la marquise de Montespan voilà sept ans, et je puis assurer qu'elle m'a toujours paru la femme la plus aimable du monde. Quoique dans des pratiques continuelles de vertu qui faisaient toute son occupation, elle était gaie et fort libérale. Il n'était pas possible d'avoir plus d'esprit ni de fine politesse ; cet esprit était plein de fantaisie et de grâces qui rendaient le moindre de ses entretiens et même ses ordres parfaitement agréables. En dépit d'un air de grandeur, répandu partout chez elle, je n'ai jamais vu quelqu'un l'approcher pour demander et en être repoussé. Elle donnait la plus grande part de son revenu, surtout aux hôpitaux et aux pauvres honteux ; et comme elle voulait savoir l'état où ils se trouvaient, qu'elle voulait qu'ils l'entretinssent de leurs affaires, qu'elle entrait dans tous leurs besoins et qu'elle réglait elle-même toutes ces choses, on peut dire que les pauvres perdent beaucoup en la perdant. Elle était bienfaisante et je ne l'ai jamais vue nuire à personne : voilà une épitaphe, monsieur, que l'on ne peut pas graver dessus beaucoup de monde.

C'est en sentant une très grande douleur de la nouvelle que je vous porte, que je suis et demeure, monsieur, votre très humble et dévoué serviteur.

Vivant Dubuc
intendant de madame la marquise de Montespan

ÉTAT DES QUESTIONS

En rédigeant ce texte, je m'en suis toujours tenue aux sources, et le plus fidèlement possible. Il existe cependant des doutes et des zones d'ombre sur lesquelles je veux faire le point.

La naissance à Lussac-lès-Châteaux

Plusieurs historiens ont débattu pour savoir si Françoise de Rochechouart était née dans le vieux château féodal de Lussac ou dans le logis de style renaissance, dit *« le Grand Logis »* construit par son père, Gabriel de Rochechouart. Le vieux château fort ayant été partiellement ruiné par l'amiral de Coligny en 1559, lors d'un épisode des guerres de religion, et le père de l'héroïne ayant fait le choix, non de le rebâtir, mais de construire un nouveau logis, c'est certainement dans celui-ci que notre héroïne naquit le 5 octobre 1640. Ce logis existe toujours et abrite un musée dont une partie est consacrée à la marquise de Montespan. Le château de Tonnay-Charente qui domine l'estuaire de la Charente, où la jeune Françoise de Rochechouart séjourna, demeure également.

L'éducation dans l'Abbaye-des-Dames de Saintes

La vérité oblige de dire que l'on ne sait pas de façon formelle où fut élevée Françoise de Rochechouart. Il est certain qu'elle reçut une éducation soignée ; elle savait notamment le grec et le latin. La plus jeune des filles de Gabriel de Rochechouart et, certainement, l'aînée, nées aux Tuileries, furent élevées à l'Abbaye-aux-Bois. La tradition familiale suivie par les biographes de madame de Montespan la fait pensionnaire à l'abbaye Sainte-Marie de Saintes (dite, à l'époque, Abbaye-des-Dames). Françoise est la seule des enfants de Gabriel de Rochechouart qui naquit en Poitou. Elle y eut sa nourrice et y passa ses premières années. Il est donc fort possible que ses parents l'aient fait entrer comme pensionnaire dans une abbaye relativement proche, et cela d'autant plus que les liens entre la ville de Saintes et la famille de Rochechouart de Mortemart existaient depuis longtemps, plusieurs évêques de Saintes étant issus de cette famille. Je n'ai pas cru devoir aller contre une tradition qui a des fondements solides, d'autant qu'il n'existe aucune allusion à un passage de la jeune Françoise à l'Abbaye-aux-Bois dont on parle pourtant souvent à propos de la dernière demoiselle de Rochechouart, Marie-Madeleine. J'ai fait terminer ces années de pension à la veille du siège de la ville, à la fin de 1651. La Cour, où le marquis et la marquise de Mortemart avaient tous deux une charge, se trouvait alors à Poitiers et il paraît difficile que Gabriel de Rochechouart eût laissé sa fille dans une ville qui risquait fort d'être mise à sac par les troupes du prince de Condé. Ce que je décris de l'Abbaye-des-Dames de Saintes, de l'abbesse, la terrible madame de Foix, et des péripéties de la ville durant la Fronde est exact.

L'idylle avec Alexandre de Noirmoutier

Cet épisode est rapporté par madame de La Fayette qui voit la jeune fille plus engagée qu'Alexandre de Noirmoutier dans cette histoire d'amour. Le duel du 20 janvier 1662 eut bien lieu à la suite d'une altercation lors d'un bal aux Tuileries. Il mit fin à l'idylle, puisqu'il y eut un mort et qu'Alexandre de Noirmoutier dut s'enfuir en Espagne en compagnie de son beau-frère, le comte de Chalais (époux d'Anne-Marie de Noirmoutier, future princesse des Ursins). J'ai, si j'ose dire, saisi l'occasion pour que Françoise de Rochechouart rencontrât le marquis de Montespan ; le malheureux duelliste tué, le marquis d'Antin, était le frère aîné de celui-ci. Le mariage du marquis de Montespan et de Françoise de Rochechouart eut lieu le 6 février 1663, soit un an après le duel.

Les intrigues de la cour de Monsieur

J'ai été obligée de simplifier les intrigues innombrables qui se déroulèrent dans l'entourage de Madame entre celle-ci, la comtesse de Soissons, Vardes, la comtesse d'Armagnac, etc. L'important est de savoir que madame de Montespan fut toujours du parti de Monsieur. Ceux qui voudront le détail de ces intrigues le trouveront aisément (et le suivront peut-être moins aisément) dans l'ouvrage de madame de La Fayette *Histoire de Madame, Henriette d'Angleterre.*

La résistance de la jeune marquise de Montespan à la cour empressée du roi

Le duc d'Enghien nous donne un premier témoignage de l'attention que le roi prête à la marquise de Montespan à la Toussaint 1666. « *Il paraît que le Roi y songe un peu, mais je n'ai pourtant rien remarqué là-dessus* », écrit-il à la reine de Pologne. Si l'on commence à parler de la nouvelle inclination du roi, c'est qu'elle est antérieure. J'ai fait remonter cette « songerie » du roi à l'été précédent, ce qui ferait que la marquise de Montespan aurait résisté une année à la cour que lui faisait son souverain ; on pourrait, sans trop craindre d'être inexact, allonger cette période car au début, l'idylle fut extrêmement discrète. Il est certain, et nombre de contemporains le rapportent, que, quand cette cour devint pressante, madame de Montespan chercha secours auprès de son mari. « *Madame de Montespan résista longtemps, avertit son mari, le pressa de l'emmener en Guyenne, puis succomba* », écrit Dangeau que l'on ne peut pourtant ranger parmi les pro-Montespan. Madame de Caylus et Saint-Simon disent la même chose. Il est fort possible que madame de La Fayette, qui voyait souvent la marquise de Montespan dans l'entourage de la première Madame, ait utilisé cet aveu au mari qui étonna les contemporains dans *La Princesse de Clèves.*

J'ai imaginé la scène où Louis XIV délivre madame de Montespan des entreprises du comte de Saint-Pol, près de la ramasse, mais non la « *ramasse* » elle-même. Ce toboggan se trouvait dans tous les parcs des châteaux royaux ; il existera même une ramasse à Marly. Je n'ai, bien entendu, pas inventé l'intérêt du comte de Saint-Pol pour la jeune marquise ; il est signalé par plusieurs contemporains dont La Fare. J'ai emprunté au merveilleux livre de Philippe Beaussant *Louis XIV artiste* le petit refrain que le roi chante en s'accompagnant à la guitare.

L'épisode de la promenade en carrosse du roi et de madame de Montespan à Saint-Germain le 4 mai 1667 est exact (j'ai toutefois inventé un dialogue que l'histoire ne nous a pas laissé), comme il est exact que le même jour, le marquis de Montespan conduisit sa femme chez deux notaires au Châtelet, afin d'y contracter un nouvel emprunt de vingt mille livres. C'est peu après, le 15 mai, que se passe l'épisode des carreaux des chiens de madame de Montespan que l'on va chercher pour faire agenouiller des mariés. Cet incident a lieu lors du mariage du duc de Guise, à Saint-Germain, promptement expédié à la veille du départ pour les Flandres, et non lors du mariage de madame de Montespan, comme on le trouve rapporté généralement.

La chute de la marquise a échappé à plusieurs de ses contemporains, mais pas à la Grande Mademoiselle qui suivit l'équipée des Flandres avec madame de Montespan. Grâce à elle, on peut la situer à l'étape d'Avesnes, entre le 9 et le 14 juin 1667. Le président Hérault qui le tenait du maréchal de Villeroy qui, lui, se trouvait sur place, dit que le roi bouscula quelque peu les choses. « *La première fois que le Roi la vit en particulier, ce fut par une surprise à laquelle elle ne s'attendait pas elle-même. Madame d'Heudicourt couchait toujours avec elle, et, un soir que madame de Montespan était couchée la première, madame d'Heudicourt (qui était dans la confidence) sortit de la chambre où le Roi entra, déguisé en suisse de monsieur de Montausier.* »

L'honneur perdu du marquis de Montespan

La liaison du roi et de madame de Montespan est demeurée cachée pendant près d'une année, mademoiselle de La Vallière poursuivant de jouer le rôle de maîtresse officielle et servant de paravent. C'est la nomination du duc de Montausier comme gouverneur du Dauphin qui afficha la faveur de madame de Montespan et la révéla au mari ; le début d'une grossesse a sans doute aussi joué un rôle. On sait que la réaction du marquis de Montespan fut vive, mais pas de la façon que l'on a dite ; l'enterrement fictif de l'épouse en Guyenne et le deuil outrancier semblent relever de la légende. En revanche, le marquis de Montespan se livra à la Cour et dans Paris à des excès verbaux extrêmement violents et aussi à des voies de fait sur sa femme et sur la duchesse de Montausier, ce qui conduisit le roi à le fermer quelques jours au For-l'Evêque, puis à l'éloigner. Il est à noter que les contemporains, non seulement ont peu d'estime pour le mari trompé, mais l'accusent de ne s'être rebellé que parce que le roi ne l'aurait pas acheté. La princesse Palatine, rejoignant l'opinion de madame de Caylus, écrit : *« Montespan n'était pas quelque chose de bon ; il ne faisait que jouer, il était fort intéressé ; je crois que si le Roi avait voulu donner beaucoup, il se serait apaisé. »* Rien ne permet d'aller jusque-là, mais il est certain que joueur, grand faiseur de scandales et cerveau brûlé, le marquis de Montespan a été plus blâmé que plaint.

La naissance de l'aîné des bâtards

Il est souvent écrit que l'on ignore le sexe du premier enfant du roi et de la marquise de Montespan qui naquit vers le mois de mars 1669, dans la petite maison que madame de Montespan avait louée au mois de janvier dans la rue de l'Echelle, près des Tuileries. Les contemporains parlent pourtant d'un garçon. Bussy-Rabutin dit que Louis XIV fit venir l'accoucheur Clément, les yeux bandés, et qu'il assista « *incognito* » à la naissance d'un fils. Saint-Maurice racontera au moment de la mort de cet enfant, à l'âge de trois ans en 1672 : « *Le Roi a eu un autre déplaisir qu'il n'a pas pu manifester car on m'assure qu'il y a neuf jours que le fils qu'il avait eu de madame de Montespan mourut.* » Le père Tixier, prieur de l'abbaye de Saint-Germain-des-Prés, dira qu'au moment de la mort du « *petit prince* », madame Scarron le fit venir avec Louvois. Ce témoignage est difficile à récuser car, en 1672, c'est bien Louvois et madame Scarron qui sont responsables de l'enfant caché. Le père Tixier remarqua « *que ce petit prince avait une tête excessivement grosse qu'à peine pouvait-il porter : on l'ouvrit et on lui trouva le crâne épais d'un gros pouce et la tête sans suture.* » De son côté, madame Scarron écrit en 1674, à propos du duc du Maine : « *Je n'aime pas moins cet enfant-ci que j'aimais l'autre.* » Cet autre, sans changement de genre, semble indiquer plutôt un autre garçon. On ignore tout des raisons de la mort de cet enfant qui fut d'abord confié à mademoiselle des Œillets, puis, la naissance du duc du Maine s'annonçant, à madame Scarron.

En ce qui concerne la naissance du duc du Maine à Saint-Germain au mois de mars 1670, la peinture d'un Lauzun traversant en tremblant la chambre de la Reine, dissimulant dans son manteau le nouveau-né, tient de la légende pour ce qui concerne la traversée des appartements de la Reine. Louis XIV avait assez d'audace, et de grandes négligences envers son épouse, mais pas à ce point. Les appartements de la Reine se trouvaient dans l'aile est de l'étage « noble » du château (dite aile de la Reine) et les appartements privés de madame de Montespan dans l'aile sud et Lauzun disposait de plusieurs escaliers pour emporter discrètement le poupon.

La mort de Madame (Henriette d'Angleterre)

La présence de madame de Montespan, comme celle de toute une partie de la Cour, lors de l'agonie de Madame, est attestée par plusieurs témoins. J'ai emprunté à madame de La Fayette et à la Grande Mademoiselle la description de la fin de cette princesse. L'exposé des symptômes de la maladie, puis l'autopsie faite en présence de seize médecins ne laissent aujourd'hui aucun doute. La mort de Madame, pour avoir été tragique, fut parfaitement naturelle, causée par une cholécystite aiguë ; ce que l'ambassadeur d'Angleterre, deux heures après la mort de la princesse, nomme déjà *« une colique bilieuse »*. C'est la rapidité de cette mort (*« Elle est passée d'une manière si subite »*, écrit Choisy), les horribles souffrances qui l'ont précédée, jointes à une situation conjugale délicate et à la haine des Lorraine pour Madame qui alimentèrent les soupçons d'empoisonnement sur lesquels Louis XIV chercha immédiatement à faire la lumière. Il ordonna l'autopsie du corps en présence de l'ambassadeur d'Angleterre et de médecins anglais.

Le mariage de la Grande Mademoiselle et de Lauzun

J'ai été fort étonnée en découvrant le nombre de personnes qui s'étaient unies pour faire échouer le mariage de Mademoiselle avec Lauzun, union qui devint en quelques heures une affaire d'Etat. C'est cette levée de boucliers qui fit revenir Louis XIV sur un consentement qu'il n'avait donné que du bout des lèvres. Le rôle de madame de Montespan se borna – autant qu'on le sache – à transmettre au roi les avertissements de la princesse de Carignan. Pour écrire cet épisode, j'ai suivi fidèlement les récits de Mademoiselle, de madame de Sévigné et de l'abbé de Choisy, d'ailleurs extrêmement concordants.

En ce qui concerne, un peu plus tard, les réclamations incessantes de Lauzun auprès de madame de Montespan, la scène où il se dissimule sous le lit des amants, les insultes lancées à la marquise et son arrestation, je n'ai, bien sûr, rien inventé ; c'est encore une fois Saint-Simon qui raconte l'histoire de la façon la plus drôle.

La crise religieuse de 1675-1676

Certains auteurs font part d'une séparation imposée par l'Eglise au roi et à sa maîtresse, lors du jubilé de 1675, au moment de Pâques, d'autres de deux, une seconde séparation étant imposée, à Pâques 1676, après une *« rechute »*. J'ai adopté cette version qui me paraît la plus compatible avec l'emploi du temps de Louis XIV et de madame de Montespan. On voit en effet madame de Montespan s'éloigner en 1676, le temps d'une cure à Bourbon et d'un séjour à Fontevrault. C'est donc à son retour que se place le récit de madame de Caylus où l'on voit les deux amants tirer leur révérence aux matrones chargées d'assurer la respectabilité de l'entrevue, *« ce dont il résulta mademoiselle de Blois et le comte de Toulouse »*. Mademoiselle de Blois étant née le 4 avril 1677, cela place les secondes retrouvailles au plus tard au début du mois d'août 1676. Il est à noter que cette séparation de 1676 fut fatale à madame de Montespan : à partir de là, les infidélités du roi s'enchaînèrent : madame de Soubise pendant le séjour à Bourbon, puis madame de Ludres et mademoiselle de Fontanges. Dans le même temps, l'empire de madame de Maintenon qui, elle, se gardait de faire des reproches au roi sur ces liaisons, ne cessait d'augmenter.

Il faut préciser, car cela peut prêter à confusion, qu'il y eut successivement deux demoiselles de Blois parmi les filles adultérines (l'adjectif est peu élégant, mais le terme « d'illégitime » ne convient pas puisque ces enfants furent légitimées) de Louis XIV. La première mademoiselle de Blois, Marie-Anne, née en 1666, fille du roi et de mademoiselle de La Vallière, porta ce nom depuis le jour de sa légitimation en mars 1667 jusqu'à son mariage avec le prince de Conti au mois de janvier 1680. La seconde, Françoise-Marie, fille de Louis XIV et de madame de Montespan, naquit en 1677 et reçut le nom de mademoiselle de Blois, qui venait en quelque sorte d'être « libéré » par le mariage de sa demi-sœur, par des lettres de légitimation du mois de novembre 1681.

La liaison du roi et de madame Scarron

Je partage l'avis de Françoise Chandernagor qui place la « chute » de madame Scarron en 1674, soit dès l'installation des enfants de madame de Montespan à Saint-Germain après leur légitimation (20 décembre 1673). Il est certain que madame de Montespan ignora longtemps cette liaison. Au moment de l'aventure du roi avec mademoiselle de Fontanges, aventure que la marquise de Montespan n'apprit qu'en avril 1679 (alors qu'elle durait au moins depuis le mois de décembre précédent) elle accusa madame de Maintenon de vouloir être la maîtresse du roi. Celle-ci répondit : *« Il faut donc que le Roi en ait trois. »* Madame de Montespan rétorqua : *« Moi pour le nom, cette fille pour le fait et vous pour le cœur. »* C'était être très au-dessous de la vérité et cela prouve que si madame de Montespan était naïve, madame de Maintenon et le roi étaient de vrais experts en dissimulation.

La liaison du roi et de mademoiselle de Fontanges

En ce qui concerne la liaison du roi et de mademoiselle de Fontanges, rien, absolument rien ne permet de dire que madame de Montespan mit mademoiselle de Fontanges sur le chemin du roi pour détacher celui-ci de madame de Ludres. La nouvelle venue était la plus belle fille de la Cour, et il eût fallu être folle ou perverse pour choisir une telle diversion. Les textes indiquent au contraire que c'est le prince de Marsillac (bientôt duc de La Rochefoucauld par la mort de son père) qui mit pour le roi « la bête dans les toiles ». L'on sait que Marsillac était entré dans le clan Louvois ; son fils, créé duc de La Roche-Guyon, allait épouser au mois de novembre 1679 la fille de Louvois que madame de Montespan avait refusée pour son neveu, Louis de Mortemart, lui préférant une fille de Colbert. On est dans le moment de la plus vive opposition entre Colbert et Louvois (pour ne pas dire de haine mortelle). Si l'affaire Fontanges fut organisée (si tant est que cela puisse l'être ; Louis XIV, dans ce domaine, se débrouillait assez bien lui-même), cela ressemblerait plutôt à un mauvais coup des ennemis de madame de Montespan, c'est-à-dire du clan Louvois.

Rien non plus ne permet de dire que madame de Montespan « offrit » au roi une de ses nièces de Thianges. La première de ces nièces, Diane-Gabrielle, mariée au duc de Nevers depuis 1670, ne passait pas pour une beauté ayant, comme sa mère, le nez qui joignait quelque peu la bouche et *« l'air d'un perroquet qui mange une cerise »*. La seconde, Louise-Adélaïde, parut quelquefois aux côtés de sa tante, mais cela n'a rien d'extraordinaire puisque la marquise *« qui aimait sa famille, c'en était encore la mode »*, nous dit Saint-Simon, éleva près d'elle toutes ses nièces qui ne prirent pas le voile. La seconde demoiselle de Thianges épousa en 1678 le duc Sforza, partit en Italie, et ne regagna la France qu'après la mort de son mari. C'est alors que Dangeau signale, et comme une éventualité, que l'esprit et *« des restes de beauté »* de la duchesse Sforza ne déplairaient pas au roi ; mais à cette date, madame de Montespan avait quitté la Cour et c'était l'affaire de madame de Maintenon qui éloigna la duchesse Sforza.

La liaison du roi avec mademoiselle de Fontanges marque l'étape finale dans l'histoire du roi et de madame de Montespan. On sait que la marquise avait déjà vécu, en 1675 et 1676, une double séparation, imposée par les prédicateurs, auxquelles avaient immédiatement succédé la liaison du roi avec la princesse de Soubise, puis une autre avec madame de Ludres (sans oublier que mademoiselle des Œillets accoucha alors d'une fille qu'elle disait être du roi). A tout cela s'ajoutait l'inquiétude grandissante dans laquelle madame de Montespan se trouvait au sujet de madame de Maintenon et les heurts incessants avec elle pour l'éducation des enfants. Une nouvelle liaison du roi commençant alors que la marquise venait d'accoucher de son neuvième enfant fut plus qu'elle n'en pouvait supporter et la goutte d'eau qui fit déborder le vase, d'autant que le roi parut, dans les débuts, très amoureux, et ne cacha guère sa passion. Madame de Montespan multiplia les reproches, ce qui eut pour résultat que le roi, qui avait commencé de se détacher d'elle en 1676, espaça ses visites et ne vint plus la voir seul. Madame de Montespan confia à madame de Miramion que, depuis la naissance du comte de Toulouse (le 6 juin 1678), *« le Roi ne lui a pas seulement touché le bout du doigt »*. On le voit, la séparation était consommée bien avant que n'éclatât l'affaire des Poisons.

La donation de la Grande Mademoiselle en faveur du duc du Maine

Je suis restée très proche, dans ce passage, du récit de Mademoiselle. J'ai suivi La Beaumelle, généralement bien renseigné, qui attribue l'idée de diriger une partie de la succession de Mademoiselle vers le duc du Maine à madame de Maintenon ; celle-ci ayant toujours veillé sur les intérêts de l'enfant comme sur les siens, cela est fort possible. Il est certain, de toute façon, que madame de Montespan mit tout en œuvre pour que la donation se fît et que cela prit la forme d'un troc contre la liberté de Lauzun. Colbert fut aussi de la partie, ainsi que Barrailh, ami de Lauzun. La donation était loin de comporter toute la fortune de Mademoiselle, laquelle devait aller à Monsieur, mais la principauté des Dombes et le comté d'Eu ; la donatrice conservait l'usufruit de ces deux terres.

L'affaire des Poisons

En traitant de cet épisode, je me suis efforcée de rendre la plus claire possible une affaire extrêmement compliquée. L'affaire des Poisons – j'entends sur le plan judiciaire – ne nous est connue que par les résumés que fit La Reynie au fur et à mesure que se déroulaient les séances de la Chambre de l'Arsenal, dite souvent Chambre ardente. Les dépositions qu'il rapporte sont si pleines d'incohérences, de contradictions, de bizarreries qu'il est parfois difficile de se repérer. Il faut penser aussi que les conditions de l'enquête furent déplorables. Les prisonniers, tous « reprochables » pour reprendre l'expression du temps, étaient des gibiers de potence. Ils pouvaient communiquer entre eux et avaient intérêt à charger des personnes importantes pour bloquer la machine judiciaire et gagner du temps. Comme l'écrit alors le marquis de Feuquières : « *Quelques empoisonneurs et empoisonneuses de profession ont trouvé le moyen d'allonger leur vie en dénonçant des personnes considérables qu'il faut arrêter et dont il faut instruire le procès ce qui leur donne du temps.* » De plus, les malheureux étaient soumis à la torture « ordinaire et extraordinaire » et on promit à plusieurs la vie sauve s'ils parlaient. Le résultat est que l'on a, pour chaque accusé, plusieurs dépositions et plusieurs versions dont on ne sait à la fin laquelle croire. On en vient vite à penser comme le malheureux La Reynie – pourtant aux première loges – qui écrivait en octobre 1680 : « *Je reconnais que je ne puis percer les ténèbres dont je suis environné.* »

J'ai aussi tenté de voir cette affaire comme madame de Montespan la vécut. Les contemporains en parlent peu ou pas : seuls, madame de Sévigné et Primi Visconti s'en font l'écho. Ce silence indique certainement de la crainte (encore que madame de Sévigné s'amuse très librement de tous les bruits qui circulent sur le sujet), il montre surtout l'ignorance dans laquelle les contemporains demeurèrent. Louis XIV, décidé à en finir avec les affaires de sorcellerie et d'empoisonnement qui pullulaient, créa le 7 avril 1679 une juridiction d'exception, la Chambre de l'Arsenal, dite bientôt la Chambre ardente. Au départ, ce fut certainement moins pour faire le secret (madame de Montespan n'avait encore pas été mise en cause) que parce qu'il n'avait aucune confiance dans le Parlement qui, dans les récentes affaires de la marquise de Brinvilliers et de madame de Poulaillon, avait montré à quel point il était maladroit et influençable, c'est-à-dire achetable. Primi Visconti écrit : « *Pour le Roi, on prétend qu'il aurait dit qu'un homme ayant quatre millions ne serait jamais trouvé coupable par le Parlement.* » La Chambre ardente créée, et de grands noms ayant été lancés, le roi n'évoquait l'affaire que dans des comités secrets qui réunissaient Louvois, Colbert et La Reynie (l'un des trois instructeurs avec Boucherat et Bazin de Bezons). A part ces hommes, et quelques juges, personne n'entrait dans le secret. Quand commença le drame, Louis XIV ne voyait plus madame de Montespan en privé. Si madame de Montespan put avoir des échos de ce qui se passait, ce ne fut que par Colbert, qui allait employer toutes ses forces pour la défendre.

Je ferai ensuite deux remarques :

La première, et cela a été noté par plusieurs historiens, est que cette affaire se déroule dans le contexte de la rivalité Colbert-Louvois. Le premier défendit madame de Montespan (Colbert en 1681 chargea l'avocat Duplessis de rédiger un *Mémoire contre les faits calomnieux imputés à madame de Montespan*), l'autre semble avoir tout fait pour la charger. C'est en février 1679 que madame de Montespan, dédaignant la fille de Louvois, fiança son neveu Louis de Mortemart à l'une des filles de Colbert. Le mariage fut célébré en octobre 1680, alors que l'on était au plus gros de l'orage ; cette date est un argument en faveur de madame de Montespan. Colbert était infiniment prudent et eût trouvé aisément des raisons pour ne pas marier sa fille au neveu d'une femme compromise. Le rôle de Louvois est pour le moins étrange. En octobre 1679, il alla voir les prisonniers — sorciers, devineresses, etc. – à la Bastille et promit, au moins à l'un d'eux, Lesage, la vie sauve s'il parlait ; on ne sait ce qu'il dit aux autres, mais le résultat fut immédiat. Les accusations se mirent à pleuvoir sur les ennemis de Louvois : le maréchal de Luxembourg, brouillé avec Louvois et *« qui ne bouge plus de chez Colbert »*, la princesse de Tingry, belle-sœur de Luxembourg, la comtesse de Soissons, qui avait refusé avec hauteur l'alliance de Louvois, la duchesse de Bouillon, parente de Turenne, la comtesse de Vivonne, mère de Louis de Mortemart qui épousait la fille de Colbert et, bien sûr, la marquise de Montespan. C'est curieusement tout le clan anti-Louvois qui fut mis en cause. Quand il s'agira, un peu plus tard, de faire reconnaître mademoiselle des Œillets, femme de chambre de madame de Montespan, par des accusateurs, Louvois s'arrangera pour faire rater cette reconnaissance : il montra mademoiselle des Œillets seule, au lieu de la faire reconnaître au milieu d'autres femmes. Il serait cependant stupide de surestimer le rôle de Louvois et d'en faire le *deus ex machina* de l'affaire des Poisons, ce n'est pas lui qui l'a inventée, même s'il l'a utilisée. Cette utilisation a été restreinte par l'honnêteté de La Reynie dont Louvois avait surestimé le dévouement à sa cause.

La seconde remarque sera pour souligner le fait que dans cette affaire madame de Montespan n'a été ni entendue ni interrogée et qu'elle n'a pu se défendre. Il est un parallèle à faire entre son histoire et celle du maréchal de Luxembourg. Celui-ci avait également beaucoup fréquenté les devineresses et les sorciers. Entré dans le clan Colbert il fut accusé, dans le même temps que madame de Montespan et par les mêmes sorciers, d'avoir signé un pacte avec le diable et d'avoir voulu faire empoisonner quatre personnes. Sa « chance » fut d'être arrêté, interrogé et confronté avec ses accusateurs. Il put prouver leurs mensonges et son innocence. Madame de Montespan n'eut pas cette possibilité.

L'historiographie de l'affaire des Poisons est intéressante. A la fin du XIXe et au début du XXe siècle, nombre d'écrivains et d'historiens – Franz Funck-Brentano, Victorien Sardou, Paul Emard et Suzanne Fournier – ont pris sans aucun esprit critique les déclarations des prisonniers de la Bastille (alors que pas un ne dit avoir vu madame de Montespan). Pour eux, non seulement la marquise de Montespan est enfoncée jusqu'au cou dans les pratiques magiques, mais elle se livre, nue, à des messes noires où l'on égorge des enfants, enfin elle tente d'empoisonner le roi et mademoiselle de Fontanges. Inversement, Jean Lemoine, spécialiste du grand siècle, dans son *Madame de Montespan et la légende des poisons* de 1908, la blanchit totalement, quitte à noircir quelque peu Louvois. Le médecin général Carré, Maurice Rat et Michel de Decker lui ont plus ou moins emboîté le pas. Georges Mongrédien, autre spécialiste, dont l'ouvrage paraît en 1953, ne tranche pas. Depuis peu, une nouvelle voie s'est ouverte avec les travaux de l'historien Jean-Christian Petitfils qui a eu le mérite d'attirer l'attention sur la personnalité assez étrange de mademoiselle des Œillets et sur le témoignage, cette fois fort clair, d'un sorcier, Regnard, surnommé le Grand Auteur, qui dit avoir fabriqué des poudres empoisonnées qu'il a données à la Voisin pour mademoiselle des Œillets : « *Le dessein*, dit-il, *était de les faire donner comme poudre pour l'amour à madame de Montespan et de faire empoisonner le Roi par ce moyen et par madame de Montespan sans qu'elle pensât le faire.* » Quand on saura que mademoiselle des Œillets a eu, en 1676, une fille du roi, que celui-ci n'a pas reconnue comme ses autres bâtards, et qu'elle allait voir les sorciers en compagnie d'un milord anglais extrêmement riche, alors qu'on se trouvait en guerre avec l'Angleterre, on comprendra qu'il y a là une grille qui peut éclaircir bien des points. Il est fort possible que la femme de chambre de madame de Montespan se soit servie d'elle pour accomplir sa vengeance, peut-être avec l'or de l'Angleterre.

Beaucoup d'historiens ont posé la question :

« Madame de Montespan était-elle coupable ? » Je dirais plutôt : « De quoi madame de Montespan fut-elle coupable ? »

Il aurait existé en gros trois chefs d'accusation si l'on avait fait un procès à la favorite.

1 – Pratiques magiques

Il est certain que madame de Montespan fréquenta les astrologues, les devins, et autres sorciers (car ces « professions » étaient presque toujours confondues), qu'elle fit acheter des philtres pour l'amour et les fit prendre au roi, qu'elle se fit réciter des prières sur la tête (la pratique était courante, notamment quand il y avait un malade dans une maison), qu'elle donna au prêtre Mariette le cœur de deux pigeons pour les passer sous un calice. Le seul témoignage irrécusable, parce qu'il est antérieur à l'affaire des Poisons, fait état d'une séance de ce type à Saint-Germain en 1668. Cela relève de la superstition et de la magie et c'était monnaie courante.

2 – Messes noires

L'abominable prêtre sacrilège Guibourg parla de trois messes noires dites sur le ventre d'une femme « qu'on lui a dit être madame de Montespan ». Mais la conjuration qu'il assurait avoir prononcée pour la marquise est un tel tissu d'absurdités que cela invalide ses propos. A propos d'une messe dite en 1675, madame de Montespan aurait demandé, entre autres choses « *que la reine soit stérile* (elle avait déjà eu quatre enfants), *que je puisse être appelée aux Conseils du Roi* (c'était impensable et elle s'en souciait comme d'une guigne), *que je sois chérie et respectée des grands seigneurs* (la fille des Mortemart n'avait guère cette préoccupation), *que le Roi quitte et ne regarde plus La Vallière* (elle était au Carmel depuis un an) *et que, la Reine étant répudiée, je puisse épouser le Roi* (il aurait fallu rompre deux mariages et madame de Montespan savait fort bien ce qu'avait coûté le mariage espagnol et qu'aucune magie au monde ne pouvait le rompre) ». Tout cela relève d'une psychologie de bazar et, comme l'a écrit Jean Lemoine, est « digne d'une tireuse de cartes de troisième ordre ». Ce sont les fantasmes de Guibourg sur le sujet, certainement pas ce qu'aurait pu demander madame de Montespan. Comme nous sommes dans le domaine du sacrilège et du crime, il convient de rappeler que tous les contemporains ont été frappés de la piété de madame de Montespan et que cette piété n'était pas feinte. « *Son péché n'avait jamais été accompagné d'oubli... Jamais rien qui approchât du doute ou de l'impiété* », écrira Saint-Simon, et on sait la réponse très vivre de madame de Montespan à la duchesse d'Uzès qui s'étonnait de tant de piété dans sa position : « *Eh quoi ! madame ! Quand on fait un péché, est-ce une raison pour commettre tous les autres ?* » Ce « tous les autres » comprend le sacrilège et l'égorgement d'enfants.

3 – Tentatives d'empoisonnement du roi et de mademoiselle de Fontanges

Tous les historiens sont d'accord aujourd'hui pour tenir ces accusations comme hautement fantaisistes, d'abord en raison de l'incohérence et de la sottise des propos. Il eût été de plus stupide que madame de Montespan cherchât à tuer l'homme auquel elle devait tout et qui assurait l'avenir de ses enfants. Sans Louis XIV, les bâtards n'étaient plus rien ; leur mère non plus, car la reine eût renvoyé de la Cour ou fait fermer dans un couvent la maîtresse affichée. Quant à mademoiselle de Fontanges, sa mort fut naturelle. Plusieurs de ses contemporains rapportent qu'elle souffrit après son accouchement d'hémorragies continuelles. L'autopsie ordonnée par le roi montra des poumons très altérés. La médecine moderne a conclu à une rétention placentaire ayant entraîné un abcès au poumon ou un choriocarcinome.

Je tiens encore à faire deux remarques :

— Il est exact que l'abbesse de Fontevrault vint assister sa sœur durant l'affaire. Je n'ai pas inventé non plus le lien qui existait entre madame de Fontevrault et la seconde épouse de La Reynie, il est révélé par une lettre de l'abbesse à madame de Sablé du 19 juin 1674, donc bien antérieure à l'histoire : *« Je vous assure que je solliciterai madame de La Reynie plus d'une fois ; elle est tout à fait de mes amies, etc. »*

— J'ai été fort étonnée que madame de Maintenon ne parlât jamais de l'affaire des Poisons. Voilà une femme qui vivait dans l'intimité de madame de Montespan depuis la fin de 1673, qui avait l'œil vif et l'oreille fine et elle n'aurait rien vu, rien entendu, rien rapporté de ces pratiques étranges à madame de Caylus et à mademoiselle d'Aumale ? Elle ne se gênait pas pourtant pour dire le peu de bien qu'elle pensait de la mère des enfants dont elle s'occupait.

Je terminerai en regardant l'attitude du roi envers madame de Montespan dans cette affaire.

— J'ai rapporté fidèlement l'« incident des parfums » qui eut lieu le 18 mai 1680 quand le roi, partant de Saint-Germain et montant en carrosse *« eut de grosses paroles avec madame de Montespan sur les senteurs dont elle était chargée »*, encore que cet incident ne soit pas déterminant. Le roi était très délicat sur la question des parfums, il détestait particulièrement l'ambre *« qui lui donnait des points à la tête »*. Bien avant l'affaire des Poisons, mademoiselle de Kéroualle, ancienne fille d'honneur de Madame, devenue maîtresse du roi d'Angleterre, s'étant permis de lui écrire sur un papier parfumé, il s'en était plaint à notre ambassadeur en Angleterre et la fautive avait envoyé des excuses. Cet « incident des parfums » fait davantage penser à l'agacement d'un homme pour la coquetterie d'une femme qu'il n'aime plus, qu'à des craintes de se trouver empoisonné, et ceci d'autant plus que durant toute l'affaire, le roi continua de montrer sa confiance à madame de Montespan.

— Il nomma celle-ci au poste très envié, parce qu'il est une des « clefs » de la Cour, de surintendante de la maison de la Reine, le 10 avril 1679. On peut observer que l'on se trouvait au début de l'affaire des Poisons, mais l'affaire se développant, il l'y laissa, et madame de Montespan garda ce poste jusqu'à la mort de la reine à l'été 1683.

— Non seulement madame de Montespan resta à la Cour (le roi avait obligé la comtesse de Soissons à s'enfuir et exilé la duchesse de Bouillon), mais elle garda du crédit. Quand madame de La Fayette, au mois de novembre 1680, voulut faire nommer son fils menin du Dauphin, elle s'adressa à Louvois. Il lui répondit d'écrire au roi : *« Si madame de Montespan veut rendre votre lettre et l'appuyer de ses offices il y aura lieu de bien espérer de votre demande. »* Ce crédit et cette confiance apparaissent encore quand, en 1681, c'est munie des pleins pouvoirs du roi que madame de Montespan alla à Bourbon-l'Archambault négocier le retour de Lauzun.

— Le roi laissa à la marquise de Montespan son grand appartement à Versailles, de plain-pied avec le sien, et ce jusqu'en 1687. Louis XIV distribuait et redistribuait assez aisément les logements. Il eût, pour le moins, éloigné une femme qu'il eût pensée criminelle.

— En novembre 1680 (l'année de toutes les accusations) le roi donna à madame de Montespan une gratification de cinquante mille livres. S'il l'avait pensée coupable, ce serait une curieuse *« prime »*.

— Le 22 novembre 1681, le roi légitima les deux derniers enfants qu'il avait eus avec madame de Montespan : mademoiselle de Blois et le comte de Toulouse.

— En 1682, il nomma leur fils, le duc du Maine, gouverneur du Languedoc.

Tout cela montre que l'attitude du roi ne fut pas celle d'un homme qui se méfie, encore moins celle d'un homme courroucé. Il est fort possible d'ailleurs que le roi, submergé par les contradictions et les incohérences de l'affaire, n'ait tout simplement pu y voir clair. On sait que Louis XIV mit fin aux travaux de la Chambre de l'Arsenal le 21 juillet 1682. Il se pourrait que ce fût pour éviter tout scandale, mais aussi parce que l'on se trouvait dans l'impossibilité, tous les interrogatoires ayant été menés, de se faire une opinion devant les contradictions et les invraisemblances dont les témoignages regorgeaient. Les papiers de La Reynie montrent que, plusieurs fois, le roi lui demanda de l'éclairer en lui donnant son opinion. Le malheureux répondait : *« Au fond de tout cela, il y a quelque chose qui n'est pas bien. »* La scène célèbre où l'on voit Louis XIV brûler les papiers de l'affaire des Poisons en présence de Pontchartrain et de madame de Maintenon se place après la mort de La Reynie, en juillet 1709, soit plus de vingt-sept ans après la fermeture de la Chambre ardente. Cela n'est pas l'attitude d'un homme pressé de faire disparaître des preuves. Il est à noter qu'après la dissolution de la Chambre ardente, Louis XIV ne fit pas exécuter les « sorciers » prisonniers de la Bastille, comme on avait commencé à le faire pendant sa réunion, ils furent envoyés en forteresse, qui à Belle-Isle, qui à Besançon, etc., comme si on doutait.

Ma conviction, encore une fois, est que, dans cette affaire, la situation de la marquise de Montespan fut très proche de celle du maréchal de Luxembourg. Ayant comme lui fréquenté les sorciers et « devineresses », elle fut utilisée par eux quand on les arrêta. Je crois juste de rappeler ici la conclusion de Colbert et de Duplessis dans leur mémoire de 1681 : *« Car enfin, il faut toujours en revenir à ce point qu'il ne se trouve pas dans toute cette affaire une seule personne qui ait jamais parlé à madame de Montespan ni qui puisse dire qu'elle ait traité avec elle directement ou indirectement. »* Comme l'a écrit Michel de Decker, des accusateurs ont parlé *de* madame de Montespan, aucun n'a parlé *à* madame de Montespan.

La révocation de l'édit de Nantes

Je m'en suis tenue à un moyen terme en ce qui concerne le rôle de madame de Maintenon dans cette affaire. Il est bien certain qu'elle n'est pas l'instigatrice de cette révocation et qu'elle fut hostile aux violences physiques. Voltaire semble être dans le vrai quand il écrit : *« Elle toléra cette persécution. »* Reste à savoir si cette tolérance alla jusqu'à la bienveillance. La façon dont madame de Maintenon arracha les petits Villette à leur famille pour les convertir, quitte à faire envoyer le père dans une expédition dangereuse, la manière dont elle se vantait : *« on ne voit plus que moi dans les églises, conduisant quelque huguenot »*, le témoignage de Ruvigny que j'évoque, le fait enfin qu'elle fut hostile au retour des protestants convertis font plutôt pencher du côté des intérêts de madame de Maintenon dans cette affaire, lesquels étaient de ne pas déplaire au roi et de faire oublier ses origines et ses attaches huguenotes.

L'ascension spirituelle : le père de La Tour et le père Grignion de Montfort

Ce que je rapporte du père de La Tour est exact. Je lui prête seulement au sujet de la mort d'un galérien une très belle parole qui revient au cardinal de Bérulle, introducteur de l'ordre de l'Oratoire en France : *« A la Cour où le prince a été pendu à une croix, ceux qui meurent à un gibet ou à un échafaud sont les plus qualifiés. »* C'est le père de La Tour qui fut chargé d'avertir madame de Montespan de la mort de sa sœur, l'abbesse de Fontevrault.

J'ai rapporté fidèlement ce que furent les relations du père Grignion de Montfort avec madame de Montespan, lesquelles nous sont connues par les lettres de Louis Grignion. Il ne fut pas son confesseur comme on l'a parfois dit ; quand il la connut, elle s'était déjà confiée au père de La Tour et la vocation de ce jeune prêtre n'était pas de guider la conscience des grands, mais de s'occuper des petits.

La guerre de Succession d'Espagne

Etant obligée de donner l'opinion de madame de Montespan qui a des raisons de ne pas aimer madame de Maintenon, j'ai adopté, en ce qui concerne les discussions qui précédèrent l'acceptation du testament du roi d'Espagne par le roi de France, la version de Saint-Simon qui veut que madame de Maintenon, présente à ces réunions, soit allée dans le sens de l'opinion du Dauphin, donc de l'acceptation du testament. En fait, le marquis de Torcy, ministre des Affaires étrangères qui participait au débat, dit *« qu'elle n'opina pas »*. Louville rapporte avec indignation qu'elle se montra opposée à l'acceptation du testament, ce qui n'est pas impossible, car ce fut le parti de tous ceux qui avaient un peu de bon sens et madame de Maintenon n'en manquait pas.

L'érection du marquisat d'Antin en duché

On sait qu'à la mort du marquis de Montespan, le marquis d'Antin, son fils, fit valoir ses prétentions au duché d'Epernon. Celles-ci étant mal établies, ses demi-frères et sœurs demandèrent au roi que le marquisat d'Antin fût érigé en duché. On ne sait si Saint-Simon, qui n'aimait guère madame de Maintenon, se livre à des imputations calomnieuses quand il écrit que celle-ci s'y opposa afin de ne pas faire ce plaisir à madame de Montespan, le fait est que, moins de quatre ans après la mort de la marquise de Montespan, le marquisat d'Antin fut érigé en duché-pairie (mars 1711).

Oiron

Le mobilier que possédait le château d'Oiron au moment de la mort de madame de Montespan et le contenu de son garde-meuble nous sont connus par un inventaire fait le 22 juillet 1707. Il fut publié par Pierre Clément à la fin de son ouvrage *Madame de Montespan et Louis XIV*. L'hôpital d'Oiron, fondé par madame de Montespan pour abriter des vieillards, non seulement existe toujours, mais a gardé la même destination ; il est devenu une maison de retraite et possède un portrait de madame de Montespan en Marie-Madeleine (dans une version champêtre) attribué à Mignard.

Je me permets d'ajouter que le château d'Oiron, situé entre Thouars et Loudun, et sa sublime galerie, valent une visite.

La mort de madame de Montespan

Pour décrire la fin de madame de Montespan, je m'en suis remise essentiellement à Saint-Simon, fort bien renseigné, puisque son épouse se trouvait alors à Bourbon-l'Archambault. Dangeau et Sourches évoquent l'attitude du roi et celle des enfants de la marquise de Montespan. Je n'ai pas inventé le nom de l'intendant Dubuc que le marquis de Montespan confia dans son testament à son fils, le marquis d'Antin.

TABLEAUX GÉNÉALOGIQUES

LES PARDAILLAN DE GONDRIN

Antoine-Arnaud de Pardaillan de Gondrin
ép. Paule de Saint-Lary

Jean-Antoine
dit
le duc
de Bellegarde

Roger-Hector
ép. Marie-Chrestienne
de Zamet († 1674)

César-Auguste

Jean-Louis

Louis-Henry
archevêque
de Sens

Anne
ép.
Henri d'Albret

Henry († 1663)
marquis d'Antin

Louis-Henry († 1701)
marquis de Montespan
ép. Françoise de Rochechouart
de Mortemart

Just
comte de Mielan

N...
chevalier de Gondrin

Marie-Christine
(1663-1675)

Louis-Antoine
(1665-1736)
marquis puis duc d'Antin
ép. Julie-F. de Crussol d'Uzès

Louis
ép. Maris-Sophie-Vistoire
de Noailles

LES ROCHECHOUART DE MORTEMART

- René de Rochechouart, baron de Mortemart, ép. Jeanne de Saulx-Tavannes
  - Gaspard de Rochechouart, marquis de Mortemart
    - Gabriel de Rochechouart (1601-1675), duc de Mortemart, ép. Diane de Grandseigne († 1666)
      - Gabrielle (1634-1696), ép. C.L. de Damas, marquis de Thianges
        - Diane-Gabrielle, ep. Ph. J. Mancini, duc de Nevers
        - Louise, ep. louis duc Sforza
        - Claude-Henri
      - Louis-Victor (1636-1688), comte de Vivonne, ép. L.A. de Mesmes
        - Louis (1663-1688), duc de Mortemart, ép. Marie-Anne Colbert
        - Charlotte, ép. duc d'Elbeuf
        - Louise-Françoise, abbesse de Fontevrault
        - Gabrielle-Victoire, ép. duc de Lesdiguières
        - Marie-Elisabeth, ép. marquis de Castries
        - Gabrielle, abbesse de Beaumont-lès-Tours
      - Françoise (1640-1707), ép. Louis-Henry de Pardaillan, marquis de Montespan
        - Marie-Christine (1665-1675)
        - Louis-Antoine (1665-1736), duc d'Antin
      - Marie-Christine
      - Marie-Madeleine (1645-1704), abbesse de Fontevrault
    - Louis (1602-1669), comte de Maure, ép. Anne Dony d'Attichy

ENFANTS DE LOUIS XIV ET DE MADAME DE MONTESPAN

- N... (1669-1672)
- Louis-Auguste de Bourbon (1670-1736) duc du Maine ép. Anne-L.B. de Bourbon Condé
- Louis-César de Bourbon (1672-1683) comte de Vexin
- Louise-Françoise de Bourbon (1673-1743) Mlle de Nantes ép. Louis III de Borbon Condé Monsieur le Duc
- Louise-Marie de Bourbon (1774-1781) Mlle de Tours
- Françoise-Marie de Bourbon (1677-1749) 2e Mlle de Blois ép. Philippe II d'Orléans duc de Chartres puis duc d'Orléans le Régent
  - Louis-Philippe d'Orléans (1773-1850) roi des Français
- Louis-Alexandre de Bourbon (1678-1737) comte de Toulouse ép. Sophie-Marie-Victoire de Noailles (veuve de Louis de Pardaillan de Gondrin)

Achevé d'imprimer sur les presses de

BUSSIÈRE

GROUPE CPI

à Saint-Amand-Montrond (Cher)
en février 2003

POCKET - 12, avenue d'Italie - 75627 Paris Cedex 13
Tél. : 01-44-16-05-00

— N° d'imp. : 30214. —
Dépôt légal : mars 2003.

Imprimé en France